Fantasy

Herausgegeben von Wolfgang Jeschke

Von Freda Warrington erschienen in der Reihe
HEYNE SCIENCE FICTION & FANTASY:

DER BLACKBIRD-ZYKLUS:

Drei Krieger in Silber · 06/4796
Drei Krieger in Schwarz · 06/4797
Drei Krieger in Gold · (in Vorb.)
Drei Krieger im Zwielicht · (in Vorb.)

Liebe Leser,

um Rückfragen zu vermeiden und Ihnen Enttäuschungen zu ersparen: Bei dieser Titelliste handelt es sich um eine Bibliographie und NICHT UM EIN VERZEICHNIS LIEFERBARER BÜCHER. Es ist leider unmöglich, alle Titel ständig lieferbar zu halten. Bitte fordern Sie bei Ihrer Buchhandlung oder beim Verlag ein Verzeichnis der lieferbaren Heyne-Bücher an. Wir bitten Sie um Verständnis.

Wilhelm Heyne Verlag GmbH & Co. KG, Türkenstr. 5—7, Postfach 201204, 8000 München 2, Abteilung Vertrieb

FREDA WARRINGTON

Drei Krieger in Schwarz

Zweiter Roman
des Blackbird-Zyklus

Deutsche Erstausgabe

Fantasy

WILHELM HEYNE VERLAG
MÜNCHEN

HEYNE SCIENCE FICTION & FANTASY
Band 06/4797

Titel der englischen Originalausgabe
A BLACKBIRD IN DARKNESS
Deutsche Übersetzung von Rosemarie Hundertmarck
Das Umschlagbild malte Peter Eilhardt
Die Karte auf Seite 8/9 zeichnete Erhard Ringer

Redaktion: E. Senftbauer
Copyright © 1986 by Freda Warrington
Copyright © 1991 der deutschen Übersetzung
by Wilhelm Heyne Verlag GmbH & Co. KG, München
Printed in Germany 1991
Umschlaggestaltung: Atelier Ingrid Schütz, München
Satz: Schaber, Wels
Druck und Bindung: Elsnerdruck, Berlin

ISBN 3-453-05028-2

INHALT

1
Der Feldzug gegen die Schlange
Seite 11

2
Medrian von Alaak
Seite 40

3
Forluin
Seite 67

4
Die Lüge der Shana
Seite 97

5
»Hier bin ich lebendig gewesen«
Seite 140

6
Das Reich des Silberstabes
Seite 177

7
Die Vergangenheit und die Zukunft
Seite 208

Inhalt

8
Kinder des Wurms
Seite 241

9
»Der Gnade des Stabes anheimgegeben«
Seite 264

10
Über den Fluß
Seite 294

11
Der Mathematiker
Seite 330

12
Hrunnesh
Seite 365

13
Die letzte Zeugin der Schlange
Seite 405

14
Die Arktis
Seite 438

Inhalt

15
»Sie müssen ihre Augen öffnen«
Seite 472

16
Die Nacht bricht herein
Seite 505

17
Die andere Seite der Blauen Ebene
Seite 554

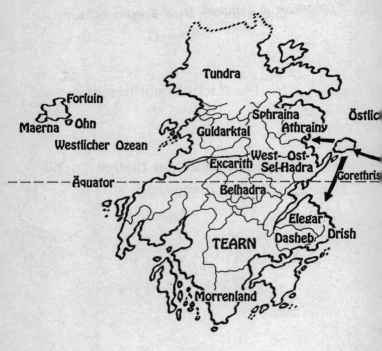

Im Winter zu arktischem Eis gefroren

An'raaga

Terthria

GORETHRISCHES REICH
(VARDRAV)

Gorethria

Shalekahh

Alaak

1
Der Feldzug gegen die Schlange

So weit das Auge reichte, erstreckte sich die Blaue Ebene H'tebhmella in alle Richtungen. Sie war ganz flach, aber sie schimmerte in einer Myriade von Blautönen wie die Facette eines riesigen Saphirs. Überall erhoben sich kristallene Inseln und Türme aus dem glitzernden Wasser, einige mit schillernder Vegetation bedeckt, andere in der einfachen Schönheit des ungeschmückten Felsens. Darüber wölbte sich ein klarer heller Himmel. Er war immer wolkenlos, denn eigentlich war er gar kein Himmel, aber manchmal vertiefte sich sein sanftes amethystfarbenes Licht, dem mythischen Lebensrhythmus der Ebene folgend, zu einer sattblauen Dämmerung.

Die Blaue Ebene allein bot Zuflucht vor einer Welt, die von der Schlange beherrscht wurde. Da sie in einer anderen Dimension als die Erde existierte, fand die schreckliche Schlange M'gulfn keinen Zugang. Die drei Gefährten, die ausgezogen waren, um M'gulfn zu töten, konnten hier ausruhen und abwarten.

Sie paßten wenig zueinander. Estarinel war ein sanfter junger Mann von der einst so friedlichen Insel Forluin, Medrian eine kleine bleiche Alaakin, die hartnäckig finsteres Schweigen über ihre Person bewahrte, Ashurek der hochgewachsene dunkelhäutige Prinz von Gorethria, der wegen seiner Untaten — auch wenn er ihnen längst abgeschworen hatte — in der ganzen Welt als Sinnbild des Schreckens galt. Sie waren bei dem Weisen Eldor in seinem ›Haus der Deutung‹ zusammengetroffen, das auf dem öden felsigen Kontinent am Südpol lag. Dort bestiegen sie ein Schiff, das sie eilends zu der Blauen Ebene bringen sollte, doch verständlicherweise wünschte die Schlange nicht, daß der gegen sie gerichtete Feldzug Erfolg haben sollte. Es wurde eine mühselige und umständliche Reise nach H'tebhmella. Beauftragte des Wurms versuchten mehrmals, die drei Gefährten zu töten oder seinem Willen zu unterwerfen, und hinderten sie daran, ihr Ziel zu erreichen. Erst im letzten Augenblick, als der Tod schon unvermeidlich zu sein schien, waren sie auf die Blaue Ebene entkommen. Während sie sich nun inmitten der heilenden Schönheit H'tebhmellas erholten, konnten sie die Augen nicht vor der Tatsache verschließen, daß dieser Friede nicht andauern würde. Bald mußten sie auf die Erde zurückkehren und ihren Feldzug fortsetzen.

Doch ein paar Tage hatte das schon noch Zeit. Estarinel hatte Forluin seit einem Jahr nicht mehr gesehen. Er hielt es für unwahrscheinlich, daß er den Feldzug überlebte, und er sehnte sich nach einem letzten Blick auf seine Heimat.

»Ich habe dir doch gesagt, es ist Arlenmia unmöglich, die Schlange zu einem zweiten Angriff auf Forluin zu bewegen. Glaubst du mir nicht?« fragte Medrian.

»Doch, ich glaube dir«, antwortete Estarinel. »Darum geht es nicht. Es ist — ein Gefühl. Ich muß Forluin sehen, wie es wirklich ist — nicht die erlogenen, verzerrten Visionen, die Arlenmia mir zeigte, sondern die Realität.« Er und Medrian gingen zusammen am Ufer eines schimmernden Sees spazieren. Große Pferde, blaugrün wie vom Meer glattgeschliffene Steine, schwammen gemächlich umher. Ein kleines Stück landeinwärts stand eine Reihe anmutiger Bäume mit Stämmen aus indigoblauem Glas und Blättern, die wie Lapislazuli- und Onyxflocken waren. Scheue, unirdische Tiere hoben die zarten Köpfe nach den beiden vorübergehenden Menschen.

»Nun, da die Dame von H'tebhmella es erlaubt hat, wird es sicher glücken«, meinte Medrian ruhig.

»Und du willst immer noch mitkommen?« Sie wandte

ihm das Gesicht zu, und wieder weckten der Schmerz und die Sehnsucht in ihren Augen sein Verlangen, sie in die Arme zu schließen und ihr Elend wegzuküssen. Doch wenn er auch nur nach ihrer Hand faßte, zog sie sich von ihm zurück, als verschlimmere seine Teilnahme ihren Schmerz.

Sie tat es auch jetzt und stellte kurz fest: »Ja, das will ich. Aber dränge mich nicht, sonst ändere ich meine Meinung vielleicht noch.« Und sie kehrte ihm den Rücken und ging zwischen den Bäumen davon.

Estarinel sah ihr beunruhigt nach. Während des ganzen ersten Abschnitts ihrer Reise hatte sie sich verschlossen, kalt und rätselhaft gezeigt, und zuweilen war ihr Benehmen widersprüchlich und unerklärlich gewesen. Estarinels Wunsch, die Schlange M'gulfn zu töten, hatte einen sehr einfachen Grund: Sie hatte seine geliebte Heimat angegriffen und verwüstet. Ashureks Gründe waren zwar komplizierter, aber ebenfalls bekannt: Seine Liebe zu der Zauberin Silvren hatte ihn zu der Erkenntnis geführt, daß der Wurm die Ursache der ungeheuerlichen Kette von Ereignissen war, in die er sich verstrickt hatte. Nur die Vernichtung M'gulfns konnte dem Bösen ein Ende bereiten, und das war auch die einzige Möglichkeit, Silvren aus ihrer Gefangenschaft in den Dunklen Regionen zu befreien.

Medrian jedoch hatte sich von Anfang an geweigert, Estarinel und Ashurek etwas über sich selbst zu erzählen. Sie wußten nichts weiter, als daß sie von Alaak stammte, einer kleinen Insel, die zum gorethrischen Reich gehörte. Die Alaaken verabscheuten die gorethrischen Unterdrücker, und deshalb traute Ashurek ihr nicht. Durch gemeinsam bestandene Abenteuer waren die drei sich nähergekommen, und der Prinz verhielt sich Medrian gegenüber nicht länger feindselig. Trotzdem waren ihm ihre Beweggründe nach wie vor ein Geheimnis, und er hatte seinen Verdacht nur verdrängt, nicht aufgegeben.

Vielleicht war Estarinel im Gegensatz dazu zu vertrauensvoll. Medrian hatte ihn mehrmals sogar gewarnt, er dürfe sich nicht auf sie verlassen, denn vielleicht werde sie ihn verraten. Aber er war überzeugt, daß sie hinter ihrer gleichmütigen, ja gefühllosen Fassade innere Qualen erlitt, ohne irgendwo Erleichterung oder Trost zu finden. Aus seiner Sorge um sie war allmählich Liebe geworden, eine Liebe, die er in sich verschließen mußte, weil Medrian sonst nur vor ihm zurückschreckte und ihn anflehte, sie nicht mit Fragen zu bedrängen und ihr keine Zuneigung zu erweisen.

Hier auf H'tebhmella, wo es, wie es hieß, nicht möglich war, unglücklich zu sein, zeigte sie sich ihm weiter kalt und verschlossen. Trotzdem gab es fast unmerkliche Unterschiede: Die Düsterkeit, die sie umgeben hatte, war zu einer spirituellen Abstraktion geworden, die eine widersprüchliche Mischung aus Hoffnungslosigkeit und unbesiegbarer Entschlossenheit darstellte.

Estarinel, Medrian und Ashurek weilten seit drei Tagen auf der Blauen Ebene. Die Rettung aus der schrecklichen Burg Gastadas war gerade noch zur rechten Zeit gekommen, sonst wären sie inzwischen tot gewesen. Jetzt hatte ihnen die heilende Aura H'tebhmellas neue Gesundheit geschenkt, sie von Krankheit gereinigt und ihre Wunden geschlossen, als hätte es die unsäglichen Foltern nie gegeben. Die Erinnerungen blieben, aber alles schien der fernen Vergangenheit anzugehören und konnte ihnen in diesem Land aus blauem Kristall nichts mehr anhaben.

Am Tag ihrer Ankunft hatte die Dame der Blauen Ebene ausführlich zu ihnen darüber gesprochen, wie die Erde, die Ebenen und die Schlange entstanden waren. Ihr zufolge war der Wurm zwar buchstäblich unbesiegbar, mußte aber trotzdem sterben, weil die Erde und das Universum sonst von einer Katastrophe erfaßt würden. Die Wächter, neutrale Wesen, die die Kräfte des Kosmos auszugleichen versuchten, arbeiteten an einer

Waffe, ›der Silberstab‹ genannt, mit der die drei Gefährten M'gulfn angreifen sollten. Auch dann war die Schlange nur verwundbar, solange sie ihr drittes Auge nicht zurückgewann, das Steinerne Ei, das Ashurek gefunden und wieder verloren hatte.

Zwar bestand kaum eine Möglichkeit, daß das Steinerne Ei geborgen wurde, denn es war tief in die Lavamasse eines Vulkans gefallen. Doch dafür gab es andere offene Fragen: Als Ashurek dem seltsamen vogelähnlichen Wesen namens Miril das Steinerne Ei gestohlen hatte, hatte sie ihn gewarnt, falls er sie nicht wiederfinde, sei die Welt zum Untergang verurteilt. Außerdem besaß die Schlange einen menschlichen Wirt, in dessen Geist sie fliehen konnte, wenn ihr Körper angegriffen wurde. Das war der Hauptgrund für ihre Unbesiegbarkeit. Und wie es aussah, kannte nicht einmal die Dame selbst Antworten auf diese Rätsel.

Auch wenn wir den Silberstab finden und wenn es auf Miril und alles übrige gar nicht ankommt, sind wir immer noch fehlbare Menschen, dachte Estarinel erbittert. Wie sollen wir es mit dem arktischen Wetter aufnehmen, ganz zu schweigen von der Schlauheit und der Macht der Schlange?

Während Estarinels Körper die Gesundheit zurückgewann, wurde er innerlich immer unruhiger. Noch zu keinem Zeitpunkt des Feldzugs war er so von bösen Vorahnungen gequält worden; er hatte all dieses schreckliche Wissen leichter mit sich herumschleppen können, als er krank und verzweifelt gewesen war. Jetzt kam ihm ihre Situation um so auswegloser vor, je länger er in seinem Kopf Gedanken und Möglichkeiten wälzte.

Ashurek hatte gesagt, seiner Meinung nach handelten sie nicht aus eigenem freien Willen, sondern würden von unsichtbaren Mächten des Universums gelenkt. Je länger Estarinel darüber nachdachte, desto glaubwürdiger schien es ihm. Es erfüllte ihn mit einer Enttäuschung, die zu stark auf sich selbst gerichtet war, um zum Zorn zu werden, obwohl er überall Beweise der Wahrheit entdeckte. Eldor hatte ihnen Wissen vorenthalten. Die Dame hatte ihnen an Informationen nicht alles gegeben, was sie hätte geben können, und sogar Ashurek mochte einiges für sich behalten. Was Medrian betraf — er schüttelte den Kopf. In seinen dunkleren Augenblicken war er überzeugt, daß etwas den Feldzug steuerte. Es schleuderte drei Menschen mit einem Minimum an Rat und Hilfe wie Marionetten in unmögliche Situationen, und Ashurek und Medrian waren gegen ihren Willen im Bündnis mit dem herzlosen Puppenspieler.

Ich bin nur mitgegangen, um meinem eigenen Volk zu helfen, um Forluin vor der Vernichtung zu bewahren. Wieso ist alles so kompliziert geworden? Wenn er an die schöne Insel dachte, die er verlassen hatte, an die freundlichen und liebevollen Menschen, die ohne eigenes Verschulden von dem grauen Wurm überfallen worden waren, wurde er nur noch verwirrter und unglücklicher. Es bedrückte ihn, wie rauh und herzlos die Welt außerhalb Forluins war, und er fragte sich, ob er diese schreckliche Erkenntnis lange genug aushalten könne, um den Feldzug fortzusetzen.

»Estarinel!« Bei diesem plötzlichen Ruf schrak er zusammen und sah sich um. Am Ufer kam eine hochgewachsene Frau mit glänzendem kastanienfarbenen Haar und humorvollen Augen auf ihn zu. Ihre Haltung war stolz, und ihr Gesicht strahlte von freudigem Mut. In seiner Geistesabwesenheit fiel ihm nicht gleich ein, wer sie war. Dann erinnerte er sich.

»Hallo, Calorn!« Er zwang sich zum Lächeln. Sie war die Kriegerin, die von den H'tebhmellerinnen beauftragt worden war, ihnen beim nächsten Abschnitt des Feldzugs zu helfen.

»Ich dachte, da wir bald zusammen auf die Reise gehen werden, wäre es gut, uns besser kennenzulernen«, erklärte sie mit freundlichem Lächeln. »Aber du siehst bekümmert aus. Wenn du jetzt lieber nicht mit mir reden möchtest ...«

»Nein, es ist mir recht. Ich freue mich, wenn du mir Gesellschaft leistest.«

»Gut, suchen wir uns einen Platz zum Sitzen.« Sie gingen am Ufer weiter, bis es sich krümmte und zu einem Hügel aus kristallblauem Stein anstieg. Estarinel hielt Ausschau nach Medrian, aber sie war nirgends zu sehen. Sie setzten sich auf den Hügel, und er merkte nicht, daß Calorns Augen auf ihm ruhten.

Calorn machte sich ihre Gedanken darüber, ob er sich seit Beginn des Feldzugs sehr verändert habe. Wahrscheinlich war er damals nicht so dünn gewesen, hatte jünger gewirkt und keinen so gehetzten Blick gehabt. Er besaß immer noch die klaren schönen Züge eines Forluiners, nur durchzogen jetzt unauslöschliche Linien und Narben sein Gesicht, und sein schwarzes, leicht lockiges Haar war sehr lang gewachsen, was ihm ein beinahe wildes Aussehen gab. Seine Erscheinung sprach gleichermaßen von Entschlossenheit wie von Verzweiflung.

»Estarinel, du machst einen so niedergeschlagenen Eindruck. Hat H'tebhmella dir keine Heilung gebracht? Bist du hier nicht glücklich?«

»Zu glücklich«, seufzte er. »Das ist ja das Problem. Von dem Augenblick an, als die Schlange meine Heimat angriff, und während unserer ganzen Reise habe ich nie richtig Zeit zum Nachdenken gehabt. Jetzt kann ich nicht mehr damit aufhören ...«

»Wäre es dir eine Hilfe, wenn du es mir erzähltest?« fragte Calorn. Estarinel zögerte, doch dann sah er die Freundlichkeit in ihren klaren Bernsteinaugen und sagte sich, daß er ihr vertrauen könne.

»Ich weiß es nicht, Calorn. Es ist die Schönheit dieses Ortes und das Wissen, was der Erde widerfährt und was uns erwartet, wenn wir weiterziehen. Und ich habe den Entschluß gefaßt, vorher Forluin zu besuchen, und ich weiß nicht, ob das richtig ist. Dann ist das Warten auf Neuigkeiten über den Silberstab schrecklich, und es gibt so vieles, was uns unbekannt bleibt ...« Er schwieg eine Weile, blickte über den See zu einer aquamarinfarbenen Klippe hin. »Am meisten Sorgen mache ich mir um Medrian.«

»Warum? Sie wirkt so selbstbewußt.«

»Nach außen hin ... Aber etwas stimmt nicht mit ihr. Es muß etwas ganz Schreckliches sein, und sie kann oder will uns nicht sagen, was es ist.« Er schüttelte den Kopf und lächelte halbherzig. »Entschuldige, Calorn, ich sollte dir das nicht aufbürden. Es gibt nichts, was sich dagegen tun ließe.«

»H'tebhmella könnte deiner Seele Frieden bringen, wenn du es nur zuließest«, meinte Calorn freundlich.

»Das wage ich nicht«, erwiderte er. »Ich würde allen Mut zum Weitermachen verlieren, wenn ich mir erlaubte zu vergessen.« Da sah er ein kleines Boot über den See schwimmen. Darin saßen Medrian und die Dame von H'tebhmella. Estarinel sah dem Boot nach, bis es nicht mehr zu sehen war. Er hätte gern gewußt, wohin sie fuhren und was Medrian der Dame mitteilen konnte, ihm aber nicht. »Und was ist mit dir, Calorn?« Er bemühte sich, einen fröhlichen Ton anzuschlagen. »Du hast alles über uns gehört, als wir hier ankamen, aber ich weiß immer noch nichts über dich.«

Sie verzog das Gesicht. »Da gibt es im Grunde nichts zu wissen. Ich bin nur eine Kriegerin, die den Auftrag hat, euch bei dem Feldzug zu helfen.«

»Erzähl mir bloß nicht, daß du vorhast, noch geheimnisvoller als Medrian zu tun«, drängte er sie, und das echte Interesse in seinen sanften Augen überwand ihren Widerstand.

»Nun, wenn du darauf bestehst ... Ich komme von einer Welt namens Ikonus, einer schönen grünen Welt«, begann Calorn. »Ich war immer unruhig in dem Wunsch, zu reisen und Wissen zu erwerben, schon als

Kind. Dieser Drang führte mich an den Ort, wo es auf dem ganzen Planeten am meisten zu lernen gab, an die Schule der Zauberei. Ich studierte nicht die Zauberei selbst — die ist mir zu esoterisch —, sondern die grundlegenderen Künste, das Soldatentum und die Wege zwischen den Welten. Aber Ikonus wurde von einer Katastrophe befallen ...«

Sie stockte, und Estarinel sagte: »Wenn es dir weh tut, sprich nicht darüber ...«

»Nein, das ist es nicht. Ich dachte nur, daß es eine lange Geschichte ist und daß seltsame Verbindungen mit Ereignissen auf deiner Welt bestehen. Das war mir bis jetzt noch gar nicht klar geworden. Weißt du, Silvren und Arlenmia waren zu gleicher Zeit mit mir auf der Schule für Zauberei.«

»Silvren und Arlenmia?« wiederholte Estarinel ungläubig.

Nach einer Pause sagte Calorn: »Ich will dir später davon erzählen, weil ich glaube, es wird auch Ashurek interessieren. Im Augenblick sage ich nur, daß es Arlenmia war, die meine Welt zerstörte.«

Estarinel sah sie fassungslos an. »Ich kann es mir vorstellen«, murmelte er. »Sprich weiter!«

»Ikonus starb oder war zumindest sehr krank — aber als ich dem Meister meine Hilfe bei der Wiedergutmachung des Schadens anbot, hieß es, ich könne nichts tun. Teils erzürnte mich das, teils fühlte ich mich merkwürdig erleichtert. Ich benutzte mein erworbenes Wissen, um Ikonus zu verlassen und andere Welten zu erkunden, und ich bin nie wieder dort gewesen.

Ich hatte mir vorgenommen, wenn ich meiner eigenen Welt nicht helfen könne, wenigstens den Versuch zu unternehmen, anderen Welten gegen Personen wie Arlenmia beizustehen.« Sie lächelte. »Das ist ein Witz, nicht wahr? Nach Jahren des Reisens und Kämpfens gelangte ich nach H'tebhmella und trat in den Dienst der Dame. Man könnte mich wohl eine Söldnerin nennen«, meinte sie nachdenklich. »Mein Lohn ist, daß ich glauben kann, für die richtige Seite zu kämpfen. Ich weiß, wie wichtig euer Feldzug ist. Die Dame hat euch schon gesagt, daß mir — weil ich die Wege zwischen den Welten kenne — die Aufgabe zuteil geworden ist, euch auf den Pfad in das Gebiet des Silberstabes zu führen. Es ist außerordentlich wichtig, daß ich euch nicht enttäusche.«

Estarinel betrachtete Calorn eine Weile, bevor er antwortete. Er sah sie plötzlich in neuem Licht, als eine Frau, die ihrer eigenen zerstörten Welt ohne Bitterkeit den Rücken gekehrt hatte und mit fröhlichem Mut ausgezogen war, um die Schlachten anderer Leute zu schlagen. Wäre ich an ihrer Stelle dazu fähig? überlegte er. Könnte ich Forluin, wenn es wirklich zum Untergang verurteilt sein sollte, hinter mir lassen und vergessen?

Natürlich lautete die Antwort nein.

Das hatte er bereits mit seinem Entschluß bewiesen, Forluin zu besuchen, bevor er den Feldzug fortsetzte. Zwar flüsterte ihm eine innere Stimme zu, das sei in jeder Beziehung verkehrt, aber er konnte dem Drang nicht widerstehen.

»Fühlst du dich wirklich so verantwortlich für uns?« fragte er schließlich. »Dies ist nicht deine Welt, und du kennst uns kaum. Es kann dir nicht viel ausmachen, wenn du versagst.«

»Ich habe diese Aufgabe nicht leichtfertig übernommen«, erwiderte Calorn hitzig, »und ich werde ihr alle meine Kräfte widmen. Ich habe mir selbst und der Dame geschworen, den H'tebhmellerinnen zu dienen. Glaub mir, es würde allen zum Schaden gereichen, wenn ich versagte. Estarinel«, — ihre Stimme wurde weicher, verlor aber nichts von ihrer Festigkeit —, »du mußt mir vertrauen.«

»Ich vertraue dir ja«, versicherte er. »Verzeih mir, Ashureks Zynismus ist ansteckend. Kannst du mir etwas über den Silberstab und die Reise erzählen, auf der wir ihn holen sollen?«

»Gewiß, ich will dir alles sagen, was ich weiß.« Sie lächelte, als er darauf mit einem ironischen Grinsen reagierte.

»Den Göttern sei Dank!« rief Estarinel. »Ich erwartete ein weiteres kryptisches ›Dieses Wissen kann warten.‹«

»Was ich weiß, wird dir vielleicht nicht weiterhelfen, aber ich werde mein Bestes tun«, lachte Calorn und strich sich das kastanienfarbene Haar aus dem Gesicht. »Den Ursprung des Silberstabes, wie er entstand oder warum, kenne ich nicht. Zu der Frage, was er ist, kann ich nur sagen, daß er eine Waffe von gewaltiger Wirksamkeit darstellt. Im Lauf der Jahrtausende haben viele nach ihm gesucht, doch nur wenige sind für würdig befunden worden, ihn zu schwingen. Die Bedingungen sind: Die Absicht des Suchers muß rein sein und das Übel, das er bekämpft, so groß sein, daß es die ganze Energie des Stabes absorbiert. Würde er gegen ein geringeres Übel oder unrechtmäßig eingesetzt, könnte er einen ganzen Planeten vernichten.

Er ist ständig in der Hut der Wächter gewesen, aber der Stab selbst wählt denjenigen aus, der ihn einsetzen darf. Das tut er, indem er — nun, indem er die Sucher Prüfungen unterwirft. Wer sie nicht besteht, verfällt für gewöhnlich dem Wahnsinn.« Die Worte entrangen sich ihr mühsam, als spreche sie nur ungern davon, was sie erfahren hatte. »Aber diesmal liegt die Sache anders. Die Wächter benutzen den Stab, um die verlorengegangene positive Energie der Erde einzufangen, die die Schlange vernichten kann. Die Dame hat euch ja von der großen Energie erzählt, die sich in zwei Teile aufspaltete, wobei der negative sich zu der Schlange formte und der positive sich in einem immer größer werdenden Ring auswärts dreht. Nach der Theorie der Wächter muß dieser Ring irgendwann einen Höhepunkt seines Potentials erreichen und dann entweder in eine andere Dimension überwechseln oder sich ganz auflösen.«

Estarinel überlegte: »Sie versuchen also, Vorteil aus einer Krise zu ziehen. Wir müssen die Schlange jetzt töten, oder es wird niemals geschehen.«

»Ja ... da hast du wohl recht. Es ist ihre einzige Chance, die Energie einzufangen und zur Erde zurückzubringen. Wenn es ihnen nicht gelingt — dann geht die positive Energie verloren und die negative hat die Alleinherrschaft.«

»Aber wozu brauchen sie uns drei, die wir nichts als Menschen sind, um den Silberstab zu holen und M'gulfn zu erschlagen? Sie sind dazu doch sicher geeigneter als wir ...«

»Wer weiß?« scherzte Calorn dunkel. »Vielleicht sind ihre Absichten nicht rein. Darf ich weitersprechen?«

»Entschuldige ... Es ist nur so, daß mich der Gedanke an diese Wächter ... Vergiß es!« Er brachte es nicht über sich, in Worte zu fassen, wie er vor Eiseskälte erschauerte, wenn er an diese Wächter dachte, die völlig ungerührt Menschen und Dinge beherrschten. Manchmal erschienen sie wie eine aufblitzende Ahnung vor seinem geistigen Auge, graue Gestalten mit ausdruckslosem Blick, gesehen durch rotes Glas. Sie erfüllten ihn mit Entsetzen. Die Schlange haßte er, doch sie jagten ihm so viel Angst ein, daß er sie nicht einmal hassen konnte. Calorn berichtete weiter von ihnen und von dem Stab, und Estarinel war, als durchbohre ihn eine weiß und silberne Nadel aus Eis. Er wußte nicht, war der Schmerz Furcht oder Vorherwissen.

»Sie glauben, wenn die Energie in eine andere Dimension überwechselt, wird ein neuer Maßstab für sie gelten, so daß sie als kleine Kugel auftaucht. Sie hoffen, die Energie mit dem Silberstab aufspüren und einfangen zu können. Siehst du, der Stab ist der einzige Gegenstand, den man als Gefäß für diese Energie benutzen kann, um sie zur Erde zurückzubringen und die Schlange damit anzugreifen. Aber nicht einmal die Wächter können sicher sein, daß der Stab ihnen zu

Diensten sein wird oder daß sich ihre Theorie als richtig erweist. Deshalb warten wir auf Neuigkeiten.«

»Ich hoffe, es dauert nicht mehr lange«, murmelte Estarinel. »Wenn ich dich richtig verstanden habe, wird der Silberstab für unsere Zwecke präpariert — aber wir bekommen ihn nur, wenn wir uns würdig erweisen, ihn zu schwingen?«

»Ja, so ist es.« Calorn räusperte sich und fuhr beinahe verlegen fort: »Die Wächter teilten der Dame mit, der Stab müsse euch immer noch prüfen, und es liege nicht in ihrer Macht, das zu verhindern. Und die Prüfungen werden hart und schrecklich sein, sogar ungerecht. Ich kann euch nur insoweit helfen, daß ich euch den Weg von der Erde in das Gebiet des Stabes zeige. Seid ihr einmal dort, hat der Stab die Kontrolle. Er ist eine sehr sensible Wesenheit. Ich habe wirklich keine Ahnung, was geschehen wird.«

Estarinel holte tief Atem, als könne die Luft der Blauen Ebene ihn mit Mut erfüllen.

»Nun, anscheinend wird uns keine Hilfe freiwillig geleistet; immer müssen wir darum kämpfen. Etwas anderes habe ich gar nicht erwartet. Wenigstens stellen wir uns den Prüfungen des Stabes zu dritt und können ihn vielleicht überzeugen...«

Bei diesen Worten Estarinels irrte Calorns Blick von seinem Gesicht ab, als müsse sie ihm das Schlimmste noch mitteilen und scheue sich davor.

»Oh, Estarinel — ach, wie tut mir das leid«, stammelte sie. »Ich hatte gehofft, du würdest das Thema nicht anschneiden, und es bliebe der Dame überlassen, dir das zu sagen. Nur einer von euch kann gehen — der Stab läßt nur einen zu. Die Dame hat dich gewählt.«

»Mich?« Er keuchte beinahe. »Ich soll gehen, ich ganz allein? Nicht etwa, daß ich Angst hätte... Doch, ich habe Angst, aber davon ließe ich mich nicht aufhalten — es ist nur so, daß Ashurek für diese Aufgabe viel geeigneter ist als ich. Er ist an das Kämpfen und an übernatürliche Wesen gewöhnt — das hat zu seinem Leben gehört.«

»Aber ist seine Absicht rein?« fragte Calorn.

»Ja — weit mehr als meine!«

»Das bezweifle ich. Die Dame ist weise. Vergiß nicht, Ashureks oberster Wunsch ist, Silvren zu befreien. Glaubst du im Ernst, irgend etwas anderes interessiere ihn? Und er hat eine Weile das Steinerne Ei getragen, das mehr Schaden angerichtet haben mag, als wir wissen.«

»Was ist mit Medrian? Ihre Absicht ist rein, völlig makellos — das sehe ich in ihren Augen, in allem, was sie tut.« Er senkte den Kopf. »Nur könnte ich nicht ertragen, zuzusehen, wie sie ganz allein auszieht...«

»Es muß andere Gründe geben, warum sie ungeeignet ist. Sieh mich nicht so an — ich weiß nichts über sie.«

»Mir geht es allein darum, daß ich nicht versagen will. Wenn wir ganz zum Schluß versagen, wenn letztendlich die Schlange siegt, nun gut. Was konnten wir anderes erwarten? Aber wenn ich uns um die Möglichkeit bringe, eine Waffe zu erlangen, mit der wir sie angreifen könnten... Wenn ich Forluin um seine Zukunft bringe...« Er verstummte. Calorn empfand ein solches Mitgefühl für ihn, daß ihr die Worte fehlten. Ihre Aufgabe betrachtete sie immer noch kühl und sachlich; wegen ihrer Fähigkeit, voller Hingabe zu arbeiten und doch objektiv zu bleiben, war sie den H'tebhmellerinnen so wertvoll. Aber es nahm sie trotzdem sehr mit, wenn sie sah, wie tief berührt andere Menschen waren.

»Ich bin überzeugt, die Dame hat die beste Wahl getroffen«, war alles, was sie hervorbrachte.

»Schon gut, ich werde gehen«, murmelte Estarinel. »Ich bin froh, daß du es mir gesagt hast; jetzt habe ich Zeit, mich darauf vorzubereiten. Aber ich weiß nicht, ob ich überhaupt noch eine Absicht habe. Ganz zu Anfang — als ich Forluin verließ — war ich wie betäubt. Ich konnte nicht fassen, was geschehen war, ich konnte mir nicht vorstellen, welchem Schicksal ich entgegenzog. Ich kann es immer noch nicht — verstehst du das? Ich kann nicht fassen, was geschehen ist! Ich habe diese grauenhafte Kreatur gesehen, und ich glaube, es wird mein Tod sein, wenn ich sie noch einmal sehen muß. Ich kann mir beim besten Willen nicht vorstellen, daß ich sie angreife. Ich muß verrückt gewesen sein, auch nur an einen Versuch zu denken ... Jetzt fühle ich mich nicht mehr wie betäubt, doch dafür bin ich traurig und verwirrt. Nennst du das eine reine Absicht?«

Er sah, daß sein Ausbruch Calorn bekümmerte. Trotzdem mußte er versuchen, ihr seine Gefühle zu verdeutlichen, wenn auch nur, um sich selbst zu helfen. Medrian und Ashurek konnte er es nicht sagen. Sie standen ihm nicht etwa gleichgültig gegenüber. Im Gegenteil, sie verstanden so gut und mit so grimmigem Mitgefühl, wie ihm zumute war, daß Worte es nicht noch klarer machen konnten.

»Wie also kann ich den Silberstab betrügen?« fuhr er fort. »Ich wünsche der Schlange den Tod. Ihr Gift zerstört meine Heimat ... Ich habe immer noch die Absicht, sie zu töten. Aber so einfach ist das nicht. Ich habe keine objektive Einstellung mehr zu diesem Feldzug — und auch zu Medrian und Ashurek nicht mehr. Es war leichter, als sie für mich Fremde waren, doch jetzt sind sie Freunde ...« Er empfand die Worte wie Sand in der Kehle. »Mehr als Freunde ...«

»Estarinel, erwartest du von mir, daß ich auf das, was du empfindest, eine Antwort habe?« fragte Calorn leise.

»Ja — ja, ich glaube wohl. Hast du eine?«

»Ich habe nur für mich selbst eine Antwort gefunden. Ich halte es aus, weil ich nie irgendwelche Bindungen gekannt habe, nicht an meine Eltern oder meine Heimatwelt, oder an eine andere Person oder einen Ort oder eine Sache. Es ist nicht so, daß ich unfähig wäre zu lieben, aber ich kann mich loslösen.«

Er nickte nachdenklich, dann seufzte er.

»Ich habe Angst, Calorn. Es macht mir nichts aus, das einzugestehen. Ich wäre ein Dummkopf, wenn ich keine Angst hätte ... Und ich tue so, als brauchte ich eine Antwort, die mir Kraft gibt, den Feldzug zu vollenden. Doch in Wahrheit versuche ich nur, einen Weg zu finden, daß ich aufhöre zu leiden, daß ich das Wissen ertrage, was mit Forluin geschehen ist.« Er hielt inne, sah über die Blaue Ebene hinweg. Dann fuhr er fort: »Aber warum sollte es eine Antwort geben? Nichts kann mir helfen, das anzunehmen, was geschehen ist — es läßt sich einfach nicht ertragen. Ich muß den Gedanken aufgeben, daß die Forluiner aus irgendeinem Grund im Plan der Schöpfung vom Unglück ausgenommen sind.«

»Es gibt einen anderen Weg, damit fertigzuwerden«, erwiderte Calorn zögernd. »Man muß aufhören zu denken und statt dessen handeln.«

»Ich weiß. Auch darüber habe ich nachgedacht, und ich kann das nicht. Der Silberstab — das ist nur ein Traum. Wir dürfen nicht davon ausgehen, daß wir irgendwo echte Hilfe finden. Für mich ist der einzige Weg der härteste: den Schmerz auszuhalten, ohne nach Mitteln zu suchen, ihn zu lindern.«

Calorn legte ihm die Hand auf die Schulter, um ihn zu trösten und ihm zu zeigen, daß sie ihn verstand. Aber zum ersten Mal wurde ihr eigener Optimismus von Furcht gedämpft. Und sie dachte: Ja, das ist der einzige Weg, und er wird ihn zerstören.

Ashurek ging am Seeufer entlang, den Kopf gedankenverloren gesenkt. Einmal blickte er auf und sah Calorn und Estarinel weiter vorn auf dem Hügel sitzen. Ihm war nicht nach Gesellschaft zumute, und er wäre ihnen gern aus dem Weg gegangen. Doch sie hatten ihn schon gesehen, und als Calorn winkte und ihm einen Gruß zurief, änderte er seine Meinung. Vielleicht war es besser, sich von seinen quälenden Gedanken an Silvren abzulenken. Das Grübeln konnte ihr nicht helfen.

Während des Feldzugs war es ihm die meiste Zeit über gelungen, seinen Kummer darüber zu unterdrücken, daß er sie verloren hatte. Er war selbst in den Dunklen Regionen gefangen gewesen und kannte die Angst, die Qual und das Elend Silvrens genau. Die Dunklen Regionen waren der höllische Herrschaftsbereich der Shana, die M'gulfn dienten. Bis jetzt hatte er es hingenommen, daß er keine Möglichkeit hatte, Silvren zu retten, bevor die Schlange tot war. Doch das war nach der erschreckenden Eröffnung, die die Dame von H'tebhmella ihnen gemacht hatte, anders geworden. Sie hatte ihnen gesagt, daß die Dunklen Regionen nicht in einem vagen, fernen Zwischenreich existierten, sondern an der anderen Seite der Blauen Ebene klebten. Jede der flachen Ebenen besaß zwei Seiten, und die Dame hatte angedeutet, H'tebhmellas andere Seite sei einst noch schöner gewesen als diese. Doch durch einen grausigen, übernatürlichen Trick war es den Dämonen gelungen, dort ihr eigenes böses Königreich anzusiedeln.

Auf Hrannekh Ol waren die drei Gefährten durch einen Tunnel von der einen Seite der Ebene zur anderen gelangt. Ashurek wußte zwar, daß H'tebhmella gegen die Macht der Shana geschützt war und daß es hier keinen solchen Tunnel geben konnte. Trotzdem war es bei ihm zur Besessenheit geworden, daß sich Silvren dort befand, gefangen und in Qualen, knapp außerhalb seiner Reichweite ...

Er erstieg den Hügel, setzte sich zu Estarinel und Calorn und grüßte sie mit einem kurzen ernsten Nicken. Seine hohe magere Gestalt wirkte in den tiefblauen h'tebhmellischen Kleidern nicht weniger eindrucksvoll.

»Ich freue mich über die Gelegenheit, mit dir zu reden«, begann Calorn fröhlich. »Estarinel und ich haben gerade über den Silberstab gesprochen.« Das interessierte Ashurek anscheinend gar nicht. Wenn sich sein haßerfüllter Blick überhaupt veränderte, so kehrte er sich noch mehr nach innen. Munter fuhr Calorn fort: »Und ich habe ihm erzählt, daß ich zur gleichen Zeit wie Silvren und Arlenmia auf der Schule für Zauberei war.«

Es war erschreckend, wie Ashureks Ausdruck sich veränderte. Seine grünen Augen, hell gegen die dunkle, bräunlich-purpurne Färbung der Haut, bohrten sich in die Calorns. Sein Gesicht mit den hohen Wangenknochen, der geraden Nase und dem grimmig zusammengepreßten Mund wurde so drohend, daß sich Calorn entschieden unbehaglich fühlte.

»Ich habe den Eindruck, daß ich überall auf Leute treffe, die von Silvren mehr wissen als ich«, erklärte er mit gepreßter Stimme.

»Aber du hast doch sicher gewußt ...«, stotterte Calorn, von seinem Starren aus der Fassung gebracht.

»Ich weiß, daß Silvren auf eine andere Welt reiste, um zu lernen, mit ihrer Zauberkraft umzugehen. Aber von der Zeit dort hat sie mir nichts erzählt. Sie hatte nicht den Wunsch, von ihrer Vergangenheit zu sprechen. Deshalb drängte ich sie nicht. Ich würde jedoch gern mehr über die Geschehnisse erfahren, die sie so zurückhaltend gemacht haben. Wie gut hast du sie gekannt?«

»Eigentlich gar nicht ...« Ashureks Ausdruck wurde dabei noch drohender. Calorn dachte nicht daran, sich von irgendwem einschüchtern zu lassen, und machte eine entschlossene Anstrengung, ihre ruhige Haltung zurückzugewinnen. »Ich sollte erklären, daß die Schule eine hierarchische Struktur hatte. Die Studenten der Zauberei bildeten die Elite. Deshalb kannten wir, die wir uns mit den geringeren Gebieten befaßten, sie alle beim Namen, obwohl sie uns vielleicht nicht kannten. Ich würde Silvren überall wiedererkennen, aber ich habe mit ihr in den zehn Jahren dort nicht mehr als ein paar Worte gewechselt, und ich bezweifle, daß sie sich an mich erinnern würde. Sie war ziemlich klein — ein bißchen größer als Medrian, glaube ich —, und Haar und Haut waren von tiefgoldener Farbe. Ihre Augen auch.«

Ashurek nickte. »Und Arlenmia?«

»Sie war groß und auf fremdartige Weise außerordentlich schön. Ihre Haut war wie Marmor — beinahe als sei sie eine zum Leben erweckte vollkommene Statue. Sie hatte seltsames Haar in allen Schattierungen von Seegrün und Azur und große Augen in der gleichen Farbe. Und eine so anmutige Art, sich zu bewegen, daß niemand umhin konnte, von ihr Notiz zu nehmen.«

»Du wirst wissen, daß Arlenmia eine fanatische und gefährliche Frau ist«, sagte Ashurek. »Erst vor kurzem habe ich erfahren, daß sie es war, die Silvren den Dämon Diheg-El nachschickte. Schließlich bemächtigte sich dieser Dämon Silvrens, und nun ist sie seine Gefangene. Doch ich habe auch gehört, daß sie und Arlenmia früher einmal Freundinnen waren, und natürlich fällt es mir schwer, das zu glauben.«

»Es ist aber wahr. Überall gingen sie gemeinsam hin — wie Liebende. Die meisten der Zauberei-Studenten stammten von meiner Welt; Silvren und Arlenmia waren von ihren jeweiligen Welten die einzigen. Arlenmia war schon ein Jahr da, als Silvren eintraf, und hatte noch überhaupt keine Freundschaften geschlossen. Und Silvren war noch sehr jung — fünfzehn oder sechzehn vielleicht — und ziemlich schüchtern. Ich glaube, sie fühlten sich beide einsam. Sie wurden enge Freundinnen und blieben es zehn Jahre lang — obwohl es hieß, sie stritten sich häufig.«

»Worüber?« Die Wildheit war aus Ashureks Augen gewichen. Er und ebenso Estarinel lauschten hingerissen Calorns Worten.

»Über metaphysische Fragen. Über die Natur von Gut und Böse«, antwortete Calorn mit einem Achselzucken, das die Sache als nebensächlich abtat. »Arlenmia hatte ein paar seltsame Vorstellungen. Ich weiß, daß sie sich von den anderen Zauberern unterschied. Jeder von ihnen war mit der Fähigkeit geboren, ohne Hilfsmittel Zauberkraft aus der Erde zu ziehen, und sie waren auf der Schule, um zu lernen, die Magie richtig zu gebrauchen, das heißt, mit Zurückhaltung und nur für gute Zwecke. Ich hörte, Silvren sei die einzige, die jemals auf ihrem Planeten mit dieser Gabe geboren wurde.«

»Ja, das ist richtig«, bestätigte Ashurek. »Sie sagte immer, sie sei außerhalb ihrer Zeit geboren worden, denn von Rechts wegen dürfe es ihre Kräfte erst geben, wenn die Schlange tot sei.«

»Nun, offenbar besaß Arlenmia diese Begabung nicht. Statt dessen beherrschte sie die merkwürdige Kunst, Kraft aus Spiegeln zu ziehen, und sie hatte die Sondererlaubnis erhalten, an der Schule zu studieren. Aber einige der Professoren mochten sie nicht oder mißtrauten ihr, und deswegen gaben sie ihr zu verstehen, sie sei anders, minderwertig, keine echte Zauberin.«

Ich bin keine Zauberin, ich kann nur durch einen ungebrochenen Spiegel arbeiten ..., hallte es in Estarinels Gehirn wider.

»Ich glaube, das war der Grund, warum Arlenmia die Professoren hassen lernte«, fuhr Calorn fort. »Silvren hieß alles gut, was sie sagten, und Arlenmia tat es nicht, und so waren sie verschiedener Meinung. Doch ihre Zuneigung zueinander war echt. Silvren war die einzige, die Arlenmia vertraute, und alle sagten, Silvren wisse zwar über Arlenmias Fehler genau Bescheid, doch sie sei von so sanfter Gemütsart und so treu ergeben, daß es ihr leichtfalle, sie zu übersehen.«

»Oh, das ist echt Silvren«, stöhnte Ashurek vor sich hin.

»Ich weiß nicht, ob Arlenmia geplant hatte, was geschah — oder ob sie es in einer augenblicklichen Eingebung, im Zorn tat. Die Schule der Zauberei hatte eine Art Symbol, eine silbere Sphäre, die ständig über ihr am Himmel schwebte. Sie hieß Ikonus (weshalb auch meine Welt manchmal Ikonus genannt wird) und wurde verehrt als — wie drückten wir es aus? — ›das Symbol der

Vollendung reiner, unverdorbener Zauberei, ausgeübt im Dienste des Guten‹. Jeder Student mußte einen Eid darauf leisten, daß er die Künste, die er lernte — sogar die Kriegskünste —, nur im Dienst des Guten ausüben werde.

Aber Arlenmia hielt den Ikonus für mehr als ein Symbol. Sie war überzeugt, er beherberge große Kräfte und Geheimnisse, die die Professoren selbstsüchtig für ihren eigenen Gebrauch zurückhielten. Sie meinte, die Kräfte sollten losgelassen werden, damit alle einen Nutzen davon hätten. Man kann sich leicht vorstellen, daß Silvren ihr, sollte sie von einem solchen Vorhaben gesprochen haben, abgeraten hat, vielleicht viele Male.

Jedes Jahr nahmen die Zauberei-Studenten, die ihre zehn Jahre Studium erfolgreich abgeschlossen hatten, an einer Zeremonie teil, bei der sie die weißen Roben der voll ausgebildeten Zauberer erhielten. (Ich beendete meine eigene Ausbildung in Soldatentum und Wegfindung im gleichen Jahr wie Silvren.) Arlenmia war ein zusätzliches Jahr auf der Schule geblieben, um auf ihre Freundin zu warten. Doch unmittelbar vor der Zeremonie teilte der Hochmeister ihr mit, da sie zur Gewinnung von Zauberkraft Spiegel als Hilfsmittel brauche, sei sie keine echte Zauberin und dürfe deshalb die weiße Robe nicht anlegen.

Wir erfuhren später, daß Arlenmia sich gedemütigt fühlte und außer sich geriet vor Wut. Das ist verständlich, finde ich. Nicht einmal Silvren konnte sie trösten. Die Zeremonie lief ab wie geplant, und ich erinnere mich lebhaft daran, daß Silvren ihr weißes Gewand ohne eine Spur von Freude empfing, weil Arlenmia nicht dabei war. Wenn nur jemand auf den Gedanken gekommen wäre, festzustellen, wo sie steckte!

Die Feier fand im Freien statt, und die Sonne schien auf die Schule, so daß sie glitzerte wie ein Palast aus Diamanten. Niemand sah voraus, was geschehen sollte. Wir erkannten erst, daß etwas nicht stimmte, als die

Sphäre Ikonus wie betrunken am Himmel zu schwanken begann. Dann strömte ein weißes Licht von ihr aus, gleißender als das der Sonne. Ich war halb geblendet, und rings um mich schrien die Leute. Als das Licht verblaßte, war die Sphäre verschwunden. Aber von der Stelle, wo sie gewesen war, verbreitete sich eine grollende Dunkelheit über den Himmel wie eine Gewitterwolke, bis es stockfinster war...« Calorn brach ab und schluckte heftig.

»Und das war Arlenmias Werk? Was hatte sie getan?« drängte Ashurek.

»Wir fanden es später heraus. Während alle anderen mit der Zeremonie beschäftigt waren, hatte sie ihr Zimmer aufgesucht und mittels ihrer Spiegel daran gearbeitet, die ›Geheimnisse‹ des Ikonus freizulassen. Manche sagten, sie habe keinen wirklichen Schaden anrichten, sondern nur die Energie stehlen und dann fliehen wollen... Wenn das ihre Absicht war, hatte sie einen schrecklichen Fehler begangen. Der Ikonus war kein bloßes Symbol, doch er enthielt auch die wunderbaren Geheimnisse nicht, die sie begehrte. Der Hochmeister beschrieb es so: Im Laufe von Jahrhunderten habe die Sphäre alle dunklen, negativen Kräfte eingefangen und festgehalten, die andernfalls unsere Zauberei vergiftet hätten. Sie sei ein Filter gewesen, den nur gute Energien passieren konnten. Aus diesem Grund hatten wir den Ikonus verehrt. Aber in seinem Innern war nichts als Schwärze, und diese Schwärze legte sich um meine Welt wie eine Decke. Es blieb für immer kalt und dunkel, und die Pflanzen, die Tiere, alles starb ab...«

»Und was wurde aus deiner Welt?« fragte Estarinel sanft. »Konnte man sie retten?«

Calorn holte tief Atem und bemühte sich, mit fester Stimme zu sprechen. »Die Zauberer hielten sich für fähig, sie schließlich zu heilen. Aber es würde eine lange mühselige Arbeit werden, für die nur wenige die notwendigen zauberischen Fähigkeiten besäßen. Inzwi-

schen wird ein großer Teil des Schadens beseitigt sein
— so hoffe ich.«

»Was wurde aus Silvren und Arlenmia?« forschte
Ashurek mit einer Spur Ungeduld.

»Sobald der Hochmeister erkannte, was geschehen
war, eilten er und die Professoren, Arlenmia festzunehmen, doch sie war bereits verschwunden. Als sie sah,
welches Unheil sie angerichtet hatte, muß sie ihre Fähigkeit benutzt haben, von der Welt zu fliehen. Niemand wußte, wohin sie gegangen war. Silvren war verzweifelt, und ein paar Wochen später verschwand sie
ebenso plötzlich. Einige Professoren meinten, es sei nur
gut, daß wir sie los seien, sie sei ebenso töricht wie Arlenmia gewesen, aber die meisten machten sich Sorgen,
denn Silvren hatte an der Schule bleiben und selbst Professorin werden wollen. Ich glaube, nicht einmal der
Hochmeister verstand, warum sie Arlenmia gefolgt war.
Und mir ist es erst klargeworden, als ich dich kennenlernte, Ashurek.«

Estarinel sah zu dem Gorethrier hinüber. »Als Silvren
in der Glasstadt zu mir sprach, sagte sie: ›Arlenmia hat
vor dieser schon eine andere Welt zerstört, und es ist
meine Schuld, daß sie hierhergekommen ist.‹«

»Ja, ich erinnere mich«, sagte Ashurek schwer. »Ich
verstehe das gut, Calorn. Sie muß Arlenmia in aller Unschuld von dieser Erde und der Schlange erzählt haben.
Von ihrem Verlangen nach Macht oder nach Wissen besessen, hat Arlenmia zweifellos nicht geglaubt, daß die
Schlange böse ist, oder hat zumindest sich erst selbst
überzeugen wollen. Und sobald Silvren erkannte, wohin sie gegangen war, folgte sie ihr, um herauszufinden,
was sie vorhatte.« Ashurek dachte vielleicht eine Minute lang darüber nach. »Sie muß Arlenmia aufgespürt
und zur Rede gestellt haben. Sie entdeckte, daß Arlenmia plante, der Schlange zu dienen und sie anzubeten,
und war entsetzt. Bestimmt hat sie mit aller Kraft Arlenmia von ihrem Irrtum zu überzeugen versucht, und

als sie keinen Erfolg hatte, hat sie, wie ich annehme, Arlenmia gewarnt, sie werde ihre Zauberkunst gegen sie anwenden. Deshalb schickte Arlenmia ihr den Dämon nach. Er sollte verhindern, daß Silvren Arlenmias Pläne zunichte macht, dem Wurm die Alleinherrschaft zu verschaffen.«

»Arme Silvren«, rief Estarinel aus, »so grausam von einer verraten zu werden, die sie so lange für ihre Freundin gehalten hatte!«

»Ja.« Ashurek richtete den Blick finster zu Boden. »Und dabei denken zu müssen, daß es ihre Schuld war, wenn M'gulfn eine so mächtige Verbündete gewonnen hatte. Oft macht es den Eindruck, je heftiger jemand die Schlange bekämpft, desto mehr hilft er ihr.«

»Es tut mir leid, daß du es durch mich erfahren mußtest«, warf Calorn ein. »Ich hatte gedacht, du wüßtest das meiste schon.«

»Entschuldige dich nicht. Ich bin dir dankbar, daß du es mir erzählt hast. Es rückt vieles zurecht.«

»Es muß bestimmt schrecklich für dich sein, zu wissen, daß die Dunklen Regionen auf der anderen Seite der Blauen Ebene liegen. Sie sind so nahe, und doch ist an eine Rettung Silvrens gar nicht zu denken«, sagte Calorn und wünschte im gleichen Augenblick, sie hätte es nicht ausgesprochen. Das höllische Licht kehrte in Ashureks Augen zurück. Er betrachtete sie finster, stand plötzlich auf und ging. Calorn sah ihm nach, und ihre Pflichten und Gefühle gerieten in Widerstreit miteinander.

»Anscheinend sage ich immer das Falsche zu ihm«, murmelte sie.

»Nimm es dir nicht zu Herzen!« tröstete Estarinel. »Es ist schwer, das Richtige zu sagen.«

»Ich wünschte nur...«, grübelte sie. »Ich wünschte, ich könnte ihm irgendwie helfen.«

Estarinel erwiderte: »Das einzige, was einem von uns dabei helfen kann: daß wir den Feldzug gegen die Schlange vollenden, und dabei hilfst du uns ja, Calorn.«

Das kleine Boot, in dem Medrian und die Dame von H'tebhmella saßen, fuhr gemächlich über das Wasser, das klar war wie flüssiges Glas. Es war aus hellem glatten Holz gebaut und wurde von einem Wasserpferd mit gebogenem Hals und zartem, spitz zulaufendem Kopf gezogen. Sie legten ein gutes Stück zurück, bevor sie an einer Insel aus saphir- und indigoblauem Kristall anlegten. Medrian und die Dame stiegen das Ufer hinauf und hatten dabei einen weiten Ausblick auf eine wundersame und schöne Landschaft, die aussah, als sei springendes Wasser mitten in seinem fröhlichen Tanz erstarrt. Da gab es Bogen und Hügel und Türme aus glänzendem Stein, schimmernd in jeder Schattierung von Blau und Violett. Nebel wie funkelndes heliotropfarbenes Licht trieb zwischen ihnen dahin, und seine Bewegungen schienen irgendeine Bedeutung zu haben.

Beim Anblick der Landschaft wurde Medrian die Kehle so eng, daß sie schlucken mußte. Sie wußte nicht zu sagen, warum sie bewegt war, nur, daß ihr der Nebel wie ein intelligentes Wesen vorkam, der sich zwischen den Felsen bewegte, als grüße er alte Freunde mit unendlicher Zärtlichkeit. Die Landschaft erwiderte den Gruß, verbeugte sich unmerklich voller Liebe und Zuneigung in allen ihren Linien. Der fremdartige lautlose Tanz von Licht und Stein war jedoch so unirdisch, so weit außerhalb ihres Verstehens, daß sie wußte, sie könnte an dieser Kommunion niemals teilhaben.

Soviel Liebe, dachte sie, und ich bin auf ewig dazu verdammt, kalt zu bleiben.

Als läse sie ihre Gedanken, legte die Dame tröstend die Hand auf Medrians Arm und führte sie den Hang hinab in eine seltsame Landschaft. In ihren grauen Augen leuchtete ein Licht wie Sonne durch Frühlingsregen, und sie sagte: »Alles, sogar der Stein, hat eine Seele. An manchen Stellen zeigt sich die Seele H'tebhmellas in mehr als äußerlicher Schönheit. Sei nicht — neidisch. Kein menschliches Wesen darf sich ein so reines und nichtmenschliches Gefühl erhoffen.«

Medrian senkte die Augen. Sie zitterte.

»Ich bin nicht neidisch«, erklärte sie. »Ich habe genug von einem reinen und nichtmenschlichen Gefühl empfangen, um daran zu sterben — den Haß der Schlange.«

Die Hand der Dame löste sich von Medrians Arm, als wisse auch sie darauf keine Antwort, kein Heilmittel für diesen Schmerz. Lange Zeit schwieg sie. Dann bat sie: »Medrian, verzeih mir!«

»Meine Dame, ich hätte das nicht ...« Medrian brach ab und biß sich auf die Unterlippe. »Ihr habt mich aufgefordert, mit Euch zu reden, aber ich weiß nicht, ob ich das kann. Ich bin so gar nicht daran gewöhnt, daß es mir möglich ist, frei zu sprechen. Es ist schwer.«

»Es muß ja nicht sein, wenn du es nicht möchtest«, erwiderte die Dame freundlich. »Laß uns einfach ein Weilchen spazierengehen.«

Schweigend gingen sie weiter. Der weiche blaue Nebel umflatterte sie, hängte sich an sie in Stäubchen azurblauen Leuchtens. Ihre Haare — die seidig braunen der Dame, Medrians schwarze — schwebten in der aufgeladenen Luft, die voll von blauen Funken war. Die Dame vertraute darauf, daß es Medrian schließlich doch gelingen werde, ihr Elend, das sie so lange in sich verschlossen hatte, in Worte zu fassen und so Erleichterung zu finden. Diese Zeit auf H'tebhmella ist das einzige Glück, das sie je erleben wird, dachte die Dame traurig. Aber solange sie hier ist, soll ihr kein Trost, keine Freude vorenthalten bleiben.

Medrian jedoch rechnete nicht damit, daß es ihr helfen würde, wenn sie sich der Dame anvertraute. So freundlich und weise die H'tebhmellerin sein mochte, sie war keine Sterbliche. An Medrians Seite glitt sie durch die wundersame Landschaft, hochgewachsen, schön, kristallin — und so fern. Zwischen ihnen lag ein Abgrund aus Saphir, keine menschliche Wärme. Ich ertrage diese fremdartige Schönheit nicht, dachte Medrian, sie kann nicht wirklich sein ...

Ohne sich dessen bewußt zu sein, hatte sie H'tebhmellas Paradoxon entdeckt. Die Blaue Ebene wurde als eine Art Paradies angesehen, rätselhaft und unerreichbar. Manche bemühten sich jahrelang, einen Eingangspunkt zu finden, und die wenigen, denen es glückte, fanden dort alles, was sie sich erträumt hatten, und noch viel mehr. Und trotzdem blieb nie jemand länger als für ein paar Monate. Die H'tebhmellerinnen hatten es noch keinem verboten, sein Leben dort zu Ende zu führen. Aber vielleicht war die Blaue Ebene zu vollkommen, war ihre unirdische Schönheit zu fremdartig. Früher oder später wurde jeder Mensch von dem Drang angegriffen, in eine normalere sphärische Welt zurückzukehren. Aus diesem Grund blieb die Blaue Ebene in Wahrheit unerreichbar, und ihr legendäres Rätsel wurde niemals gelöst.

Nach der ersten Erleichterung, die sie bei ihrer Ankunft empfunden hatte, war Medrian von Zweifeln an sich selbst und Unschlüssigkeit gequält worden. Das waren Feinde, gegen die sie bisher noch nie zu kämpfen gehabt hatte, und sie fürchtete sich, denn wenn sie die Schlacht verlor, bedeutete das ihren Untergang. Sie sehnte sich, der Dame eine Frage zu stellen, aber es gelang ihr nicht, sie auszusprechen.

»Willst du mir nicht sagen, was du auf dem Herzen hast?« murmelte die Dame, die ihren inneren Kampf spürte.

»Ich weiß nicht. Ich möchte, aber ...« Plötzlich entrang sich ihr aus tiefstem Herzen das Geständnis: »Oh, ich wünschte, ich wäre niemals hergekommen!«

Die Dame wandte jetzt Medrian ihre klares, mitleidiges Gesicht zu und sah sie fragend an. »Warum, Medrian?«

»Mein ganzes Leben habe ich davon geträumt, frei von der Schlange zu werden.« Medrian mußte so um Selbstbeherrschung ringen, daß ihre Stimme eisig und tonlos klang. »Ich weiß, man sagt, M'gulfn könne die Blaue Ebene auf gar keine Weise berühren, und doch konnte ich es kaum glauben, als ich durch den Eingangspunkt kam — und frei war. Ich kann es immer noch nicht glauben — es ist ein Gefühl wie ...« Sie erschauerte in der Erinnerung an Angst und Abscheu. »Es ist der Himmel für mich. Und ich halte es nicht aus.«

Kummer stand in den regengrauen Augen der Dame. Medrians Stimme war heiser vor Hoffnungslosigkeit. »Es ist ein Himmel, den ich nie haben kann. Ich darf mich nicht von ihm berühren lassen, ebensowenig wie von der Schlange. Ich muß mich gegen ihn verhärten, damit ich es über mich bringe, in die Welt zurückzukehren und den Feldzug zu beenden. Würde ich die Freiheit annehmen, wäre es aus mit mir ...«

»Medrian, du darfst nicht an deiner Kraft zweifeln«, mahnte die Dame sanft. »Wenn du das bißchen an Trost annimmst, das wir dir hier geben können, wird das, wie ich glaube, deine Kräfte stärken und nicht untergraben.«

»Wie kann es Trost geben, wo es keine Hoffnung gibt?« rief Medrian heftig aus. »Verzeiht mir, meine Dame! Es ist selbstsüchtig von mir, nur an meine eigene Hoffnung zu denken — ihr habe ich vor vielen Jahren entsagt. Ich habe hier Heilung gefunden, und ohne H'tebhmella hätte die Welt überhaupt keine Hoffnung. Aber mir kann niemand helfen. Nicht einmal — nicht einmal Ihr. Damit habe ich mich abgefunden.«

Die Dame fand keine Worte mehr. Ihr war, als schwanke der Boden der Blauen Ebene unter ihren Füßen. Wie töricht bin ich gewesen, dachte sie, ich hatte mir eingebildet, alles zu wissen. Und jetzt diese Enthüllung! Medrian ist auf H'tebhmella unglücklich; nicht einmal wir hier können zu ihr vordringen oder ihr Elend lindern. Habe ich sie ebenso getäuscht wie mich selbst? Ist der Triumph der Schlange gewiß?

Jetzt erkannte es die Dame von H'tebhmella: Da war nichts, womit sie Medrian Trost oder Zuversicht spenden konnte. Es war sogar sinnlos, ihr zu raten, sie solle nicht den Mut verlieren, denn sie hatte ihn bereits verloren. Allein die Verzweiflung hielt sie aufrecht.

Die Dame war fähig, in menschliche Seelen wie in Kristall zu blicken, sie nahm tiefempfundenen Anteil an ihrem Leid und setzte ihre ganze Kraft ein, um es zu lindern. Doch schon immer hatte sie vermutet, die Menschen hätten eine geistige Eigenschaft, die sich ihrem Verständnis entzog, so wie ein Fels das Meer, das gegen ihn anbrandet, nicht begreifen kann. Sie wußte, es würde ihr nie gelingen, diese wesentliche Barriere zu überqueren. Und jetzt, angesichts dieser Alaakin, deren Seele ebensowenig zu fassen war wie ein Schatten, empfand die Dame den Abgrund stärker als je zuvor. All ihr Mitleid, ihre Kraft und Weisheit ließen sie im Stich; sie stand wortlos, machtlos da. M'gulfn hatte gesiegt.

Als die Dame endlich sprach, hatte ihre Stimme einen Klang, der innere Erschöpfung verriet. Medrian hatte ihn nie zuvor vernommen. »Ich akzeptiere, daß du so empfindest, aber ich wünschte, du würdest mir deine Geschichte erzählen, damit ich deutlicher verstehe, was in dir diese tiefe Hoffnungslosigkeit erzeugt hat.«

Medrian zögerte, und die Dame glaubte schon, sie werde sich weigern. Doch dann sagte sie: »Nun gut. Ich will es Euch erzählen, denn allein mit Euch werde ich jemals offen sprechen können. Nicht weil es irgend etwas verändern wird, aber es könnte mir meine Entschlossenheit zurückgeben.«

Die Worte fielen ihr von den Lippen wie kalte weiße Kieselsteine. Ohne Anzeichen eines Gefühls begann Medrian, ihr Leben zu beschreiben, einen Alptraum, wie ihn sich nicht einmal die Dame vorstellen konnte.

2
Medrian von Alaak

Medrian träumte.

Sie träumte, sie liege im Schnee unter der schwarzen Kuppel der Nacht, und rings um sie brenne das Licht von Sternen, die wie die Scherben eines zerschmetterten Kristalls vor spöttischem Schmerz zitterten.

Sie träumte, ihr Körper sei lang und ekelhaft, ein dikkes graues Seil aus knotigen Muskeln, bedeckt von einer farblosen schuppigen Membran, die wie die abgeworfene Haut einer Schlange war. Sie fühlte sich so schwer, so schwer wie Pechblende, und an ihren Seiten zuckten ledrige Schwingen, des Fliegens unfähig. Doch im Innern ihres Körpers vibrierte eine verborgene Energie, strahlte an jedem Muskelstrang entlang, so schläfrig und grimmig und tödlich wie die Kraft im Herzen der Erde.

Der Schnee war lauwarm, und Kristalle kratzten an ihrer Hautmembran. Das Gefühl war gleichzeitig befremdlich und zutiefst vertraut. Sie schaukelte den gewichtigen Körper von einer Seite zur anderen, stöhnte schwach, als es ihr nicht gelang, den bleischweren Kopf zu heben. Unbekannte alptraumhafte Geräusche zerrissen ihre muschellosen Ohren. Da sang jemand, doch sie hatte nie zuvor eine Stimme gehört oder irgendein anderes Geräusch als das Fallen des Schnees und das Knirschen des Eises und das Seufzen des Windes in den Sternen.

Medrian träumte, sie sei die Schlange.

Oder vielmehr, die Schlange träumte, und sie war gezwungen, den Traum zu teilen, durch ihre Augen zu sehen und ihre Gefühle und Gedanken mitzuerleben. Die

Gedanken waren wortlose Bilder, lebhaft und deutlich und schaurig, mit dem Geruch nach äonenaltem unvergessenen Schrecken behaftet. Denn die Schlange durchlitt von neuem die Zeit, als sie das einzige lebende Wesen auf der Erde gewesen war und als die Wächter kamen, sie ihrer Macht zu berauben. Und Medrian war in dem Alptraum gefangen, wußte nicht mehr, daß sie als sie selbst existierte. Sie war die Schlange, und der Traum war für sie Wirklichkeit.

Sie lag auf dem Dach der Welt, sicher und unverletzlich in ihrem Reich der seufzenden schneegefüllten Stürme. Erinnerungen an ihren Ursprung besaß sie nicht; sie war immer hier gewesen, Vergangenheit und Zukunft waren nichts als ein grauer Tunnel der Ewigkeit. Sie — die Schlange M'gulfn — lebte in unaufhörlicher Symbiose mit der Erde, die ihr Königreich und ihre Heimat war.

Bis zu diesem Augenblick.

Graue Gestalten standen vor ihr, und sie nahm sie mit ihren drei Schlangenaugen sowohl vage als auch erschreckend wirklich wahr. Sie standen aufrecht, sie hatten jede einen Rumpf und einen Kopf und vier Gliedmaßen, aber sie waren mit aschfarbenen Roben verhüllt. Noch nie, niemals hatte sie etwas anderes als Schnee gesehen. Eine von ihnen sang. Sie hatte nie eine Stimme ...

Der Gesang nagelte ihren langen Wurmkörper an den Boden, als sei jedes Wort ein bleierner Pfeil. Die ganze erschreckende Macht der Schlange wurde durch den Gesang zunichte gemacht — sie konnte nicht fliegen — konnte nicht einmal den Kopf heben — konnte nichts tun als stöhnen.

Sie sah sie vor dem häßlichen Geräusch zurückzukken, das die Stimme M'gulfns war, aber der Gesang wurde stärker und sie schwächer. Sie rückten gegen sie vor. Die Wörter des Liedes ergeben keinen Sinn, denn sie hatte noch nie zuvor Wörter gehört, und doch nahmen sie jeder einzelnen Sehne von ihr die Kraft. Jetzt füllte ein übelkeiterregendes Pulsieren ihr trübes Bewußtsein, und seine Fremdheit entsetzte sie.

Zum ersten Mal empfand die Schlange Furcht.

Für die Schlange war Furcht kein Wort, sondern ein Gefühl. Knochen wurden zu Staub zermalmt, Haut wurde von ohnmächtigen Muskeln abgeschunden. Medrian schlug im Gefängnis ihres Traums um sich — wälzte ihren Schlangenkörper und stöhnte. Die Gestalten glitten näher, füllten ihr dreiäugiges Sichtfeld.

Ihre drei Augen zuckten und rollten in den Höhlen. Die Muskeln verkrampften sich, als wollten sie die Augen in die dunklen Räume ihres Schädels zurückziehen, damit sie sicher waren. Die Anstrengung verursachte stechende Schmerzen in ihren Sehnerven, aber die Augen blieben verwundbar ...

Schmerz!

M'gulfn-Medrian sah das Metall aufblitzen, bevor es unter ihrem mittleren Auge ins Fleisch schnitt, fuhr fort, es zu sehen, auch als das Auge aus der Höhle gerissen wurde. Und als man die Nerven und Muskeln durchtrennte, setzte sich das Blitzen als ein Schrei aus weißem Feuer fort, der ihren Kopf durchbohrte. Trotz dieser flammenden Qual sahen ihre beiden übriggebliebenen Augen die Gestalt zurücktreten. Sie umklammerte die kleine blaue Kugel wie ein gefährliches Wesen, das ihr einen tödlichen Biß beibringen würde, wenn sie es nicht festhielt. Keine Fleischfasern hingen von dem Auge herab. Es blutete nicht.

Mein Auge!

Das weiße Schwert des Schmerzes zerriß ihr den Schädel mit unmöglichem Druck. Es nützte ihr nichts, daß sie sich wehrte. Lange, lange Zeit verging, bevor sie erkannte, daß die Pein nicht von Metall herrührte, das ihren Schädel durchbohrte, sondern von nichts. Die Höhle war leer, da war kein Messer. Kein Auge.

Jetzt erklang kein schreckliches Lied mehr, das sie auf

dem Schnee festnagelte. Die gewaltige Kraft der Schlange kehrte zurück. Bald war der Schmerz vergessen, die Furcht eine verschwommene, hohle Erinnerung. Und Medrian-M'gulfn empfand Wut. Mit Gebrüll hob sie den dicken Körper auf zitternden urtümlichen Schwingen in den Himmel. Unter ihr seufzte der Wind, der einzige Zeuge ihres schwerfälligen schrecklichen Kreisens, wie das Weinen der Welt über die Eisflächen.

Die Gestalten waren verschwunden. Und mit ihnen ihr kostbares Auge.

Die Schlange schrie ihre Qual, ihre Enttäuschung und ihre Wut hinaus, schrie, bis nicht einmal mehr der Wind ihre Stimme herauszufordern wagte. Bilder explodierten in ihrem primitiven Verstand.

Sie haben mir das Auge genommen, sagten die Gedankenbilder.

Menschen werden auf die Erde kommen. Die Welt wird überschäumen von ihren kleinen schwachen Körpern, die nach dem Bild der Wächter geschaffen sind — Kopf und Gliedmaßen und Rumpf. Ich habe immer gewußt, daß Menschen kommen werden, ich habe immer auf ihr Kommen gewartet, und ich kann immer noch warten. Was ist eine Million Jahre für mich anderes als das Niederschweben einer einzelnen Schneeflocke? Sie haben mir das Auge genommen, mit dem ich hätte in die Herzen und Seelen der Menschen sehen, ihren kleinen Willen dem meinen unterwerfen und sie erkennen lassen können, daß ich das Höchste auf der Erde bin; ich bin die Erde.

Sie haben versucht, mir die Macht wegzunehmen. Wenn sie das nächste Mal kommen, werden sie versuchen, mich zu töten.

Sie werden mich nicht töten, nicht *mich*!

Da zerriß das Gefühl die Seele der Schlange, sprühte und rann wie Feuer an jeder Sehne ihres Körpers entlang, wie trockener Zunder, der bereitgelegen hatte, von Beleidigung und Schmerz angefacht zu werden. Versengt und umhüllt von den Flammen des Gefühls, warf sich ihr Körper hin und her.

Das Gefühl war Haß.

Haß. Medrian wand sich in dem Traum. Die Bosheit der Schlange in ihrer kosmischen Eindringlichkeit füllte ihre Lungen mit brennendem Schmerz.

Ich hasse die Wächter. Die nach ihrem Bild geschaffenen Menschen hasse ich ebenfalls. Wenn sie ins Leben treten, werde ich sie doppelt verabscheuen.

Das Bild des Hasses war schrecklicher als das der Furcht. Es war Blut und Wut und Gewalttat und Schlimmeres; es war Leid und Verzweiflung und Trostlosigkeit, und über dem allen lag grau die Ewigkeit, vor der es kein Entrinnen gab.

Menschen werden auf die Erde kommen, und weil die Wächter mir das Auge genommen haben, kann ich nicht in ihre Herzen sehen, und sie werden mich nicht anbeten. Aber ich habe andere Fähigkeiten. Mit den beiden mir verbliebenen Augen werde ich die scheußlich trockenen warmen Länder beobachten, in denen sie leben werden. Ich beherrsche die Elemente.

Ich habe grenzenlose Macht. Ich kann mir Helfer schaffen, die das Chaos in die Existenz der Menschen hineintragen werden. Und — bei diesem Gedanken schüttelte grimmiger Triumph den Körper des Wurms wie ein Erdbeben.

Ich werde meinen Geist in einem Menschen verstekken, so daß ich mich ungesehen zwischen den Menschen bewegen, ihre Worte und Sitten und Schwächen lernen kann. In den zweiten Körper kann ich fliehen, wenn sie versuchen werden, mich zu töten. Und dann kann ich immer noch — auch ohne mein Auge — in ihre Herzen sehen!

Meine Feindschaft ist so grenzenlos wie meine Macht.

Menschen werden sich auf der Erde entwickeln — auf meiner Erde, die Eindringlinge! —, werden Leben und

Freude und Hoffnung suchen. Ich werde ihnen Verwirrung und Schmerz und Tod geben.

Und ganz zum Schluß Verzweiflung.

In dem Wirbel der Gedankenbilder merkte der Wurm nichts von einem unterbewußten Steinchen des Zweifels, oder er hielt ihn für einen Schmerz in seiner leeren Augenhöhle. Wenn er hingesehen hätte, wäre ihm eine erschreckende Vision der Ewigkeit zuteil geworden: Die Erde, entblößt von allem Leben und aller Schönheit, und er selbst, wie er allein und ohne Sinn und Zweck für immer auf der toten Hülle lag. Doch er sah nicht hin. Er hatte bereits zuviel teuflische Freude gefunden, als daß es ihn noch interessiert hätte.

Verzweiflung.

»Es war nicht das erste Mal, daß ich den Alptraum hatte«, berichtete Medrian der Dame. »Auch nicht das letzte Mal. Aber es war der Wendepunkt. Ich bemühte mich zu erwachen, versuchte zu schreien. Meine Lungen brannten von dem Gestank des Rauchs, und in meiner Seite hatte ich einen Krampf. Ich kam nicht darauf, wo ich war, was sich ereignet hatte. Aber dann verblaßte der Traum, und ich erinnerte mich ... Ich saß auf dem Grund eines stinkenden, in Unkraut erstickenden Grabens, den schwarze Bäume verbargen. Rauch trieb durch die Bäume, und aus der Ferne klang immer noch gelegentlich ein schwacher Schrei herüber. Ein Mann lag mit dem Kopf in meinem Schoß, mein vorgesetzter Offizier ... Und er war dem Tod nahe.

Alaak hatte seit Jahrhunderten unter gorethrischer Herrschaft gelebt, sich jedoch niemals damit abgefunden. Der Aufstand war unvermeidlich, und wir dachten, er sei gut geplant. Man hatte die Armee jahrelang heimlich ausgebildet. Ich war siebzehn und schon mit vierzehn Soldat geworden. Wir hätten nicht härter gedrillt, nicht begeisterter sein können ... Und doch ging an einem einzigen mörderischen Nachmittag alles zu Ende.

Gorethria zermalmte uns, mit nur einer Divison, angeführt von Ashurek. Die Hälfte der Bewohner war tot, die übrigen warteten darauf, daß die gorethrische Armee sie massakrierte — und ich, eine in einem Graben hockende Überlebende, wünschte, ich wäre mit den anderen gestorben.

Von Rechts wegen hätte ich tot sein müssen. Ich hatte eine tiefe Schwertwunde in der Seite davongetragen, doch sie hatte mich nicht umgebracht. Blut war nicht zu sehen. Und mein Offizier konnte nicht einmal jetzt, da er sterbend neben mir lag, vergessen, wie er mich immer wieder mit Abneigung und Mißtrauen betrachtet hatte.«

Noch heute, acht oder mehr Jahre später, schmerzte die Erinnerung. »Warum mußt ausgerechnet du bei mir sein, wenn ich sterbe? Warum du, Medrian?« hatte der Offizier gekeucht. »Du bist wie ein verdammter Basilisk, bist es immer gewesen. Ich glaube nicht, daß du Alaak oder sonst etwas jemals geliebt hast. Du kämpfst wie ein Automat. Du empfängst einen tödlichen Streich, und du stirbst nicht. Bist du menschlich?« fragte er wild. »Du mußt vor Haß so krank sein wie Meshurek und Ashurek und der ganze Rest.«

Haß! Bilder der Trostlosigkeit tanzten durch ihr Gesichtsfeld. Wie gern hätte sie geschrien: Nein! Ich hasse nicht! Alles dies ist geschehen, weil jemand — jemand uns alle verabscheut: die Schlange M'gulfn. Aber die Worte verwandelten sich in ihrer Kehle zu klumpendem Staub. In bitterem Schweigen gab sie ihm Wasser und versuchte, es ihm bequem zu machen.

»Verzeih mir!« flüsterte er endlich mit versagender Stimme. »Nicht dich hasse ich, ich hasse die Gorethrier. Sie sollen zur Hölle fahren! Verdienen wir es nicht einmal, zu leben? Ich fürchte mich nicht vor dem Tod — ich bin stolz, bei der Verteidigung Alaaks zu sterben. Ich habe mein Äußerstes getan, es ist das einzige für mich passende Ende. Aber du, Soldat — du tust mir leid. Du wirst entkommen und am Leben bleiben. Hast du dein Äußerstes getan?«

»Es dauerte nicht mehr lange, bis er starb«, berichtete Medrian. »Dann hatte ich keinen Grund mehr, in dem Graben zu bleiben — aber eigentlich auch keinen, ihn zu verlassen.«

Sie hatte lange Zeit bei dem Toten ausgeharrt, hatte durch die stachligen schwarzen Zweige der Bäume zu dem weißen Himmel aufgesehen, als erblicke sie eine Widerspiegelung ihrer eigenen Leere.

Sie wartete, hoffte zu sterben.

Sie fühlte sich wie betäubt, als ob das, was Alaak eben widerfahren war, ihr nichts bedeute. Ihre Kehle war ausgetrocknet. Sie sehnte sich nach der großen Dunkelheit.

»Hast du dein Äußerstes getan?« Die Worte hallten ihr wie eine Anklage im Kopf wider. Er an meiner Stelle, dachte Medrian, würde nach vereinzelten gorethrischen Soldaten suchen und töten und töten, bis sie ihn am Schluß erschlügen. Dann hätte er sein Äußerstes getan. Aber ich kann es nicht. Ich habe nicht genug Haß in mir.

Sie erschauerte und zog ihre schwarze Jacke wieder an. Sie stand auf, und vor Verkrampfung und Schwäche knickten die Beine beinahe unter ihr zusammen. Die Schwertwunde in ihrer Seite schmerzte, heilte jedoch schnell. Es gab wenig, was sie tun konnte, um dem toten Offizier Ehre zu erweisen, außer daß sie seinen Körper zurechtlegte und mit abgefallenen Blättern bedeckte. Dann kletterte sie aus dem Graben, eine schmutzige, vom Kampf erschöpfte Gestalt.

Sie richtete sich todesverachtend auf, als hoffe sie, ein gorethrischer Soldat werde sie sehen und töten. Aber die ganze Umgebung lag verlassen da. Die schimmernden Grasflächen, die sich bis an den Fuß der felsigen Hügel schwangen, waren von der Schlacht und vom Feuer versehrt. Überall lagen Leichen, tragische Narben auf Alaaks reiner Schönheit.

Medrian schritt wie eine ausdruckslose Marionette zwischen den Leichen dahin und sah einen nach dem anderen, den sie kannte. Warum ich, dachte sie, warum habe ich überlebt? Habe ich nicht mein Äußerstes getan?

Dann fand sie ihr Pferd.

Es war ein rabenschwarzes unheimliches Tier, das offenbar sie zu seiner Reiterin erwählt hatte, und obwohl sie sich von ihm abgestoßen fühlte, war sie nicht imstande gewesen, es wegzujagen. Jetzt lag es tot da. Das Blut gerann auf einer großen Wunde in der Flanke. Sie hatte im Sattel gesessen, als sie getroffen worden war, und soviel sie sich erinnerte, war das Pferd unverletzt geblieben. Seine Wunde befand sich an genau der gleichen Stelle wie ihre eigene.

O ihr Götter!

Es ist an meiner Stelle gestorben.

Teufel! schrie sie stumm. Sie fiel auf die Knie, schlug sinnlos auf den Kadaver des Pferdes ein, als könne sie es dafür leiden lassen, daß es ihr ihren Tod geraubt hatte. Aber es starrte nur mit einem verglasten kornblumenblauen Auge zurück.

Medrian ließ von ihm ab. Die Qual zerriß ihr die Brust. Ihr Magen verkrampfte sich, ihre Gliedmaßen fühlten sich wie schnell fließendes dunkles Wasser an. Die Wunde in ihrer Seite öffnete sich wie eine Blume des Schmerzes. Die eiserne Selbstbeherrschung zerbrach, der sie sich zeit ihres Lebens befleißigt hatte. Die Erstarrung barst zu tobendem Leben, und das ganze Eis ihrer Seele wurde zermalmt, geschmolzen und von der Flut ihres Leids davongetragen.

Oh, meine Familie! dachte sie. Meine Mutter, mein Vater und mein Bruder da unten im Dorf, und die Gorethrier fallen über sie her. Ich kann nichts tun, um sie zu retten. Ich werde nie erfahren, ob sie am Leben geblieben oder gestorben sind. Wenn ich sie doch nur hätte lieben können, und sie mich!

O Alaak! O Gorethria! Warum konntet ihr Gorethrier uns nicht einfach in Frieden lassen? War es zu viel verlangt, daß euch ein einziges Fleischbröckchen vom Mund fiel?

Das hast du getan, du höhnender, hassender Wurm! Sie tobte vor Zorn und Leid, bis ihre Kehle eine rohe blutige Höhle war und ihr Leib sich verkrampfte. Sie schlug den Boden, bis ihre Nägel brachen und ihre Hände bluteten, aber die ganze Zeit fügte sie sich selbst körperlichen Schmerz zu, um die schreckliche Qual an ihrem Kopf abzutöten, die immer kam, wenn sie es wagte, etwas zu empfinden.

Alles hin, alles hin, meine Familie und meine Heimat und mein Vaterland, bevor du mir die Chance gegeben hast, sie zu lieben. Und jetzt werde ich diese Chance niemals mehr bekommen, niemals mehr. Das Schluchzen schüttelte ihren Körper, als wollte es sie zerreißen. Sie scharrte den Boden auf, und dann rollte sie sich herum und schlang die Arme um den Kopf.

Niemals mehr, niemals mehr. Alles hin.

Endlich erhob sie sich wieder auf die Knie. Sie schrie. Das alptraumhafte Gefühl in ihrem Kopf wurde so schlimm, daß sich ihre Schreie zu einem die Kehle zerreißenden Röcheln dämpften. Sie zerkratzte sich den Kopf, als wolle sie ihm das Gehirn entreißen.

Das Leid und die schreckliche Qual vermischten sich zu einer die Seele vernichtenden Wesenheit. Seit vielen Jahren zwang sie sich, ein eiskaltes gefühlloses Leben zu führen, denn wenn sie sich auch nur das Aufflackern eines Gefühls gestattete, öffnete das ihren Geist der grauenhaften Gegenwart der Schlange. Sie kam durch die stählerne Wand in ihr Gehirn gekrochen, quälte sie, verhöhnte sie, ließ sie den ewigen Schrecken ihres Seins fühlen.

Medrian war die menschliche Wirtin der Schlange.

Es ist unvorstellbar, daß ein so mächtiges und so fremdartiges unsterbliches Wesen seinen Geist Seite an

Seite mit dem eines schwachen Menschen existieren läßt. Das konnte für diesen unglücklichen Menschen nur ein Ergebnis haben: Qualen und Wahnsinn und zum Schluß die Vernichtung. So hatten alle früheren Wirte des Wurms geendet, obwohl er ihre körperlichen Hüllen bis ins hohe Alter hinein am Leben erhalten hatte. Aber Medrian hatte schon als Kind einen Weg gefunden, sich ihm zu widersetzen. Sie hatte ihren Geist von ihm abgeschnitten. Sie hatte alle ihre Gedanken in Eis verborgen, alle ihre Gefühle eingefroren, so daß der Wurm sie nicht mehr berühren konnte. Doch wenn sie nur für einen Augenblick auftaute, schlug er mit dreifacher Wut von neuem zu.

Jetzt überflutete sie sein böser grauer Hohn wie dickflüssige Säure, die sie nicht vom Körper wegwaschen konnte. Er klebte wie Spinnengewebe um ihr Gesicht, in ihrem Kopf — ein erstickender Alptraum des Wahnsinns.

Nein! Dagegen habe ich immer angekämpft!

Du hast mich eingelassen, Medrian, sagte der Wurm, und es soll dir noch leid tun, daß du mich ausgeschlossen hast. Ich verabscheue dich ebensosehr, wie du mich verabscheust.

Nein! Ich will mein Leid spüren — mir ist bis jetzt nie erlaubt worden, irgend etwas zu spüren — ich lasse mir mein Recht nicht nehmen ...

Ich lasse mir mein Recht auch nicht nehmen, meine Medrian, sagte der Wurm.

Sie wand sich in ihrem Kampf gegen ihn, wälzte sich im Blut toter Krieger, versuchte, ihres Elends Herr zu werden, ohne die Qualen der Schlange auf sich nehmen zu müssen. Es gelang ihr nicht. M'gulfn lachte über ihren Schmerz. Während sie ihre Verzweiflung verströmte, schüttelte der Wurm sich vor Vergnügen, als tanze der Tod selbst im Triumph über seine eigene Existenz.

Wenn ihre Mutter sie in den Arm genommen hatte, als sie noch ein Kind gewesen war, mußte sie sich zwingen, steif und kalt und ungerührt zu bleiben, damit die

Schlange sie nicht in qualvolle Krämpfe schleuderte. Schließlich hatte ihre Mutter aufgehört, sie in den Arm zu nehmen.

Medrian sog Luft in die Lungen und hielt sie dort fest. Sie nahm die Arme vom Kopf und streckte sie aus, als seien sie steif vom Wundstarrkrampf. Sie hielt den Kopf hoch und blickte über das bleiche Schlachtfeld und dachte an Kälte. Gefrorener Stahl und weißes Eis kamen, um ihren Geist einzukapseln, bis er eine polare Wildnis war.

Sie brauchte dazu lange Zeit. Der Wurm wollte seinen Griff nicht lockern; er zog sich mit peinigender Langsamkeit zurück, klammerte sich mit verzweifelten Tentakeln an ihr Gehirn. Er flüsterte: *Das kannst du mir nicht antun, ich muß deine Gedanken sehen und dich leiden machen, leiden ...*

Endlich war es vorbei. Medrian beherrschte ihre heftigen Gefühle, und M'gulfn fühlte sich nicht schlimmer an als ein Reptil, das zusammengerollt in ihrem Gehirn lag. Dort drückte es unaufhörlich gegen den Wall, den sie zwischen seinem Geist und dem ihren errichtet hatte.

Sie entspannte die verkrampften Muskeln, fiel nach vorn um wie eine Stoffpuppe. Das erste Ausatmen kam wie ein Stöhnen tiefster Verzweiflung.

Sie preßte die Handballen gegen die Erde und erduldete den Kies in den offenen Wunden wie eine Strafe. Nie wieder, schwor sie sich entschlossen. Nie wieder.

Sie stand auf und sah sich um, als wolle sie sich vergewissern, daß niemand gesehen hatte, wie sie auf dem Boden um sich schlug. Die weite Grasfläche lag immer noch verlassen da. Ein warmer Wind, der aus dem Reich kam, blies Asche vor sich her und fuhr jammernd auf die fernen Dörfer zu, wohin die Gorethrier marschiert waren.

Medrian konnte die Toten nicht begraben. Sie hatte nicht die Absicht, den Gorethriern zu folgen und einen nach dem anderen aus dem Hinterhalt zu töten, bis sie zur Vergeltung alle Alten und Kinder umbrachten. Sie hatte nicht die Absicht, nach ihrer Familie zu suchen.

Sie mußte Alaak verlassen.

Sie mußte dem Haß auf andere Weise Einhalt gebieten.

Müde machte sie sich auf den meilenweiten Weg zur Küste. Dort wollte sie ein Boot nehmen und über die Meerenge ins Reich fahren.

Ich werde nicht ruhen, sagte sie zu sich selbst, bis ich mein Äußerstes getan habe.

Selbst wenn sie gewußt hätte, daß es acht Jahre dauern würde, bevor der Feldzug gegen die Schlange auch nur begonnen werden konnte, hätte sie sich doch nicht verzweifelt abgewendet. Sie war verzweifelt, aber sie wehrte alle solchen Gefühle mit Kälte ab und ging unerschrocken weiter. Es kümmerte sie nicht, ob es eine Lebenszeit dauern würde, ihre Aufgabe zu erfüllen. Ihr einziges Ziel war es, M'gulfn aufzuhalten und ihrem eigenen Elend ein Ende zu bereiten.

Ihre acht Jahre im Reich rieben Körper und Seele auf. Es war ein großer Kontinent, und zwischen ihr und Gorethria lagen viele andere Länder. Sie bezwang Dschungel und Tropenwälder, in denen es von unbekannten Tieren wimmelte, durchwatete gefährliche Flüsse, überquerte vulkanische Bergketten und trockene Sandebenen. Sie geriet in Gewitterstürme, brennende Winde und Überschwemmungen, sie kämpfte gegen wilde Tiere und wurde einmal von Kriegern des Reiches gefangengenommen. Ihr einziger Gefährte in diesen Gefahren war ein neues rabenschwarzes Pferd, das ihr seine unheimliche Treue aufgezwungen hatte. Sie wußte, es war ein Geschöpf M'gulfns und hatte sowohl die Aufgabe, sie zu beschützen, als auch, sie einzuschüchtern. Aber sie duldete das Tier, und es entwickelte sich zwischen ihnen eine finstere Haßliebe.

In einem ihrer dunkelsten Augenblicke schien ihr der

Selbstmord die einzige Fluchtmöglichkeit vor dem wilden blauhäutigen Stamm, der sie gefangenhielt, zu sein. Aber als sie sich zu töten versuchte, starb das Pferd an ihrer Stelle. Die Wilden entsetzten sich, sie schrien, sie sei ein übernatürliches Wesen, ein Dämon, einer der Shana. Sie jagten sie davon, und sie rannte die Hügel hinauf. Ihre Situation nötigte ihr ein ironisches Lachen ab.

Ein paar Tage später kam ein drittes rabenschwarzes Pferd zu ihr. Grinsend wie ein Teufel, den seine eigenen bösen Taten zum Wahnsinn getrieben haben, sprang Medrian in den Sattel und spornte es zu einem erschöpfenden Galopp an, der sie ins Herz Gorethrias führen sollte.

Jedes Abenteuer hinterließ seine Spuren, und sie hatte das Gefühl, in diesen acht Jahren um zwanzig gealtert zu sein. Der Wurm hörte nie auf, sie zu behelligen, kroch in Alpträumen an sie heran, flüsterte ihr durch den Wall etwas zu, und sein Gemurmel war in der Stille von Medrians Geist wie Schreie. Nur wenn sich Medrian in großer Gefahr befand oder körperliche Schmerzen litt, zog er sich zurück — ob ihn das Schauspiel ihrer äußerlichen Leiden belustigte oder ob er tatsächlich Angst hatte, ihre Pein zu teilen, wußte sie nicht. Nach jedem Kampf wurde sie verzweifelter, aber auch stärker, kälter und entschlossener.

Die schwierigste Aufgabe war es, sich ungesehen durch Gorethria selbst zu bewegen. Anfangs reiste Medrian nur des Nachts, aber als sie sich den Städten näherte, besorgte sie sich Kleider, wie Sklavinnen sie zu tragen pflegten, und lernte es, durch die Straßen zu eilen, als habe sie einen wichtigen Gang für ihren nicht existierenden Herrn zu machen. Das Pferd war kein Problem, denn Sklaven war das Reiten erlaubt; ein gut gekleideter berittener Sklave war das Zeichen eines wohlhabenden Herrn. Und Sklaven hatten Zutritt zu öffentlichen Gebäuden, sogar zu Bibliotheken.

Schließlich gelangte Medrian an das erste Ziel ihrer Reise, die glitzernde Hauptstadt Shalekahh und die dem Palast angeschlossene große Bibliothek. Hier hoffte sie, Wissen und vielleicht eine Antwort auf ihre eigene Not zu finden.

Der Anblick des Palastes mit seinen porzellanweiß getünchten Mauern erschreckte sie. Wenn es möglich war, noch mehr Kälte zu empfinden, als sie es bereits tat, besiegelte dieses Gebäude ihr eisiges Geschick. Es stank nach Dämonen. Bei dem Gedanken an Meshurek, wie er im Griff der Shana, der Diener des Wurms, auf dem Thron hockte, wurde ihr übel. Zu dieser Zeit hatte sie noch nichts von Meshureks tragischer Geschichte gehört, aber sie nahm die Anwesenheit von Dämonen rings um den Palast wahr. Es unterstrich, was sie bereits wußte, daß die Schlange hinter dieser Grausamkeit und diesem Elend stand.

Sie betrat die widerhallenden Gewölbesäle der Bibliothek wie eine Diebin, wurde jedoch von den hochgewachsenen, prachtvoll gekleideten Bibliothekaren nicht angehalten. An einem Regal voller Bücher nach dem anderen ging sie vorbei, suchte nach jeder Information über den Wurm, die sie finden konnte. Endlich geriet sie in einen kleinen dämmerigen Nebenraum, über dessen Eingang auf einem Schild ›Astrologie, Religion und Aberglaube‹ stand. Die Regale waren vollgestopft mit Manuskripten und Büchern, viele in unbeschrifteten schmucklosen Deckeln, als seien sie erst gebunden worden, als sie vor Jahren in der Bibliothek eintrafen. Auch auf dem Fußboden stapelten sich Bände. Der Staub, der von jedem Buch aufstieg, das Medrian berührte, zeigte, wie wenig die Abteilung benutzt wurde.

Sie fand bald heraus, warum. Viele der Bücher waren Unsinn, nichts als Mythen und Märchen. Andere, unheimlicherer Natur, waren in einem so altertümlichen Gorethrisch geschrieben, daß nur Gelehrte sie hätten entziffern können, und trotzdem besaßen sie eine Aura, die Medrian entsetzte. Wenn sie den Blick über den unverständlichen Text wandern ließ, schrie das gelegentliche Wort, das sie verstand, sie an und erfüllte sie mit der Furcht, Bedeutung hinter einem wirren Alptraum zu finden. Mühsam arbeitete sie sich durch und mußte dabei gegen das panikartige Gefühl ankämpfen, sie würde diesem Raum nie mehr entrinnen.

In den Schriften vergangener Zeitalter (so las sie in einem in Kalbleder gebundenen Wälzer) *finden wir die Erwähnung eines mythischen Geschöpfes, das die Schlange oder der Wurm M'gulfn genannt wird. Der Ursprung des Glaubens an dieses Wesen liegt im Dunkel. Möglicherweise hat es einmal tatsächlich gelebt, und Menschen haben es gesehen und anderen davon berichtet. Beim Wiedererzählen war es unvermeidlich, daß das Wesen mit immer grauenhafteren übernatürlichen Eigenschaften ausgestattet wurde. So entstehen Mythen. Noch zu Lebzeiten des Autors erreichte eine Geschichte aus dem fernen Norden das Reich, ein großes graues Ungeheuer sei von der Arktik hergeflogen und habe viele Menschen verschlungen und das Land verwüstet. Man kann nur annehmen, daß hier ein Symbolismus als die beste Möglichkeit benutzt wurde, einen verheerenden Sturm zu beschreiben ...*

Medrian knallte das Buch enttäuscht zu. Die wichtigtuerische Vernünftelei des Autors stand in schrillem Gegensatz zu der schrecklichen Wirklichkeit, die sie kannte. Die Worte kamen ihr wie das Lachen eines Ghouls vor. Voller Abscheu ließ sie den Band fallen. Langsam wurde ihr klar, daß keiner der Autoren das Wissen besessen hatte, das sie brauchte — was die Schlange war und ob sie getötet werden konnte. Sie verstanden nicht einmal, daß die Notwendigkeit existierte. Medrian wolle schon verzagen.

Das Tageslicht verblaßte, als sie endlich ein Buch entdeckte, das sie verstand. Es erklärte in einfachen Worten die Entstehung der Erde und der Ebenen und wie die Schlange selbst ins Leben getreten war — genauso, wie es Jahre später die Dame von H'tebhmella ihr erklären sollte. Medrian las mit Eifer, und aus den schwachen Reaktionen M'gulfns in ihrem Gehirn erkannte sie, daß dies die Wahrheit war.

Menschen, Tiere und Pflanzen haben sich auf der Erde entwickelt (hieß es in dem Buch). *Ihre Existenz hat nichts mit der Schlange zu tun. Wie passen nun die Shana, die von den Menschen ›Dämonen‹ genannt werden, in den Plan der Dinge? Zweifellos handelt es sich bei ihnen nicht um natürliche Wesen, und sie leben in einer separaten Region, die weder die Erde noch eine der Ebenen ist. Wir schließen daraus, daß die Schlange sie selbst gemacht hat. Sie besitzt einen Überfluß an Energie; sie hat jeden Grund, über die Anwesenheit des Menschen auf der Erde zu grollen, und so hat sie eigene Wesen geschaffen und ihnen die Aufgabe gestellt, die menschliche Rasse, die sie haßt, zu quälen und letzten Endes zu beherrschen.*

Das stellt für mich einen schlüssigen Beweis dar, daß es die Grauen oder Wächter tatsächlich gibt und daß sie von Zeit zu Zeit in das Geschehen auf der Erde eingegriffen haben. Die Shana haben große Macht und sind abscheulich böse. Es läßt sich kein Grund erkennen, warum sie nicht schon vor Jahrtausenden über die Erde hergefallen sind und alles vernichtet haben (damit hätten sie sich natürlich gegen die Schlange erhoben, und diese hätte dann die Shana vernichtet), außer daß die Grauen ihnen um der Erde willen an Beschränkungen auferlegt haben, was sie können. Die Region der Shana ist von ihrem Platz unter der Erde nach außerhalb verlegt worden, und die Dämonen können nur erscheinen, wenn ein Mensch sie ruft. Die Beschwörung ist mühsam, und nur wenige haben Kenntnis davon. Nun müssen die Shana dem Beschwörer mehr zu bieten haben als Qualen, sonst würden sie niemals gerufen werden. Aber gefährlich sind sie auf jeden Fall, und das Eingreifen der Grauen hat sie — und die Schlange — auf lange Sicht nur noch rachsüchtiger gemacht ...

Das war Medrian alles neu. Sie las das Büchlein zu Ende. Jetzt hatte sie zumindest die äußere Wahrheit erfahren, auch wenn sie die innere niemals entdecken sollte.

Das nächste Buch glitt ihr in die Hand, als habe es auf sie gewartet. Es bestand nur aus etwa zwanzig dicken handbeschriebenen Blättern, die sorgfältig in dunkles Leder gebunden waren. Medrian unterschied drei oder vier verschiedene Handschriften, alle sehr alt, aber mehr oder weniger lesbar. Noch in dem verblassenden Tageslicht war sie leicht fähig, die Worte zu erkennen, als glühten sie in einem eigenen geisterhaften Licht. Sie vermittelten ihr das Gefühl von einem fernen spukhaften Traum, dessen Thema in Vergessenheit geraten war, nicht aber das Entsetzen und das Rätselhafte daran, das noch über einen Abgrund von Jahren zu spüren war. Das Buch hieß *Der erste Zeuge der Schlange.*

Ich ging mit Eldor über den Schnee (berichtete der erste Schreiber). *Ich weiß nicht, wo ich war. Wir könnten in der Arktis gewesen sein oder anderswo. Der Schnee war flach, und der Nachthimmel war wie ein Kristall. Ich spürte, daß die Erde sehr jung war, obwohl ich weiß, das kann nicht gewesen sein. Deshalb war das Ganze vielleicht ein Traum. Aber wenigstens versuchte Eldor in dem Traum, Vernunft in den Rest meines Lebens zu bringen, der ein Wahngebilde des Schreckens gewesen ist, und dafür segne ich ihn. Ich fragte ihn, warum der Wurm mein Leben zu einem Alptraum gemacht habe.*

Medrian las es mit angstvoller Faszination. Ihr war sofort klar, daß diese Worte von einem früheren Wirt der Schlange geschrieben worden waren. Sie hätte sie selbst geschrieben haben können, so genau kannte sie den Schmerz, der dahinterstand. Gleichzeitig spürte sie, daß

M'gulfn sich in ihr regte; die Gefühle des Wurms stießen sie ab, doch dieses eine war neu. Vorsichtig hob sie die mentale Abschirmung zwischen ihnen, so daß sie einen Blick auf seine Gedanken werfen konnte. Entschlossen las sie weiter.

»Du mußt verstehen«, sagte Eldor zu mir, freundlich wie zu einem Kind, »die Schlange ist nicht einfach ein Lebewesen. Sie ist eine körperliche Manifestation unirdischer Energie. Als die Erde selbst aus den gewaltigen kosmischen Kräften des Universums entstand, strebte die durch diesen Schöpfungsakt erzeugte Energie danach, sich in zwei Teile aufzuspalten. In diesem furchtbaren Konflikt wurden die Ebenen in die Existenz geschleudert, und als sich die beiden Hälften endlich trennten, drehte sich der negative Teil in sich zusammen, bis er sich selbst zu einer Kreatur von kosmischer Macht gebar — zu der Schlange. Und die positive Energie wirbelte in einem unendlichen Ring nach außen und ist längst darüber hinaus, uns helfen zu können...«

In Medrians Innern wurde M'gulfns seltsames Gefühl stärker. Medrian konnte sie noch nicht bezeichnen, erschrak jedoch über ihre Heftigkeit. Sie glich — sie glich einer fanatischen, besitzergreifenden Eifersucht, doch es war mehr als das.

Nicht einmal die Wächter (fuhr der Schreiber fort) *sind fähig gewesen, die Schlange zu vernichten oder auch nur zu bezwingen. Eldor erzählte mir: »Sie rissen ihr ein Auge der Macht aus dem Kopf, doch das hat sie nur mit Wut und Bosheit erfüllt und ihr zu Bewußtsein gebracht, daß sie Feinde hat. Dadurch ist sie noch gefährlicher geworden. Also quäle dich nicht selbst mit Gedanken daran, sie zu töten. Das ist unmöglich, und sie würde sich dafür, daß du ihren Tod geplant hast, nur an dir rächen.«*

Ich verzweifelte, als Eldor das sagte, und meinte, es gebe keine Hoffnung. Ich konnte nur noch auf den Tod hoffen, wenn auch mit dem Wissen, daß der Wurm sich dann einen neuen Wirt suchen, das Leben eines anderen zur Qual machen würde, und dann wieder eines anderen und so fort. Aber Eldor gab mir Hoffnung — nur einen kleinen Gedanken, unbestimmt, doch er hat mir meine geistige Gesundheit so weit erhalten, daß ich diese Zeilen schreiben kann, die vielleicht einmal jemand anders von Nutzen sein werden.

Er erzählte mir von dem Vogel Miril. »Sie ist ein winziger Bruchteil dieser verlorenen positiven Energie«, sagte Eldor. »Die Wächter fingen das Energieklümpchen ein, damit es das gestohlene Auge bewache, aber sie erschufen Miril nicht daraus, sie erschuf sich selbst. Sie ist schön und traurig, denn sie weiß, sie kann das Auge nicht für immer in ihrer Hut behalten. Eines Tages wird die Schlange einen Weg finden, es auf die Welt loszulassen, und es am Schluß zurückgewinnen, und dann wird sie die Erde mit ihrem grauen Schrecken beherrschen. Trotzdem ist Miril die Hoffnung der Welt. Die Sonne scheint nicht heller als ihre ausgebreiteten Schwingen, und die kristallenen Felsen der Erde sind ihre Tränen ...« So sagte Eldor.

Süße Miril, Hoffnung der Welt, du bist in meinen Gedanken. Du allein kannst die Schlange besiegen, du bist bis ans Ende der Zeit unser einziges Symbol der Liebe und der Freiheit.

Medrian ließ das Buch mit einem erstickten Schrei in den Schoß fallen. Mit weißem Gesicht saß sie da und schwankte wie jemand, der sehr krank ist oder unter Drogen steht. Ein weiteres Gefühl züngelte wie eine Flamme von M'gulfns Geist in den ihren: Abscheu vor Miril. Es war mehr als Abscheu, es war die Abstoßung vollkommener Gegensätze, befleckt mit Haß und sogar mit Furcht. Der Wurm verabscheute Miril, er würde sie vom Himmel reißen und verschlingen, wenn er je die Gelegenheit bekäme. Medrian wand sich, zitterte unter der Wucht dieses Hasses. Ihr war, als würde sie selbst verschlungen.

Von neuem öffnete sie das Buch und las weiter. Die Buchstaben des nächsten Schreibers waren spitz, wild und in der Form degeneriert. Aber Medrian erkannte in allen Einzelheiten die zerrissenen Bilder seines Leidens.

> *»Diese schwarze Schlange kommt zu mir, sie kam aus meiner Kinderzeit, versteckte sich in den Winkeln meines Zimmers und in meinem Kopf, ich sehe ihre Schlangengestalt, die grinsende Schlange, die mir mit Rassiermesserzähnen in den Kopf beißt ...«*

Schaudernd zwang sie sich, zu Ende zu lesen. Sie trieb einen langen dämmerigen Tunnel voller grauenhafter Enthüllungen entlang — und an seinem Ende wartete M'gulfn, wartete darauf, daß sie die Wahrheit erkannte und sich in ihrer Verzweiflung dem Wurm ergab.

Die nächste Schreiberin mußte ihren Bericht heimlich und in großer Eile angefertigt haben. Sie hatte keine Zeit für ausführliche Erklärungen oder sonst etwas außer einer sachlichen Darstellung gehabt.

Ich bin eine Frau aus Morrenland. Ich bin im Gefängnis. Niemand will mir glauben, was ich erlebt habe, aber da es wahr ist, muß ich es niederschreiben. Ich war in der Armee, die unter dem Befehl des Königs nach Norden zog, um die Schlange zu töten. Der König hielt es für ein heroisches Unternehmen, das seinen Ruhm mehren werde. Wie wenig kannte er die Wahrheit. Ich jedoch hatte nicht die Macht, es ihm zu sagen.

Wir segelten in die Arktis und marschierten über den Schnee. Die anderen hielten sich stolz, lachten und scherzten tapfer über die Kälte und die Gespenster, die die Schlange uns über den Weg schickte. Aber mich folterte sie, und ich war nicht fähig, davon zu sprechen und sie alle zu warnen, damit wir von dieser Wahnsinnsmission umkehrten.

Schließlich fanden wir die Schlange. Sie war kleiner, als wir gedacht hatten, grotesk, und sie lag im Schnee, als kön-

ne sie sich nicht bewegen. Die anderen wurden übermütig und bildeten sich ein, sie könnten sie überwältigen.

Aber bei unserem ersten Angriff erhob sich die Schlange auf ihren Flügeln, umkreiste uns und spie Säure auf uns herab. Mehrere starben bei diesem ersten Angriff. Die ganze Zeit tobte sie in meinem Kopf in ihrem wütenden Triumph. Ich konnte es nicht länger aushalten. Ich betete darum, schnell getötet zu werden.

Beim zweiten Angriff schnappte sie bei mehrmaligem Niedertauchen den Rest der Soldaten mit ihren Kiefern, zerbiß sie und ließ die zerbrochenen Körper in den Schnee fallen. Ich entkam nicht, aber ach, ich starb nicht. Als ich auf dem blutigen Schnee wieder zu mir kam, waren alle meine Kameraden tot, und die Schlange starrte mich wie eine gleichgültige Gorgo inmitten ihrer zermalmten Leichen an. Ich litt schreckliche körperliche Qualen. Arm und Bein waren gebrochen, mein Kopf war geborsten, und ihre stinkenden Zähne hatten meinen Körper von der Kehle bis zum Unterleib aufgerissen. Meine Haut brannte von ihrem Gift. Dann erkannte ich, daß ich hätte tot sein müssen, daß mich der Wurm jedoch am Leben erhielt.

Ich ertrage es nicht, wiederzugeben, was er zu mir sagte, als ich da stand, wie er über mein Elend und meinen Schmerz lachte. Ich weiß nicht, warum ich nicht wahnsinnig wurde, doch das wäre ein zu leichter Ausweg gewesen. Er beschimpfte mich, dann zwang er mich, mit einem gebrochenen Bein und in Fetzen hängender Haut die vielen Meilen durch die bitterkalte Arktis zu gehen, über die Tundra und durch Tearn bis nach Morrenland. Ich spürte jede Einzelheit des Schmerzes. Ich war ein wandelnder Leichnam, von der Schlange zum Leben erweckt.

Ich kam nach Morrenland und trat vor den König. Die Schlange zwang mich, das Fehlschlagen der Mission zu berichten, legte ihren ganzen Hohn in meine Stimme. Es war offensichtlich, wie sich die Menschen vor mir fürchteten; ich muß ausgesehen und mich benommen haben wie ein von der Schlange besessener Ghoul. Das einzige, was sie mit *mir anzufangen wußten — sie steckten mich ins Gefängnis und verurteilten mich wegen Desertierens zum Tode.*

Jetzt warte ich darauf, gehängt zu werden. Ich hoffe, die Schlange wird mich sterben lassen; doch wenn sie es tut — wehe dem Henker! Ich bin ganz ruhig, die Schlange ist fern. Seltsam, daß ich so zufrieden und vernünftig bin, als sei gerade meine geistige Klarheit eine Manifestation des Wahnsinns. Es tut mir leid, daß ich sterben muß, ohne etwas anderes gelernt zu haben, als daß der Kampf gegen die Schlange dumm ist. Ich habe Dummköpfe nie leiden können.

Die Frau hatte ihren Bericht mit einem kühnen Schlußstrich beendet. Darunter standen in unregelmäßigem Gekritzel die Worte:
Wehe dem Henker! Wie wahr. Wehe, wehe, wehe!

Und das war alles. Aber Medrian wußte nun, daß die Schlange, wenn der Wirt getötet wurde, in den Körper desjenigen überging, der ihn getötet hatte. Für sie stellte die zittrige Schrift ein deutliches Abbild seiner Qualen dar.

Medrian starrte das leere letzte Blatt des Buches an, als könne sie durch ihre Willenskraft dort Worte erscheinen lassen. Sie fühlte sich blutlos, wund, mit sandgefüllten Lungen. Es muß mehr da sein, dachte sie. Ist das alles? Ich habe noch nicht alles herausgefunden. Was ist mit den Tausenden von anderen Wirten, die es gegeben hat?

Dann begriff sie.

Die Wahrheit war in ihr, wartete darauf, erkundet zu werden. Alles Wissen, alle Erinnerungen ruhten in M'gulfns Geist, wenn sie nur den Mut hatte, sich die Gedanken des Wurms anzusehen. Sie hatte bereits einige der Erinnerungen mittels dieses seltsamen Gefühls wahrgenommen, das wie Eifersucht war. Obwohl die Schlange alle ihre Wirte mit abscheulicher Grausamkeit behandelt hatte, empfand sie offenbar auch eine Art

Zuneigung für sie, eine krankhafte, besitzergreifende Liebe. Medrian erschauerte. So verzerrt das Gefühl durch das Böse war, es war nicht die Parodie einer Zuneigung. Es war echt.

Medrian schloß die Augen, lehnte sich gegen das Bücherregal und ließ sich durch die Erinnerungen des Wurms wie durch einen Korridor hinuntertreiben. Sie sah, wenn auch verschleiert durch sein Bewußtsein, jede Einzelheit seiner langen einsamen Existenz im arktischen Schnee, den Diebstahl des Auges durch die Wächter, alle seine vielen Wirte, die wenigen hoffnungslosen Versuche, ihn zu töten, die schwindelerregenden Flüge über Länder, die er apathisch und erschöpft zurückließ ...

Sie taumelte von seinem Geist zurück, stellte mühsam die eigene Identität wieder her. Sie hatte erfahren ... Sie hatte mehr erfahren, als sie überhaupt hatte wissen wollen. Sie hatte Blut geschmeckt ...

Sie stand auf, schwankte wie ein toter Baum im kalten Wind. Ich habe die Wahrheit erfahren, was habe ich verloren? Ich habe sowieso nie irgendeine Hoffnung gehabt, nie irgendeine Hoffnung, ermahnte sie sich ständig selbst. Sie schob das Buch *Der erste Zeuge der Schlange* unter ihre Jacke und schmuggelte es mit dem Geschick einer Meisterdiebin aus der Bibliothek. Die Bibliothekare schlossen gerade die Türen. Draußen war es ganz dunkel geworden.

Medrian verließ Shalekahh und schließlich das Reich Gorethria. Sie wußte nicht, wohin sie ging, und es kümmerte sie auch nicht. Blind und taub für fast alles, was es in der Außenwelt wie in ihrem Innern gab, wanderte sie dahin.

Von der Wahrheit, die sie entdeckt hatte, war sie so überwältigt, daß sie zum Schluß aufhörte, lebendig zu sein. Man durfte nicht dulden, daß die Schlange am Leben blieb. Doch sie war, wie Medrian jetzt wußte, unzerstörbar. Nicht einmal sie konnte eine so abgrundtiefe

Verzweiflung ertragen, und deshalb hörte sie auf zu fühlen und zu denken.

Sie ließ sich von ihrem Pferd tragen, wohin es wollte, und starrte dabei ins Leere. Leute, die sie ansprachen, beachtete sie nicht, und manchmal saß sie da und betrachtete stundenlang das leere letzte Blatt des Buches, als suche sie dort nach einer unvorhergesehenen Enthüllung.

Aber ein Alptraum schüttelte sie aus ihrer Erstarrung. Ein Wirrwarr von Eindrücken, etwas, das der Wurm in seinem eigenen Körper erlebte, flackerte durch seinen Geist auf den ihren zurück. Er bereitete sich darauf vor, zu fliegen, anzugreifen, obwohl er sich jahrhundertelang nicht mehr bewegt hatte.

Nein!

Dem schmerzlichen ersten Schrei eines Neugeborenen gleich, erwachten ihr Bewußtsein, ihre Gedanken und Gefühle wieder zum Leben. Nicht angreifen — nicht Forluin — überhaupt kein Land ...

Aber die Schlange hörte nicht auf Medrian. Sie flog und verwüstete eine friedliche Insel, während Medrian unter dem Alptraum vager Eindrücke litt — Blut und Tod und Schwindel —, bis sie schließlich in die Arktis zurückkehrte, träge im Schnee lag und krankhaft über ihren Sieg nachgrübelte.

Und Medrian lag eine ganze lange Nacht wach auf dem harten Boden, die Augen weit geöffnet und zitternd, während das Pferd gleichmütig in der Nähe graste. Ich bin es nicht allein, die da leidet, es sind alle. Tausende von Wirten hat es vor mir gegeben, und Tausende werden nach mir kommen, und ich kann nichts tun ...

Als der Morgen dämmerte, hatte Medrian einen Entschluß gefaßt. Sie füllte die letzte Seite des Buches, das beim Schreiben immer grauer wurde, als lege sie ihre eigene Zukunft in der scheußlichsten je erdachten Horrorgeschichte nieder. Zu Ende gekommen, steckte sie das Buch unter ihre Jacke und sicherte es dort mit einem

Gürtel. Dann bestieg sie ihr Pferd und ritt zum nächsten Hafen. Ich bin dumm gewesen, dachte sie. Ich habe die Wahrheit erfahren und sogar die Hoffnung auf Hoffnung verloren — was macht das? Es macht gar nichts, es hat nichts zu bedeuten. Aber Alaaks Leid — Forluins — meins — ich kann es nur versuchen — ich habe gesagt, ich wolle nicht ruhen, bis ich mein Äußerstes getan hätte. Etwas anderes kann ich nicht tun, etwas anderes gibt es nicht mehr.

Sie fand ein kleines Schiff, mit dem sie zu Eldor fuhr, weil sie nicht wußte, wohin auf der ganzen Erde sie sonst hätte gehen können. Der Weise mochte etwas wissen, das ihr half, wenn auch nur in dem geringen Ausmaß, wie er dem früheren Wirt geholfen hatte, indem er ihm von Miril erzählte. Zu ihrer Überraschung stellte sie dann fest, daß Eldor sie erwartet hatte und daß ein Feldzug stattfinden sollte. Nach ihr trafen Estarinel und Ashurek ein, um mit ihr zu ziehen. Es war wie vorherbestimmt. Sie hatte nicht mit einer so konkreten Hilfe gerechnet, ungeachtet dessen, was sie in das Buch geschrieben hatte. Zwar hatte ihr Kampf gegen M'gulfn kaum begonnen, ganz zu schweigen davon, daß er längst nicht beendet war, doch sie fand eine Art Frieden in dem Wissen, daß sie auf eine letzte Reise gehen würde.

Als sie im Haus der Deutung eintraf und vor dem grauhaarigen Weisen stand, konnte sie nicht sprechen. Die Schlange erlaubte ihr nicht, zu erklären, was sie war. Aber Eldor sah die kleine dunkelhaarige Frau an, deren Gesicht so weiß und kalt war wie Quarz, und brauchte keine Erklärung. Er kannte die Schatten in ihren Augen, und er kannte das dünne Buch, das sie umklammerte. Er faßte danach, und wie eine Hexe, die daraus schreckliche Zaubersprüche gelernt hatte, trennte sie sich nur schwer davon.

Eldor blätterte die wenigen Seiten um und entdeckte eine neue Handschrift auf der letzten Seite, gedrängt und unregelmäßig, als habe ein fremder Wille die Schreiberin daran hindern wollen, sich auszudrücken. Er las:

Die Schlange hat Alpträume.

Ich habe allein mit ihr in dieser stillen Leere gelebt. Ich habe ihre Gedanken gehört, ihre Schneeheimat durch ihre Augen gesehen, ihre Träume geträumt. Ich habe Trostlosigkeit gesehen. Sie macht mir angst.

Sie besitzt mich, obwohl ich mich gegen sie wehre. Aber einer unausweichlichen trostlosen Ewigkeit kann man sich nicht für immer widersetzen. Einmal habe ich mit ihr gesprochen, habe ihr angeboten, mich ihrem Willen zu unterwerfen, wenn sie in ihrem kalten Reich bleiben und nicht wieder südwärts fliegen wolle, um sich an unschuldigen Menschen zu mästen... Nein, antwortete sie mir, dein langes Schweigen hat mir Schmerzen verursacht. Jetzt ist es nicht mehr genug, was du mir anbietest.

Nie wieder werde ich ihr anbieten, mich ihr zu unterwerfen. Obwohl die Ablehnung kälter war als die gefrorene Leere des Raums, ist es Eis, das nie wieder aufgetaut werden kann. Wenn die graue Trostlosigkeit der Schlange mich zum Schluß überwältigt, wie ich weiß, daß es geschehen muß, wird meine Kälte sie verbrennen. Die Schlange hätte mich nicht verzweifelter machen sollen, als sie selbst es ist. Sie hat mich für alle Zeit verloren.

Alle sagen, die Schlange wird siegen. Ich habe dies durch den unausweichlichen Alptraum meines Lebens wahrgenommen. Aber auch die Schlange hat Alpträume. Dazu muß sie einen Grund haben, und falls nicht, wird sie einen Grund bekommen, bevor ich sterbe.

Ich bin Medrian von Alaak.
Ich bin die letzte Zeugin der Schlange.

3

Forluin

Medrian hatte ihren Bericht beendet. Sie lehnte an einer Spindel aus blauem Fels und zog die Facetten und Winkel der glitzernden Oberfläche mit den Fingern nach. »Es träumt sich leicht davon, für immer hierzubleiben ... Und es wäre so trügerisch«, murmelte sie. »Denn ich weiß, daß ich die Blaue Ebene verlassen und den Feldzug fortsetzen muß, und wenn ich das tue ...« Sie drehte sich in dem Nebel um. Es war eine langsame anmutige Bewegung wie die seltsame Ruhe des Wahnsinns. »Dann wartet sie schon auf mich.«

»Ich hatte gedacht, du seist froh darüber, auf der Blauen Ebene für eine Weile von M'gulfn frei zu sein«, gestand die Dame traurig. »Jetzt sehe ich, daß dadurch am Ende für dich alles nur noch schwerer sein wird.« Medrian nickte, unterdrückte Furcht in ihren dunklen Augen. »Estarinel und Ashurek wissen noch nicht, wer du bist, oder?«

»Nein, natürlich nicht«, antwortete Medrian mit einem sich selbst verspottenden Lächeln. »Der Wurm würde mir nie erlauben, es ihnen zu sagen. Wie kann die Wirtin ihn schützen, wenn sie nicht stumm und anonym bleibt? Im Haus der Deutung dachte ich schon. Ashurek werde mich töten, als ich mich weigerte, Auskunft über mich zu geben, aber selbst wenn ich fähig gewesen wäre zu sprechen, hätte ich geschwiegen. Denn sie dürfen es bis ganz zum Schluß nicht wissen.«

»Ja, darin hast du absolut recht.«

»Auf eine Weise wundert es mich, daß sie es nicht erraten haben. Bei den Gelegenheiten, wenn M'gulfn mich besiegte und ich den Feldzug beinahe zum Scheitern brachte ... Trotzdem wissen sie es immer noch nicht. Vielleicht liegt es daran, daß sie Arlenmia verdächtigten. Und Ashurek glaubt, ich sei nach der Zerstörung Alaaks aus Verzweiflung auf den Feldzug gegangen, was teilweise wahr ist. Ich habe keine Ahnung, was Estarinel von mir selbst denkt. Seltsam, es hat mich nie interessiert, was irgendwer von mir gedacht hat, bis Estarinel ...« Wieder saß ihr die Frage in der Kehle, doch sie konnte sie nicht über die Lippen bringen.

»Medrian, es gibt da etwas, das du wissen mußt, nicht wahr? Hab keine Angst, mich zu fragen«, ermutigte die Dame sie freundlich.

Medrian sprach schnell, bevor der Zweifel ihr Einhalt gebot. »Nun — ich bin frei, zum ersten Mal in meinem Leben. Aber die Blaue Ebene ist nicht die Erde — sie ist so schön, daß es mir weh tut. Da habe ich mich gefragt, wie es sein würde, auf der Erde von der Schlange frei zu sein, nur für ein Weilchen. Dann könnte ich erfahren, wie es ist, normal zu sein.« Sie lachte trocken auf. »Ihr habt da etwas erwähnt, die Schlange habe Forluin ›übersehen‹. Wenn ich mit Estarinel ginge — wäre es möglich, daß M'gulfn mich dort nicht berühren könnte?«

Oh, Medrian! dachte die Dame. Dieses bißchen kann ich für dich tun.

»Es stimmt, was ich gesagt habe. Die Schlange hat Forluin körperlich angegriffen, weil es ihr unmöglich ist, geistige Macht über die Insel auszuüben. Du kannst Forluin in Freiheit besuchen.«

»Ich danke Euch, meine Dame«, flüsterte Medrian.

»Aber ob es richtig oder falsch ist, daß du diesen Besuch machst«, setzte die Dame hinzu, und Tränen glänzten in ihren Augen, »das mußt du selbst entscheiden.«

Ashurek und Calorn standen zusammen auf einem Felsvorsprung, der sich nur wenige Zoll über die glasartige Oberfläche des Wassers erhob. Ein paar Schritte vor ihnen, am äußersten Ende des Felsens, umkreisten drei

H'tebhmellerinnen eine Wolke aus funkelndem blauen Licht und verfestigten sie mit seltsamen metallenen Instrumenten behutsam zu einer zusammenhängenden Sphäre. Bei ihnen standen Medrian und Estarinel. Beide trugen h'tebhmellische Kleidung aus einem blaßblauen seidenen Material, Estarinel eine Hose und ein loses Hemd, Medrian ein langes Kleid, das an der Taille und den Ärmeln zusammengehalten wurde. Sie warteten mit Spannung darauf, daß der Ausgangspunkt vollendet wurde.

Der komplizierte Orbit von H'tebhmellas Eingangspunkten hatte die Eigentümlichkeit, öfter über Forluin zu führen als irgendwo sonst auf der Erde. Eine seltene Konjunktion würde es Estarinel und Medrian erlauben, in wenigen Stunden auf die Blaue Ebene zurückzukehren.

»Estarinel wirkt gar nicht glücklich über die Aussicht, Forluin wiederzusehen«, bemerkte Calorn.

»Über was könnte einer von uns schon glücklich sein?« gab Ashurek barsch zurück.

»Darüber, daß ihr auf H'tebhmella seid?« regte Calorn an.

»Das kann nur noch ein paar Tage dauern. Der Gedanke, daß wir die Schlange angreifen werden, macht mich alles andere als unglücklich, aber da ist immer noch Silvren ...« Er sah auf das weiche blaugrüne Moos unter seinen Füßen nieder. Calorn spürte, wie machtlos er sich fühlte und wie er nach Taten dürstete. Sie selbst war voller Unternehmungsgeist und hätte ihm gern geholfen, Silvren zu befreien. Nichts war ihrem Herzen teurer als ein gefährlicher Auftrag mit befriedigendem Ausgang, zum Beispiel eine erfolgreiche Rettungsaktion.

Von neuem sah Ashurek mit seinen gefährlichen glänzenden grünen Augen, die so hell aus seinem feinknochigen purpurbraunen Gesicht leuchteten, zu der Kriegerin auf. Calorns Gedanken weilten kurz bei seiner schlimmen und blutigen Vergangenheit, dann riß sie sich davon los. Ich habe es mit dem Mann zu tun, nicht mit seinem Ruf, dachte sie. Die H'tebhmellerinnen haben nichts Böses von ihm gesagt.

Sie öffnete den Mund zum Sprechen, aber in diesem Augenblick rief Filitha, der Punkt sei fertig. Ashurek und Calorn traten vor, um ihre beiden Gefährten gehen zu sehen.

»In achtzehn Stunden wird ein Eingangspunkt die Stelle überqueren, wo ihr herauskommt. Gebt gut acht — ihr dürft ihn nicht verpassen!« warnte die Dame. Sie küßte beide auf die Stirn. »Nun geht mit meinem Segen.«

Estarinel und Medrian traten in die Wolke aus blauem Licht und verschwanden.

»Ich weiß nicht, ob dieser Entschluß, Forluin zu besuchen, klug ist«, murmelte Ashurek. »Nun ja, solange sie nicht den Mut zum Weitermachen verlieren ...« Er drehte sich um und lief schnell an dem Felsfinger entlang zum Ufer zurück, ohne auf einen der anderen zu warten. Offenbar wollte er gern allein sein.

Calorn sah ihm eine Weile nach. Dann entschied sie sich und folgte ihm.

Estarinel und Medrian traten aus dem Ausgangspunkt auf den weichen Boden eines Waldes. Der Wechsel in ihrer Umgebung, ja, schon in dem Anhauch der Luft, war so groß, daß beide mehrere Augenblicke lang sprachlos stehenblieben. Die Atmosphäre hatte ihre kristallene Klarheit verloren, fühlte sich dafür aber wärmer, angenehm und irdisch an. Später Sonnenschein sickerte durch die Bäume, umrahmte jedes einzelne Blatt mit Silber und überflutete den Raum zwischen den Stämmen mit bronzenem Dunst.

»Es ist Sommer, ganz so, als sei ich nie weggegangen«, sagte Estarinel. »Wie seltsam ist der Gedanke, daß ein ganzes Jahr vergangen ist! Die Reise von Forluin zum Haus der Deutung dauerte mehrere Monate. Ich habe mir nie vorgestellt, daß sich hier die Jahreszeiten abgelöst haben, während wir auf See waren.«

»Weißt du, wo wir sind?« fragte Medrian.

»Ja, im Trevilith-Wald. Zu meinem Haus ist es nicht mehr als ein Spaziergang von einer Stunde. Ich habe hier als Kind soviel Zeit verbracht...« Die anstürmenden Erinnerungen ließen ihn verstummen.

»Dann komm!« forderte Medrian ihn auf, aber Estarinel blieb stehen, als habe er Wurzeln geschlagen.

»Ich weiß nicht«, sagte er tonlos. »Ich glaube nicht, daß es eine gute Idee war — mitten im Feldzug zurückzukehren. Ich habe das Gefühl, in einem großen Kreis herumgelaufen und nirgendwo gewesen zu sein. Das ist verkehrt. Ich habe keine Lust, irgendwen zu sehen — was soll ich denn erzählen? Daß ich mehrmals beinahe ums Leben gekommen wäre und nichts erreicht habe? Ja, ich bin wieder da, aber der Feldzug hat immer noch nicht begonnen, und ich muß wieder weg. Oh, sie werden es verstehen, wenn ich es erkläre... und dann werden sie sich um mich ängstigen und ihr Vertrauen auf mich setzen, als ob *ich* sie retten könnte — sie alle — ausgerechnet ich. Es war die einfachste Sache der Welt, auf diesen Feldzug zu gehen — und jetzt ist es die schwierigste Sache geworden, ihn fortzusetzen. Es ist nicht fair gegen sie, daß sie gezwungen werden, auf mich zu vertrauen. Ich möchte sie nicht daran erinnern müssen, wenn sie vielleicht anfangen, es zu vergessen. Ich hätte nicht herkommen dürfen.«

Medrian sah ihn mehrere Sekunden lang an. Ihr war sehr merkwürdig zumute, als schwebe sie. Die Dame hatte die Wahrheit gesagt; M'gulfn besaß keine Macht über Forluin, und zum ersten Mal war Medrian auf der Erde von der Schlange frei. Doch sie wagte immer noch nicht, sich zu entspannen, sich ein Gefühl zu erlauben oder sich anders zu benehmen. Sie durfte keine Sympathie für Estarinel zeigen.

»Es ist zu spät«, antwortete sie ruhig. »Du hast deine Entscheidung getroffen. Komm, wir können nicht achtzehn Stunden lang hierbleiben.«

Er sah ihr in die dunklen Augen und wunderte sich, daß er imstande war, ihren Blick auszuhalten, während ihn früher dabei Eiseskälte durchschauert hatte. Medrian hatte ihm auf ihre eigene zurückhaltende Art in den schlimmsten Augenblicken des Feldzugs immer geholfen. Jetzt befand sie sich in seiner Heimat und mußte ihm vertrauen können, wie er ihr vertraute.

Er seufzte und versuchte zu lächeln.

»Du hast recht, wie gewöhnlich. Hier entlang.« Sie machten sich auf den Weg über die Waldlichtung, und er setzte hinzu: »Ich bin froh, daß du mitgekommen bist.«

Medrian antwortete nicht. Sie ging schweigend neben ihm her, und der Saum ihres h'tebhmellischen Kleides streifte die Erde. Sie fühlte sich fast wie in einem Traum, aber noch nie zuvor hatte sie einen solchen Traum gehabt. Gleichzeitig war dies Erlebnis herzzerreißend wirklich und ließ ihr früheres Leben wie einen bizarren Alptraum erscheinen. Sie durfte den Blättermoder unter den Füßen und die Brise im Gesicht, das silbern-bronzene Sonnenlicht und die rauhe Struktur der Baumrinde genießen, ohne daß der Wurm sie voller Hohn dafür bestrafte, daß sie gewagt hatte, etwas zu lieben. Zum allerersten Mal erfuhr sie, was Normalität ist, und es war alles, was sie sich erhofft hatte.

Sie kamen aus dem unregelmäßigen Rand des Waldes auf eine weite Wiese mit Gras und Farnkraut, dessen grüne Wedel die Luft mit einem frischen Duft erfüllten. Estarinel beschleunigte den Schritt, und sie pflügten sich ihren Weg durch die kniehohen Pflanzen und dann durch ein Gebüsch. Nun standen sie auf einem grünen Hang. Ein Flickenteppich aus Feldern und Bäumen streckte sich vor ihnen aus, grün und bernsteinfarben und honiggelb in der Abendsonne. In der Nähe grasten ein paar Schafe, und ein einzelner Vogel rief verloren vom Himmel.

Forluin, das sah Medrian, war schön.

Aber zu ihrer Linken war der Sonnenuntergang ein Fleck grellen Karmins wie eine Wunde in den Wolken. Und ihr konnte der gräuliche Nebel nicht entgehen, der am Horizont entlangtrieb.

Estarinel neben ihr erschauerte. Minutenlang war er nicht fähig zu sprechen, so süß, vertraut und heimatlich war ihm der Anblick. Wie oft war er durch diese Landschaft, vor der in seiner Liebe nur seine Familie kam, geritten, gegangen und gerannt! Aber auch er erkannte den grauen Nebel des Wurms, der den Himmel vergiftete und die Farbe des Sonnenuntergangs verfälschte. Der Fluch hatte Forluin nicht verlassen.

»Der schlimmste Angriff fand gleich nördlich dieses Gebietes — meiner Heimat — statt«, begann er, und die Worte waren wie Sand in seinem Mund. »Die Nachbarfarmen wurden zerstört — unsere ist eben noch davongekommen.«

»Ich weiß, du hast es mir erzählt«, fiel Medrian schnell ein, denn sie wollte ihm den Schmerz, davon zu sprechen, ersparen.

»Man kann die Farm von hier aus nicht sehen«, fuhr er fort, »aber es sind nur noch zwei Meilen.«

Er führte sie den Hang hinunter und einen Weg entlang, der von großen goldenen Buchen überhangen war.

Schließlich meinte Medrian: »Forluin ist schön — es ist der entzückendste Ort, den ich je gesehen habe. Sogar jetzt noch.«

»Normalerweise ... früher«, antwortete Estarinel tonlos und traurig, »würden die Wiesen und Haine vor Leben überschäumen, singende Vögel, Rehe zwischen den Bäumen. Überall waren Schafe und Pferde ...« Unfähig, fortzufahren, schüttelte er den Kopf.

Sie umgingen eine weitere Baumgruppe und folgten einem gutausgetretenen Saumpfad entlang einer Hecke.

Dann sahen sie eine weite wellige Wiese vor sich, und Estarinel fiel beinahe in Laufschritt.

In seine Erinnerung eingebrannt war das Bild des schlüsselförmigen Tals, wie er es zuletzt gesehen hatte: Immer noch grün, und das alte steinerne Farmhaus saß zufrieden auf der Talsohle inmitten von Gemüsegärten und Wiesen, als sei nichts geschehen. Und hinten, an dem offenen Ende des Tals, waren versengte Bäume und die Trümmer der Farm seines Freundes Falin gewesen. So knapp war seine Familie dem Unglück entronnen.

Plötzlich fegte die Aussicht, seine geliebten Eltern und Schwestern wiederzusehen, alle Zweifel aus seiner Seele. Letzten Endes kam es nur auf sie an.

»Komm!« rief er Medrian zu. »Da geht es ins Tal hinein!« Er rannte vor ihr her bis zu dem grünen Rand des Schüsseltals, von wo aus er jede Einzelheit der elterlichen Farm erkennen konnte.

Medrian, die hinter ihm zurückgeblieben war, sah, wie er mit einem Ruck stehenblieb und wie ungläubiges Erschrecken seinen Körper schüttelte. Sie keuchte von der Anstrengung, ihn einzuholen und zu sehen, was er gesehen hatte.

Das Tal war grau, eine Schüssel voll scheußlicher Asche. Bäume lagen in grotesken Trümmern wie versengte Knochen auf dem Boden verstreut, der in Säure zu verfaulen schien. Die Zerstörung, die das Gift der Schlange hervorgerufen hatte, erstreckte sich über die Hänge des Tals bis auf wenige Schritte zu der Stelle heran, wo sie standen. Klebriger Schleim benetzte, was von Gras und Hecken übriggeblieben war. Für Haut und Augen wahrnehmbar war der Gestank nach Trostlosigkeit, der davon aufstieg. Er trug den Haß des Wurms mit sich, ein unausweichliches Geschick, das Krankheit und Elend zu demselben Begriff vereinigte. Und im Mittelpunkt lagen die zerbröckelten Reste von Estarinels Vaterhaus.

Die Ruinen sahen so still und traurig aus wie ein Tierchen, das aus Furcht gestorben ist.

Zuerst war Estarinel so entgeistert, so überwältigt von bitterer Ungläubigkeit, daß er sich nicht rühren konnte. Er fühlte sich gelähmt, betäubt; ein Stahldraht wickelte sich um seine Kehle, bis das Blut sein Gesichtsfeld schwärzte. Der Kopf dehte sich ihm vor Verwirrung.

»Wie ...«, entrang es sich als rauhes Flüstern seiner Kehle. Zorn, Entsetzen und Leid überfluteten ihn wie ein Aufschrei äußerster Ablehnung. Nein! Nein! Das Wort wurde sein Leben, trieb ihn wie eine wahnsinnige Marionette in taumelndem Lauf das Tal hinunter. Der herzzerreißende Schock tobte durch seine Glieder, als könne er sich nur unten in dem zerstörten Haus entladen.

Medrian lief ihm sofort nach. Sie warf sich von der Seite gegen ihn, um ihn vom Weg abzubringen. Dann faßte sie seine Arme und versuchte, ihn festzuhalten. Er wehrte sich gegen sie, seine Augen blickten wild. Offenbar erkannte er sie nicht.

»Hör auf!« rief sie.

»Laß mich los!« krächzte er. Er versuchte sich von ihr loszureißen, aber sie hängte sich entschlossen an ihn.

»Nein!« schrie sie. »Wenn du in das Zeug hineintrittst, wird es dich töten. Begreifst du das nicht? Es ist Säure — Gift!«

Krampfhaft zitternd starrte er sie an. Aber er hatte Sinmiel, Falins Schwester, in einer Giftpfütze sterben gesehen. Sie hatte nicht aufgepaßt, wohin sie trat, und war in den Geifer der Schlange gestolpert, der das Fleisch auflöst.

Mit einem heiseren Aufschrei riß Estarinel sich von Medrian los und rannte Hals über Kopf den Hang hinauf und am Rand entlang weiter auf ein unbeschädigtes Steinhäuschen zu.

Medrian eilte ihm nach. Sie hatte den Schlangengestank in den Hals bekommen und hustete, rang nach Atem. Mit Estarinels höllischem Tempo konnte sie nicht Schritt halten. Sie sah ihn das Häuschen betreten und einen Augenblick später wieder herausstürzen. Sie nahm eine Abkürzung in seiner Richtung, aber er war trotzdem schneller als sie, rannte über die Wiese und einen Pfad zwischen dunklen Bäumen hinunter, die wie Skelette aussahen, erstarrt vor Angst.

Schließlich verlor Medrian ihn aus den Augen. Keuchend und schluchzend blieb sie stehen, krümmte sich vor Schmerzen in den Rippen. Sie fiel auf die Knie und versuchte wieder zu Atem zu kommen. Jetzt weinte sie und riß mit weißen Händen an ihrem langen Haar.

Zum ersten Mal fand ihr Leid Erleichterung ohne die spöttische Einmischung M'gulfns, doch dessen war sie sich kaum bewußt. Estarinel... ihre Gedanken verwirrten sich in unzusammenhängendem Kummer. Oh, bei den Göttern, was kann ich tun...

Nach einiger Zeit erholte sie sich, richtete sich auf, hockte sich auf die Fersen und sah in die Dämmerung hinaus, die sich über Forluin niedersenkte. Sie zitterte, ihr Atem ging in rauhen Stößen.

»Und hatte ich nicht einen weiteren Grund herzukommen?« sprach sie zu sich selbst. »Ich tat es nicht nur, um frei von der Schlange zu sein. Ich mußte mich selbst mit Schuldgefühlen quälen... das von M'gulfn verursachte Leid sehen, um wirklich zu begreifen, was die Schlange getan hat. Was *ich* getan habe, weil ich absolut unfähig war, sie davon abzubringen. Unfähig... oh, Estarinel, ich hätte mir mehr Mühe geben sollen. Ich wußte nicht...«

Sie mühte sich auf die Füße, klopfte sich das blaßblaue Kleid ab und strich sich mit zitternden Händen das Haar zurück. Dann schlug sie den Weg ein, den Estarinel genommen hatte.

Der Pfad wand sich durch Felder, deren nördliche Ränder mit Asche versengt waren. Wenn der Blick nicht durch Bäume verstellt war, konnte Medrian in der Ferne einen grauen Dunst sehen. Dort hatte der Wurm seine Arbeit gründlich getan. Ganze Strecken Forluins waren verwüstet worden, und das Gift besaß die Fähigkeit, sich durch den Boden auszubreiten und das Zerstörungswerk fortzusetzen, lange nachdem die Schlange in ihre arktische Heimat zurückgekehrt war.

Frierend und verzweifelt fand sich Medrian am Rand eines kleinen Dorfes wieder. Sechs oder sieben Steinhäuschen scharten sich um einen Anger mit einem Brunnen in der Mitte. Es dämmerte, und in einigen der Fenster tanzten Lichter, aber draußen war es menschenleer. Medrian war überzeugt, Estarinel sei in dieses Dorf gelaufen und werde wieder auftauchen, wenn sie auf ihn wartete. In der Zwischenzeit hatte sie nicht die Absicht, an die Haustür fremder Leute zu klopfen. Deshalb schlenderte sie über den Anger, stellte sich an den Brunnen und hielt Umschau.

Die Häuschen waren offensichtlich mit Liebe und Sorgfalt gebaut worden, und der Anger und die Wege, die ihn umrundeten, waren sorgfältig gepflegt. Überall hatte man Blumen und Büsche angepflanzt. Das Dorf hatte eine Atmosphäre von Wärme und Freundlichkeit, die Medrian noch nirgendwo verspürt hatte, ganz bestimmt nicht in Alaak.

Sie schlug die Arme unter, denn die Luft war kühl. Merkwürdig — sie fror selten, wenigstens nicht körperlich.

Dies ist ein Ort von genau der Art, wie ihn der Wurm am meisten verabscheut. Er würde ihn zerstören wollen, dachte Medrian. Nicht den Ort, sondern die Menschen und das Gefühl. Warum hat er eigentlich so lange damit gewartet?

Medrian erschauerte. Sie verstand den Aufruhr in ihrem Innern nicht. Hier war sie frei von der Schlange, und so war der Eiswall, den sie in ihrem Geist gegen sie errichtet hatte, von selbst geschmolzen. Die verhältnismäßige Wärme vermittelte ihr das Gefühl, in ihrem Innern brenne es, und jede Flamme war ein anderes Gefühl. Die meisten bestanden aus einer Mischung von Kummer und Zorn — Kummer um Alaaks Schicksal, um ihre Familie, um Forluin und Estarinel, Zorn auf M'gulfn, Arlenmia, Gastada — es gab endlose Gründe. Auch Furcht war da, eine so chronische Furcht, daß es sie lähmte, wenn sie ihre Gedanken dabei verweilen ließ. Und irgendwo waren da Liebe und Interesse für ein anderes menschliches Wesen. Dieses Gefühl war ihr so fremd, daß sie kaum erkannte, was es war; seine sanfte Kraft tat ihr mehr weh als das Brennen der anderen Gefühle.

Sie war nie so töricht gewesen, sich einzubilden, sie habe ihre Gefühle ausgerottet, indem sie sie jahrelang unterdrückte, aber sie hatte auch nicht erwartet, daß sie mit solcher Gewalt zurückkehren würden. Diese inneren Gewalten waren beim Anblick der Farm, nachdem Estarinel davongelaufen war, ausgebrochen, und seitdem tobten sie in ihr.

Jetzt stand sie bewegungslos neben dem Brunnen und war dankbar, wenigstens ein paar Minuten zu haben, in denen sie ihre Gedanken ordnen und die Selbstbeherrschung zurückgewinnen konnte.

Wie stark bin ich? fragte sie sich. Wahrscheinlich bin ich schwach ohne die Schlange, die meine Kraft stützt. Freiheit! Wie konnte ich denken, für diese paar Stunden frei zu sein? Ich muß mich gegen meine eigenen Gefühle ebenso wie gegen M'gulfn wappnen, damit ich mich nicht selbst verrate...

Estarinel darf keinen Verdacht schöpfen, daß ich irgendwie anders bin. Das würde es nur unmöglich machen, den Feldzug fortzuführen. Ich muß mich so kalt geben wie immer.

Natürlich würde es schwierig sein, kein Mitgefühl, keinen Kummer über das Schicksal von Estarinels Familie zu zeigen. Ihre Gleichgültigkeit würde es ihm noch schwerer machen. Er hatte nie geglaubt, daß sie innerlich wirklich so eisig gefühllos war, wie sie sich äußerlich stellte, aber vielleicht würde er es jetzt glauben; vielleicht würde er beginnen, sie zu hassen. Messer durchbohrten ihre Brust. Sie schluckte. Es war das beste so. Dann konnte der Feldzug beendet werden.

Falin stand aus keinem besonderen Grund auf und sah aus dem Fenster seines Häuschens. In der Mitte des Angers sah er am Brunnen eine Gestalt, die er zuerst nicht für einen Menschen, sondern für eine Statue hielt. Verwundert und verwirrt betrachtete er sie in dem dämmrigen Licht, bis er erkannte, daß es tatsächlich eine kleine und schlanke Frau war, die sehr still und völlig in ihre eigenen Gedanken versunken dastand. Das allein verriet ihm schon, daß sie keine Forluinerin war, noch bevor ihm ihr Gesicht und ihre Farben auffielen.

Er öffnete die Tür und ging zu ihr hinaus. Sie blickte auf, als er sich ihr näherte, doch sonst bewegte sie sich nicht. Ihr Gesicht mit den zarten Zügen war weiß und stand in scharfem Gegensatz zu den großen dunklen Augen und dem schwarzen Haar. Sie kam ihm bekannt vor, aber ihm fiel nicht ein, woher.

»Mein Name ist Falin«, begann er zögernd. »Brauchst du vielleicht Hilfe?«

»Ich warte auf Estarinel«, antwortete sie einfach.

Falin war zumute, als kippe die Erde unter seinen Füßen; ihm schwindelte vor Schreck und Verwirrung. Was meinte sie? Wer war sie?

»Estarinel...«, begann er. Sein Mund war trocken. »Er ist nicht hier. Er ist vor Monaten weggegangen.«

»Du erkennst mich nicht, stimmt's?« fragte die Frau.

»Ich bin mir nicht sicher...« Allmählich erinnerte er sich an sie, aber das führte nur zu noch mehr Verständnislosigkeit und wachsender Furcht.

»Wir haben uns im Haus der Deutung kennengelernt«, sagte sie. »Du warst einer seiner vier Gefährten.«

»Und du mußt Medrian sein. Es tut mir leid — du siehst anders aus als damals. Aber was tust du hier? Ich dachte...«

»Wir brauchten länger, als wir erwartet hatten, um die Blaue Ebene zu erreichen. Dort angekommen, wünschte sich Estarinel, Forluin vor der Fortsetzung des Feldzugs einen kurzen Besuch abzustatten. Die Dame erlaubte es ihm, und mir, ihn zu begleiten.«

»O ihr Götter!« Falin fuhr sich mit den Fingern durch das lange braune Haar. Er war sehr blaß, wie Medrian bemerkte, und hatte das angespannte Aussehen eines Menschen, der nicht schlafen kann. »Und hat er dich geradewegs zu seinem Hof geführt?«

»Ja«, antwortete sie knapp, »und der Hof war nicht mehr da. Er ist diesen Weg hinuntergelaufen, und ich verlor ihn aus den Augen.«

»Oh«, seufzte Falin, »seine ganze Familie ist tot. Warum ist er nicht zu mir gekommen? Ich kann mir denken, wohin er gegangen ist; wir sollten nach ihm sehen.«

Schweigend folgte ihm Medrian zwischen den Häusern hindurch und über einen Pfad, der sich einen grasigen Hang hinaufwand.

Falin war so erschüttert von der Ankunft Medrians und der Nachricht, daß Estarinel da war, daß er zitterte. Es war erst ein paar Tage her, daß das Bauernhaus, unterminiert von dem Gift der Schlange, eingestürzt war und Estarinels Familie getötet hatte, auch seine eigene geliebte Arlena. Seitdem hatte er kaum noch geschlafen — hatte den Augenblick gefürchtet, wenn Estarinel zurückkehren und er gezwungen sein würde, seinem Freund die schreckliche Nachricht mitzuteilen. Er fürchtete sich davor, seinem liebsten Freund diesen Kummer zu bereiten — er wußte, er wäre unfähig, nach allem anderen auch noch diesen Kummer mitanzusehen.

Doch noch größer war seine Angst gewesen, Estarinel werde überhaupt nicht mehr zurückkommen. Seine Gedanken rasten — er hatte nicht im geringsten damit gerechnet, daß Estarinel so plötzlich heimkehren werde, und wenn er Medrian richtig verstanden hatte, mußten sie wieder gehen, und der zweite Abschied würde viel mehr Schmerz und Verzweiflung mit sich bringen als der erste.

Dann wandten sich seine Gedanken Medrian zu, und er streifte sie mit einem Seitenblick. Plötzlich bemerkte er, wie kalt sie wirkte, wie eisig und gefühllos, als sei gar nichts geschehen und, falls doch, als kümmere es sie nicht.

Wer war sie? Hatte er seinen Freund tatsächlich dieser Person anvertraut, die so teilnahmslos und so heimtückisch wie Eis zu sein schien?

Diese Überlegungen wurden unerträglich, deshalb brach er das Schweigen.

»Da ist ein langer Schuppen — er gehörte dem Stellmacher, aber er hat ihn uns nach dem Angriff der Schlange zur Verfügung gestellt als — nun, als einen Ort der Ruhe. Wir haben alle Toten dort aufgebahrt. Ich bin überzeugt, Estarinel ist hineingegangen, um zu sehen, ob seine Familienangehörigen ...« Die Kehle wurde ihm eng.

»Und sind sie da?« fragte Medrian mit der gleichen sachlichen, kühlen Stimme.

»Ja.«

Sie erreichten das niedrige Steingebäude und traten ein. Zu beiden Seiten des langen Raums standen hölzerne Schragen, auf denen viele Menschen lagen, die durch die Schlange den Tod gefunden hatten. Alle waren mit blaßgrünen Tüchern zugedeckt und hatten Blätter und gelbe Blüten im Haar. Die Atmosphäre hatte nichts Schreckliches, sie war wie die klare Dämmerung eines Frühlingsabends, kühl und ganz friedlich.

Am hinteren Ende kniete Estarinel an einer Bahre und hielt die Hand seiner Mutter gefaßt. Sein Gesicht war bleicher als das einer der Leichen, und das Entsetzen hatte ihn so betäubt, daß er nicht einmal weinen konnte. Ganz langsam näherte Falin sich ihm. Medrian folgte ihm mit kleinem Abstand.

»E'rinel«, sagte Falin leise. Sein Freund blickte auf, und Falin zuckte zusammen. Das furchtbare Leid in Estarinels Augen war genau das, was Falin sich immer wieder vorgestellt hatte. Er trat zu ihm. Estarinel stand auf, und die beiden umarmten sich, ohne zu sprechen.

Medrian betrachtete die Leichen von Estarinels Verwandten. Sie erkannte Arlena, Estarinels Schwester, ein hochgewachsenes silberhaariges Mädchen, das ebenfalls im Haus der Deutung gewesen war. Ihre Mutter war ihr ähnlich, doch von wärmeren goldenen Farben. Neben ihr lag ein Mann, offensichtlich Estarinels Vater. Er glich seinem Sohn sehr und sah nicht viel älter aus. Auch Lothwyn, die jüngere Schwester, ähnelte ihrem Bruder in ihrer dunkleren Tönung. Ihr Gesicht wirkte sanft und süß.

Seltsam, wie Estarinel für sie plötzlich inmitten seiner Familie realer wurde, als sei er vorher nichts als ein Geist gewesen, dessen Weg zufällig den ihren gekreuzt hatte. Wie anders war ihr Wahrnehmungsvermögen ohne M'gulfn! Sowohl schmerzlich als auch wundervoll war die Erkenntnis, daß Menschen sich gegenseitig etwas bedeuten, daß ihr Existieren, ihr Leiden wichtig sind. Bisher hatte sie das nicht begriffen. Sie hatte es auf abstrakte Weise gewußt, doch jetzt erfaßte sie die Wahrheit gefühlsmäßig. Sie kam sich nicht länger abgesondert vor.

Ich muß abgesondert bleiben! dachte sie und kehrte Estarinel und Falin den Rücken, damit sie ihr Gesicht nicht sahen.

Sie stellte sich vor, wie seine Familie umgekommen sein mußte, erschlagen von dem einstürzenden Bauernhaus. Die anderen waren wahrscheinlich am Biß der Schlange oder an ihrem Gift oder an einer Krankheit gestorben, die von der Asche herrührte. Trotzdem trug keiner von ihnen ein Mal und kein Zeichen der Verwesung, nicht einmal die Leichen, die am längsten hier lagen.

Medrian wurde von einem schrecklichen Gefühl ergriffen, eine furchtbare Vision drängte sich ihrem Gehirn auf, Gestalten in einer grauen Landschaft, unter topasfarbenem Glas erstarrt, auf ewig in qualvoller Anbetung der Schlange gefangen ...

Jetzt wurde ihr klar, wie schwer es war, ihre Gefühle ohne die scheußliche Hilfe der Schlange zu verbergen. Es kostete sie Mühe, nicht wegzulaufen oder zu schreien oder die Fäuste zu ballen, bis ihr Schaudern allmählich nachließ und ihr Gesicht wieder ausdruckslos war.

Ich bilde mir das nur ein, ich bilde mir das nur ein, ermahnte sie sich selbst. Es muß einen anderen Grund geben, warum die Leichen vollkommen erhalten sind. Denk nicht darüber nach. Sie sind tot — nicht einmal die Schlange könnte ...

»E'rinel«, sagte Falin gerade, »komm mit ins Haus! Dort können wir reden. Du wirst dich besser fühlen, wenn du einen Schluck getrunken hast.«

»Erzähl mir, wie es geschehen ist«, bat Estarinel heiser.

»Ja — sobald wir im Haus sind. Nun komm!«

Die drei verließen den Schuppen und schlossen behutsam die hölzernen Flügeltüren hinter sich. Es wurde dunkel. Falin stützte Estarinel, weil er von dem Schock zu schwach war, um allein zu gehen. Kalt wie Alabaster schritt Medrian vor ihnen her, als existierten sie nicht.

Falin überraschte sich dabei, daß er sie ablehnte, obwohl es eine höchst unforluinische Reaktion war, jemanden auf den ersten Blick unsympathisch zu finden. Nun ja, seit dem Angriff der Schlange war nichts mehr so wie früher. Es war ebenso unforluinisch, sich zu fürchten und unglücklich zu sein, Hunger und Krankheit zu leiden — und zu erkennen, daß die Liebe zu seinen vielen Freunden im Dorf von der Angst überschattet war, er könne auch sie noch verlieren.

Doch wenigstens waren diese typischsten forluinischen Eigenschaften, die Liebe und die Besorgnis, die sie füreinander empfanden, von dem Wurm nicht verringert worden. In dieser Beziehung war es ihm nicht gelungen, Forluin zu erobern, und es würde ihm nie gelingen, auch wenn sie zum Schluß alle tot sein sollten. Deshalb konnte er diese Fremde nicht verstehen, die mit Estarinel gekommen war, aber kein Wort zu ihm, Falin, gesprochen hatte, die ihm ständig den Rücken zukehrte und deren Gesicht — so glaubte er — deutlich zeigte, daß sie nichts, absolut nichts empfand.

Vielleicht spielte bei Falins Empfindungen Medrian gegenüber auch eine gewisse Eifersucht mit. Sie war mehrere Monate lang Estarinels Gefährtin gewesen. Falin und die anderen Estarinel teuren Personen waren dagegen von ihm getrennt worden und hatten die ganze Zeit nichts darüber erfahren, wie es ihm erging oder ob er überhaupt noch am Leben war. Und Falin hatte das Gefühl, was auch immer sie zusammen durchgemacht hatten, sie würden es ihm nicht erzählen. Durch ihre Beziehung kam er sich irgendwie ausgeschlossen vor, und ihn ärgerte der Gedanke, Estarinel empfinde Liebe und Freundschaft für sie, während er ihr offensichtlich ganz gleichgültig war.

Er nahm sich vor, sie ohne Vorurteil zu betrachten, doch das war schwer, wenn Estarinels Leben auf dem Spiel stand.

In wenigen Minuten waren sie in Falins Haus. Falin ging im Zimmer umher und entzündete Lampen. Dann schürte er ein sterbendes Feuer, bis warmes Licht die Dunkelheit vertrieb. Der Fußboden war mit Teppichen in Rostrot, Gold und Grün bedeckt, und an den cremefarbenen Wänden hingen mehrere kleine Gobelins. Zu beiden Seiten des steinernen Kamins führten dunkle Holztüren in andere Räume.

Estarinel saß in einem Sessel am Feuer und trank dankbar den Wein, den Falin ihm angeboten hatte. Medrian saß ihm gegenüber. Er sah ein einziges Mal zu ihr hin, aber sie erwiderte seinen Blick nicht, sondern hielt die Augen auf die Flammen gerichtet.

Allmählich beruhigte der Wein ihn. Seine Muskeln entspannten sich, und in sein Gesicht kehrte die Farbe zurück. Mit fast unnatürlicher Ruhe erkundigte er sich: »Dies ist das Haus deiner Tante Thalien, nicht wahr?«

»Ja«, antwortete Falin, der neben ihm auf dem Fußboden saß. »Edrien und Luatha haben vorübergehend auch hier gewohnt, aber sie wollten an die Küste zurückkehren. Thalien ging mit ihnen, weil sie sich nicht wohl fühlte und meinte, die Seeluft werde ihr helfen. Deshalb bin ich jetzt hier allein.« Unvergossene Tränen beengten ihm die Kehle. Jetzt erst bemerkte Estarinel, wie blaß und erschöpft sein Freund wirkte. Nachdem Falin seine eigenen Angehörigen beim ersten Angriff der Schlange verloren hatte, war er von der Familie Estarinels ›adoptiert‹ worden. Und natürlich war da Arlena — er hätte daran denken sollen, daß Falin ebensoviel Grund zur Verzweiflung hatte wie er.

»Falin, es tut mir leid. Wir hätten nicht so aus dem Nichts erscheinen sollen. Ich habe nur an mich selbst gedacht ...«

»Ich hatte Angst davor, es dir zu sagen«, erwiderte Falin. »Ich weiß nicht, warum ich überzeugt war, du werdest als erstes zu mir kommen, noch bevor du deine eigene Familie wiedergesehen hättest, und dabei konntest du ja gar nicht wissen, wo ich wohne. Es ist erst vor ein paar Tagen geschehen; ich war einfach zu verwirrt, um logisch zu denken.«

»Erzähl mir, was passiert ist!« bat Estarinel sanft.

»Nun, dein Vater«, — Falin schluckte schwer —, »ist schon bald nach deiner Abreise gestorben. Man teilte es uns mit, als wir von unserer Fahrt zurückkehrten. Es war das Fieber, das die Schlange mitgebracht hat; fast immer verläuft es tödlich.

Doch dafür, was dem Hof widerfuhr, gab es keine

Warnung. Das Gift der Schlange muß durch den Boden gesickert sein und den Mörtel aufgelöst haben. Das Haus ist so plötzlich eingestürzt, daß deine Mutter und deine Schwestern keine Möglichkeit zur Flucht hatten. Lilithea wachte morgens auf, und es war geschehen. Sie eilte ins Dorf, um uns zu benachrichtigen. Es gelang uns, ins Tal vorzudringen und die Leichen herauszuholen, aber bald darauf strömte das Gift der Schlange hinein und bedeckte alles. Wir können es nicht loswerden. Es tötet. Oh, wäre ich doch bei ihnen gewesen, dann hätten sie vielleicht nicht sterben müssen!«

»Laß es gut sein, Falin.« Estarinel faßte die Hand seines Freundes. »Wahrscheinlicher ist, daß du ebenfalls umgekommen wärest. Wo ist Lilithea? Ihr Häuschen stand leer.«

»Ihr geht es gut. Sie ist nach dem Süden zu ihren Eltern gezogen.«

Estarinel war die Erleichterung bei dieser Neuigkeit deutlich anzusehen. Wenigstens Lilithea und Falin waren bisher verschont geblieben.

»Auf der Rückfahrt vom Haus der Deutung«, fuhr Falin fort, »waren Arlena und ich die meiste Zeit zusammen. Wir schworen uns, die Schlange dürfe nicht siegen, und die beste Möglichkeit, sie zu schlagen, sei, weiterzuleben und aus dem Leben das Beste zu machen. Wir wollten in zwei Wochen heiraten ... Diese Kreatur wird nicht ruhen, bis wir alle tot sind, nicht wahr?«

Medrian sprang plötzlich auf, als sei ein glühendes Holzstück aus dem Feuer geflogen und habe sie verbrannt. Sie blieb stehen, und dann fragte sie ruhig: »Hast du einen Platz für mich, wo ich schlafen kann?«

»Ja — ja, natürlich.« Falin stellte sich eilends auf die Füße und öffnete eine der Türen. Er führte sie über einen kurzen Korridor zu einem Zimmer mit auf dem Boden verstreuten Teppichen und einer Flickendecke über einem niedrigen Bett. Wieder fragte er sich, was sie und Estarinel wohl durchgemacht hatten, seit er zwischen den kalten Bergen des südlichen Kontinents gestanden und sie beide zusammen mit Eldor und Ashurek im antarktischen Halblicht hatte verschwinden sehen. Er zündete für Medrian eine Lampe an.

»Da drin ist Wasser, wenn du dich waschen möchtest.« Er wies auf einen Nebenraum. »Hättest du gern etwas zu essen? Entschuldige, ich hätte eher fragen sollen ...«

»Nein.« Sie sah ihn mit diesen herzlosen Augen an. Es war, als wolle sie noch etwas sagen, doch sie fügte nur hinzu: »Ich danke dir.«

Falin kehrte zu Estarinel zurück und setzte sich seufzend in den freigewordenen Sessel. Vielleicht war Medrian nichts anderes als taktvoll. Jedenfalls fühlte er sich jetzt, nachdem sie gegangen war, behaglicher.

Als habe er seine Gedanken gelesen, sagte Estarinel: »Denk nicht schlecht von ihr. Sie ist sehr unglücklich.«

Falin nickte und sagte sich, er habe nicht das Recht, irgendein Urteil über sie zu fällen.

»Wie lange kannst du bleiben?« fragte er.

»Nur diese Nacht. Am Morgen müssen wir nach H'tebhmella zurückkehren. Hat Medrian es dir nicht erzählt?«

»Sie hat mir nur wenig erzählt. Ich konnte daraus entnehmen, daß der Feldzug nicht vorüber ist.«

»Nein. Falin, ich hätte nicht kommen sollen. Jetzt weiß ich, daß es verkehrt war. Es wird nur neue Ängste und vielleicht falsche Hoffnungen erwecken, zumindest bei dir, auch wenn niemand sonst von meinem Besuch erfährt. Aber ich mußte einfach wissen, wie es hier steht ...«

Falin sah ihn an, und ihm fiel auf, daß sein Freund älter wirkte, weltmüde und gehetzt. Er trug Narben im Gesicht — welche Kämpfe hatte er hinter sich?

»Dann ist es wohl besser, du erfährst alles. Dieses Gift, das die Schlange zurückgelassen hat, ist wie eine lebende Substanz. Es breitet sich innerhalb und oberhalb des Bodens aus und tötet alles, was es auch immer berührt.

Ich glaube, wir werden das Dorf bald evakuieren müssen. Das Gift dringt in plötzlichen Stößen ohne Warnung vor. So viele Tiere sind getötet, soviel Ackerland ist verdorben ... Irgendwann wird es ganz Forluin bedecken. Wir tun unser Bestes mit dem, was übrig ist, doch es ist nur eine Frage der Zeit. So steht es hier, mein Freund.«

Estarinel fühlte sich wie ausgehöhlt vor Jammer, als habe er keinen Boden mehr unter den Füßen und werde nie mehr einen haben. Aber um Falins willen ...

»Es gibt trotzdem Hoffnung.« Er bemühte sich, überzeugend zu sprechen. »Die H'tebhmellerinnen helfen uns ... Verzeih mir, ich kann weder davon noch von allem sprechen, was wir bisher durchgemacht haben. Aber es gibt Hoffnung.«

Falin versuchte zu lächeln.

»Schon gut. Ich möchte es im Augenblick gar nicht wissen. Ich möchte lieber warten, bis der Feldzug vorüber ist, und dann kannst du mit uns stundenlang am Feuer sitzen oder draußen auf der Wiese und uns alles erzählen, was sich ereignet hat«, sagte er mit erzwungener Tapferkeit.

»Ich werde zurückkommen«, versprach Estarinel.

»Ja, du mußt zurückkommen.« Und sie sahen sich an, teilten die Erinnerungen an ihre Kinderzeit und ihre Familien, an alle die Freunde und Tiere und Orte, die ihr Leben in Forluin so glücklich und schön gemacht hatten, bis der Wurm kam.

Sie saßen noch etwa eine Stunde am Feuer, doch es gab nicht mehr viel, was sie sich sagen konnten. Schließlich stand Estarinel auf und wünschte Falin gute Nacht. Er werde noch bei Medrian hineinschauen, bevor er zu Bett gehe, um sich zu überzeugen, daß es ihr gut gehe.

Falin deckte das Feuer zu und löschte alle Lampen bis auf eine, die er in sein Zimmer mitnahm. Sobald er im Bett war, löschte er auch diese, und dann lag er lange Zeit wach und starrte in die Dunkelheit.

Er machte sich schreckliche Sorgen um Estarinel. Sein Freund war von der ersten Phase des Feldzugs erschöpft und möglicherweise entmutigt, und dazu war der furchtbare Schock über den Tod seiner Familie gekommen. Aber Falin war aufgefallen, wie unnatürlich ruhig Estarinel sich seit seiner Ankunft im Haus verhalten hatte. Etwas in seinem Innern unterdrückte das Leid, erlaubte ihm nicht, sich in Tränen oder Zorn Luft zu machen. Wenn er all diesen Jammer weiter in sich verschloß, dachte Falin, würde er ihn letzten Endes vernichten. Er würde unfähig sein, den Feldzug fortzusetzen, von dem Forluins Zukunft abhing ...

Da faßte Falin einen Entschluß. Er trug das gleiche Leid, aber er hatte länger Zeit gehabt, sich damit abzufinden. Er glaubte endgültig daran, daß der Alptraum wirklich war, und er hatte nicht die geistigen und körperlichen Qualen erdulden müssen wie Estarinel beim ersten Teil des Feldzugs. Ihm war klar, daß es bei dem Tod der Schlange nicht um Rache ging, sondern um Forluins Überleben, und er wollte alles tun, um seinem liebsten Freund weitere Leiden zu ersparen.

Sie hätten von Anfang an mich schicken sollen, dachte er. Meine Familie war bereits tot, ich hatte nichts zu verlieren — außer Arlena. Ich bin bereit, an Estarinels Stelle zu gehen.

Der Entschluß erlöste ihn von den Ängsten, die ihn seit Tagen geschüttelt hatten. Er schloß die Augen und sank in tiefen Schlaf.

Estarinel klopfte leise an die Tür von Medrians Zimmer. Dann zögerte er. Ihm kam zu Bewußtsein, daß die Ruhe, die sich scheinbar aus dem Nichts auf ihn niedergesenkt hatte, aus seinem Innern gekommen war, allein um Falin vor dem noch größeren Leid zu schützen, in das seine Verzweiflung ihn gestürzt hatte. Ohne Falins Anwesenheit fühlte er sich nicht mehr ruhig. Er begann zu zittern. Er hoffte, Medrian schlafe schon. Dann konnte er ein paar Minuten bei ihr sitzen und wieder gehen.

Aber sie saß auf dem Fußboden, umschlang die Knie mit den Armen und betrachtete die weich leuchtende Lampe.

»Medrian«, sagte Estarinel leise, »ich hätte an der Farm auf dich warten sollen — du hättest dich verlaufen können. Ich habe nicht nachgedacht ...«

Sie sah ihn nicht an, hielt die Augen weiter auf die Lampe gerichtet, als sei er gar nicht da. Er erkannte, daß es sinnlos war, sich zu entschuldigen. Natürlich konnte sie sich sehr gut vorstellen, in welcher Verzweiflung er blindlings und ohne sie in das Dorf gerannt war. Bei all ihrer Kälte war sie nicht verständnislos.

Die Art, wie sie in sich versunken und völlig allein dasaß, machte ihn schwindelig. Es war, als sei sie von Schwaden aus Dunkelheit umwallt, die wie die Leere des Raums waren, und jeder, der sich in diese Dunkelheit wagte, würde an der Kälte sterben, bevor er in ihrer Mitte Medrian fand.

Er wußte nicht, was sie dazu zwang, sich von allem fernzuhalten, sich mit Schichten der Gefühllosigkeit zu schützen. Sie hatte ihn oft schockiert, ja, ihm Entsetzen eingejagt, als stecke hinter ihrer Kälte die Schlange selbst, und er war nie fähig gewesen, die schreckliche Dunkelheit ihrer Augen auszuhalten. Aber trotzdem hatte sie ihn immer fasziniert — nicht einmal ihre heftigste Feindseligkeit hatte ihn abstoßen können. Er spürte im innersten Kern ihrer Eisigkeit einen so großen Jammer, daß er zu ihrem ganzen Sein geworden war, und er hatte sich danach gesehnt, sie davon zu befreien und ihr statt dessen Liebe und Hoffnung einzuflößen.

Sie hatte entschlossen alle seine Versuche zurückgewiesen, sie zu trösten, als bereite ihr jede Art von Trost

Schmerzen. Aber vielleicht hatte er sich nicht genug Mühe gegeben. Vielleicht hatte er gefürchtet, er könne sich irren und sie bestehe tatsächlich aus festem Eis, und in seinem Kern gebe es nichts als versteinertes Böses.

Dieser Gedanke gewann an Kraft. Sie selbst lieferte den Beweis, denn sie hatte sich von ihm stärker als je zuvor abgeschlossen. Dabei hätte ihm gerade jetzt ein einziges Wort von ihr, das Verständnis für seinen Verlust zeigte, geholfen. Er fiel; Falin konnte ihn nicht auffangen, denn Falin fiel ebenfalls. Aber Medrian hätte es tun können, denn trotz allem, was sie zu sein schien oder was sie tatsächlich war, liebte er sie.

Gemeinsam mußten sie Tod und Gefahr ins Auge sehen, viele Meilen von seiner geliebten Familie und seiner Heimat entfernt. Und nun war seine Familie von ihm gegangen; nur Medrian war noch da.

Der Kopf drehte sich ihm. Er taumelte zum Bett und setzte sich auf die Flickendecke, bevor er fiel. Etwas beengte ihm die Brust, er konnte kaum atmen. Er stützte den Kopf in die Hände, blickte auf den Fußboden nieder — und sah dort einen Teppich, den seine Schwester Lothwyn gewebt hatte. Es war ein einfaches Ding, einer ihrer ersten Versuche im Weben, als sie noch ein Kind gewesen war. Sie hatte ihn Falins Tante Thalien geschenkt, die sie besonders gern gehabt hatte — Estarinel hatte es vergessen gehabt. Und da lag er immer noch auf seinem Stammplatz vor dem Bett, geliebt und in Ehren gehalten, weil er das Werk Lothwyns war.

Oh, Lothwyn, meine kleine Schwester! schrie es in seinem Inneren; und in dem Augenblick eines Schmerzes, der so heftig war wie ein blendendes Licht, erkannte er, wie Falin es erkannt hatte: Der Alptraum war wirklich. Es gab aus ihm kein Entrinnen. Er mußte bis zum Ende durchlebt werden — und er würde nie daraus erwachen.

Medrian sah die Verkrampfung seines Körpers und

den Ausdruck der Verzweiflung in seinem Gesicht. Er glich einem Mann, der von allen Seiten von kalten Winden herumgestoßen wird und nirgendwo Zuflucht findet. Und ich bin einer dieser Winde, dachte sie. Sie schlang die Arme fester um sich und dachte an ihren Entschluß. Sie konnte es sich nicht leisten, schwach zu werden. Und wenn er sie für herzlos hielt, war das auf lange Sicht besser.

Sie glaubte, er werde gleich weinen, doch das tat er nicht. Er begann zu reden, als kümmere es ihn nicht, ob sie antworte oder auch nur zuhöre.

»Ich hatte mich in gewisser Weise darauf gefreut, Forluin jemandem zu zeigen, der noch nie dort gewesen war.« Seine Stimme klang flach, aber mit einem Anhauch von Bitterkeit. »Auch so, wie das Land jetzt aussieht... Du hast gesehen, daß ein Teil immer noch schön ist. Du darfst nicht denken, wir seien uns früher dieser Schönheit nicht bewußt gewesen und hätten unser Glück als selbstverständlich betrachtet. Wir drückten immerzu unseren Dank aus — in jedem Bereich unseres Lebens. Wir sorgten für das Land und alle die Pflanzen und Tiere und vor allem füreinander. Wir gaben Forluin die ganze Liebe und Achtung, deren wir fähig waren. Das Land gab uns alles, was wir brauchten, um glücklich zu sein, deshalb dankten wir ihm, indem wir glücklich waren. So einfach war das Leben.

Aber irgendwo müssen wir in die Irre gegangen sein. Wir dachten nie an die Möglichkeit, uns könne alles genommen werden. Wir waren selbstzufrieden. Wir kamen gar nicht auf den Gedanken«, — er hob die Stimme kaum, doch sie hallte wider von Qual —, »wir hätten unser Glück und unser angenehmes Leben allein der Gnade der Schlange zu verdanken, die lange Zeit darauf verzichtete, uns anzugreifen!«

Ich muß kalt sein, kalt — er darf keinen Verdacht hegen, daß ich anders bin, ermahnte Medrian sich heftig. Sie erkannte, daß er immer verzweifelter irgendeine Art

Trost von ihr brauchte. Sie entsetzte sich über ihre eigene Grausamkeit. Aber sie war unfähig, Theater zu spielen, ein paar billige tröstende Sätze zu sprechen, während sie innerlich kalt blieb. Sie wußte, sagte sie ein einziges Wort, dann war sie verloren. Voller Abscheu gegen sich selbst zwang sie sich, den Mund geschlossen zu halten und die Augen ins Leere zu richten.

»Meine kleine Schwester Lothwyn hat diesen Teppich gewebt«, fuhr Estarinel fort. »Anfangs kam uns all das Schreckliche wie ein Traum vor. Es konnte doch niemand einen so schlimmen Alptraum haben, ohne aufzuwachen! Aber als ich gerade eben diesen Teppich sah, wurde mir klar — Lothwyn und die anderen haben es mir klargemacht —, daß der Traum wirklich ist. Als ich den Wurm auf Falins Haus liegen sah, als er mich anstarrte und ich sah, daß er blaue Augen hat — das war wirklich. Wie können wir hoffen, etwas zu schlagen, das soviel Haß in sich hat?« Bei der Erinnerung an die Schlange schüttelte es ihn vor Abscheu. Wie gut kannte Medrian diesen Abscheu, und wie vertraut war sie mit dem Haß der Schlange! Beides hatte sie in langen Jahren des Elends tagein, tagaus verspürt. Oh, er braucht meine Hilfe — ich darf nicht ...

Estarinel sah, daß ihr Gesicht noch kälter wurde, und bei seinem Leid wallte Zorn in ihm auf.

»Woher bezieht die Schlange ihren Haß, Medrian?« Er brüllte beinahe. Sie zuckte zusammen, als habe er sie eines schrecklichen Verbrechens beschuldigt, und er bereute seine Worte auf der Stelle.

»Nicht wahr«, sagte er ruhig, »nur eins kann verhindern, daß das Gift ganz Forluin zerstört. Wir müssen M'gulfn töten. Der Wille des Wurms gibt dem Gift seine Macht.«

Medrian nickte. Ihre Augen glitzerten wie Jett.

»Könnte es sein, daß der Wurm sich an mir gerächt hat? Wenn ich nicht auf den Feldzug gegangen wäre, hätte er meine Familie dann verschont?«

Medrian antwortete nicht. Ihr Gesicht wurde noch bleicher; was ihre Anteilnahme betraf, hätte sie aus Schnee geformt sein können.

Estarinel ließ den Kopf auf die Arme sinken. Schmerz und Kummer überwältigten ihn. Eine so schlimme Zeit hatte er noch nie durchgemacht; noch nie hatte er eine so schreckliche Erkenntnis bewältigen müssen. Ihn dünkte es, auf der ganzen Welt habe allein Medrian die Macht, ihn vor der Verzweiflung zu retten, und sie benutzte diese Macht, um ihn über den Rand der Dunkelheit zu stoßen. Die einzige Möglichkeit, sich zu retten, wäre es, seine Liebe in Haß zu verwandeln — war es das, worauf sie hinarbeitete? —, aber er wußte, das würde nie, nie geschehen. Ihm blieb nichts übrig, als sich dem Abgrund zu überlassen.

Medrian zitterte, als wehe ein Polarwind sie an. Mein Entschluß ist gefaßt, hielt sie sich immer wieder vor. Ich wußte, es würde nicht leicht sein. Oh, aber daß es so schwer ist! Wie kann ich seinen Schmerz sehen und nichts tun? Bin ich so grausam wie M'gulfn geworden? Ich bringe es nicht fertig, dazusitzen und zuzusehen, wie der Kummer ihn vollständig zerstört — es ist nicht mehr möglich ...

»Nein«, sagte sie, und er fuhr zusammen und sah zu ihr auf, »so klug ist der Wurm nicht, er wird deine Familie nicht gezielt angegriffen haben. Du hättest nichts tun können.«

Und genauso, wie sie es vorhergesehen hatte, brach mit diesen Worten ihr Vorsatz vollständig zusammen. Sie begann zu schluchzen, Tränen, die sie um Estarinel und um Forluin weinte, liefen ihr die Wangen hinunter. Als sei sie verkrüppelt, löste sie sich mühsam aus ihrer verkrampften Haltung, kroch über Lothwyns Teppich zu ihm hin, zog sich vom Fußboden hoch und in seine Arme.

Sie versteckte ihr Gesicht an seinem Hals und flüsterte: »Oh, es tut mir so leid — so leid — so leid.« Immer wieder und wieder, als sei der Angriff auf Forluin ganz ihre Schuld. Estarinel wiegte sie, steichelte ihr den Kopf, und die eigenen Tränen fielen in ihr Haar. Er hielt sich nicht mit Überlegungen auf, warum sie sich so plötzlich und so vollständig geändert habe; es spielte keine Rolle. Ohne zu fragen, mit unendlicher Erleichterung und Liebe nahm er ihren Trost an, und sie trieb ihn von dem Abgrund zurück ins Licht und in die Wärme.

Das ist Wahnsinn, dachte Medrian. Es war Wahnsinn, nach Forluin zu kommen, ich muß doch gewußt haben, was passieren würde. Wie dumm war ich, mir einzubilden, ich sei stark genug! Sie weinte, als werde sie nie mehr aufhören, nicht nur um Estarinel, sondern jetzt auch um ihre eigene lichtlose Existenz, schrecklich gemacht von der Schlange. Und sie weinte aus Angst bei dem Gedanken, daß sie den Weg zu Ende gehen mußte, auf den sie den Fuß gesetzt hatte. Ich hätte mir diese paar Stunden der Freiheit niemals gewünscht, sagte sie sich bitter, wenn ich gewußt hätte, daß sie mir nichts einbringen würden als die Kapitulation vor dem Entsetzen und dem Selbstmitleid, vor all den Schwächen, die den Feldzug zum Scheitern bringen können ...

Es war zu spät. Estarinel brauchte sie, sie hätte gar nicht anders handeln können. Und jetzt entdeckte sie etwas, das ihr bisher vollkommen fremd geblieben war, die Köstlichkeit, von einem Mann in den Armen gehalten zu werden, was viel mehr bedeutete als bloß Trost. Die Notwendigkeit, ihrem Jammer Luft zu schaffen, wurde von einer viel stärkeren Notwendigkeit verdrängt, die sich wie Hunger anfühlte, von der Sehnsucht, zu lieben und geliebt zu werden. O ihr Götter, ich bin menschlich — sogar ich —, trotz allem, was mir widerfahren ist. Diese paar Stunden zu vergeuden, wäre Wahnsinn — sie sind alles, was ich je haben werde. Vielleicht werde ich die Schlange jetzt nicht mehr besiegen, aber wenn ich die Erinnerung auch nur an einen einzigen Augenblick der Liebe und Freude habe, kann sie mich ebensowenig mehr besiegen ...

Estarinel küßte sie, und in seinem ganzen Leid erfüllte ihre plötzliche Wärme ihn mit Freude. Das, was seine Liebe zu ihr erweckt hatte, ihr eigentliches Ich, so lange versiegelt unter arktischem Eis, war wirklich. Die ganze Liebe, die sie in ihrem ganzen Leben niemals hatte geben oder empfangen dürfen, erfaßte sie jetzt wie ein Sturm. Wieder fragte er nicht, warum. Er stürzte sich in die Dunkelheit, und in ihrem Mittelpunkt fand er endlich Medrian.

4

Die Lüge der Shana

Calorn folgte Ashurek in einiger Entfernung einen weiten Weg am See entlang. Nur wenige Zoll erhob sich das moosige Ufer über die blauen Wellen, die von seltsamen, wie aus Jade und Aquamarin geschnittenen Bäumen halb verborgen waren. In Ashureks Fußabdrücken glitzerte Wasser.

Die Kriegerin war sich ziemlich sicher, er hatte gemerkt, daß sie ihm folgte. Er verließ das Ufer und überquerte eine atemberaubend hohe, zerbrechliche Brücke, die sich zu einer Insel aus facettiertem tiefblauen Stein hinüberschwang. Auf der anderen Seite angekommen, drehte er sich um und wartete mit grimmigem Gesicht auf sie.

»Du läufst mir nach wie ein Hund. Was willst du?« fuhr er sie an. Calorn ließ sich davon nicht aus der Fassung bringen. »Ich wollte wissen, wohin du gehst«, antwortete sie.

»Ach ja? Ich wußte nicht, daß ich dir in irgendeiner Weise Auskunft schuldig bin«, sagte Ashurek.

»Aber solange wir hier sind, sind wir der Dame Auskunft schuldig, und ich glaube, sie wäre gar nicht erfreut, wenn sie wüßte, was du vorhast«, meinte Calorn gemütlich.

»Verärgere mich nicht, Calorn. Du bist für den Feldzug nicht unentbehrlich.« Er ging weiter, aber sie holte ihn wieder ein, ohne sich von seinem drohenden Gesichtsausdruck schrecken zu lassen.

»Das mag sein, nur wirst du den Silberstab ohne meine Hilfe nicht finden, und ebensowenig wirst du das finden, wonach du jetzt Ausschau hältst.«

Ashurek blieb stehen, drehte sich nach ihr um und starrte sie an.

»Du tätest wirklich gut daran, dich deutlich auszudrücken, und zwar schnell. Ich habe keine Zeit für Geplänkel.«

»Für mich ist es offensichtlich. Seit die Dame uns sagte, die Dunklen Regionen lägen auf der anderen Seite der Blauen Ebene, hast du an nichts anderes gedacht, als hindurchzugelangen und Silvren zu retten. Na, ist das deine Absicht oder nicht?«

»Und wenn schon! Natürlich würde die Dame das nicht billigen. Sie würde mich wahrscheinlich aus H'tebhmella vertreiben. Aber solange es ihr niemand sagt, weiß sie nichts davon«, erklärte Ashurek. »Ich schlage vor, daß du umkehrst und darüber schweigst.«

»Ashurek, ich hatte nicht vor, es ihr zu sagen. Im Gegenteil, ich möchte mit dir kommen.«

»Du ...«

»Ja. Wie willst du einen Weg auf die andere Seite zu den Dunklen Regionen finden? Manchmal genügt bloße Entschlossenheit nicht. Meine ganze Ausbildung hat sich darum gedreht, Wege von Welt zu Welt, von Ebene zu Ebene zu finden.«

»Trotzdem brauche ich deine Hilfe nicht. Calorn, du verschwendest deine Zeit.«

»Du willst den Weg suchen? Ich weiß bereits, wo er ist. Und du gehst in die falsche Richtung.«

Ashurek sah ihre hellen Augen und ihr unbewölktes Gesicht, und allmählich wurde ihm klar, daß es leichter wäre, wenn er nicht mit ihr stritte.

»Gut, zeige ihn mir. Aber ich werde nicht zulassen, daß du mitkommst. Der Ort ist schrecklicher, als du ihn dir in deiner Phantasie vorstellen kannst.«

»Na und?« Calorn grinste. »Ich habe nie viel Phantasie gehabt. Ich werde mit dir gehen, jeden Schritt des Weges, denn ich weiß, du wirst alle Hilfe brauchen, die ich dir geben kann.«

»Bei der Schlange«, rief Ashurek aus, »du bist ebenso verrückt wie ich! Dann komm, laß uns keine Zeit mehr vergeuden. Wir müssen vor Estarinel und Medrian wieder hier sein, damit man uns nicht vermißt.«

Calorn führte ihn nach rechts über eine weitere Brücke und einen langen gefährlichen Steindamm entlang. Zu beiden Seiten schwammen Pferde an ihnen vorbei, und Ashurek schoß es durch den Kopf, ob die Tiere wohl fähig seien, den H'tebhmellerinnen zu sagen, wohin er und Calorn gingen. Wahrscheinlicher war es, daß die ganze Ebene als solche Bewußtsein besaß, und tatsächlich konnte niemand irgendwohin gehen, ohne daß die Dame es wußte. Sie kletterten um den Fuß eines großen pilzförmigen Felsens und kamen endlich in eine seltsame Landschaft aus zerklüftetem indigofarbenen Stein.

Der süße Frieden H'tebhmellas war hier immer noch zu spüren, aber das glänzende blaue Wasser, das den größten Teil der Ebene bedeckte, sah man nur, wenn man auf die Felsen stieg. Das war ungewöhnlich, denn der große See war normalerweise von jedem Platz der Ebene aus sichtbar. Noch merkwürdiger fand Ashurek, daß er an den Felsen eine Introversion spürte, als beugten sie sich gegeneinander vor, um ein Geheimnis zu verbergen, das sie als ein bißchen traurig und peinlich empfanden.

Calorn sah nach allen Richtungen, bewegte sich von Stein zu Stein und berührte jeden im Vorübergehen, als könne er ihr zeigen, wonach sie suchte.

»Es ist hier«, murmelte sie. Und obwohl Ashurek spürte, daß sie recht hatte — daß ein verborgener Weg auf die andere Seite der Ebene ganz in der Nähe war —, wußte er, ohne sie hätte er Tage gebraucht, um ihn zu finden, Tage, die ihm nicht zur Verfügung standen.

Nun umkreiste Calorn einen einzelnen Felsstengel, erkundete ihn mit den Fingern. Mit dem Ausdruck tiefer Konzentration machte sie einen dünnen Steinrand aus. Er verbarg eine flache Bodensenkung, die scheinbar nirgendwohin führte.

»Hier — komm schnell!« sagte sie.

Ashurek drückte sich in die Senke und entdeckte, daß sich hinter dem überhängenden Rand ein schwarzer Spalt öffnete, gerade breit genug, daß man sich seitlich hindurchquetschen konnte. Calorn folgte ihm dichtauf.

Sobald ihre Augen sich angepaßt hatten, merkten sie, daß es in der kleinen Höhle nicht stockfinster war. Ein weiches, dämmeriges Blau erhellte sie, doch sie konnten nicht sagen, ob es Licht war, das von draußen eindrang, oder ob der Stein selbst glühte. Ein enger Gang führte vor ihnen steil nach unten. Die Luft war ruhig. Es war, als sei sich die Höhle des Geheimnisses, das sie barg, voll bewußt, dieser Fistel, die bis zu den Dunklen Regionen weiterlief. Aber gleichzeitig mit der traurigen Scham, die sie empfand, war da auch Stolz, daß sie H'tebhmella beschützte, daß sie die Shana daran hinderte, jemals auf diese Seite vorzudringen. Das Gleichgewicht zwischen diesen beiden Gefühlen erzeugte eine stoische Neutralität, die den Ausdruck von Freude wie von Schmerz unmöglich machte.

Ashurek verschloß seinen Geist dem Gedanken, mit dem Betreten der Höhle begehe er irgendwie Verrat an H'tebhmella. Er stieg schnell den engen Tunnel hinunter, und Calorn folgte ihm. Und so machten sie sich unbewaffnet auf den Weg zu den Dunklen Regionen.

Der Tunnel war bestimmt nicht für den Gebrauch durch Menschen angelegt worden. Ebenso wie auf der Weißen Ebene, wo die drei Gefährten von einer Seite auf die andere gelangt waren, führte er senkrecht nach unten, und Ashurek und Calorn schwindelte, als sich die Schwerkraft unter ihren Füßen verlagerte.

Aber anders als auf der Weißen Ebene war der Schacht kein runder weiter Tunnel. An manchen Stellen mußten sie kriechen, an anderen war er kaum ein paar Zoll breit, und sie mußten sich angesichts der Gefahr, steckenzubleiben, hindurchquetschen. Was Ashurek verrückt machte, war nicht die Enge des Tunnels, sondern die Schwierigkeit, sein Ziel einigermaßen schnell zu erreichen. Er hatte keine Ahnung, wie lang der Schacht war, aber jetzt waren sie einmal unterwegs, und er hatte nicht die Absicht umzukehren, ganz gleich, wie weit es noch sein mochte.

Doch anscheinend war H'tebhmella nicht so dick wie die Weiße Ebene. In weniger als zwei Stunden spürten sie die Nähe der Dunklen Regionen. Der Schacht bestand vollständig aus dem Stoff der Blauen Ebene, und wo er sich auf die fremde Materie der Dunklen Regionen öffnete, schrie er stumm vor Protest, wie eine schlanke Kehle ihren Abscheu vor dem unaussprechlichen, unbeschreiblichen Bösen hinausschreit. Ashurek mußte gegen den Drang ankämpfen, die Hände auf die Ohren zu pressen, was den schrecklichen Schrei ja doch nicht ausgeschlossen hätte. Er drehte sich zu Calorn um und sah, daß auch sie Schwierigkeiten hatte. Ihr Gesicht war angespannt. Hoffentlich, dachte er, verliert sie nicht den Mut.

Jetzt sickerte Schwärze in das matte blaue Licht, das ihren Weg erhellt hatte, und der Weg wurde noch enger und noch schwieriger. Ashurek war es, als sei der Tunnel tatsächlich eine Kehle, die schluckte und sich zusammenzog, um diese Schwärze nicht eindringen zu lassen.

Er sagte zu Calorn: »Halt dich bereit! Wir sind da.« Aber bei ihrem nächsten Schritt wurde ihnen die Hoffnung entrissen, sie könnten die Dunklen Regionen vorsichtig betreten. Die Schwerkraft drehte sich unter ihnen und zog sie in einen Strudel. Sie fielen so schnell, daß es ihnen übel wurde, durch Finsternis. Sie hätten überall sein können, in ein anderes Universum transportiert, durch den Raum wirbelnd.

Sie flogen in einen schwarzen Sumpf. Obwohl Calorn ihren Körper in Erwartung des Aufpralls instinktiv entspannt hatte, wurde er schmerzhaft zusammengestaucht. Aber da war auch das Gefühl des Abfederns, als sei die Oberfläche elastisch und habe den größten Teil der Wucht aufgefangen. Sie streckte die Hände aus und berührte die schwarze Substanz, und sie stellte fest, daß sie genau die Beschaffenheit von Fleisch hatte.

Vor Ekel würgend, riß sie die Hände zurück, aber nicht die Oberfläche an sich war scheußlich. Calorn spürte, daß darunter etwas grauenhaft Böses lag und den ganzen Sumpf durchdrang, wie Wasser einen Schwamm füllt. Ein beinahe unhörbares Schnattern klang ihr in die Ohren, als lauerten eine Million Kobolde unter der Oberfläche, ein grausiger Schwarm, der die strahlendste Hoffnung mit gedankenloser Grausamkeit ersticken konnte. Und sie spürte, daß sie ihnen wie durch eine bösartige Tinte entgegensank. Der Boden war durchtränkt mit Schlechtigkeit; sie hatte nicht gewußt, daß es solche Verderbtheit, solche seelenverzehrende Leere gab. Aber zwischen der übernatürlichen Tücke der schwarzen Kobolde verbargen sich menschliche Schwächen, die ebenfalls zum Bösen führten: Schuld, Eifersucht, Verantwortungslosigkeit. Einer Amöbe gleich saugte der Sumpf sie ein, damit sie sich den unendlichen Greueln beigesellte, die er barg.

Calorn war tapfer, wenn sie es mit etwas zu tun hatte, gegen das sie kämpfen konnte. Jetzt war sie wie gelähmt, aber ihre instinktive Selbstbeherrschung verhinderte es, daß sie ihr Entsetzen hinausschrie. So ruhig wie möglich rief sie: »Ashurek!« Zitternd hörte sie den Schall ihrer Stimme gräßlich widerhallen, als habe ein giftiges Ungeheuer das Wort in ihrem eigenen Schädel gesprochen.

Es kam nicht gleich eine Antwort. Calorns ganzer Körper war steif vor Ekel und Abscheu, und der Sumpf zog sie immer tiefer in sich hinein. Nein, rief sie sich stumm zu, der Feldzug, der Silberstab, Silvren — mein Leben kann nicht so enden, so sinnlos ...

Dann ertönte aus der Dunkelheit irgendwo über ihr

die Stimme des Gorethriers. »Calorn?« Es klang normal, ohne das schreckliche Echo. »Ich kann dich nicht sehen.«

»Ashurek«, keuchte sie, unfähig, die Erleichterung in ihrer Stimme zu unterdrücken. »Im Sumpf — ich stecke fest.«

Sekunden später hatte er sie aufgespürt, faßte ihre Arme und zog sie auf die Füße. Er wunderte sich, mit wieviel Widerstreben der Morast sie freigab. Er klebte an ihr wie Latex und ließ endlich mit einem schrecklich saugenden Kreischen los.

Immer noch zitternd, rieb sich Calorn schwarzen Schleim vom Gesicht, hustete und fluchte zwischendurch heftig. Es dauerte mehrere Augenblicke, bevor sie merkte, daß sie und Ashurek jetzt auf der fleischigen Oberfläche standen.

»Nichts wie weg von hier!« stieß sie hervor. Sie spürte die wütende Verderbtheit immer noch an ihren Fußsohlen saugen.

Aber Ashurek, der anscheinend davon unberührt blieb, antwortete: »Wir können nicht weg. Sieh dich um...« Sie tat es und stellte fest, daß die Dunkelheit nicht absolut war. Sie konnte Ashurek ganz deutlich erkennen, und sie sah, daß sich die widerliche schwammige Masse des Sumpfes in alle Richtungen erstreckte, obwohl sie nach ein paar hundert Metern in undurchdringlicher Finsternis verschwand. Die einzige Landmarke war ein nicht zu identifizierendes schwarzes Gebilde in weiter Entfernung. Es war, als seien sie im Innern einer dunklen Trommel gefangen und hätten einen gefährlichen Stand auf einem Fell, das vor Bosheit vibrierte.

»O ihr Götter!« murmelte Calorn. Sie versuchte, sich zu bewegen, aber mit jedem Schritt schossen Qualen durch ihre Beine.

»Ich habe Glück gehabt.« Ashurek grinste grimmig. »Ich bin auf die Füße gefallen. Offenbar wollte der Sumpf mich nicht. Bist du heil?«

»Mir geht es gut«, fauchte Calorn. »Aber es sind schreckliche Dinge in diesem Morast. Ich fühle sie immer noch.«

»Die Regionen bestehen aus Bösem, und ich habe dich gewarnt«, sagte Ashurek mürrisch und halb zu sich selbst. »Die Schlange hat sie erschaffen und klug dafür gesorgt, daß sie alles enthalten, wovor ein Mensch sich fürchtet ... oder wonach es ihn gelüstet.« Er wies auf die schwarze Landmarke. »Gehen wir zum Anfang einmal dorthin.«

Sie setzten sich in Marsch. Die fleischige Oberfläche federte leicht bei jedem Schritt. Calorn biß die Zähne zusammen und versuchte, die sadistischen Andeutungen von etwas Schrecklichem, die in ihre Füße schnitten, nicht zu beachten. Ihr Blick flackerte überallhin, zu beiden Seiten, nach hinten und nach oben, um so viel wie möglich von diesem unbekannten Ort wahrzunehmen.

»Sieh mal!« sagte sie plötzlich. »Da oben.«

Ashurek blieb stehen, obwohl Calorn, die nicht auf dem bösen Sumpf stehenbleiben wollte, weiterging.

»Was ist?«

»Der Tunnel, der nach H'tebhmella zurückführt. Siehst du ihn? Er ist wie ein schwach leuchtendes, halb geschlossenes Auge.«

Da verstand Ashurek. Die Dunklen Regionen waren ihm bisher wie eine Höhle vorgekommen, als seien sie überall von einem niedrigen Felsendach umschlossen. Jetzt wurde ihm klar, daß das ›Dach‹ die andere Seite der Blauen Ebene war. Statt auf der Oberfläche zu liegen, hingen die Dunklen Regionen von ihr herab, und die Schwerkraft hatte sich umgekehrt. Sie waren also aus der Mündung des Tunnels gefallen und auf dem Boden gelandet, und ihr Fluchtweg lag jetzt mehr als vierzig Fuß über ihren Köpfen. Das schwache Licht, das von der Öffnung ausging, leuchtete in dem Felsdach wie ein trauriges Auge.

Ashurek fluchte vor sich hin. Dann holte er zu Calorn auf und murmelte: »Über unsere Flucht können wir uns später Sorgen machen. Suchen wir zuerst nach Silvren.«

Calorn strich sich das lange rotbraune Haar aus dem Gesicht und lächelte, um zu zeigen, daß eine Menge mehr nötig war, um sie einzuschüchtern. Sie war außerordentlich neugierig darauf, wie er Silvren finden wollte, aber das unruhige Glitzern in seinen Augen sagte ihr, daß es wahrscheinlich unklug wäre, ihn zu fragen.

Ashurek grinste wieder einmal wie ein Totenschädel. Die Düsterkeit der Dunklen Regionen entsprach genau seiner Stimmung, und das Grinsen war eine Herausforderung, noch einen zusätzlichen Schrecken zu schicken, der versuchen solle, seinen Entschluß ins Wanken zu bringen.

Auf der Stelle wurde die Herausforderung angenommen.

Etwas Graues flatterte über ihren Köpfen und stieß ein widerhallendes Kreischen aus. Ashurek fuhr zurück. In einem einzigen Augenblick hatte ihm die Kreatur in allen Einzelheitenn ins Gedächtnis zurückgerufen, welche Qualen er hier schon einmal erlitten hatte. Die Dämonen hatten seinen Mut dermaßen gebrochen, daß er zugestimmt hatte, Miril das Steinerne Ei zu stehlen. Er erinnerte sich — die alptraumhafte Dehnung der Zeit, die ihn hatte glauben machen, er sei wochenlang dagewesen, die hinterhältigen, raffinierten Foltern, die grinsenden Gesichter der Shana. Der Ort hatte die Weichheit von verwesendem Fleisch und die Härte von versteinerten Knochen. Und der Geruch — abgesehen von dem beißenden Gestank nach Verfall und Fäule war es der Geruch nach Metall und der staubigen zeitlosen Atmosphäre einer Krypta, der ihm den Magen umdrehte. Der Boden selbst schien Verzweiflung auszuströmen.

Und er dachte daran, daß Silvren hier seit vielen Monaten eingekerkert war.

Die graue Kreatur flog von neuem dicht über ihren Köpfen weg und stieß einen Schrei aus, der gleichzeitig höhnisch und trostlos klang. Ashurek ging schneller, als könne er damit seine Angst über den wohlbekannten Laut unterdrücken, den er während seiner Gefangenschaft in den Dunklen Regionen so oft gehört hatte und der ihn in seinen Träumen immer noch verfolgte.

Trotz des schnelleren Tempos schienen sie dem dunklen Gebäude nicht näher zu kommen. Es war, als ziehe es sich ständig vor ihnen zurück. Und jetzt war Calorn kaum noch imstande, die Augen davon abzuwenden. Farben krochen über seine unbeschreibliche Oberfläche — schlammige Blautöne, eine Parodie auf die reinen h'tebhmellischen Farben —, die sich auflösten, wenn sie genau hinblickte.

Allmählich drang ihr auch ins Bewußtsein, daß die Luft feucht war, als habe sie genau Bluttemperatur und sei seit Jahrhunderten niemals durch eine Brise aufgefrischt worden.

Ihre Augen hatten sich mittlerweile besser an die Dunkelheit gewöhnt, und sie konnte im Sumpf und auf der formlosen Landmarke aschgraue, braune und kränklich ockerfarbene Schattierungen erkennen, alle mit einem Blau wie das einer verletzten Haut verschmiert. Nichts war wirklich schwarz. Sogar die Farben der Dunklen Regionen waren verderbt.

Dann sah sie Bewegung auf dem Sumpf vor ihnen und glaubte, es sei eine Halluzination. Sie blinzelte, bis ihr die Augen weh taten, aber sie irrte sich nicht: Mehrere bleiche Gestalten bewegten sich schwerfällig wie eine Kuhherde über ihren Pfad.

Calorn berührte Ashureks Arm und flüsterte: »Hast du so etwas schon einmal gesehen?«

»Ich weiß nicht. Das kann ich erst sagen, wenn ich sie genauer betrachtet habe.« Seine Stimme war wie Eisen.

»Ist das klug? Ich finde, wir sollten in Deckung gehen, bis sie vorbei sind.«

»Besser nicht. Es war unklug, freiwillig in die Dunklen Regionen zu kommen. Die Wesen mögen gefährlich, aber sie mögen auch unsere einzige Hoffnung sein.« Bei den letzten Worten schritt er schon über den fleischigen Sumpf auf sie zu. Calorn schluckte verlegen und lief ihm nach. Welche Kenntnisse Ashurek auch von den Dunklen Regionen haben mochte, er war offensichtlich der Meinung, daß er keine Zeit hatte, ihr, seiner unerwünschten Begleiterin, Erklärungen abzugeben.

Ashurek und Calorn hatten die seltsamen Tiere beinahe erreicht, und beide schreckten bei ihrem Anblick zurück. Selbst Ashurek hatte noch nie so etwas gesehen. Die Rümpfe und Köpfe waren menschlich, aber sie gingen wie Rinder, jedes auf sechs menschlichen Beinen. Arme hatten sie nicht. Ihre Haut war krankhaft bleich, ihre Gesichter waren finster. Sie hielten die Augen geschlossen. Die Münder standen offen wie mitten in einem Schrei erstarrt. Gelegentlich stieß eine der Kreaturen ein Stöhnen aus, aber ansonsten waren sie still.

Ashurek stellte sich ihnen in den Weg und rief: »Heil, Geschöpfe des Wurms!«

Die bleichen Wesen wurden langsamer und irrten von einer Seite zur anderen, als sie seine Stimme hörten, aber sie zeigten nicht mehr Intelligenz als Tiere. Ashurek fluchte stumm und wollte schon an ihnen vorbeigehen, als sich aus den Schatten hinter ihnen ein weiteres Wesen aufrichtete.

Der Gestalt nach glich es einem Rind, und offenbar war es auf allen vieren zwischen den anderen gelaufen. Jetzt stand es aufrecht. Die Vorderbeine baumelten ihm unbeholfen vor der Brust. In dem einen gespaltenen Huf hielt es einen kurzen Stock. Der Kopf war eine groteske Parodie auf den eines Stiers mit wütenden roten Augen und einem sabbernden schiefen Maul.

»Wer bist du?« brüllte das Wesen.

»Ashurek von Gorethria. Und wer bist du?«

»Ich werde Exhal genannt.«

»Und du bist offensichtlich kein Shana.«

»Nein, das bin ich nicht!« röhrte das Wesen zornig und zeigte dabei scharfe Zähne, die eher zu einem Wolf als zu einer Kuh paßten. »Ich bin kein Dämon. Ich bin nur einer ihrer erbärmlichen Untertanen.«

Ashurek fand, das Tier sehe alles andere als erbärmlich oder untertänig aus. »Und was sind diese Wesen, die du bei dir hast?«

»Du solltest sie kennen!« grollte Exhal, schob die Wesen beiseite und kam steif nach vorn. Er ragte über Ashurek auf, der — zum zehntenmal — nach dem nicht vorhandenen Schwert an seiner Seite faßte. »Gorethria«, — er sprach das Wort mühsam aus —, »das ist in der oberen Welt, der runden Welt, wohin wir niemals gelangen können. Ich habe davon gehört. Was willst du hier, Mann von der runden Erde?«

»Ich bin gekommen, jemanden nach Hause zu holen«, antwortete Ashurek. »Du kannst mir sagen, wo ich sie finde.«

»Was?« polterte das Wesen. Calorn preßte unwillkürlich die Hände auf die Ohren. »Ich, der ich nichts bin als eine Kreatur des Wurms? Woher soll ich das wissen? Die Shana haben alle lebenden Gefangenen in ihrer Obhut.«

Aus dem Augenwinkel sah Ashurek etwas durch die Luft flattern und sich gleich neben ihnen auf den Boden niederlassen. Er achtete nicht darauf. »Wo sind dann die Shana, o Exhal?«

»Ashurek von Gorethria«, — die Stimme des Tieres troff von Neid, und sein weißer Bauch wogte —, »du steigst von deiner runden Welt mit der größten Leichtigkeit hernieder und kommst zu uns — zu uns, die wir diesem Abgrund niemals entrinnen werden —, um uns mit deinem glücklichen Geschick zu beleidigen und zu verhöhnen und uns dann auch noch um unsere Hilfe zu bitten?«

Ashurek lachte in bitterer Ironie auf. Seine Augen

glitzerten von grünem Feuer. »Du hältst mich für glücklich? Dann begreife ich nicht, worin dein Unglück besteht, Exhal. Jemanden an den Aufenthaltsort der Shana zu weisen, würde man normalerweise nicht als ›Hilfe‹ bezeichnen. Aber«, — er blieb unbeweglich stehen, als das unheimliche Stierwesen drohend den Kopf vorstieß —, »aber ich habe keine Wahl. Ich muß dorthin, und ein paar Worte von dir würden dieses nutzlose Gespräch beenden.«

Die Augen des Tieres glühten wie Licht, das durch eine Blutschicht scheint. Es beugte seinen Stierkopf vor, und Ashurek fühlte die Hitze seines Atems. Seine Zähne glitzerten von Speichel.

»Und was — was bekomme ich dafür? Auf diese Weise arbeiten die Shana, nicht wahr? Ein Pakt — ein Pakt, ist es das? Zeig mir einen Weg aus diesem Abgrund — einen Weg in die obere Welt, wo Tiere Gras fressen und des Nachts schlafen können und nicht mit dem Fluch belegt sind, ein intelligentes Gehirn zu haben. Zeig mir den Weg, und ich will dich selbst zu den stinkenden Dämonen führen.«

»Das kann ich nicht tun. Du müßtest die Blaue Ebene passieren, und das würdest du nicht überleben«, erklärte Ashurek schlicht. Er bemerkte, daß die sechsbeinigen Menschenkühe sich vorbeigeschoben und ihn und Calorn eingekreist hatten. Nun schwenkten sie die Köpfe von einer Seite zur anderen. Da fiel ihm an ihnen etwas noch Seltsameres auf: Es war unmöglich, sie zu zählen. Es hätten zehn oder hundert oder tausend sein können, was seine Fähigkeit betraf, ihre Zahl abzuschätzen. Ashurek versuchte, sie nicht zu beachten und seine ganze Aufmerksamkeit Exhal zu widmen, der zischte, als sei er geschlagen worden.

»Du stinkender Höllensohn! Dann werde ich dich töten — obwohl es ein kläglicher Kampf sein wird, weil du unbewaffnet bist.«

»Ich warne dich, Exhal.« Ashurek sprach mit ruhiger

Sicherheit. »Ich bin kein gewöhnlicher Sterblicher. Ich kenne die Shana. Sie wollen von mir eine ganze Menge — und deshalb könnten sie geneigter sein, mir zu helfen, als du dir vorstellst.«

Das Wesen zischte von neuem und zog sich zurück.

»Also antworte ich dir: Ruf einen! Laß mich bestrafen! Dann sieh zu, ob du seinen Preis bezahlen kannst.«

An dieser Stelle fiel eine neue Stimme ein. Der Sprecher mußte sie geraume Zeit in belustigtem Schweigen belauscht haben.

»Oh, Exhal, sag es ihnen doch. Ich kann deine lächerlichen Ausflüchte nicht mehr hören.« Die Stimme hatte ein metallisches Kratzen, das den Ohren weh tat. Ashurek und Calorn drehten sich um und sahen das graue flatternde Ding, das über ihren Köpfen gekreischt hatte, in ihrer Nähe sitzen. Calorn tat sofort einen Schritt zurück, und Ashurek kostete es Mühe, stehenzubleiben.

Die Aura des Entsetzens, die von ihm ausstrahlte, war viel stärker als bei Exhal, obwohl es körperlich nicht so bedrohlich wirkte. Es hatte etwa die Größe eines Adlers, auch wenn es wenig Ähnlichkeit mit einem Vogel besaß. Ein Rahmenwerk von grotesken Knochen war mit einer lockeren grauen Haut bedeckt, die sich zwischen den Gliedern spannte und Flügel bildete. Der Kopf trug einen Kamm aus Fleisch, und die nach vorn gerichteten, über einem krummen Schnabel sitzenden eulenhaften Augen gaben ihm ein menschliches Aussehen. Das Gesicht war hart wie Eisen, aber das Gräßliche daran war nicht allein physisch.

»Ist Exhal euch ordnungsgemäß vorgestellt worden?« fuhr das graue Wesen fort. »Er ist Hirte. Er hütet menschliche Seelen auf den Ebenen der Hölle. So heißt es. Kein Wunder, daß er so freudlos ist, wie?«

»Er ...«, keuchte Calorn.

»Kehr zu deinen Herren zurück, Limir!« brüllte Exhal. »Überlaß die Menschen mir — ich werde sie vernichten, den erdbewohnenden Abschaum!«

Das Vogelwesen spreizte die Flügel, und die Stimme schnitt durch die Luft wie Draht durch Käse.

»Du schwachsinniger Ochse! Darf ich meinen Ohren trauen? Sie dir überlassen? Ich bin duldsam gegen dich gewesen — gegen deinen Eigennutz, deinen Ungehorsam, dein Gewinsel von der Erde —, weil die Shana dich für einen guten Hirten hielten. Aber es lassen sich andere Hirten finden.«

Das Stiergeschöpf duckte sich ein wenig aus eingewurzelter Furcht, aber seine Stimme klang laut und rebellisch. »Du hast mich zum letztenmal verspottet und gedemütigt, Limir. Glaub nicht, du könnest mir drohen. Die beiden Menschen gehören mir.«

»Bei den drei Augen der Schlange! Dir?« rief Limir sarkastisch. »Meinst du, ich hätte nicht auf diesen oder einen ähnlichen Augenblick gewartet? Meinst du, ich ließe mir diese Gelegenheit entgehen, nur damit du deine Launen befriedigen kannst? Deine Dummheit übertrifft noch meine wildesten Vorstellungen. Geh! Treib deine Herde anderswohin, bevor ich dich vernichte.«

»Ich habe gesagt: Glaub nicht, du könnest mir drohen.« Exhals grobe Stimme klang mit einemmal gefährlich. »Die Mitglieder meiner menschlichen Herde sind mir treu. Ich will ihnen die Augen öffnen.«

Diese scheinbar sinnlose Drohung hatte eine verheerende Wirkung auf Limir. Der grimmige Vogel schwang sich in die Luft, und sein Kreischen klang wie das Klirren von Bronzeklauen.

»Es wird ein anderer Hirte gefunden werden!« rief er und schoß auf Exhals Kopf nieder. Welchen Gegenangriff das Stiergeschöpf auch geplant haben mochte, es war geistig zu schwerfällig, ihn auszuführen. Die Augen rot vor Furcht und Zorn, stand es wie eine mißlungene Statue da, während ihm Limir Klauen und Schnabel in den Nacken schlug. Graues Blut strömte über den weißen Hals und Bauch.

Die sechsbeinigen Kreaturen liefen in Panik umher,

doch ihre maskenstarren Gesichter blieben unverändert. Dann fanden sie eine gemeinsame Richtung und rannten davon, wobei sie ihr herzzerreißendes Stöhnen hören ließen.

Ashurek und Calorn wechselten einen Blick und bewegten sich wie eine Person. Calorn hob den kurzen Stock auf, den Exhal fallengelassen hatte, Ashurek sprang vor, riß Limir von Exhals Nacken und schleuderte ihn in den Sumpf. Dann fielen sie gemeinsam über ihn her; Ashurek hielt ihn am Boden fest, und Calorn schlug immer wieder und wieder auf seinen mißgestalteten Kopf ein. Sie war von einem Abscheu und einem Blutdurst besessen, wie sie sie noch nie erlebt hatte.

Aber Limir weigerte sich zu sterben. Er zappelte unter den Händen des Gorethriers. Calorns Schläge hatten keine andere Wirkung, als daß sie ihn reizten. Seine bösartigen Klauen und sein eiserner Schnabel schlugen den Händen beider Menschen blutende Wunden. Schließlich kniete Calorn sich auf das Tier und preßt ihm den Stock quer über die dünne knotige Kehle.

»Brich ihm den Hals!« rief sie Ashurek zu, und die Worte entrangen sich ihr wie in einem Alptraum als rasselndes Flüstern. »Töte ihn!«

Ashurek legte die Hände um den drahtigen Hals des Vogels. Sein Gesicht zeigte den gleichen mörderischen Abscheu, den Calorn empfand. Dann trampelte Exhal herbei, streifte Calorn und warf sie — aus Ungeschick, nicht mit Absicht — in den Sumpf. Er setzte einen Huf auf Limirs Bauch, schwankte und hüpfte, um das Gleichgewicht zu halten. Die Luft war voll von Limirs Kreischen und Exhals Brüllen, und auch Calorn stieß lange, tiefe, stumme Schreie der Angst und des Zorns aus, während sie sich im Sumpf abmühte, in die Nähe des höllischen Vogels zu kommen, damit sie ihn von neuem angreifen konnte.

Dann taumelte Ashurek auf die Füße. »Geschafft. Ich habe ihm den Hals gebrochen.«

Calorn zog sich aus dem schwarzen Morast und betrachtete den Kadaver Limirs, der harmlos und kläglich wie ein im Regen verfaulender Sack vor ihnen lag. Der Blutdurst hatte sich gelegt, aber ihr war, als starre sie das Gefühl wie einen realen Gegenstand an, der sich körperlich von ihr zurückzog. Sie zitterte vor Ekel bei dem Anblick. Kämpfe waren ihr nichts Neues, und sie hatte schon getötet, aber nur aus Notwendigkeit, schnell und mit ernster Achtung für den geschlagenen Feind. Niemals — niemals hatte sie sich einem widerlichen sinnlichen Begehren nach Blut und Tod ergeben. Sie wußte, sollte ihr das noch einmal widerfahren, war es Zeit, ihr eigenes Leben zu beenden.

»Dieser Ort macht einen schlecht«, sagte sie, und Ashurek nickte. Er brauchte nicht zu fragen, was sie meinte.

Exhal hatte sich auf alle viere niedergelassen. Ein leises tiefes Husten erschütterte seinen ganzen Körper und schleuderte Tropfen grauen Blutes in die Luft. Doch allzu schlimm war er anscheinend nicht verwundet. Nach einer Minute stampfte er herbei und sah die beiden Menschen an.

»Dann komm, Ashurek von Gorethria. Ich will dich hinbringen«, erbot er sich beinahe demütig.

»Du hast deine Meinung geändert?« fragte Ashurek überrascht.

»Ich will einen Pakt, einen Pakt. Es mag unmöglich sein, diesem Abgrund zu entrinnen — aber wenigstens macht Limirs Tod meine Existenz hier erträglicher. Dafür habe ich euch zu danken, Menschen von der runden Welt«, erklärte Exhal barsch.

»Dann weißt du, wo Silvren ist?« fragte Ashurek mit erneuerter Dringlichkeit.

»Natürlich. Ich bin der Hirte. Ich kenne jeden einzelnen Gefangenen — denn die meisten von ihnen kommen schließlich in meine Herde.«

Ashurek hörte, daß Calorn etwas wie »Entsetzlich!«

murmelte. Die Bemerkung ärgerte ihn. Das, was sich aus den Worten des Hirten folgern ließ, war in der Tat zu schrecklich, um darüber nachzudenken — er brauchte von niemandem eine Bestätigung, die den nebelhaften Wirbel aus Horror in seinem Inneren noch verstärkte.

Die menschliche Herde wanderte langsam mit der Stumpfheit von Rindvieh mit ihnen zurück, die Augen geschlossen, die Mäuler in unaufhörlichen stummen Schreien geöffnet. Es war, als ob ihnen jede Richtung fehle und sie trotzdem verzweifelt etwas suchten. Sogar die Art, wie sie ihre grausam mißgestalteten bleichen Körper hielten, war kläglich. Calorn traten Tränen in die Augen; sie empfand ihnen gegenüber nun keine Neugier, keinen Abscheu und keine Angst mehr. Doch ihr Elend, spürbar wie der warme, langsame Atem der Kühe in der ›realen‹ Welt, rührte sie. Wäre sie doch nur fähig, sich ihrer anzunehmen, sie irgendwie zu trösten — aber das Böse der Dunklen Regionen war zu mächtig, um den Ausdruck irgendeines Gefühls zu erlauben, das nicht grausam und gemein war.

Als die Herde sich näherte, sagte Ashurek: »Dann kommt!« Allen voran schritt er über den Sumpf. Calorn holte ihn ein. Sie besaß die — sehr nützliche — Fähigkeit, Dinge, die eine Sache komplizierten, aus ihrem Geist zu verbannen und sich auf lebenswichtige aktuelle Angelegenheiten zu konzentrieren. Ashurek dagegen neigte zum Grübeln. Die sechsbeinigen Menschentiere beunruhigten ihn zutiefst. Was hatte Exhal mit den Worten ›Ich will ihre Augen öffnen‹ gemeint? In welcher Beziehung war das eine Drohung, ernst genug für Limir, daß er versucht hatte, ihn zu töten?

Ohne Hast trieb Exhal seine Herde zusammen und folgte den beiden Menschen. Von Zeit zu Zeit schnaubte er und schüttelte den schweren Kopf, wie ein Tier versucht, sich von einem Schmerz zu befreien, den es nicht versteht. Ashurek hielt wieder auf die dunkle Landmarke zu, aber diesmal — da sie das Stiergeschöpf als Führer hatten — näherten sie sich ihr schnell. Sie glich in etwa einem breiten Obelisk, dessen Kanten jedoch formlos abgerundet waren. Brauner Rauch umwallte ihn. Bei ihm angekommen, stellten sie fest, daß er vollkommen glatt und konturlos war. Er fühlte sich gummiartig an wie der Sumpf.

»Zeig uns den Weg!« verlangte Ashurek, als Exhal zu ihnen aufholte.

»Hast du keine Geduld, Ashurek von Gorethria?« grunzte das Tier, hob sich auf die Hinterbeine und umklammerte den Stock, den es sich von Calorn hatte wiedergeben lassen.

»Wir haben nicht viel Zeit.«

»Ihr vielleicht. Ich habe die Ewigkeit«, gab Exhal heftig zurück. Er begann, mit dem Stock an der Wand herumzustochern, suchte in dieser und in jener Richtung. Schließlich rutschte der Stock bis zur Hälfte in die Mauer. Exhal stemmte genau darunter einen Huf ein und öffnete mit Mühe einen Schlitz in der gummiartigen Oberfläche. Sein Kopf und die wogenden Schultern verschwanden in der Mauer. Die elastische Öffnung legte sich ihm um den Körper und wollte sich wieder schließen.

Ashurek sah, daß Calorn die Zähne zusammenbiß. Offensichtlich hatte sie Angst und empfand Widerwillen bei dem Gedanken, sich durch die elastische schwarze Mauer zu zwängen. Aber er zweifelte nie wieder an ihrer Tapferkeit, als sie ohne Zögern näher trat und Exhal folgte, ohne ein Wort zu sprechen.

Dann schob Ashurek Arme und Schultern in die widerstrebende Substanz und ließ das unheimliche Stöhnen der menschlichen Herde hinter sich. Er war innerhalb der Mauer. Für ein paar lange alptraumhafte Sekunden konnte er weder sehen noch atmen. Er schlug verzweifelt um sich, fühlte sich im Schlund eines gigantischen Tieres gefangen. Endlich fiel er aus dem Schlitz auf die andere Seite der Mauer und fand sich neben Exhal und Calorn wieder.

Sie waren in einer Höhle, in der ein bösartiges bleiches Licht durch wirbelnden Dampf schien. Alles war blau wie die Haut eines an Zyanose Leidenden, und der Geruch in der Luft war so süß, daß er ein Hohn auf Sauberkeit war.

Die Höhle erstreckte sich, so weit das Auge reichte. Der Fußboden fiel nach unten ab und war, einer Wabe gleich, mit einem Irrgarten aus Löchern und Gruben bedeckt.

»Ich muß euch hier verlassen, damit meine Herde nicht wegwandert und sich verläuft«, sagte das Stiergeschöpf. »Nehmt den Tunnel da.« Exhal zeigte mit seinem Stock auf eine Grube, aus der ein purpurfarbenes Licht glühte und sich mit dem Blau vermischte. »Haltet euch an die Grate zwischen den Löchern und fallt nicht in das falsche.« Darauf schob er seinen großen Körper wieder durch die Mauer.

Calorn rief ihm nach: »Wir danken dir, Exhal!« Aber er hörte es wohl nicht mehr.

Ashurek ließ sich auf Hände und Knie nieder und stellte fest, daß die Grate ebenso schlüpfrig und heimtückisch waren wie eine lebende Schleimhaut. Die Löcher zu beiden Seiten öffneten sich zu scheinbar endlosen senkrechten Tunneln, die alle unheimlich in dem widerwärtigen bläulichen Licht glühten und dampften. Wahrscheinlich führte jeder zu einem anderen Teil der Dunklen Regionen. Der Schacht, auf den sie zuhielten, lag etwas mehr als zweihundert Meter entfernt, wenn eine Strecke an diesem seltsamen, jeder Logik spottenden Ort überhaupt gemessen werden konnte. Die Mauer hinter ihnen war verschwunden und durch ein weiteres Stück Wabenmuster ersetzt worden. Über ihnen war nur der bläulich-weiße Dampf zu sehen.

Ashurek und Calorn rutschten beide mehrere Male aus, und bis sie den Schacht erreicht hatten, zitterten sie von der Anstrengung, sich auf den seifigen Graten zu halten. Wie die anderen Schächte führte er beinahe senkrecht nach unten und schwang sich außer Sicht.

»Es gibt nur einen Weg hinab«, stellte Calorn fest.

»Ja«, sagte Ashurek. Und er ließ sich von dem Sims in den Tunnel gleiten. Beim Fallen prallte er von den weichen Wänden ab. Calorn sah ihm eine Sekunde nach, bevor sie sich selbst in das Loch stürzte.

Sie hatte sich auf das Gefühl des Fallens gefaßt gemacht, doch es war etwas Schlimmeres: eine seltsam stille graue Leere in ihrem Gehirn. Ihre Glieder fühlten sich so leicht und blutleer an, daß es unerträglich war, und sie rang die Hände und krümmte sich und stöhnte wie ein fieberndes Kind.

War sie bewußtlos gewesen? Stunden oder Tage mochten vergangen sein, als sie sich auf einer dunklen, krümeligen Oberfläche wiederfand. Sie hatte keine Ahnung, wo sie war. Nach allem, was sie wußte oder woran sie sich erinnerte, hätte sie ein Neugeborenes sein können.

Jemand hielt sie in den Armen, zog sie zum Sitzen hoch wie eine Stoffpuppe: Sie hustete und probierte instinktiv, ob sie Kraft in den Gliedmaßen hatte.

»Calorn«, sagte Ashurek, »wach auf, wir sind da. Es wird schon gehen.« Ihre Augen stellten sich auf ihn ein. Das Gedächtnis kehrte wie schwarze Schiefersplitter zurück, die ihr Gehirn durchbohrten. Ashurek wirkte erschüttert, beinahe grau, und Calorn erkannte, daß er sich in dem desorientierenden Tunnel allein durch Willenskraft seine Zielbewußtheit erhalten hatte.

Sie befanden sich in einer Landschaft aus weichem schwarzen Stein. Vor ihnen erstreckte sich ein kiesiger Weg, und zu beiden Seiten lagen niedrige runde Hügel. Nur wenige Fuß über ihren Köpfen hing eine Decke aus Dunkelheit, geeignet, Klaustrophobie zu erzeugen, und es gab gerade genug trübes Licht, daß sie ihre Umgebung erkennen konnten.

»Ich bin schon einmal hiergewesen. Hier halten sie die Gefangenen fest.« Mehr sagte Ashurek nicht. Er wollte den Pfad hinuntergehen, hielt aber wieder inne. »Wenn wir Silvren finden, könnte sie sehr krank sein — abgemagert ...« Er brach ab, und Calorn merkte, daß er es nicht ihr erzählte, sondern versuchte, sich darauf vorzubereiten, was er entdecken mochte.

Es waren keine Dämonen oder andere Wesen der Schlange zu sehen, aber verzweifeltes Schreien und Stöhnen klangen aus den vielen dunklen Hügeln. Calorn rannte zu dem nächsten und spähte in die grausige Zelle, die sich darin befand. Sie bestand aus nichts als einem einfachen runden Loch im Fels, vor dessen Eingang eine durchsichtige Membran gespannt war. Der Platz reichte gerade, damit ein Mensch wie eine Bienenlarve in einer Wabenzelle darin liegen konnte. Der Mann in dieser hier war dünn wie ein Skelett, Haut und Haare zeigten das gleiche stumpfe Grau. Calorn riß an der Membran, kam jedoch nicht durch.

Sie ging zu der nächsten Zelle und der nächsten, und auf der anderen Seite des Weges tat Ashurek das gleiche und rief: »Silvren! Silvren!«

Calorn wurde bei ihrer Suche langsamer, verlor den Mut. Denn selbst wenn Silvren hier war, irgendwo in diesem offenbar endlosen Labyrinth von Zellen, würde Ashurek sie erkennen? Würde sie ihn hören? Panik ergriff sie — sie, die für ihre Ruhe und Verläßlichkeit bekannt war —, und sie konnte sehen, daß es Ashurek nicht anders erging. Sie rannte, um mit ihm auf gleicher Höhe zu bleiben, denn wenn sie sich aus den Augen verloren, hatten sie keine Hoffnung mehr zu entrinnen — überhaupt keine Hoffnung mehr.

Mit einemmal kam eine Gestalt auf sie zu, deutlich zu sehen, weil sie in Weiß gekleidet war. Ashurek und Calorn blieben mitten auf dem Weg stehen, betrachteten sie und warteten. Die Gestalt war schlank und aufrecht und ging mit ruhigem sicheren Schritt. Ihr langes dunkelgoldenes Haar glänzte, ihre Haut war rein und trug kein Zeichen schlechter Gesundheit oder schlechter Behandlung.

Sie kam zu Ashurek, und die beiden sahen sich staunend an.

»Silvren? Bist du es?« fragte Ashurek zögernd. Sie machte große Augen, doch gleichzeitig wirkte sie hochmütig und gefühllos. Es war kaum zu glauben, daß sie nicht eingesperrt, nicht krank war.

»Ja. Ich hörte dich rufen ... ich ...« Plötzlich fiel sie in seine Arme und klammerte sich erschauernd an ihn, Tränen der Erleichterung und des Jammers vergießend. Es war tatsächlich seine Silvren.

»Ich dachte, du seist eine Illusion, die die Shana geschickt hatten.« Er war so froh, sie gefunden zu haben, daß er kaum sprechen konnte.

»Das gleiche habe ich von dir gedacht«, schluchzte sie, »aber, oh, du bist wirklich!«

Calorn entfernte sich taktvoll ein Stück und paßte auf, ob sich ein Dämon oder ein anderes Wesen näherte, doch sie konnte immer noch hören, was die beiden sagten.

»Du siehst gut aus«, stellte Ashurek fest. »Geht es dir auch gut?«

»Ja, die Shana haben mich nicht schlecht behandelt. Ich habe Glück gehabt. Oh, Ashurek!« weinte sie.

»Hör zu, ich weiß nicht, wie wir diesen Abgrund verlassen sollen, aber ich habe etwas, das uns vielleicht ...«

»Verlassen?« fragte Silvren verwirrt und trat von ihm zurück. »Ashurek, wie bist du hergekommen? Bist du wahnsinnig geworden? Es muß ein Traum sein ...«

»Silvren, es ist alles in Ordnung. Wir sind von der Blauen Ebene durchgekommen. Calorn hat mich geführt — sie arbeitet für die H'tebhmellerinnen.«

»Oh — H'tebhmella«, seufzte Silvren, als sei eine Erinnerung in ihr aufgestiegen, die für sie mit schmerzlichen Schuldgefühlen verbunden war. »Dann hast du doch noch den Weg auf die Blaue Ebene gefunden?«

»Ja.« Ashurek lächelte. Plötzlich war er voller Zuversicht, daß es irgendwie möglich sein werde, die Shana zu überlisten und aus den Dunklen Regionen zu fliehen. »Estarinel und Medrian, meine beiden Gefährten, und ich — wir haben die Blaue Ebene schließlich erreicht.«

Silvren machte nicht den Eindruck, als ob sie sich besonders freue.

»Warum bist du dann hier? Was meinst du damit, daß du durchgekommen bist?« Ashurek fand ihre Verwirrung und Bestürzung verständlich.

»Die Dunklen Regionen hängen an der entgegengesetzten Seite der Blauen Ebene«, erklärte er freundlich. »Ich hätte gemeint, das müssest du wissen — du hast mir den ersten Hinweis gegeben, als du mir erschienst und sagtest, dieses Höllenloch sei blau, nicht schwarz.«

»Ich erinnere mich nicht«, erwiderte sie kläglich. »Ich erinnere mich, mit Estarinel gesprochen und ihn vor Arlenmia gewarnt zu haben ... Oh, Arlenmia ... Aber das war, bevor ... Oh, welch ein Unglück für H'tebhmella ...«

»Das ist ein weiterer grausamer Trick der Schlange«, sagte Ashurek. Silvren zuckte sichtlich zusammen, als werde ihr eine unerträgliche Bürde an Leid und Verzweiflung auferlegt, etwas, das er sie nie zuvor hatte tun sehen. Er sagte sich, daß sie zwar geistig klar und körperlich gesund zu sein schien, daß aber die alptraumhafte Verwirrung, die durch das bloße Verweilen in den Dunklen Regionen entstand, für niemanden ohne Folgen bleiben konnte. Vielleicht war ihr früher unbezähmbarer Mut von den Shana zermalmt worden — damit hatte er ja rechnen müssen. Wenigstens war sie noch am Leben und bei Verstand, und nun mußte er sie aus diesem schrecklichen Reich wegbringen, bevor es zu spät war.

Ashurek wußte nicht, daß es bereits zu spät war.

Er zog Silvren an seine Seite und rief: »Calorn! Machen wir, daß wir hier wegkommen! Hast du etwas gesehen?«

»Anscheinend sind keine Shana-Kreaturen in der Nähe«, gab sie grinsend zurück. »Ich glaube, ich habe den Anfang von einem Rückweg gefunden.«

»Was meint sie?« fragte Silvren niedergeschlagen. »Wie oft habe ich versucht zu fliehen! Es ist unmöglich. Oh, Ashurek — wie willst du zurückgelangen?«

»Zu dritt sind wir viel stärker als du allein«, meinte er ermutigend. »Komm, folgen wir Calorn — irgendwie wird es gelingen.«

Er folgte der Frau mit dem kastanienfarbenen Haar, die ständig nach hierhin und dahin spähte und den richtigen Weg auszumachen versuchte, den trüben Kiesweg entlang und zog Silvren mit sich. Aber er spürte, daß sie sich an seiner Seite immer mehr versteifte.

Plötzlich riß sie sich von ihm los, blieb stehen, als habe sie in dem scheußlichen Boden Wurzeln geschlagen, und rief: »Nein!« Sie zitterte heftig. »Ich kann nicht weggehen. Ich werde niemals ...«

Ashurek drehte sich um und nahm sie in die Arme. »Ist ja gut. Ich bin jetzt bei dir. Vertrau mir, Silvren, wir werden diesen verfluchten Regionen bald entkommen sein.« Aber sie entzog sich ihm wieder. Das klare Licht in ihren geliebten Augen war einer solchen Trostlosigkeit gewichen, daß er nicht hineinsehen konnte.

»Nein — du verstehst nicht — ich kann nicht dorthin — ich kann nicht zur Erde zurückkehren. Ich bin ...« Die Stimme versagte ihr. Ihr Zittern hörte auf wie bei einem sterbenden Vogel. »Oh, mein Geliebter, warum bist du hergekommen? Du warst in Sicherheit. Ich war zufrieden.«

Bei diesen befremdlichen Worten wurde ihm eiskalt von einer schrecklichen Ahnung. Zufrieden — in den Dunklen Regionen? Er wußte nicht, was sie damit meinte; doch was auch immer die Shana ihr angetan haben mochten, es war etwas viel Verheerenderes als körperliche Qualen oder Wahnsinn.

»Geliebte, du brauchst jetzt keine Angst mehr vor den Shana zu haben«, sagte er leise. »Du mußt mitkommen.«

»Nein«, wiederholte sie, als schütze das Wort sie davor, die Fassung zu verlieren, »Nein. Ich muß hierbleiben.«

Plötzlich trat Calorn zu ihnen, faßte Silvrens Hände und versuchte, ihr etwas von ihrem eigenen festen Mut einzuflößen.

»Wer sagt das? Niemand als die Shana — und sie sind nicht hier. Bitte, komm, wir brauchen deine Hilfe.«

»Sprich nicht mit mir, als sei ich ein Kind!« flammte Silvren auf. »*Ich* sage, daß ich hierbleiben muß — meinst du, ich wisse nicht, was ich sage? Ich will nicht hierbleiben — o ihr Götter, ich will nicht —, aber ich muß, zum Besten von uns allen.«

»Was haben sie dir angetan?« keuchte Ashurek.

»Kehr ohne mich um. Geh schnell, bevor die Shana kommen — verlaß mich!« bat sie leidenschaftlich und mit aller Willenskraft. Es war ihr Ernst, daß Ashurek ohne sie auf die Blaue Ebene zurückkehren solle. Und weil er sich immer auf ihr Urteil verlassen hatte und weil er sie liebte und sich um sie ängstigte, mußte er den Grund wissen, bevor er sie gegen ihren eigenen Wunsch rettete.

»Haben sie dir deine Zauberkunst genommen?«

Sie sah ihn mit klaren, aber lichtlosen Augen an, die wie beschattetes Wasser waren.

»Nein, obwohl sie schwach ist und ich sie hier nicht anwenden kann«, seufzte sie. »Diese Bürde trage ich immer noch.«

»Was ist es dann, Silvren? Ich verstehe dich nicht.«

»Sie haben mich«, — sie sprach, als entsetze sie sich nicht vor den Shana, sondern vor sich selbst —, »eine grundlegende Wahrheit gelehrt. Ich bin böse. Um der

Erde willen darf ich nicht dorthin zurückkehren — ich habe bereits zuviel Schaden angerichtet.«

»Was sagst du da?« stieß Ashurek zwischen zusammengebissenen Zähnen hervor. Sein Gesicht verdunkelte sich vor Zorn.

»Es ist wahr. Sie haben mich keiner Gehirnwäsche unterzogen. Sie haben es mir einfach erklärt, und ich habe es verstanden. Meine Schuld ist es, daß Arlenmia auf diese Erde gekommen ist, meine Schuld, daß das Steinerne Ei soviel Unglück über die Welt gebracht hat und vielleicht von neuem auf sie losgelassen wird. Weil ich böse bin, wird die Schlange siegen.«

»Weil du — wie kannst du das glauben? Du hast dein ganzes Leben damit verbracht, gegen sie zu kämpfen.«

»Das ist es ja gerade.« Silvrens Gesicht glühte in einem fahlen Licht, als ob sich die Krankheit ihrer Seele dort konzentriere. »Ich hatte kein Recht, gegen sie zu kämpfen. Die Schlange war vor uns da — sie wird uns überleben. Die Suche nach einem Weg, sie zu erschlagen, war Überheblichkeit. Es war nichts als das Streben nach Macht — verstehst du das? Ich war hochmütig, ehrgeizig — eben böse. Und meine Zauberkunst ist nichts als die äußere Manifestation dieses Bösen«, — sie wiederholte das Wort, als sei es ein Gift, mit dem sie sich töten wollte —, »nicht die Kraft, Gutes zu wirken, zu der ich sie gestalten wollte. Sie ist nicht die schöne und magische Zukunft der Erde. Sie ist nichts als böse.« Sie sank in Ashureks Armen zusammen. Die Qual, dieses schreckliche Wissen um sich selbst zu tragen, drückte sie nieder.

Ashurek blieb stumm. Der Schock ging so tief, daß sein Zorn und sein Leid wie ein bodenloser Abgrund waren, in den er fiel und fiel. Er hatte geglaubt, sich auf das Schlimmste vorbereitet zu haben, er hatte damit gerechnet, sie geschwächt von Folter, Mangel an Nahrung, den Quälereien der Shana wiederzufinden — niedergeschlagen und mutlos. Niemals, nicht in seinen schlimmsten Phantasien hatte er vorhergesehen, daß sie durch eine einfache Lüge so zerstört, so mit Abscheu vor sich selbst erfüllt worden sein könnte.

Die Shana waren schlau. Sie fanden immer die schärfste Waffe gegen ihr Opfer.

»Es ist eine Lüge, Silvren ...« Die Worte kämpften sich an dem Eisen in seiner Kehle vorbei. »Eine Lüge, von Diheg-El erfunden, um deinen Willen zu brechen.«

»Nein, ich weiß, daß es die Wahrheit ist«, antwortete sie tonlos, aber mit unerschütterlicher Überzeugung. »Ich will dir sagen, wieso ich es weiß. Es ist, weil ich auf Arlenmias Macht über die Shana neidisch war — bin, denn sie beherrscht sie und braucht sie nicht zu fürchten. Und der Grund ist, daß sie böser ist als sie. Und ich wollte diese Macht besitzen! Und ich — und ich liebte sie. Und wir sind beide durch und durch schlecht. Das steht fest. Ich stelle eine Gefahr für die Welt dar, solange ich meine Zauberkunst noch habe. Deshalb kann ich die Blaue Ebene nicht betreten, nicht mit diesem Makel. Siehst du das ein? Die einzige Hilfe, die ich irgendwem noch geben kann, besteht darin, daß ich hierbleibe.«

Ashurek starrte sie an. Sein Herz brach entzwei, die kreischende Qual in seinem Innern fand keine Stimme. Silvren erwiderte seinen Blick und sah, was er empfand. Die Tränen strömten ihr aus den Augen, weil sie nichts tun konnte, um ihm zu helfen.

»Es tut mir leid, Ashurek«, sagte sie, und hoffnungslos unsinnig setzte sie hinzu: »Es macht mir nichts aus, hier zu sein — sie behandeln mich nicht schlecht. Nein, berühr mich nicht wieder.» Es war, als schrumpfe sie zusammen. »Ich ertrage es nicht. Bitte geh!«

Da faßte Ashurek einen grimmigen Entschluß. Er hatte noch nie gegen Silvrens Urteil gehandelt, niemals in Frage gestellt, was sie für richtig hielt, nie versucht, sie seinem Willen zu unterwerfen. Glaubte sie wirklich an die Lüge der Shana und fuhr sie fort, daran zu glauben, wenn sie auf der Blauen Ebene in Sicherheit waren, würde sie ihm vielleicht niemals verzeihen. Aber hierlassen konnte er sie nicht.

»Geh voran, Calorn!« bat er, faßte Silvren bei den Schultern und schob sie vor sich her.

Sie wehrte sich gegen ihn, sie wehrte sich mit aller Kraft. Aber sie weinte, weil sie sich für böse hielt, und in ihrem Innern kämpfte sie gegen sich selbst, nicht gegen ihn. Ashurek biß die Zähne zusammen, drehte ihr den Arm auf den Rücken, zwang sie, Calorn zu folgen, und zeigte keine Gnade, wenn sie stolperte oder vor Schmerz keuchte.

Und er betete, sie möge ihm eines Tages verzeihen.

Calorn erfüllte es mit Erleichterung, als sie Ashurek sagen hörte: »Geh voran!« Sofort marschierte sie den Pfad zwischen den schaurigen Hügeln entlang, dem Kurs folgend, den sie bereits geplant hatte. Aber die Dunklen Regionen waren auf unlogische Art konstruiert; sie glichen keiner Welt oder Dimension, die sie bisher kennengelernt hatte. Ebenen kippten und kreuzten sich mit anderen Ebenen, und alle waren unvollständig, ohne bestimmte Grenzen. Größere Gebiete lagen innerhalb von kleineren Gebieten. Und alles glitt und veränderte die Position relativ zu allem anderen, als bestünden die Dunklen Regionen aus einer Masse ruheloser Amöben. Ein Gefangener hätte in alle Ewigkeit zwischen den gräßlichen Zellenhügeln umherwandern können. Zwar spürte Calorn deutlich, daß Pfade aus dem Gefängnisdistrikt hinausführten, aber sie waren unsichtbar.

Sie versuchte, ihre ruhige Zuversicht zu behalten. Doch die Furcht wuchs, ihre Fähigkeiten könnten sich als nutzlos erweisen. Die Dunklen Regionen waren tükkisch und konnten einen richtig gewählten Weg innerhalb einer Sekunde in einen falschen verwandeln.

Und jetzt fand sie nicht einmal den Anfang des unsichtbaren Weges, der, wie sie wußte, aus diesem schrecklichen Gebiet hinausführte.

Es sei denn ...

Calorn fiel beinahe in Laufschritt, und Ashurek folgte ihr mit Silvren.

»Hier!« Calorn zeigte auf einen Zellenhügel, der sie stark angezogen hatte. »Wir müssen hinaufsteigen.«

»Ich gehe als erster — du hilfst Silvren zu mir hinauf«, sagte Ashurek. Silvren hatte aufgehört, sich zu wehren, und war still und blaß, als habe sie auch den Kampf gegen ihre eigene Verzweiflung und Scham aufgegeben.

Calorn half Silvren, die wie ein Hündchen den steilen Hang des Hügels hinaufkroch. Ashurek richtete sie auf, so daß sie neben ihm stand. Dann schluckte Calorn ihren Abscheu vor dem ekligen fleischigen Hügel hinunter und kletterte ebenfalls hinauf.

Als sie oben ankam, wurde der unsichtbare Weg endlich sichtbar. Eine bräunliche steile Brücke schwang sich nach oben und entschwand schließlich den Blicken. Die Decke aus Dunkelheit schien zurückgewichen zu sein.

Erleichtert sprang Calorn auf die Füße und wurde von einer Explosion aus silbernem Feuer getroffen. Sie flog von dem Hügel und blieb unten ein paar Sekunden lang atemlos liegen. Dann kroch sie unter Schmerzen und benommen von dem plötzlichen Licht wieder nach oben.

Auf der abgeflachten Kuppe des Hügels hob sich Ashureks hohe Gestalt als Umriß vor einem Glühen ab, das, wie Calorn jetzt erkannte, von einem vor ihm stehenden Wesen ausstrahlte. Sie ging um ihn herum, damit sie besser sehen konnte. Das Wesen war der Form nach menschlich und vollkommen in seinen Proportionen, geschlechtslos und mit einem breiten grinsenden Gesicht. Es war nackt, und seine Haut glänzte wie das reinste Silber.

Calorn hätte wissen müssen, daß die Shana auftauchen konnten, wann und wo sie wollten; es war sinnlos gewesen, nach ihnen Ausschau zu halten.

Und neben dem Dämon — oh, gräßlich, unmöglich — hüpfte der höllische Vogel Limir wie aus unterdrücktem Triumph sacht auf und ab.

Und hinter ihnen stampften die bleichen Gestalten Exhals und seiner Herde den schmalen Steg herunter.

Calorn stellte sich neben Ashurek und Silvren und sah dem Dämon tapfer entgegen, obwohl seine Aura sie mit Abscheu erfüllte und ihr die Augäpfel schmerzten.

»Prinz Ashurek von Gorethria«, sagte die silberne Gestalt, und die Worte quollen zischend aus seinem roten Mund, »ich bin privilegiert. Mein Name ist Ahag-Ga.«

»Es ist mir verdammt gleichgültig, wer du bist«, erwiderte Ashurek. »Ihr habt sie zerstört — sie ist für euch nutzlos geworden. Laß uns vorbei!« Calorn staunte über die Verachtung, mit der Ashurek den Shanin ansprach. Sein Zorn mußte schon vor langer Zeit größer geworden sein als seine Furcht.

Gereizt reagierte der Dämon darauf, indem er sie mit knisterndem Silberlicht übergoß. Das Licht war reiner Schmerz. Calorn taumelte hustend zurück, aber Ashurek und Silvren blieben stehen wie zwei Stahlklingen, bis die Dämonen-Energie verlöschte.

»Nur eine kleine Erinnerung, daß man solchen, die Macht besitzen, Achtung erweisen soll«, grinste Ahag-Ga. »Verzeih mir, Prinz Ashurek, nicht ich habe deine Zauberin zerstört. Das ist das Werk Diheg-Els, und dazu ermutigt wurde er von Meheg-Ba. Wie du jedoch bemerken wirst, sind diese beiden verehrungswürdigen Shana nicht hier. Sie streifen zusammen mit Siregh-Ma auf der Erde umher, so daß ich das Glück habe, derjenige zu sein, der dich willkommen heißt.«

Der spöttische Ton des Dämons verriet Neid, und daran merkte Ashurek sofort, daß er im Rang unter Meheg-Ba und Diheg-El stand. Doch das machte ihn nicht weniger gefährlich.

»Nun, es würde dir schlimm ergehen, wenn deine

Vorgesetzten zurückkehrten und feststellen müßten, daß du uns hättest entkommen lassen«, gab er beißend zurück. Der rote Mund des Dämons verzog sich in einem wütenden Zischen. Ihm entging, daß Ashurek mit einer geschickten Bewegung eine kleine Phiole aus der Tasche zog.

»Meine sogenannten Vorgesetzten«, höhnte Ahag-Ga, »werden ganz im Gegenteil mehr als entzückt sein, ihren verlorenen Prinzen hier in Gefangenschaft zu sehen. Ich habe jedoch nicht das leiseste Interesse an ihren kleinlichen Streitereien um dich und die Zauberin. Hier ist eine andere Rechnung zu begleichen.«

Bei diesen Worten sprang Limir mit sichtlicher Schadenfreude in die Höhe, und sein Gackern klang wie die Drohung einer Harpye.

Der Dämon fuhr fort: »Ich habe erfahren, daß ihr auf eurem Weg durch die Dunklen Regionen eine Tat begangen habt, die man auf der Erde einen brutalen Mord nennen würde. Daß ihr keinen Erfolg hattet, ist unerheblich.«

»Wir haben unser Bestes getan!« ereiferte sich Calorn, erzürnt durch den Hohn des Dämons. »Ich verstehe nicht, wie Limir nach dem, was wir mit ihm gemacht haben, ins Leben zurückkehren konnte, es sei denn, er ist zu schlecht, um Frieden im Tod zu finden!« Sie tat einen Schritt auf den schrecklichen Vogel zu. »Du würdest tausendmal tot sein, wenn es nach mir ginge.«

»Du amüsierst mich«, höhnte Limir. »Es war ein großartiger Spaß, so zu tun, als hättet ihr mich umgebracht. Aber für alle Späße muß letzten Endes bezahlt werden.«

»Ich glaube, die Strafe für Mord ist in vielen zivilisierten Ländern der Erde die Hinrichtung.« Ahag-Ga grinste scheußlich. »Hier in den Dunklen Regionen haben wir jedoch eine große Zahl schrecklicherer Geschicke anzubieten. Ewig dauernde, wenn wir so wollen, wie, Exhal?«

Das große Stiergeschöpf blieb stumm, maß sie nur alle mit bösartigen Blicken.

»Ihr begreift also«, sagte der Dämon, »daß ich nicht in der Lage bin, euch freizugeben — selbst wenn ich das wollte, um meinen — äh — ›Vorgesetzten‹ eins auszuwischen. Gerechtigkeit muß geübt werden.«

Ashurek sah den Dämon unverwandt an und hob die Hand. Die kleine Phiole glühte in blaßgoldenem Licht. Es war die Phiole, die Setrel ihnen gegeben hatte. Das Pulver darin biete einigen Schutz vor Bösem, hatte er behauptet.

»Silvren«, fragte Ashurek, »hat diese Substanz eine Macht, die du sehen kannst?«

»Ja, ja, das hat sie!« Ihr Ausdruck veränderte sich, als erinnere sie sich, wie schön ihre Zauberkunst gewesen war, bevor die Shana es fertiggebracht hatten, sie zu beschmutzen. »Woher hast du sie? Ich kann nicht erkennen, wie ...«

Das Zischen des Dämons und das metallische Kreischen Limirs übertönten ihre Stimme. Beide sahen in ihrer Wut wie blutbeschmierte Ghouls aus, als Ashurek ihnen die Phiole wie eine Waffe entgegenhielt.

»Ich weiß nicht, wieviel Schaden dieses Pulver euch oder euren Regionen zufügen kann«, sagte er. »Wollt ihr das Risiko eingehen, oder wollt ihr uns gehen lassen?«

»Aha, eine Herausforderung!« rief der Dämon, während Limir aufflog und drohend über ihren Köpfen kreiste. »Ich lasse es darauf ankommen. Kämpfen wir, Prinz von Gorethria!«

Schnell zog Ashurek den Stöpsel aus der Phiole und warf eine Prise von dem Pulver in die Luft. Es bildete einen glitzernden goldenen Vorhang um ihn, Silvren und Calorn, der in der Dunkelheit leuchtete. Ein Gefühl schützender Wärme ging von ihm aus, obwohl er unstofflich war, denn er war nur aus Lichtpünktchen gebildet. Während er sich mit dem ›Vorhang‹ wie unter dem Schutz eines Schildes bewegte, vornübergebeugt wie ein Mann, der sich gegen einen Sturm stemmt, stellte sich Ashurek dem Dämon.

Ahag-Ga grinste und hob langsam die Arme. Silbernes Feuer traf knisternd auf das goldene Leuchten. Ashurek spürte, daß Silvren das bißchen an Zauberkräften sammelte, das ihr geblieben war, um ihm zu helfen, doch er konnte nicht weiter darüber nachdenken, weil er spürte, wie sich in der Ferne Energien aufbauten.

Plötzlich stand er am Fuß einer dunklen unheimlichen Bergkette, deren Flanken von vergangenen Schlachten genarbt waren. Zwischen den öden Gipfeln kreischten Vögel wie Limir. Und auf dem höchsten Gipfel, der wie der Sitz böser Götter war, sammelte sich eine schreckliche Energie. Der ganze alte Zorn der Schlange, der Neid und die schmutzige Macht der Dämonen, der Blutdurst Gorethrias, der lüsterne Wahnsinn derer, die Pakte mit Dämonen geschlossen hatten — alles wirbelte zu einer gewaltigen Sphäre zusammen.

Ashurek war ganz allein, und er wartete darauf, daß diese dunkle schreckliche Sphäre auf ihn herunterrolle. Und jetzt näherte sich die Anhäufung von Macht, zog unterwegs Schwaden von Bösem an sich, wurde immer größer und schrecklicher, verkörperte alle Gewalttätigkeit, die es in der Welt je gegeben hatte. Und ein Teil Ashureks begehrte diese Macht, es gelüstete ihn danach, daß sie in ihn eindringe und ihn übernehme. Es war das Feuer, daß seine Vorfahren getrieben hatte, ihr Reich zu erobern. Es war das böse Feuer des Steinernen Eis und die unendliche Energie der Schlange. Es war das Rufen des dunklen Blutes in ihm.

Und es war alles, was er um Silvrens willen aufgegeben hatte ...

Neben ihm, wenn sie sich seiner Gegenwart auch ebensowenig bewußt war wie er sich der ihren, kämpfte Calorn auf andere Weise. Ahag-Ga stand dicht davor, von ihr Besitz zu ergreifen.

»Es ist ein höchst einfacher Pakt«, sagte der Dämon.

»Ich kann dir augenblicklich die Freiheit geben; du wirst dich auf der Erde wiederfinden, erlöst von diesem Schmerz. Dafür verlange ich nichts weiter, als daß du mich von Zeit zu Zeit rufst und mir ein kleines bißchen Hilfe leistest ...«

Die silberne Aura verschwamm vor Calorns Augen, und sie hatte das Gefühl, auf ihr laste ein unerträglicher Druck. Für sie hatten Ashurek und Silvren aufgehört zu existieren. Sie wußte nur noch, daß der Schmerz enden würde, wenn sie sich der Dunkelheit ergab, dem fernen Vibrieren einer Membran, die sich wie ein Trommelfell über das Universum erstreckte. Die Membran würde reißen. Sie konnte schlafen.

»Hilf mir!« flüsterte sie.

Der Dämon grinste. Er wußte, daß sie ihn, nicht Ashurek, um Hilfe bat. Er hielt sie balancierend auf der einen Hand, den Gorethrier auf der anderen, und beide würden bald zerbrechen. Der Vorhang wurde schwächer.

Es war nichts weiter notwendig, als daß Ashurek ja sagte zu der dunklen und schrecklichen Macht, die er so offensichtlich begehrte. Sag ja, ja!

Sag ja — Ashurek sah seinen Vater auf dem dunklen Berg, und er sprach: *Ashurek, willst du mich von neuem enttäuschen? Nimm dir die Macht — sie ist dein Geburtsrecht!*

Vater! rief er, während die gewaltige Sphäre unausweichlich auf ihn zurollte. Gib mir die Macht — damit ich allen Schaden wiedergutmachen kann, den Meshurek angerichtet hat! Er breitete die Arme aus, begrüßte frohlockend die böse Anhäufung von Macht als sein Eigentum. Jetzt gab es in seinem Innern keinen Widerstreit, keine bittere Qual mehr — warum hatte er nicht eher erkannt, daß dies sein vorherbestimmtes Geschick war?

Plötzlich war eine Frau zwischen ihm und der Macht, stand ihm im Weg. Er erkannte sie nicht, aber sie war schlank, und Augen, Haut und langes Haar zeigten verschiedene Schattierungen von dunklem Gold.

»Es kümmert mich nicht«, sagte sie. »Die Wahrheit ist — ich halte es nicht mehr aus, allein zu sein. Ich halte es nicht aus. Du vielleicht?«

»Silvren!« schrie er, und schon verschlang die dunkle Sphäre sie. »Nein! Nein!«

Calorn hörte Ashureks Rufe nicht, denn auch sie schrie protestierend. Einer unversieglichen Quelle in ihr entströmte Logik und kämpfte gegen die Unlogik des Dämons.

»Welche Erde?« rief sie. »Meine Erde ist nicht deine Erde — auf welche willst du mich schicken?« Und während sie an ihre eigene Welt dachte, erinnerte sie sich an H'tebhmella. Rotes Feuer entzündete sich in allen ihren Muskeln — sie wußte wieder, wer sie war, woran sie glaubte. Es gab ihr die Kraft, sich vom Bösen des Dämons loszureißen. Sie warf sich rückwärts, stieß mit Ashurek zusammen und brach in die Knie.

Einstimmig riefen sie: »Nein!«

Die letzten Spuren des goldenen Lichts und der silbernen Blitze stießen aufeinander und verschwanden. Ashurek und Calorn kehrten langsam in die schreckliche Realität der Dunklen Regionen zurück. Der Rest des Pulvers in der Phiole war grau und lichtlos geworden. Ahag-Ga hatte ihm die Kraft genommen, aber der Shanin hatte dabei auch seine eigene verbraucht, und es war ihm nicht gelungen, Ashurek oder Calorn zu besiegen. Der Kampf stand unentschieden.

»Ich habe die Energie so lange aufrechterhalten, wie ich konnte«, sagte Silvren leise in die Stille hinein. »Es tut mir leid.« Ashurek wandte sich zu ihr um und stellte erleichtert fest, daß die Vernichtung Silvrens durch die dunkle Sphäre eine Illusion gewesen war — ein Produkt seiner eigenen gefolterten Phantasie.

»Das Pulver ist nutzlos geworden.« Ahag-Gas Stimme durchfuhr die Luft wie eine Säge. Er kreuzte die Arme, und sein Mund verzog sich zu einem roten Hohnlächeln. »Die Zauberin auch, doch das ist nichts Neues. Ihr seid gerettet, aber nur, damit euch der Prozeß gemacht und das Urteil über euch gesprochen werden kann!«

»Du bluffst, Ahag-Ga«, sagte Ashurek. »Du hast dich im Kampf gegen uns verausgabt. Jetzt hast du nicht mehr Kraft als wir.«

»Darauf kommt es kaum an«, erwiderte der Dämon höhnisch, »wenn ich soviel Hilfe zur Hand habe...« Er streckte den Arm aus, und Ashurek bemerkte ein schreckliches silbernes Glühen am Rand seines Gesichtsfeldes. Er und Calorn sahen sich um.

Mehr als dreißig Dämonen scharten sich um den Hügel. Alle zischten und lachten in ihrer Vorfreude und warteten auf den nächsten Schritt in der Szene, die über ihnen aufgeführt wurde.

»Oh, aber meinst du nicht, einer oder zwei wären genug gewesen, Ahag-Ga?« rief Limir aus. »Dieser Streit ist so unterhaltsam. Ich würde mich ärgern, wenn sie zu verängstigt würden, um ihn fortzusetzen.«

Ahag-Ga nickte und lachte boshaft.

»Kommen wir zur Sache. Limir, bring Exhal her!«

Der böse graue Vogel flatterte ein paar Meter den schmalen Steg entlang bis zu der Stelle, wo Exhal stand, hackte nach ihm und setzte ihm auf eine Weise zu, daß es Calorn grauste, bis das Stiergeschöpf widerstrebend vorwärtsstampfte. Seine roten Augen rollten wild, und die Zunge schlappte über die Wolfszähne hin und her.

»Der Hauptzeuge eures abstoßenden Verbrechens«, sagte Ahag-Ga zu Ashurek und Calorn. »Exhal, berichte allen hier Versammelten von der Gewalttat, die, wie du gesehen hast, an dem armen Limir verübt wurde.«

Das große Stierwesen zögerte mehrere Sekunden lang. Er atmete schwer, als werde er gleich vor Wut platzen.

»Sie — Limir versuchte...«, stammelte er mit kehliger Stimme.

Er wußte nicht, was er sagen sollte. Limir hatte versucht, ihn zu töten — die beiden Menschen hatten versucht, ihn zu retten. Aber jetzt lebte Limir immer noch; sie hatten ihn im Stich gelassen, die Betrüger!

»Sie haben tatsächlich versucht, Limir zu ermorden!« brüllte er. »Sie verdienen ihr Schicksal!«

Aber Ahag-Ga bedachte das große Tier mit einem ernsten roten Lächeln.

»Exhal, mein Freund«, sprach er feierlich, »ist das alles, was du zu sagen hast?« Der Hirte nickte. »Vielleicht solltest du noch einmal nachdenken. Ein Geständnis zu diesem Zeitpunkt könnte deiner Sache helfen.«

Exhals großer Körper schwankte vor Wut und plötzlicher Furcht.

»Sache?« brachte er hervor.

»Deine Unzufriedenheit mit deinem Los und dein Ungehorsam gegenüber Vorgesetzten sind altbekannt. Du hast Limir häufig beleidigt — deine Abneigung gegen diesen edlen Vogel ist kein Geheimnis. Und wir wissen, daß du den beiden Menschen geholfen hast.« Von den untenstehenden Shana kamen höhnische ›Pfui‹-Rufe. »Es ist ganz klar, daß du ebenso schuldig bist wie sie. Was sagst du, Limir?«

»Ich muß gestehen, daß Exhal in der Tat eine aktive Rolle bei dem Mordversuch an meiner Person gespielt hat«, erklärte der Höllenvogel mit einem Hohn, der Calorn das Blut erstarren ließ. »Er setzte einen Huf auf meinen Bauch, während Prinz Ashurek mir den Hals brach. Mir tut der Hals immer noch weh«, setzte Limir weinerlich hinzu.

»So frage ich euch, Mit-Shana«, brüllte Ahag-Ga, »befindet ihr den Hirten Exhal für schuldig?«

»O ja, ja, durchaus«, murmelten die versammelten Dämonen, sahen sich dabei gegenseitig an und lachten, als spiele sich etwas Faszinierendes und Erheiterndes ab.

»Vollstrecke das Urteil, Limir!« befahl Ahag-Ga.

Mit metallischem Kreischen erhob sich Limir in die Luft. Exhal brüllte los: »Verräter! Betrüger seid ihr alle! Ich war euer Hirte — wo wollt ihr einen anderen finden? Und ihr — ihr Menschen von der runden Erde, ihr habt getan, als wolltet ihr mir helfen. Ihr habt meine Hilfe angenommen, und dabei habt ihr mich die ganze Zeit betrogen und verspottet. Ein Pakt mit euch ist hohler und wertloser als mit den Shana! Betrüger!«

Limir kreiste über ihm, ließ ihm Zeit für seinen Ausbruch, genoß den Schmerz des Hirten.

»Verräter! Abschaum! Jetzt werdet ihr alle bezahlen müssen! Meine Herde hält treu zu mir!« Er richtete sich zu voller Höhe auf, streckte die Vorderbeine steif aus und schwang den kurzen Stock. Worte, langsam und tief und unbeholfen klingend, kamen aus seiner Kehle. Aber sie waren so mächtig und unaufhaltsam wie ein Lavastrom.

Wenn es einem Dämon möglich war zu erbleichen, tat Ahag-Ga es. Unter ihnen flackerte das Glühen der Shana und verlor an Kraft. Die Dämonen wandten sich einer dem anderen zu und gaben Ausrufe der Verwunderung und der Furcht von sich. Limir kreischte wütend, konnte Exhals Stimme jedoch nicht übertönen.

Die menschlichen Herdentiere schwankten über den Steg, stöhnend und die Köpfe schüttelnd.

»Limir!« rief Ahag-Ga. »Bring ihn zum Schweigen!«

Gerade wie damals, als sie Exhal auf dem schwarzen Sumpf begegnet waren, schoß Limir wie ein bleierner Pfeil auf das Stiergeschöpf nieder. Der Angriff war so bösartig, daß graues Blut nach allen Seiten spritzte und Ashurek, Calorn und Silvren traf. Exhal taumelte, kämpfte um sein Leben, und immer noch röchelte er die schrecklichen Worte hervor. Als er endlich fiel, war sein Kopf halb abgetrennt.

Sein Körper kippte und erschütterte den Hügel, rollte nach unten und blieb am Boden liegen.

Aber die Worte setzten sich fort.

Ahag-Ga, Limir und ebenso Calorn warfen wilde Blicke um sich, weil sie sich nicht erklären konnten, wer da sprach. Sie sahen, daß Ashurek die sechsbeinigen Menschenwesen anstarrte, und er stand so steif da wie ein vom Feuer geschwärzter und gehärteter Baum. Er hatte den kurzen Stock aufgehoben, und Exhals Zaubersprüche kamen mit Kraft und Sicherheit aus seinem Mund.

»Tut etwas! Haltet ihn auf!« wandte sich Ahag-Ga an seine Mit-Dämonen, die am Fuß des Hügels standen. Aber die Hälfte von ihnen war bereits verschwunden, und die anderen wichen zurück, die Haut stumpf vor Angst. »Limir...«

»Es ist zu spät.« Limir fiel wie ein leerer Sack auf den Hügel.

Und die menschlichen Herdentiere öffneten die Augen. Nicht alle, denn nur Exhal hätte ihnen allen die Augen öffnen können, aber genug.

Ashurek sah Ahag-Ga an. Die übrigen Dämonen waren fort.

»Jetzt wirst du uns gehen lassen«, sagte der Gorethrier.

Noch nie hatte er eine solche Bestürzung auf dem Gesicht eines Dämons gesehen. Es machte ihn beinahe menschlich. Ashurek hatte keine Ahnung, welchen Schaden es verursachte, wenn den Herdentieren die Augen geöffnet wurden, aber die extreme Angst Ahag-Gas und Limirs war offensichtlich.

»Ja«, sagte Ahag-Ga. »Ihr geht besser — aber sie bleibt hier.« Er zeigte auf Silvren.

»Du hast keine Wahl«, stellte Ashurek zornig fest.

Doch bevor er Silvren vorwärtsführen konnte, sagte sie: »Ich habe die Wahl. Ich habe dir gesagt, daß ich hierbleiben muß. Zwing mich nicht, es dir noch einmal auseinanderzusetzen, es tut zu weh.«

»Silvren, komm mit! Es ist doch nur eine Lüge der Shana — das wirst du einsehen, sobald wir die Blaue

Ebene erreichen!« rief Ashurek verzweifelt, denn er erkannte die Entschlossenheit in ihren Augen.

»Nein«, sagte sie.

»Wenn du sie nicht zurückläßt, werde ich euch eine Emanation der Dunkelheit zu der Blauen Ebene nachschicken, die sie für alle Zeiten beschmutzen wird«, erklärte der Dämon kategorisch und ohne eine Spur seines früheren Hohns. Er hatte Angst vor der Strafe, die ihn treffen würde, wenn Diheg-El und Meheg-Ba zurückkehrten und Silvren nicht mehr vorfanden.

»Kann er das?« wandte sich Ashurek ungläubig an Silvren.

»Ja, das kann er. Seine Kraft wird bald zurückkehren — ihr geht besser.«

»Ashurek, die Menschen fangen an, die Augen wieder zu schließen«, warnte Calorn. »Beeil dich, bevor es zu spät ist.«

»Geh ohne mich, bitte!« flehte Silvren. »Um der Blauen Ebene willen, wenn schon aus keinem anderen Grund.« Sie ergriff eine seiner Hände und küßte sie, aber er brachte es nicht über sich, sie zu küssen; er fühlte sich kalt, vernichtet. Wie konnte ein Kuß ihm oder ihr Trost spenden?

»Ich werde den Feldzug trotzdem fortsetzen«, versprach er dumpf. Silvren nickte, ohne irgendwie anzudeuten, ob sie das immer noch wollte oder nicht — und sie war es doch, die ihn ausgeschickt hatte.

Ashurek betrat die schmale bräunliche Brücke, die sich von dem Hügel aufwärtsschwang. Calorn versuchte, bevor sie ihm folgte, Silvren ermutigend zuzulächeln, doch es mißlang ihr. Ahag-Ga hatte die Hände um Silvrens Schultern gelegt, und Limir hockte sich besitzergreifend vor sie hin. Calorn war froh, daß Ashurek das nicht mehr gesehen hatte.

Sie mußten sich an einem der Herdentiere nach dem anderen vorbeidrängen, und deshalb kamen sie nur langsam voran. Die meisten von ihnen hatten die Augen wieder geschlossen, und ihre Gesichter waren unverändert — bleich und ernst wie Totenmasken. Sie schwankten und stöhnten leise, ohne Ashurek und Calorn zur Kenntnis zu nehmen, ohne zu wissen, daß ihr Hirte unten tot lag.

»Ashurek, woher kanntest du diesen Zauberspruch — oder was es war?« rief Calorn ihm zu.

»Woher?« fragte er scharf und warf einen Blick in die Runde. »Die Worte standen in Exhals Augen geschrieben!«

Die Kriegerin zuckte die Achseln und widmete sich der Aufgabe, den Rest des Wegs aus den Dunklen Regionen zu finden. Der Steg wurde steiler, und es war mühsam, ihn hochzuklettern und sich an der Herde vorbeizuschlängeln. Bei den letzten Wesen angekommen, bemerkte Calorn, daß zwei von ihnen die Augen immer noch offen hatten. Diese Augen waren vollkommen menschlich, wach, intelligent — sie schienen nicht in die geistlosen, traurigen Gesichter zu gehören. Erschauernd ging sie weiter, aber ihr fiel auf, daß Ashurek jetzt viel schneller kletterte, als hätten die Augen ihn zutiefst erschüttert. Calorn konnte kaum noch mit ihm Schritt halten.

Ein kleines Stück weiter vorn verschwand die Brücke in Dunkelheit, und Calorn hatte Angst, Ashurek aus den Augen zu verlieren, bevor sie wußte, was vor ihnen lag.

Ein stinkender Wind erhob sich, voll von wirbelnden Teilchen. Calorn strengte sich an, Ashurek zu erreichen, aber sie bekam keine Luft mehr. Sie erstickte an der dikken Luft, sie wurde krank und schwach. Ashurek war nicht mehr zu sehen — und plötzlich spielte das keine Rolle mehr. Die Brise wurde zu einem brüllenden Sturm, der sie beide von der Brücke riß und in die Dunkelheit hineintrug.

Sie flogen mit nicht abzuschätzender Geschwindigkeit durch leeren Raum. Ashurek sah sich seiner letzten

Chance, zu Silvren zurückzukehren, beraubt und stieß einen Verzweiflungsschrei aus. Er konnte nicht mehr atmen, und die Bewußtlosigkeit — oder der Tod — zog seinen Geist in einen dunklen Strom. Er wehrte sich verzweifelt dagegen, denn jedesmal, wenn er unterging, tauchten diese Augen wieder vor ihm auf — die Augen der beiden menschlichen Herdentiere, die er als seine Schwester Orkesh und seinen Bruder Meshurek erkannt hatte.

5

»Hier bin ich
lebendig gewesen«

Eine Gestalt schwebte durch Estarinels Träume, ein Mädchen, das sich über einen alten, handgebundenen und mit Illuminationen versehenen Band beugte, so daß ihr das silberhelle Haar über das Gesicht fiel. Seine Schwester Arlena. Merkwürdig, daß sie Bücher so geliebt hatte, während sie in jeder anderen Beziehung abenteuerlustig, extrovertiert und wild gewesen war. Sie wäre tapfer und lachend auf den Feldzug gegangen, ganz wie Calorn... Er dachte daran, wie sie um die Wette geritten waren, wie sie ihm zu Pferd am Rand des Tals entgegenkam, mit fliegendem Silberhaar, die Augen voll von Lachen. Dann war da Lothwyn, dunkelhaarig und still, dem Vater so ähnlich. Jetzt kam es ihm vor, als habe er beide kaum gekannt, denn sie hatten wenig Worte gemacht und sich mit ruhiger Hingabe ihrer Arbeit gewidmet, der Vater den Schafen und Lämmern, Lothwyn ihrer Weberei. Er träumte von seiner Mutter. Sie stützte sich auf einen Zaun vor dem Haus und betrachtete mit ihren klaren Bernsteinaugen die Stuten und Fohlen, um die sie sich so liebevoll zu kümmern pflegte. Ah, die Pferde, auch sie gab es nicht mehr. Erinnerungen an Liebe und Zuneigung und Zufriedenheit gingen ihm durch den Sinn, als sage er ihnen Lebewohl.

Trotzdem war der Traum ohne Schmerz. Die beruhigende Macht von Tränen und Erschöpfung hatte ihm geholfen, den Verlust vorerst anzunehmen. Allmählich erwachte er aus dem Schlaf. Er fühlte er sich schwer wie Blei, aber ruhig, als habe er sich gerade von einer langen

Krankheit erholt. Das schwachgoldene Licht der Morgendämmerung fiel ins Fenster. Medrian schmiegte sich an seine Schulter, und ihr Haar breitete sich wie glänzende schwarze Seide über seine Brust. Hauptsächlich sie hatte ihn vor dem Wahnsinn gerettet.

Er schlang behutsam die Arme um sie, küßte sie auf den Kopf und bemühte sich dabei, sie nicht aufzuwecken. Bilder von ihrer Reise stiegen in ihm auf, fern und rätselhaft wie Träume. Auf Hrannekh Ol hatte er einen Mann getötet, bevor ihm Zeit zum Zweifeln blieb, um sie zu retten. Und danach und nach dem Kampf mit Arlenmias Neutrumssöldnern hatte sie mit ihm gesprochen, hatte aus der seltsamen kalten Dunkelheit ihrer Seele nach ihm gefaßt, um seinen Schmerz zu lindern. Oder hatte sie versucht, ihm zu zeigen, wie er ebenso gefühllos werden konnte wie sie, damit er auch bestimmt die Kraft haben würde, den Feldzug zu beenden? Sie mußte ihn von Anfang an durchschaut, seine wachsende Zuneigung für sie erkannt haben ... Und bei jeder Gelegenheit hatte sie versucht, ihn wegzuscheuchen. Alles, was sie sagte und tat — damals, als Arlenmia ihr in den Hals gestochen und ihr unheimliches Pferd an ihrer Stelle gestorben war —, hatte ihn überzeugen sollen, sie sei eine Art Teufel, weniger als menschlich, eine Kreatur der Schlange. Aber nein. Statt dessen hatte er sich in sie verliebt.

Sie hatte gesagt, sie könne nur handeln, wenn sie gar nichts fühle, und er hatte beobachtet, wie sie ihre Seele mit Eis umhüllte, sich gegen jedes Gefühl betäubte. Alles, was diese Schutzschicht aufzulösen drohte, zum Beispiel eine Liebeserklärung, stürzte sie in Verzweiflung. Estarinel wußte, sie wäre glücklicher gewesen, wenn er es fertiggebracht hätte, sich feindselig oder zumindest kühl und uninteressiert gegen sie zu verhalten. Aber das konnte er nicht — es ging völlig gegen seine Natur. Und außerdem hatte er immer gespürt, daß sie hinter ihrer Kälte um Hilfe rief ... Schmerzte sie ein Angebot dieser Hilfe um so mehr, wenn sie wußte, daß sie es nicht annehmen konnte?

Estarinel wünschte, er könnte sie verstehen. Er wünschte, er wüßte, warum sie gestern abend zu ihm kälter gewesen war als je zuvor und dann plötzlich umgeschwenkt war und sich als das genaue Gegenteil von dem erwiesen hatte, wovon sie ihn hatte überzeugen wollen. In ihr war etwas zerbrochen ... Oh, Medrian, Medrian, ist es möglich, daß ich dir Schaden zugefügt habe, weil ich dich liebe? Wenn ja, verzeih mir. Du bist mir vom ersten Augenblick an nicht mehr aus dem Sinn gegangen ...

Weitere Erinnerungen. Medrian gab einem Dämon den Befehl, sich zurückzuziehen, als sei sie seine Herrin. Medrian jagte ein unheimliches schwarzes Pferd weg, als sei es der Tod, der sie holen wollte. Medrian in Gastadas Burg, entsetzlich gefoltert ...

Bei diesem Gedanken fuhr er zusammen und zog sie beschützend an sich. Da wachte sie auf und sah ihn an, und dieses eine Mal war er fähig, ihren Blick auszuhalten, ohne Furcht zu empfinden. Ihr Gesicht und ihre dunkelgrauen Augen hatten einen Ausdruck, den er nie zuvor an ihr bemerkt hatte, eine Art gefährdeter Fröhlichkeit.

»Wenn ich einen Wunsch frei hätte«, sagte sie, »würde ich gern für immer hierbleiben.«

»Ich auch«, erwiderte er leise.

Aber wie es nun einmal ist, dachte sie, müssen diese wenigen Stunden genug sein ... Genug für mein ganzes Leben. Oh, was habe ich getan? Vielleicht bin ich schuld, wenn der Feldzug niemals mehr zu Ende geführt werden kann. Ich habe es versucht, oh, wie sehr habe ich es versucht ... Aber ich bin menschlich. Und vielleicht habe ich die Welt zur Hölle verdammt, weil ich nicht stark genug war, dem Drang nach Glück zu widerstehen. Ich bin dumm, ich weiß nicht, was ich getan habe. Aber es ist mir gleich. Wie mächtig M'gulfn auch sein mag, sie kann mir diese paar Stunden niemals rauben.

Sie küßte Estarinel mit einer Zärtlichkeit, deren er sie vor ein paar Wochen für nicht fähig gehalten hätte.

»Estarinel«, sagte sie leise, »noch nie hat jemand etwas in mir gesehen, das es wert wäre, geliebt zu werden. Ich weiß immer noch nicht, was du in mir siehst. Ich habe mir viel Mühe gegeben, dich dahin zu bringen, daß du mich ablehnst. Das geschah aus einem Grund, den ich dir jetzt nicht sagen kann, doch später wirst du ihn erfahren und verstehen. Jedenfalls war es ein wichtiger Grund, ich habe mir nur nicht genug Mühe gegeben ...« Sie schluckte, versuchte, ihre Stimme zu beherrschen.

»Medrian ...«, begann Estarinel, aber sie brachte ihn zum Schweigen.

»Bitte, hör zu, solange ich noch imstande bin, es zu sagen. Es ist nicht deine Schuld, du hast getan, was ich wollte. Meine Kraft hat versagt ... Aber ich bin froh darüber. Bis gestern abend hatte ich mir nicht klargemacht, daß ich dich liebe oder daß ich überhaupt lieben kann. Dies ist der einzige gute Augenblick, den ich je in meinem Leben gehabt habe, verstehst du das? Und dir habe ich ihn zu verdanken ...«

»Dann bin auch ich froh«, antwortete er. Er fürchtete sich vor dem, was jetzt, wie er sicher war, kommen würde.

»Aber jetzt muß ich der Tatsache ins Gesicht sehen, daß ich den Feldzug zum Scheitern verurteilt haben mag. Wie gesagt, das ist meine Schuld, nicht deine ... Ein bißchen Hoffnung ist allerdings noch übrig, und ich schwöre, es ist unsere einzige Hoffnung — und sie hängt auch von dir ab. Ich muß dich um etwas sehr Schwieriges bitten.«

»Sag schon!« drängte er sie sanft, als er sah, wie ängstlich sie auf eine Reaktion wartete.

»Wenn wir Forluin verlassen und besonders, wenn

wir H'tebhmella verlassen«, — Medrian wich seinem Blick aus —, »muß es zwischen uns genauso sein wie früher, als ob wir uns kaum kennen. Du mußt zu vergessen suchen, daß du mich liebtest — weil ich keine Wahl haben werde.« Estarinel schwieg. Sie zwang sich weiterzusprechen. »Aber wenn du mich wirklich liebst ...«

»Das weißt du doch«, flüsterte er und streichelte ihr Haar.

»Ich habe dir etwas noch Schlimmeres zu sagen. Es mag eine Zeit kommen, in der ich dich bitte, etwas zu tun, das dir schrecklich erscheint; wisse, daß es dann nicht ohne guten Grund geschieht. Gib mir dein Wort, daß du ohne Widerspruch gehorchen wirst — ich bitte dich nicht leichtfertig darum. Bitte, versprich es mir — sonst wird der Feldzug ein schlechtes Ende nehmen.«

»Medrian, Medrian«, seufzte er, »es ist gut. Ich gebe dir mein Wort: Welche Wahl habe ich? Vielleicht wird der Feldzug auf jeden Fall ein Mißerfolg, aber ohne dich hätte ich ihn niemals fortsetzen können, und ich werde dich nie, nie absichtlich im Stich lassen ...«

Nach einer Minute spürte er, daß sie sich in seinen Armen entspannte.

»Ich weiß«, flüsterte sie. »Wie könnte ich an dir zweifeln?«

»Bist du deswegen mitgekommen, weil du dich vergewissern wolltest, daß ich die Nerven nicht verliere?« fragte er mit einem Lächeln.

»Nur teilweise«, antwortete sie ehrlich. »Es gab viele Gründe, und einige davon kannte ich nicht einmal ... Hör zu, laß uns jetzt nicht an die Zukunft denken. Uns bleiben noch ein paar Stunden in Forluin.«

Glücklicherweise war es leicht, wie Estarinel feststellte, ihre unheilschwangeren Worte und das erschreckende Versprechen, das er ihr hatte geben müssen, für den Augenblick zu vergessen. Aber gleichzeitig wuchs in ihm eine neue Kraft. Medrian hatte ihn vor der Verzweiflung und dem Wahnsinn gerettet, und dafür war er ihr gewiß etwas schuldig — zumindest das Bemühen, die Zukunft weniger schwarz zu machen, als sie sie voraussah. Sie hatte ihm geholfen, den Verlust seiner Familie zu ertragen — und jetzt, da beinahe niemand mehr übrig war, wollte er alles daransetzen, nicht auch noch Medrian zu verlieren. Diesen Verlust würde er nicht ertragen. An diesem Morgen bemerkte Falin, wieviel besser es Estarinel ging. Er wirkte nicht gerade glücklich, aber es ging eine ruhige Ergebenheit von ihm aus. Es konnte Falin nicht entgehen, daß er und Medrian einander mehr waren als bloße Reisegefährten. Anscheinend hatte er sich in Medrians Kälte getäuscht, und sie war also doch fähig gewesen, ihn zu trösten und ihm zu helfen. Doch Falin fragte sich immer noch, ob Estarinel nicht vielleicht einen Fehler machte, wenn er ihr vertraute. Oder, dachte er, fühle ich mich nur gekränkt, weil eine Fremde ihn trösten konnte, ich aber nicht?

Beim Frühstück entschuldigte er sich wegen der schlechten Qualität des Brotes; große Teile des Ackerlandes waren verdorben. Medrian antwortete, trotzdem sei es das beste Brot, das sie je gegessen habe, und sie lächelte ihn dabei an. Die Wirkung war wie Frühlingssonnenschein nach einem langen Winter. Ihr Gesicht strahlte so viel Güte aus, daß er jetzt wirklich glaubte, sich in ihr geirrt zu haben.

Es war immer noch ziemlich früh, und im Dorf waren erst wenige Leute unterwegs. Die Sonne wärmte die Luft und schmeichelte weiche Farben aus den Steinwänden der Häuser. Estarinel wartete, bis es eine Pause in den dörflichen Verrichtungen gab, und stieg dann noch einmal zu dem langen Schuppen hinauf, um mit einem letzten Blick von seiner Familie Abschied zu nehmen.

Falin und Medrian begleiteten ihn und warteten draußen. Als er in dem Gebäude verschwunden war, packte die schreckliche Erinnerung an den gestrigen Abend Medrian wie eine stählerne Hand an der Kehle.

Sie taumelte, faßte nach der Wand, um sich zu halten. Wie konnte sie das vergessen? Die unversehrten, nicht verwesenden Leichen — das schreckliche Böse des Wurms — sie kämpfte mit sich, kehrte Falin den Rükken, damit er den Schmerz in ihrem Gesicht nicht sah.

Es bestand keine Notwendigkeit, Estarinel etwas darüber zu sagen, entschied sie. Schließlich war es nur ein Gefühl, wahrscheinlich unbegründet; sie wollte ihm keinen weiteren Schmerz zufügen, indem sie etwas enthüllte, das vielleicht nur in ihrer Phantasie bestand. Nachdem sie diesen Entschluß gefaßt hatte, versuchte sie, alle Gedanken daran zu verbannen.

»Medrian, fehlt dir etwas?« fragte Falin.

Langjährige Übung befähigte sie, ihm ein völlig gleichmütiges Gesicht zu zeigen, als sie sich umdrehte und fragte: »Wird man die Leichen beerdigen?«

Bei der unerwarteten, beinahe gefühllosen Frage zuckte Falin zusammen.

»Nein, nein«, antwortete er mit belegter Stimme, »es gibt hier einen Ältesten, der sich um die Toten kümmert — jedes Dorf hat einen solchen. Die Leichen werden mit Pulvern und Kräutern behandelt, damit sie erhalten werden. Sie bleiben für mindestens ein Jahr am Ort der Ruhe — nur benutzen wir normalerweise ein kleineres Gebäude. Dann werden sie auf einem bestimmten Hügel in den Sonnenschein gelegt und verwandeln sich in Staub, kehren zur Erde und zum Himmel zurück. Doch für gewöhnlich sind es nur wenige sehr alte Menschen — nicht wie jetzt ...«

»Ich verstehe«, antwortete Medrian kurz. Er musterte sie, und von neuem stieg Mißtrauen in ihm auf. Sie war ihm ein Rätsel — sie machte ihm Angst. Falin war froh, als Estarinel wiederkam, denn er hatte das unlogische Gefühl, die Dunkelheit ihrer Augen werde ihn verzehren, wenn er noch viel länger mit ihr alleinblieb.

Auf dem Rückweg den grasigen Hang hinunter zum Haus begann Falin zu sprechen, damit sein Unbehagen wegen Medrian ihn nicht etwa dazu brachte, den am vergangenen Abend gefaßten Entschluß umzuwerfen.

»E'rinel, ich möchte dich um etwas bitten. Ich habe gestern sehr sorgfältig darüber nachgedacht und ...« Es war ihm plötzlich unmöglich zu erklären, warum er so dringend wünschte, bei dem Feldzug den Platz seines Freundes einzunehmen. Deshalb sagte er nur: »Laß mich an deiner Stelle gehen.«

Estarinel und Medrian machten beide halt und starrten ihn an. Medrian riß die Augen auf, und eine düstere Hoffnung ließ ihr den Atem stocken. Das könnte die Lösung sein, dachte sie. Falin mag mich nicht; es wäre leicht, so leicht, ihn dazu zu bringen, daß er mich haßt. Estarinel und ich könnten uns hier trennen, und uns blieben alle Zweifel, aller Schmerz erspart. Aber noch während sie dies überlegte, erkannte sie, daß es unmöglich war.

»Oh, Falin«, seufzte Estarinel und legte seinem Freund die Hände auf die Schultern, »ich verstehe — ich weiß, wie schwer es ist, hierzubleiben und mich wieder gehen zu sehen. Ich würde ebenso empfinden. Aber ich muß gehen; ich bin gleich zu Anfang erwählt worden, und obwohl es sich damals um eine Zufallsauswahl handelte, war sie endgültig. Ich bin auf den Feldzug gegangen, und ich muß ihn beenden.« Traurig schüttelte er den Kopf. »Ich weiß, ich hätte nicht zurückkommen dürfen — oh, Falin, es tut mir leid, wenn ich es dir damit schwerer gemacht habe. Aber du wirst hier gebraucht.«

Falin nickte grimmig. Er sah es ein.

»Ich hatte mir gedacht, daß du das sagen würdest«, lächelte er traurig. »Für Forluin mag es nicht viel Hoffnung geben, aber während du auf deiner Reise bist, kannst du sicher sein, daß wir alles uns Mögliche tun werden, um auch hier gegen die Schlange zu kämpfen. Das schwöre ich.«

Sie gingen wieder ins Haus, doch dort fanden sie

nicht mehr viel zu sagen, und bald hielt Estarinel es für das beste, sich zu verabschieden und sich auf den langen Weg zum Trevilith-Wald zu machen.

Sie sagten Falin also Lebewohl, und Estarinel setzte hinzu: »Richte Lili liebe Grüße von mir aus, wenn du sie siehst — ach nein, tu es nicht«, berichtigte er sich kummervoll. »Es ist besser, wenn sie nicht erfährt, daß ich hiergewesen bin. Ich glaube, außer dir hat mich keiner gesehen; also erzähl es niemandem, nicht einmal ihr.«

Falin nickte. Natürlich war es schmerzlich für ihn, daß er es ihr nicht sagen durfte, und Lilithea würde sich tief verletzt fühlen, wenn sie es jemals herausfand.

»Alles Gute«, sagte er, und er und Estarinel umarmten sich wie Brüder, die sich niemals wiedersehen sollten. Dann legte Falin eine Hand auf Medrians Schulter und sah ihr in die Augen. »Paß gut auf ihn auf!« Sie lächelte schwach und nickte.

»Auch dir alles Gute«, sagte Estarinel. Er faßte Medrian bei der Hand. Sie verließen das Dorf, überquerten eine Wiese und traten in den Schatten der Bäume. Falin blieb an der Ecke des Hauses seiner Tante stehen, bis er sie nicht mehr erkennen konnte.

Dann betrat er die Wohnstube und saß lange Zeit still da, so erschüttert, daß er nicht fähig war, etwas zu denken oder zu fühlen. Schließlich zwang er sich, immer noch wie betäubt, das Haus zu verlassen und sich den anderen Dorfbewohnern bei der Feldarbeit anzuschließen. Er versuchte, sich einzureden, es sei gar nichts geschehen.

Estarinel kehrte auf einem anderen Weg in den Trevilith-Wald zurück, so daß er das Schüsseltal nicht einmal von fern erblickte. Ein einsamer Vogel rief traurig wie ein Totenglöckchen, als sie zwischen den Bäumen dahingingen. Medrian war still und wirkte sehr ruhig, beinahe schläfrig. Aber sie betrachtete immerzu die Bäume und den Himmel und die Erde, als seien es die letzten Dinge, die sie jemals sehen würde.

»Forluin ist immer noch schön, auch jetzt noch«, sagte Estarinel. »In diesem Land steckt ein Geist, der nicht leicht zu zerstören ist.«

»Und in seinen Bewohnern«, fügte Medrian mit sanftem Lächeln hinzu. »Vor allem in seinen Bewohnern.«

Sie gelangten an die Stelle im Wald, wo sie auf den Eingangspunkt warten mußten. Ruhig blieben sie stehen, aber als er erschien, eine ferne Wolke aus blauem Licht, die langsam auf sie zutrieb, drehte sich Medrian zu Estarinel um und umarmte ihn leidenschaftlich.

»Oh, verzeih mir für die Zukumft!« rief sie, beinahe unter Tränen. »Denk daran, daß ich dich liebe, auch wenn ich es dir niemals mehr sagen kann. Dies hat soviel für mich bedeutet ... Ich habe Hoffnung für dich, wenn auch nicht für mich selbst. Mir wünsche ich nichts als Frieden ...«

Estarinel erwiderte die Umarmung, küßte ihr dunkles Haar und wußte nicht, was er sagen sollte. Der Eingangspunkt hatte sie fast erreicht, und er empfand plötzlich nichts als Bedauern, daß sie hindurchgehen und den Feldzug fortsetzen mußten, daß die Zeit für sie nicht stillstehen konnte. Hand in Hand bereiteten sie sich darauf vor, in die Leere zu treten, doch kurz bevor sie es taten, wandte ihm Medrian das Gesicht mit einem so strahlenden Leuchten zu, wie er es nie zuvor gesehen hatte und wahrscheinlich nie wieder sehen würde. Endlich hatte sie Worte gefunden, um auszudrücken, was sie fühlte.

»Hier bin ich lebendig gewesen«, sagte sie.

Noch während Ashurek und Calorn durch die Finsternis gewirbelt wurden, versuchte Calorn verzweifelt, sich zu orientieren. Aufwärts — der bösartige Sturm trug sie aufwärts. Mit wachsender Furcht erkannte sie, daß sie aus den Dunklen Regionen verjagt werden sollten. Sie strengte sich so an, Ashurek eine Warnung zuzurufen, daß es sie würgte, aber sie brachte keinen Ton hervor.

Teilchen trafen sie wie Erdklümpchen und Steine bei einem Sturm. Mit schmerzhafter Geschwindigkeit wurden sie durch ein feuchtes fleischiges Rohr getrieben, dann durch eine dichte scheußliche Substanz wie flüssiger Gummi. Nach Atem ringend, tauchten sie darauf aus, wurden durch die Luft und gegen Fels geschmettert. Calorn erhaschte einen ganz kurzen Blick auf einen unendlichen flachen schwarzen Sumpf, der etwa vierzig Fuß unter ihnen lag, bevor der dunkle Wind sie in eine Fistel des Steins schleuderte.

Sie waren in dem Tunnel, der nach H'tebhmella führte. Wahrscheinlich hätten sie ihn ohne die dunkle Energie, die sie durch die Luft getragen hatte, nie mehr erreicht, aber diese Energie schien außerdem darauf aus zu sein, sie zu vernichten. Sie peitschte sie mit qualvoller Geschwindigkeit durch den engen Gang, und sie waren außerstande, die Geschwindigkeit zu verringern. Der Fels zerrte an ihren Gliedern und Händen, riß ihnen die Kleider auf und schürfte ihnen die Haut ab. Calorn verlor das Bewußtsein, lange bevor sie wie zerfetzte Puppen, die ein Kind in die Luft wirft, auf die Oberfläche von H'tebhmella hinausflogen.

Sie wußte nicht, wie lange sie dort gelegen hatte, bis sie entdeckt wurden. Wie es ihr schien, wusch ihr jemand beinahe sofort das Gesicht mit süßem kalten Wasser. Mit unaussprechlicher Erleichterung atmete sie die reine Luft ein und öffnete die Augen. Die dunkelhaarige Filitha beugte sich besorgt über sie. Langsam erkannte Calorn die sanften Gesichter, hellen Gewänder und seidigen Haare anderer H'tebhmellerinnen. Sie hatten sich um die Felssäule geschart, die den Tunnel zu den Dunklen Regionen enthielt. Ashurek hatte sich bereits auf die Füße gestellt. Neben ihm stand die Dame selbst. Anscheinend befragte sie ihn, aber er schüttelte zur Antwort nur finster den Kopf.

Calorn richtete sich mit Filithas Hilfe auf. Die heilende Kraft der Blauen Ebene wirkte anscheinend am schnellsten bei denen, die sie am nötigsten hatten, und schon ließ der Schmerz ihrer Verletzungen nach.

»Ashurek, bist du in Ordnung?« fragte sie aufgeregt. Seine Kleider waren ebenso wie ihre eigenen zerrissen und blutgetränkt, und er sah so erschöpft und mitgenommen aus, wie sie sich fühlte. Erleichtert stellte sie fest, daß H'tebhmellas Energie seinen Zustand rasch besserte, aber er antwortete ihr nicht, und der Ausdruck in seinen Augen war so verschlossen und feindselig, daß sie zurückfuhr. Sie spürte die Felssäule an ihrem Rücken, Filithas Hand auf ihrem Arm. Die H'tebhmellerinnen betrachteten sie und Ashurek in stummer Neugier, und zwischen ihnen entdeckte sie Estarinel und Medrian, die gleichermaßen verblüfft schienen.

In das unheimliche Schweigen hinein fragte die Dame ruhig: »Ashurek, Calorn, fühlt ihr euch gut genug, um mir zu erklären, was geschehen ist?«

Die Selbstbeherrschung zurückgewinnend, begann Calorn: »Ja, meine Dame, ich ...« Doch sie verstummte, als sie das Gesicht der Dame sah. Es war nicht freundlich, es war streng, und in den klaren Zügen drückte sich Strenge mit kristallener Deutlichkeit aus. Sie murmelte: »Müßt Ihr erst fragen?«

Die Augen der Dame leuchteten hell wie Diamanten und ebenso hart und klar. Ihre hohe Gestalt schien in einen Mantel aus eisigem Licht gekleidet zu sein. »Ich weiß, ihr hattet die Absicht, Silvren zu retten. Es ist ein Wunder, daß ihr zurückgekehrt seid und euch selbst und H'tebhmella nur verhältnismäßig geringen Schaden zugefügt habt. Ashurek, ich hatte geglaubt, dir vertrauen zu dürfen. Ich kann kaum glauben, daß ich mich so geirrt habe. Ich verstehe, warum du dich verpflichtet fühltest zu gehen, aber du mußt doch gewußt haben, daß du dir etwas völlig Unmögliches vorgenommen hattest. Warum hast du es dann versucht?«

Ashurek sprach immer noch nichts, als gingen Schmerz und Kummer bei ihm zu tief für Worte.

»Du hast die Blaue Ebene in eine schreckliche Gefahr gebracht.« Die Stimme der Dame klang wie eine stählerne Glocke. »Wahrscheinlich weißt du nicht einmal, wie groß sie war. Die Shana hätten euch eine zerstörende Energie nachschicken können, die H'tebhmella für alle Zeit beschädigt hätte, und euer Durchdringen der Ebene hätte es möglich gemacht. War dir das nicht klar? Bedeutet dir das gar nichts?« Die Härte ihres Gesichts war furchterregend, aber Ashurek erwiderte ihren Blick finster, und der Schmerz in seinen grünen Augen war ebenso gefährlich.

»Ich will dich nicht von der Blauen Ebene verbannen. Nur weil der Feldzug so wichtig ist, bist du hier geduldet, bis alle Teilnehmer abreisen. Ich sehe, daß du deine Tat nicht bereust. Ashurek, willst du mir nicht sagen, was sich zugetragen hat?« Es lag etwas Beschwörendes in diesen letzten Worten, doch der Gorethrier antwortete immer noch nicht. Als seien ihre Worte nicht mehr als Spinnweben, die der Regen zerstört, maß er sie mit einem letzten grimmigen Blick und ging davon. Die H'tebhmellerinnen wichen zur Seite, um ihn durchzulassen, und bald war er zwischen den Felsen nicht mehr zu sehen.

Die Dame wandte sich Calorn zu. »Ich brauche kaum zu fragen — in deinen Augen steht deutlich zu lesen, daß du dir voll bewußt warst, wie gefährlich und falsch ihr gehandelt habt. Du hättest versuchen sollen, ihn aufzuhalten, und statt dessen hast du deine Fähigkeiten, von denen der Erfolg des Feldzugs abhängt, dazu benutzt, ihm zu helfen. Du hast nicht nur dein und sein Leben aufs Spiel gesetzt, sondern die ganze Zukunft der Erde. Calorn, ich hatte mich stillschweigend auf dein Urteilsvermögen verlassen! Was hofftest du zu erreichen?«

Calorn hatte das Gefühl, von einem kalten und reinen Wind angeweht zu werden, der bestimmt ihre minderwertige Substanz vernichten würde, diesen abscheulichen Teil von ihr, den es nach Limirs Tod gelüstet hatte. Aber irgendwie hielt sie die Bruchstücke ihrer Persönlichkeit zusammen und antwortete mit der ganzen Wärme und Ehrlichkeit, die in ihrer Seele lagen: »Meine Dame, Ihr kennt die Antwort. Ich bin menschlich. Vielleicht ist mein Idealismus stärker als mein Verstand. Ich hätte Ashurek nicht aufhalten können, aber ich glaubte, mit meiner Hilfe habe er eine Chance. Ohne sie hätte er den Weg dorthin auch gefunden, aber er wäre getötet worden!«

Die Dame nickte ernst und wartete darauf, daß Calorn fortfahre. Mit Tränen in den Augen setzte die Kriegerin hinzu: »Meine Dame, die Rettungsaktion ist dem Erfolg so nahegekommen ...«

Die Dame forderte sie auf: »Ich finde, du solltest uns genau erzählen, was geschehen ist.«

Calorn unterdrückte den Abscheu und den Jammer, die mit der Erinnerung an diese Ereignisse verbunden waren, und berichtete. Estarinel und Medrian hörten in entsetztem Schweigen zu.

»Es war Silvrens eigener Entschluß, nicht mitzukommen«, schloß Calorn endlich. »Die Shana haben ihr etwas Schreckliches angetan. Sie haben sie davon überzeugt, sie sei böse und dürfe die Blaue Ebene oder die Erde niemals mehr mit ihrer Anwesenheit beflecken. Wundert es Euch da noch, daß Ashurek Euch nichts zu sagen hat?«

Die klaren grauen Augen der Dame glänzten jetzt vor kristallisiertem Kummer. »Ach, Calorn, ich finde keinen hinreichenden Ausdruck dafür, wie traurig mich Silvrens Geschick macht. Doch du hast bewiesen, daß die Zeit für ihre Rettung noch nicht reif ist. Bis die Schlange tot ist, können keine Abkürzungen genommen werden. Verstehst du, warum ich zornig bin?«

»Ja, meine Dame«, antwortete Calorn. »Trotzdem — ich würde das gleiche noch einmal tun. Deshalb bin ich der Meinung, ich sollte aus Eurem Dienst ausscheiden.«

Die Dame antwortete ihr nicht sofort. Sie legte Calorn die Hand auf die Schulter, und ihr Gesicht wurde plötzlich sanft. »Liebes, in dir ist viel Zweifel und Halsstarrigkeit, aber aus meinem Dienst will ich, kann ich dich nicht entlassen. Ich kann dich nicht einmal beschwören, in Zukunft nur noch nach meinen Anweisungen zu handeln, weil es gerade deine geistige Unabhängigkeit ist, die dich für uns so wertvoll macht.«

Calorn hielt dem Blick der Dame stand und erwiderte: »Dann ist es mein einziger Wunsch, Euch auch weiterhin zu dienen.«

»Das ist gut. Kein Aufwand an Worten kann das, was geschehen ist, ungeschehen machen, und deshalb werde ich nie wieder davon sprechen. Komm jetzt und ruh dich aus!«

Die Dame wandte sich zum Gehen, und die anderen Frauen der Blauen Ebene folgten ihr. Estarinel und Medrian blieben zurück, bis Calorn sie eingeholt hatte, und dann gingen die drei in einiger Entfernung hinter den H'tebhmellerinnen her.

»Calorn, fehlt dir auch ganz bestimmt nichts?« fragte Estarinel. Sie schüttelte den Kopf und sah ihn mit einem kläglichen Lächeln an. Estarinel fuhr fort: »Ich kann nicht glauben, daß Ashurek etwas so wahnsinnig Gefährliches getan hat.«

»So? Ich hätte gedacht, du würdest ihn inzwischen kennen«, warf Medrian ruhig ein.

»Ja, wahnsinnig war es wohl«, seufzte Calorn. »Und ich mache mir große Sorgen um ihn. Ihr könnt euch vorstellen, wie ihm zumute ist.«

»Aber die Dame hat recht«, erklärte Estarinel. »Was haben Silvren und Medrian schon immer gesagt? Das Übel muß mit der Wurzel ausgerissen werden. Es gab doch keine Hoffnung, Silvren zu retten! Hat Ashurek geglaubt, der Feldzug könne so enden — hätte er ihn abgebrochen, wenn Silvren heil und ganz hier angelangt wäre? Vielleicht wäre er es zufrieden gewesen, die

Schlange siegen zu lassen. Er hatte ja auch keine Skrupel, H'tebhmella in Gefahr zu bringen!«

»Er hat dazugelernt«, verteidigte Calorn ihn. »Er hat gesagt, er werde weitermachen. Aber Silvren hat ihn auf den Feldzug geschickt, und jetzt, da sie den Mut verloren hat, ist er...«

»Er ist nur noch von seiner Bitterkeit und seinem Wunsch nach Rache beseelt.« Medrian blickte zu Boden. »Ich glaube nicht, daß er etwas gelernt hat. Dazu hat er zuviel verloren. Haben wir das nicht alle?« Sie sandte Estarinel einen kurzen mitleidigen Blick zu.

»Nun, da hast du wohl recht«, sagte Calorn. »Ich weiß, wir hätten nicht gehen dürfen. Aber ich glaube immer noch, daß wir keine Wahl hatten.«

»Keine Wahl?« rief Estarinel aus. »Was ist mit H'tebhmella? Wenn die Blaue Ebene verstümmelt worden wäre, was wäre dann für uns alle übriggeblieben? Ashurek hat weiter nichts erreicht, als daß er Silvren und sich selbst noch mehr Schmerz aufgebürdet hat. Er wird alles zerstören, wenn er so weitermacht.«

Calorn sah ihn überrascht an. »Ich dachte — nun, ich dachte, du hättest mehr Mitgefühl für ihn.«

»Was kümmert es dich?« fragte Medrian scharf. »Der Wurm muß getötet werden. Nichts anderes ist wichtig — nichts.« Und sie ließ den Kopf hängen, als ob sie ihren eigenen Worten nur halb glaube.

Innerlich seufzend, verließ Calorn sie und schloß sich statt dessen Filitha an. Sie wollte nicht mit den Erinnerungen an die Dunklen Regionen allein sein, denn obwohl ihr Körper schnell heilte, war ihre Seele immer noch wund von den Schrecknissen jenes Ortes.

Die Dame hielt Wort; sie machte weder Ashurek noch Calorn weitere Vorwürfe wegen dieser Sache. Das war auch nicht notwendig; ihr Zorn ließ sich nicht so leicht vergessen. Er hing über der Ebene wie eine unstoffliche diamantene Decke, und nichts war mehr wie zuvor.

Ashurek entzog sich halsstarrig jeder Gesellschaft. Filithas und Estarinels Versuche, mit ihm zu reden, wies er ruhig, aber mit undurchdringlicher finsterer Laune zurück.

»Ich weiß nicht, was du dich um ihn beunruhigst«, sagte Medrian zu Estarinel. Mehrere Stunden waren vergangen, und sie waren in einer abgeschlossenen Senke an einem Wasserfall allein. »Hat er eine Spur von Mitgefühl für deine Familie gezeigt?«

Estarinel schüttelte seufzend den Kopf. »Das erwarte ich auch nicht. Darum geht es nicht. Ich denke an den Feldzug. Vielleicht fühlt er sich außerstande, weiter mitzumachen.«

»Nein, in dem Punkt wird er uns nicht enttäuschen.« Medrian schob die Hand unter seinen Arm. »Davon bin ich überzeugt, Estarinel. Mach dir keine Sorgen.« Das ist die geringste meiner Sorgen, dachte sie, vor Angst erschauernd.

»Wie lange wir wohl noch warten müssen?« murmelte er.

»Nicht mehr lange. Nicht mehr lange«, erwiderte Medrian mit ernster Überzeugung.

Eine satte indigoblaue Dämmerung hüllte sie ein. Weiches blaugrünes Moos funkelte unter ihren Füßen, und ringsum standen Bäume wie Säulen aus violettem Glas. Nahebei glitt der Bach melodisch dem See zu. Sonst störte kein Laut die Stille H'tebhmellas. Lichtstäubchen trieben wie Pusteblumensamen über den dunkelblauen Himmel, jedes so fern und so ehrfurchtgebietend wie ein Stern und doch so warm und so tröstlich wie eine Kerze, die angezündet wird, um einen erschöpften Reisenden willkommen zu heißen.

»Der Feldzug kann nicht früh genug beginnen«, sagte Estarinel wie zu sich selbst. »Doch wie schwer wird es sein, von der Blauen Ebene Abschied zu nehmen!« Er wollte Medrian umarmen, aber sie entzog sich ihm steif.

»Estarinel, ich habe dir gesagt, wenn wir Forluin ver-

lassen hätten, müsse alles wieder so sein wie früher.«
Sie kehrte ihm den Rücken zu. Ich muß stark sein, dachte sie, ich muß es beenden, bevor M'gulfn es für mich beendet ...

Ihr innerer Kampf verriet sich in den angespannten Linien ihres Nackens und ihrer Schultern, und Estarinels Verlangen, sie zu verstehen, war wie ein Messer in seinem Herzen. Er wußte jedoch, alles, was er sagte oder tat, würde es für sie nur noch schwerer machen. Deshalb antwortete er ihr nicht, stand nur da und betrachtete sie. Und plötzlich drehte sie sich in krassem Widerspruch zu dem, was sie eben gesagt hatte, zu ihm um, warf ihm die Arme um den Hals und küßte ihn mit einer Leidenschaft, die verzweifelter war als seine.

Ich habe überhaupt keine Kraft mehr, schrie es in ihrem Innern. Wegen meiner Schwäche wird der Feldzug ein schlechtes Ende nehmen, und obwohl ich das weiß, kann ich nicht anders.

Estarinel erwachte davon, daß jemand von fern seinen Namen rief, doch als er aus dem Schlaf auftauchte und sich auf dem weichen Moos hochsetzte, meinte er, es sich eingebildet zu haben.

Und Medrian war fort.

Der h'tebhmellische Himmel war zu einem klaren blassen Blau zurückgekehrt, und alles schien ruhig zu sein, aber Estarinel bekam es plötzlich mit der Angst zu tun. Er stand auf, hielt Umschau. Er mußte mehrere Stunden geschlafen haben. Wie lange mochte es her sein, daß Medrian allein davongegangen war? Traurig kniete er eine Weile am Ufer des Baches, trank von dem kühlen Wasser und bespritzte sich Gesicht und Hals. Nach einer Minute hörte er von neuem seinen Namen rufen, diesmal näher, und dann kam die H'tebhmellerin Filitha durch die Bäume auf ihn zu.

»Da bist du also, E'rinel«, sagte sie. Ihre Augen waren tiefblau, und azurfarbenes Licht umspielte sie. »Die Dame hat mich beauftragt, dich zu suchen. Du mußt mit mir zur Höhle der Kommunikation kommen. Es gibt Neuigkeiten von dem Silberstab.«

Sofort war er auf den Füßen. Sie führte ihn zu einer Brücke, einem bloßen Strang aus Saphir, der sich über den glasklaren See wölbte.

»Hast du Medrian gesehen?« erkundigte er sich.

»Ja, sie ging vorhin allein auf der anderen Seite des Sees spazieren«, antwortete Filitha. »Calorn wollte sie holen.«

Estarinel dachte: Ich habe es nicht wahrhaben wollen, was Medrian zu mir sagte, doch in meinem Herzen weiß ich, daß sie recht hat. Sie entfernt sich bereits von mir.

Ein paar Minuten später stand Estarinel in einer Höhle im Fuß einer hohen Felsnadel. Das Innere hatte ungefähr Kuppelform und bestand aus verspiegelten Flächen, die alle Schattierungen von Blau, Indigo und Silber wiedergaben. Die Wirkung war unheimlich, und Estarinel war froh, daß er sich nicht allein hier befand, sondern zusammen mit einer Menge von H'tebhmellerinnen. Aber sie waren alle still, und er kam sich vor, als sei er von hellen intelligenten Edelsteinen umgeben statt von menschlichen Wesen. Er sah Calorn und Ashurek zusammenstehen und bahnte sich einen Weg zu ihnen. Obwohl er angestrengt nach allen Richtungen Ausschau hielt, entdeckte er keine Spur von Medrian, und schließlich fragte er, wo sie sei.

»Sie hat sich geweigert mitzukommen«, antwortete Calorn.

»Hat sie gesagt, warum? Sie weiß doch, wie wichtig dies ist.«

»Vielleicht ist das der Grund, warum sie nicht dabeisein will.« Calorn fiel sein verzweifelter Blick auf. »Das ist doch verständlich; mach dir keine Sorgen um sie. Ich glaube, sie wollte nur ein Weilchen allein sein.«

»Ja ... Du hast sicher recht«, gab Estarinel matt zurück. Es erschreckte ihn, wie aufgeregt er war, als werde die Erwartung, die in der Luft lag, von den facettierten Wänden der Höhle widergespiegelt und vervielfältigt.

Die Dame stand im Mittelpunkt der Höhle. Vor ihr erhob sich eine vollkommen glatte runde Felssäule, hüfthoch und im Durchmesser kaum die Breite ihrer beiden Hände erreichend. Estarinel stand in der vordersten Reihe und bemerkte, daß die Oberfläche quecksilberglatt war und wie Glas reflektierte. Das erweckte unheimliche Erinnerungen an Arlenmias Spiegel.

An der höchsten Stelle der Kuppel befand sich ein weiterer kreisrunder Spiegel. Zwischen beiden tanzte es in der Luft hin und her wie eine Lichtsprache, die zu schnell war, als daß ein Mensch sie hätte verstehen können. Die Dame sah sich dieses Geflacker mehrere Minuten lang an. Nur daran, daß er die Widerspiegelung in ihren achatgrauen Augen sah, erkannte Estarinel, daß er es sich nicht einbildete.

Neben ihm sahen Calorn und Ashurek mit gleicher Spannung zu. Ashurek hatte kein Wort gesprochen, nicht einmal von ihm Kenntnis genommen. Seine Augen blickten nicht mehr so heftig, vielleicht, weil sich sein Leid und sein Zorn immer tiefer in ihn hineinfraßen. Aber dadurch wirkte seine hohe dunkle Gestalt nur noch gefährlicher.

Jetzt legte die Dame die Hände auf die glasige Steinoberfläche und blickte zum Dach der Höhle hinauf. Das flackernde Licht wurde deutlich sichtbar wie sich kräuselndes Wasser, auf das Sonnenstrahlen fallen. Schneller und schneller tanzte es, bis sich in ihm ein Bild erkennen ließ. Von schwachen weißen Schattenlinien skizziert, hing ein Gesicht in der Luft über der Säule.

Sein Mund bewegte sich, und einige der H'tebhmellerinnen keuchten, aber Estarinel konnte nichts von dem hören, was es anscheinend sagte. Es mochte einem älteren Mann mit langem hellen Haar gehören; verwischt, wie es war, ließ es sich schwer erkennen, aber Estarinel sah genau, daß es keine Augen hatte.

Ihm schwindelte. Sonst spürte anscheinend niemand etwas, nur ihn würgte plötzlich unvernünftige Angst. Vor seinen Augen wurde es grau, als sei plötzlich Nebel in die Höhle eingedrungen. Estarinel sah die facettierten Wände nicht mehr, weder die Leute um ihn noch die Dame oder das Gesicht, alles wurde von dichten Schwaden ausgelöscht. Durch sie sah er Schicht auf Schicht eines durchscheinenden Materials wie rotes Glas. Dahinter bewegten sich graue Gestalten. Sie waren gesichtslos, doch sie starrten durch ihn hindurch; sie waren mächtig, aber ohne Gewissen. Unmenschlichkeit strahlte von ihnen aus wie Tod. Dann überlagerte eine zweite Vision die erste, und er sah einen nadeldünnen Silberstreif. Er ruhte nicht auf irgend etwas, aber er schwebte oder flog auch nicht: Er *war* einfach. Um ihn nahm Estarinel eine weite Dunkelheit wahr, die zermalmende Unendlichkeit des Universums. Vor der Schwärze reihten sich zahllose Sterne. Obwohl sie bloße Lichtpunkte waren, zeigten sie sich nicht als die ruhigen frostigen Blumen, die man von der Erde aus sieht. Estarinel war sich eines jeden als eines Infernos von unvorstellbarer Größe und Macht bewußt. Kein Mensch konnte in die Nähe dieser Sphären aus lodernden Gewalten kommen, ohne ausgelöscht, zu einem Ascheflöckchen verzehrt zu werden, so unbedeutend, daß es nie hätte zu existieren brauchen. Was er da sah, ging über die engen Grenzen menschlichen Begreifens hinaus. Es verkleinerte ihn zu weniger als nichts. Und durch die unermeßlichen Leeren, die zwischen den Sternen lagen, wogten in Ebbe und Flut unsichtbare Kräfte. Hier tanzte die silberne Nadel mit den großen Energiewogen, und es war, als mache sie sich lustig über sie. Jetzt streckten sich viele lange graue Arme wie aus einer anderen Dimension nach ihr aus, Fingerspitzen mühten sich, sie zu berühren, zu streicheln. Sie überließ sich der Berührung, willig und doch mit der stillen Belustigung eines Gottes.

Das Bild veränderte sich, Estarinels Wahrnehmungsvermögen wurde riesig, als sei das ganze Universum nicht groß genug für ihn. Er flog durch Schwärze, rundherum und rundherum im Innern einer dunklen Kugel. Dann riß die Kugel auf, und draußen strahlte eine Sonne von so überwältigender Größe und Helligkeit, daß sein Geist zurücktaumelte. Er spürte, daß er auf sie zufiel, daß es jedoch Jahre dauern würde, bis er ihr feuriges Herz erreichte. Doch dann merkte er, daß er sich in Wirklichkeit nicht bewegte, daß das Feuer nur ein mattes goldenes Leuchten war, daß es nicht groß war, sondern winzig. Es füllte sein Gesichtsfeld, weil es sich sehr nahe vor seinen Augen befand.

Er stand wie ein granitener Monolith auf einer vollkommen flachen farblosen Ebene, aber der Boden selbst bewegte sich, trug ihn von der kleinen glühenden Sphäre fort. Jetzt sah er in großer Entfernung graue Wesen, die den langen Silberstab vor sich hertrugen. Er schien die einzige Realität in dieser seltsamen Vision zu sein. Aus eigenem freien Willen berührten Stab und Sphäre sich. Die Sphäre verblaßte und verschwand, der Stab dagegen leuchtete freudig auf, vibrierte, füllte das Universum mit den Auswirkungen der Macht. Estarinel hatte teil an seiner jubelnden Kraft, empfand Freude an seinem Geheimnis und wilden Triumph, als sei die Schlange bereits tot. Doch das Gefühl war nicht von Dauer. Die grauen Gestalten und die silberne Wesenheit waren so weit weg, daß er sie kaum erkennen konnte.

Und nun stand Medrian neben ihm, und ihn überflutete das Gefühl, von dem sie beherrscht wurde, das grenzenlose Entsetzen, das mehr war als Furcht, weil Furcht wenigstens ein wenig Hoffnung auf Überleben enthielt. Was Medrian ausstrahlte, war äußerste Hoffnungslosigkeit.

Er sah sie an, und sie flüsterte: »Nicht ich. Nicht ich. Wo ist sie?«

Sie sah für eine Sekunde zu ihm hin, dann entfernte sie sich von ihm und war fort. Er stolperte vorwärts, versuchte sie zu erreichen und fand sich auf Händen und Knien im Schnee wieder, plötzlich körperlich frierend und einsamer, als er sich vor der zerstörten Farm seiner Eltern gefühlt hatte.

Er mußte aufgeschrien haben; auf der Stelle war er wieder in der Höhle. Überrascht stellte er fest, daß er immer noch auf den Füßen stand, aber Filitha und Calorn stützten ihn, und alle sahen ihn an.

»Geht es dir gut?« fragte Calorn.

»Medrian — wo ist Medrian?«

»Sie ist nicht mitgekommen, das habe ich dir doch gesagt.«

»Sie war hier...« Er führte die Hand an die Stirn und versuchte sich zu orientieren. »Entschuldigt — mir war für eine Minute nicht gut. Jetzt ist es vorbei, wirklich.«

Die Dame betrachtete ihn sehr ernst von der anderen Seite der Steinsäule. Das geisterhafte Gesicht und die tanzenden Lichter waren nicht mehr da.

»Estarinel, hast du gehört, was der Wächter gesagt hat?« fragte die Dame.

»Nein — ich habe ihn gesehen, aber nichts gehört«, antwortete er.

»Nur ich und die wenigen H'tebhmellerinnen, die durch diese Höhle ständigen Kontakt mit den Wächtern halten, konnten verstehen, was er zu sagen hatte, aber nach deiner Reaktion hatte ich den Eindruck, du habest ihn ebenfalls gehört.«

»Nein.« Estarinel schüttelte den Kopf. »Ich war halb ohnmächtig — das ist alles, was ich weiß.«

Doch als die Dame zu sprechen begann, stellte er fest, daß er genau wußte, was kommen würde, und er konnte das Bild der grauen Gestalten und Medrians Entsetzen nicht aus seinem Gehirn löschen.

»Wenn es dir also gut geht, will ich wiederholen, was die Wächter mir gesagt haben. Es sind gute Nachrichten; sie haben mit ihrem Versuch Erfolg gehabt, die verlorene positive Energie mit dem Silberstab einzufangen.

Jetzt befinden sie sich im Reich des Silberstabes und bewachen ihn, bis der Prüfling kommt, der ihn holen will.« Diese Worte waren an alle Anwesenden gerichtet, doch jetzt ging sie auf Calorn, Ashurek und Estarinel zu und senkte die Stimme, so daß nur diese drei sie hören konnten. Die H'tebhmellerinnen begannen ringsum, leise miteinander zu flüstern, was so süß wie das Läuten von Kristallglöckchen klang.

»Auch wenn ihr es vielleicht schon wißt, ich möchte, daß ihr euch ganz klar darüber seid: Nur ein einziger darf gehen, um den Stab zu holen, und ihn schwingen. Und das wird Estarinel sein.« Der Forluiner zeigte keine Reaktion, dagegen loderte in Ashureks Augen eine Flamme auf. »Calorn hat die Aufgabe, dich in sein Gebiet zu führen. Danach bist du auf dich allein gestellt, und über deine Reise läßt sich nichts vorhersagen. Aber merk wohl, die Reise wird von dem Silberstab selbst vorausgeplant sein und keinen anderen Zweck haben, als zu prüfen, ob du seiner würdig bist. Das ist die Natur des Stabes; die Wächter können nichts tun, um es dir zu ersparen. Die Prüfungen mögen gefährlich sein, und vielleicht versagst du. Das meinte ich, als ich sagte, es sei gefährlich, den Stab zu holen.«

Die Dame sprach schonungsloser, als es sonst ihre Art war, und Estarinel war Calorn dankbar, daß sie ihn vorgewarnt hatte.

Er wollte etwas sagen, aber Ashurek unterbrach ihn. »Wartet! Estarinel sieht aus, als sei er krank. Meine Dame, ich glaube, es wäre besser, wenn ich diesen gefährlichen Weg machte.«

Estarinel sah den Gorethrier an und sah das leidenschaftliche grüne Feuer in seinen Augen. Das gab ihm einen Stoß. Er wünschte sich mehr als alles andere, Ashurek könne an seiner Stelle gehen; eigentlich hätte die Wahl sowieso auf ihn mit seiner langen Erfahrung im Kampf gegen das Übernatürliche, mit seiner furchtlosen Entschlossenheit fallen müssen. Andererseits war es ein furchterregender Gedanke, Ashurek werde den Silberstab in den Händen halten, während Leid, Zorn und Rachedurst in ihm brannten.

Aber welche Wirkung würde das im Kampf gegen die Schlange erzielen!

Der Forluiner setzte dazu an, Ashureks Vorschlag zu unterstützen, und brach wieder ab. Werde ich so gefühllos wie die Wächter? Könnte ich mich so weit erniedrigen, die Verzweiflung eines Freundes als Waffe zu benutzen, die man gegen die Schlange loslassen kann? Damit würde ich ihn benutzen, ihn beeinflussen. Ich wäre nicht besser als diese grauen Wesen ... Angewidert von sich selbst, wartete er auf die Antwort der Dame.

»Nein«, sagte sie ruhig zu Ashurek, »Estarinel ist nicht krank, und die Wahl ist endgültig.«

»Aus welchem Grund ist sie auf ihn gefallen? Die Prüfungen des Silberstabes können mich nicht schrekken. Ich bin nur realistisch, wenn ich davon ausgehe, daß ich die größte Chance habe, den Auftrag erfolgreich zu beenden.« Seine Stimme klang gefährlich leise; nach allem, was er durchgemacht hatte, war seine Selbstbeherrschung zu groß.

»Die Prüfungen brauchen nicht das zu sein, was du dir vorstellst. Es wird verlangt, daß die Absicht des Erwählten rein ist.«

»Was heißt das?«

»Die Absicht, für die der Stab benutzt werden soll, muß rein sein ... Er darf nicht für eine Nebensache, nicht aus Rache eingesetzt werden«, erklärte die Dame. »Und es gibt noch einen anderen Grund, der dagegen spricht, daß du eine solche Waffe schwingst.«

»Das Steinerne Ei?« fragte Ashurek.

»Ja. Niemand kann es auch nur berühren, ohne von ihm irgendwie beeinflußt zu werden. Wir wissen nicht, wieviel Schaden es dir zugefügt hat.«

»Mit anderen Worten, der Silberstab könnte in meinen Händen ein zweites Steinernes Ei werden?«

»Ja, das wäre möglich. Wir dürfen es nicht riskieren«, entgegnete sie ihm.

»Ich sehe, Ihr seid stahlhart. Ich will Euch nicht weiter drängen.« Der Gorethrier zeigte ein hämisches Lächeln. Estarinel und Calorn waren beide insgeheim überrascht, daß er so schnell nachgegeben hatte; sie wußten nicht, ob sie erleichtert oder beunruhigt sein sollten.

»Ich danke dir«, sagte die Dame. »Glaub mir, Estarinel hat die beste Aussicht auf Erfolg, und der Feldzug wird von drei Leuten durchgeführt, nicht nur von einer Person. Jetzt wollen wir über die Vorbereitungen für die Reise sprechen. Die *Stern von Filmoriel* ist bereit zum Ablegen ...«

»Wir werden sofort abreisen?« fragte Estarinel aufgeregt. Die H'tebhmellerinnen stimmten eine einprägsame Melodie an, die manchmal auf Forluin gesungen wurde. Hier warfen die Spiegelwände der Höhle die kristallklaren Stimmen zurück, bis der Gesang ganz unirdisch wurde. In erlesener Schönheit goß er den Frieden der Blauen Ebene Estarinel ins Herz. Er wußte nicht, wie er den Abschied ertragen sollte.

»Ja«, antwortete die Dame sanft, »der Silberstab ist bereit; ihr alle habt eure Gesundheit wiedererlangt. Nichts steht mehr zwischen euch und dem letzten Abschnitt des Feldzugs.«

Die *Stern von Filmoriel* war genauso, wie sie sie in Erinnerung hatten, ein kleines anmutiges Schiff aus hellem Holz und einer hohen Galionsfigur, die das Gesicht eines mythischen Tieres trug. Sie schaukelte sacht auf dem klaren blauen See, und weiße Sterne schimmerten auf den drei dünnen segellosen Masten. Estarinel wurde die Kehle eng, als er daran dachte, wie sie sie zurückgelassen hatten, gestrandet auf der Weißen Ebene wie ein toter Schwan. Es ist nicht unser Verdienst, daß sie jetzt hier ist, dachte er.

Sie näherten sich ihr über ein schroffes Ufer aus blaugrünem Stein. Hinter ihnen erhob sich ein großer Felsstengel, der sich oben zu einem flachen Schirm ausbreitete, auf dem kristalline Bäume wuchsen und fremdartige schöne Tiere weideten. Auf der anderen Seite des klaren Sees standen ähnliche Felsgebilde, einige in Pilzform, andere phantastischer gestaltet. Die Schönheit der Blauen Ebene hatte auf Estarinel nichts von ihrer ersten Wirkung verloren: er empfand sie nur um so eindringlicher, weil er überzeugt war, sie zum letztenmal zu sehen.

Mit ihm gingen Medrian und die Dame von H'tebhmella. Ashurek, Calorn und Filitha waren ihnen ein Stück voraus. Eine Gruppe von H'tebhmellerinnen wartete bereits bei der *Stern von Filmoriel*, um ihnen Lebewohl zu sagen. Sie hatten sie bereitgemacht und warteten an dem herabgelassenen Fallreep darauf, daß die vier Reisenden an Bord gingen.

Alle vier trugen jetzt die h'tebhmellische Reisekleidung, Hosen, lange Stiefel, gegürtete Jacken und schwere Mäntel in neutralen Farben, Gelbbraun, Rostrot, Pilz- und Schiefergrau. Das Material war so widerstandsfähig wie Leinen und doch so weich und warm wie Wolle. Im Frachtraum war an Vorräten untergebracht, was sie brauchten, einschließlich der Ausrüstung für das arktische Wetter, mit dem sie es am Ende aufnehmen mußten. Es gab nichts mehr, auf das gewartet werden mußte, nichts mehr zu sagen als Lebewohl.

Estarinel war zumute, als habe er ein Jahrhundert auf der Blauen Ebene verbracht, die er sein ganzes Leben lang so gern hatte sehen wollen, und jetzt entglitt sie ihm plötzlich. Die Zeit hatte begonnen, sich schnell unter seinen Füßen zu drehen. Er versuchte, seine Gedanken von neuem auf den Feldzug zu richten, doch der Schmerz über den Verlust ließ sich nicht stillen. Es überraschte ihn, daß er, nachdem er soviel Schmerz erfahren hatte, die Fähigkeit besaß, noch mehr zu empfinden. Er sah zu Medrian hinüber. Sie gab sich große Mühe, ihr

Gesicht ausdruckslos zu halten, und doch verriet es so große Furcht, daß er seine eigenen Gefühle auf der Stelle vergaß.

»Der Segen H'tebhmellas sei mit euch«, sagte die Dame zu den drei Gefährten. »Ashurek, denk daran, daß Silvren immer aus Liebe zur Welt gehandelt hat, nicht aus Rache.« Die Augen des Gorethriers verengten sich ein bißchen, aber er hielt ihrem Blick stand und bewahrte eine kühle, aber aufrichtige Achtung beweisende Haltung. Schweigend verbeugte er sich vor ihr, dann betrat er die Planke und ging an Bord. Calorn folgte ihm, nachdem sie einen feierlichen Gruß und einen bedeutungsvollen Blick mit der Dame getauscht hatte. Beide brannten offensichtlich darauf, wegzukommen, und Estarinel wurde von ihrer Unruhe angesteckt. Es hatte keinen Sinn, den Abschied von der Blauen Ebene hinauszuzögern.

Die Dame wandte sich ihm zu und sagte: »E'rinel, es tut mir so leid wegen deiner Familie.«

»Ich wollte Euch so viele Fragen stellen«, antwortete er leise. »Zornige, vergebliche Fragen: Hat die Schlange Forluin noch nicht genug angetan? Warum hat Ashurek gehandelt, wie er es tat? Und Silvren — gibt es keine Grenzen für M'gulfns Grausamkeit? Aber darauf kenne ich die Antwort recht gut. Natürlich gibt es keine Grenzen; sie wird alle ihre Möglichkeiten ausschöpfen, um uns zu quälen und zu unterdrücken. Als ich das angenommen hatte, begriff ich, daß Zorn und rachsüchtiger Kummer nichts nützen. Es sind unwirksame, zerbrochene Waffen. Die einzige Lösung ist, die Schlange zu erschlagen. Hinzugehen und ihr ein Ende zu bereiten ...«

»Du hast dich verändert«, stellte die Dame fest.

»Ja — allmählich spreche ich wie Medrian«, gab er mit schwachem Lächeln zu.

Und wie Medrian beginnt er, sich zu verlieren, dachte die Dame. Er bewahrt sich seine forluinischen Eigenschaften Liebe und Mitgefühl. Aber wie argwöhnisch ist er geworden ...

»Vermute ich richtig, daß du dein Vertrauen in H'tebhmella verloren hast?« fragte sie ganz unerwartet. Er sah sie verlegen an, als sei sie auf eine Wahrheit gestoßen, die er lieber verborgen hätte.

»Richtiges Vertrauen habe ich in nichts mehr«, gestand er zögernd.

»Nicht einmal in mich?« drängte sie.

Wie kühl, wie unmenschlich wirkte sie trotz ihrer Anteilnahme! »Wie können wir sicher sein, daß Ihr uns helfen wollt — daß Ihr uns nicht einfach benutzt, um H'tebhmella von den Dunklen Regionen zu befreien? Kann ich es wagen, Vertrauen auf irgend jemandem, irgend etwas zu setzen? Ihr möchtet die Blaue Ebene retten, nicht die Erde«, erklärte er unumwunden.

»Estarinel, die Blaue Ebene ist die Erde!« gab sie ernst zurück. »Auf welche Weise sind beide voneinander getrennt? Meinst du, ich sehne mich nicht danach, die Schlange zu zerreißen, die Erde und das Universum in einem einzigen Säuberungsakt von ihrer abscheulichen Gegenwart zu befreien? Aber ich bin machtlos. Sie wurde wie wir mit der Erde geboren. Wir fürchten einander, doch die Gesetze unserer Erschaffung hindern uns daran, in das Gebiet des jeweils anderen einzudringen. Also, ja, in gewisser Beziehung werdet ihr dazu benutzt, etwas zu erreichen, das uns verwehrt ist. Und wir wiederum werden auch benutzt. Vielleicht hat die Kette kein Ende oder sie ist ein geschlossener Kreis. Das läßt sich allerdings auch anders betrachten, nämlich daß wir euch ebenso brauchen wie ihr uns. Wenn nicht mehr. Sind Forluin, H'tebhmella und die Erde es nicht wert, gerettet zu werden?«

»Ja — wie hoch der Preis auch sein mag«, räumte er ein. »Es ist ein seltsames Gefühl, wenn man erkennt, daß man kein Einzelwesen mehr ist, sondern ein Instrument, um andere zu retten ... Es ist eine andere Realität.«

»Wenn du das verstehst, bist du auch nicht mehr weit davon entfernt, Medrian zu verstehen.« Die Dame flüsterte beinahe. Estarinel warf ihr einen scharfen fragenden Blick zu, doch sie sagte weiter nichts mehr als: »Lebewohl und denk daran, ich bin niemals so weit entfernt, wie du glaubst.« Sie küßte ihn auf die Stirn. Wie in Trance wandte er sich von ihr ab und betrat das glatte helle Deck der *Stern von Filmoriel*.

Danach sprachen Medrian und die Dame leise miteinander. Ihre Stimmen stiegen auf wie Rauch, nur halb zu hören.

»Ich hätte nicht hierbleiben können«, sagte Medrian. Sie sprach zu ruhig, ihr Entsetzen war zu stark unterdrückt. »Auch wenn ich hier frei bin, sie hinterläßt ein klaffendes Loch, das mein ganzes Universum füllt. Ich habe nur eine einzige Zukunft, und es gibt keine Alternative und keine Fluchtwege. Das habe ich immer gewußt: Ich werde meine Pflicht tun und gehen.«

»Ich wünschte, ich könnte bei dir sein, aber das ist nicht möglich, denn — sie treibt mich fort, sogar mich«, murmelte die Dame, und Tränen standen ihr in den Augen wie Regen.

»Dies ist jetzt meine Vergangenheit, und vor mir liegt nur mühselige Nacht. Der dunkle Strudel. Trotzdem...« Medrian zuckte leicht die Achseln. »Ich möchte Euch danken, daß Ihr mir einen Blick auf ein anderes Leben erlaubt habt...«

Die Dame in ihrem weißen Gewand, umgeben von weichem blauen Licht, nahm Medrian fest in die Arme. »Es gibt nichts zu sagen. Dein Elend ist meins, und ebenso das Elend E'rinels und Ashureks und Silvrens... das Elend aller, die unter der Schlange leiden. Geh jetzt! Sei gesegnet.«

Medrian blickte zu dem Schiff hinauf, und als Estarinel ihren Blick einfing, war es, als habe jemand einen hohen schneidenden Ton gesungen. Eine Disharmonie aus ihren Augen traf die Blaue Ebene. Sie eilte das Fallreep hinauf, als sei sie verzweifelt darauf bedacht, diesen Mißklang von H'tebhmella zu entfernen.

Nun hatten sie alle Abschied genommen, und Calorn rief den beiden Pferden, die vor dem Schiff angeschirrt waren, einen Befehl zu. Ihre großen Schultern und Kruppen bewegten sich, schimmernd wie vom Meer geschliffene Steine, und ihre langen feinen Schnauzen hoben und senkten sich im Wasser.

Die Reisenden blickten zum Ufer zurück. Die Dame hob grüßend die Hand. Sie war so still, so schön und so geheimnisvoll wie ein vom Mondlicht versilberter heller Baum. Von ihren Fingern fiel ein Strahl blauen Lichts auf die Galionsfigur des Schiffes, und es reagierte darauf mit einem Sprung wie ein wackeres und williges Pferd.

Die *Stern* durchschnitt mehrere Minuten lang die klaren Gewässer von H'tebhmella, bevor ihnen auffiel, daß das Wasser sich trübte. Die blauen Felsspitzen verschleierten sich und rückten in weite Ferne, der Himmel hing niedrig und dunkel über ihnen. Unter ihnen erhoben sich Wellen und zerrten an dem kleinen Schiff. Die beiden großen Seepferde gerieten kurz in Verwirrung, schwammen jedoch weiter.

Das offene Meer war um sie, eine Scheibe grauen, wogenden Quecksilbers. Die Welt kam ihnen sehr eng und trübe vor. Die Blaue Ebene war jetzt, da sie durch den Ausgangspunkt auf die Erde zurückgekehrt waren, unerreichbar geworden. Estarinel umklammerte die Reling, von plötzlicher Panik befallen. So vieles hätte er der Dame sagen wollen — so vieles hätte er Medrian sagen wollen. Aber die Zeit hatte ihm einen Streich gespielt; es war zu spät.

Das Meer erhob sich grollend gegen sie. Ein Sturm kroch auf sie zu, langsam und gewalttätig und bösartig wie der Sturm, der sie auf die Weiße Ebene geschleudert hatte. Die Wolken sahen so niedrig aus, als ob man sie berühren könne, und spien schlangenfarbene Blitze aus. Die Wellen, aufgeblähter schmutziger Seide gleichend, zogen das Schiff schneller und schneller durch die ölige Atmosphäre. Ein stinkender Wind blies den Reisenden ins Gesicht.

Calorn, die zwischen Estarinel und Ashurek am Bug stand, sprach als erste. »Was für ein widerwärtiges Wetter! Ist das auf eurer Erde immer so?«

»Ja«, lautete Ashureks kurze Antwort.

Calorn war entschlossen, die düstere Stimmung, die sich auf alle herabgesenkt hatte, etwas zu heben, doch bevor sie es weiter versuchen konnte, gab es hinter ihr eine Bewegung, und Estarinel rief: »Medrian!«

Die dunkelhaarige Frau war offenkundig mit der Absicht nach vorn getaumelt, sich über Bord zu werfen. Die Reling hatte sie aufgehalten, und jetzt hing sie darüber, als verliere sie das Bewußtsein.

Calorn faßte schnell zu und half Estarinel, sie auf das Deck zurückzuziehen.

»Neigt sie zur Seekrankheit?« fragte Calorn.

»Nein — nein, das ist es nicht...« Medrian hing schwer in seinen Armen, aber ohnmächtig war sie nicht. Ihr Gesicht war grau, die weitaufgerissenen Augen blickten ins Leere. Sie atmete langsam und mit so viel Mühe, daß jedes Ausatmen wie ein Stöhnen klang. Dann blinzelte sie, und ihr Gesicht verzerrte sich zu einer Mischung von Schmerz und Abscheu. Mit bemerkenswertem Kraftaufwand machte sie sich von Estarinel los, rannte blindlings die Stufen vom Vor- zum Hauptdeck hinunter, fiel dort auf die Knie und begann, mit den Fingernägeln an den glatten Planken zu kratzen. Sie rang nach Luft und stieß tiefe, heisere Schreie aus, die schrecklich anzuhören waren.

»Medrian! Medrian, was hast du?« rief Estarinel. Er lief ihr nach und versuchte, sie auf die Füße zu ziehen. Sie wand sich in seinen Armen, als kämpfe sie gegen sich selbst. Ihre Finger waren blutig.

»Laß mich los! Laß mich los! Laß mich los!« kreischte sie.

»Wir müssen sie unter Deck bringen — Calorn, hilf mir!« bat der Forluiner und hielt Medrian entschlossen fest.

Sie trugen sie in eine der Heckkabinen und legten sie auf die Koje. Calorn zündete eine Lampe an, die die Kabine mit süßem Sternenlicht erfüllte. Das Gesicht der Alaakin war grausig anzusehen. Sie wand sich auf der Koje in einer schrecklichen Verzweiflung, die nur sie selbst ermessen konnte, und Estarinel mußte hilflos zusehen.

»Hat sie das schon mal gehabt?« erkundigte sich Calorn.

»Nein. Aber ich glaube, sie wußte, daß es geschehen würde. Darum hatte sie kurz vor unserer Abreise von H'tebhmella solche Angst.« Estarinel hielt Medrians Hand, den Blick auf ihr Antlitz gerichtet. Sein Gesicht hatte jede Farbe verloren.

»Bleib bei ihr«, sagte Calorn. »Ich hole Wein, der wird ihr guttun. Sieh nicht so ängstlich drein!« Sie verließ die Kabine. Estarinel erkannte ihre willige Bereitschaft dankbar an, aber eine praktische Hilfe war sie ihm nicht. Medrian entriß ihm ihre Hand und zerrte an ihrem Haar, bis es als schwarzes Gewirr über ihrem grauen, verzerrten Gesicht hing.

Jetzt zeigte sich darin auch Wut, die mit dem Entsetzen kämpfte.

»Verdammt sollst du sein! Verdammt sollst du sein! Fordere mich nicht heraus, du wirst verlieren!« schrie sie. »Es wird so sein wie früher. Ich gehöre dir nicht!«

Bei diesen Worten fuhr Estarinel zusammen, doch anscheinend waren sie nicht an ihn gerichtet. »Medrian — Medrian, es ist alles gut, ich bin bei dir«, sagte er. Doch sie war in ihrer eigenen Hölle eingeschlossen und hörte ihn nicht.

Die Kabinentür öffnete sich. Ashurek trat ein und

blickte auf Medrians hingestreckten Körper nieder. »Sie ist nicht krank«, stellte er fest. »Sie kämpft gegen etwas.«

»Das ist offensichtlich«, gab Estarinel gereizt zurück. »Und gibt es etwas, das wir für sie tun können?«

»Leider nichts, mein Freund.« Der Gorethrier setzte sich an das Fußende der Koje. »Sie kann sich nur selbst helfen.«

»Ein Messer, ein Messer«, murmelte Medrian. Dann stützte sie sich auf die Ellenbogen hoch und sah Estarinel wild an, als sei sie wütend, weil er nicht auf sie einging. »Ein Messer, gib mir ein Messer!«

»Ich habe keins bei mir. Warum, Medrian?« fragte er, erschrocken über diese Bitte.

»Einen Dolch, eine Klinge, irgend etwas«, zischte sie.

»Die H'tebhmellerinnen haben uns keine Waffen mitgegeben. Auf der Blauen Ebene gibt es keine, wie du dich erinnern wirst«, erklärte Ashurek kühl.

»Etwas Scharfes — irgend etwas. Es ist wichtig.« So schwach ihre Stimme klang, sie ließ sich nicht abweisen.

»Leg dich wieder hin — ruh dich aus«, flehte Estarinel sie erfolglos an. Dann fragte er beunruhigt: »Ashurek, was im Namen aller Götter tust du da?«

Ashurek nahm die Kette ab, an der früher das Steinerne Ei gehangen hatte. Der Verschluß war eine raffinierte gorethrische Erfindung, die einen Diebstahl verhindern sollte: Wenn jemand versuchte, die Kette zu entfernen, ohne die genaue Methode zu kennen, mit der sie zu lösen war, bekam er eine vergiftete Klinge in den Daumen. Der Tod trat Sekunden später ein.

Ashurek ließ die winzige Klinge vorsichtig ausrasten und reichte sie Medrian. Estarinel starrte ihn entgeistert an.

»Es ist seit vielen Jahren kein Gift mehr daran«, sagte Ashurek zu Medrian. »Sie ist nicht gefährlich.«

Medrian griff dankbar nach der Kette mit dem heimtückischen Verschluß. Die Gefahr, sich zu vergiften, ließ sie ungerührt. Sie zog den Ärmel zurück und fügte sich methodisch oberflächliche Schnitte auf der Innenseite des Unterarms zu.

Estarinel sprang mit entsetztem Aufschrei vor, um sie daran zu hindern. Aber Ashurek legte ihm die Hände auf die Schultern und hielt ihn zurück.

»Bist du wahnsinnig geworden?« rief der Forluiner. »Weißt du nicht, daß sie versucht hat, über Bord zu springen? Sie will sich umbringen!«

»Nein — nicht jetzt«, erwiderte Ashurek gleichmütig. »Sie braucht den Schmerz, um die Selbstbeherrschung zurückzugewinnen. Laß sie in Ruhe — sie weiß, was sie tut.«

Schaudernd sah Estarinel, daß sein Gefährte recht hatte.

»Ich kann es nicht mitansehen«, murmelte er.

»Dann geh auf Deck — ich werde bei ihr bleiben.« Aber verlassen konnte Estarinel sie ebensowenig. Er sank auf einen Sitz in der Ecke der Kabine nieder und merkte kaum, daß Calorn eine Flasche des belebenden h'tebhmellischen Weins hereinbrachte.

Ashurek behielt recht. Mit jedem Schnitt wurde Medrians furchtbarer Kampf schwächer. Als ihr ganzer Unterarm blutig und ihr Gesicht weiß vor Schmerz war, beruhigte sie sich endlich und gab Ashurek den Verschluß zurück.

»Danke«, sagte sie steif. Dann kam Estarinel mit Verbandzeug, das Calorn geholt hatte, und sie erlaubte ihm, ihren Arm zu verbinden. Aber sie wollte ihn nicht ansehen, und Estarinel mußte sich sagen, daß es Ashurek gewesen war, nicht er, der ihr die notwendige Hilfe geleistet hatte. Nachdem sie ein bißchen von dem Wein getrunken hatte, legte sie sich wieder hin. Sie war so bleich, daß man sie für tot hätte halten können.

»Sie wird sich bald erholen.« Ashurek sah, daß Estarinel aschgrau im Gesicht geworden war. »Ich bleibe bei ihr sitzen.«

Mit einem bitteren Seufzer verließ Estarinel die Kabine und wanderte über das Deck. Calorn, die draußen gewartet hatte, trat zu ihm und erkundigte sich besorgt: »Was fehlt Medrian?«

»Ich weiß es nicht. Aus irgendeinem Grund kann sie es uns nicht sagen.« Estarinels Stimme klang gepreßt vor Sorge. »Ashurek begreift anscheinend besser als ich, was sie durchzustehen hat, und deshalb ist er auch eher geeignet, ihr zu helfen ... Ich glaube, es ist« — er schüttelte den Kopf, und er dauerte Calorn in seinem Schmerz — »es ist etwas, über das man nicht einmal nachdenken darf.«

»Du liebst sie sehr, nicht wahr?« fragte Calorn sanft.

»Das spielt keine Rolle. Ich würde mir auch so Sorgen um sie machen.«

Calorn schwieg eine Weile. Dann sagte sie: »Als ich sah, wie mühelos das Böse der Dunklen Regionen alles verdirbt, was es berührt, packte mich der Zorn. Ich habe mich entschlossen, euch aus besten Kräften bei seiner Zerstörung zu helfen.«

»Denkst du immer nur an andere — nie an dich selbst?«

Sie zuckte die Achseln. »Ich bin eine Söldnerin, die anderen dient. Für mich selbst habe ich nichts übrigbehalten. Es ist das Leben, das ich mir erwählt habe — deshalb bin ich zufrieden. Verstehst du das?«

»Ja, ich glaube schon.«

»Ich weiß auch, daß Menschen zugrunde gehen können, weil sie sich zuviel sorgen ... Aber nichts, was ich sage, wird dich daran hindern, nicht wahr?«

»Nein. Ich habe keine Wahl.«

Calorn lächelte. »Komm mit. Ich muß mich meinen Pflichten widmen; irgendwer muß steuern. Du kannst mir helfen. Es wird Abend, und dieser Sturm macht es uns schwer, uns zurechtzufinden.«

Estarinel half ihr, die Navigationsinstrumente auf dem Vordeck aufzustellen. Das Deck kippte unter ihren

Füßen, und Wellen brachen sich über ihnen, aber die h'tebhmellischen Mäntel waren widerstandsfähig und wasserfest. Als es dunkler wurde, spendete ihnen das diamantene Leuchten auf den Masten Licht, bei dem sie arbeiten konnten.

»Jetzt brauchen wir nichts weiter, als hin und wieder einen Blick auf die Sterne zu werfen. Inzwischen können wir uns ja in eine Kabine zurückziehen und etwas essen«, schlug Calorn fröhlich vor.

Sie gingen über das Deck, als sich die Tür von Medrians Kabine öffnete und sie heraustrat. Der Wind trieb ihr das Haar aus dem Gesicht, das im Licht der *Stern von Filmoriel* sehr blaß aussah. Sie wollte geradewegs an ihnen vorübergehen, aber Estarinel hielt sie auf und fragte: »Geht es dir besser, Medrian?«

Sie sah ihn an, und sie war ganz ruhig.

»Ja. Es wird nicht wieder vorkommen, das versichere ich dir.« Sie war so kalt wie die verschlossene Fremde, die er im Haus der Deutung kennengelernt hatte; alles, was sie zusammen durchlitten hatten, war wie ausgelöscht. Die Dunkelheit war in ihre Augen zurückgekehrt und verwandelte sie in schwarz-graue Höhlen voller Schatten. Estarinel hätte am liebsten aufbrausend gerufen: Nein! Ich lasse nicht zu, daß dir so etwas widerfährt! Aber gleichzeitig überkam ihn eine solche Eiseskälte, daß er überhaupt nicht sprechen konnte.

»Estarinel«, setzte Medrian hinzu, »vergiß nicht, was ich dir gesagt habe. Es war mein Ernst. Zwischen uns muß es sein, wie es früher war.« Damit ging sie weiter, stellte sich allein an den Bug und sah in den heftigen Sturm hinaus. Estarinel gab sich ihretwegen Mühe, seine peinigenden Gefühle zu unterdrücken; er wußte, schon mit diesen wenigen Worten hatte sie ihm mehr gesagt, als sie sich leisten konnte.

6

Das Reich des Silberstabes

Der Sturm legte sich während der Nacht. Die Reisenden kamen im Morgengrauen aus ihren Kabinen und sahen, daß die Wolkendecke aufgerissen war und sich Flecken eines farblosen, vom Regen gewaschenen Himmels zeigten. Das heftige Stampfen des Schiffes war zu einem sanften Rollen im Auf und Ab der Wellen geworden. Am Horizont vor ihnen erhob sich die Sonne wie eine riesige Perle hinter gazeartigen Wolkenschichten.

Calorn stieg auf das Vordeck hinauf. Unterwegs band sie ihren Mantel zu und entwirrte ihr langes kastanienfarbenes Haar aus der Kapuze. Sie sog die kalte, salzige Luft tief in sich ein. Neben der Galionsfigur beugte sie sich vor und sah nach, ob es den Seepferdchen gut ging. Sie schwammen mit unversieglicher Kraft; der Sturm hatte ihnen nichts anhaben können. Calorn sandte ihnne einen ermutigenden Ruf zu, und sie schüttelten zur Antwort ihre zarten, spitz zulaufenden Köpfe.

Nachdem sie ihre Navigationsinstrumente überprüft hatte, stellte sie fest, daß nur eine geringfügige Berichtigung des Kurses notwendig war. Als sie das erledigt hatte, stellte sie sich an die Reling und sah auf den milchig-grauen Ozean hinaus, eine Hand auf den schlanken Hals der Galionsfigur gelegt.

Nach ein paar Minuten kamen auch Ashurek und Medrian. Medrian sah schrecklich aus. Calorn meinte, noch nie ein so weißes Gesicht gesehen zu haben, das nicht zu einer Leiche gehörte; sogar Medrians Lippen waren wächsern. Ihr Ausdruck war so starr, als sei ihr jede Fähigkeit, ein Gefühl zu zeigen, abhanden gekommen, und als seien ihre Züge versteinert. Aber die intensive Dunkelheit von Ashureks Gesicht wirkte auf Calorn nicht weniger beunruhigend. Sie hielt nach Estarinel Ausschau, konnte ihn aber nicht entdecken.

»Nun, weißt du, wo wir sind?« fragte Ashurek schroff.

»Ja.« Calorn entspannte sich zu einem Lächeln. »Wir sind genau auf Kurs. Sieh her, ich will es dir zeigen.« Sie zog eine Karte aus ihrem Gürtel, faltete sie auseinander und bemühte sich, die Kniffe glattzustreichen. Ihr Bestimmungsort war ein kleines nördliches Land an der Westküste Tearns, Pheigrad genannt.

»Da ist unser Ziel.« Calorn zeigte auf eine kleine Bucht auf der Karte. »Und hier sind wir ... eine Fahrt von ungefähr vier Tagen wird uns an Land bringen.«

Estarinel kam und brachte dicke Scheiben eines dunklen, nahrhaften Brotes und Flaschen mit h'tebhmellischem Wein mit. Er verteilte dieses Frühstück unter ihnen, ohne ein Wort zu sagen. Calorn stellte fest, daß er blaß und erschöpft aussah, als sei er in das Leid eingetaucht und auf der anderen Seite vollständig betäubt wieder herausgekommen. Er wich den Augen Medrians und Ashureks aus, und es war das erste Mal, daß er Calorn ohne ein Fünkchen Wärme grüßte. Sie sandte ihm einen fragenden Blick zu, aber er starrte sie eine Sekunde lang leer an und wandte sich dann ab.

»Vier Tage?« fragte Ashurek. »Können wir nicht eher dort sein?«

»Das ist möglich, wenn die Gezeiten zu unseren Gunsten sind. Ich habe eine realistische Schätzung vorgenommen. Übrigens hätten wir auch zwei Wochen oder zwei Monate weiter entfernt auf die Erde zurückkehren können. Wir haben Glück gehabt.«

»Das sind immer noch vier Tage, in denen der Wurm uns einen Strich durch die Rechnung machen kann«, meinte Ashurek mit seinem üblichen Pessimismus. Calorn mußte eine ärgerliche Antwort hinunterschlucken; es hatte keinen Sinn, wenn sie ihn gegen sich aufbrachte. Er fuhr fort: »Und wenn wir gelandet sind, wie weit wird es dann noch sein?«

»Der Eingang zum Reich des Silberstabes liegt etwa dreißig Meilen landeinwärts von der Bucht«, antwortete Calorn. »Also kommt es darauf an, wieviel Zeit ihr zu Fuß für dreißig Meilen braucht.«

»Das hängt von dem Terrain ab. Hoffen wir, daß uns keine Berge den Weg zu unserem Ziel versperren.«

»Die Karte weist das Gebiet als einfaches Terrain aus.«

»Die Karte? Bist du nicht dort gewesen, um diesen Teil Tearns zu erkunden?«

»Nein, bin ich nicht«, erwiderte Calorn. »Ich bin noch nie zuvor auf dieser Erde gewesen. Aber, siehst du, meine besondere Fähigkeit ist das instinktive Erkennen. Ich bin nicht besser, wenn ich das Land vorher kenne, ja, oft gereicht mir ein solches Wissen zum Nachteil. Deshalb laß dich von meinem Mangel an geographischen Kenntnissen nicht beunruhigen. Wie ich annehme, kennst auch du diesen Teil Tearns nicht?«

»Nein. Es ist im allgemeinen ein langweiliger Kontinent«, erklärte Ashurek bissig. »Deshalb bezweifle ich, daß Pheigrad eine Ausnahme ist.«

Calorn spülte einen Mundvoll Brot mit einem langen Zug des erfrischenden Weins hinunter.

»Ich hoffe, du glaubst mir, daß ich weiß, was ich tue«, sagte sie mit einigem Nachdruck.

»Nun ja — wie kannst du so sicher sein, daß der Eingang zum Reich des Silberstabes da liegt, wo er deiner Behauptung nach liegen soll?« Er sah sie scharf an, Skepsis im Blick.

»Ich weiß, wo der Eingang ist. Das weiß ich so sicher, wie ein Kompaß weiß, wo Norden ist. Es ist, als hätte ich einen inneren Magnetstein, der verbürgt, daß ich mich niemals verirre. Ashurek«, setzte sie leise hinzu, »ich verstehe nicht, wie du an mir zweifeln kannst, nachdem ...« Sie verstummte, und in ihm wurde die Erinnerung daran lebendig, wie sie unbeirrbar den Weg in die Dunklen Regionen gefunden hatte.

»Ja«, räumte er finster ein, »du hast recht. Ich habe allen Grund, dir zu vertrauen.« Eine Weile standen sie schweigend nebeneinander und aßen ihr Brot, doch dann ergriff der Gorethrier von neuem das Wort.

»Da ist noch etwas, das mich beunruhigt. Die Dame sagte, das Wissen über den Silberstab sei auf der Blauen Ebene bewahrt worden, damit M'gulfn es nicht herausfinden könne. Aber jetzt sind wir hier auf der Erde, mit dem Wissen. Besitzt die Schlange es deshalb auch?«

»Ich — ich weiß nicht.« Calorn erschrak über die Vorstellung. »Ich habe nicht darüber nachgedacht. Aber die Dame muß sich der Möglichkeit bewußt gewesen sein; sie würde uns doch nicht irreführen. Nein, ganz bestimmt weiß die Schlange es nicht.«

»Bist du sicher?« Ashurek kehrte ihr den Rücken und spähte zu der im Dunst schwimmenden weißen Sonne hoch. »Jemand muß fähig sein, es uns genau zu sagen. Jemand muß es wissen ...«

Er drehte sich um, ganz langsam, und richtete die Augen auf die blasse Alaakin.

»Medrian«, sagte er. »Aus irgendeinem Grund, den ich nicht einmal versuchen möchte zu erraten, hast du offenbar intimere Kenntnisse von den Gewohnheiten und Launen der Schlange als wir übrigen. Du solltest uns lieber das Schlimmste mitteilen: Weiß die Schlange über den Silberstab Bescheid? Und wenn ja, was wird sie tun?«

Nur Estarinel sah Medrian nicht an. Er schien gefesselt zu sein von dem westlichen Horizont, wo sich bleierne Wolken häuften und einen weiteren Sturm androten.

Medrian fiel das Sprechen kaum leichter als einer Marmorstatue. Die Art, wie sie Ashurek ansah und wie sich ihre steifen Lippen nur ganz wenig voneinander trennten, erweckte in Calorn den Wunsch, Ashurek zu sagen, er solle sie in Ruhe lassen.

»Das kann ich nicht beantworten«, stieß Medrian hervor.

»Kannst du nicht, oder willst du nicht?« Ashurek maß sie mit einem argwöhnischen Blick, dem sie keine Beachtung schenkte. Er wandte sich wieder ab und sah aufs Meer hinaus. Calorn begann, in ihrer lebhaften Art etwas über ihre besonderen Navigationsfähigkeiten zu erklären, und gab dann einen Kommentar über das Wetter ab. Doch sie gewann den entschiedenen Eindruck, daß ihr niemand, nicht einmal Estarinel, richtig zuhörte. Mit einem an die eigene Adresse gerichteten spöttischen Grinsen brach sie ab und lehnte sich an die Reling. Eine Brise zauste ihr Haar, während sie den Forluiner von der Seite beobachtete. Noch nie hatte sie ihn so resigniert und so dem Kummer hingegeben, ja, von ihm besiegt gesehen. Früher hatte er sich immer gegen eine solche Niederlage gewehrt. Calorn betete, daß dies nicht der Beginn der Selbstzerstörung sein möge, die sie vorausgesehen hatte.

Nach einer Weile drehte er sich um und sprach Medrian an.

»Du solltest lieber versuchen, ein bißchen mehr zu essen als das«, sagte er in ruhigem, freundlichem Ton. »Wir alle brauchen unsere ganze Kraft.« Sie sah ihn an und dann das Stück Brot, das sie noch in der Hand hielt. Und sie nickte und zwang sich, es aufzuessen.

In der Mitte des Vormittags hatte der Sturm, der im Westen gedroht hatte, sie eingeholt, und die *Stern von Filmoriel* lief mit wilder Geschwindigkeit vor ihm her wie ein Hase vor den Fängen eines großen Hundes. Es war, als ziehe die Schlange sie, weit davon entfernt, vor ihnen Angst zu haben, mit Eifer zu sich heran.

In den nächsten vier Tagen brach ein Sturm nach dem anderen über sie herein, doch keiner brachte sie vom

Kurs ab. Die Pferde glitten mit der Strömung dahin und brauchten sich beim Schwimmen kaum anzustrengen. Ihre Zügel blieben um die Galionsfigur festgeknotet, weil es nicht nötig war, die Tiere zu lenken. Calorn war anfangs von diesen scheinbar glücklichen Umständen angenehm überrascht; einen Tag später waren sie ihr unheimlich geworden. Aber sie sprach den Gedanken nicht aus, der ihre drei trübsinnigen Gefährten wahrscheinlich sowieso schon dauernd beschäftigte. Immer wieder und wieder mußte sie sich ermahnen, daß sie sich innerlich nicht an sie binden durfte, sondern sich auf ihre eigene Aufgabe zu beschränken hatte. Sie wußte, am besten half sie ihnen, wenn sie sich weiterhin als fröhlich und praktisch erwies — nur nicht den Kopf hängen lassen, so lautete ihre Devise.

Die Schlange drohte, aber sie schlug nicht zu. Am vierten Nachmittag legte sich der Sturm, und sie fuhren durch eine kleine Bucht auf ein langweiliges Ufer zu, das unter farblosem, weißem Tageslicht schimmerte. Rings um die *Stern* erhoben sich die Wellen wie Berge aus Jade, über denen Netze aus Licht zerrissen.

Unter Calorns Leitung brachten die Pferde das Schiff zum Ankern an einen schmalen, hellen Kiesstrand. Dahinter lagen Sanddünen und niedrige graue Hügel. Ein leichtes Terrain, wie die Karte es ausgewiesen hatte. Die Reisenden packten Lebensmittel und Kleidung, die sie von der *Stern* mitnehmen wollten, in Rucksäcke, die sie unter ihren Kapuzenmänteln trugen. Calorn hatte nur einen kleinen Packen, da sie nicht bis in die Arktis mitgehen würde. Sie und Ashurek ließen das Fallreep nieder, und sie alle wateten durch die Flut zum Ufer.

Calorn hatte ihnen erklärt, die *Stern von Filmoriel* werde auf sie warten, bis die Suche nach dem Silberstab vorbei sei. Dann konnte das Schiff die Kriegerin zur Blauen Ebene zurückbringen, während die anderen ihre Reise nordwärts zur Arktis fortsetzten. Da war noch etwas, das sie nicht erwähnt hatte — die Dame selbst hatte nur so kurz darauf hingewiesen, daß es hätte vergessen werden können. Càlorn hoffte, es werde für ihre Gefährten eine angenehme Überraschung werden und dazu ein Beweis, daß sie fähig war, sie mit absoluter Zuverlässigkeit zu führen.

Ein paar Seevögel kreisten neugierig über dem zierlichen Schiff. Sonst gab es kein Zeichen von Leben. Während sie mit knirschenden Schritten den schmalen Strand überquerten, verdunkelte sich der Himmel, und sie wurden von einem Wolkenbruch durchnäßt. Das Wasser strömte an den Falten ihrer Mäntel herunter und tanzte als Nebel über dem Sand. Calorn sah sich mit einem aufmunternden Grinsen nach den übrigen um und führte sie einen Pfad entlang, der sich zwischen den Sanddünen landeinwärts wand. Estarinel wollte einen letzten Blick auf das Schiff werfen, doch der Regen verschleierte es bereits so, daß nur noch die Glühwürmchen-Lichter oben an den Masten sichtbar waren.

Unter ihren Füßen wurden Sand und Steine von drahtigem Gras abgelöst. Der Boden stieg allmählich an und bot ihnen einen Blick auf eintönige niedrige Hügel, die ihnen keine Zuflucht boten. Sie zogen die schweren Mäntel dichter um sich, ließen das Unwetter über sich ergehen und stapften weiter.

Nachdem sie etwa eine Stunde gegangen waren, wurde das Land rauher. Sie folgten steinigen Pfaden zwischen steilen Hängen, die mit grobem Gras bedeckt waren. Einmal bemerkte Ashurek vier Ziegen, die sie von einem hohen Aussichtspunkt aus anglotzten. Der Regen hatte ein bißchen nachgelassen, und er konnte erkennen, daß sie Glöckchen trugen. Dann ist das Land also doch nicht unbewohnt, dachte er.

Schließlich verringerte sich der Regen zum Nieseln, die Sonne drang durch die Wolken und versilberte die Landschaft. Der Boden wurde fruchtbarer, und sie sahen weiter vorn Bäume, die in dem nassen Silberlicht glitzerten. Calorn führte sie in diesen Wald, drehte sich um und verkündete geheimnisvoll, viel weiter brauchten sie nicht mehr zu gehen.

Unter den Bäumen war das Licht anders, weicher. Es würde bald Abend werden, und Schatten lagen wie Tümpel dunklen Wassers um die grauen Baumstämme. Sogar die langen, dolchförmigen Blätter waren grau, als seien sie aus Schiefer oder gehämmertem Eisen geschnitten. Sie bildeten Büschel, aus denen Trauben mit großen runden Beeren hingen, einige bernsteinfarben, andere dunkelrot wie geronnenes Blut. Alle glänzten und tropften von gelatinös aussehendem Regenwasser.

Calorn verlangsamte den Schritt und begann, nach allen Seiten Ausschau zu halten. Dann führte sie sie nach links einen schmalen, überwachsenen Pfad entlang und auf eine kleine Lichtung hinaus. Medrian, Ashurek und Estarinel blieben überrascht stehen: Dort in der Düsternis weideten drei Pferde, schimmernd in dem dunkelsilbernen Licht. Beim Näherkommen der Menschen hoben sie die Köpfe und spitzten die Ohren. Hinter ihnen flackerte ein flüchtiges blaues Glühen. Der Augenblick hatte etwas Gespenstisches, Mystisches und Traumartiges. Das Gefühl blieb, als Estarinel langsam vorwärtsging und das glatte, regenfeuchte Fell seines Hengstes Shaell berührte. Daneben standen Ashureks feurige Stute Vixata und das Pferd, das sie von Arlenmia mitgenommen hatten, Taery Jasmena mit Namen.

»Glaubst du jetzt, daß ich mich auf meinen Job als eure Führerin verstehe?« fragte Calorn grinsend.

»Ich habe nie daran gezweifelt, aber daß du unsere Pferde mit solcher Leichtigkeit finden ...« begann Estarinel und brach ab. Er hatte den Ursprung des unheimlichen blauen Glühens entdeckt. Auf der anderen Seite der Lichtung stand eine H'tebhmellerin. Sie sah die Gefährten und glitt vorwärts, umflutet von dem blauen Licht. Ihr schönes Gesicht war ernst, und sie hielt eine weiße Hand ausgestreckt.

Es war Neyrwin, die H'tebhmellerin, die sie zum ersten Mal in der Burg Gastadas gesehen hatten. Sie war an jenem schrecklichen Ort an ihnen vorbeigeschwebt und hatte damit Estarinel, der dem Tod nahe gewesen war, die Kraft zur Flucht gegeben. Später hatten die Gefährten erfahren, daß die Dame sie abgesandt hatte, um ihre Pferde zu holen.

»Sei gegrüßt, Neyrwin!« rief Calorn. »Ich freue mich sehr, dich hier zu finden.«

»Ja, es ist schön, daß wir uns in dieser Stunde treffen«, antwortete die H'tebhmellerin. Ihre Stimme klang schwach, und ihre Gestalt hatte etwas Körperloses, als habe ein zu langes Verweilen auf der Erde an ihr gezehrt.

»Hast du die Pferde leicht gefunden?«

»Ich mußte sehr viele Meilen reisen, aber gefunden habe ich sie. Zu ihrer Bequemlichkeit habe ich ihnen die Sättel abgenommen, die ich nicht tragen konnte, aber ich habe ihr Zaumzeug. Sie sind in gutem Gesundheitszustand, wie du siehst. Ich habe sie in gemächlichem Tempo hergebracht.«

In einer außergewöhnlichen Vision sah Estarinel, wie die H'tebhmellerin, einer unirdischen Spore aus Licht gleich, meilenweit über tearnischen Boden schwebte und wie die drei Pferde ihr, ohne Zaum, still wie Lämmer der Mutter folgten. Shaell rieb die Nase an seinem Arm, und er klopfte dem großen silberbraunen Hengst den Hals. Wie entzückt war er, ihn wiederzusehen!

»Hallo, alter Freund«, flüsterte er. »Ich hatte gedacht, wir hätten uns für immer getrennt.«

»Calorn, ich werde nicht hier auf dich warten«, fuhr Neyrwin fort. »Wir sind nicht dazu gemacht, lange auf der Erde zu verweilen, und ich bin erschöpft. Die *Stern von Filmoriel* wird mir Ruhe geben, deshalb möchte ich an Bord warten.«

»Wie du willst. Ich dachte selbst schon, daß du irgendwie — zerbrechlich aussiehst«, meinte Calorn besorgt. »Mußt du denn auf mich warten — kannst du keinen Eingangspunkt aufsuchen?«

»Nein, meine Kraft hat so nachgelassen, daß es mir nicht möglich ist, schnell einen zu finden.«

»Aber die Dame sagte, du könntest einen finden, wann immer du wolltest.« Calorn machte einen so beunruhigten Eindruck, daß Ashurek von bösen Ahnungen befallen wurde.

Neyrwin schwebte weiter, und auf ihrem schönen Gesicht lag nichts von dem Frieden und der Hoffnung, die für die H'tebhmellerinnen typisch waren. Sie glich einer aus Rauhreif geformten Figur, als genüge ein Atemzug, um sie aufzulösen. »Die Dame wußte nicht... ich muß es ihr sagen.«

»Wußte was nicht? Was meinst du?« Ashurek setzte sich in Bewegung, um ihr zu folgen.

»Meine Aufgabe war nicht nur, eure Pferde zu holen, sondern auch, mir den Zustand der Erde anzusehen und der Dame darüber zu berichten.«

»Und was hast du gesehen?«

Sie drehte sich langsam zu ihm um. »Es ist nichts, was ihr nicht bereits wüßtet. Die Macht der Schlange über diese Welt ist größer, als wir von H'tebhmella begriffen hatten. In Excarith, wo alles friedlich und normal zu sein schien, spürte ich es — im Wetter und in der Erde. Dann kam ich durch Guldarktal, und da trat es in der Verlassenheit ringsumher stärker hervor. Der Himmel war schweflig und der Boden schwarz vor Zerfall. Ich sah nichts Lebendes außer einem herumlungernden grauen Tier der Schlange. Es floh nicht, als ich vorüberging, sondern saß da und beobachtete mich von einem verwüsteten Berghang aus, und es heulte, als sei meine Anwesenheit ihm verhaßt. Ich kam durch die Länder zwischen Guldarktal und hier, und obwohl sie nicht verlassen waren, spürte ich immer noch die wachsende Macht des Wurms. Ich sah weitere dieser Tiere. Überall lebten die Menschen in Furcht vor ihnen. Ich sah die

Menschen gepeinigt von Krankheit und Hunger, sie gerieten schon in Panik, wenn ein Sturm aufkam. Auf dem ganzen Weg sah ich, wie sie sich in Anbetung der Schlange beugten und hofften, ihren Zorn zu besänftigen. Diese traurige Wirklichkeit ist schuld, daß meine Kraft in Tränen von mir wich, ebenso wie Filitha weinte, als sie Forluin sah.«

»Aber was ...« begann Ashurek, doch Neyrwin schwebte wieder weg. Sie mußte an Bord der *Stern* kommen, bevor sie noch schwächer wurde. Ashurek trat zu den anderen. Vixata stieß ihn an und verlangte seine Aufmerksamkeit. Geistesabwesend streichelte er ihren Kopf.

»Sie beten sie an!« rief er aus. »Die Schlange! So etwas hat es noch nie gegeben! Soviel ich weiß, haben nur wenige geglaubt, daß M'gulfn überhaupt existiert, und verehrt haben sie sie ganz bestimmt nicht.« Aus dem Augenwinkel sah er, daß Medrian an den Rand der Lichtung ging und Holz für ein Feuer sammelte. Estarinel und Calorn betrachteten ihn voller Unbehagen.

»Es ist ein Zeichen dafür, daß sich die Lage verschlechtert hat, während ihr auf der Blauen Ebene wart«, stellte Calorn ruhig fest.

»Ja. Was sonst hätten wir erwarten können?« fragte der Gorethrier bitter. »Kommt, schlagen wir hier unser Lager auf.«

»Es ist ein guter Platz dafür«, stimmte Calorn mit soviel Fröhlichkeit zu, wie sie aufbringen konnte. »Medrian stapelt schon Holz für ein Feuer. Helfen wir ihr, es anzuzünden. Dann können wir essen. Estarinel, vor morgen früh geht es nicht weiter. Jetzt ist es nicht mehr weit, und wir werden uns besser fühlen, wenn wir die Nacht schlafen.«

Sie lagerten am Rand der Lichtung, wo die dicht miteinander verwobenen Zweige ihnen Schutz geben würden, wenn es wieder anfangen sollte zu regnen. Bald loderte das Feuer rot und gelb auf, täuschend fröhlich vor den eisengrauen Schatten des Waldes. Die Hitze ließ ihre Mäntel dampfen. Sie nahmen ein Mahl aus h'tebhmellischem Brot und Wein zu sich. Die Pferde schliefen im Stehen, dicht aneinandergedrängt, der Wärme und der Gesellschaft wegen. Als die Gefährten mit dem Essen fertig waren, stand Ashurek auf, um nach den Tieren zu sehen — oder um mit seinen Gedanken allein zu sein. Medrian streckte sich am Feuer aus und schlief ein. Calorn ging auf die andere Seite, damit sie neben Estarinel sitzen konnte.

Sie schürte das Feuer und schickte einen Funkenregen in den dichten Holzrauch.

»Ich glaube, ich habe dir über den Silberstab alles erzählt, was ich kann«, sagte sie so, daß nur er es hören konnte. »Ein paar Meilen von hier beginnt ein Weg, der dich in sein Reich bringen wird. Ich werde ihn dir zeigen, und von da an wirst du allein von der Gnade des Stabes abhängig sein.« Er schwieg, deshalb fuhr sie fort: »Estarinel? Du bist so still, so in Gedanken versunken gewesen, seit Medrian krank war ... Ich mache mir Sorgen um dich. Bist du sicher, daß du dich gut genug fühlst, um zu gehen?«

Das erschreckte ihn. »Ja, natürlich«, beteuerte er mit einer Spur von Lächeln. »Nichts, was geschehen ist, kann mich im geringsten in Versuchung bringen, den Feldzug aufzugeben. Alles Schreckliche, was ich gesehen oder erfahren habe, hat mich immer stärker davon überzeugt, daß der Feldzug die einzige Lösung ist. Es ist, als versuche jemand, mich diese Lektion immer wieder und wieder zu lehren. Du darfst nicht glauben, ich sei zu entmutigt, um den Silberstab aufzusuchen. Ganz im Gegenteil, das ist im Augenblick mein einziger Gedanke, meine einzige Hoffnung. Wahrscheinlich ist das der Grund, warum ich den Eindruck erwecke, ständig in Gedanken zu sein.«

»Ich freue mich, das zu hören, denn ich hatte mir Sorgen gemacht. Wenn du fähig bist, deine Gedanken auf den Stab und sonst nichts zu konzentrieren, wirst du siegen.«

»Ja, ich weiß. Ich habe mir deinen Rat zu Herzen genommen«, antwortete er mit einer Spur seiner alten Wärme.

»Als ihr drei auf die Blaue Ebene kamt, hattet ihr allen Grund, unglücklich zu sein, und doch machtet ihr den Eindruck, euch sehr nahezustehen — sogar Ashurek. Jetzt seid ihr sozusagen meilenweit voneinander entfernt...«

»Du bist eine scharfe Beobachterin«, war alles, was Estarinel sagte.

»Nun, mich geht es ja nichts an, ich weiß.« Sie seufzte. »Ich muß mich ständig ermahnen, daß es Söldnerinnen nicht zusteht, sich innerlich zu engagieren. Ich habe immer danach gestrebt, Herrin der jeweiligen Situation zu sein, und für gewöhnlich ist es mir auch gelungen. Aber ihr drei gebt mir irgendwie das Gefühl der Hilflosigkeit...« Sie schüttelte den Kopf. »Ich kann es nicht richtig erklären. Es ist ungefähr so, als wolle ich die Dunkelheit verjagen, obwohl ich weiß, daß es nicht geht. Das ist alle Hilfe, die ich dir bei der Suche nach dem Silberstab geben kann.«

Estarinel umfaßte für einen Augenblick ihre Hand. »Und das ist genug, Calorn.«

Am Morgen fachten sie das Feuer wieder an und frühstückten schweigend. Auch bei Tageslicht wirkte der Wald farblos, obwohl die ersten Sonnenstrahlen dem Gras und dem gehämmerten Metall der Blätter an den Bäumen weiße und silberne Lichtpunkte entlockten, während die seltsamen bernsteinfarbenen Beeren wie Edelsteine leuchteten. Eine Brise brachte den süßen, frischen Geruch nach Regen mit sich. Von der Gegenwart der Schlange, wie Neyrwin sie beschrieben hatte, war nichts zu spüren. Vixata schlenderte über die Lichtung und begann, an Shaells Schwanz zu kauen. Das Bild berührte Estarinel so heimatlich, daß er sich fast einbilden konnte, in Forluin zu sein. Die ihm unmittelbar bevorstehende Suche nach dem Silberstab kam ihm so weit entfernt und so unwirklich vor, daß er überhaupt keine Angst verspürte. Ruhig überprüfte er Shaell und schloß die Schnallen seines Zaums.

Calorn sollte sich den Zelter Taery Jasmena ausleihen. Er war ein unirdisch aussehender Hengst von feinem Bau und schönem Fell, das wie blaugrüne Seide glänzte, während Mähne und Schwanz golden waren. Medrian beschäftigte sich soeben mit ihm, hob seine Hufe und fuhr ihm mit der Hand über die Beine, nach irgendwelchen Anzeichen einer Verletzung suchend. Calorn ließ ihm bereits den Zaum über den Kopf gleiten. Sie und Estarinel würden ohne Sattel reiten müssen.

In wenigen Minuten waren sie aufgestiegen und zum Aufbruch bereit. Beide reisten mit leichtem Gepäck, ohne Mäntel, und Estarinel hatte nur einen kleinen Beutel mit Lebebsmitteln an den Gürtel gehängt. Auch in diesem Augenblick des Abschieds wurden zwischen ihm und seinen beiden Gefährten nur wenige Worte gewechselt. Sie standen wartend da; Medrian hatte die Augen niedergeschlagen und hielt sich steif wie eine Wachsfigur. Sie umfaßte den zerschnittenen Unterarm, der immer noch schmerzen mußte, mit der freien Hand, und sie sah krank aus, bleich und hohlwangig. Ashurek sah Estarinel ins Gesicht, als hätte er ihm gern ein paar ermutigende Worte gesagt, schaffe das aber nicht. Statt dessen standen in seinen grünen Augen eindringliche Warnungen vor den Folgen geschrieben, die ein Versagen Estarinels haben würde.

»Ich wollte, ich könnte an deiner Stelle gehen — oder mit dir kommen«, murmelte Ashurek.

»Ich werde mein Äußerstes tun. Mehr kann ich nicht versprechen«, antwortete Estarinel ruhig. Dann wendete er Shaell, um fortzureiten.

»Lebe wohl«, schallte ihm die Stimme des Gorethriers nach.

Calorn ritt mehrere Meilen durch den Wald. Taery Jasmena tänzelte und scheute bei jedem tatsächlichen oder eingebildeten Geräusch. Estarinels silberbrauner, stämmig gebauter Hengst folgte in hohem Trab und benahm sich so gesetzt, willig und gutlaunig, wie es seiner Natur entsprach. Die Bäume rückten enger und enger zusammen, und der Boden zwischen ihnen wurde erstickt von Büschen, umgefallenen Stämmen und grau-grünen Farnen, deren Wedel sich unter glitzernden Tautropfen beugten. Calorn hatte Schwierigkeiten, ihr temperamentvolles Tier zu zügeln, und nur das dichte Unterholz verhinderte, daß es durchging.

»Dieses Pferd ist anscheinend nicht damit zufrieden, eine ausgefallene Farbe zu haben«, rief sie über die Schulter zurück. »Es muß sich auch noch exzentrisch aufführen!« Das brachte Estarinel zum Grinsen, und er erzählte ihr von dem bemerkenswerten Sprung, den Taery über eine hohe Mauer gemacht hatte, als sie Gastadas Armee in Excarith hatten aus dem Weg gehen wollen. Das vertrieb ihnen die Zeit und half ihm, seine ruhige, gelassene Haltung zu bewahren.

Er dachte sich nichts dabei, als Calorn von dem bereits engen, überwachsenen Pfad auf einen noch engeren abbog, der in einer Masse von Buschwerk verschwand. Sie lenkte Taery geradewegs in das Gewirr von wächsernen, dunkelgrünen Blättern hinein, und Estarinel folgte ihr. Shaells massige Schultern drückten die Zweige zur Seite. Innerhalb des Dickichts hatte der Forluiner das merkwürdige Gefühl, sich unter Wasser zu befinden, in einem smaragdfarbenen Ozean mit ständig wechselnden Licht- und Schattenwirkungen. Das Rascheln des Blattwerks ringsherum klang wie die Bewegung großer, langsamer Meeresströmungen. Die Blätter streiften sein Gesicht und seinen Körper, zogen an ihm, ließen ihn nur höchst widerstrebend durch. Er konnte nicht sehen, wohin es ging. Nur ein gelegentlicher Blick auf Taerys Schwanz vor ihm, der wie eine goldene Flagge flatterte, und ein schwaches Durchschimmern des Pfades hielten ihn auf dem richtigen Kurs.

»Es muß einen einfacheren Weg als diesen geben!« rief er. »Ist es noch weit?«

»Estarinel, wir sind da«, antwortete Calorn.

»Was — du meinst, das hier ist das Reich?«

»Ja.« Sie kamen an eine Lichtung, die einer kleinen Höhle glich, und Calorn hielt an. »Ich habe die Erlaubnis, dich ein kurzes Stück in das Reich zu bringen.«

»Aber — ich dachte, wir seien immer noch im Wald. Ich merke nichts davon, daß ich irgendwo anders als auf der Erde sein soll ... Bist du sicher?«

»Ja. Was hast du denn erwartet?«

»Einen plötzlichen Übergang — wie einen Eingangspunkt.«

»Ach nein.« Calorn lächelte. »Das war schon alles.«

»Hast du den Weg leicht gefunden?«

»Leichter als ich gedacht hatte«, antwortete sie obenhin, was Estarinel im dunkeln darüber ließ, wie sie ihn überhaupt gefunden hatte. »Ich halte es für das Beste, wenn wir uns hier trennen. Sieh mal, die Büsche werden lichter, und du kannst den Weg deutlich sehen.« Sie zeigte darauf, und Estarinel sah den Weg sich wie einen schwachen Silberfaden in den grünen Schatten des Unterholzes schlängeln. Er wollte absteigen, aber Calorn sagte: »Nein, du mußt reiten.«

»Warum? Ich möchte Shaell nicht unnötig in Gefahr bringen.«

»Das wirst du nicht. Aber er mag fähig sein, den Weg zu finden, wenn du es nicht kannst«, meinte Calorn geheimnisvoll.

»Nun, ich werde froh sein, ihn zur Gesellschaft zu haben«, sagte Estarinel.

»Natürlich«, lächelte sie, und wieder war Estarinel

dankbar für ihren frischen Mut. Sie reichten sich die Hände, und dann ließ die Kriegerin Taery rückwärtsgehen und grüßte mit einem freundlichen Winken zum Abschied. »Ich kehre ins Lager zurück. Ich weiß nicht, wie lange du in diesem Reich bleiben wirst, aber ich werde es wissen, wenn du zurückkehrst, und dann kommen, dich abzuholen. Du mußt jetzt weiter. Weiche nicht zur Seite ab, ganz gleich, was geschieht.«

Estarinel nickte und erwiderte den Gruß. »Lebe wohl, Calorn.«

Dann zog er Shaell herum und ließ ihn im Schritt weitergehen. Aber sie hatten kaum ein paar Meter zurückgelegt, als er auf der anderen Seite der Blätterhöhle eine unheimliche Gestalt sah. Ihr Körper war annähernd menschlich, ungefähr einen Meter zwanzig hoch, dünn und unförmig wie eine von einem Kind angefertigte Tonfigur. Das Gesicht war eine leere Fläche. Auf dem Kopf sträubte sich ein Kamm aus langen weißen Stacheln, und während Estarinel das Wesen betrachtete, zupfte er einen davon heraus und warf ihn wie einen Speer nach Calorn.

Estarinel drehte sich erschrocken um und sah, daß der Stachel ihr ins Auge fuhr und in seiner ganzen Länge in ihren Kopf eindrang. Calorns Hand hob sich, um danach zu fassen, und mit einem schrecklichen Stöhnen fiel sie vornüber auf Taerys Hals. Blut strömte aus ihrer Augenhöhle. Ihre Glieder zuckten krampfhaft, bis sie in der Schlaffheit des Todes herabsackten. Taery warf den Kopf hin und her und schnaubte vor Angst. Dann drehte er sich um und trug Calorns Leiche zwischen die Büsche.

Entsetzt trieb Estarinel seinen Hengst an, Taery zu folgen, doch der für gewöhnlich fügsame Shaell wurde plötzlich widerspenstig. Er sprang zur Seite, stemmte sich gegen das Zaumzeug und war nicht davon abzubringen, dem Weg weiter zu folgen. Während Estarinel mit ihm kämpfte, sah er das kleine, unförmige Wesen in dieser Richtung davonlaufen. Wutentbrannt ließ er Shaell seinen Willen und nahm die Verfolgung auf. Aber die Büsche waren immer noch dicht, und das wirre Blattwerk behinderte sie. In Sekunden war der Mörder außer Sicht.

»Verdammt sollst du sein!« schrie Estarinel. »Ich werde dich finden, darauf kannst du dich verlassen!« Er atmete schwer vor Schreck und Fassungslosigkeit. Jetzt ließ er Shaell wieder in Schritt fallen. Hin- und hergerissen, ob er zu Calorn zurückkehren oder den Mörder verfolgen solle, machte er einen weiteren erfolglosen Versuch, Shaell herumzuziehen. Das Pferd folgte halsstarrig dem Weg. Und ihm war, als höre er Calorns Stimme in der Nähe: »Weiche nicht zur Seite ab, ganz gleich, was geschieht.«

»Ganz gleich, was geschieht«, wiederholte er. Er führte die Hand ans Gesicht und fühlte dort Tränen. Mitten in seiner Wut und seinem Leid kam ihm ein Gedanke.

Dies war die erste Prüfung des Silberstabes.

Welche Art von Wesenheit konnte einen blutigen Mord begehen, nur um zu prüfen, ob die Absicht von irgendwem »rein« war?

Estarinel erschauderte. Plötzlich sah er den Silberstab so, wie er ihn in seiner Vision in der Höhle der Verständigung gesehen hatte, als eine Wesenheit von gewaltiger, überdimensionaler Macht. Ohne Gewissen. Er wollte das Ding nicht, er hatte nicht einmal den Wunsch, ihm auch nur einen einzigen Schritt näherzukommen. Aber welche Wahl blieb ihm? Vielleicht war das schon wieder eine erneute Prüfung.

Er sagte sich, daß er nichts tun könne, um Calorn zu retten, biß die Zähne zusammen und ritt weiter.

Das Unterholz lichtete sich allmählich, aber es wurde nicht heller. Die Beleuchtung war jetzt von einem tiefen flüssigen Blau und hatte immer noch diese seltsame Unterwasser-Anmutung. Estarinel war sicher, daß er sich nicht mehr in dem Wald befand, den er am frühen Morgen betreten hatte. Ein prickelnder, frischer Geruch lag in der Luft wie nach wilden Johannisbeeren. Um ihn schwankten die Büsche wie Seetang, von einer Brise bewegt, die er nicht einmal fühlte. Zorn und Entsetzen brannten in ihm, gemischt mit Unsicherheit. Vielleicht hatte er die erste Prüfung nicht bestanden. Vielleicht hätte er Shaell zurücklassen und Taery zu Fuß folgen sollen. Wie konnte er das wissen? Mit »Prüfungen« solcher Art hatte er nicht gerechnet...

Shaell trabte dahin, den starken braunen Nacken gebogen und die Ohren aufgestellt, unberührt von den qualvollen Gedanken seines Reiters. Estarinel hatte das Gefühl, wenn der Hengst sprechen könnte, würde er sagen: »Vertraue mir.« Offenbar befahl sein Instinkt ihm, dem schimmernden Pfad zu folgen.

Plötzlich war das Unterholz zu Ende. Sie ritten in eine tiefblaue Nacht hinein, über sich einen mit Sternen bestreuten Himmel, unter sich eine weite, wellige Ebene. Der Pfad unter Shaells Hufen leuchtete schwach.

Einen Augenblick lang war Calorn vergessen. Die Landschaft war weit und leer und hatte eine geheimnisvolle Aura. Das Himmelsgewölbe schien mit wilder Anziehungskraft nach Estarinel zu greifen, während es doch unerreichbar blieb. Die verlorene, kahle Schönheit der Ebene schnürte Estarinel die Kehle zu. Er trieb Shaell zum Galopp an.

Der Hengst gehorchte mit Eifer. Estarinel gab ihm den Kopf frei, lenkte ihn nicht, trank die seelenzerreißende wilde Leere des Himmels in sich hinein. Da war Raum; Raum, blau und grau und voll von Sternen, ewig und unberührbar, und es zog ihn weiter und weiter. Er spürte nichts von der erstickenden Bosheit, die von der Schlange M'gulfn ausging, nichts von dem perfekten Frieden der Blauen Ebene. Da war Unendlichkeit — große, erhabene, gleichgültige Unendlichkeit, und Shaell galoppierte als ein bloßer Funke hindurch.

Das war das Reich des Silberstabes, das war die Größe, die die Schlange zermalmen konnte, wie ein Mensch eine Fliege zermalmt und es nicht einmal merkt.

Shaell lief unermüdlich, als fülle ihn der Atem der Sterne ebenso wie seinen Reiter.

Aber die herrliche Nacht war nicht von Dauer. Nach einer unmeßbaren Zeitspanne wich sie einer seltsamen Dämmerung. Erst umrandete ein flammendes Licht den Horizont, dann schwang sich eine kleine weiße Sonne schnell in den Himmel, um genau über Estarinels Kopf haltzumachen. Dort blieb sie stehen, brannte auf eine Landschaft aus gleißendem, weißem Stein und Sand nieder. Bald wurde die blendende Hitze unerträglich.

Shaell lief wacker weiter; anscheinend machte ihm die Hitze nichts aus. Estarinel konnte den Pfad nicht mehr erkennen, er sah überhaupt nichts mehr als das weiße Licht, das ihm in die Augen brannte. Dazwischen schossen grüne und purpurne Töne, wenn er die Augen vor der Helligkeit zusammenkniff.

Vielleicht war die Hitze eine Illusion, dachte er, nur war die Wirkung, die sie auf ihn hatte, durchaus real. Nirgendwo war Schatten oder Wasser zu finden. Die weiße Wüste umgab sie, endlos und unveränderlich. Dem Pferd war nichts anzumerken, doch nach ein paar Stunden forderte die unheimliche, bewegungslose Sonne ihren Zoll von Estarinel. Sein Kopf schmerzte und brannte. Auch wenn er die Augen fest zumachte, ließ sich das weißglühende Licht nicht ausschließen. Er fühlte sich krank, ausgetrocknet.

Was für eine Art von Prüfung war das?

Dann packte ihn das Fieber. Stimmen flüsterten ihm ins Ohr, sein ausgebrannter Körper fühlte sich an, als sei er auf den doppelten Umfang angeschwollen. Erschöpft fiel er vornüber auf Shaells Hals. Das Bewußtsein kam und ging, verzerrt von einem alptraumhaften Delirium. Wieder und wieder glaubte er, mit Calorn auf der Lichtung zu sein. Er sah das seltsame unförmige

Wesen gerade noch rechtzeitig und konnte den tödlichen Stachel von seinem Ziel ablenken. Wieder und wieder sah er Calorn lebendig davonreiten, und gleich darauf überfiel ihn die Erinnerung, daß sie in Wirklichkeit tot war. Dann begann der Traum von vorn, als könne er die Vergangenheit durch die Kraft seiner Gedanken ändern, und der Schmerz, den die Sonne seinem Kopf und seinem Rücken zufügte, wurde zu dem Schmerz um Calorns Tod und zu der Trauer, weil er sie nicht hatte retten können. All diese Empfindungen waren nicht mehr voneinander zu unterscheiden.

Schließlich verblaßte die Vision. Jetzt sah er nichts mehr als ein Grau, glatt und flach und irgendwie angsterregend. In seinem Delirium war er besessen von der Idee, Shaell aus der Sonne zu bringen. Doch ein anderer Teil seines Gehirns sagte ihm, daß er ohnmächtig war, hilflos, und daß die verzweifelten Anstrengungen, sein Pferd zu retten, nur in Gedanken stattfanden. Er versuchte zu schreien, gegen seine Hilflosigkeit zu kämpfen, aber auch seine Schreie, für ihn selbst laut und wirklich, existierten nur in dem Fiebertraum.

Estarinel öffnete die Augen. Er lag am Boden in der Nähe einer kleinen, kreisrunden Steinhütte. In seinem bewußtlosen Zustand mußte er von Shaells Rücken gerutscht sein; jetzt war keine Spur von seinem Pferd zu entdecken. Es sah Shaell nicht ähnlich, daß er nicht bei ihm geblieben war. Sollte er ohne Reiter weitergelaufen sein? Schon einmal war Estarinel schrecklich krank ins Bewußtsein zurückgekehrt, und eine glühend heiße Sonne hatte auf ihn niedergebrannt. Damals hatte Arlenmia ihn »gerettet«. Der Gedanke an sie erfüllte ihn mit unvernünftigem Entsetzen. Sie darf mich nicht finden, dachte er, und stellte sich taumelnd auf die Füße.

Die Steinhütte war der einzige feste Gegenstand in der unwirtlichen Wüste. Estarinel stolperte hin und brach an der Tür zusammen. Eine flüchtige Erinnerung stieg in ihm auf: Medrian tat, als werde sie vor der Tür von Skords Haus ohnmächtig, und er hörte Skords Stimme sagen: »Die Leute von Forluin sind harmlos ... von Forluin sind harmlos ...« immer wieder und wieder.

Jetzt war er im Inneren der Hütte. Es war nichts als ein kleiner runder Raum, leer bis auf eine hölzerne Bettstelle mit einem Strohsack. In den Fußboden war eine Wasserpumpe eingelassen. Bei diesem Anblick brachte das verzweifelte Verlangen nach Wasser Estarinel lange genug in die Realität zurück, daß er sich hinknien und den Schwengel betätigen konnte. Er fühlte das kalte, klare Wasser über seinen brennenden Kopf und in seine ausgedörrte Kehle fließen und atmete tief ein vor Erleichterung. Dann blickte er auf und hatte eine äußerst seltsame Halluzination.

Der Pfad zog sich schimmernd wie eine Schneckenspur über den Fußboden der Hütte. Ihm folgend, trottete Shaell durch die Tür, durch den Raum — und geradewegs durch die feste Steinwand gegenüber. Es war, als ob entweder der Hengst oder die Wand keine Substanz hätte.

Shaell war fort. Der Pfad war verschwunden. Immer noch unter dem Sonnenstich leidend, taumelte Estarinel zu dem Bett und fiel in eine fiebrige, von Träumen gequälte Starre.

Das formlose bräunliche Wesen, das Calorn ermordet hatte, blickte auf ihn nieder. Estarinel schrie auf und wollte sich hochsetzen, konnte sich aber nicht bewegen. Das Wesen hatte kein Gesicht, aber eine Stimme.

»Ich bin die Gestalt deiner Angst«, sagte es. Vor Estarinels Augen hob es die Arme und zog sie in seinen Körper, wie eine Amöbe es mit ihren Scheinfüßchen tut. Es verlängerte sich, der Kopf nahm eine andere Gestalt an. Eine Sekunde lang formte es sich zu einem perfekten Abbild des Wurms. Dann wurde es wieder menschenähnlich, wenn auch untersetzt und gnomenartig. Es riß sich einen der weißen Stacheln aus dem Kopf und hielt Estarinel die Spitze an die Kehle.

»Kein Schmerz. Verstehen«, sagte es.

Aber es tötete ihn nicht; es steckte den Stachel zurück an seinen Platz. »Was hier real ist, ist hauptsächlich das, was du glaubst«, sagte es. Dann beugte es sich vor, stellte sich auf vier Beine und verwandelte sich in ein alptraumhaftes Pferd. Und als Estarinel es anstarrte, löste es sich in Luft auf.

Andere Halluzinationen folgten. Es waren solche, die er früher schon gehabt hatte, nur versprachen sie jetzt eine Bedeutung, die bisher außerhalb seiner Reichweite geblieben war. Da war rotes Glas, Schicht auf Schicht, und dahinter bewegten sich nichtmenschliche graue Gestalten, deren Anblick ihn vor Angst lähmte. Er wäre viel lieber geflohen, aber ihm war klar, daß er sich ihnen nähern mußte. Und als er langsam vorwärtsging, zerbrach das rote Glas und löste sich auf, und dahinter stand Silvren.

»Das Haus der Deutung wird als letztes fallen«, sagte sie.

»Nein!« rief Estarinel.

»Doch.« Sie faßte seinen Arm und zog ihn herum. Sie standen am Rand eines weiten, glitzernden Schneefeldes. In großer Entfernung von ihnen stand jemand; er konnte ganz deutlich erkennen, daß es Arlenmia war, die die Arme zu einem ragenden Gebäude aus blauem und grünem Eis emporreckte. »Ihre Vision ist falsch. Verdammt soll sie sein, sie war meine Freundin!« sagte Silvren. Und dann war sie nicht mehr Silvren, sondern Calorn, tapfer, lachend, lebendig, unverletzt. Sie hob die Hand und zeigte über den Schnee, doch bevor sie sprechen konnte, war sie verschwunden. Und jetzt stand Medrian neben ihm, die weiße Hand deutend ausgestreckt und die furchterregenden dunklen Augen auf sein Gesicht gerichtet.

»Es gibt etwas, das ich dir nicht erzählt habe«, flüsterte sie. »Doch ich hatte dazu einen guten Grund.« Und dann rannte Estarinel los, quälte sich durch den

Schnee, und Medrian war fort, und er weinte, suchte verzweifelt nach etwas, das er verloren hatte. Ihm war, als habe er jahrelang gesucht, als er den toten Vogel im Schnee fand. Und endlich begriff er ...

Estarinel erwachte mit einem Ruck und fuhr keuchend in die Höhe. Die Halluzinationen und ihr Hintersinn waren sofort vergessen; was für ihn im Schlaf so tiefe Bedeutung gehabt hatte, war jetzt nur noch ein Fiebertraum. Er schüttelte den Kopf und stellte fest, daß er nicht mehr weh tat. Er war immer noch in der Hütte. Versuchsweise setzte er sich auf. Er fühlte sich schwach, aber gesund, und sein Kopf war klar. Das Fieber hatte ihn endlich verlassen.

Er stand auf. Wie lange mochte er auf dem Bett gelegen haben? Hatte die Zeit in diesem Reich überhaupt die gleiche Bedeutung wie auf der Erde? Nachdem er sich an der Pumpe sattgetrunken hatte, sah er sich in dem Raum um. Er hatte das unheimliche Gefühl, irgend etwas habe sich verändert. Plötzlich fuhr er in ungläubigem Entsetzen zusammen.

Die Tür, durch die er hereingekommen war, war verschwunden.

Die Hütte war eine steinerne Zelle ohne Ausgang.

Estarinel eilte an das einzige Fenster. Es war nichts als ein Schlitz, und man konnte unmöglich hindurchklettern. Die weiße Wüste starrte ihm ins Gesicht. Panik ergriff ihn. Seine Finger umfaßten den Rand des Fensterschlitzes, verkrampften sich. Seine Augen suchten in größter Aufregung die steinerne Decke und den harten, sandigen Fußboden ab. Nirgendwo war eine Lücke, eine Schwachstelle, die ihm Hoffnung geboten hätte. Die Angst davor, in der Falle zu sitzen, drohte ihn zu ersticken. Er schloß die Augen, zwang sich, ruhig nachzudenken.

Dies war eine weitere Prüfung ... aber was für einen Sinn hatte sie? Sollte damit sein Geschick im Ausbrechen festgestellt werden? Oder sollte er beweisen, daß er der einfachen Furcht, eingeschlossen zu sein, Herr werden konnte?

Er fuhr mit den Händen über die Wand, wo die Tür gewesen war. Nichts. Er legte die Stirn an den kühlen grauweißen Stein und dachte nach. »Wenn es mir gelingt zu fliehen, bin ich nur wieder draußen in der Wüste ... und das ist beinahe schlimmer, als hier drin zu sein.«

Wie hatte Calorn gesagt? Shaell sei fähig, den Weg zu finden, wenn Estarinel es nicht könne. Und das gestaltwechselnde Wesen seines Alptraums hatte behauptet: »Was hier real ist, ist hauptsächlich das, was du glaubst.« Er erinnerte sich an die seltsame Halluzination, der silbrige Pfad habe über den Fußboden der Hütte geführt, Shaell sei ihm gefolgt und wie ein Phantom durch die gegenüberliegende Wand gesickert.

Sofort ging er zu der Stelle, wo Shaell verschwunden war, und drückte die Hände gegen den Stein. Und in diesem Augenblick war seine Überzeugung, er werde keinen Augenblick länger in der Hütte gefangen bleiben, so stark, daß er nicht Stein, sondern glattes Holz unter den Fingern fühlte. Seine rechte Hand hob einen schweren Riegel, und obwohl er die Tür immer noch nicht sehen konnte, war er plötzlich draußen.

Wuchernde Grashalme, schimmernd vor Pollen, reichten ihm bis zur Taille. Er stand auf einer schmalen Wiese zwischen hohen Weißdornhecken, und es duftete süß nach Wildblumen. Welche Erleichterung, daß er nicht von neuem in der Wüste stand! Es war ihm gar nicht zu Bewußtsein gekommen, wie schwach er war, bis die frische Sommerluft die letzten Reste seines Fiebers vertrieb.

Ein Blick zurück zeigte ihm, daß die Hütte verschwunden war. Das überraschte ihn gar nicht. Jetzt fühlte er sich ruhig, entschlossen. Später war noch Zeit genug, um Calorn zu trauern; fürs erste mußte er ihren Tod als einen weiteren Aspekt des Bösen betrachten, zu dessen Bekämpfung er den Silberstab gewinnen wollte. Er ging die Wiese entlang.

Schräg einfallender, nachmittäglicher Sonnenschein umrahmte jeden einzelnen Grashalm mit Licht und verwandelte den Pollenstaub in goldenen Dunst. Estarinel hätte irgendwo in Tearn oder sogar auf Forluin sein können. Bald wurde die Hecke auf seiner rechten Seite so niedrig, daß er über sie hinweg auf einen Flickenteppich von Feldern sehen konnte, der sich bis zu dem scharf begrenzten blauen Horizont erstreckte. Der süße Geruch nach frischgemähtem Heu lag in der Luft.

Auf der anderen Seite der Hecke schlängelte sich ein Bach durch die Wiese. Estarinel zwängte sich durch den Weißdorn und kniete sich auf dem grasigen Ufer hin, um zu trinken. Das Wasser war kalt und kristallklar. Wenn dieses Reich eine Illusion war, konnte er nur staunen, daß sie so real wirkte.

Er stand wieder auf, und da sah er zu seiner Verblüffung sein Pferd auf dem angrenzenden Feld grasen.

»Shaell!« rief er, rannte zu der nächsten Hecke und fand eine Lücke. Der große silberbraune Hengst hob gespannt den Kopf. Doch er kam nicht zu seinem Herrn, sondern drehte den Kopf auf die andere Seite, als komme von dort ein ebenso wichtiger Ruf.

»Shaell!« rief Estarinel von neuem. Er ging auf das Pferd zu. Was stimmte hier nicht? Shaell tanzte auf der Stelle, wandte sich hierhin und dahin. »Komm!« Die Ohren des Hengstes flatterten, aber noch immer gehorchte er nicht.

Dann bemerkte Estarinel ein zweites Pferd neben Shaell, ein graubraunes, mißgestaltetes Tier, dessen Körper waberte und schwankte, als sehe man ihn durch Wasser. Nein, es war kein Pferd, sondern das gestaltwechselnde Wesen, das Calorn ermordet hatte. Also war es kein Alptraum gewesen, daß er es gesehen hatte, als er krank war. Es sprang umher und bäumte sich auf, und irgendwie lockte es den Hengst von Estarinel weg.

Wieder rief er. Aber der Gestaltwechsler lief davon, und Shaell warf einen einzigen Blick zu seinem Herrn zurück und folgte der Kreatur in vollem Galopp. Estarinel sah mit verzweifeltem Stöhnen zu, wie sein Pferd, den Kopf hoch erhoben, der Schwanz flatternd wie ein bronzenes Banner, zum Horizont hin verschwand.

Er rannte hinterher, aber er wurde durch die Hecken behindert, über die Shaell mühelos hinwegsegelte. Bald hatte er den Hengst aus den Augen verloren. Als er endlich auf eine weite Grasfläche hinauskam, die sich bis zum Horizont erstreckte, hatte Shaell eine gute halbe Meile Vorsprung. Der Horizont wirkte bemerkenswert nahe. Jetzt entdeckte Estarinel, daß sie sich oben auf einer Klippe befanden. Ein paar weitere Schritte, und er konnte noch immer weder Land noch Meer jenseits des Randes sehen. Die Klippe mußte außerordentlich hoch sein. Shaell galoppierte dicht am Abgrund hin und her, und der Gestaltwechsler war nirgendwo zu entdecken.

»Shaell!« keuchte Estarinel atemlos. Jenseits der Klippe war immer noch nichts anderes zu sehen als die Vollkommenheit des blauen Himmelsgewölbes. Zu seinem Entsetzen sah Estarinel sein Pferd geradewegs auf den Abgrund zulaufen, den Kopf senken und hinunterspringen, als liege lediglich eine unbedeutende Bodensenkung vor ihm.

In rasendem Spurt erreichte Estarinel den Klippenrand, warf sich zu Boden und spähte hinüber. Shaell mußte sich zu Tode gestürzt haben. Dann starrte er ungläubig auf das, was da unten war.

Er war ans Ende der Welt gekommen.

Die »Klippe« war eine nackte Felswand, die in die Unendlichkeit abfiel. Über ihm, vor ihm, unter ihm war blaue Leere. Es gab keine Spur von Shaell, nicht einmal ein Pünktchen, das immer noch weiter abstürzte.

»Beim Wurm«, ächzte Estarinel und barg den Kopf in den Händen. Nicht zufrieden damit, Calorn ermordet zu haben, erniedrigte sich der Silberstab so weit, daß er mutwillig sein Pferd tötete! Außer sich vor Wut sprang Estarinel auf die Füße und brüllte: »Soll das vielleicht eine Prüfung sein? Du bist zu weit gegangen!«

»Es ist die letzte Prüfung. Wir alle haben dabei versagt«, erklang eine Stimme hinter ihm. Estarinel erschrak heftig, fuhr herum und hätte beinahe auf dem Klippenrand das Gleichgewicht verloren. Eine Reihe von Menschen hatte sich um ihn versammelt, musterte ihn, rückte langsam näher. Es waren Männer und Frauen unterschiedlichen Alters in allen möglichen seltsamen Kleidungsstücken. Sie mußten aus verschiedenen Orten und verschiedenen Zeiten stammen, aber bestimmt nicht von Estarinels Welt. Er konnte nicht glauben, daß sie wirklich waren. Allerdings machte die Frau, die gesprochen hatte, einen durchaus realen Eindruck.

Sie hatte gelbe Haut und dunkle, mandelförmige Augen. Ihr dunkles Haar war ein wildes Gestrüpp. Sie trug eine lange Dschellaba in Purpur und Schwarz, die sich wie Schmetterlingsflügel ausbreitete, wenn sie die Arme öffnete. Das Gewand war staubig und stellenweise abgewetzt. Ja, sie mußte real sein.

»Was meinst du? Wer bist du?« fragte Estarinel. Er zitterte, und er hatte das Gefühl, auf die Neuankömmlinge wie ein Wahnsinniger zu wirken. Aber sie zeigten kein Befremden über sein Aussehen. Da wurde ihm bewußt, daß er sich mit seinem wirren Haar und den verzweifelten Augen nicht von ihnen unterschied.

»Wer wir sind, ist ebenso unwichtig wie die Frage, wer du bist«, antwortete die Frau. Neben ihr standen ein blonder Mann in einer Bronze-Rüstung, ein alter Mann in einer flaschengrünen Robe, ein Ritter in einem Wappenrock aus angelaufenem Gold mit langem, hängendem Schnurrbart, eine dicke Frau in dunkelblauem Samt, die das braune Haar in zwei langen Zöpfen trug ... Alles in allem zählte Estarinel zwanzig Personen. Und er spürte in dem Kreis, der ihn umgab, ihr

Mitgefühl, ihren Kummer, ihre Trostlosigkeit. Sie stellten keine Bedrohung für ihn dar. Sie akzeptierten ihn, zeigten ihm, daß sie sein Elend verstanden und teilten ...

»Wartet.« Er trat zurück, um nicht mit der Frau in Purpur in Berührung zu geraten. »Ich verstehe euch nicht. Was meint ihr mit der letzten Prüfung?«

»Wir haben gesehen, was deinem Pferd passiert ist. Der Gestaltwechsler hat es über die Klippe getrieben. Als man meinen Geliebten ermordete, habe ich die Ruhe bewahrt; ich glaubte, den Test bestanden zu haben. Konnte man mir noch mehr antun? Nichts, dachte ich. Aber ich irrte mich.«

»Du meinst — ihr alle wart auf der Suche nach dem Silberstab?«

»Ja, wir alle«, nickte der blonde Mann. »Und hier haben wir alle versagt. Sich vorzustellen, daß wir als Rivalen begonnen haben, jeder mit seinem eigenen dringenden Grund, jeder mit der Überzeugung, in verzweifelterer Not zu sein als die anderen! Und jeder hat sich überheblich eingebildet, er könne die Prüfungen bestehen. Nun, hier werden wir demütig.«

»Hier spottet der Silberstab über unsere Arroganz und unsere Feigheit«, ergänzte die Frau. »Nun komm mit uns, rede mit uns. Was du auch gelitten haben magst, wir verstehen es. Manch einer unter uns wird mehr gelitten haben. Und wir alle verstehen, daß du jetzt versagst. Wir verurteilen dich nicht. Der Stab mag es tun, aber wir nicht. Wir sind nicht länger Konkurrenten.«

»Nein, wir sind Kameraden«, erklärte der blonde Mann.

»Gefährten gegen den Silberstab, der uns hat leiden lassen. Gefährten in unserem Leid.« Sie nahm Estarinels Arm, aber er widersetzte sich ihr und blieb stehen. Er fühlte sich benommen. Das freundliche Mitgefühl dieser Leute und das Gerede vom Versagen verwirrten ihn. Er fürchtete, wenn er sich unter sie mischte, mit ihnen ging, würde er den Verstand verlieren.

»Ihr wart alle auf der Suche, doch als ihr hier ankamt« — er schwenkte die Hand zum Klippenrand hin — »wagte es keiner...«

»Genau«, sagte die Frau. »Na, hättest du den Mut?«

Estarinel sah in die schwindelerregende Leere hinaus, an der nackten Felswand hinab, auf das Nichts unten. Der Gedanke, hineinzuspringen, machte ihn krank. Er schloß die Augen und ballte die Fäuste, bis ihm die Nägel in die Handflächen schnitten.

»Sieh nicht hin«, riet ihm die Frau. »Ist ja gut, wir alle wissen, wie das ist. Niemand macht dir einen Vorwurf...«

Estarinel hätte gern gewußt, wer von ihnen am längsten hier war, warum sie auf der Suche nach dem Silberstab gewesen waren, aber er brachte es nicht über sich zu fragen. Sie waren zu gewöhnlich, zu menschlich. Er hätte über sie weinen mögen. Er wollte ihre Geschichten und ihre Sorgen gar nicht hören.

»Warum bleibt ihr hier?« erkundigte er sich. »Wenn ihr nicht weiterkommt, warum kehrt ihr nicht um?«

»Wohin sollten wir umkehren?« erwiderte die Frau, und die anderen stimmten ihr murmelnd zu.

»Es ist besser, diejenigen, die wir enttäuscht haben, halten uns für tot, als daß wir mit leeren Händen zurückkommen«, stellte der Ritter mit dem langen Schnurrbart grämlich fest.

»Deshalb bleiben wir hier... um solche wie dich zu trösten.«

»Laßt mich allein — ich muß nachdenken«, bat Estarinel, aber die Frau klammerte sich weiter an seinen Arm.

»Nein, du darfst nicht allein bleiben — du könntest verrückt werden.«

»Trotzdem...« Er schüttelte ihre Hand ab, drängte sich an den anderen vorbei und lief fünfzig Meter an dem Klippenrand entlang. Dann blieb er stehen. Er schwankte. Diese seltsamen verlorenen Menschen näherten sich ihm schon wieder. Er mußte einen Entschluß fassen, bevor sie ihn erreichten und sein Mitgefühl für sie den Wunsch in ihm erweckte, zu bleiben und zu helfen ...

»Von reiner Absicht.«

Auch dieses war eine Prüfung.

Und wieder dachte er an Calorns Rat: »Weiche nicht zur Seite ab.« Und daß Shaell fähig sein würde, den Weg zu finden, wenn er es nicht konnte. »Wirklich ist hier hauptsächlich das, was du glaubst ...« Shaell war gesprungen und hatte ihm den Weg gezeigt.

Sein Entschluß hatte nichts mit Mut zu tun. Die Verzweiflung trieb ihn. Er hatte keine andere Wahl. Er schloß die Augen, damit er weder die atemberaubende Nacktheit der Klippenwand noch die schwindelerregende blaue Leere sah, nahm Anlauf und sprang in den Himmel.

7
Die Vergangenheit und die Zukunft

Calorn war in Wirklichkeit gesund und munter und wußte nichts von der täuschend echten Illusion, die Estarinel irregeleitet hatte. Sie sah ihn wegreiten, lenkte dann den ungeduldigen Taery Jasmena in die Büsche zurück und hatte nicht die leiseste Ahnung, was scheinbar geschehen war. Ohne den Gestaltwechsler auch nur gesehen zu haben, kehrte sie ins Lager zurück.

Medrian saß dicht am Feuer, die Hände um die Knie geschlungen, als sei ihr eisig kalt und als habe sie die Hoffnung aufgegeben, jemals wieder warm zu werden. Ashurek zäumte seine Stute Vixata auf.

Calorn begrüßte ihn und sprang von Taerys Rücken.

»Wohin willst du?« fragte sie. Er sah sie an, ohne zu lächeln.

»Du weißt ja, daß wir alle unbewaffnet sind«, antwortete er. »Ich habe nicht die Absicht, ohne ein gutes Schwert an meiner Seite weiterzuziehen.«

»Und wo glaubst du, Waffen zu finden?«

Ashurek sprang auf Vixatas Rücken. »Wir sind auf unserem Weg von der Küste an Ziegen mit Glöckchen vorbeigekommen. Es muß in der Nähe ein Dorf oder sogar eine Stadt liegen.«

»Warte.« Calorn entfaltete eine ihrer Karten. »Südwestlich von hier ist eine Markierung. Es könnte ein Dorf sein, auch wenn es auf der Karte nicht mit Namen bezeichnet ist. Doch vielleicht gibt es dort keinen Waffenschmied.«

»Irgend etwas wird es geben.«

»Und woher willst du Geld oder Tauschwaren für diese Waffen nehmen?« Der Prinz antwortete nicht, und

Calorn fiel plötzlich ein, daß er in Tearn gefürchtet wurde. Bei dem Gedanken überlief es sie kalt, und sie empfand ein unklares Mitleid für die Leute, die ihm begegnen würden. »Möchtest du nicht, daß eine von uns beiden mitkommt?«

»Nein«, lehnte er ab. »Ich gehe allein.« Er nahm Calorns Karte an sich und schob sie sich unter den Gürtel. Dabei fühlte er in einer Tasche die Glasphiole, die Setrel ihm gegeben und die ihm und Calorn in den Dunklen Regionen geholfen hatte. Er nahm sie heraus und warf sie der Kriegerin zu. »Da hast du das verdammte Ding. Ich will es nicht wiedersehen.« Er trieb Vixata zum Trab an.

»Sei schön vorsichtig«, riet sie ihm kraftlos und sah ihn im Wald verschwinden. Die Phiole war noch zu zwei Dritteln mit dem blaßgoldenen Pulver gefüllt. Calorn war sich nicht sicher, ob es klug war, wenn sie drei sich trennten, aber Ashurek ließ sich von einem einmal gefaßten Entschluß sowieso nicht abbringen. Außerdem hatte er recht, es war besser, wenn sie nicht ohne Waffen weiterzogen.

»Schließlich müßt ihr ja auch auf die Jagd gehen können«, sagte Calorn halb zu sich selbst und halb zu Medrian. »Je länger ihr von Wild leben und eure Lebensmittelvorräte für die Arktis aufsparen könnt, desto besser. Übrigens habe ich mir in jüngeren Jahren oft einen ausgezeichneten Bogen zurechtgebastelt. Wenn ich es immer noch fertigbringe und wenn dieses Holz biegsam genug ist ...« Sie ging am Rand der Lichtung entlang und faßte nach oben, um die Elastizität der Zweige zu prüfen. »Er wird nicht sehr formschön ausfallen, aber seine Aufgabe erfüllen. Wir könnten Kaninchen zum Abendessen haben. Du weißt doch mit Pfeil und Bogen umzugehen, nicht wahr? Medrian!«

Es kam keine Antwort, deshalb sah Calorn zu ihr zurück. Medrian saß vollkommen unbeweglich da, die Knie hochgezogen und das Kinn auf die Knie gestützt. Ihr dunkles Haar breitete sich über den pilzgrauen Stoff ihrer Jacke aus. Ihre Augen standen sehr weit offen, waren aber so dunkel, daß Calorn eine Sekunde lang den gräßlichen Eindruck hatte, die Höhlen seien leer. Medrian war immer noch bleich wie Wachs und sah aus, als sei sie vom Starren ins Feuer in Trance gefallen.

»Medrian, du bist nicht mehr gesund, seit wir die Blaue Ebene verlassen haben«, sagte Calorn. »Wie kannst du hoffen, den Feldzug in diesem Zustand zu Ende zu führen?«

Wie kannst du hoffen, den Feldzug zu Ende zu führen? fragte eine höhnische Stimme in ihrem Inneren.

»Und wie kann dir einer von uns helfen, wenn du uns nicht sagen willst, was dir fehlt?« fuhr Calorn fort, gleichzeitig besorgt und ärgerlich.

Laß dir von ihnen helfen, drängte die Stimme. Auch wenn Medrian für Calorns Augen völlig ungerührt blieb, in ihrem Inneren tobte ein Kampf. Etwas feuerte sie unentwegt an, sich irgendeine Gefühlsregung zu gestatten — Calorn anzufahren, sich dem Selbstmitleid hinzugeben, dem Zorn, irgend etwas. Zu kapitulieren. Medrian wehrte sich mit aller Kraft gegen diese gefährlichen Anstöße. Nach einer Weile war sie fähig, Calorn anzusehen und zu sprechen. Ihre Stimme klang ruhig, aber von der Anstrengung so trocken wie ein verwelktes Blatt.

»Mir fehlt gar nichts, und niemand kann mir helfen«, erklärte sie widersprüchlich. »Ich kann nicht darüber sprechen. Bitte, frage mich nicht.«

»Nun gut ... ich werde es nicht tun. Entschuldige.«

»Ich will dir bei dem Bogen helfen, wenn du mir zeigst, was ich tun soll.«

»Gut.« Calorn sagte sich, es sei unklug, Medrian weiter mit Fragen zu bedrängen. Sie hatte noch nie jemanden kennengelernt, der so halsstarrig, so undurchschaubar wie Medrian war. Nicht einmal Ashurek war so schwer zu verstehen. Calorn war überzeugt, daß etwas ganz und gar nicht in Ordnung war, und sie fand es schrecklich mitanzusehen, wie Medrian ganz allein dagegen ankämpfte. Aber Medrian blieb eisern dabei, niemand könne ihr helfen. Vielleicht hatte sie recht. Innerlich seufzend wandte Calorn ihre Gedanken dem Bogen zu. »Diese Zweige haben ungefähr die richtige Stärke. Willst du mir ein paar scharfe Steine suchen, damit wir die Borke abschälen können?«

Sie setzten sich ans Feuer und machten sich an die Arbeit. Calorn hatte einen Zweig von passender Länge für den Bogen und ein paar gerade kleine Zweige für die Pfeile ausgesucht, und jetzt schälten sie sie bis auf das blasse, schlüpfrige Holz ab. Auf alles, was Calorn sagte, antwortete Medrian weiterhin einsilbig oder gar nicht. Calorn gewann den Eindruck, sie höre nicht zu und konzentriere sich nicht einmal auf das, was sie tat. Einmal rutschte ihr der Stein aus und schnitt ihr in den Finger. Anscheinend bemerkte sie es gar nicht. Sie machte weiter, als sei nichts geschehen, obwohl ihr das Blut über die Hand lief.

Medrians Kampf gegen die Schlange war der schlimmste, den es je gegeben hatte. Sie hatte sich sehr davor gefürchtet, von H'tebhmella auf die Erde zurückzukehren, denn im gleichen Augenblick würde die Seele des Wurms — oder der wahrnehmende Teil seiner Existenz, der einer Seele ähnelte — seinen Platz innerhalb ihrer eigenen wieder einnehmen. Doch wenn sie gewußt hätte, wie grauenhaft diese Erfahrung tatsächlich werden würde, hätte sie nie, niemals den Mut gehabt, die Blaue Ebene zu verlassen.

Sie hatte an Deck der *Stern von Filmoriel* gestanden. Der schimmernde blaue See zog zu beiden Seiten vorüber, und ihr ganzer Körper versteifte sich unter den bösen Vorahnungen, die sie plagten. Sie fühlte ihre Freiheit verrinnen wie einen glitzernden, kostbaren Regentropfen, der birnenförmig wurde, sich streckte und streckte, aber Ewigkeiten brauchte, um zu fallen ... Ihr kam es vor, als ziehe sich die Zeit selbst in die Länge, so daß jede Sekunde zweimal so lang war wie die vorherige und ihr ihre Freiheit bestimmt niemals gestohlen werden würde ...

Dann bemerkte sie, daß das Wasser grau wurde. Und in einem Sekundenbruchteil war der Wurm wieder da. Sie hatte geglaubt, gefaßt zu sein, sich gegen den Schock gestählt zu haben. Aber nichts hätte sie darauf vorbereiten können. Der Wurm tobte in ihrem Schädel, der »Wall«, den sie unter soviel Mühe errichtet hatte, um sich zu schützen, wurde zerstört. Sie hatte keine Abwehrmöglichkeit. Grau, schuppig, sich windend füllte er ihre Sinne und Gedanken; jedes Nervenende ihres Körpers fühlte sich geschwollen an, als sei ihr Körper plötzlich ebenfalls dick und wurmähnlich geworden. Ein bleiernes Gewicht drückte auf ihren Schädel. Sie schlug um sich, hustete, würgte, als seien ihre Lungen voll von klebrigem Rauch.

Die riesenhaften, unmenschlichen Emotionen der Schlange überschwemmten sie, während sie hilflos auf dem Deck der *Stern* stand. Sie schauderte vor diesem Bild der Trostlosigkeit und Qual zurück, bis ihr Geist nichts weiter mehr war als ein winziges, verwundetes Ding, einem Vogel mit gebrochenen Flügeln gleich. Hilflos flatterte sie gegen die bleierne Masse, die sie zerdrückte.

Sie erstickte an der Wut und dem Haß des Wurms. Haß, überwältigend in seiner Intensität, wie ein ohrenzerreißender Schrei, der in einem unendlichen grauen Tunnel von der Vergangenheit in die Zukunft widerhallte, gefoltert, untröstlich, unaufhörlich. Sonst gab es nichts. Keine Hoffnung, keine Zukunft, nur unvernünftigen, farblosen Haß, geformt zu einem körperlichen Ding, vor dem sie zurückwich, weinend vor Abscheu.

Sie konnte es nicht aushalten.

Ohne Überlegung, nur von dem verzweifelten Wunsch besessen, in den Tod zu fliehen, rannte sie plötzlich wie eine Wahnsinnige an die Reling. Das Meer sprang zu ihr hoch, versprach, sie zu verschlingen und ihr willkommenes Vergessen zu schenken — dann traf die Reling sie quer über den Magen, und sie blieb hängen, vollkommen unfähig sich zu bewegen.

Wie unerträglich dieser Alptraum auch war, ein einfaches Entrinnen in den Tod gab es nicht. Der Wurm wollte sie nicht sterben lassen. Er lachte über ihre Anstrengungen.

Zwei winzige schwarze Gedanken kamen ihr in den Kopf, so kläglich und schwach wie zerdrückte Federn. Der eine war: Wie bin ich damit mein ganzes Leben lang zurechtgekommen? Und der andere: Wenn ich mich doch in Forluin umgebracht hätte, solange ich die Möglichkeit hatte ...

Es kam ihr nicht zu Bewußtsein, daß Estarinel sie auf das Deck zurückzog. Sie wußte nur, daß sie sich gegen etwas wehrte, ebenso verzweifelt und sinnlos, wie ein Ertrinkender sich gegen das eiskalte Meer wehrt. Der Wurm hatte, was er wollte: Er hatte sie unter Kontrolle, und jetzt würde er Rache nehmen für alles, was Medrian ihm im Laufe der Jahre angetan hatte.

Aber Medrian hatte nicht all diese Jahre umsonst im Kampf mit der Schlange gelegen. Tief in ihrem Inneren war ihre eiserne Entschlossenheit wie eine feine, klare Stimme, die inmitten eines Sturmes ruft. Sie sagte ihr, daß sie etwas brauchte, um sich in der Realität zu verankern: Körperlichen Schmerz.

Die äußerste Verzweiflung gab ihr gerade soviel Beherrschung ihrer Sinne, daß sie Ashurek um etwas Scharfes bitten konnte. An diese Sinnesbeherrschung klammerte sie sich mit aller Kraft, als hänge sie mit den Fingern an der Kante eines Abgrunds. Ihr ganzer Körper zitterte krampfhaft von der Anstrengung. Und langsam brachte der einfache, segensreiche Schmerz der in ihr Fleisch schneidenden Klinge sie wieder zu sich selbst und zwang die Schlange Zoll um Zoll zurück.

Es war so schwer, schwerer, als es je gewesen war. Je weiter sie den Wurm zurückdrängte, desto bösartiger kämpfte er. Aber der schreckliche Schmerz in ihrem Arm hielt ihren Willen aufrecht. Allmählich gewöhnte sie sich wieder an die grauenvolle Gegenwart des Wurms; jeder scheußliche Aspekt seiner amorphen, unheimlichen Psyche wurde ihr von neuem vertraut. Seltsam, diese Vertrautheit ... sie war sich ihr früher nie bewußt gewesen. Ebensowenig hatte sie sich klargemacht, wie tief eingewurzelt die eisige Kälte war, die jetzt ihr Gehirn durchdrang und ihre Empfindungen langsam betäubte. Furcht, Abscheu, der Wunsch nach Flucht, alles wurde eingefroren, bis ihr Geist einer arktischen Wildnis ähnelte. M'gulfn war von ihr getrennt; der seelisch-geistige Wall, dieser große Gletscher, war neu entstanden und hielt den Wurm zurück. Solange Medrian nichts empfand, konnte er sie nicht berühren.

Aber ihre Selbstbeherrschung war gefährdeter, als sie vor dem Aufenthalt auf der Blauen Ebene gewesen war. Medrian spürte, wie der Wurm sich gegen den Wall warf, Löcher hineinsprengte und bösartige Gedanken auf sie schleuderte. Die unaufhörliche Verteidigung der Barriere zehrte an ihrer Kraft und erschöpfte sie geistig und körperlich.

Warum war es jetzt soviel schwerer?

Es wäre besser gewesen, sie hätte H'tebhmella niemals besucht, von Forluin ganz zu schweigen. Dieses herrliche, qualvolle Erlebnis der Freiheit hatte stärkere Auswirkungen auf sie gehabt, als sie befürchtet hatte. Die Gefahr hatte immer in der Emotion gelegen, und als sie sich ihr vorbehaltlos überließ, war die Zurückhaltung, die allein ihre Existenz bewahrt hatte, beschädigt worden. Es war beinahe das gleiche wie eine Kapitulation vor M'gulfn.

Ich wußte, daß es so kommen würde, dachte Medrian. Ich wußte es — trotzdem hütete ich mich nicht davor! Ebensogut hätte ich mich M'gulfn schon in Alaak ergeben können, ohne den Feldzug überhaupt zu beginnen ...

Aber da war noch etwas anderes. Der Wurm war böse auf sie. Sein Zorn war so groß wie sein Haß, und in seinem Zorn attackierte er Medrian weiter, während er sonst in stumpfe Betäubung versunken wäre.

Am schlimmsten war es für Medrian, daß es ein so persönlicher Zorn war. Manchmal machte er sie so krank, daß sie mit aller Kraft den Impuls, die Arme um den Kopf zu schlingen und vor Verzweiflung zu schreien, unterdrücken mußte. Sie fand nur eine einzige Erklärung für das Verhalten des Wurms: Er war eifersüchtig.

Auch jetzt, als sie mit Calorn am Feuer saß, tobte der Kampf. Medrian war dankbar, daß sie an dem Bogen arbeiten konnte, weil ihr das half, ihre Gedanken zu sammeln. Aber ihre Hände zitterten, und unwillkürlich sah sie immer wieder hin, als gehörten sie nicht zu ihr — vibrierende weiße Gegenstände, umrahmt von dem bösen roten Feuerschein. Sie konnte sich denken, wie erschöpft und krank sie auf die anderen wirkte; vielleicht glaubten sie gar, sie verliere den Verstand. Doch dagegen ließ sich nichts machen. Estarinel hatte wenigstens immer ihr Bedürfnis nach Alleinsein respektiert — sie wagte es nicht, ihm einen einzigen Gedanken zu widmen —, aber bei Calorns Freundlichkeit und Teilnahme hatte sie das Gefühl, zu ihren Füßen gähne ein schwarzer Abgrund, und das Einfachste wäre es, schreiend in die Dunkelheit zu springen ...

Sie konnte es nicht leugnen, sie verlor die Beherrschung über sich. Jeden Tag wurde sie schwächer, als klammere sie sich an einen Gletscher, der allmählich von ihr wegrutschte. Ihr ganzer Körper schmerzte von der Kälte, aber sie wagte es nicht loszulassen. Wäre sie fähig gewesen, sich irgendeine Gefühlsregung zu gestatten, hätte sie erkannt, daß sie außer sich war vor Angst.

Sogar im Schlaf wurde sie ständig von Wahngebilden gejagt und fand keinen Frieden. Sie und die Schlange teilten die Träume. Dann kämpften sie nicht, sondern trieben in gemeinsamer Apathie durch Horrorvorstellungen, manchmal auf ein graues Ding zu, das zu erreichen Medrian sich fürchtete, manchmal einem kleinen, helläugigen, braun-goldenem Wesen entgegen, das die Verkörperung des Lebens war, bei der Schlange jedoch einen solchen Abscheu hervorrief, daß auch Medrian davon überflutet wurde. Diese Alpträume waren schlimmer als der Konflikt im Wachzustand.

Jetzt, da sich die anfängliche Wut des Wurms gelegt hatte, sprach er zu ihr. Er benutzte keine Worte, doch die Bedeutung seiner Gedanken war so scharf und genau wie die gebogenen Fänge einer Schlange, die, klebrig von Gift, wiederholt in ihr Gehirn schlugen.

Wie kannst du es wagen? sagte er. *Wie kannst du es wagen, diesen Ort aufzusuchen, an den ich dir, wie du genau wußtest, nicht folgen konnte? Der Teil von mir, der in dir lebt, wurde in Limbo zurückgelassen. Limbo, scheußliches Nichts. Das kann ich dir nicht ungestraft durchgehen lassen, Medrian. Und dafür, daß du mich zurückweist, daß du deine Gedanken versteckst, daß du auf diesen schlimmen Feldzug gehst, mußt du ebenfalls bestraft werden.*

»Wie willst du mich bestrafen?« fragte Medrian ihn.

Indem ich dich besiege. Indem ich Besitz von dir ergreife, antwortete der Wurm einfach. *Durch die Mittel, die dir am meisten weh tun werden. Wirte haben schon früher gegen mich rebelliert, da bist du nicht die erste. Aber Erfolg hat keiner gehabt.*

»Ich weiß«, sagte Medrian. Die traurigen Geschichten all jener Wirte waren ihrem Gedächtnis unauslöschlich eingeprägt.

Dann laß dich warnen. Beharre nicht in dieser Torheit, meine Medrian. Ich weiß, du hast jenen Ort in der bösesten Absicht aufgesucht. Jetzt verbirgst du etwas vor mir ...

Medrian wußte, daß M'gulfn den Silberstab meinte.

Bisher war es ihr gelungen, das Wissen über den Stab vor der Schlange abzuschirmen. Ashurek hatte gemeint, sie wisse es bereits, doch tatsächlich wußte sie es nicht, und das war allein Medrians unablässigen Anstrengungen zu verdanken. Aber M'gulfn wußte sehr wohl, daß sie etwas vor ihr verbarg, und das war sehr gefährlich. Es machte die Schlange nur noch wütender und in ihren bösartigen Angriffen auf Medrians Verteidigungen nur noch ausdauernder.

Ich muß wissen, was es ist. Keine Bange, du wirst es mir letzten Endes doch verraten.

»Es gibt nichts zu verraten.«

Doch. Was ist es, Medrian, was ist es? Du mußt es mir sagen ... Aber sie blieb stumm, hüllte ihre Gedanken in einen Mantel aus Eis. M'gulfn schlug einen sanften, schmollenden Ton mit Spuren bitterer Eifersucht an. *Ich kann dir nicht erlauben, irgendwohin ohne mich zu gehen, Medrian. Du hättest nicht gehen dürfen — du hattest kein Recht dazu. Ich werde dir niemals verzeihen. Ich sehe etwas in deinen Gedanken ... Ich sehe, daß du es gewagt hast, dich von mir abzuwenden. Du hast dich mir halsstarrig verweigert, und dafür hast du die Unverschämtheit gehabt, deine Seele mit einem jämmerlichen Menschen zu teilen, während ich im Nichts war. Ich werde nicht zulassen, daß du deine Aufmerksamkeit auf etwas anderes richtest, meine Medrian. Ich werde es nicht dulden.*

»Ich gehöre dir nicht«, wiederholte Medrian schwach. Sie ertrug den Besitzanspruch der Schlange nicht, sie wand sich vor Abscheu.

Ich hätte mir einen anderen Wirt nehmen können, erklärte M'gulfn überraschenderweise. *Ich hätte nicht auf dich zu warten brauchen, während du weg warst und mich betrogst ... Wie hättest du dann deinen schlimmen Feldzug fortsetzen können? Ja, ich hätte mir einen anderen Wirt nehmen sollen.*

»Sei nicht dumm, das hättest du nicht tun können«, gab Medrian müde zurück. Der Wurm fuhr fort, sie auf diese Weise zu verhöhnen, aber Medrian wußte, nicht einmal die allmächtige Schlange konnte sich nach Lust und Laune einen neuen Wirt wählen. Aus irgendeinem Grund bestand eine feste Bindung zu dem jeweiligen Opfer. Sie pflegte die Wirte bis ins hohe Alter hinein am Leben zu erhalten, und dann ließ sie sie nur widerwillig sterben. Medrian vermutete, daß der Übergang von dem alten zu einem neuen Menschen für die Schlange sehr unangenehm, wenn nicht gar schmerzhaft war. Schlimmer: Sie hängte sich ihrem Wirt in einer grotesken Parodie auf menschliche Zuneigung an wie ein Inkubus. Medrian hatte nicht die geringste Angst — oder Hoffnung — gehabt, M'gulfn werde nicht auf sie warten, wenn sie die Blaue Ebene verließ.

Ich bin es leid, daß du dich von mir abwendest. Ich bin es leid, daß du nicht zuhörst ...

»Ich höre zu. Du läßt mir ja keine Wahl.«

Du hörst ihnen zu. Wenn sie dir ihre Hilfe anbieten, spüre ich, wie du dich nach ihnen sehnst, wie du mich betrügen möchtest. Warum läßt du dir nicht von ihnen helfen, meine Medrian? Warum hörst du nicht auf, dich gegen mich zu wehren? Du mußt sehr müde sein. Du möchtest weinen ... warum nicht aufgeben? Ich werde dir nicht weh tun ...

Medrian mißachtete stur diese durchschaubaren Versuche, sie zu beschwatzen. Unerwarteterweise — seine Launen waren nie vorhersehbar — wurde der Wurm wieder böse.

Ich werde dich zwingen, mir zuzuhören, Medrian. Ich werde dich zwingen, daß du dich mir ergibst und mich in deine Gedanken einläßt. Es würde dir Schmerz bereiten, nicht wahr, wenn einer deiner menschlichen Freunde sterben sollte? Diese Frau neben dir zum Beispiel ...

»Nein — das darfst du nicht!« Medrian war immer imstande, zwischen leeren Drohungen und echten zu unterscheiden. Entsetzt erkannte sie, daß der Wurm tatsächlich die Absicht hatte, Calorn zu töten. »Das darfst du nicht. Ich werde es nicht erlauben.«

Du wirst keine Wahl haben. Ich will sie töten. Nein ... ich werde dich dazu bringen, daß du sie tötest. Das wird noch besser sein. Du zweifelst, daß ich das kann? Das Hohngelächter des Wurms hallte in ihrem Schädel wider, so daß sie am liebsten in dem sinnlosen Versuch, es auszuschließen, sich die Hände über die Ohren gehalten hätte. Er lachte und sprach gleichzeitig mit ihr, seine wortlose Stimme war sowohl sehr laut als auch sehr leise, als seien ihre Wahrnehmungen durch ein Fieber verzerrt. Sie fürchtete, unter dem Ansturm seines Willens wahnsinnig zu werden, sich unwiderruflich in eine Marionette zu verwandeln, die von M'gulfn beherrscht wurde.

»Du kannst mich zu überhaupt nichts zwingen«, flüsterte sie schwach und bemühte sich, in ihrer Entschlossenheit nicht zu wanken. Doch die Schlange lachte weiter.

Ashurek ritt in einem Tempo, als sei die Hölle hinter ihm her. Seine Stute Vixata war täuschend leicht gebaut, aber schnell und stark. Ihre Farbe war ein leuchtendrotes Kupfergold, und ihre Mähne und ihr Schweif tanzten im Wind wie weißes Feuer. Ihre Nüstern waren scharlachrot, Schweiß bedeckte ihren Hals, und immer noch galoppierte sie, als sei sie voller unermüdlicher manischer Energie.

Sie hatten den Wald hinter sich gelassen. Ashurek schlug die Richtung nach Südwesten ein, über ein hügeliges Gebiet mit silbergrünem Gras, hier und da mit Granitblöcken und aschbraunen Büschen gesprenkelt. Sein grauer Mantel blähte sich hinter ihm, aber die Kapuze war tief heruntergezogen, um sein dunkles, haßerfülltes Gesicht zu verbergen. Er war in Weltuntergangsstimmung. Bilder von Silvren, Meshurek und Orkesh reihten sich als grausiger Hintergrund zu seinen finsteren Gedanken auf.

Der Weg führte ihn auf die Küste zu, einige Meilen südlich der Stelle, wo die *Stern von Filmoriel* lag. Er roch das Salz, den der kalte Wind vom Meer mitbrachte, und sah das Wasser wie einen silbernen Strich am Horizont glitzern. Weidende Schafe und Ziegen stoben vor ihm auseinander. Jetzt erkannte er die Dächer eines kleinen Dorfes, das in einer Bodensenke am Meeresufer lag. Er ließ Vixata in Schritt fallen und erklomm einen Hügel, der ihm eine bessere Aussicht bot.

Es war eine weitläufige Siedlung aus einfachen Fachwerkhäusern mit gräulich-gelben Strohdächern. Viele waren von Höfen umgeben, in denen Geflügel und Schweine gehalten wurden. Ashurek hielt nach etwas Ausschau, das eine Schmiede sein mochte, doch er fand nichts anderes als ein langes, zweistöckiges Gebäude, das im Gegensatz zu allen anderen aus Stein gebaut war und ein rotes Ziegeldach hatte, aus dem eine ganze Reihe von Türmchen hervorragte. Es lag fast am Strand, und es wirkte neu und fehl am Platze.

Der Gorethrier richtete die Augen aufs Meer hinaus. Der Blick war durch das Dorf verstellt, aber es ließen sich die Masten mehrerer großer Schiffe unterscheiden, die vor dem steinernen Prachtbau vor Anker lagen.

Ashurek stand vor einem Rätsel. In der Nähe eines solchen Dorfes hätte er Fischerboote erwartet. Wozu brauchten die Leute Kriegsschiffe? Er ritt den Hügel hinab und um das Dorf, um es sich genauer anzusehen. Der Hang flachte sich ab, und das Gras wich rostbraunem, rissigem Fels, dunkel vom Seewasser und von Tümpeln unterbrochen. Der Fels fiel zu tiefem, ruhigem Wasser ab und bildete so einen natürlichen Hafen. Ashurek lenkte Vixata am Klippenrand entlang auf das Dorf zu, und sie überquerte sicheren Fußes das schwierige Terrain. Fünfzig Meter weiter ragte ein hölzerner Landesteg über das Wasser hinaus, und daran lagen vier große, dreimastige Karavellen.

Sie waren offensichtlich in Tearn gebaut, stark, solide und schwerfällig, aber nach gorethrischen Plänen. Ashurek ritt langsam über den Landesteg. Vixatas Hufe klapperten dumpf auf den Planken. Auf dem ersten

Fahrzeug waren Männer an der Arbeit. Sie befestigten einen als gorethrisch zu erkennenden Apparat am Schiffsrumpf.

Ashurek zügelte Vixata und sah sich das an. Gespenster der Vergangenheit drangen auf ihn ein, und ihn überkamen böse Vorahnungen. Ein Hauch von einem Gedanken ging ihm durch den Kopf: »Das ist das Werk der Schlange.«

Ein Mann, der auf dem Kai gestanden hatte, kam auf ihn zu und grüßte. Er war mittleren Alters, dünn, mit wettergegerbter Haut. Seine hellgrauen Augen blickten glasig.

»Herr?« rief der Mann ihm entgegen. Es klang unsicher. »Wir — äh — sind mit dem ersten Apparat beinahe fertig. Vielleicht möchtet Ihr die Arbeit inspizieren, die — äh — Eure Billigung finden wird, wie ich hoffe, obwohl...« Vor Ashurek angekommen, brach er ab und starrte den Prinzen an. Sein Gesicht verwandelte sich zu einer Mischung aus Schreck und Verwirrung. Er wich zurück, dann drehte er sich um und rannte über den Landesteg. Ein breiter Weg führte zu dem Steingebäude mit den Türmchen. Der Mann folgte ihm und verschwand im Inneren des Hauses. Ashurek ritt im Schritt hinterher. Die anderen Männer auf dem Kai und an Bord des Schiffes gafften ihm nach. Er schenkte ihnen keine Beachtung.

Den Haupteingang des Prachtbaus bildete eine große Doppeltür, die offenstand. Dahinter war eine geräumige, kahle Steinhalle mit einer weiteren offenstehenden Doppeltür am anderen Ende und dahinter die armseligen Katen des Dorfes zu sehen. Ashurek brachte Vixata auf dem weißen Steinpflaster des Weges zum Stehen, und sofort kam der dünne Mann aus dem Gebäude geschossen und auf ihn zu.

»Mein — äh — mein Herr verlangt, daß Ihr mir Euren Namen und Euer Anliegen nennt, äh — äh — Herr«, stammelte er.

»Sag ihm, mein Name sei Prinz Ashurek von Gorethria, und mein Anliegen würde ich nur ihm selbst nennen.«

Der Mann eilte in die Halle zurück. Etwa eine Minute verging. Er kam wieder heraus, lief jedoch an Ashurek vorbei, ohne ihn auch nur anzusehen. Offenbar war ihm befohlen worden, an seine Arbeit zurückzukehren. Ashurek wartete, und schließlich kam ein zweiter Mann zum Vorschein.

Es war ein Gorethrier. Das Gesicht war ihm sehr vertraut, doch er hatte es seit fünf Jahren oder länger nicht mehr gesehen. Der Schock des Wiedererkennens war heftig, unangenehm. Ashurek fühlte sich in einer trostlosen Spirale böser Vorzeichen gefangen, die sich unerbittlich auf ein vorherbestimmtes Schicksal zuwand. Es war beinahe, als solle er etwas, das bereits geschehen war, noch einmal durchleben.

Der Mann war Karadrek. Er war während der Jahre, als Ashurek den Posten eines Oberkommandierenden der gorethrischen Streitkräfte innehatte, sein General, sein Stellvertreter gewesen.

»Prinz Ashurek. Euer Hoheit. Das ist — das ist eine Überraschung.« Karadrek untertrieb damit stark. (Offenbar hatte der Mann auf dem Landesteg Ashurek auf den ersten Blick für diesen gehalten.) Er war groß und dünn, und seine purpurbraune Haut war dunkler als die Ashureks, beinahe schwarz. Sein Gesicht erinnerte an einen Habicht, und seine hellgrünen Augen hatten einen frechen, boshaften Blick. Er trug ein schwarzes Gewand, verziert mit Purpur und Goldbrokat. Ashurek bemerkte, daß seine fehlende Hand durch eine künstliche ersetzt worden war, die in einem zur Robe passenden Handschuh steckte.

Ashurek hatte ihm diese fehlende Hand abgeschlagen.

»Ich habe dich für tot gehalten, Karadrek«, sagte er ruhig.

»Ihr habt es gehofft«, gab Karadrek schneidend zurück, »aber ich bin es nicht.« Sein Lächeln war das eines Raubtiers. Ashurek glitt von Vixatas Rücken und zog die Kapuze zurück.

»Und was, im Namen der Schlange, tust du hier?« Er hielt seine Stimme sorgfältig frei von jedem Unterton.

»Dasselbe könnte ich Euch fragen«, grinste Karadrek. »Bringt Eure Stute durch die Halle auf die andere Seite und bindet sie dort an, wenn es Euch gefällig ist, Euer Hoheit. Dann können wir miteinander reden. Ist das nicht das Pferd, das Ihr mitnahmt, als Ihr ... verschwandet?«

»Dasselbe.« Sie gingen durch die Tür, durch die kahle Halle und in das Dorf hinaus. Ashurek band Vixata an einem Pfosten fest und betrachtete die Fachwerkhäuser, die von einem Irrgarten aus schlammigen Wegen umgeben waren. Die Luft war dick von dem Geruch nach Tieren, gemischt mit einem anderen, unangenehmeren Gestank. »Vixata ist nicht mehr so jung wie damals, aber immer noch fit ...«

»Warum tragt Ihr Trauerkleidung?« Diese unerwartete Frage stellte Karadrek mit scharfer Stimme.

»Was?« Verspätet erkannte Ashurek, daß Karadrek seinen grauen h'tebhmellischen Mantel meinte. Gorethrier trugen immer lebhafte Farben: schwarz, rot, gold, grün, purpur. Grau war der Trauer vorbehalten. Er wollte schon sagen, daß er sich lediglich nach Tearnischer Sitte kleide, doch statt dessen erklärte er grimmig: »Ich habe viel zu betrauern, Karadrek.«

»Ja ... das glaube ich gern«, lautete die gefühllose Antwort. Sie bedienten sich des Gorethrischen, einer Sprache, die zu benutzen Ashurek seit Jahren vermieden hatte. »Sagt mir doch, Euer Hoheit, woher wußtet Ihr, daß ich hier bin? Warum seid Ihr gekommen?«

Ashurek überlegte, was er antworten solle. Es gab zu viele offene Fragen; der kalte, berechnende Teil seiner Persönlichkeit, der zu seiner gorethrischen Mentalität gehörte, riet ihm, äußerste Vorsicht walten zu lassen.

»Ich wußte nicht, daß du hier bist. Mein Anliegen ist höchst einfach, ich brauche Waffen, Schwerter und Messer von guter Qualität.«

In Karadreks Kopf wurden ebenfalls Berechnungen ausgeführt. Er mußte sich fragen, was Ashurek mit diesen Waffen vorhatte und warum er im Augenblick unbewaffnet war, aber er versuchte, seine Neugier zu verbergen.

»Ich habe einen Vorrat ausgezeichneter Waffen...« erwiderte er gleichmütig. »Wozu braucht Ihr sie?«

»Das ist eine zu lange Geschichte, General Karadrek. Ich habe eigentlich nicht die Absicht, aber... ich könnte mir die Mühe machen, sie dir zu erzählen, wenn du mir erklärst, wie du hierherkommst.«

Sie standen da und sahen einander an, und Karadrek lächelte wie eine Eidechse. Ashurek kam das alles unwirklich vor, als gehe es ihn nichts an. Er empfand nichts als bittere Resignation. Der Wunsch, Karadrek zu ermorden, hatte lange Zeit in ihm geschlummert. Jetzt erwog er von neuem die Gründe für diesen Wunsch.

Karadrek hatte Ashurek gedrängt, seinen Bruder Meshurek zu beseitigen und selbst den gorethrischen Thron zu besteigen. Doch Ashurek, der keine Lust verspürte, Kaiser zu werden, weigerte sich, und das konnte ihm Karadrek nicht verzeihen. Später wurde Karadrek durch den Kontakt mit dem Steinernen Ei verdorben und verschwor sich mit dem Dämon Meheg-Ba, um Ashureks Ehre zu beschmutzen, indem sie die Drisher massakrierten. Ashurek brannte darauf, Rache für diese scheußliche, verdammenswürdige Tat zu nehmen. Oft dachte er, welch ein Narr er gewesen sei, daß er Karadrek nur die linke Hand abgeschlagen hatte, statt ihn hinrichten zu lassen. Später verschwand Karadrek, und die meisten hielten ihn für tot.

Nun war er unerklärlicherweise hier, in einem abgelegenen Teil Tearns, und baute Kriegsschiffe...

»Ja, vielleicht kann ich es Euch verständlich machen.

Folgt mir.« Karadrek winkte den Prinzen eine gewundene Steintreppe an der Seite der Halle hinauf. »Prinz Ashurek, Euer Hoheit, ich weiß, wir hatten in der Vergangenheit unsere Differenzen, doch jetzt bin ich glücklich, daß Ihr gekommen seid! Ich bin überzeugt, wenn Ihr nur Geduld mit mir haben wollt, werdet Ihr billigen, was ich tue und aus welchem Grund ...«

Schatten Arlenmias, dachte Ashurek dunkel. Sie betraten einen Raum, der die Hälfte des oberen Stockwerkes einnahm. Hier waren genug Waffen, um die am Kai ankernden Karavellen auszurüsten.

»Ein Zeichen meines guten Willens, Euer Hoheit«, sagte Karadrek in seinem trockenen, gleichmütigen Ton. »Ich empfinde keinen Groll mehr gegen Euch; dieses zufällige Zusammentreffen ist bestimmt ein Zeichen, daß wir unsere alten Feindseligkeiten vergessen sollten. Nehmt an Waffen, was Ihr braucht.«

»Was verlangst du dafür?«

»Ich bin der Meinung, Ihr habt mich bereits bezahlt, indem Ihr mir neue Hoffnung gegeben habt.«

Ashurek sah ihm gerade ins Gesicht und wählte dann ruhig drei gute Stahlschwerter mit Scheiden und drei Messer. Es gab eine Grenze für das, was sie tragen konnten; er entschied sich, noch zwei Äxte und eine Armbrust zu nehmen und es dabei bewenden zu lassen. Karadrek sah ihm mit ironisch hochgezogenen Augenbrauen zu. Zweifellos machte er sich seine Gedanken darüber, wer seine beiden Gefährten waren und wo sie steckten.

Ashurek gürtete sich mit dem einen Schwert. Die übrigen Waffen packte er in eine Satteltasche, die er nach draußen trug und neben Vixata auf den Boden legte, bereit zum Aufbruch.

»Du hast dieses Haus gebaut?« fragte er und wies mit einem Schwenken der Hand auf das rote Dach mit den spitzen Türmchen in gorethrischem Stil.

»Ja.« Karadrek lachte vor sich hin. »Mit dem Dorf,

dessen Herr ich bin, ist nicht viel Staat zu machen, was? Ein paar tearnische Bauern lassen sich kaum mit der kaiserlichen gorethrischen Armee vergleichen, aber sie sind für manches zu verwenden. Innerhalb dieses Hauses habe ich meine Schmiede und meine Waffen, meinen Kerzenzieher und meine Schiffswerft, Wohnräume für mich selbst und Unterkünfte für meine Diener ... alles sehr primitiv, fürchte ich, aber es dient seinem Zweck.«

»Und der wäre?«

»Aha, so beharrlich, wie Ihr immer wart, Euer Hoheit.«

»Ich bin natürlich neugierig. Wie lange bist du schon hier?«

»Vier Jahre ungefähr. Hier entlang, Euer Hoheit.« Ein langer, gepflasterter Weg — der einzige, den es inmitten des Schlamms gab — führte von dem Prachtbau einen sanften Hang empor, mitten durch das Dorf und zu einer bescheidenen Hütte. Die Dorfbewohner starrten ihnen nach. Sie unterbrachen ihre Arbeit und grüßten Karadrek feierlich. Ashurek fiel auf, daß alle einen glasigen, fischähnlichen Blick hatten und daß sie sich langsam und träge bewegten. Ein alter Zorn züngelte neu in ihm hoch.

Er blieb stehen und faßte Karadrek am Arm.

»Hören wir mit diesen falschen Höflichkeiten auf, Karadrek«, sagte er. Dem früheren General wurde bei dem kalten grünen Feuer in den Augen des gorethrischen Prinzen unbehaglich zumute. Er hatte es früher viele Male gesehen, und es hatte immer eine böse Vorbedeutung gehabt. »Die Greuel in Drish wurden mit Hilfe eines Dämons verübt. Ich glaube, daß du auch mit Hilfe eines Dämons geflohen bist. Und wenn die Shana einmal ihre Klauen in einen Menschen geschlagen haben, lassen sie ihn nicht so leicht wieder frei. Sag mir die Wahrheit. Arbeitest du jetzt mit den Shana zusammen?«

»Natürlich!« zischte Karadrek, und seine hellen Augen blitzten. »Was denn sonst? Sagt mir, was denn sonst? Tut Ihr es denn nicht?«

»Nein!« rief Ashurek heftig. Am liebsten hätte er Karadrek geschlagen; nur die schmachvolle Erinnerung, daß er vor kurzem tatsächlich mit einem Dämon paktiert hatte, hinderte ihn daran. »Ich war einmal in ihrer Macht, wie du weißt. Aber ich habe diesem Bösen abgeschworen, obwohl es mich teuer zu stehen gekommen ist.«

»Das war dumm«, stellte Karadrek kalt fest. »Prinz Ashurek, hört mir zu. Ich konnte auf keine andere Weise erreichen, was ich wollte. Ich konnte nicht bei der Armee bleiben; die Soldaten haßten mich für das, was geschehen war. Ich sah, daß als Folge Eurer Flucht wie auch Meshureks unfähiger Regierung das Reich zerfiel. Meine einzige Hoffnung lag darin, zu verschwinden und mich zu verstecken. Nach langen Monaten des Umherziehens kam ich in dieses gottverlassene Dorf, wo ich bestimmt niemals entdeckt werden würde. Hier faßte ich den Entschluß für mein weiteres Vorgehen.«

Ashurek hörte ihm mit wachsender Verzweiflung zu. Wie er befürchtet hatte, befand sich Karadrek in den Händen von wenigstens einem Shanin, vielleicht mehreren.

»Die Dorfbewohner waren bei meiner Ankunft nicht glücklich«, fuhr Karadrek fort. »Die Bewohner der Westküste hassen die Gorethrier beinahe ebensosehr wie die der Ostküste. Das hätte mich natürlich nicht überraschen sollen. Sie hätten mich beinahe umgebracht, dann sperrten sie mich ein, dann versuchten sie von neuem, mich zu ermorden. Meheg-Ba konnte mir nicht helfen, weil er bei Meshurek war. Aber er instruierte mich, wie ich einen anderen Dämon zu Hilfe rufen konnte. Seitdem stellen die Dorfbewohner für mich kein Problem mehr dar...«

»Davon bin ich überzeugt«, flüsterte Ashurek. Die Wut über das Elend der Dorfbewohner, deren stumpfe

Apathie ein deutliches Zeichen dämonischen Einflusses war, machte ihn krank.

»Der Shanin gab mir Macht, sorgte dafür, daß mich die Menschen hier als ihren Herrn anerkannten, und beriet mich in dem, was ich zu tun hatte. Ich ließ die Dorfbewohner dieses Haus bauen und den Landesteg, und dann ließ ich sie mit den Schiffen anfangen. Bald werden sie meine Armee und meine Marine bilden.«

Karadrek lächelte wie eine Hyäne. Die Männer und Frauen hielten die Augen auf ihn gerichtet; alle sahen mager und jämmerlich aus, und sie hatten offenbar vergessen, wie sie gegen die Angst ankämpfen sollten, die sie verzehrte. Die Dämonen behaupteten, Macht zu schaffen, aber alles, was sie in Wahrheit zustandebrachten, war Verfall. Es war, als spürten die Dorfbewohner, daß der Anblick Ashureks ihr Schicksal besiegelt hatte.

Die Schlange und ihre Diener waren hier deutlich wahrzunehmen. Neyrwin hatte recht gehabt. Tearn geriet immer stärker unter die Herrschaft M'gulfns, und Karadrek war nur ein weiteres Werkzeug zur Verwirklichung ihres Plans.

»Deine Armee? Was meinst du damit?« Ashurek versuchte, seine Gefühle zu unterdrücken und nichts als Neugier zu zeigen. Eine der Wirkungen, die die Shana auf ihre menschlichen Sklaven hatten, war, daß sie ihr Wahrnehmungs- und Urteilsvermögen verloren, was sie labil und gefährlich, dabei aber seltsam naiv machte.

»Ich werde nach Gorethria zurückfahren. Nach Hause! Ich hasse das Land hier, ich möchte heim.« Karadrek zog mit seiner lebenden Hand an dem Handschuh der künstlichen. »Ich höre, Shalekahh wird von dem Streit, wer jetzt der rechtmäßige Machthaber ist, zerrissen, während das Imperium in Stücke fällt. Dem allen werde ich ein Ende bereiten. Ich und meine Armee und der Shanin und das Amphisbaena. Wir werden die Ordnung wiederherstellen, und ich werde regieren. Was sagt Ihr dazu, Euer Hoheit?«

Karadreks helle Augen glitzerten vor wahnsinnigem Ehrgeiz. Ashurek dachte über die Bedeutung seiner Worte nach und sagte sich bitter, daß sich sein Stellvertreter nicht verändert habe, sondern nur durchschaubarer geworden sei.

»Du hast diese Macht ... immer haben wollen, nicht wahr?« fragte er vorsichtig.

»Bei den Göttern! Ihr solltet es wissen, Prinz Ashurek! Habe ich Euch nicht geraten, Euch nicht angefleht, den Thron zu besteigen? Ich wollte die Macht für *Euch*, nicht für mich selbst! Meine Loyalität hat immer Euch gehört!« antwortete Karadrek leidenschaftlich. Er faßte Ashureks Arm, zog ihn in die Tür der Hütte. Ein ungewöhnlicher Geruch wehte ihnen entgegen, süß und doch an gnadenlose, böse Macht gemahnend. Ein glühendes Flackern tanzte über Decke und Wände wie die Widerspiegelung sich rhythmisch bewegenden Wassers.

»Kommt herein und seht«, sagte Karadrek.

Mehrere Männer und Frauen knieten aufrecht in der Hütte. Sie ließen die Arme herabhängen und starrten ohne zu blinzeln mit glasigen Augen auf ein seltsames Wesen.

»Das ist das Amphisbaena«, flüsterte Karadrek. Es spreizte sich auf einem Podest in der Mitte der Hütte, ein zweiköpfiges, tentakelbewehrtes Wesen, doppelt so groß wie ein Ochse. Ashurek betrachtete es mit einer Mischung aus Abscheu und Faszination. Es war außergewöhnlich schön, die beiden Köpfe, lang und schlank und augenlos, durchfuhren die Luft, während seine glatten Tentakel sich mit Unterwasser-Anmut wanden und verflochten. Es leuchtete in reinem Weiß, aber Wellen, aus Massen von blauen, roten und grünen Punkten bestehend, liefen ihm in endlosen Linien ringsum über die Haut. Der pulsierende Rhythmus war hypnotisch, schön, erzeugte tödliche Verzückung.

Ashurek erkannte, daß dies ein Tempel war und die Leute hier das unheimliche Wesen anbeteten. Er verspürte heftige Sehnsucht, sich ihnen anzuschließen, als drücke etwas seine Knie zu Boden. Ekel überflutete ihn. Mit einem Satz war er fort von Karadrek und im Freien.

»Was ist los?« fragte Karadreks weiche, trockene Stimme neben ihm.

»Erkläre mir, was das Ding ist«, verlangte Ashurek gepreßt.

»Es ist das Amphisbaena. Der Shanin hat es mir gegeben.«

»Es ist eine Kreatur der Schlange.«

»Was regt Ihr euch auf? Ihr habt den Dämonen selbst geholfen. Ihr habt das Steinerne Ei getragen. Dies ist nur eine weitere Phase des gleichen Plans.«

»Aber sie beten es an! Es hat ihnen den Verstand genommen! Karadrek, so schlecht Gorethria war, es war bei uns immer Brauch, unseren Gegnern die Chance zu einem fairen Kampf zu geben. Dies hier ist anders. Dies ist unfair. Es ist entsetzlich, scheußlich.«

Karadrek zuckte die Achseln. »Die Zeiten haben sich geändert. Laßt es mich erklären. Der Dämon hat zuviel zu tun, als daß er ständig bei mir sein könnte. Deshalb wurde mir das Amphisbaena gegeben, das in den Menschen Furcht und Gehorsam erzeugt. Durch das Wesen kontrolliere ich sie.« Er sah den Abscheu in Ashureks Gesicht und setzte hinzu: »Es mag nicht gorethrischem Brauch entsprechen, aber es funktioniert. Wenn die Schiffe fertig sind, werde ich sie mit den Dorfbewohnern bemannen, der Shanin wird uns helfen, und das Amphisbaena wird die Furcht und die Loyalität hervorrufen, die wir brauchen, um in Shalekahh die Macht zu übernehmen... Aber, gebt gut acht, Euer Hoheit, da ist noch mehr! Jetzt seid Ihr da! Ich weiß, daß Meshurek tot ist; der Dämon hat es mir gesagt. Das bedeutet, Ihr seid der rechtmäßige Kaiser!« Karadrek sprach es aus, als sei es eine Offenbarung, der Höhepunkt seiner Träume.

»Ja. Das ist richtig«, bestätigte Ashurek sachlich.

»Aber — aber — bedeutet es Euch überhaupt nichts?

Warum seid Ihr nicht heimgekehrt, um Anspruch auf den Thron zu erheben? Vielleicht wußtet Ihr nicht, auf welchem Weg Ihr es bewerkstelligen solltet«, spekulierte er wild drauflos, von seinen ehrgeizigen Träumen mitgerissen. »Doch jetzt habt Ihr mich gefunden — ich habe einen Weg, ich habe es Euch alles dargelegt, ich biete es Euch an! Es ist wie vorherbestimmt, und ich habe es nicht gewußt! Oh, ich hoffe, ich hoffe wirklich, Ihr werdet Eure Ansicht ändern, schließlich ist es noch nicht zu spät. Aus welchem anderen Grund hätten wir uns sonst auf diese Weise treffen sollen?«

Ashurek sah Karadrek erstaunt an.

»Ich kann das nicht glauben. Willst du sagen, nachdem du alle diese umfangreichen Pläne für dich selbst gemacht hast, würdest du deine Macht an mich abtreten? Nach dem, was zwischen uns vorgefallen ist?«

»Ja!« rief Karadrek, und mit den brennenden Augen sah er einem Habicht ähnlicher als je zuvor. »Das ist das einzige, was ich mir je gewünscht habe. Euch als Kaiser. Eine Lücke hatte mein Plan noch. Ihr füllt sie, Prinz Ashurek.«

Jetzt erkannte Ashurek, daß Karadrek aufrichtig sprach. Der Mann war für den Platz an der zweiten Stelle geboren, dachte er höhnisch. Nun verstand er auch, daß sein Verrat und die in Drish verübten Greuel aus seiner bitterer Enttäuschung über Ashureks Weigerung, Meshurek den Thron wegzunehmen, geboren worden waren. Und die Shana hatten diese Enttäuschung natürlich genährt.

Ashurek stand ganz still da und betrachtete den schwarzen Strudel tödlicher Emotionen in seinem Inneren, als seien sie physische Realitäten. Es war, als habe alles andere zu existieren aufgehört. Undeutlich, wie aus großer Entfernung sah er Männer und Frauen die Tempelhütte verlassen und andere Leute steifgliedrig eintreten, um ihre Schicht bei der Anbetung von M'gulfns Kreatur zu übernehmen. Das ist makaber, dachte er. Er sah seine Schwester schreiend unter seiner Klinge sterben und seinen Bruder auf eine rotglühende Lavakruste zufallen, und sie schrien und fielen auf ewig. Dies ist die Hölle, und Miril ist tot.

Einmal, vor langer Zeit, hatte er für Karadrek Liebe, Achtung und Kameradschaft empfunden. Solche Gefühle lassen sich niemals ganz auslöschen.

»Nun, Euer Hoheit?« riß ihn eine Stimme aus seinen schwarzen Gedanken. »Was sagt Ihr?«

»Dies«, antwortete Ashurek ruhig. »Dein Plan ist Wahnsinn. Du täuschst dich selbst.«

»Was meint Ihr?« fragte Karadrek so zurückhaltend, als könne er einer Absage nicht ins Gesicht sehen. »Ihr könnt — Ihr dürft keine übereilte Entscheidung treffen ...«

»Ich habe mich nie nach dem Thron gesehnt. Heute begehre ich ihn noch weniger als früher. Ich habe nicht den Wunsch, jemals nach Gorethria zurückzukehren.«

Karadrek sah ihn zornig und ungläubig an. »Ich dachte — ich dachte, Meshureks Tod hätte Euch zur Vernunft gebracht, hätte Euch einsehen lassen, daß ich von Anfang an recht gehabt habe.« Er hob die Stimme, und in seine Wut mischte sich Kummer. »Ich bin Euch gegenüber immer loyal gewesen! Der treueste Euer Generale! Ich sah, daß Meshurek ungeeignet war zu regieren und daß Ihr Gorethrias wegen den Thron hättet besteigen sollen. Auch in Drish habe ich das, was ich tat, für Euch getan, weil das Mitleid Euer Urteilsvermögen getrübt hatte und die Drisher uns alle lächerlich gemacht hätten! Alles, was ich tat, war für Euch und Gorethria. Und zum Lohn für meine Mühen bekam ich — dies!« Er hob die künstliche Hand in ihrem Brokathandschuh und schwenkte sie, als erhebe er Anklage wegen Hochverrates. »Und den Verlust des Reiches. Und das Exil in diesem gottverlassenen Loch. Daran seid Ihr schuld, Prinz Ashurek. Ich habe immer für Gorethria gehandelt, Ihr nur für Euch selbst!«

»Du magst recht haben. An dem Zusammenbruch Gorethrias trage ich mehr Schuld als sonst jemand; das leugne ich nicht. Aber« — Ashureks Stimme klang ruhig, seine Augen glitzerten gefährlich — »ich hatte eingesehen, daß Gorethria schlecht ist. Das Reich verdient alles, was ihm widerfährt. Vielleicht verdient es sogar dich und das Amphisbaena.«

»Ich sprecht wie ein Dummkopf!«

»Ich erwarte nicht, daß du es verstehst. Aber versuche, es zu glauben: Dein Plan, in Shalekahh die Macht zu übernehmen, ist eine Illusion, weil der Dämon dir nicht hilft, sondern dich benutzt.«

»Das ist Unsinn! Ich habe ihn heraufbeschworen, er arbeitet für mich!«

»Du sprichst genau wie Meshurek«, seufzte Ashurek.

»Ihr vergleicht mich mit Eurem Bruder?« rief Karadrek verächtlich aus. »Er war ein Idiot!«

»Die Beschwörer von Dämonen sind oft sehr intelligente Menschen, und wie dumm sie gewesen sind, merken sie erst, wenn es zu spät ist. Mein Bruder rief Meheg-Ba, damit dieser seine Macht stärke. Das dünkte ihn eine gute Idee zu sein. Aber der Shanin gab ihm nichts. Er benutzte ihn, und er saugte alles aus ihm heraus, sogar seine Vernunft. Es war mehr als traurig, es war kläglich.« Ashurek konnte seine Gefühle nicht ganz aus seiner Stimme heraushalten. »Wie ich sehe, geschieht jetzt das gleiche mit dir. Es begann in dem Augenblick, als es dich nach der Macht des Steinernen Eis gelüstete und du mit Meheg-Ba sprachst. Du hast keine Hoffnung, daß sich deine Träume erfüllen. Der Dämon wird dich benutzen, um das Chaos der Schlange weiter über die Erde zu verbreiten, und wenn er dich zu einer leeren Hülle reduziert hat, wird er dich in den Dunklen Regionen einsperren. Genauso, wie er es mit Meshurek gemacht hat.«

»Ihr lügt!« sagte Karadrek kraftlos, und in seinen Augen stand die Furcht geschrieben.

»Es ist die schlichte Wahrheit.«

»Wie kann ich dem entgehen?« schrie er, und seine Hand schloß sich wie eine eiserne Klaue um Ashureks Arm. Es verblüffte den Prinzen. Diese plötzliche, verzweifelte Bitte um Hilfe hatte er nicht erwartet. Aber ehe er seinen Vorteil daraus ziehen konnte, trat Karadrek zurück, und seine Augen blickten wieder hart. »Nein«, sagte er. »Ich vergaß, wie Ihr Euer Land verraten habt. Ich kann Euch nicht vertrauen, Euer Hoheit. Wenn Ihr mir also nicht freiwillig helfen wollt, müßt Ihr dazu gezwungen werden. Diesen Rat würde mir der Dämon geben.« Er machte eine Geste mit seiner künstlichen Hand, und Ashurek faßte nach dem Schwertgriff; er spürte die Bewegung von Männern hinter sich. »Mehr als das, es ist Eure Pflicht. Ihr schuldet es Gorethria und mir!«

Völlig unerwartet zog Ashurek das Schwert, fuhr herum und verwundete einen der Dorfbewohner am Arm. Die anderen, die bereitgestanden hatten, ihn festzunehmen, wichen aus seiner Reichweite zurück. Alle wirkten ängstlich, und Ashurek war überzeugt, sie würden es nicht wagen, noch einmal gegen ihn vorzudringen.

Sofort zog Karadrek seine eigene Klinge und rief den Dorfbewohnern wütend zu, keine solchen feigen Dummköpfe zu sein.

»Prinz Ashurek, bitte, zwingt mich nicht, Euch zu töten«, bat er mit verzweifeltem Gesicht. »Wir brauchen Euch.«

Ashurek preßte die Lippen zusammen und schüttelte den Kopf. »Es kommt nicht darauf an, ob du mir zuhörst oder nicht, General Karadrek«, sagte er so leise, daß Karadrek es nicht verstand. »Es gibt nur einen Weg, wie du den Shanin loswerden kannst ...«

Er und Karadrek begannen sich zu umkreisen. Beide waren sehr gut, hatten sie doch die beste Ausbildung genossen, die die gorethrische Armee bieten konnte. Sie hatten früher oft miteinander gefochten, aber nur zur

Übung. Ihre Klingen trafen sich klirrend, und sie fielen in den vertrauten Rhythmus des Schwertkampfes.

Ashurek hatte sich nur ungern in das Duell verwickeln lassen und rechnete damit, daß es sich lange hinziehen würde. Dann merkte er, daß Karadrek vor sich hinmurmelte, und erkannte die alte gorethrische Sprache. Karadrek rief den Dämon. Wie immer erfüllten die Worte den Prinzen mit einem kalten, an seiner Kraft zehrenden Entsetzen. Etwas übte einen schrecklichen Druck auf seinen Schädel aus, und sein Mund war voller Spinnweben ...

Ashurek wußte, wenn der Dämon sich materialisierte, würde er im nächsten Augenblick entwaffnet und gebunden sein. Er war den Shana einmal zu oft entkommen; jetzt sorgten sie ganz bestimmt dafür, daß er nicht fliehen konnte. Karadrek durfte die Beschwörung nicht vollenden, und es gab nur eine Möglichkeit, das zu verhindern.

Die Luft schimmerte und stöhnte. Tiere quiekten vor Furcht und tobten in ihren Einzäunungen herum; sie spürten die böse Aura eher als die Menschen. Für einen Augenblick wurde der Druck so stark, als solle die Atmosphäre bersten — und eine vollkommene, grinsende Silbergestalt trat aus dem Nichts.

Ashurek sah eine Öffnung und stieß verzweifelt nach Karadreks Magen. Es war ein Risiko — er konnte sich verrechnet haben und sich in Karadreks Schwert stürzen. Aber das geschah nicht. Seine Waffe traf ihr Ziel und fuhr nach oben, seinem Landsmann ins Herz. Karadrek, Augen und Mund weit aufgerissen vor Entsetzen, glitt langsam mit einem leisen, schabenden Geräusch von der Klinge und blieb tot liegen. Blut strömte ihm über die Brust.

Der Dämon brüllte vor Wut und wurde in seine eigene Region zurückgesaugt.

Ashurek stützte sich auf sein Schwert und blickte auf Karadreks Leiche nieder. Nun hatte er von neuem getötet, das Blut eines ehemaligen Freundes dem Blut seiner Familie hinzugefügt. Er fühlte sich von Kopf bis Fuß beschmutzt, so verdammenswert wie die Schlange selbst. Stumm fluchte er vor sich hin. Karadrek hatte sterben müssen; ein Dämon konnte nur durch den Tod des Beschwörers gebannt werden. Das war die bittere Lehre, die er von Meshurek bekommen hatte. Aber dieses Wissen war ihm kein Trost. Er fühlte sich deswegen nicht weniger geschlagen, nicht weniger schuldig.

Langsam reinigte er seine Klinge und steckte sie wieder in die Scheide.

»Das war nicht für mich«, murmelte er. »Das war für die Drisher, General Karadrek.«

Er drehte sich um und ging zu seinem Pferd, ohne die gaffenden Männer und Frauen ringsumher zur Kenntnis zu nehmen. Jemand lief ihm nach; es war der dünne, nervöse Mann, der ihn auf dem Landesteg angesprochen hatte.

»Herr — Herr, was ist geschehen? Was hat das zu bedeuten?« rief er.

»Es ist vorbei. Euer Herr ist tot, und der Dämon wird euch nicht länger plagen. Ihr braucht nicht nach Gorethria zu fahren. Wenn ihr meinem Rat folgen wollt, dann verbrennt diese Karavellen«, erklärte Ashurek schroff und schob die Hand des Mannes weg. Aber der Mann faßte seinen Mantel und folgte ihm.

»Aber, Herr ...« stammelte er, verzweifelter als zuvor. »Das — das ...« Er wies mit der Hand nach der Tempelhütte. Ärgerlich blieb Ashurek stehen und blickte zurück.

Noch bevor er sich ganz umgedreht hatte, hörte er Entsetzensschreie aus der Hütte. Sekunden später wogte das Amphisbaena aus dem Eingang. Seine Köpfe schwankten blind durch die Luft, die Farben schlängelten sich rasch über seinen Körper. Seine beiden Mäuler standen weit offen und enthüllten keine Zähne, sondern kräftige Muskelstränge, dazu geeignet, die Beute zu zermalmen und ihr das Fleisch von den Knochen zu reißen. Sie glitzerten rot von dem Blut derer, die es angebetet hatten.

Er hätte es sich denken können. Karadrek — oder der Dämon — hatte einige Macht über das Wesen gehabt. Jetzt war es frei, und es kannte kein anderes Ziel als den ihm von der Schlange eingepflanzten Drang zur Zerstörung.

Ashurek stieß einen Warnruf aus und rannte ihm entgegen. Die Dorfbewohner rührten sich nicht. Beim Anblick des Wesens wich die Furcht aus ihren Augen, und sie gerieten in seinen Bann. Einige fielen auf die Knie, andere warfen sich in den Schlamm. Sofort war das Ungeheuer über ihnen, zermalmte Glieder, Rümpfe, Köpfe in seinen gnadenlosen Mäulern. Manche Menschen stöhnten, als sie starben, manche gaben keinen Laut von sich.

Bis Ashurek das Wesen erreicht hatte, waren vielleicht fünfzehn von ihnen schon tot. Mit einem unirdischen Kampfgeheul riß er das Schwert aus der Scheide. Mißtönend pfiff es durch die Luft. Er hielt es mit beiden Händen, ließ es auf den einen Hals des Amphisbaenas niedersausen und hackte darauf herum, bis der Kopf fiel. Fleischstreifen und klebriges Blut stürzten ihm nach. Das Amphisbaena gab ein durchdringendes Wimmern von sich, bei dem Ashurek am liebsten sein Schwert fallengelassen und sich die Ohren zugehalten hätte. Der noch übrige Kopf schnellte vor und zurück, seine Kiefer öffneten und schlossen sich. Ashurek sah das Spiel der Muskelstränge. Schloß sich das Maul einmal um seinen Arm oder sein Bein, würde er sich nie mehr aus diesem tödlichen Griff losreißen können. Die Farbwellen jagten über den Körper, und die Tentakel wickelten sich um Ashureks Knöchel. Fast hätte er das Gleichgewicht verloren; er konnte seine Füße gerade noch rechtzeitig befreien. Er schwang das Schwert und traf das Amphisbaena an der Seite des Kopfes. Es schrie wie ein

Kind und stürmte auf ihn los. Die Farben seiner Haut wechselten wie wahnsinnig. Ashurek schlug wieder zu, hieb wiederholt auf den Hals ein. Das Blut des Ungeheuers bespritzte ihn. Es wird nicht sterben, dachte er. Und dann war es mit einemmal vorbei. Der zweite Kopf des Amphisbaenas war abgetrennt. Das Wesen brach leblos zusammen. Sein ganzer Körper wurde blitzartig schwarz und nahm dann ein helles, leuchtendes Grün an. Die Tentakel zuckten noch mehrere Sekunden lang krampfhaft.

Ashurek trat zurück. Das milchige Blut des Wesens lief ihm über das Gesicht wie Tränen. Er rieb sich das Zeug ab, keuchte vor Anstrengung und vor Entsetzen über das unnötige Sterben dieser armen Männer und Frauen.

Der fremdartige Körper des Wesens lag als glatter, heller Hügel vor ihm. Die hübschen hypnotischen Farben waren verschwunden. Rings um ihn kamen die überlebenden Dorfbewohner anscheinend wieder zu Vernunft. Einige weinten, andere klammerten sich aneinander. Aber immer noch waren sie alle zu ängstlich, sich ihm zu nähern.

Als er sich abwandte — er wischte sich immer noch das schleimige Blut vom Gesicht —, stand der dünne Mann schon wieder vor ihm und starrte ihn anklagend an.

»Das ist alles Eure Schuld!« Seine Stimme zitterte. »Was sollen wir jetzt tun?«

Ashurek war erschöpft. »Das Amphisbaena ist tot«, antwortete er gereizt.

»Ihr versteht nicht. Ihr verdammten Gorethrier! Der andere hat uns wenigstens als Entgelt für unsere Hilfe beschützt. Wir mußten das Amphisbaena anbeten, damit die Schlange ihren Zorn nicht auf uns richtete. Wir hatten genug zu essen. Unser Herr war nicht grausam. Und was haben wir nun? Viele von uns sind tot, und die übrigen haben nichts anzubeten, niemanden, der uns beschützt. Die — die Wesen, die in den Hügeln umherstreifen, werden herunterkommen und uns und unseren Tieren auflauern, und wir werden verhungern oder umgebracht werden ...«

»Dann bewaffnet euch«, erwiderte Ashurek kurz und zeigte auf den steinernen Prachtbau. Er legte Vixata die Satteltasche mit den Waffen über den Rücken und sprang hinauf. Die Stute, aufgeregt wegen der unheimlichen Geschehnisse in dem Dorf, begann zu tanzen. »Ihr könnt das Böse nicht besiegen, indem ihr es anbetet. Kämpft!«

Ashurek trieb Vixata zu einem kurzen Galopp an. Den Kopf hielt er gesenkt, denn der Wind brannte in seinen Augen wie Säure. »Den Tod wie vieler Menschen muß ich noch verursachen, bis die Schlange zufrieden ist?« dachte er, wund von dem frischen Schmerz.

Karadrek war ein Beauftragter der Schlange gewesen, er hatte wie Arlenmia und Gastada Böses bewirkt. Und wie ich, dachte Ashurek. Wenn Karadrek den Tod verdiente, dann verdiene ich ihn weitaus mehr. Meine Schuld ist viel größer als seine ...

Karadrek hatte nie ein anderes Lebensziel gekannt als die unerschütterliche Treue zu Gorethria und den Glauben an die absolute Überlegenheit der Gorethrier. Konnte man ihm das zum Vorwurf machen, trug er Schuld daran, daß er ein weiteres unglückliches Opfer M'gulfns geworden war? Was ist Schuld, was ist böse? grübelte Ashurek.

Er hielt sich für böse. Aber Silvren glaubte dasselbe von sich, und wenn es auch ein Irrglaube war, so war er doch unerschütterlich. Die Gemeinheit dessen, was die Shana ihr angetan hatten, war viel größer als jede Verderbtheit, deren sie sich schuldig fühlen konnte ... die Idee des »Bösen« wurde bedeutungslos ... je mehr Ashurek versuchte, Recht und Unrecht zu analysieren, desto sinnloser kam ihm alles vor. Es verblaßte zu einem formlosen, unentzifferbaren Chaos wie ein wirbelnder Nebel, in dem Dämonen schnatterten.

Sein Bruder. Seine Schwester. Sein einstmals treuer

General ... Ihm war, als blickten ihre Augen anklagend aus diesem Nebel, aus den schrecklichen Körpern, in denen sie in der Hölle gefangen waren. *Je mehr du gegen den Wurm ankämpfst, desto mehr hilfst du ihm*, schienen sie zu sagen. Und: *Kämpfe gegen ihn oder ergib dich ihm, das bleibt sich gleich. Wenn du kämpfst, wirst du alles zerstören ... Ergib dich, und die Erde ist auf jeden Fall zum Untergang verurteilt ...* Und dann, im Widerspruch dazu: *Hilf uns. Räche uns. Du mußt die Welt zerstören, um uns zu befreien.*

Ashurek ritt dahin und schrie, und seine Stimme ging unter im Wind. Er hatte das Gefühl, Hals über Kopf einem finsteren Schicksal entgegenzustürmen, schon von seiner Geburt an, und alle Versuche, ihm auszuweichen, waren nichts als schmerzliche Täuschungen. Er mußte sein Schicksal akzeptieren, denn wenn er sich ihm widersetzte, brachte das nur Qualen, keinen Ausweg ...

Vixata wurde müde, und es war schon fast dunkel. Der Prinz spürte kein Verlangen, in die relative Bequemlichkeit des Lagers zurückzukehren. Statt dessen schlief er unter einem Felsvorsprung, ohne Essen oder ein Feuer, als wolle er die Kreaturen M'gulfns herausfordern, zu kommen und ihn zu töten. Die scharfe, kalte Einsamkeit der Nacht entsprach den Foltern, die seine Seele erlitt, und in gewissem Ausmaß löschte sie den Schmerz aus.

Am Morgen fühlte er sich ruhig, aber sein Wesen war noch grimmiger geworden. Es war der unausweichliche Höhepunkt der erneuerten Qual, die mit seiner erfolglosen Expedition in die Dunklen Regionen begonnen hatte. Gewissermaßen hatte er seine Schuld und seine Verdammung akzeptiert. Wenn das eine Form von Wahnsinn darstellte, war er sich dessen nicht bewußt.

Er sah dem neuen Tag mit ungestörter, schwarzer Entschlossenheit ins Gesicht.

»Nun gut«, dachte er. »Wenn ich M'gulfn nur schlagen kann, indem ich alles andere und jeden anderen auch vernichte — dann soll es geschehen.«

8
Kinder des Wurms

Silvren lag in den Dunklen Regionen und starrte die Innenseite der Zelle an, in die man sie gesteckt hatte. Es war nicht mehr als ein rundes Loch, ein bißchen länger als ihr Körper und etwa einen Meter im Durchmesser, so daß sie gerade genug Platz hatte, sich umzudrehen. Die Oberfläche war weich und glatt wie Fleisch, das kurz vor dem Verwesen ist, und mit widerlichen Braun- und Blautönen gefleckt. Über das offene Ende zu ihren Füßen spannte sich eine transparente, undurchdringliche Membrane. Silvren verspürte nicht den Wunsch hindurchzusehen; dahinter gab es nichts als klumpige Hügel, die weitere Zellen enthielten. Und manchmal wanderten gräßliche Kreaturen mit einer befremdlichen Anzahl von Beinen umher und gackerten, oder es grinste sie der eine oder andere Dämon höhnisch an. Deshalb sah sie nie hinaus.

Sie wünschte, sie könne sich an den Geruch der Dunklen Regionen gewöhnen. Es war ein metallischer Gestank nach Verderbtheit, der in den tapfersten Seelen Entsetzen und Jammer hervorrief. Silvren erinnerte sich nicht, wann sie zuletzt gegessen hatte, doch sie hätte mit diesem Gestank in der Nase sowieso nichts hinunterbekommen.

Die Shana hatten ihr zu essen gegeben ... bevor Ashurek dagewesen war. Die Speisen mußten sie irgendwie von der Erde geholt haben, denn sie waren unverdorben und genießbar gewesen. Und die Dämonen hatten sie nicht eingesperrt und ihr auch sonst nichts getan, abgesehen von der Qual, die der Aufenthalt in den Dunklen Regionen an sich darstellte. Meheg-Ba und Diheg-El waren auf ihre Weise beinahe liebenswürdig gewesen.

Sie hatten sie zu der Einsicht gebracht, daß sie böse war und deshalb der Erde besser fernblieb.

Ja, ja, dachte sie und schloß die Augen. Ich muß der Erde fernbleiben.

Aber nachdem Ashurek versucht hatte, sie zu retten, behandelten die Shana sie weniger freundlich. Silvren hatte Meheg-Ba und Diheg-El gar nicht zu Gesicht bekommen, nur Ahag-Ga, der sie eingesperrt hatte — zu ihrem eigenen Besten, sagte er —, damit sie über das Böse in sich meditieren könne. Seitdem — es mochte gestern oder vor zehn Jahren gewesen sein, denn die Zeit hatte hier absolut keine Bedeutung — lag sie in der Zelle. Sie hatte kaum geschlafen und unablässig das abstoßende Ding betrachtet, das ihr Ich war. Sie hatte das Gefühl, die fleischigen Wände der Zelle seien nichts als eine Erweiterung des Bösen in ihr und erstreckten sich, von ihr ausgehend, in alle Richtungen, eine unendliche, geschwollene Leber, in der sie steckte wie eine Made.

Oft fragte sie sich, warum sie nicht wahnsinnig geworden sei, aber andererseits war sie es vielleicht geworden, ohne es zu merken.

Wenn sie versuchte, sich an ihr Leben vor den Dunklen Regionen zu erinnern, war das, als stochere sie in einer alten Wunde herum. Es sandte Schmerzschauer durch ihren Körper und erweckte in ihr den Wunsch, sich zu winden und die Augen zuzukneifen und vor schwarzer Depression zu stöhnen. Und doch war sie nicht fähig, es zu unterlassen, und immer wieder fügte sie sich diese silbrige, rasiermesserscharfe Qual zu. Immer wieder und wieder sah sie Athrainy, ihre Heimat, vor sich. Sie hatte sie geliebt, und sie war gezwungen worden, ihr zu entsagen. Das Land war von reiner, imposanter Schönheit, schwellende Hügel aus Granit und silbergrauem Gras, große Bäume mit bronzepurpurnen Blättern, ein Volk, bei dem Haare, Haut und Augen verschiedene dunkle Goldschattierungen zeigten. Eine Pein war es, an ihre Mutter zu denken. Jung verwitwet und von der Last so mancher Verantwortung gebeugt, hatte sie in Silvren die einzige Freude ihres Lebens gesehen.

Das ist böse, Kind. Böse.

Aber Silvren war von einer seltsamen Gabe besessen gewesen, einer unerwünschten, unvorhersehbaren und gefährlichen Gabe. Anfangs hatte sie sich nur darin manifestiert, daß manchmal eine goldene Elektrizität um ihr Gesicht und ihre Hände knisterte, störend, aber nicht furchterregend. Aber als Silvren älter wurde, nahm diese Gabe eine schreckliche Form an. Das Mädchen konnte mit einem unvorsichtigen Gedanken einen Baum zersplittern oder ein Feld vom einen Ende zum anderen aufreißen. Silvren war ein sanftes und liebevolles Kind und fürchtete sich davor, Schaden anzurichten. Deshalb war das Wissen unerträglich, daß sie die Menschen ihrer Umgebung unabsichtlich gefährdete und ihrer Mutter schwere Sorgen bereitete.

»Kind, du machst mir Angst«, hatte ihre Mutter barsch gesagt. »Warum tust du so etwas? Entweder hört das auf — oder du mußt gehen.«

Verstört hatte sich Silvren an den Arm ihrer Mutter gehängt und gefleht: »Bitte, sag das nicht. Ich kann nichts dafür, ehrlich. Ich würde alles tun, um die Gabe loszuwerden ...«

Ihre Mutter hatte sie weggeschoben. Verständnislosigkeit und Furcht machten sie hart. »Das ist böse, Kind. Böse! Was habe ich getan, um das zu verdienen — meine einzige Tochter ist eine Hexe!«

Am Ende war Silvren gegangen. Kaum sechzehn, einsam und von schrecklichem Heimweh geplagt, war sie in dem verzweifelten Wunsch, eine Antwort zu finden, mit einem Schiff zum Haus der Deutung gefahren.

Eldor und Dritha hatten sie begrüßt wie eine Tochter und ihr freundlich erklärt, ihre Gabe sei nicht böse. Silvren sei eben als Zauberin geboren. »Das kommt uns jedoch sehr merkwürdig vor, denn es gibt keine Zauberei auf dieser Erde«, hatte Eldor gesagt. »Die Schlange und ihre Diener sind die einzigen Wesen, die diese Kunst ausüben können. Sicher, es mag eine Zeit kommen, wenn die Schlange nicht mehr ist, in der Zauberer keine Seltenheit darstellen ... Im Augenblick kann ich nicht erklären, wie es kommt, daß du diese Gabe besitzt. Meine Liebe, mich dünkt, du bist außerhalb deiner Zeit geboren, und ein einfaches Heilmittel dafür weiß ich nicht.« Er hatte ihr die Wahl gelassen, im Haus der Deutung zu bleiben, solange sie wolle, oder auf eine andere Welt in einer anderen Dimension geschickt zu werden. Dort gab es eine Schule der Zauberei, in der sie nicht nur lernen würde, ihre Gabe zu beherrschen, sondern auch, sie als vollgültige Zauberin zu nutzen. »Das Problem ist, wenn du als Zauberin zur Erde zurückkehrst, wirst du eine Macht besitzen, die der eines Dämons zumindest ebenbürtig ist, und du könntest deswegen in große Gefahr geraten. Deine Macht wird das Gegenteil von der Macht der Shana sein, und deswegen werden sie dich fürchten und hassen.«

»Ich habe keine Angst«, hatte Silvren resolut geantwortet, »und ich würde gern auf die Schule für Zauberei gehen. Aber eines Tages werde ich wiederkommen, weil ich unsere Welt liebe und weil ich überzeugt bin, diese Macht wurde mir gegeben, damit ich gegen die Schlange M'gulfn kämpfe.«

In den Dunklen Regionen stöhnte Silvren und wand sich unter ihren Erinnerungen. In der Schule hatte sie zehn Jahre, die glücklichste Zeit ihres Lebens, eine Heimat gefunden. Wie unschuldig und frei von Sorgen war sie gewesen, wie vertrauensvoll und arglos! »Deine Welt bedeutet dir viel, nicht wahr?« fragte Arlenmia. »Erzähle mir von der Schlange M'gulfn ...« Und Silvren vertraute ihr alles an, während sie Arm in Arm mit Arlenmia in dem herrlichen Garten spazierenging, der die phantastischen, schillernden Gebäude der Schule umgab.

Sie hätte sich damals nicht träumen lassen, wie bitter

sie es eines Tages bereuen würde, Arlenmia diese Mitteilungen gemacht zu haben.

Noch jetzt erinnerte sie sich lebhaft daran, wie Arlenmias Augen unter den halbgeschlossenen Lidern hervorleuchteten, an die charismatische Eindringlichkeit ihrer tiefen Stimme. »Und bist du sicher, daß die Schlange böse ist?« fragte sie einmal.

»O ja — sie ist durch und durch teuflisch!« gab Silvren leidenschaftlich zurück. »Sie haßt die Welt und möchte sie beherrschen und alles Leben vernichten.«

»Silvren, ich zweifle nicht an deinen Worten«, versicherte Arlenmia ihr. »Ich zögere nur, zwischen Gut und Böse zu trennen. Nicht etwa, daß ich keine Moralbegriffe hätte, aber ich glaube, so ungeheuer mächtige Wesen, wie es die Schlange und die Shana nach deiner Beschreibung sein müssen, haben Vorstellungen von Gut und Böse, die über unser Begriffsvermögen weit hinausgehen. Und solange wir nicht versuchen, uns von menschlichen Idealen frei zu machen und uns kosmische anzueignen, werden wir nie wirkliche Macht erringen.« Arlenmia sprach nicht zum ersten Mal auf diese Weise, aber Silvren hörte doch staunend zu, als sie fortfuhr: »Ich habe immer geglaubt, das Leben müsse sich über diese jämmerliche Sterblichkeit hinaus auf eine höhere Stufe entwickeln, und wozu besitzen wir Zauberkräfte, wenn nicht, um diese Veränderung herbeizuführen? Warum sollen wir uns damit verzetteln, hier eine Wunde, da eine Krankheit zu heilen, während rings um uns das Leben auf die gleiche klägliche Art weitergeht? Es ist eine solche Verschwendung — wenn diese Fähigkeiten benutzt werden sollten, um eine tiefgreifende, radikale Heilung der ganzen Welt zu bewirken. Aller Welten.«

Silvren staunte. »Ich habe mich für idealistisch gehalten, aber du beschämst mich. Wie meinst du, das erreichen zu können?«

»Liebes Herz, ich weiß es nicht. Deswegen bin ich ja

hier, aus demselben Grund wie du: Um zu lernen. Ich habe den Eindruck, daß sich deine Welt in einem solchen Zustand der Veränderung befindet, wie er meiner Meinung nach notwendig ist, wenn sich das Leben auf ein höheres Niveau entwickeln soll. Diese Schlange darf nicht einfach ›bekämpft‹ werden. Entweder muß man sie vollkommen vernichten, oder sie muß die Alleinherrschaft bekommen. Der Übergang ist es, der den Menschen Leiden verursacht. Höchstwahrscheinlich ist — auf kosmischer Ebene — gar keine Grausamkeit beabsichtigt.«

»Was du sagst, klingt logisch, aber ich kann es nicht akzeptieren. Die Schlange beabsichtigt großes Übel, und sie muß vernichtet werden.«

»Silvren, ich glaube dir ja. Mehr als das ... wenn du dorthin zurückkehrst, würdest du mich mitkommen lassen? Ich denke, du wirst meine Hilfe brauchen.«

»Oh, ist das dein Ernst?« rief Silvren aus. »Wie froh wäre ich darüber! Andernfalls wäre ich ganz allein.« Sie hatte sich so gefreut, sie hatte aufrichtig geglaubt, Arlenmia wolle ihr helfen — welche qualvollen Schuldgefühle erweckte die Erinnerung an dieses naive, blinde Vertrauen! Silvren krümmte sich in ihrer Zelle, aber ohne Erbarmen spulten sich die Bilder der Vergangenheit weiter ab.

Aufgebracht, weil sie nicht als echte Zauberin anerkannt wurde, hatte Arlenmia den Planeten Ikonus verwüstet und war auf Silvrens Welt geflohen. Oh, wie dumm bin ich gewesen, wimmerte Silvren im Selbstgespräch, daß ich nicht gleich erkannte, wohin sie gegangen war! Wenn ich sie nur eher gefunden hätte ...

Schließlich entdeckte Silvren ihre Freundin Arlenmia in Belhadra, doch da hatte sie sich schon in der Glasstadt festgesetzt. Silvren, die wegen der Ereignisse auf Ikonus immer noch außer sich war, wollte sie inmitten der glänzenden Türme zur Rede stellen. Aber Arlenmia begrüßte sie wie eine lange vermißte Schwester, echte

Zärtlichkeit und Freude leuchteten aus ihrem Gesicht. Sie hatte nie die Absicht gehabt, Ikonus Schaden zuzufügen, sagte sie. Es sei ein schrecklicher Irrtum gewesen, ein Unfall, den sie tief bedauere. Konnte Silvren ihr nicht verzeihen? Und zuletzt stimmten ihre Wärme und Aufrichtigkeit Silvren um, und sie gab nach.

»Aber wenn es wirklich ein Unfall war, hättest du nicht fliehen dürfen. Und warum bist du hierhergekommen?« Silvrens Argwohn war noch nicht völlig ausgeräumt.

»Liebes, hatte ich dir nicht versprochen, dich auf diese Erde zu begleiten? Es ist nicht ganz so gekommen, wie ich es geplant hatte, aber Ikonus gehört der Vergangenheit an, und wir sind jetzt hier zusammen.« Sie führte Silvren in ihr seltsames metallisches Haus.

Silvren war überrumpelt. »Du meinst, du willst mir immer noch helfen?« rief sie.

»Ja, natürlich«, lächelte Arlenmia. »Und ich habe uns bereits die perfekte Festung geschaffen. Spiegel sind mein Medium — hast du eine Ahnung, wieviel Macht mir eine ganze Stadt aus Glas gibt?«

»Aber es ist nicht deine Stadt — du kannst sie nicht einfach ...«

»Oh, was spielt das für eine Rolle? Silvren, wir sprechen davon, deine Erde und alles, was auf ihr lebt, zu retten. Wenn ich mir die Glasstadt ausleihe, ist das nur eins von mehreren Mitteln, um dieses Ziel zu erreichen. Willst du jetzt bleiben und mit mir zusammenarbeiten oder nicht?«

»Ich denke doch.« Silvren war es unmöglich, längere Zeit zornig auf sie zu sein. Sie wußte, Arlenmias Ideale tendierten dazu, sich auf einer Ebene jenseits von Gut und Böse auszuwirken, doch ihre Absichten waren edel. »Du mußt mich für undankbar halten. Du hast schon so viel getan, und ich bringe einfach nichts weiter fertig, als mich herzusetzen und mißtrauische Fragen zu stellen.«

Von neuem lächelte Arlenmia. »Jetzt sprichst du wieder wie meine Silvren. Ein paar Helfer habe ich auch schon für uns angeworben. Ich muß sagen, sie waren einmalig unhöflich und ungefällig, als ich das erste Mal mit ihnen zusammentraf, aber es war leicht, sie gefügig zu machen, und sie werden außerordentlich nützlich sein. Ich will sie dir zeigen. Komm in den Hof, ich habe sie nicht gern im Haus.« Verwundert folgte Silvren ihrer Freundin nach draußen. In einer der Wände war — vermutlich zu diesem Zweck — ein ovaler Spiegel eingelassen. Arlenmia stellte sich davor auf und zog mit der Geschicklichkeit langer Übung ein paar Runen über die Oberfläche. Der Spiegel verdunkelte sich, und plötzlich bekam es Silvren mit der Angst zu tun.

Aus dem Spiegel traten zwei Dämonen, leuchtend in einem scharfen Licht, knisternd vor Bosheit.

Silvren kam es nicht zu Bewußtsein, daß sie floh, bis sie mit dem Kopf gegen eine Mauer rannte. Benommen sank sie auf die Knie und versteckte den Kopf wie ein verängstigtes Kind. Goldene, sie schützende Blitze umtanzten sie, ohne daß sie sie herbeigerufen hätte. Aus der Ferne hörte sie Arlenmia ungeduldig sagen: »Oh, geht wieder weg — ja, geht — ich werde euch später rufen.«

Einen Augenblick darauf zog Arlenmia ihre Freundin auf die Füße. »Silvren, was ist denn bloß los? Es ist alles in Ordnung, ich habe sie weggeschickt.«

»Bei den Göttern, Arlenmia, weißt du nicht, was sie sind? Sie sind die Dämonen, von denen ich dir erzählt habe — sie sind böse, sie werden von dir Besitz ergreifen.«

»Nun beruhige dich doch. Komm, ich gebe dir etwas Wein.« Arlenmia führte sie wieder ins Haus, und Silvren schluckte den Wein und saß da und umklammerte den Kelch mit weißen Fingern.

»Verstehst du denn nicht? Du darfst nicht mit diesen schändlichen Kreaturen arbeiten. Oh, es tut mir leid, wenn ich dir das nicht erklärt habe — ich dachte, ich hätte es getan ...«

»Silvren, ich weiß nicht, wovor du dich so fürchtest. Sie sind nur wie Kinder, wirklich.«

Silvren starrte Arlenmia verblüfft an. »Ja, das glaubst du im Ernst. Du hast keine Angst vor ihnen, nicht wahr? Du hast gleich zwei gerufen — und du hast ihnen einfach gesagt, sie sollten gehen, und sie haben gehorcht.« Sie stieß einen zitterigen Seufzer aus und schloß die Augen. »Ich hatte keine Ahnung, daß du so mächtig bist.«

»Du schmeichelst mir. Ich bin überzeugt, du könntest sie ebenso leicht beherrschen.«

»Nein. Ich könnte im Kampf mit ihnen eine ebenso starke Gegnerin sein — aber mehr nicht —, und gehorchen würden sie mir auf keinen Fall. Oh, Arlenmia, wäre ich dir nur sofort gefolgt! Ich hätte niemals zugelassen, daß du so etwas tust.«

»Keine Bange. Ich werde ihnen befehlen, daß sie dir ebenso gehorchen sollen wie mir.«

»Nein! Du verstehst nicht«, keuchte Silvren mit weit aufgerissenen Augen. »Du darfst überhaupt nicht mit ihnen arbeiten. Sie sind böse — Kreaturen der Schlange. Du kannst sie nicht in einem Kampf gegen die Schlange einsetzen.«

Ein langes, merkwürdiges Schweigen trat ein. Später erkannte Silvren, daß dieses Schweigen ihr irgendwie in die Seele gedrungen war, und wenn sie allein war und an nichts Besonderes dachte, stieg es an die Oberfläche und hüllte sie wie eine kühle, glasige Leere ein. Und nach einer langen Pause sickerten Arlenmias leise Worte in diese Leere, und es war, als flüstere ihre Mutter: *Das ist böse, Kind. Böse.* Immer waren diese Worte ebenso schockierend wie beim ersten Mal: »Wir kämpfen nicht gegen die Schlange.«

»Was?« Silvren traute ihren Ohren nicht.

»Liebes Herz, ich habe mir alles, was du gesagt hast,

wohl gemerkt. Aber ich habe, seit ich hier ankam, auch noch viel dazugelernt. Diese Schlange hat eine so große Macht, daß es sinnlos wäre, sich ihr zu widersetzen. Im Gegenteil, wir müssen unsere Kräfte mit ihr vereinen und sie auf diese Weise stärken. Das Chaos, das sie bewirkt — du nennst es ›böse‹ —, ist nur das Nebenprodukt der Umwandlung, der sie die Erde letzten Endes unterziehen wird. Es wird schneller gehen und weniger Schmerzen bereiten, wenn wir ihr helfen. Wir müssen so viele wie möglich zu diesem Glauben bekehren — denn diejenigen, die glauben und verstehen, werden dem Tod entrinnen und in die höhere Ebene des Seins aufsteigen, die Wahrheit und Schönheit ist ...« Auf solche Art sprach Arlenmia noch mehrere Minuten weiter von der Schlange, aber Silvren war dermaßen entgeistert, daß sie kaum etwas mitbekam. Sie begriff nur, daß Arlenmia selbst daran glaubte und daß es völlig außerhalb ihrer Möglichkeiten lag, der Freundin klarzumachen, daß sie sich auf katastrophale Weise irrte.

Noch ehe Arlenmia zu Ende gekommen war, saß Silvren mit dem Kopf in den Händen da. Das goldene Haar bedeckte ihr Gesicht. Sie war so starr vor Entsetzen und Selbstvorwürfen, daß sie nicht einmal weinen konnte.

»Oh, was habe ich getan?« murmelte sie.

»Silvren, sei nicht dumm! Ich weiß, du warst mit meinen Ideen nie einverstanden, aber das ist jetzt eine Gelegenheit, dir zu beweisen, daß ich recht habe. Gib mir wenigstens eine Chance.«

»Eine Chance? Bei den Göttern, Arlenmia, der Wurm ist teuflisch böse! Ich weiß nicht, wie ich dir das begreiflich machen soll! Ich flehe dich an, tu das nicht. Geh weg, geh nach Hause oder sonstwohin.«

»Nachdem ich gefunden habe, wonach ich mein ganzes Leben lang auf der Suche gewesen bin? Ein echtes, gottgleiches Wesen mit der Macht, das Leben zu transformieren? Oh, Silvren, du bist eine blauäugige Idealistin! Du willst deiner Erde helfen, aber du willst sie nicht verändern. Würdest du neue Blumen auf ein Beet pflanzen, ohne die verwelkten des Vorjahres auszureißen und das Unkraut auch?«

Silvren starrte sie mit wilden Augen an. »Das ist Fanatismus. Selbsttäuschung«, flüsterte sie.

Arlenmia war im ersten Augenblick sprachlos, als könne sie nicht recht glauben, daß Silvren das ernst meine. Schließlich sagte sie sehr traurig: »Du willst mir nun doch nicht helfen?«

»Niemals. Niemals, bis du einsiehst, daß du unrecht hast. Ich werde alles tun, was in meiner Macht steht, um dich aufzuhalten.«

»Silvren, ich möchte nicht, daß unsere Freundschaft so endet. Bitte, zwinge mich nicht ...« Aber Silvren hatte sich mit einem heftigen Ruck abgewandt und ging zur Tür. »Wohin willst du?«

»Ich weiß es nicht. Ich gehe. Willst du mich daran hindern?«

»Nein«, sagte Arlenmia. Plötzlich nahm ihr Gesicht den Ausdruck eisiger Wut an. »Silvren, ich warne dich. Wenn du darauf bestehst, gegen mich zu kämpfen — dann schicke ich dir einen dieser Dämonen nach.« Silvren blieb wie angewurzelt auf der Schwelle stehen. »Das ist mein Ernst. Niemand wird mich daran hindern, meinen Plan auszuführen. Niemand.«

»Du kannst mich nicht schrecken«, antwortete Silvren ebenso eisern entschlossen. »Einer muß dich daran hindern.«

Das war der Beginn des Alptraums. Von dem Tag wurde sie von dem Shanin Diheg-El und anderen unheimlichen Kreaturen des Wurms durch Tearn gejagt. Sie brauchte den größten Teil ihrer Zauberkraft, um sich vor ihnen zu schützen, und es blieb ihr nicht genug, um gegen Arlenmia und M'gulfn zu kämpfen. Sie wurde zur Ausgestoßenen, ihrer Verfolger wegen konnte sie sich anderen Menschen nicht anschließen, ohne diese in schreckliche Gefahr zu bringen. Die Jahre schwächten ihre Spannkraft, bis sie sich sagte, daß sie die Blaue Ebene aufsuchen müsse. Nur dort würde sie vor dem Dämon sicher sein, nur dort würde sie Rat und Hilfe finden. Doch es wollte ihr nicht gelingen, einen Eingangspunkt zu finden. Der Kampf gegen die Shana hatte sie über jedes erträgliche Maß hinaus erschöpft, sie war verzweifelt einsam, und schließlich fürchtete sie, ihre Kräfte würden versagen.

Da geschah es in einer dunklen und feuchten Nacht, als sie sich nicht einmal sicher war, wo sie sich befand, daß sie die Tür einer Schenke öffnete und einen Gorethrier sah. Er trug die schwarze Kleidung eines Kriegers und saß allein, in finsteres Grübeln versunken. Nichts an seinem schönen Gesicht wies darauf hin, daß er auf der ganzen Welt verabscheut und gefürchtet wurde. Aber Silvren wußte sofort, wer er war, und für ihre Hexensicht war das Steinerne Ei an seiner Kehle wie eine Kugel aus weißglühendem Blei.

Und von da an war Ashureks Geschichte auch die ihre, bis Diheg-El sie gefangennahm.

Was hatten schlechte Menschen nur an sich, fragte sie sich in ihrer Zelle, daß sie von ihnen fasziniert und angezogen wurde? Entweder war sie selbst schlecht, oder sie bildete sich in ihrer Überheblichkeit ein, daß sie sie retten könne. Sie hatte gegen die Shana kämpfen, die Schlange vernichten wollen ... und alles war Selbsttäuschung gewesen. In ihrem blinden, arroganten Glauben, sie sei »gut«, hatte sie der Welt nichts als Böses gebracht. Jetzt weiß ich, daß ich das bin, was ich mich immer gefürchtet habe zu sein ...

Am Ende ihrer Zelle entstand eine Bewegung; die transparente Membrane wurde weggezogen. Silberne Hände ergriffen ihre Knöchel und zogen sie auf den steinigen, schmutzigfarbenen Weg hinaus, der zwischen den Zellenhügeln verlief. Sie wurde recht grob auf die Füße gestellt und fand sich, schwankend und benommen, von den Händen Diheg-Els festgehalten wieder.

Vor ihr machte Meheg-Ba einem dritten Shanin Vorwürfe.

»Haben wir dir nicht klargemacht, Ahag-Ga, daß sie nicht wie eine gewöhnliche Gefangene behandelt werden sollte? Sieh doch, wie dünn sie geworden ist! Dieser bodenlosen Unfähigkeit wegen werde ich dich zur Erde schicken, wo du dich abplagen kannst. Du sollst das sogenannte Haus der Deutung aufsuchen und zerstören.«

»Das ist angesichts deiner Verbrechen kaum eine Bestrafung zu nennen«, sagte Diheg-El. »Ashurek war hier, und du hast ihn entkommen lassen! Und jetzt diese Mißhandlung von Lady Silvren, meiner Zauberin. Sie soll sich nicht für eine Gefangene halten. Sie soll begreifen« — der Dämon grinste — »daß sie eine von uns ist. Bitte, verzeiht mir, meine Dame. Ich hoffe, Ihr habt es nicht allzu unbequem gehabt.«

»Ich finde, sie wirkt gelangweilt. Findest du nicht auch, daß sie gelangweilt wirkt, Diheg-El?« meinte Meheg-Ba nachdenklich. Silvren hatte sich an die Dämonen so gewöhnt, daß sie ihr kaum noch Angst machten.

»Oh, es gibt gar nichts Schrecklicheres als Langeweile«, gab Diheg-El zurück. »Wir müssen eine Beschäftigung für Euch finden, meine Zauberin, damit Ihr etwas zu tun habt, solange wir auf der Erde sind. Andernfalls werdet Ihr anfangen, uns zu langweilen, und das wäre gefährlich.« Silvren hatte nicht die Energie, ihm zu antworten.

»Ja, sie werden uninteressant, wenn sie keine Widerworte mehr geben, nicht wahr?« stimmte Meheg-Ba zu. »Nun, wir brauchen einen neuen Hirten, da wir Exhal verloren haben. Ich bin sicher, sie wird die Aufgabe bewunderungswürdig erfüllen.«

»Der Meinung bin ich auch. Es ist nicht gut für sie, dazuliegen und nichts zu tun.« Diheg-El lachte zischend. »Wir können sie gleich mit nach oben auf die Ebene nehmen, denn wir alle, auch dieser Dummkopf

Ahag-Ga, werden auf die Erde gerufen. Komm mit, Zauberin. Die Arbeit wird dir Freude machen.«

Bald darauf fand sich Silvren allein auf einem unendlichen, gummiartigen Sumpf wieder, ohne eine rechte Vorstellung davon zu haben, wie sie hingelangt war. In der Dunkelheit bewegten sich Gestalten von allen Seiten auf sie zu. Sie stand ganz still und beobachtete sie, völlig frei von Furcht oder irgendeinem anderen Gefühl. Bald war sie von Wesen umgeben, die menschliche Köpfe und Rümpfe besaßen, aber in waagerechter Haltung auf sechs menschlichen Beinen gingen. Ihre Gesichter sahen aus, als hätten sie sich tragische Papiermasken mit geschlossenen Augen und offenen Mündern über den Schädel gezogen. Sie schwankten von einer Seite zur anderen und stöhnten. Blindlings suchten sie nach ihr, ohne zu wissen, warum. Silvren empfand keinen Widerwillen, nur Mitleid. Sie streckte die Hände aus, um ihre Gesichter zu berühren und ihren warmen, feuchten Atem zu spüren.

»Ich bin nicht wie die Shana, ich bin wie ihr«, sagte sie. »Bald werde ich sterben und eine von euch werden, und dann werde ich menschlicher und weniger böse sein, als ich jetzt bin. Oh, ich wünschte, ich könnte eure Augen öffnen. Das wäre mir eine Versicherung, daß ich hier nicht die einzige menschliche Seele bin. Ihr habt die Augen für Ashurek geöffnet, erinnert ihr euch?«

Ja, wir erinnern uns, schienen die menschlichen Herdentiere zu sagen.

»Jemand liebt mich so sehr, daß er sich meinetwegen an diesen schrecklichen Ort gewagt hat. Ist das nicht seltsam? Aber es ist wahr!«

Wir möchten unsere Augen öffnen, sagten die Seelen. *Wir würden die Augen für dich öffnen, wenn du uns sagtest, daß wir es tun sollen.*

»Ich weiß die richtigen Worte nicht.«

Das Böse triumphiert nur da, wo es keine Liebe gibt. Wir sind tot und verdammt, aber du bist am Leben und wirst ge-

liebt. Du kannst uns befreien, wenn du nur einen Weg findest, uns die Augen zu öffnen.

Blitzartig kam Silvren die Erkenntnis — wie es einem in der tiefsten Verzweiflung oder im Wahnsinn geschieht —, daß die Meinung, die sie über sich selbst hatte, eine subjektive Einschätzung sein mochte, nicht die objektive Wahrheit. Sie glaubte immer noch daran, aber da waren diese armen gefangenen Seelen und sahen in ihr das einzige Wesen in den Dunklen Regionen, das nicht böse war, sondern ihre einzige Hoffnung. Sollte sie ihnen vielleicht beweisen, daß sie unrecht hatten?

Sie trug jetzt die Verantwortung für diese Herde elender Wesen. Auf eine Weise war es eine richtige Erleichterung, die Gedanken von sich ab- und anderen zuzuwenden; Silvren fühlte sich dadurch irgendwie gereinigt. In diesem Augenblick, als sie auf dem Sumpf stand und die Herde sich kläglich um sie bewegte, sah sie die Dunklen Regionen mit anderen Augen, nicht als einen Ort alptraumhaften Entsetzens, sondern als etwas Fruchtloses und Unsinniges, als eine vollkommen wirkungslose Waffe.

»Ich habe keine Angst mehr«, sagte sie und empfand es als Offenbarung. »Kann man sich an Entsetzen und Furcht wohl so gewöhnen, daß man hindurchgeht und auf der anderen Seite unbeschadet wieder auftaucht? Auch wenn man das Entsetzen vor sich selbst empfunden hat? Ich weiß nur, daß ihr Hilfe nötiger braucht als ich.«

Du bist unsere Hirtin. Der Hirte weiß die Worte immer, seufzten die Menschentiere zur Antwort.

»Laß dir das ja nicht einfallen«, krächzte eine harte metallische Stimme in ihrer Nähe. Silvren sah sich nach ihr um. Auf dem Rücken eines ihrer Wesen saß Limir, die höllische Spottgestalt eines Vogels.

»So, ich bin fertig. Vier Pfeile müßten genug sein«, sagte Calorn einige Zeit später. Der improvisierte Bogen war mit einer Schnur gespannt, die Calorn in ihrem Rucksack gehabt hatte, und Pfeile hatten sie hergestellt, indem sie gerade gewachsene Zweige schärften und einkerbten. Sie hatten entdeckt, daß die zähen Blätter der fremdartigen Bäume aufgeschnitten und als Steuerfedern benutzt werden konnten. Zum Versuch schoß Calorn zwei Pfeile in einen Baumstamm und meinte: »Hm. Nicht schlecht. Es wird gehen. Möchtest du es auch einmal versuchen?«

Sie hielt Medrian den Bogen hin. *Ja, Ja, nimm den Bogen. Warte, bis sie sich abwendet. Dann* ... Medrian kämpfte gegen die hypnotischen Worte und das vernunftwidrige Gefühl, sie brauche nur Calorn zu töten, damit aller Schmerz aufhöre.

»Nein. Nein, lieber nicht«, antwortete sie hastig.

»Du mußt doch nicht.« Calorn streifte sie mit einem neugierigen Blick. »Dann komm, gehen wir jagen.«

Sie fanden einen Teil des Waldes, wo das Unterholz dünn war und die Bäume weit auseinander standen. Hier lebten eine Menge Kaninchen, schlappohrige, silbergraue Tiere, so groß wie Hasen. Calorn wartete, während Medrian einen Halbkreis schlug, um die Tiere aufzuscheuchen und ihr zuzutreiben. Geschickt erlegte Calorn drei und ging hin, sie aufzuheben. Dann fragte sie sich, wo Medrian abgeblieben sei, und hielt nach ihr Ausschau. Schließlich entdeckte sie sie. Wie eine aus Alabaster gehauene Figur stand sie zwischen zwei hohen Bäumen.

Wenn du denkst, du kannst es vermeiden, die Frau zu töten, einfach indem du eine Waffe ablehnst, irrst du dich, murmelte der Wurm, und seine Gedanken stachen wie vergiftete Dornen in Medrians Gehirn. *Eine Waffe ist nicht notwendig. Ich kann dich dazu bringen, sie zu töten, ohne sie auch nur zu berühren.*

»Ich glaube dir nicht«, antwortete Medrian hartnäckig.

Ich werde dich dazu bringen, mir zu glauben. Sieh dir das Tier da an ...

»Nein. Nein!« Sie wehrte sich verzweifelt, aber die Willenskraft entglitt ihr, als rutschten ihr zackige Eisklumpen durch die Hände. Wenige Fuß von ihr entfernt saß ein großes Kaninchen und sah sie an. Die Schlange zwang sie, den Kopf zu drehen, bis sie den Blick genau auf das Tier gerichtet hatte.

»Nein. Tut das nicht ... bitte«, flehte sie und versuchte mit aller Kraft, sich zu bewegen. Aber die Macht der Schlange hielt sie wie mit Stahlklammern fest.

Und Calorn wurde aus der Ferne Zeugin von etwas Außergewöhnlichem und Entsetzlichem.

Sie sah Medrian starr wie einen Stein dastehen, und sie sah das Kaninchen vor ihr, bewegungslos bis auf das Zucken seiner langen, farblosen Schnurrbarthaare. Anfangs dachte sie, es sei vor Furcht gelähmt und Medrian habe vor, es zu fangen. Doch es lag etwas Unnatürliches, Unheimliches in ihrer Haltung und ihrem Gesichtsausdruck. Es war, als glühe ihr Gesicht schwach in einem grausigen, ätzenden Licht, das über ihren Augen lag wie bläuliches Eis.

Calorn wurde plötzlich von der gleichen kalten Furcht gepackt wie damals in den Dunklen Regionen.

Das Kaninchen welkte unter Medrians konzentriertem, unnatürlichem Blick. Zitternd, dünne Angstschreie ausstoßend, fiel es um, schlug ein paarmal mit den Läufen aus und war tot.

Das schreckliche Licht auf Medrians Gesicht erlosch. Sichtlich erschüttert, verbarg sie das Gesicht in den Händen.

»Medrian — was ist denn bloß los?« rief Calorn und wollte zu ihr laufen.

»Nicht — komm mir nicht nahe!« Medrian wandte den Kopf ab und streckte abwehrend die Hand aus. »Geh ins Lager zurück — ich komme gleich nach.«

Calorn befolgte die Anweisung. Es war nicht ihre Art, jemanden im Stich zu lassen, der so offensichtlich in Not war, und sie fand keine Entschuldigung dafür, daß sie kehrtmachte und beinahe im Laufschritt davoneilte. Es war eine irrationale, unbeherrschbare Furcht, um so schlimmer dadurch, daß kein grausiges Geschöpf der Dunklen Regionen sie hervorgerufen hatte, sondern eine Frau, die sie als Freundin betrachtete.

Am Feuer angekommen, mußte sie sich zwingen, anzuhalten und nicht weiter zu fliehen. Schwer atmend lehnte sie sich gegen Taery Jasmena, und sein warmer, fester Körper vertrieb langsam die Kälte aus ihrem Herzen.

Sie wollte nicht einmal darüber nachdenken, was sie eben gesehen hatte.

Ein paar Minuten später kam Medrian, jetzt vollkommen ruhig. Sie trat vor Calorn hin, vermied aber, ihr in die Augen zu sehen. Medrian wirkte wieder ganz normal, menschlich, zerbrechlich und erschöpft. Ihre Lippen teilten sich, und sie murmelte: »Es tut mir leid.«

»Aber — dieses Kaninchen ...« entfuhr es Calorn unwillkürlich.

»Ich weiß«, antwortete Medrian dumpf, und nach einer Pause von ein paar Sekunden: »Bitte, erzähle es den anderen nicht.«

»Gut. Ich sähe auch keinen Sinn darin.«

»Damit hast du recht. Häuten wir lieber die Kaninchen ab.«

Der Wurm tobte gegen Medrian, aber sie fühlte sich ihm entrückt. Sein Versuch, seine Überlegenheit zu beweisen, indem er das Kaninchen tötete, hatte sie bis ins innerste Herz mit Widerwillen erfüllt. Ein Tier war schlimm genug; bei der Vorstellung, sie könne zu einem ähnlichen grausigen Mord an Calorn gezwungen werden, schüttelte es sie. Sie war so krank vor Abscheu gewesen, daß sie irgendwo eine verborgene Kraftreserve gefunden hatte, und Zorn und Verzweiflung, von dem Wurm in ihr geweckt, waren zur Waffe gegen ihn geworden. Sie hatte sich ihm widersetzt, und sie hatte gesiegt.

Jetzt jammerte er vor Enttäuschung und Wut, aber zur Zeit konnte er sie nicht berühren. Die Anstrengung, die es gekostet hatte, Medrian in diesen wenigen Augenblicken zu beherrschen, hatte ihn ebenso ermüdet wie sie. Medrian erinnerte sich an eine Gelegenheit, als sie ihn ihrem Willen unterworfen hatte. Ashurek hatte einen Dämon heraufbeschworen, der sich dann weigerte, in die Dunklen Regionen zurückzukehren. Sie hatte M'gulfn gezwungen, ihm den Befehl dazu zu geben. Das hatte ihr der Wurm nie verziehen. Zur Strafe hatte er sie von Gastada auf die scheußlichste Weise foltern lassen, doch war er nicht der Meinung, nun sei der Gerechtigkeit Genüge geschehen...

»Ach, sei ruhig«, murmelte sie ihm zu, wie eine Mutter, die ein trotziges Kind schilt. Überraschenderweise hörte er auf, zu toben und sie zu beschimpfen. Sein plötzliches Schweigen ließ Unheil ahnen.

Es wurde dunkel, und Ashurek war nicht zurückgekehrt. Die beiden Frauen brieten und aßen ein Kaninchen und teilten dann die Wachen ein. Aber als Medrian sich gerade in ihren Mantel wickeln und einschlafen wollte, fragte Calorn: »Was ist das?«

»Was?« Medrian setzte sich hoch und spähte über die Lichtung, die von dem unheimlichen roten Glühen des Feuers erhellt wurde. In den grauen und schwarzen Schatten stand, kaum zu erkennen, ein schwarzes Pferd. Es war ein häßliches Tier, zu lang im Rücken und mit einem verkniffenen, übellaunigen Ausdruck. Sogar in dieser Finsternis leuchteten seine Augen strahlend blau.

»Ihr Götter«, keuchte Medrian.

»Oh, es ist nur ein Pferd. Aber eine widerliche Kreatur. Was es hier wohl tut?«

»Das kann uns gleichgültig sein. Wir müssen es wegscheuchen.« Medrian stand auf, schob sich rückwärts zwischen die Bäume, ohne den Blick von dem Pferd abzuwenden, riß kräftige Zweige ab und schob sie ins

Feuer. »Hilf mir. Wir wollen es mit brennenden Knüppeln verjagen.«

»Warum nicht mit Pfeil und Bogen?«

»Weil sie nichts nützen; die würde es kaum spüren. Es ist eine Kreatur der Schlange, weißt du.«

»Aber verjagen können wir es?«

»Ja.« Medrian lächelte tatsächlich, wenn auch freudlos. »Diese Tiere sind nicht sehr klug.«

»Dann wollen wir in Schichten arbeiten. Eine von uns steckt die Zweige an, während die andere es scheucht.«

»Ja, ich gehe als erste.«

Medrian schritt über die Lichtung und schwang einen Zweig, an dessen Ende eine große Flamme loderte. Das Pferd schnaubte, entblößte die Zähne und wich unsicher zurück. Das Feuer näherte sich Medrians Händen und begann, sie zu verbrennen. Trotzdem bedrohte sie das Tier so lange, bis sie gezwungen war, den Zweig fallenzulassen. Dann nahm Calorn ihre Stelle ein, sprang mit Geschrei auf das Pferd los und durchfuhr die Luft mit geisterhaften Feuerstrichen. Am Lagerplatz wieherte der Zelter vor Angst, aber er war angebunden und konnte nicht durchgehen.

Wieder war Medrian an der Reihe. Das schwarze Pferd zog sich jetzt unter die Bäume zurück. »Geh! Ich brauche dich nicht mehr!« murmelte sie zwischen zusammengebissenen Zähnen. Sie war schon ein ziemliches Stück in den Wald eingedrungen, als sie Calorn am Lagerfeuer vor Schreck und Schmerz aufschreien hörte. Sofort lief sie zu ihr zurück und sah ein neues Wesen der Schlange.

Es ähnelte einem großen weißen Bären, aber seine geschmeidigen Bewegungen erinnerten auch an einen Affen. Sein dichter Pelz strömte einen ranzigen, muffigen Geruch aus, und seine Augen waren von dem gleichen sengenden Blau wie die des Pferdes. Das Tier war lautlos hinter Calorn herangekrochen, und sie hatte es erst im letzten Augenblick bemerkt. Doch dann war sie herumgefahren, so daß der mächtige Hieb, der nach ihrem Kopf gezielt gewesen war, nur ihre Schulter streifte. Ihr Mantel schützte sie, wenn auch die langen, säbelförmigen Klauen noch durch den Stoff zu spüren waren.

Calorn und Medrian schwangen die brennenden Zweige gegen das Tier, allein der Bär ließ sich nicht so leicht einschüchtern wie das Pferd. Er wiegte den Kopf von einer Seite zur anderen, und etwas zwischen einem Brummen und einem Brüllen drang aus seinem roten Fleischfressermaul hervor. Rauch und Hitze verwirrten ihn; er erhob sich auf die Hinterbeine und schnüffelte danach. Nach ein paar Schritten in aufrechter Haltung mußte er sich wieder auf alle viere niederlassen, und dann griff er die beiden Frauen mit den Vordertatzen an. Medrian sah die gekrümmten, bösartigen Klauen an ihrem Gesicht vorbeisausen. Der Feuerbrand wurde ihr aus der Hand gerissen. Die Schnauze des Bären war ihr nahe, die Reihen elfenbeinerner Reißzähne glänzten vor Speichel, sein Atem streifte stinkend und dampfend ihre Wangen. Sie stolperte zurück, zog Calorn mit sich auf die andere Seite des Feuers.

Jetzt wußte sie den Grund für das Schweigen des Wurms. Er hatte sich entschieden, sie körperlich statt geistig zu besiegen. Die Tiere würden sie selbst außer Gefecht setzen oder sogar gefangennehmen und Calorn töten.

»Beim Himmel«, zischte Calorn, »da sind noch mehr — sieh doch!« Nebelhafte weiße Gestalten bewegten sich zwischen den Bäumen und drangen auf die Lichtung vor. Der Gestank der Bären füllte die Luft. Taery Jasmena stieg aufgeregt in die Höhe. Der Pflock, an dem er festgebunden war, löste sich aus dem Boden, und er rannte in den Wald. Die Bären beachteten ihn nicht.

»Sind das auch Kreaturen der Schlange?« Calorn versuchte, ihre Stimme ruhig zu halten.

»Ja.« Medrian zog einen neuen Zweig aus dem Feuer und schwang ihn vor dem Kopf des Bären hin und her.

Er folgte ihm mit den Augen, als werde er hypnotisiert. Dann brummte er, schnappte nach der Flamme und wimmerte, als sie ihm die Schnauze verbrannte. »Hast du Pfeil und Bogen zur Hand? Diese Tiere sind nicht so unempfindlich wie das Pferd.«

Jetzt rückten die anderen Bären auf die Lichtung vor. Calorn zählte sieben. Die Muskeln spielten beim Gehen unter ihren zottigen Pelzen; auf ihre Art waren sie prachtvolle Geschöpfe, doch kennzeichnete die affenähnliche Geschmeidigkeit ihres Ganges sie als unnatürlich. Irgendwie hatten sie etwas schrecklich Verkehrtes, Mißgestaltetes an sich. Und das seelenlose Glotzen ihrer zyanblauen Augen war für Calorn ebenso abstoßend wie das ätzende Licht der Dämonen.

Sie nahm ihre Waffe und zielte sorgfältig auf den Bären, der Medrian bedrohte. Der erste Pfeil drang ihm in die Kehle. Er blieb stehen und heulte vor Wut. Der zweite traf sein Auge, und immer noch blieb er auf den Füßen. Er torkelte, und deshalb ging der dritte Schuß daneben, aber der vierte traf ebenfalls den Kopf. Endlich fiel der Bär schwer zur Seite und starb. Graues Blut quoll aus seinen Wunden.

Doch jetzt fielen die anderen Bären über sie her. Brummend fuchtelten sie mit den Klauen, die wie Stahldolche waren. Das Lagerfeuer war fast ausgegangen. Medrian und Calorn hatten nur noch einen einzigen anständigen Feuerknüppel übrig, und der verzehrte sich rasch, als Medrian ihn vor den Nasen der Bären schwang, so daß sie sich verstört zurückzogen. Calorn versuchte, ihre Pfeile zurückzuholen. Ein Bär schlug mit den Klauen nach ihrem Kopf. Sie duckte sich und benutzte den Kadaver des erlegten Bären als Schild.

Es war hoffnungslos. Sie konnte sich nicht hinstellen und Pfeile in die eine Richtung schicken, weil sie dadurch für die Tiere hinter und seitlich von ihr verwundbar wurde. Das Feuer würde bald verlöschen, und damit verloren sie das bißchen Schutz, das es ihnen geben konnte. Wenn sie nur Schwerter, Speere, irgend etwas hätten! Calorn sah, wie Medrian ausweichen wollte, doch die Klauen trafen ihre Schulter, und sie taumelte. Wir haben keine Chance, dachte Calorn. Noch wenige Stunden, dann wären sie völlig erschöpft. Dann würden die Bären aufhören, mit ihnen herumzuspielen, und Ernst machen ...

Zu spät spürte Calorn den feuchten, stinkenden Atem auf ihrem Hals. Aus dem Augenwinkel sah sie ein weißes Aufblitzen, und sie spürte einen stechenden Schlag auf den Hinterkopf. Klauen harkten durch ihr Haar. Der Boden raste nach oben, ihr entgegen. Hilflos lag sie da, das Gewicht der Bärentatze drückte auf ihren Rücken, die Schnauze schnüffelte heiß über ihre Schulter.

»Medrian! Medrian!« ächzte sie. Vielleicht hatte sie nicht laut genug gerufen; ihr klangen die Ohren, und das schuf die unheimliche Illusion, alles sei still. Der Augenblick zog sich in die Länge, und sie nahm winzige Einzelheiten mit einer Schärfe wahr, als habe sie alle Zeit der Welt, über die nachzudenken: Rote Funken stiegen von dem Feuer auf und glühten hell in der Finsternis; etwas Hartes, wie ein Stein, grub sich ihr schmerzhaft in die Rippen. Dunkelheit wollte sie verschlingen, doch sie schaffte einen halben Atemzug und keuchte mit aller Kraft: »Medrian!«

Immer noch kam keine Antwort. Sie war auch gefallen, oder aber — Calorn wand sich, so sehr wehrte sie sich gegen die plötzlich auftauchende, gräßliche Illusion, daß Medrian nicht auf dem Boden lag, sondern jenseits des Kreises der Angreifer stand, zusah, lächelte, weit mehr ein Kind der Schlange als die Bären.

9
»Der Gnade des Stabes anheimgegeben«

Estarinel fiel und fiel durch blaue Unendlichkeit. Nach dem Schock des Sprungs hatte er erst überhaupt nicht atmen können. Als er sich nun an das widerwärtige Gefühl gewöhnte, begann er, unregelmäßig und krampfhaft Luft zu holen. Die Klippenwand, an der er vorbeistürzte, war von einem sandig-braunen Blau, der Himmel war unveränderlich, gleichmütig. Nach einem Jahrhundert, wie es ihm vorkam — in Wirklichkeit waren es nur ein paar Sekunden —, war er überzeugt, er sei dazu verurteilt, auf ewig zu fallen. Hilfloses Entsetzen überschwemmte ihn. Er zappelte, wehrte sich, obwohl Widerstand unmöglich war.

Seine Bewegungen hatten nur den Erfolg, daß er sich auf die senkrechte Wand zudrehte. Seine Hand scharrte darüber hin, und für einen Sekundenbruchteil sah er deutlich altes braunes Felsgestein, strukturiert mit Spalten und Rissen, die wie zum Hohn auf seinen rasenden Sturz von oben nach unten verliefen. Jeder Muskel in seinem Körper war angespannt, seine Kiefer verkrampften sich. Die Geschwindigkeit seines Falls wurde immer höher, und jetzt fing er gar an zu kreisen.

Als er das erste Mal gegen die Klippenwand prallte, strahlte der Schmerz auf sämtliche Knochen aus. Er streckte die Arme vor, um den zweiten Schlag abzuwehren, und überschlug sich. Hilflos schlang er die Arme um den Kopf und machte sich in einem Nebel dumpfer Erwartung auf den nächsten Zusammenstoß gefaßt.

Er kam, stauchte und verletzte ihn. Wieder und wieder wurde er, schlaff wie eine Stoffpuppe, gegen die erbarmungslose Wand geschleudert. Langsam wurde ihm in diesem Alptraum bewußt, daß er nicht mehr durch leeren Raum fiel. Die körperlichen Qualen blieben sich gleich; immer noch schlug er gegen den Fels. Aber jetzt wich die Wand von der senkrechten Linie ab, bog sich unter ihm, um seinen geschundenen Körper aufzuhalten und die Geschwindigkeit seines Falls zu vermindern. Dann prallte er nicht länger von der Oberfläche ab, sondern rollte und rollte. Der Schmerz ließ nach, die Aufschläge verloren an Heftigkeit. Ja, er rollte ... Die Bewegung wurde fließend, beinahe beruhigend. Alle seine Muskeln entspannten sich, ein wundervolles Gefühl. Immer langsamer ging es abwärts, der Boden fing ihn auf, brachte ihn sanft zur Ruhe, wie Eltern ein Kind, das gefehlt hat, erst strafen und dann trösten.

Estarinel lag still. Ganz allmählich verebbten die Schmerzen, die seinen Körper durchstachen. Erschöpft und benommen blieb er lange Zeit liegen, unfähig, die Augen zu öffnen oder nachzudenken. Es war eine unbeschreibliche Erleichterung, auf ebenem Boden zu sein. Nichts sollte ihn von dieser einfachen Freude ablenken. Vor seinem geistigen Auge sah er die weite Fläche körnigen Steins, im Zickzack durchlaufen von Rissen, und den vollkommenen blauen Himmel darüber. Sie waren von reiner, überwältigender Schönheit.

Eigentlich hätte er nach einem solchen Sturz tot oder zumindest schwer verletzt sein müssen. Aber der Silberstab hatte seine eigenen Gesetze. Er mochte über kaltblütiges Morden nicht erhaben sein. Aber offenbar wollte er ihn jetzt noch nicht tot sehen.

Estarinel öffnete die Augen, und sofort bekam er den nächsten Schock.

Er lag nicht auf der Oberfläche, die er sich vorgestellt hatte, sondern auf einem Rasen mit kurzem, grindigem Gras. Vor ihm erhob sich etwas wie ein Grabhügel. Auf dem Grabhügel stand ein viereckiger schwarzer Turm, dessen Anblick ihn zutiefst entmutigte. Zwillingssonnen beleuchteten die Szene und badeten sie in einem kränklichen, grünlichen Licht. Es war ein kahler, öder, verlassener Ort, und Estarinel verabscheute ihn instinktiv.

Er setzte sich hin und versuchte, etwas Leben in seine verkrampften Glieder zu reiben. Dann nahm er ein Stück h'tebhmellisches Brot aus seinem Beutel und zwang sich, es zu essen. Es gab ihm ein bißchen Kraft und Mut zurück. Müde, aber entschlossen, sich auch allem anderen zu stellen, was der Silberstab zu bieten hatte, ging er auf den bösen Turm zu.

Als er den Hügel hinaufstieg, eilte eine Gestalt an ihm vorbei. Zu seinem Erstaunen erkannte er die mandeläugige Frau. Ihr schwarzes und purpurnes Gewand flatterte hinter ihr her wie die Flügel einer Riesenmotte, und ihr Haar war wie ein zerfetzter Wimpel. Sie erreichte den Turm und betrat ihn durch eine schwarze, mit Nägel beschlagene Tür, die sich mit lautem Knall hinter ihr wieder schloß.

Also hatte sie doch noch den Mut gefunden zu springen, dachte Estarinel. Er hatte jetzt zumindest eine Rivalin bei der Suche nach dem Silberstab, und es konnte sich herausstellen, daß sie würdiger war als er, ihre Not drückender, ihre Welt von etwas noch Schrecklicherem als dem Wurm bedroht...

Estarinel versuchte, diese Gedanken beiseitezuschieben, faßte den eisernen Ring in der Tür und schob sie auf.

Drinnen war es dunkel. Als seine Augen sich angepaßt hatten, sah er, daß er am Fuß einer Wendeltreppe stand. Die Kanten der Stufen glitzerten schwach. Sich an der Wand zu seiner Linken entlangtastend, machte er sich an den Aufstieg.

Er war vorsichtig. Der Turm wirkte von innen ebenso bösartig wie von außen, und die Treppe, steil und ungleichmäßig, war geeignet, Klaustrophobie hervorzurufen. Estarinel wurde die Angst nicht los, die Treppe könnte unter ihm zerbröckeln oder es schleiche ihm irgendein Wesen von oben entgegen...

Da war etwas. Geräuschlos tappte ein großer weißer Bär mit funkelnden zyanblauen Augen die Stufen herunter. Sein Maul mit den feuchten Fangzähnen stand offen wie bei einer Schlange.

Estarinel erstarrte. Ehe er eine Chance hatte, sich zu verteidigen, war der Bär über ihm — und verschwunden, an ihm vorbei oder durch ihn hindurch, als habe er überhaupt keine Substanz. Estarinel drehte sich um, und für einen Augenblick war ihm, als sehe er Calorn und Medrian. Da wußte er, daß der Bär eine Gefahr für sie darstellte, nicht für ihn.

Die Bilder waren fort. Das mußte ein weiterer Trick gewesen sein, um ihn zu verwirren. Entschlossen stieg er weiter nach oben.

Plötzlich endeten die Stufen, aber nicht im Leeren. Sie führten zu einer kleinen schwarzen Tür. Estarinel öffnete sie und trat zögernd in eine dunkle Kammer.

Mehrere Sekunden lang konnte er gar nichts sehen. Dann geschah etwas. Unmerklich veränderte sich das, was er wahrnahm, und er fand sich an einem anderen Ort, in einer anderen Zeit wieder. In Forluin. Und er war ein jüngeres Ich. Es war nicht so, daß er sich an ein Ereignis erinnerte, sondern er erlebte es von neuem, ohne von der Schlange oder dem Silberstab zu wissen, als der glückliche unschuldige Junge, der er gewesen war.

Er wanderte mit Falin und seiner jüngeren Schwester Lothwyn durch den Wald. Unter ihren Füßen wuchs üppiges grünes Gras, das nach einem kurzen Schauer in Regenbogenfarben funkelte. Silbergoldener Sonnenschein drang durch die Bäume, so daß die Blätter in einem komplizierten Muster jede Schattierung von durchscheinendem Grün zeigten, wie viele Schichten eines schimmernden Spitzengewebes. Der süße Geruch nach nassem Boden erfüllte die Luft. Sie lachten, weil Falin erzählte, wie heute morgen eine Ziege in ihre Küche gekommen war. Sie machte sich über die besten Mostäpfel seiner Mutter her, und sie jagten das Tier in dem vergeblichen Versuch, es hinauszuscheuchen, immer rund um den Tisch ... Sie konnten nicht mehr vor Lachen. Und sie lachten, weil sie zusammen waren — Lothwyn zwischen ihm und Falin, Arm in Arm mit beiden — und weil der Morgen schön war und sie lebten und durch diesen schönen Morgen wanderten.

Dann stießen sie auf eine Gazelle, die verletzt auf ihrem Weg lag. Sie mußte mit dem Fuß in einen Kaninchenbau geraten sein und sich das Bein gebrochen haben. Hilflos blickte sie mit großen, feuchten braunen Augen zu ihm auf.

»Ich will schnell Lilithea holen«, erbot sich Falin. »Sie wird wissen, was zu tun ist.« So knieten Estarinel und Lothwyn bei dem Tier nieder, taten ihr Bestes, es zu beruhigen, und warteten. Bald eilten Falin und Lilithea über den grasigen Pfad herbei. Lilithea trug ihren Sack mit Heilkräutern und Salben.

Sie beugte sich über das Tier und untersuchte es. Ihr dichtes bronzebraunes Haar fiel nach vorn und versteckte ihr zartes Gesicht. Sie flüsterte der Gazelle sanft zu, streichelte ihr rostfarbenes Fell mit beruhigenden Händen, bis die Atmung sich verlangsamte. Dann richtete sie sich auf und sagte: »Ich kann nichts für sie tun. Das Bein ist an zwei Stellen gebrochen. Selbst wenn ich ihr eine Schlinge machte, damit sie nicht herumlaufen könnte, würde es nicht heilen. Sie hätte nur große Schmerzen auszustehen.«

»Oh, das arme Ding!« rief Lothwyn aus. Lilithea griff in ihren Sack und holte einen kurzen Bogen und einen kleinen scharfen Pfeil heraus. Estarinel erkannte, was sie vorhatte. Ihr Ausdruck war entschlossen, aber die rosige Farbe war aus ihren Wangen gewichen, und ihre Hände waren unsicher.

Estarinel nahm ihr Pfeil und Bogen ab und sagte: »Ich werde es tun, Lili.«

»Genau ins Auge. Nicht zögern«, riet sie ihm. Lothwyn verbarg das Gesicht an Falins Arm. Lilithea hielt das Tier behutsam still, während Estarinel tat, wie ihm geheißen worden war, und es tötete.

Er gab Lilithea den Bogen zurück. Ihre großen dunklen Augen ruhten auf seinem Gesicht, und sie leuchteten in einer Mischung aus Kummer und Dankbarkeit.

»Ich danke dir«, sagte sie leise. »Mir fällt es furchtbar schwer, das zu tun.«

»Ich hätte es überhaupt nicht fertiggebracht!« rief Falin überzeugt.

»Nun, begraben wir das arme Wesen.« Estarinel legte einen Arm um Lothwyn, die mit den Tränen kämpfte. Und sie gingen zwischen die Bäume und suchten einen Platz zum Graben, und damit endete die Szene.

Estarinel war wieder in der dunklen Kammer. Er hob die Hand und rieb sich die Stirn, um sich in die Gegenwart zurückzuholen. Das war keine Erinnerung gewesen, kein Traum. Er hatte etwas, das vor mehreren Jahren geschehen war und an das er lange Zeit kaum noch mit einem Gedanken gedacht hatte, wirklich von neuem durchlebt. Was mochte es zu bedeuten haben? Es konnte doch keine Prüfung sein?

Estarinel schüttelte den Kopf. Die Kehle war ihm eng geworden. Die Zeit hatte die Erinnerung an Forluin, wie es vor dem Angriff des Wurms gewesen war, verwischt. Jetzt kehrte sie so lebhaft zurück, daß die alte Qual wieder erwachte. Er klammerte sich an den Gedanken, daß wenigstens Lilithea noch lebte — oder würden auch sie und Falin in Kürze Opfer M'gulfns werden?

Er durchquerte die Kammer, die Hände ausgestreckt wie ein Blinder. Eine zweite Tür führte zu einer weiteren Steintreppe, die sich nach oben wand — und auch dort war eine Kammer, so dunkel wie die erste. Estarinel trat ein, schloß die Augen.

Wieder war er an einem anderen Ort.

Regen peitschte auf verkohlte, faulende Holzbalken in einem halb in Trümmern liegenden Steingebäude. Das Dach fehlte, und durch die Öffnung drang ein bedrückendes Zwielicht, erstickt von nasser Asche und dem Geruch nach Verfall: dem Geruch des Wurms. Ein unheilverkündendes Krachen füllte das Haus, als stürze es immer noch weiter ein. Estarinel kniete am Fußboden. Er erschauerte unter dem Regen auf seinem Rücken. In Forluin war überall, wo die Schlange gewesen war, nichts übriggeblieben als Asche, und der Anblick machte ihn krank.

Das Haus war ihm grausam vertraut. Es war sein Haus — der Hof seiner Familie —, und dies war keine Erinnerung, sondern ein wirkliches Ereignis, das er jetzt beobachtete wie ein körperloser Zuschauer in einem Traum.

Ein schwacher Schrei war zu hören — eine Frau rief um Hilfe. Die Stimme war ihm vertraut, es war die Stimme seiner Mutter ...

Leichte Füße rannten, zwei neue Stimmen erhoben sich in Panik. Und jetzt erkannte er zwei schlanke, vom Regen durchnäßte Gestalten, die sich über eingestürzte Balken beugten.

»Mutter, Mutter!« riefen sie. Es waren seine Schwestern Arlena und Lothwyn.

»Die Wand ist auf mich gefallen, ich konnte nicht rechtzeitig weglaufen.« Als er die Stimme seiner Mutter hörte, schrie Estarinel auf und versuchte vorwärtszukriechen. Aber obwohl er sehen, hören und fühlen konnte, war er unfähig, sich zu bewegen oder sich mitzuteilen. Denn er war nicht wirklich anwesend.

Seine Schwestern bemühten sich unter kläglichem Weinen, die Balken wegzuzerren, die ihre Mutter begruben.

»Es geht nicht, Mutter ...«

»Lauft!« rief seine Mutter. »Lauft nach draußen, das ganze Haus stürzt ein. Rettet euch — geht, meine Lieben, bitte!«

Um der Dame willen, könnt ihr mich nicht hören? Könnt ihr mich nicht sehen? schrie Estarinel lautlos, gefoltert von seiner Machtlosigkeit. Regen und Asche und die

Krankheit der Schlange fielen auf ihn nieder, während er zusah, wie sich seine Schwestern weinend über die verschüttete Mutter beugten. Und als sie ohne Erfolg mit den Balken kämpften, brach der Rest der Wand zusammen, und seine Schwestern — er hörte sie husten und schreien — verschwanden unter Steinen und qualmendem Holz.

Er konnte Lothwyn immer noch sehen, aber sie schrie nicht mehr, und sie bewegte sich nicht mehr. Ihr Haar breitete sich wie eine Lache dunklen Wassers über den Schutt aus. Von Arlena und seiner Mutter sah er nur noch — Hände. Drei weiße Hände streckten sich aus den Trümmern, schlaff, anmutig, skulpturenhaft, als seien sie in verschiedenen beschreibenden Gesten erstarrt. Wie fremdartige Bäume, die in einer bizarren, trostlosen Landschaft wuchsen.

Jammer und hilfloser Zorn überfluteten ihn. Er verfluchte die Schlange, kämpfte wie ein Wahnsinniger gegen die alptraumhafte Lähmung. Ja, er *war* wahnsinnig in diesen Augenblicken des Entsetzens und des Kummers.

Das Haus drehte sich um ihn, die Zeit wurde weitergespult. Er blickte in das Schlüsseltal hinab, sah es in graues Gift getaucht, und irgendwo hörte er Medrian durch einen dichten Nebel sagen: »... es wird dich umbringen ... es wird dich umbringen ...« und dann: »Es tut mir leid ... leid ...«

In dem dunklen Turm kam er wieder zu sich. Er lag auf dem Fußboden und zitterte krampfhaft. Es dauerte lange Zeit, bis er sich erinnerte, wo er war und welche Aufgabe man ihm übertragen hatte. Er setzte sich hoch, zog die Knie an, legte den Kopf auf die Arme. Woher hatte der Silberstab das Wissen und die Macht, daß er ihm eine Szene zeigen konnte, die geeignet war, ihn um den Verstand zu bringen? Was er gesehen hatte, war zweifellos die Wirklichkeit gewesen. So waren seine Mutter und seine Schwestern tatsächlich gestorben. Es war unerträglich. Von allem, was er durchgemacht hatte, war dies das Schlimmste. Unerträglich.

Calorn hatte ihm gesagt, die Prüfungen würden schwer und sogar ungerecht sein. Aber diese war grausam, schlimmer als grausam, sie war gespenstisch, sie war menschenverachtend in ihrer extremen Gefühllosigkeit. Der Silberstab war eine Wesenheit ohne Erbarmen. Estarinel verabscheute ihn. Er war nicht besser als die Schlange.

Deshalb gab er auf. Er, Medrian und Ashurek waren hereingelegt worden, Calorn auch, und sogar die H'tebhmellerinnen. Sie hätten wissen müssen, daß es nichts gab, was ihnen gegen die Schlange helfen konnte. Und irgendwer hatte ihnen eine falsche Hoffnung eingeflößt, nur um sie noch mehr zu verhöhnen und zu quälen. Resigniert überließ er sich der Dunkelheit. Er hatte nur noch den Wunsch zu sterben.

Als er etwas Scharfes an seiner Hand spürte, zuckte er nicht einmal zusammen, und er machte erst recht keinen Versuch, ihm auszuweichen. Es fühlte sich wie Klauen an ... die Klauen eines Vogels, die sich um einen seiner Finger schlossen. Und eine weiche, süße Stimme, so schwach, daß er sie sich vielleicht nur einbildete, sagte: »Dies ist nicht die ganze Realität. Ich bin noch nicht tot, nur verlorengegangen. Wenn du Hoffnung finden willst, mußt du danach suchen ...«

Estarinel saß ganz still. Er fürchtete, wenn er sich bewegte, würde das Wesen verschwinden. Aber es verschwand sowieso, als sei es nicht mehr als ein Flöckchen Dunkelheit gewesen. Da stand Estarinel auf und dachte, so hart das auch sein mag, es ist nichts als ein weiterer Test. Ich kann und ich will damit fertigwerden. Ruhig ging er durch die Kammer, bis er die Tür fand, und stieg den nächsten gewundenen Treppenabschnitt zu der obersten Kammer hinauf.

Wie die anderen war sie völlig dunkel. Aber diesmal hatte er keine Vision. Er sah Lichter im Finstern flackern, geisterhaft und flüchtig, und eine leichte Brise voller Bosheit seufzte an seinem Gesicht vorbei. Ihm wurde kalt, und ihn packte eine Angst, die gleichzeitig unlogisch und lähmend war wie in einem schlechten Traum. Aber er hatte bereits so viel ertragen, daß er sich von seiner eigenen Furcht seltsam losgelöst fühlte, und so stand er ruhig da und wartete darauf, daß etwas aus der unheimlichen Düsternis auftauchen werde.

Das Licht wurde heller. Blasser Kerzenschein erleuchtete die runde, einfache Kammer und füllte ihre Winkel mit tanzenden Schatten. Auf der anderen Seite hielt eine große Gestalt, von Kopf bis Fuß mit etwas verhüllt, das nach einem Leichentuch aussah, einen hohen Leuchter und entzündete einen Docht nach dem anderen mit einer Kerze. In der Mitte des Raums lag eine Frau. Es war die, die er am Klippenrand kennengelernt hatte und die vor ihm in den Turm geeilt war.

Sie war tot.

Sie lag auf dem Rücken. Ihre Augen starrten blind in die Luft. Die purpurne und schwarze Dschellaba legte sich in Falten um ihren dünnen Körper. Ihr war die Kehle aufgerissen worden. Die Partie vom Kinn bis zum Schlüsselbein war eine Masse zerfetztes Fleisch, das von dunkelrotem geronnenen Blut glitzerte.

Links von ihr stand ein riesiger Wolf. Seine glühenden Augen richteten sich auf Estarinel, und seine Zunge hing ihm über die großen Zähne, von denen blutiger Speichel auf den Boden tropfte.

Rechts stand ein Kind von vielleicht drei Jahren, blond und rosig und unschuldig. Auch die verwunderten Augen des kleinen Jungen hingen aufmerksam an dem Forluiner.

»Jetzt kommt deine letzte Prüfung«, sagte die verhüllte Gestalt mit tonloser, nachlässiger Stimme. »Diese Frau ist, wie du siehst, brutal getötet worden.«

»Nichts, was du tust, kann mich noch überraschen«, flüsterte Estarinel, und es klang bitter vor Abscheu.

»Wir verlangen nichts weiter, als daß du den Mörder

identifizierst, damit der Gerechtigkeit Genüge getan und er hingerichtet werden kann. Der Wolf« — die Gestalt bewegte die Hand — »oder das Kind?«

»Du bist verrückt!« rief Estarinel, außer sich vor Verzweiflung.

»Du mußt wählen. Andernfalls hast du versagt.«

»Das ist ein Trick. Es muß der Wolf sein, oder? Aber das ist zu offensichtlich ... Da ich das weiß und mir sagen muß, folglich könne es nur das Kind sein, ist es vielleicht doch der Wolf.«

»So oder so«, sagte die graue Gestalt.

»Und wenn ich richtig wähle, wird der Mörder hingerichtet?«

»Ja.«

»Und wenn ich mich falsch entscheide?«

»Dann erleidest du das gleiche Schicksal wie diese Frau und wirst dazu benutzt, den nächsten zu prüfen, der in diesen Turm kommt.«

»Aber du weißt — du *weißt*, daß ich das Kind nicht wählen kann!«

»Tu, was du willst«, lautete die gleichmütige Antwort.

»Nun gut, dann will ich es dir sagen!« schrie Estarinel wütend. »*Ich* bin der Mörder! Allein meinetwegen ist diese Szene arrangiert worden! Hör auf mit dieser grauenhaften Scharade — hör sofort auf!«

Der Graue gab ein Geräusch von sich, das verdächtig nach einem Lachen klang.

»Du hast gut geantwortet«, sagte er.

»Was?«

»Ich sagte, du hast richtig geantwortet. Du hast die letzte Prüfung bestanden. Niemand wird hingerichtet; es war, wie du sagtest, eine Scharade. Ein philosophisches Rätsel. Um deinen Verstand zu testen.« Bei diesen Worten des Grauen bewegte sich das Kind. Seine Glieder verlängerten sich, die rosige Haut wurde dunkler. Und die Frau am Fußboden setzte sich, streckte die Arme aus und verwandelte sich langsam in etwas, das einer primitiven, biegsamen Tonfigur glich. Derweilen glättete sich das Fell des Wolfs. Ohren, Schnauze und Beine wurden in den Körper eingezogen. Die drei formlosen, bräunlichen Kreaturen berührten sich und verschmolzen zu einer annähernd humanoiden Form. Der Gestaltwechsler, der Estarinel während der ganzen Reise verfolgt hatte! Er wandte sich Estarinel zu und machte vor ihm eine tiefe, spöttische Verbeugung. Dann kräuselte er sich wie eine von Hitzedunst geschaffene Luftspiegelung und löste sich in nichts auf.

»Folge mir bitte.« Der Graue nahm von Estarinels offensichtlicher Verblüffung keine Notiz und antwortete nicht auf seine dringenden Bitten, ihm zu sagen, was vor sich gehe. Er hob die Hand und öffnete eine kleine Bogentür. »Die Zeit ist gekommen, das Urteil über dich zu sprechen.«

Estarinel hatte gemeint, sie seien oben im Turm; er erwartete, unten den blassen Hügel und die widerwärtigen grünlichen Sonnen zu sehen. Doch wieder hatte er sich geirrt. Sie waren im Erdgeschoß, und vor ihnen stieg ein Hang mit dichtem grünen Gras zwischen einer Allee aus stattlichen Blutbuchen empor, die unaufhörlich im Sommerwind raschelten.

Und am Ende der Allee stand auf dem Gipfel des Hügels eine Burg, eine schöne, schreckliche, großartige Burg aus rotem Glas. Sie war gewaltig, sie erhob sich über ihnen in einer Glorie aus satten, durchscheinenden Blut- und Scharlachtönen. Sonnenlicht ergoß sich über sie wie rotes Gold, und schneeweiße Wimpel flatterten fröhlich von ihren Türmen und Zinnen.

Estarinel erkannte sofort, daß dies ein Ort großer Macht war. Schon oft hatte er ihn in Augenblicken des Vorherwissens erspäht, und die Angst, die ihn dabei zu überfallen pflegte, war jetzt nicht geringer.

»Folge mir«, forderte die verhüllte Gestalt ihn von neuem auf. Sie schritt schnell die Allee entlang auf die Burg zu.

»Ich finde, nach allem, was ich habe durchmachen müssen, steht mir eine Erklärung zu«, stellte Estarinel ärgerlich fest. »Was hat das alles zu bedeuten?«

Der Graue schwieg eine Weile, doch schließlich antwortete er: »Dir steht nur eines zu, und das ist eine letzte Prüfung, ob du würdig bist, den Silberstab zu schwingen. Man hat dir gesagt, daß es Prüfungen geben würde. Wir sind nicht verpflichtet, sie dir zu erklären.«

»Prüfungen? Morde!« rief Estarinel, zitternd vor Wut über die Greueltaten des Silberstabes. Aber der Verhüllte sprach kein Wort mehr. Estarinel, überwältigt von der Nähe der Burg, ergab sich darein.

Ein niederdrückendes Gefühl nahenden Unheils erfüllte ihn bei dem Gedanken, dort eintreten zu müssen. Doch er schluckte seine Angst hinunter und marschierte entschlossen hinter dem Grauen durch einen hohen Bogeneingang. Im Inneren durchschritten sie Korridore und Hallen aus rotem Glas, Wände, Fußböden und Decken waren transparent, und Estarinel konnte in die dahinterliegenden Räume sehen, ein verwirrendes Muster aus rötlichem Licht wie die schimmernden Facetten eines Granatsteins. Dieses blutfarbene Glühen hatte etwas Beängstigendes, so schön es war.

Dann erkannte er weiter vor sich schattenhafte Gestalten, durch rotes Glas gesehen. Er spürte, daß sie ihn betrachteten. Sie waren so gesichtslos wie der Verhüllte neben ihm, und trotzdem wußte er, daß sie uralte Wesen mit schmalen Augen und langen, hellen Bärten waren. Und sie waren mächtig und herzlos, genauso, wie er sie in der Höhle der Verständigung gesehen hatte. Neutral, aber ohne jedes Mitgefühl.

Sie waren die Wächter, die Grauen.

Die Gestalt neben ihm befahl: »Warte hier«, und Estarinel blieb wie eine Aufziehpuppe stehen. Sie befanden sich in einem Raum mit vielseitiger Grundfläche, der wie das Innere eines Juwels war. Der Graue ging durch eine Tür, mischte sich unter die anderen und war bald nicht mehr herauszukennen. Estarinel hörte murmelnde Stimmen. Er wartete in finsterer Gemütsverfassung, beobachtete die Schatten, die sich hinter der durchscheinenden Glaswand bewegten. Das Rot der Burg war wie die Farbe des Blutes, das die Hände der Wächter beschmutzte, Calorns und Shaells und das der zahllosen anderen Ermordeten, an deren Tod sie zweifellos die Schuld trugen. Wie Ebbe und Flut wogte es durch die Luft.

Für Estarinel dehnte sich die Zeit, während der die Wächter miteinander sprachen, zu Stunden. Er fing ein paar Wörter aus dem allgemeinen Gemurmel auf, ohne sich einen Reim darauf machen zu können. Die Grauen kamen ihm vor wie Marionetten, fern und hölzern, als läge ihre Realität auf einer Ebene, die weit über sein Begriffsvermögen hinausging. Das Wissen, daß sie ihn beurteilten, füllte ihn mit Widerwillen.

»Sei nicht dumm. Das ist ganz unnötig.« Diese Worte hörte er deutlich, und er strengte die Augen an, um den Sprecher zu erkennen.

»Da bin ich anderer Meinung. Ich sage, er verdient eine Erklärung«, erwiderte eine zweite Stimme.

»Welchen Sinn soll das haben?«

»Damit er es besser versteht! Er ist kein Kind: Menschen begreifen mehr, als du dir vorstellen kannst!«

»Nun, du bist von uns der einzige, der es wissen sollte. Trotzdem halte ich es für Zeitverschwendung.«

»Und ich sage, du irrst dich!« antwortete der zweite Sprecher. »Ich muß mit ihm reden. Verstehst du denn nicht, daß ich ihm zumindest das schuldig bin?«

»Nein, diese offenbar — äh — menschliche Verpflichtung können wir nicht verstehen. Wenn es jedoch dein Wunsch ist, magst du zu ihm gehen. Wir haben keinen Grund, uns dem zu widersetzen.«

Estarinel sah, daß einer der Schatten sich von der Gruppe entfernte. Er glitt an der Wand entlang und kam durch die Tür zu ihm. Diese Gestalt war massig gebaut und von Kopf bis Fuß in helle Gewänder gehüllt, die das hier herrschende Licht rot färbte. Der Wächter blieb vor ihm stehen und sagte: »Estarinel von Forluin, wir haben deine Standhaftigkeit mit den verschiedenen Prüfungen, die dir in den Weg gelegt wurden, festgestellt. Unser Urteil über dich lautet, daß deine Absicht rein ist. Du bekommst die Erlaubnis, den Silberstab zu tragen.«

Estarinel empfand keine Siegesfreude bei dieser Ansprache. Seine Befürchtungen verschwanden mit einem Schlag, aber immer noch erfüllte ihn bittere Wut gegen die Wächter und den Silberstab.

»Zu welchem Preis?« fragte er, ohne eine Antwort zu erwarten.

»Ich werde dich jetzt zu dem Silberstab bringen«, kündigte der Wächter an.

»Warte«, bat Estarinel leise, aber entschlossen. »Ich möchte über die Natur dieses Dings, das ich tragen soll, Bescheid wissen.«

Der Wächter blieb stehen und betrachtete ihn durch den dünnen Schleier, der sein Gesicht verbarg. »Man kann ihn nicht beschreiben. Wenn du ihn berührst, wirst du erkennen, was er ist.«

»Ich glaube, daß er böse ist.«

»Nein, Estarinel, er ist nicht böse.«

»Wie kann ich irgend etwas glauben, das die Wächter sagen? Ich werde es nicht wissen, bis ich ihn berühre, und dann gibt es vielleicht kein Zurück mehr. Genau wie bei dem Steinernen Ei!« fauchte er.

»Nein. O nein, ich schwöre dir, daß er nicht wie das Steinerne Ei ist.« In die tiefe Stimme des Wächters schlich sich menschliche Bestürzung ein.

»Du schwörst es? Und die Prüfungen — wenn sie von dem Silberstab persönlich veranstaltet wurden, warum müssen dann die Wächter das Urteil über mich fällen?«

»Oh, Estarinel, wie hast du dich verändert! Du hast viel gelitten«, stellte der Graue traurig fest. Er faßte den Saum seines Schleiers und zog ihn sich langsam vom

Kopf. Zum Vorschein kam ein altes, edles Gesicht mit hoher Stirn, breiter Nase und klaren grauen Augen. Er hatte weißes Haar und einen wirren weißen Bart.

Eldor.

Estarinel war sich nicht bewußt, daß er vor ihm zurückwich, bis er die Wand in seinem Rücken spürte. Er weinte beinahe in einer Mischung aus Entsetzen und Erstaunen. Eine Hand hatte er an die Stirn gelegt, als wolle er sich gegen das blutrote Licht abschirmen.

»Eldor. Eldor. Bei den Göttern, Ihr seid einer von ihnen!« keuchte er. Eldor, der freundliche Weise aus dem Haus der Deutung. Eldor hatte sie beraten, ihnen geholfen, ihnen gesagt, die Schlange müsse getötet werden, ihnen Hoffnung auf ein gutes Gelingen gemacht. Er war der einzige Ankerpunkt auf der wahnsinnigen Erde gewesen. Sie hatten Vertrauen zu ihm gehabt. Vollkommenes Vertrauen.

Und jetzt ... entpuppte Eldor sich als ein Grauer, ein augenloser, herzloser Manipulator des Schicksals. Ein erbarmungsloser Folterer und der Mörder Calorns.

Auf dem Feldzug hatten Estarinel, Ashurek und Medrian oft das Gefühl gehabt, sie würden von unsichtbaren Wesen manipuliert, zwischen der Schlange und den Kräften, die ihre Gegner waren, hin- und hergeworfen. Doch niemals, niemals hätte sich Estarinel träumen lassen, sie seien vom ersten Augenblick an von dem freundlichen Eldor ausgenutzt worden, auf dessen Wort sie sich unbedingt verlassen hatten.

Man hatte sie betrogen. Betrogen, dachte er. Und er dachte an Lothwyn, seine kleine Schwester, und alle anderen, die es nicht verdient hatten zu sterben, und noch weniger, so verraten zu werden.

»Estarinel.« Eldor näherte sich ihm und legte dem Forluiner die große Hand auf die Schulter. »Ich weiß, was du denkst. Aus diesem Grund bin ich zu dir gekommen, nicht einer der anderen, um dir zu erklären ...«

»Erklären? Es gibt dafür eine Erklärung?«

»Ja. Aber bitte, nimm vorerst mein Wort dafür. Ich möchte, daß du jetzt mitkommst und dir den Silberstab holst. Dann werden wir die Burg verlassen und miteinander reden.«

»Nun gut«, seufzte Estarinel. Eine unnatürliche Ruhe und Resignation überkamen ihn, so daß er sich grimmig selbstbeherrscht fühlte. »Ich kann nicht beurteilen, was richtig und was falsch ist. Ich werde tun, wie Ihr sagt.«

Er folgte Eldor aus dem Raum, durch eine irrgartenähnliche Anordnung von Gängen und Treppenhäusern und einen schimmernden geometrischen Korridor entlang, der ins Herz der Burg führte. Dort betraten sie eine Kammer aus silbernem Licht.

Zuerst blendete es Estarinel, dessen Augen sich an die tiefrote Beleuchtung innerhalb der Burg gewöhnt hatten. Dann sah er, daß sie sich in einem Saal mit vielseitigem Grundriß befanden, der in seinen äußersten Winkeln karminrot war, aber einen Kern aus reinem Licht besaß. Wie eine Fontäne entsprang es einem diamentenen Sockel.

Und im Mittelpunkt des Leuchtens war der Silberstab.

Er lag auf einem Sockel, der wie ein gigantischer Rubin geformt war. Er tanzte vor Estarinels Augen wie ein Blitz, von dem Silberstrahlen ausgingen. Aller Glanz der Sternennacht, durch die er seinen Einzug in dieses Land gehalten hatte, war hier konzentriert, feurig, sengend und voll von den Versprechen wilder Unbesiegbarkeit.

»Nimm ihn«, drängte Eldor ihn sanft.

Estarinel trat zögernd näher. Die glühende Kraft des Stabes war real, gefährlich, knisterte weiß und silbern vor Elektrizität. Er spürte elektrisierende Wellen wie Glühwürmchen gegen sein Gesicht und seine Hände tanzen. Er streckte die Hand aus, um den Silberstab zu ergreifen, und machte sich auf einen gewaltigen Schlag gefaßt.

Das Gefühl bei der Berührung war überraschend sacht, doch es verstärkte sich, bis es eine Heftigkeit hatte wie ein Blitz. Es versetzte Estarinel in Hochstimmung. In diesem Augenblick konnten die Schlange und alle Shana der Dunklen Regionen ihn nicht schrecken. Er brauchte sie nur anzusehen und zu lachen, und sie würden sich vor ihm zurückziehen und in einem silbernem Feuer vergehen, sie würden vor der Glorie des Stabes schrumpfen und zerbröckeln und vom Wind verweht werden.

Und der Silberstab sprach zu ihm, rasch, ohne Stimme, ohne unterscheidbare Wörter, aber voller Freude und Entzücken, als sängen hundert Kinder, jedes ein anderes Lied. Kinder, ja; der Silberstab war eine wilde Wesenheit, so fröhlich und lebenslustig und sorgenfrei wie ein Kind. Er war nicht böse, doch er hatte auch keinen Begriff davon, was gut ist. Kein Gewissen. Er war einfach er selbst: mächtig und trotzdem vollkommen unschuldig.

Estarinel überkam ein seltsames Gefühl der Zusammengehörigkeit. Der Silberstab schien in seiner Unschuld verwundbar zu sein. Er war von den Wächtern mißbraucht worden, und er wußte es nicht einmal; auch er war benutzt worden.

Unter Estarinels Berührung wurde er ruhig, die flakkernde Elektrizität verblaßte, bis der Mensch ihn betrachten konnte, ohne geblendet zu werden. Kühl und schwer lag er ihm in den Händen. Es überraschte ihn, wie einfach er war, obwohl er nicht sagen konnte, was er sonst erwartet hatte. Dieser silberne Stab war keinen Meter lang, er hatte an einem Ende einen Durchmesser von etwa einem halben Zoll und lief an dem anderen in eine nadelscharfe Spitze aus. Das war alles. Keine Gravur oder Verzierung kennzeichnete ihn als ungewöhnlich. Estarinel fragte sich, wie er zu benutzen sein mochte. Bestimmt konnte er nicht geschwungen werden wie ein Schwert, und er sah so zart aus, daß er bestimmt zerbrechen würde, bevor er irgendeinen Schaden anrichtete.

Doch während er ihn hielt, erfüllte ihn ein überschwengliches Bewußtsein von Kraft. Er empfand Kameradschaft für den Silberstab. In diesem Augenblick war er glücklich, selbstsicher — ganz.

Eldor gab ihm eine Scheide, ein schlankes, festes Rohr aus rotem Leder. Estarinel band es sich an die Taille und steckte den Stab hinein, mit dem scharfen Ende voran. Eine lederne Klappe paßte über das andere Ende, so daß er vollkommen umhüllt war.

»Nun komm«, sagte Eldor. Sie gingen durch die unheimliche Burg aus rotem Glas und gelangten durch den Bogeneingang nach draußen. Das Grün des Grases hatte eine beinahe körperliche Eindringlichkeit für Estarinel, der sich inzwischen an das rote Licht gewöhnt hatte. Eldor führte ihn ein Stück den Himmel hinunter und setzte sich unter eine der Blutbuchen, die mächtigen Arme um die Knie geschlungen. Immer noch sah er so aus wie damals im Haus der Deutung — weise, freundlich und menschlich.

»Also, Meister Eldor«, begann Estarinel, »was tut Ihr hier?«

»Ach, das ist eine lange Geschichte, und ich möchte sie in der richtigen Reihenfolge erzählen, Estarinel.« Er sprach nachdenklich. Estarinel empfand keine Feindschaft gegen ihn, nur gegen die anderen Wächter. »Dritha und ich haben uns schreckliche Sorgen um euch gemacht. Wir wußten, daß das h'tebhmellische Schiff die Blaue Ebene nicht erreicht hatte, aber wir wußten nicht, was aus euch geworden war. Da dachten wir, die Schlange M'gulfn habe bereits gesiegt. Erst als ich hier eintraf« — er wies mit der Hand auf die blutrote Burg — »hörte ich zu meiner Erleichterung, ihr befändet euch in Sicherheit. Dritha hat es leider noch nicht erfahren.«

»Ist Dritha ...«

»Dritha ist ebenfalls Wächter, ja. Aber sie entschied sich im Haus der Deutung zu bleiben, um den Flüchtlingen beizustehen.«

»Was meint Ihr mit Flüchtlingen?«

Eldor seufzte. »Die Welt gerät sehr rasch unter die Macht des Wurms. Anarchie breitet sich in Tearn und Vardrav aus, und der Zusammenbruch des gorethrischen Reiches verstärkt diese Entwicklung noch. Tiere der Schlange streifen umher, versetzen die Menschen in Schrecken und rufen Seuchen und Hungersnot hervor. Die Elemente selbst sind wild geworden, die Erde birst von neugeborenen Vulkanen, Sturmfluten peitschen ihre Küsten ... Einigen wenigen Menschen — verhältnismäßig wenigen, womit ich Hunderte meine — ist die Flucht zum Haus der Deutung gelungen, das im Augenblick noch sicher ist.«

»Wenn ich daran denke, daß ich zu Beginn des Feldzugs glaubte, nur Forluin habe zu leiden ...«

»Die Schlange ist von einem überwältigenden Abscheu vor der Menschheit besessen und hat nur den einen Wunsch, Chaos und Zerstörung zu erzeugen, bis sie sicher sein kann, daß die Erde wieder völlig ihr gehört.«

»Ich habe den Eindruck«, erklärte Estarinel mit einiger Schärfe, »die Wächter können M'gulfn nur bekämpfen, indem sie ebenso grausam sind.«

»Estarinel, es macht mir großen Kummer, dich so verbittert zu sehen. Vielleicht haben die Wächter deinen Zorn verdient. Versteh doch, wenn ich ihre Handlungen erkläre, will ich damit nicht versuchen, sie zu entschuldigen. Sie wollten dir überhaupt nichts mitteilen, aber ich bestand darauf.«

»Ja, ich habe euren Streit gehört.«

»Und noch etwas sollst du wissen, obwohl es auch keine Entschuldigung für mich selbst sein soll. Dritha und ich wußten nichts von dem Silberstab. Da wir auf der Erde weilten, mußten die anderen Wächter uns das Wissen vorenthalten. Ich wurde hierhergerufen, um mitzuhelfen, und erst bei meiner Ankunft erfuhr ich davon — und da hatten sie schon entschieden, auf welche Weise du geprüft werden solltest.«

»Nun, ich will akzeptieren, daß es nicht Eure Schuld war. Aber warum war es notwendig« — seine Stimme klang gepreßt vor Qual — »Calorn ermorden zu lassen? Einfach so — ohne Sinn und Verstand — von diesem gestaltwechselnden Ding. Und danach, als suchten sie mit Fleiß, was sie mir sonst noch nehmen könnten, lockten sie mein Pferd in den Abgrund.«

»Estarinel«, sagte Eldor freundlich, »Calorn ist nicht tot.«

»Wie meint Ihr das? Ich habe gesehen ...«

»Das war eine Illusion.«

»Und Shaell?«

»Auch dein Pferd lebt noch. Für ihn war es keine Klippe, sondern nur eine kleine Bodensenkung und eine einladende Wiese.«

»Ich kann es nicht glauben. Es war so *wirklich*. Und diese armen Menschen oben auf der Klippe?«

»Alles Illusionen — oder zumindest nur eine zeitweilige Realität. Die Wächter können innerhalb bestimmter Grenzen erschaffen und vernichten. Deshalb ist es leicht für sie, alles wirklich erscheinen zu lassen: Wüsten, paradoxe Bauwerke, Menschen ... Morde. Ich schwöre dir, daß Calorn nicht getötet worden ist. Sie ist unverletzt davongeritten.«

Estarinel schwieg ein paar Sekunden lang und dachte darüber nach.

»Aber ich habe es für wirklich gehalten! Warum mußte ich mit solchen Illusionen gequält werden? Eldor, meine Familie ist umgekommen; ich habe in diesem schwarzen Turm gesehen, wie es geschah! Das war schlimmer als grausam. Es war abscheulich«, endete er flüsternd.

Eldor blickte sehr traurig drein.

»Der Meinung bin ich auch. Ich war damit nicht einverstanden, doch es war nur meine Stimme gegen alle anderen. Sie mußten sicher sein, daß du nicht nur in physischen Gefahren durchhalten würdest, sondern auch in tiefster Verzweiflung. Und nicht nur, um blindlings weiterzumachen, sondern mit Überlegung und Intelligenz.«

»Ich hoffe, sie wurden zufriedengestellt«, murmelte Estarinel.

»Sie haben kein echtes Verständnis für menschliche Gefühle, weißt du. Es ist, als beobachte ein Mensch das Verhalten eines Insekts: Er findet es faszinierend, hat aber keine Vorstellung davon, wie das Insekt empfindet oder leidet. Die Wächter wissen, wenn man dich auf bestimmte Weise behandelt, wirst du auf bestimmte Weise reagieren, mit Zorn, Furcht, Kummer und so weiter. Sie wissen dagegen nicht, wie sich das *anfühlt*. In dieser Beziehung sind sie, da pflichte ich dir bei, grausam und unmenschlich.«

»Und es waren die Wächter, die diese Tests verlangten, nicht wahr? Nicht der Silberstab. Das erkannte ich, als ich ihn berührte. Er ist unschuldig.«

»Ja, damit hast du recht. Es hat nie irgendwelche anderen Bewerber darum gegeben. Diese Leute, die du gesehen hast, waren nicht real. Dieses Land ist nicht das Reich des Silberstabes, sondern von den Wächtern ins Dasein gerufen worden, um ihn aufzunehmen. Da gibt es noch etwas, von dem sie nicht wollten, daß ich es dir sage, Estarinel. Ich sage es dir trotzdem. Sie wissen nicht, was der Silberstab ist. Sie verstehen seine Natur nicht. Sie haben ihn als ein Gefäß benutzt, um die Macht einzufangen, die das Gegenteil von der Macht der Schlange ist, aber des Stabes selbst sind sie sich nicht sicher. Sie haben sogar ein bißchen Angst vor ihm. Nach all den Mühen, die sie sich gemacht haben, um ihn einzufangen und zu benutzen, wollen sie ihn eben keinem gewöhnlichen Sterblichen geben, ohne den Beweis zu haben, daß er seiner würdig ist. Das ist der Grund, warum nur einer von euch kommen durfte. Es wäre unmöglich gewesen, mehr als einen zu testen.«

»Aber warum das falsche Spiel?« Estarinel geriet von neuem in Zorn. »Dieses Mädchen, Tausende hätten nach dem Stab gesucht, und *er* bestehe auf den Prüfungen! Warum hat die Dame von H'tebhmella uns belogen?«

»Das hat sie nicht getan. Die Wächter haben sie belogen.«

»Sie — warum?«

»Weil die Dame die Prüfungen, wenn sie gewußt hätte, daß sie nicht unbedingt erforderlich waren, niemals erlaubt hätte.« Eldors Worte fielen wie Steine in einen kalten, dunklen Teich. Estarinel sah ihn ungläubig an.

»Ihr bestätigt alles, was ich vermutet hatte«, sagte er endlich. »Die Wächter sind Betrüger. Die H'tebhmellerinnen anzulügen ist — eine Schmach. Es ist unverzeihlich.«

»Ich stimme dir zu«, nickte Eldor.

»Und ungeachtet ihrer Herzlosigkeit sind die Wächter so ›menschlich‹, sich zu wünschen, daß niemand schlecht von ihnen denkt? Oder den Verdacht hegt, sie seien nicht vollkommen?«

»Ich fürchte, ja. Wenn ich damit fertig bin, dir von den Grauen zu berichten, wirst du von ihnen vielleicht noch weniger halten als jetzt«, antwortete Eldor mit einer Spur Ironie. »Vor unzähligen Jahren, lange bevor der Mensch auf der Erde entstand, suchten die Wächter die Schlange auf und entrissen ihr eins ihrer drei Augen, um ihre Macht zu verringern.«

»Ja, ich weiß — die Dame hat es uns erzählt.«

»Dann stelle dir vor, mit welcher Wut die Schlange reagierte. Ihr war die Macht über die Menschheit genommen worden. In ihr wuchs Haß gegen die Menschheit, ja, gegen alles nicht von ihr selbst geschaffene Leben, noch bevor dieses Leben erwachte. Ihre Bosheit nährte sich ständig von sich selbst. Erkennst du, was das bedeutet?«

»Ganz allmählich ...«

»Der Haß, den sie jetzt gegen Forluin und den Rest

der Welt richtet, der Haß, der die Shana erschuf, wurde durch diese Tat der Wächter entfacht.«

»Ihr Götter! Findet das überhaupt kein Ende?« rief Estarinel. »Wollt Ihr damit sagen, ohne ihre Einmischung hätte sie friedlich weitergelebt und uns in Ruhe gelassen?«

»Vielleicht. Oder vielleicht wäre die Welt schon vor Äonen unter ihre Herrschaft geraten. Niemand, nicht einmal die Grauen, können sagen, wie es gekommen wäre. Aber was sie als nächstes taten, war auf seine Art ebenso schrecklich. Die Schlange hatte für sich selbst die Wesen geschaffen, die wir die Shana nennen. Die Wächter sorgten dafür, daß ihre Dunklen Regionen von der Erde entfernt wurden, aber sie versäumten, einen Ort zu bestimmen, wo sie statt dessen angesiedelt werden sollten. Und irgendwie gelang es den Dämonen, indem sie ihre Macht und die der Schlange vereinigten, den Wächtern einen fürchterlichen Streich zu spielen und die Dunklen Regionen auf die andere Seite der Blauen Ebene zu bringen. Die Seite der Blauen Ebene, die du gesehen hast, ist ein Ort erlesener heilender Schönheit. Die andere Seite war noch wunderbarer, von einer Schönheit, die die Vorstellungskraft übersteigt, und mit einer Bestimmung, die nur die H'tebhmellerinnen wirklich begreifen konnten. Sie haben nie völlig enthüllt, was verlorengegangen ist, außer daß sie es dunkel als ›Paradies‹ bezeichneten. Aber als die Dunklen Regionen dorthin verlegt wurden, waren sie mit Recht empört. Ein scheußliches Verbrechen war an ihnen verübt worden, und sie gaben den Wächtern die Schuld daran, weil sie die Schlange mißhandelt hatten. Die Wächter und die H'tebhmellerinnen haben fortan zwar weiter zusammengearbeitet, aber nicht ohne ein gewisses Maß an Groll und Mißtrauen.«

»Das ist schrecklich«, sagte Estarinel entsetzt.

»Der Meinung waren einige von uns auch. Vor allem Dritha und ich. Weißt du, die Wächter sind keine Götter

— auch wenn die Menschen bei der Anrufung der Götter eine vage Vorstellung von den Grauen haben —, und ihre Aufgabe ist nur, den Gesetzen Geltung zu verschaffen, nicht, sie zu erlassen. Sie sollen das Gleichgewicht bewahren und das Universum in wohlwollender Neutralität erhalten. Ich muß dir sagen, daß wir von keinen Göttern wissen — nur von gewaltigen, nicht mit Bewußtsein ausgestatteten Energien, die in Schach gehalten werden müssen. Und das tun die Wächter, indem sie die Gesetze manipulieren, benützen, verdrehen — alles, was ihren Zwecken dient.

Dritha und ich hatten jedoch Angst um diese Erde. Unserer Meinung nach gibt es etwas Wichtigeres als den Ausgleich von fernen, seelenlosen Kräften. Wir entschlossen uns, auf der Erde zu bleiben und über ihr zu wachen. Indem wir unsere Körper aus Fleisch und Blut beibehielten und in ständigem Kontakt mit Menschen standen, lernten wir etwas über menschliche Werte, über Gewissen und Liebe.« Er schwieg ein paar Sekunden lang, offenbar in Gedanken verloren. »Deshalb verdamme uns nicht voreilig, Estarinel, weil du glaubst, wir seien genauso wie unsere Kameraden. Wir haben euch nicht getäuscht. Uns liegt die Welt ehrlich am Herzen.«

»Ich glaube Euch, Meister Eldor.«

»Die anderen Wächter mißbilligen das. Sie versuchten, es uns auszureden. Sie sagten, wir seien töricht, sentimental. Sie warnten uns, wir brächen das Gesetz, dem zufolge wir nicht direkt in die Belange der Menschheit eingreifen dürfen. Sie sagten, die Idee, ein Haus der Zuflucht und des Lernens zu gründen, sei Wahnsinn, weil wir riskierten, zuviel zu verraten. Aber wir gehorchten ihnen nicht und lebten weiter auf der Erde. Wir beobachteten und berieten nur — wir helfen weder materiell noch geben wir Befehle —, aber die anderen Grauen behaupteten immer noch, wir vergingen uns gegen das Gesetz. Deshalb verachteten sie uns, behandelten uns als Abtrünnige und schlossen uns von der Beratung über ihre Pläne aus.«

»Es sei denn, daß es ihnen gerade so paßte.«

»Genau. Es paßte ihnen, uns für den Feldzug gegen die Schlange zu benutzen. Sie sagten uns nichts von dem Silberstab, aber sie brauchten meine Hilfe dabei, ihn zu gewinnen. Es hat ihnen Spaß gemacht, uns abwechselnd im dunkeln zu lassen und uns auszunützen — das ist ihre Rache für unsere Widerspenstigkeit. Wie ich schon sagte, weigerte Dritha sich, ihrem Ruf zu folgen, denn ihrer Meinung nach mußte sie ihre Pflicht im Haus der Deutung erfüllen. Ich hätte ebenfalls vorgezogen, dort zu bleiben, aber ich kam her, weil ich wissen wollte, was die Wächter vorhatten, und weil ich mir Sorgen um euch machte.«

Estarinel hörte mit gesenktem Kopf zu und dachte scharf nach. Dann sagte er: »Medrian, Ashurek und ich werden also dazu benutzt, die Fehler der Wächter wiedergutzumachen?«

»Auf gewisse Weise, ja. Das ist es, was ich euch nicht sagen konnte, als ihr ins Haus der Deutung kamt.«

»Also habt Ihr uns ausgenützt, und Ihr wurdet wiederum von den anderen Wächtern ausgenützt ... und ebenso erging es den H'tebhmellerinnen. Als nächstes werdet Ihr mir erzählen, die Wächter hätten den Angriff auf Forluin arrangiert, damit ein Forluiner mit ›reiner Absicht‹ dazu verwendet werden konnte, den Silberstab zu tragen!«

Bei diesem bitteren Ausbruch seufzte Eldor voller Reue.

»Ach nein, Estarinel, nicht einmal die Grauen sind so pervers und grausam.«

»Warum konntet Ihr uns das alles nicht gleich sagen? Ich glaube — verzeiht, Meister Eldor, aber ich glaube, daß auch Ihr uns getäuscht habt!«

»Ich schwöre, daß ich euch nie belogen habe. Ich habe nur weniger gesagt, als ich hätte sagen können. Ja, ihr seid als Werkzeuge in den Händen der Grauen benutzt worden, und das wird auch weiterhin geschehen. Doch hätte es euch geholfen, wenn ihr das von Anfang an gewußt hättet? Hilft es dir vielleicht jetzt?«

»Das nicht. Es hat mich verbittert, hat mir die Illusionen genommen. Aber wenigstens bin ich der Wahrheit nun näher. Zu Beginn des Feldzugs hätte ich dieses Wissen nicht ertragen können. Seitdem habe ich jedoch viel durchgemacht; ich habe mich verändert. Heute bin auch ich fähig, kaltblütig zu manipulieren. Ich will mit diesen Manipulatoren, die ich ihrer Unmenschlichkeit wegen verabscheue, zusammenarbeiten, einfach weil ich alles tun werde — *alles* —, damit meine Heimat eine Zukunft bekommt.«

Eldor legte ihm die Hand auf die Schulter. Das Verständnis zwischen ihnen war mit bitterer Traurigkeit durchsetzt und doch irgendwie tröstlich.

»Werdet Ihr nun ins Haus der Deutung zurückkehren?« erkundigte sich Estarinel.

»Leider nein. Man läßt mich nicht. Verstehst du, ich weiß jetzt über den Silberstab Bescheid, und die Schlange würde dieses Wissen sofort sehen.«

»Sie muß es inzwischen doch entdeckt haben! Als wir an Bord der *Stern* waren, bemerkte Ashurek, das müsse in dem Augenblick geschehen sein, als wir von der Blauen Ebene wieder auf die Erde kamen.«

»Letzten Endes wird sie es entdecken, das stimmt. Aber menschliche Gedanken sind für sie ein vages Durcheinander, und wir hoffen, sie wird von der Anwesenheit des Stabes nichts merken, bis es zu spät ist. Wissen im Gehirn eines Wächters würde sie dagegen so deutlich erkennen wie durch kalten, reinen Äther. Unsere Gedanken als solche kann sie nicht lesen, ich könnte jedoch nicht verhindern, daß sie von dem einen Ding erfährt, das die Macht hat, sie zu vernichten. Jedenfalls meinen das die Wächter.« Seine Stimme klang müde. »Ich habe es satt, mit ihnen zu streiten.«

»Ich kann mir das Haus der Deutung ohne euch nicht vorstellen.«

»Ich auch nicht«, sagte der Weise. »Und nun ist es Zeit, daß du zurückgehst.«

Sie standen auf. Estarinel sah Eldor gerade ins Gesicht und fragte: »Gibt es noch etwas, das Ihr mir nicht gesagt habt?«

Eldor hielt seinem Blick stand und schwieg, aber sein Ausdruck sagte deutlich: »Ja.«

»Und ich nehme an, ich muß es selbst herausfinden, wenn die Zeit gekommen ist?«

»Ja. So ist es. Soviel will ich dir verraten: Der Silberstab ist eine wilde Kraft, die durch Mitgefühl gemildert werden muß. Deine Aufgabe — und die Ashureks und Medrians — ist es, zu entdecken und zu verstehen, was das bedeutet. Ich bin nur ein Wächter. Selbst wenn ich wüßte, was es bedeutet, könnte ich es dir wahrscheinlich nicht erklären. Es ist etwas, das nicht erklärt, nur persönlich entdeckt werden kann.«

Estarinel spürte eine ganz leichte Berührung am Ellenbogen, drehte sich um und fand Shaell hinter sich stehen, die Ohren gespitzt und die Augen hell vor Gesundheit. Er atmete erleichtert auf und umarmte den Hengst.

»Er ist unverletzt, und es geht ihm gut, wie ich gesagt habe«, lächelte Eldor. »Und hat er dich nicht sicher den gewundenen Pfad entlanggeführt, den die Wächter dir vorgezeichnet hatten?«

»Ich hatte schon immer den Verdacht, daß die Pferde mehr Verstand haben als ihre Reiter«, erwiderte Estarinel und sprang auf Shaells breiten Rücken. »Lebt wohl, Meister Eldor.«

»Lebe wohl, Estarinel. Und beschäftige dich in Gedanken nicht zu sehr mit den Grauen. Sie wollen die Erde retten, was auch immer sie getan haben mögen. Denke nur an Forluin.«

»Das ist alles, woran ich denke«, antwortete Estarinel

leise. Er nahm die Zügel, sah nach, ob die schmale rote Scheide festsaß, und ritt davon.

Shaell galoppierte den langen grünen Hang hinunter, und die purpurbronzenen Blutbuchen schwankten und raschelten zu beiden Seiten. Estarinel blickte nicht auf die rote Glasburg oder Eldor zurück, denn er fürchtete, sie könnten verschwunden sein. Er ließ den Hengst laufen, wohin er wollte, denn den Weg zur Erde würde er sicher mit dem Instinkt finden.

Das tat er auch. Aber es war ein wilder und seltsamer Ritt, als spielten die Wächter mit ihrer erfundenen Landschaft und lachten leise über ihn. Der grüne Hügel verwandelte sich in einen goldenen Strand, umspült von einem türkisblauen Meer, und der Sand schäumte um Shaells Hufe. Dann überquerten sie einen gefrorenen See aus Amethyst, in dessen Tiefen unheimliche silberne Geschöpfe erstarrt waren. Höhlen mit Wänden wie goldene Spinnengewebe wurden zu einem Feld voller riesiger Sonnenblumen. Es war, als rolle eine Traumlandschaft an ihnen vorbei, absonderlich und verwirrend.

Plötzlich befanden sie sich auf einer welligen Ebene unter einem blaugrauen, mit Sternen besetzten Nachthimmel. Es war wieder die wilde, herrliche Nacht, durch die sie das Land betreten hatten, so atemberaubend in ihrer Leere und Schönheit wie zuvor. Und ein paar Minuten lang fühlte Estarinel sich nicht länger als Pünktchen, sondern als Teil der unendlichen Nacht, verstand alles und hatte für nichts Mitgefühl. Er war eins mit dem Silberstab, Teil des mystischen, freudigen Tanzes, der auf einem schimmernden Pfad zwischen den Sternen in die Ewigkeit führte.

Dann trug Shaell ihn unter Wasser, und sie verließen das Land für immer. Dunkelgrünes Wasser war rings um sie, ein schillerndes Mosaik aus Dunkel und Licht, das rauschte wie ein großer Wald. Allmählich kam Estarinel zu Bewußtsein, daß es Laub war, kein Wasser. Shaell bahnte sich seinen Weg durch dichte Büsche mit wächsernen Blättern, und der Pfad leuchtete unter seinen Hufen. Es regnete; Estarinel bemerkte den Wechsel in der Atmosphäre, als die Luft weicher wurde und Düfte nach Holz, Erde und Regen herantrug. Der silberne Pfad wurde blasser und verschwand. Unvermittelt endeten die Büsche, und Shaell lief in den grauen und bernsteinfarbenen Wald.

Estarinel brachte ihn zum Stehen. Er war verstört. Als erstes prüfte er nach, ob die rote Scheide mit dem Silberstab noch an seiner Seite hing; das wenigstens war keine Illusion gewesen. Seine Erinnerungen an jenes Land waren nicht traumartig, sondern von harter Realität, sogar die Ereignisse, von denen er wußte, daß sie Halluzinationen gewesen waren. Lieber wäre es ihm gewesen, wenn er die ganze Sache hätte vergessen können. Er war erschöpft und sehr hungrig. Wie lange mochte er in diesem Land gewesen sein?

Er ließ Shaell weitergehen, doch nach ein paar Minuten erfaßte ihn Unruhe. Eldor hatte ihm versichert, Calorn sei am Leben. Und sie hatte gesagt, sie werde es wissen, wenn er zurückkehre, und ihn abholen. Doch es war keine Spur von ihr zu sehen.

Aus dem Nichts kehrte ein Bild zu ihm zurück: Der unheimliche weiße Bär mit den Fangzähnen, der auf Medrian und Calorn eindrang. Böser Ahnungen voll, ließ er sein Pferd trotz des dichten Unterholzes in Trab fallen.

10
Über den Fluß

Nein. Medrian ...« hauchte Calorn mit ihrem letzten Atem. Ihr Körper bestand nur noch aus Schmerz, die Rippen waren gequetscht, die Wirbelsäule bog sich unter dem Gewicht des Bären, seine Klauen waren vier tödliche Punkte auf ihrem Rücken. Und schlimmer als das war die schreckliche Illusion, Medrian rage über ihr in den Nachthimmel auf, schwarz und dämonensilbern wie eine antike Gottheit, und lache mit unendlicher Bosheit. Die Nacht schien so weich und stinkend zu sein wie die Dunklen Regionen, während die glühenden Funken des Feuers zu den roten Augen von Teufeln wurden, die vor hämischer Freunde über ihren Tod tanzten.

Und plötzlich war es vorbei. Feuer wirbelte durch die Luft, Funken und Asche zusammen, und der Bär sprang zurück und weg von ihr. Von seinem Gewicht befreit, kämpfte Calorn sich auf die Füße. Sie zitterte heftig und keuchte vor Schreck.

Medrian stand vor ihr und schwang den Feuerknüppel, mit dem sie den Bären verjagt hatte. Sie war klein, menschlich, normal — Calorn starrte sie einen Augenblick lang an, schüttelte den Kopf. Eine Illusion. Nur eine Illusion.

In überquellender Erleichterung rief sie aus: »Was hat dich aufgehalten?« Sie rieb sich die schmerzenden Rippen, und ihre Finger schlossen sich um einen Gegenstand, der sich hineinbohrte. Es war die Phiole, die Ashurek ihr zugeworfen hatte.

»Nichts. Er hat dich nur für zwei oder drei Sekunden am Boden gehabt«, antwortete Medrian erstaunt. Die Bären hatten sich ein paar Meter zurückgezogen und trotteten langsam immer rundherum um das sterbende

Feuer, die Lippen über die elfenbeingelben Zähne zurückgezogen.

»Mir ist es wie Stunden vorgekommen.« Calorn trat rückwärts näher an das Feuer heran, die Augen auf die Bären gerichtet. Mit der einen Hand suchte sie nach einem neuen Feuerknüppel, aber es waren nur noch schwelende Klötze da, nichts, das sie hätte halten können. Sie merkte nicht, daß Medrian die Phiole anstarrte, die in ihrer anderen Hand schimmerte.

»Calorn, laß mich das ansehen.«

»Was? Ach so ...« Sie reichte Medrian die Phiole, gerade als eines der Tiere sich ihnen zuwandte, das Maul offen, die Augen so seelenlos wie der Tod. »Paß auf!« Calorn riß einen rotglühenden Holzklotz aus dem Feuer und schleuderte ihn auf den Bären. Er traf ihn mit einem Funkenschauer an der Schulter, und er wich zurück, brüllte auf, als sein Pelz Feuer fing und mehrere Augenblicke lang qualmte.

Medrian achtete kaum darauf. Sie hatte nur Augen für das Glasfläschchen. Anfangs konnte sie sich überhaupt nicht denken, was es war, warum sie das Gefühl hatte, es sei wichtig. Dann fiel es ihr mit einem Schlag wieder ein. Setrel! Es war das Geschenk des Dorfältesten, dem sie geholfen hatten. Sie erinnerte sich seiner Worte: »Ein Pulver, das in sich Zauberkräfte festhalten kann. Wenn ihr es in einer Gefahr um euch verstreut, wird es böse Kreaturen abwehren.« Sie hatte bis zu diesem Augenblick keinen Gedanken mehr darauf verwendet.

»Ashurek hat es mir gegeben ...« setzte Calorn zu einer Erklärung an.

Medrian unterbrach sie schnell: »Wir müssen es im Kreis um uns herumstreuen.«

»Es nützt nichts mehr — es hatte in den Dunklen Regionen einige Kraft, aber jetzt ist es tot. Der Dämon hat es neutralisiert.«

»Wir müssen es trotzdem versuchen!« rief Medrian.

»Wir haben keine andere Chance. Ich werde es ausstreuen. Hier, nimm den Feuerknüppel und folge mir ringsherum, damit uns diese Wesen fernbleiben. Und wenn es nicht wirkt«, setzte sie betrübt hinzu, »ist es um uns geschehen.«

Während Calorn sie schützte, stäubte Medrian das goldene Pulver sparsam auf das Gras und beschrieb in etwa einen Kreis, der das Feuer und für sie beide einen Platz zum Sitzen einschloß. Sie glaubte nicht wirklich daran, daß es helfen würde. Aber als sie den Ring vollendet und den letzten Rest der Substanz verbraucht hatte, hörte sie aus den Stimmen der Bären einen anderen Ton heraus. Ihr Brummen klang lauter, höher.

»Komm, jetzt ziehen wir uns zurück und warten ab, was passiert.« Sie traten in den Mittelpunkt des Kreises, den Rücken dem Feuer zugekehrt. Zu ihrem Erstaunen fuhren die Bären zwar fort, sich aufzurichten und nach ihnen zu schlagen, doch nicht einer von ihnen brachte die Tatze oder die Schnauze über die von dem Pulver gebildete Linie. Calorn sagte sich, daß die Substanz in den Dunklen Regionen unwirksam geworden sein mochte, auf der Erde jedoch ihre Kraft zurückerhalten hatte. Wie Bodennebel hing ein dünner, schimmernder Goldschleier über dem Ring. Er war viel schwächer als der gleißende Vorhang aus Lichtstäubchen, den Calorn in den Dunklen Regionen gesehen hatte, aber er war immerhin vorhanden.

Die Bären schlugen nun nicht mehr mit den Tatzen und begannen, im Kreis um das goldene Licht zu laufen. Sie heulten vor Enttäuschung. Es war ein grauenhaftes Geräusch, aber Medrian und Calorn waren zu selig vor Erleichterung, als daß es sie gestört hätte. Sie schüttelten sich die Hände, und Medrian lächelte tatsächlich kurz. Sie mußte von dem Hieb auf die Schulter heftige Schmerzen haben, und doch sah sie jetzt besser aus als seit Tagen.

Estarinel hatte Calorn einmal erzählt, Medrian sei in

einer Krise immer fröhlicher und mitteilsamer als sonst. Manche Leute, dachte Calorn bei sich, waren eben so.

»Sie wissen es«, sagte Medrian. »Sieh sie dir an, sie sind wütend. Ich hatte das Pulver ganz vergessen, und an seine Wirkung habe ich nie geglaubt.«

»Aber wie lange werden wir innerhalb des Kreises bleiben müssen?« Calorn sah sich und Medrian schon tagelang hier festgehalten, während Estarinel und Ashurek nichtsahnend durch den Wald kamen und in Stücke gerissen wurden.

»Ich weiß es nicht. Sieh sie dir an.«

Die Bären setzten ihre ratlose Wache außerhalb des Zauberkreises fort. Nach zwei Stunden vergaßen sie anscheinend, warum sie gekommen waren, und begannen, untereinander zu kämpfen. Schließlich lagen drei tot am Boden, und die anderen wanderten außer Sicht.

Die Wolken lösten sich auf, und der Sonnenaufgang hatte etwas Farbe, ein weiches rosiges und goldenes Licht, das dem Wald Wärme gab und den Bäumen Braun- und Grüntöne entlockte. Calorn stand auf und streckte die schmerzenden Glieder.

»Oh, mir tut alles weh, und ich bin steifgefroren.« Sie tastete nach dem Hinterkopf, wo der Bär sie getroffen hatte, und zuckte zusammen. »Hältst du es jetzt für ungefährlich, den Kreis zu verlassen?«

Medrian antwortete nicht. Sie war außerordentlich blaß und so trübsinnig und verschlossen wie am Tag zuvor. Calorn fragte: »Bist du in Ordnung? Wie geht es deiner Schulter?«

»Nicht schlecht. Ich werde es überleben.« In Medrians Worten schwang finstere Ironie mit. Die Erinnerungen trafen Calorn wie eine Bärentatze: Das Kaninchen, das unter dem ätzenden Blick von Medrians Augen zusammenbrach, die gräßliche Illusion, in der sie unberührt inmitten der Bären stand, höhnischen Triumph im Gesicht.

In dem Versuch, die Schrecken der Nacht abzuschütteln, meinte Calorn munter: »Nun, ob Bären da sind oder nicht, ich werde das Feuer neu entfachen, damit wir uns aufwärmen und frühstücken können. Immer noch keine Spur von Ashurek! Und Estarinel muß noch im Reich des Silberstabes sein. Aber wo mag Taery stekken?«

Sie trat aus dem Kreis.

Das Unterholz erlaubte es Shaell nicht, schneller als im Schrittempo voranzukommen, und dadurch wurde Estarinels Unruhe nur noch größer. Er mühte sich durch die hinderlichen Bäume und Büsche, nicht von Panik erfüllt, sondern von einer düsteren Mischung aus Zorn und Verzweiflung. Wenn Calorn tot war — wenn Eldor gelogen hatte —, dann mußte der Silberstab selbst eine Lüge sein, und alle ihre Hoffnungen erwiesen sich als falsch.

Dann sah er den Kadaver. Ein zottiger weißer Bär lag quer über dem Weg, die Glieder auf merkwürdige Weise gespreizt von sich gestreckt. Ein Gestank stieg von ihm auf wie nach dem Gift des Wurms. Der normalerweise unerschütterliche Hengst wieherte vor Angst und schob sich schwitzend daran vorbei.

Estarinel fürchtete, zu spät zu kommen. Es war Zeit vergangen, er würde sie auf dem Lagerplatz tot liegen sehen. Medrian, Calorn, sogar Ashurek.

Das konnte nicht sein.

Ganz aus der Nähe kam der hohe Schrei eines verängstigten Pferdes und durchfuhr ihn wie ein eiskalter Speer. Shaell wieherte zur Antwort. Weiter vorn, wo der Pfad gangbarer wurde, sah Estarinel den Zelter Taery Jasmena reiterlos frei herumlaufen. Das bestätigte seine schlimmsten Befürchtungen.

Es war möglich. Der Wurm hatte sie endlich eingeholt und rächte sich gründlich.

Wie betäubt vor Wut, aber vollkommen selbstbeherrscht fing Estarinel den Zelter ein und trieb die beiden Pferde den Weg entlang. Er kam auf eine Lichtung, und da lagen zwei weitere Bärenkadaver, ineinander verschlungen, blutig, die Schnauzen noch im Tod wild geöffnet. Und bei ihnen stand Calorn.

Sie lebte. Sie lebte!

Von den Bären blickte sie zu ihm hoch, und auf ihrem Gesicht zeigte sich höchste Freude. »Estarinel!« rief sie aus. »Oh, ich bin so froh, dich zu sehen! Ich hätte dich abgeholt, aber ich versuchte, Taery einzufangen, und dann stieß ich auf diese Kadaver — geht es dir auch gut? Was ist geschehen? Hast du den ...« Doch während sie sprach, sprang er von Shaells Rücken, lief zu ihr und umarmte sie so fest, daß ihr die Luft wegblieb.

»Wofür war das?« keuchte sie und lachte.

»Dafür, daß du am Leben bist«, lächelte er. »Einfach dafür.«

Auf dem Rückweg zum Lager berichtete Calorn von dem schwarzen Pferd, den Bären und Setrels Pulver. »Als wir den Kreis am nächsten Morgen verließen, war keine Spur von den Wesen mehr zu sehen. Ashurek kam am Nachmittag zurück — gesund und unversehrt, aber ich vermute, ihm ist irgend etwas widerfahren. Er will nicht davon sprechen, ich sehe es ihm jedoch an. Wir erwarteten letzte Nacht einen weiteren Angriff, deshalb machten wir ein großes Feuer und blieben innerhalb des Kreises; dank Ashurek sind wir jetzt bewaffnet. Nichts geschah, der Dame sei Dank. Heute nachmittag machte ich mich auf, nach Taery zu suchen, und dabei spürte ich, daß du aus dem Reich des Silberstabes zurückgekehrt warst. Deshalb war ich unterwegs, dich abzuholen — aber andauernd fand ich diese Bärenkadaver. Scheußlich.« Sie schüttelte sich, und dann lachte sie auf, um der Situation den bitteren Ernst zu nehmen. »Es ist vorbei. Und du hast den Silberstab gefunden; das wußte ich doch.« Sie bemerkte seine Erschöpfung und den verschleierten Schmerz in seinen Augen. Deshalb versagte sie es sich, ihn auszufragen.

»Wie lange bin ich weg gewesen?« fragte er.

»Zwei und einen halben Tag.«

»Nicht länger? Ich dachte ... ich weiß nicht. Und Medrian geht es gut, ja?«

»Oh — ungefähr wie immer«, antwortete Calorn so leichthin, wie sie es fertigbrachte. Aber Estarinel merkte, daß sie unwillkürlich die Augen senkte. Also stimmte etwas nicht.

Sie erreichten das Lager, wo mehrere Bären tot auf der Lichtung lagen. Nicht einmal Holzrauch konnte den Gestank, der von ihren Kadavern aufstieg, ganz übertünchen. Ashurek kam Estarinel entgegen und begrüßte ihn, Medrian jedoch blieb am Waldrand zurück, bleich wie der Tod. Calorn ging zu ihr, und Estarinel hörte sie sagen: »Die Bären — überall im Wald liegen sie, in Stücke gerissen von ihren Genossen. Aus welchem Grund mögen sie übereinander hergefallen sein?«

Und er vernahm Medrians Antwort. Ihre Stimme war leise, aber sehr deutlich. »Haß. Alle Kinder des Wurms hassen sich gegenseitig.«

Estarinel stieg ab, und Ashurek fragte: »Hast du Glück gehabt?«

»Ich habe den Silberstab«, antwortete Estarinel ruhig. Ashurek schlug ihm auf die Schulter und grinste, aber sein Gesichtsausdruck verriet nichts von Freude; er war nur finster. Medrian sammelte jetzt Holz für das Feuer. Offenbar war sie nicht bereit, ihn auch nur zu begrüßen.

»Medrian hat ausdrücklich gesagt, sie wolle den Stab nicht sehen«, klärte Ashurek ihn auf. »Warum, weiß ich nicht. Ich jedoch brenne darauf, diese Wunderwaffe zu betrachten.«

»Ich brenne darauf, zu essen und zu schlafen«, erwiderte Estarinel mit einem Seufzer. Aber er öffnete die Klappe der roten Scheide und zog den langen, dünnen Silberstab heraus, damit Ashurek ihn sich ansehen konnte. Der Gorethrier nahm ihn und betrachtete ihn eingehend, drehte ihn hierhin und dahin und wog ihn auf den Handflächen.

Er bemerkte seine Schlichtheit und daß er scharf war und scheinbar nicht stärker als eine Nadel. Er konnte sich nicht vorstellen, wie er gehalten und als Waffe benutzt werden sollte, denn er besaß nichts in der Art eines Heftes oder Griffes. Immerhin, auch das Steinerne Ei war nicht mehr als ein kleines Schmuckstück gewesen ... Allmählich spürte er die Kraft, die der Stab enthielt. Wie das Grollen eines großen Vulkans in vielen Meilen Entfernung, knapp unterhalb der Hörschwelle, spürte er das Vibrieren in seinen Knochen. Und sofort erschien vor ihm ein seltsames und blutiges Bild, eine schreckliche Landkarte der Zukunft. In diesem Augenblick begriff er, welche Aufgabe der Stab hatte, und in welcher Beziehung er zu seinem eigenen Vorauswissen eines Weltuntergangs stand.

Wenn der Stab die Schlange berührte, würde das Zusammentreffen der beiden entgegengesetzten Energien eine Katastrophe auslösen, die die Erde zerstören mußte.

Also ist der Feldzug doch hoffnungslos, dachte Ashurek. Eigentlich habe ich nie etwas anderes geglaubt — aber jetzt weiß ich, warum. Ich sehe Hoffnung in Estarinels Augen, obwohl er so müde ist. Er hat den Silberstab berührt und die Zuversicht gewonnen, eine reinigende Waffe gefunden zu haben, die Forluin wiederherstellen wird. Wehe Estarinel und seiner Heimat! Und wehe Silvren und meinem Bruder und meiner Schwester ... Ich werde nie erfahren, ob sie Frieden oder ewige Qualen finden. Ich weiß nur, daß meine Träume, sie zu retten, vergeblich sind. Die Mächte, die uns den Silberstab gaben, kümmert es nicht. Die Erde ist entbehrlich, wenn nur die Schlange vernichtet und ihr verdammtes Gleichgewicht erhalten bleibt.

Ashurek drückte Estarinel den Stab wieder in die Hände und wandte sich so scharf ab, daß sein Mantel wallte.

»Ashurek, was ist denn?« rief der Forluiner ihm nach. Er sah Calorn fragend an, aber sie konnte nur den Kopf schütteln.

»Ich weiß nicht, was mit ihm los ist, Estarinel.«

»Und Medrian will den Silberstab nicht einmal ansehen!« Bestürzt ließ er die Waffe in die Scheide zurückgleiten. Er hatte gedacht, Medrian und Ashurek würden Erleichterung über seine Rückkehr zum Ausdruck bringen, ein bißchen Begeisterung, weil er den Silberstab gewonnen hatte. Offenbar war es sicherer, gar nichts zu erwarten. Er erinnerte sich an ihre Kälte, als er ihnen das erste Mal von dem Angriff des Wurms auf Forluin berichtet hatte. Keiner von beiden hatte irgendeine Reaktion gezeigt.

Calorn schien seine Gedanken zu lesen und nahm seinen Arm. »Du brauchst Essen und Schlaf. Komm, setz dich ans Feuer und trinke h'tebhmellischen Wein.«

Später, als sie zu Abend gegessen hatten, bat Calorn neugierig, Estarinel möge berichten, was er erlebt habe. Er zögerte, und Ashurek setzte hinzu: »Nur, wenn du willst.«

»Ich möchte eigentlich nicht darüber sprechen«, sagte Estarinel, »aber es gibt gewisse Dinge, die ihr erfahren müßt ... über die Wächter und Eldor.« So begann er seine Erzählung. Er sprach ruhig und glitt über die schmerzlicheren Ereignisse hinweg. Die anderen konnten nur aus dem Ton seiner Stimme und aus dem, was er ungesagt ließ, entnehmen, daß er Schreckliches erlebt hatte. Doch als er bei dem Zusammentreffen mit Eldor angelangt war, gab er getreulich alles wieder.

»Und die Wächter belogen — sie *belogen* — die Dame der Blauen Ebene. Woher sollen wir wissen, welche anderen Lügen sie sonst noch verbreitet haben? Sogar Eldor, dem wir vertraut haben ...« endete er. Er sah blaß und erschöpft aus, selbst im Licht des Feuers. Calorn sah zu Medrian hinüber, die ausdruckslos in die Flammen blickte, und zu Ashurek, dessen grüne Augen gefährlich leuchteten. Calorn selbst war erschüttert.

»Dann habe ich euch in die Irre geführt ... habe ich Dinge erzählt, die falsch waren ... wegen dieser Lügen«, flüsterte sie. »Es ist schändlich, die H'tebhmellerinnen auf diese Weise zu täuschen!«

»Ja, das ist es!« Estarinels Stimme klang jetzt kräftiger und fester. »Medrian? Ashurek? Habt ihr nichts zu sagen? Das, was ich euch berichtet habe, scheint euch nicht einmal zu überraschen. Vielleicht wußtet ihr das alles schon.« Er hörte sich nach einer Beschuldigung an.

»Nein, ich habe es nicht gewußt«, antwortete Ashurek. »Andererseits bin ich auch nicht überrascht, mein Freund. Ich bin immer davon ausgegangen, daß wir manipuliert und getäuscht würden. Dies ist nur eine deutlichere Erklärung dafür. Du hast recht, so bestürzt und entsetzt zu sein — ich teile deine Gefühle.« Und wenn du erst, dachte Ashurek, von der letzten Täuschung der Wächter wüßtest, der vergeblichen Hoffnung auf den Silberstab! Aber er hatte sich geschworen, es den anderen nicht zu sagen. Wenn sie es erfuhren, wollten sie den Feldzug vielleicht abbrechen, und das durfte er nicht riskieren.

»Medrian?« fragte Estarinel.

»Meine Meinung ist die gleiche wie die Ashureks«, erklärte sie mit dumpfer Stimme. »Es kommt im Grunde nicht darauf an. Dieses Wissen ist unerfreulich, aber für den Feldzug bedeutet es keinen Unterschied. Wir müssen es vergessen und weitermachen.«

»Die Welt ist unerfreulich und ungerecht; Gut und Böse sind nicht immer leicht zu unterscheiden. Die Begriffe können bedeutungslos sein«, bemerkte Ashurek.

Estarinel starrte ihn an. Seine sonst so freundlichen Augen glitzerten. »Dieses eine Mal stimme ich ganz mit dir überein. Mißverstehe mich nicht. Ich habe noch die Absicht, Forluin zu retten. Jetzt ist nichts anderes mehr wichtig.«

Zwischen ihnen herrschte eine Spannung, als vibriere eine Schale aus schwarzem Glas unter so unglaublichem Druck, daß sie bestimmt brechen und implodieren mußte, und dann würde sie enthüllen, was dahinter lag: ein sich windender grauer Himmel, der gleichzeitig die Schlange M'gulfn war, neben ihrer unangreifbaren, herzlosen Allmacht erschien die Erde als bloßes Stäubchen. Sie nahm die Gefährten überhaupt nicht zur Kenntnis, und doch schien sie sie zu verhöhnen. Ihr Gelächter, bar jeder Spur von Humor, war laut und teuflisch. Ihr Wahnsinn umschloß sie wie ein Gefängnis aus Draht und Dornen, machte sie hilflos, ängstigte und demütigte sie. Und sie sahen einen Vogel vom Himmel fallen, tot, wie ein schwarzes Aschenflöckchen.

Estarinel schloß die Hand über das stumpfe Ende des Silberstabes, damit er ihn mit neuem Mut erfülle. Aber die Zuversicht und die Begeisterung, die er beim ersten Mal empfunden hatte, waren verschwunden. Vielleicht waren sie nichts als Illusionen gewesen, wahrnehmbar nur im Land der Wächter. Allmählich verblaßte die Vision. Er hörte die Pferde weiden, das Feuer knistern, Blätter in einem Windstoß rascheln ... sogar eine Maus, die durch das Unterholz trippelte. Der Augenblick war lebhaft und zerbrechlich. Dann stieg ihm der schwache muffige Geruch der Schlangenkreaturen in die Nase, und im Geist rannte er plötzlich los in der irrigen Annahme, Flucht sei möglich — nur um zu erkennen, daß er auf Falins Haus zurannte, und der Wurm war vor ihm, lag auf den Trümmern, glotzte ihn an ...

»Eldor sagte also, die Schlange habe nicht sofort über den Silberstab Bescheid gewußt«, unterbrach Ashurek seinen Wachtraum. »Aber jetzt befindet sich das Ding tatsächlich auf der Erde. Wie lange wird es dauern, bis M'gulfn es merkt? Medrian?«

Medrian wußte nicht, was sie darauf antworten sollte. M'gulfn brauchte es überhaupt nicht zu erfahren, solange es ihr gelang, das Wissen in ihrem eigenen Geist zu verschleiern. Aber das konnte sie Ashurek nicht sagen, und gleichzeitig hörte sie das drängende Flüstern des Wurms: *Da ist etwas das ich wissen muß du mußt mir sagen was es ist du mußt du willst ...*

»Ich vermute«, sagte sie vorsichtig, »daß der Wurm es erst merken wird, wenn wir ihm nahe genug sind.«

»Und wie nahe ist das?«

»Das weiß ich nicht. Vielleicht schützt die Waffe sich selbst.«

»Und was wird geschehen, wenn die Schlange es tatsächlich merkt?«

»Sie wird Angst bekommen. Sehr wütend werden. Sie wird sich alle Mühe geben, uns zu töten, und wahrscheinlich wird sie damit Erfolg haben. Diese Spekulationen sind sinnlos, Ashurek.«

»Ja«, stimmte er seufzend zu. Und nun sah er den Feldzug noch deutlicher vor sich. Bestimmt war nichts weiter erforderlich, als daß der Stab die Schlange berührte. Sie brauchten nur am Leben zu bleiben, bis sie M'gulfn erreichten, oder, noch besser, bis die Schlange zu ihnen kam. Es war gleichgültig, ob sie sie angriff — solange es nur eine Begegnung zwischen Stab und Schlange gab —, weil sie sowieso alle umkommen würden.

Zweifel befielen ihn. Er verbarg seine Erkenntnis vor den anderen. In der Vergangenheit hatte er bestimmte Wahrheiten vor seiner Familie geheimgehalten, weil er meinte, sie dadurch zu schützen, und als Folge davon waren alle ums Leben gekommen. Vielleicht gab es einen anderen Weg ...

Nein. Ebenso wie Meshurek und Karadrek hatten sterben müssen, mußte auch der Wurm sterben — ganz gleich, zu welchem Preis. Manchmal stand die Notwendigkeit, Böses zu vernichten, vor dem Wunsch, das, was gut war, zu verschonen.

Und doch ...

Er wickelte sich in seinen Mantel. Der Schlaf sollte

diese schwarzen Gedanken aus seinem Gehirn löschen. Calorn rollte sich ebenfalls zusammen und war Minuten später eingeschlafen. Auch sie hatte ihre Sorgen, aber ihr war klar, daß sie im Vergleich zu den Problemen ihrer Gefährten so gut wie nichts zu bedeuten hatten. Es bekümmerte sie zutiefst, wie gehetzt jeder von ihnen wirkte. Dankbar überließ sie sich dem Vergessen.

Obwohl sie innerhalb des Kreises von Setrels Pulver sicher waren, hatten sie trotzdem Wachen eingeteilt, und Medrian war als erste an der Reihe.

»Warum legst du dich nicht schlafen?« sagte sie zu Estarinel, der immer noch dasaß und geistesabwesend ins Feuer starrte. Der Wunsch, frei von dem Wurm zu sein, frei mit Estarinel zu kommunizieren, war in ihr so heftig, daß es sie auf eine Weise schwächte, die sie sich nicht leisten konnte. In dem gleichen kalten, ausdruckslosen Ton setzte sie hinzu: »Du siehst erschöpft aus. Fehlt dir auch nichts?«

»Nein, natürlich nicht«, murmelte er. Seine Sehnsucht, sie einfach in die Arme zu nehmen, ihren Jammer zu teilen, wenn er ihn schon nicht lindern konnte, bereitete ihm Schmerzen. Immer schwerer wurde es ihm, anzusehen, wie sie allein kämpfte. Sanft sagte er: »Medrian, wir haben jetzt eine Waffe. Gibt dir das gar keine Hoffnung?«

Sie reagierte überraschend. Sie fuhr sichtlich zurück, und ihr Gesicht nahm einen tödlichen Ausdruck an.

»Sprich nicht davon!« zischte sie. Sie zitterte und sah so verzweifelt aus, daß er aufstehen und zu ihr gehen wollte. Aber innerhalb weniger Sekunden hatte sie die Beherrschung zurückgewonnen. Sie hob die Hand in einer unwillkürlichen Warnung, ihr nicht näher zu kommen, und sagte ruhig: »Estarinel, ich bitte dich sehr, nie wieder zu mir von der — der Waffe zu sprechen. Ich will nichts von ihr hören, und vor allem will ich sie nicht sehen. Ist das klar?«

»Ja«, antwortete er und fragte klugerweise nicht, warum. Er stand auf, ging zu Shaell und dachte: Ich kann nichts tun, um ihr zu helfen; ich darf nur an Forluin denken. Er streichelte den seidigen Hals seines Pferdes und den großen Kopf mit den kühnen und freundlichen Augen. Hier war das eine Wesen, das ihm in den schlimmsten Augenblicken des Feldzugs vernünftig und wirklich vorgekommen war. All die Freundlichkeit, Liebe und Treue, die der Welt fehlte — alles, für dessen Rettung er kämpfte — war in Shaell verkörpert. Und er dachte: Ich muß ihr helfen. Sollte ich sie verlieren, könnte ich es nicht ertragen. Dann legte er sich neben das Feuer und schlief sofort ein. Er war zu erschöpft, um zu träumen.

Der Morgen kam, und sie waren alle bereit, ihre Reise zu beginnen. Sie hatten die Überreste des Feuers gelöscht und die Rucksäcke geschultert, und nun gab es nichts mehr zu tun, als Calorn Lebewohl zu sagen.

Es hatte einige Diskussionen wegen der Pferde gegeben, aber letzten Endes wurden die Gefährten sich einig, daß sie auf dem Weg nach Norden doch nur das erste Stück reiten konnten. Früher oder später würden sie die Tiere irgendwo auf der kalten Tundra zurücklassen müssen. Das wäre eine unnötige Grausamkeit, da die drei Reisenden ja ebensogut — wenn auch langsamer — zu Fuß vorankommen würden. Deshalb wurde ausgemacht, Calorn solle die Pferde auf die *Stern von Filmoriel* bringen und mit ihnen auf die Blaue Ebene zurückkehren. Besonders Estarinel war fest entschlossen, seinem Hengst keine weiteren Strapazen mehr zuzumuten. Ashurek räumte schließlich ein, Vixata sei schon zu alt für das kalte Wetter des Nordens.

Es gab für sie jetzt nur einen einzigen Weg in die Arktis. Sie mußten nordwärts über die weite Tundra marschieren, bis dahin, wo sie an den gefrorenen arktischen Ozean stieß. Das war eine lange und schwere Reise, aber etwas anderes blieb ihnen nicht übrig. Selbst für die H'tebhmellerinnen gab es Grenzen bei der Steuerung der Eingangspunkte, mit denen sie sonst den Weg hätten abkürzen können. Die Gefährten besaßen Kompasse und Karten, und Ashurek hatte eine Route geplant, obwohl er fürchtete, die Karten seien zu ungenau, um wirklich von Nutzen zu sein. Sie würden das Land nehmen müssen, wie sie es fanden.

»Meine Aufgabe, euch bei der Suche nach dem Stab zu helfen, ist erfüllt. Deshalb muß ich euch verlassen.« Calorn legte eine Fröhlichkeit an den Tag, die sie nicht empfand. »Ich weiß nicht, was ich sagen soll. Es kommt mir albern vor, euch ›viel Glück‹ zu wünschen — na, ich tue es trotzdem. Und ich hoffe, euch wiederzusehen.« Sie drückte Medrian die Hand — zwischen ihnen bestand eine Art von Kameradschaft, eingeschränkt durch Medrians Kälte und Calorns Kummer und Angst um sie. Dann wollte sie Estarinel die Hand reichen, doch statt dessen umarmte sie ihn mit Tränen in den Augen.

»Du wirst mir fehlen«, sagte er.

»Bitte, gib gut auf dich acht«, war alles, was sie als Antwort herausbrachte. Er hatte sich in der kurzen Zeit, die sie sich kannten, verändert; immer noch fürchtete Calorn, er könne an dem, was er erlitten hatte, zugrunde gehen, und bei dem Gedanken hätte sie am liebsten geweint. Sie riß sich von ihm los und ging zu Ashurek.

Der Gorethrier sah sie eine Weile an, ohne zu sprechen. Dann legte er ihr die Hände auf die Schultern und küßte sie auf die Stirn, eine gorethrische Geste der Liebe und Achtung, die er seit Jahren niemandem mehr erwiesen hatte.

»Ich möchte dir für deine Standhaftigkeit in den Dunklen Regionen danken. Wenn wir keinen Erfolg hatten, so lag das nicht daran, daß es dir an Mut gemangelt hätte.«

Calorn biß sich auf die Lippe und sagte so leise, daß nur er es hören konnte: »Ich muß dir etwas gestehen. Ich hatte mir eingeredet, es sei mein ehrlicher Wunsch, mich euch bis zum Ende des Feldzugs anzuschließen, wenn ihr es mir nur erlauben würdet. Jetzt erkenne ich, daß ich es nicht kann — nicht wage. Es ist eine schmerzliche Entdeckung, daß man nicht so tapfer ist, wie man von sich selbst geglaubt hat.« Sie setzte nicht hinzu, daß Medrian diese Angst in ihr hervorgerufen hatte.

»Calorn, du darfst nicht an deiner Tapferkeit zweifeln. Nicht Tapferkeit wird für den Feldzug verlangt, sondern Verzweiflung. Es gibt einen einzigen einfachen Grund, warum du nicht mitkommen kannst: Du teilst unsere Verzweiflung nicht.«

»Ja. Das leuchtet mir ein.«

»Kehre mit Neyrwin auf die Blaue Ebene zurück. Und wenn du kannst, kehre auf deine eigene Welt zurück.«

»Das geht nicht!« rief Calorn. »Die Dame von H'tebhmella braucht meine Dienste noch.« Ihr Gesichtsausdruck veränderte sich. »Halt ... das ist eine Warnung, nicht wahr? Du meinst, auch die Blaue Ebene sei nicht unbedingt sicher?«

»Wer weiß? Das ist nur eine Vermutung von mir.«

»Nun, ich habe die Nerven noch nicht in einem solchen Ausmaß verloren, daß ich meine eigene Sicherheit vor meine Pflicht stellen würde! Aber ich will der Dame alles berichten, was Eldor zu Estarinel gesagt hat. Sie mag eine Bedeutung darin sehen, die uns verschlossen bleibt.«

Ashurek blickte sie noch eine Weile lang an. Dann nahm er die Hände von ihren Schultern und sagte: »Lebe wohl, Calorn.«

Sie zwang ein Lächeln auf ihr klares, tapferes Gesicht. »Lebt wohl, ihr alle. Ich werde euch wiedersehen.« Diese letzten Worte betonte sie besonders. Sie drehte sich um, sprang auf Taery Jasmenas Rücken, ergriff die Zügel der beiden anderen Pferde, grüßte kurz mit geballter Faust und ritt in den Wald hinein.

Die drei Gefährten sahen sie zwischen den Bäumen verschwinden, eine aufrechte, in einen Mantel gehüllte Gestalt. Ihr langes Haar leuchtete kupferrot im Morgenlicht. Auf der einen Seite des blaugrünen Zelters schritt

Estarinels edler brauner Hengst gesetzt dahin, auf der anderen tanzte Vixata mit hocherhobenem Kopf, und ihre Mähne versprühte goldenes Feuer. Schließlich gerieten sie außer Sicht.

Es war, als sei alle Wärme, alle Farbe und alles Leben mit Calorn und den Pferden dahingegangen. Medrian, Ashurek und Estarinel spürten eine unangenehme Leere. Sie waren zusammen, und doch war jeder von ihnen allein. Sie hingen in einem feindseligen Vakuum, schwarz und weiß und durch und durch kalt wie die erbarmungslosen Tiefen des Raums. Aber es lag auch etwas von Klarheit in dem Gefühl, die Ahnung eines neuen Anfangs.

»Jetzt«, sagte Ashurek mit unheimlichem Eifer, »jetzt beginnt der Feldzug gegen die Schlange erst richtig.«

Sie wanderten einen Tag lang durch den Wald, bis er einem Faltengebirge wich. Die Bäume standen zwischen den Kämmen wie lange Schattenfinger, und wenn sie ein gutes Stück hochgestiegen waren und zurückblickten, ähnelte der Wald einem stillen grauen Bergsee in weiter Ferne. Silbergrünes Gras bedeckte das Oberland. Es wurde ständig vom Wind gezaust, so daß schimmernde Silberschlangen über die Kämme zu gleiten schienen. Der Himmel war von einem klaren, blassen Blau mit Wolkenschichten am Horizont, die bei Sonnenuntergang ein goldenes Glühen in sich aufsaugten. Jeden Tag zogen in Abständen dicke graue Wolken mit weißen Rändern über den Himmel und verschmolzen zu einer finsteren, gewitterigen Masse. Dann blickten die Gefährten böser Ahnungen voll nach oben und fürchteten, die Schlange werde ihnen einen Sturm schicken. Aber die Wolken rissen immer wieder auseinander wie Schaum auf klarem Wasser, verteilten sich zu langen Streifen und gaben nichts Schlimmeres von sich als ein paar Regentropfen.

Der Boden war von den Erdgewalten gehoben und in

qualvolle Falten gelegt worden, die zu überwinden nicht leicht war. Die einzelnen Kämme waren nicht zu steil, um zu Fuß erstiegen zu werden, aber das andauernde bergauf und bergab war ermüdend und eintönig. Sie brauchten drei Tage für eine Strecke, die bei flacherem Gelände in zweien zu schaffen gewesen wäre. Am vierten Tag sahen sie mit Erleichterung, daß sich vor ihnen eine andere Landschaft ausbreitete. Welliges Grasland stieg zu einer Kette von Hügeln an, die am Horizont lagen wie schlafende Schildkröten mit blaßgrünen und bernsteinfarbenen Panzern. Der Weg würde weiter nach oben führen, aber wenigstens war die Steigung gleichmäßig.

Am fünften Tag waren sie zwischen den Hügeln. Sie hielten ein Tempo ein, mit dem sie mindestens zehn Meilen pro Tag schafften. Manchmal mußten sie über große bräunlich-graue Granitblöcke klettern, aber meistens gingen sie über sternförmige, elastische Büschel von hellem Gras, während ringsumher Stellen mit rostfarbenem Farnkraut bedeckt waren. Hier und da standen Gruppen von hohen immergrünen Bäumen, gekrönt von Wolken dunkler Nadeln. Es gab keinen Mangel an Niederwild, von dem sie sich unterwegs ernähren konnten, und oft fanden sie an Bachufern Büsche mit dicken Nüssen oder dunklen süßen Beeren. Doch sie sahen kein Zeichen einer menschlichen Besiedlung. Der Norden Tearns war schon seit langem (vielleicht mit Gastadas Nachhilfe) nur noch dünn bevölkert.

Es war mehr als sechzig Tage her, daß sie sich kennengelernt hatten und vom Haus der Deutung aufgebrochen waren. Allerdings kam es ihnen länger vor; die Erlebnisse hatten ihren Zeitbegriff verwirrt, so daß der Ablauf widersinnig war wie in einem Traum. Am Südpol war der Beginn der dunklen Jahreszeit gewesen; inzwischen war für Dritha der lichtlose Winter angebrochen. Hier im Norden war Spätsommer. Je weiter sie gingen, desto länger hing die Sonne wie ein Korb voll

Feuer am Horizont, und schließlich ging sie überhaupt nicht mehr unter. Aber Ashurek fürchtete, wenn irgend etwas sie aufhielt — und daß etwas passierte, war bei M'gulfns Listen unvermeidlich —, konnte ihnen die helle Jahreszeit davonlaufen, und sie würden der Schlange im Dunkeln gegenübertreten müssen.

Die Baumgruppen wurden häufiger und vereinigten sich schließlich, wie Zuflüsse einen See speisen, zu einem großen Wald innerhalb eines Tals. Die Bäume waren hoch und standen mit weiten Zwischenräumen. Ihre geraden rotbraunen Stämme stiegen Hunderte von Fuß zu einer fernen Decke aus rauchgrauem Laub hoch. Wie ein Mosaik schimmerte der Himmel hindurch. Den Boden bedeckte ein Teppich aus lohfarbenen Nadeln, von denen bei jedem Schritt ein scharfer Duft aufstieg. Und in den fernen Baumwipfeln riefen sich unzählige Vögel allerlei zu. Ihre eigentümlich klagenden, schwerfälligen Rufe hallten wie die Schreie Trauernder wider.

Estarinel, Medrian und Ashurek zogen mehrere Tage lang durch den Wald. Sie kamen ohne Schwierigkeiten voran, und es gab viel Holz, so daß sie jeden Abend ein Feuer anzünden konnten. Sie teilten immer Wachen ein. Zwar hatten sie jetzt nichts mehr von Setrels Zauberpulver, aber dafür waren sie gut bewaffnet. Es störte sie jedoch nichts Gefährlicheres als ein Fuchs und ein paar Eichhörnchen. Nur die durchdringenden Vogelschreie weckten in ihnen den Wunsch, sie hätten den ansonsten freundlichen Wald hinter sich. Anfangs waren ihnen die trostlosen Rufe nur unheimlich gewesen, dann gingen sie ihnen auf die Nerven, so daß sie ständig angespannt auf den nächsten warteten. Jeder hörte sich mehr nach einem Schmerzensschrei an als der letzte, hart und mißtönend mit einer herzzerreißenden fallenden Note am Schluß ...

Als sie endlich das Ende des Waldes vor sich sahen, konnten sie es nicht mehr abwarten und legten die letzten tausend Meter im Laufschritt zurück. Mit überwältigender Erleichterung stürmten sie unter den Bäumen hervor und in das helle Land vor ihnen. Aber Ashurek, der immer Vorsichtige, zog sofort das Schwert und sagte: »Wenn die Schlange die Absicht hatte, uns aus diesem Wald zu jagen, ist es ihr gelungen. Wir müssen aufpassen, ob sie uns hier draußen nicht eine Falle gestellt hat.«

»Oder vielleicht leiden wir alle an einer zu lebhaften Phantasie«, bemerkte Medrian gereizt. »Nicht alle zweifelhaften Geschöpfe, seien es Vögel oder andere, sind das Privateigentum der Schlange.«

»Trotzdem«, sagte Ashurek.

Aber nichts Schlimmes erwartete sie, nur eine weitere hügelige Hochebene mit steifem Farnkraut und hellgrünem Gras. Sie marschierten weiter, die Tage unterschieden sich durch das wechselnde Aussehen des Landes um sie, das Steigen und Fallen der Hügel und den sich ständig wandelnden Himmel.

Das Wetter war sehr veränderlich. Manchmal zeigte der Himmel ein dünnes, blasses Blau, während die Sonne genug sommerliche Hitze ausstrahlte, um das Wandern unbequem zu machen. Dann wieder blies ein heftiger, regenfeuchter Wind von Norden und trug den fernen Geschmack des bevorstehenden Winters mit sich.

Der Himmel versetzte Estarinel von Zeit zu Zeit in einen Zustand, der einer Hypnose ähnlich war. Er merkte dann nichts mehr von seinen Gefährten und nicht einmal von dem Rhythmus seiner eigenen Füße auf dem Boden. Die Wolken trieben in einem endlosen Tanz vorbei, bewegten sich in einem Moment so sanft wie fügsame weiße Stuten und rasten gleich darauf mit dem Wind wie straffgespannte, blauschwarze Segel dahin — wie Schiffe in einer anderen, unvorstellbar weiten Dimension. Dann wieder wurden sie austerngrau, dicht und völlig unbeweglich, bis ein stürmisches silbergoldenes Licht in sie eindrang und sich einem Aderngeflecht gleich verzweigte. Ab und an weichen die Wolken auf wie Sahneklumpen und ließen durchsichtige Netze aus Licht auf den Horizont fallen. Und wenn die Sonne unterging, verteilten sich die Schichtwolken und verliefen in alle Richtungen, nun in goldgerändertem Purpur vor dem gläsernen, rosen- und amethystfarbenen Himmel. Estarinel gab sich der Illusion hin, die Wolken würden ihn gleich zu einer wilden, geheimnisvollen Fremdwelt entführen, und was es sonst noch gab, verlor jede Bedeutung und verschwand — er sah die andere Seite der Blauen Ebene.

Wenn das geschah, mußte er sich mit Gewalt auf die Erde zurückbringen und sich auf die Realität der Reise konzentrieren.

Allmählich wurde das Hochland rauher. Die immergrünen Bäume wuchsen überall — wenn auch, verglichen mit dem großen Wald, in kleinem Maßstab —, und das Gras wurde noch spärlicher und drahtiger. Zerklüftete Schichten stumpfen, bräunlichen Gesteins bohrten sich durch die Bodenkrume, ragten einschüchternd aus Berghängen. Vor dem Horizont hob sich eine Klippenreihe ab. Die Gefährten kletterten jetzt mehr, als sie gingen; Ashurek warf schon lange keinen Blick mehr auf die Karte, die bei weitem nicht genug Einzelheiten zeigte, um sie an natürlichen Hindernissen und Gefahren vorbeizuführen.

Es ging durch eine flache, steinige Schlucht mit Bäumen, die sich wie knorrige Kobolde zu beiden Seiten aus den zerklüfteten Wänden lehnten. Die Gefährten machten halt, um zu trinken und ihre Lederflaschen aus einem eiskalten, schäumenden Bach zu füllen. Sie übersprangen ihn an der schmalsten Stelle und kletterten die andere Seite hinauf. Jetzt lag die Klippenreihe wie eine Mauer vor ihnen, die sich von West nach Ost erstreckte. Wenn sie nach Norden vordringen wollten, stand ihnen eine lange und schwierige Kletterpartie bevor.

Sie brauchten zwei Tage, um den schlimmsten Teil des Hangs zu überwinden. Nirgendwo stieg er senkrecht an oder war sonst unüberwindlich, ... war ein anstrengender und manchmal gefährl... ...ufstieg. Sie hatten das Gefühl, sich ein Lebensalter a... dem gefleckten, feuchten Fels abgemüht zu haben, nach einem Halt tastend, während Schieferplatten unter ihren Füßen wegrutschten. Die erbarmungslosen Felsgrate fühlten sich kalt und rauh unter ihren verkrampften Fingern an. Eine Nacht verbrachten sie im Schutz einer Kluft, wo der Wind durch die Ritzen heulte wie ein böser Geist. In der zweiten Nacht zogen sie sich auf den Gipfel. Sie waren voll von blauen Flecken und Abschürfungen und rangen nach Atem.

Ihnen bot sich der unwillkommene Anblick von Diorit, kalt glänzend im Licht der beiden schillernden Monde. Sie lagerten unter einem Felsturm. Ein paar schmächtige Koniferen zu ihrer Rechten lieferten genug Brennstoff für ein kleines Feuer, um das sie sich in der Hoffnung setzten, seine magere Wärme werde den Schmerz in ihren Gliedern lindern. Wenn einer etwas sagte, handelte es sich nur um rein technische Fragen der Reise. Es war, als könne auch die weiteste gemeinsam zurückgelegte Strecke die Entfernung zwischen ihnen nicht verringern.

Estarinel betrachtete die finsteren Gesichter der beiden anderen und dachte: »Wenn jeder von uns so wenig Hoffnung hat, warum machen wir dann weiter?« Aber es lag ihm nichts daran, die Frage zu beantworten. Er machte es sich einfach so bequem, wie es auf dem Fels möglich war, und legte sich zum Schlafen hin. Das Grübeln bereitete ihm nur Schmerzen, und es gibt eine Grenze für das, was der Mensch ertragen kann, bevor der Verstand mit der Selbstverteidigung beginnt. Gegenwärtig fühlte Estarinel sich wie betäubt, als säße ein Granitbrocken irgendwo zwischen seiner Kehle und seinem Herzen. Das hatte er schon früher einmal erlebt, nach dem Angriff der Schlange auf Forluin und während eines großen Teils der Reise von Forluin zum Haus der Deutung. Er träumte jetzt von dieser Reise: Er war auf einem Schiff   alin, Arlena, Edrien und Luatha, und er sah ihre Gesichter so deutlich vor sich, als seien sie wirklich da. Im Traum lachten sie und waren fröhlich, als habe es den Angriff nie gegeben. Daß sie sich mitten auf dem Ozean befanden, hatte überhaupt keinen Sinn. Aber Estarinel wußte, daß sie irgendwann während des langen Weges Medrian verloren hatten, und er flehte sie an, das Schiff zu wenden und nach ihr zu suchen. Die anderen lächelten unbeeindruckt, als hätten sie ihn gar nicht gehört. In seiner Aufregung wollte er sagen: »Wir müssen umkehren und sie suchen; wenn ich sie nicht finde, werdet ihr alle sterben.« Aber wie es in Alpträumen so geht, konnte er nicht sprechen.

Inzwischen hielt Ashurek die erste Wache. Er ließ den Blick über die Landschaft schweifen, eine Strecke von hellem Fels, gefleckt mit Glimmer und Quarz, der im Mondschein grünlich glänzte. Der Boden war vom Wetter gekerbt und zernarbt, zu vielen verschiedenen Ebenen abgestuft und mit herabgefallenen Steinen übersät. Hier und da erhoben sich Felstürme in verblüffenden, kopflastigen Formen, die jedem Windhauch eine geisterhafte Stimme verliehen. In der Ferne erkannte Ashurek das Glitzern von porphyrhaltigem Kristall.

Er blickte zu den beiden milchweißen Monden hoch, die gleichmütig durch rasch dahinziehende Wolkenfetzen segelten. Fliegende Wesen hoben sich vor ihnen ab, erst einzeln und zu zweit, dann in ganzen Scharen. Sie waren nichts als winzige Umrisse — seltsam urtümlich in der Form, obwohl das eine optische Täuschung sein mochte —, deshalb konnte Ashurek nicht abschätzen, wie groß sie waren. Sie flogen lautlos dahin, bis schließlich nur noch ein paar Nachzügler kamen. Ashurek folgte ihnen mit den Augen, und seine Hand hatte sich ohne Grund auf den Griff seines Schwertes gelegt.

Ein kühler, regnerischer Morgen kam, und sie zogen weiter. Medrian ging vor den anderen, das Gesicht, hart wie das einer Statue aus Quarz, dem Nordwind dargeboten. Sicheren Fußes überquerte sie die rauhe Oberfläche und sprang so mühelos über Spalten und schuppige große Blöcke des grünlichen Diorits, als befinde sie sich tatsächlich auf einer anderen Ebene. Es war, als liefe sie gleichzeitig von etwas weg und zu ihm hin, was sie in gewisser Weise ja auch tat.

Große Nester weißen und purpurnen Kristalls wurden immer häufiger, während sich der Stein unmerklich von Grüngrau zu glänzendem Schwarz wandelte. Eine weitere Tagesreise brachte sie an einen Fluß. Lange bevor sie ihn erreichten, hörten sie sein lautes Rauschen. Die Sonne kam heraus, als sie über den schwarzen Besalt schlitterten und einen Strom erblickten, mehr als dreißig Meter breit, der, schillernd wie ein flüssiger Aquamarin, über eine Reihe von Stromschnellen raste. Das jenseitige Ufer glänzte wie Jett und war mit Ebenholzbäumen bewachsen, vor denen sich das blaugrüne Wasser und der diamantweiße Schaum in scharfem Kontrast abhoben.

»Wir könnten Tage verschwenden, wenn wir versuchten, das hier zu umgehen.« Ashurek mußte die Stimme heben, um sich verständlich zu machen. »Ich schlage vor, daß wir uns einen Weg hinüber suchen.«

Der donnernde Strom sah so gefährlich aus, als sei es unmöglich, ihn zu überqueren. Sie erforschten das Ufer und kamen an einen großen Absatz, wo der Fluß — er floß von Osten nach Westen — in Spiralen aus flüssigem Glas gegen das Ufer sprang, um etwa sechs Meter unter ihnen in eine Gischtwolke zu stürzen. Unmittelbar vor dem Rand des Wasserfalls staute sich der Strom und verlangsamte sich ein bißchen, und dicht unter der Oberfläche waren Steine zu sehen.

»Hier können wir durchwaten.« Ashurek sprach so entschlossen, daß Estarinel seine Zweifel lieber für sich behielt. Sie zogen die Stiefel und Mäntel aus, um mehr Bewegungsfreiheit zu haben, rollten sie zusammen und banden sie auf ihre Rucksäcke.

Estarinel ließ sich als erster über das glitschige Ufer ins Wasser gleiten. Es schäumte ihm eiskalt um die Knie, und die Wucht brachte ihn beinahe aus dem Gleichgewicht. Vorsichtig balancierte er über den Rand des Wasserfalls. Als er sich einmal an die Strömung gewöhnt und gelernt hatte, sich gegen sie zu stemmen, war es gar nicht so schlimm. Er blickte auf das Wasser nieder, das glasig über seine Füße floß, und tastete sich langsam von einem Stein zum nächsten. Er fühlte die Feuchtigkeit der Gischtwolke zu seiner Linken im Gesicht, aber er sah nicht über den Rand.

Hinter ihm watete Medrian mit stetigen resoluten Schritten, und dann folgte Ashurek.

Ashurek war bis zur Mitte vorgedrungen, als Estarinel auf das jenseitige Ufer kletterte, tropfend und offensichtlich erschöpft. Die erste Hälfte war nicht so schwierig, aber danach verlangten das eisige Wasser und die Anstrengung, sich gegen die Strömung auf den Füßen zu halten, ihren Tribut. Das Zittern in seinen Gliedern bezwingend, ging Ashurek entschlossen weiter.

Plötzlich machte Medrian vor ihm halt. Er holte sie ein und rief: »Im Namen aller Dämonen, nicht stehenbleiben! Nimm meinen Arm, wenn es sein muß, aber geh weiter.«

Ohne zu antworten, wandte sie sich ihm zu, als werde ein Gelenk aus der Pfanne gedreht.

»Was ...« setzte Ashurek an, doch vor Schreck erstarben ihm die Worte in der Kehle. Ihr Gesicht. Er hatte schon oft gesehen, daß sie krank aussah, aber jetzt war ihr Gesicht ganz das einer Leiche. Die Haut war wie entfärbtes Elfenbein und glühte in einem schwachen Licht. Ihre zyanblauen Augen waren glasig. Der Mund stand offen wie in einem stummen Ächzen, und jetzt hob sie die Hände gegen ihn, lang und weiß und gekrümmt wie Vogelklauen.

Sie versuchte, ihn über den Rand des Wasserfalls zu stoßen.

Seine Füße rutschten über den Stein. Verzweifelt kämpfte er darum, das Gleichgewicht zu bewahren, war sich des Abgrunds hinter ihm bewußt, des heftigen Verlangens der Strömung, ihn mitzureißen und auf die Klippen unten zu schleudern. Er faßte Medrians Arme oberhalb der Ellenbogen und rang mit ihr, ebenso, um sie zu retten wie sich selbst.

Estarinel sah vom Ufer aus, was geschah. Besorgt und verwirrt stieg er wieder ins Wasser.

Es war etwas Unmenschliches an der Kraft, mit der Medrian sich hartnäckig gegen Ashurek wehrte und ihn dabei immer näher auf den Abgrund zudrängte. Ashurek empfand die gleiche Art von Ekel wie vor den Shana, und das schwächte ihn. Er rang nach Atem, machte sich auf den Absturz gefaßt, der schon unvermeidlich schien.

Als Medrian ihn plötzlich losließ, wäre er beinahe vor Überraschung gestürzt. Ihr Gesicht verlor das widerwärtige Licht, die Augen schlossen sich, die Hände fielen schlaff herab. Ashurek glaubte, sie werde ohnmächtig (und später fragte er sich immer wieder, ob er sich in diesem Fall die Mühe gemacht hätte, sie zu retten), aber das wurde sie nicht. Sie drehte sich um und marschierte wie eine Puppe mit einem Uhrwerk im Bauch an der Kante entlang. Estarinel kam ihr entgegen und führte sie ans Ufer, obwohl sie seine Hilfe kaum zu brauchen schien und sie nicht einmal zur Kenntnis nahm.

Zitternd und fluchend zog sich Ashurek auf den dunklen, facettierten Basalt. Estarinel war allein.

»Wohin ist sie gegangen?« fragte Ashurek. Estarinel hatte geglaubt, ihn früher schon zornig gesehen zu haben, doch da hatte er sich geirrt.

»Sie ist an mir vorbei unter die Bäume gerannt, ich konnte sie nicht aufhalten.« Ashurek zog die Stiefel über seine nassen Füße und eilte in den pechschwarzen Wald. Estarinel beeilte sich, ihn einzuholen.

»Ashurek, ich habe nicht mitbekommen, was eigentlich los war«, sagte er. »Anfangs dachte ich, Medrian sei in Schwierigkeiten und du wolltest ihr helfen, aber ...«

»Ganz so unschuldig hat es vermutlich nicht ausgesehen.« Ashurek ging zielbewußt weiter und spähte dabei nach links und rechts zwischen die Bäume. »Sie hat versucht, mich zu töten.«

»Was?«

»Ich wiederhole, ihre Absicht war es, mich über den Rand des Wasserfalls zu stoßen und mich so zu töten. Beinahe hätte sie Erfolg gehabt.«

»Du mußt dich irren!« rief Estarinel aus.

Ashurek blieb stehen und sah ihn an. Seine grünen Augen flammten, seine Stimme war so beherrscht und drohend wie ein chirurgisches Instrument. »Das ist ein Irrtum, den niemand, nicht einmal du, hätte begehen können. Wenn du ihr Gesicht gesehen hättest — es war nicht ihr eigenes. Es war dämonisch.«

»Warum sollte sie dich denn töten wollen?«

»Warum sie damit so lange gewartet hat, ist eine Frage, die eher Licht in die Sache bringen würde.« Ashurek ging weiter. »Ich hätte es mir denken können.«

»Du glaubst doch bestimmt auch jetzt noch nicht, daß sie dich haßt?«

»Ich habe dir vor langer Zeit die Sache mit Gorethria und Alaak erklärt. Eine so tiefverwurzelte Abscheu kann vielleicht eine Zeitlang unterdrückt, aber nie ausgelöscht werden. Versteh mich nicht falsch, ich nehme ihr ihren Haß nicht übel. Ich halte ihn für vollkommen natürlich, und ich mache ihr deswegen nicht den leisesten Vorwurf. Aber ich glaube, daß er nur ein Teil von etwas viel Schlimmerem ist. Wir dürfen ihr nicht erlauben, daß sie den Feldzug zum Scheitern bringt.«

»Was willst du tun?« fragte Estarinel zaghaft. Er würde es nicht zulassen, daß Medrian irgendein Leid geschähe.

»Ich weiß es nicht. Mit ihr reden«, antwortete Ashurek dunkel, »für den Anfang. Ich habe ihre Täuschungsmanöver und ihr zickiges Schweigen lange genug ertragen. Denke einmal zurück. Weißt du noch, wie die *Stern von Filmoriel* auf das Rosenrote Feuer zugetragen wurde? Die Seepferde waren gerade in Begriff, uns von ihm wegzuziehen. Prompt sprang Medrian ins Wasser und schirrte sie los, so daß wir praktischerweise auf die Weiße Ebene geschleudert wurden.«

»Sie hatte die Situation falsch beurteilt ...«

»Das glaubst du? Und was ist mit diesem anderen Fall, als sie uns aus der Deckung des Waldes lockte, damit Gastadas Krähen uns packen konnten?«

»Keiner von uns beiden wurde gezwungen, ihr zu folgen«, erwiderte Estarinel hartnäckig.

»Dann hast du vielleicht auch eine einfache Erklärung dafür, wie es möglich war, daß sie einen Stich in den Hals erhielt und ihr Pferd an ihrer Stelle starb? Oder wie sie den Dämon Siregh-Ma entließ, offenbar einfach indem sie ihm etwas vormurmelte? Oder woher sie soviel über die Natur der Schlange weiß? Oder warum sie sich weigert, ein Wort über sich selbst zu sagen?«

»Wenn du darauf hinauswillst, sie sei im Bündnis mit der Schlange — bei der Dame, das ist eine grauenhafte Anschuldigung!«

»Ja, das ist es. Und welche Antwort hast du darauf?«

»Du zählst unzusammenhängende Vorfälle auf und denkst nicht an die ganze übrige Zeit, in der sie mit uns zusammengearbeitet hat!«

»Das ist ein Gesichtspunkt«, stellte der Gorethrier trocken fest. »M'gulfn muß sich vergriffen und eine nur unzureichend ausgebildete Heuchlerin geschickt haben.«

Langsam wurde Estarinel zornig. »Als sie den Dämon wegschickte — ganz gleich wie! —, hat sie uns vor ihm gerettet! Du kannst nicht vergessen haben, wie schrecklich Gastada sie gefoltert hat — die Schlange würde das einem Menschen, der ihr gehört, nicht antun.«

»Hier irrst du. Sie behandelt ihre Freunde ebenso nett wie ihre Feinde.«

»Dann solltest du Mitleid mit ihr haben«, verlangte Estarinel scharf, und sofort nahm Ashureks wütendes Gesicht den Ausdruck einer distanzierten, unversöhnlichen Bitterkeit an.

»Auf gewisse Weise habe ich es«, antwortete er ruhig. »Das ist jedoch kein Grund, den Feldzug zu gefährden.«

Estarinel dachte an die verschiedenen Gelegenheiten, bei denen Medrian ihn ausdrücklich gewarnt hatte, ihr zu vertrauen. »Du könntest höchst grausam betrogen werden«, hatte sie gesagt. Und: »Die eine Hälfte von mir will, daß die Schlange erschlagen wird, aber die andere Hälfte ist in ihrer Gewalt.« Allein er dachte nicht daran, Ashurek zu unterstützen, indem er diese erschreckenden Worte wiederholte.

Er sagte: »In Forluin war sie anders. Völlig anders. Sie ... Ashurek, sie empfindet keine Loyalität für M'gulfn. Darauf würde ich mein Leben wetten.«

»Es ist möglich, für eine Sache zu arbeiten, ohne dafür Loyalität zu empfinden. Kannst du auch beschwören, daß sie, soviel du weißt, keinerlei Verbindungen mit der Schlange hat?«

Estarinel schwieg. Dann schüttelte er den Kopf. »Die Dame von H'tebhmella hätte sie doch bestimmt nicht aufgenommen, wenn ihre Anwesenheit den Feldzug gefährden würde!«

»Wie sollen wir das wissen? Die Grauen haben die H'tebhmellerinnen belogen. Wer weiß, welche anderen Lügen erzählt worden sind! Es mag da überhaupt keine Grenze geben ... Erinnerst du dich nicht, wie vage die Dame bestimmte ganz spezifische Fragen beantwortete? Vielleicht hatte sie nicht die Frechheit, geradeheraus zu lügen, aber trotzdem sind uns Wahrheiten vorenthalten worden.«

Sie sahen Medrian unter einem Baum. Sie hatte Mantel und Stiefel wieder angezogen und stand da mit gesenktem Kopf und vor dem Leib verschränkten Armen, als warte sie auf sie.

»Sie nicht hart zu ihr, Ashurek«, bat Estarinel.

»Ich werde tun, was notwendig ist, um den Feldzug fortzusetzen«, lautete die unbeugsame, stahlharte Antwort.

Tausende von Kilometer entfernt, an der südlichsten Spitze von Morrenland, rannte Benra — oder vielmehr, er taumelte — am Rand einer Klippe entlang. Benra war ein Neutrum, ein Mensch, der einem dritten Geschlecht angehörte, wie es im nördlichen Tearn gelegentlich auftrat. Das Neutrum war über zwei Meter groß. Seinen Schultern entsprossen zwei Armpaare, eines über dem anderen. Haut und Haare hatten denselben schimmernden, goldbronzenen Ton, und es war nackt bis auf die Gurte, die Schwert, Schild, Axt und Messer hielten. Normalerweise hatten Benras ernste Züge und sein symmetrischer, langgliedriger Körper eine eigene Schönheit, aber jetzt war sein Gesicht mit Schmutz und Blut gestreift, und es sprang an dem Klippenrand hin und her wie eine baumelnde Marionette.

»Was habt Ihr, guter Herr?« fragte eine Stimme. Das Neutrum drehte sich um, keuchte durch verzerrte Lippen. Vor ihm stand ein alter Mann, gekleidet in ein schmutziges cremefarbenes Gewand. Seine Haut zeigte ein mattes Gelb wie altes Messing, und er war bis auf eine steife Strähne grauen Haares kahl. Die Augen waren so hell wie Milch.

»Schiffe — warum sind keine Schiffe da?« fragte Benra und wies mit der Hand auf das Meer unterhalb des Kalkfelsens.

»Ach, sie sind alle fort«, antwortete der alte Mann teilnahmslos.

»Das gibt es doch nicht! Ich muß zum Haus der Deutung!«

»Lieber Herr, was Ihr sagt, ist verrückt. Bleibt ruhig, ich bitte Euch. Jedes Schiff, das seetüchtig war, ist bereits nach dem Haus der Deutung ausgelaufen.«

»Das kann nicht sein — ich muß meine Aufgabe erfüllen!«

»Ich wäre auch gern zum Haus der Deutung gefahren, aber ich konnte nicht, weil mich niemand zum Mitkommen aufgefordert hat. Sagt mir, Freund, wenn Ihr die Möglichkeit finden solltet hinzugelangen, würdet Ihr mich mitnehmen?«

»Ja, ja, natürlich«, murmelte Benra geistesabwesend. »Was plapperst du da? Wie können wir ohne Schiff hingelangen?«

»Es mag einen Weg geben, wenn Ihr mir nur sagen wollt, warum Ihr unbedingt hin müßt.«

»Was?« Vielleicht war der alte Mann senil, aber das Neutrum war zu sehr außer sich vor Furcht und Verzweiflung, um sich darüber Gedanken zu machen. Es hatte das Bedürfnis, jemandem davon zu erzählen. Die Worte überstürzten sich. »Ich bin Benra, früher von Sphraina, jetzt im Dienst Setrels, des Dorfältesten von Morthemcote in Excarith. Excarith wurde von einer Armee wandelnder Leichname angegriffen, und Ashurek von Gorethria kam uns zu Hilfe und besiegte sie — aber dann verschwanden er und seine beiden Gefährten — deshalb schickt Setrel mich nach Süden, damit ich Eldor melde, daß Ashurek und die beiden anderen vermißt sind, und ihm von den schrecklichen Dingen berichte, die in Excarith geschehen sind, und von allem, was ich unterwegs gesehen habe ...«

»Wer plappert jetzt?« brummte der alte Mann mit zahnlückigem Grinsen, aber Benra achtete nicht darauf.

»... und unterwegs habe ich Furchtbares gesehen, ich habe Menschen gesehen, die von einer Seuche befallen waren und trotzdem umhergingen, rasend vor Fieber — das war in Belhadra —, und sie klagten, die große Zauberin, der sie Tribut zahlten, habe sie der Gnade des Wurms anheimgegeben, und ich sah Menschen, die sich in der obszönen Anbetung des Wurms bückten und in ihrer Panik versuchten, ihn zu beschwichtigen. Als sie mich zwingen wollten mitzutun, lief ich davon, aber dann saß ich drei Tage in einem mörderischen Unwetter fest, das rote Blitze auf mich schleuderte, wenn ich versuchte, meinen Unterschlupf zu verlassen. Als es sich legte und ich herauskam, durchstreiften Geschöpfe des Wurms das Land. Ich wurde von einem scheußlichen Ding angegriffen, das einem großen haarlosen Hund mit zu vielen Mäulern glich. Ich erschlug ihn, aber es kamen andere, Dinge, wie aus dem Meer hochgestiegen, Dinge, die bissige Karikaturen echter Tiere waren ... Den Rest des Weges bin ich gerannt, durch ganz Tearn nach Morrenland, ohne an Essen oder Schlafen zu denken. Aber das Schlimmste ...« Mit gehetztem Blick packte Benra den Alten Mann am Arm. »Das Gräßlichste ist, daß mir ein Dämon gefolgt ist.«

»Ein Dämon?« fragte der alte Mann, als halte er Benra für geistesgestört.

»Du glaubst mir nicht? Sicher hast du noch nie einen gesehen.«

»Nein, *gesehen* habe ich noch keinen.«

»Sie — sie täuschen einen menschlichen Körper vor, aber sie knistern von einem silbernen Licht wie ein Blitz. Ihre Münder sind rot, ihre Augen glänzen wie Münzen. Und sie — sie — weißt du, wie das ist, wenn man sich noch nie vor irgend etwas Bestimmtem gefürchtet hat und dann die Furcht neben sich stehen sieht, wie sie dich auslacht? Es ist nicht die Furcht vor dem Tod, nicht einmal vor Schmerz ... sondern die Furcht vor der Furcht an sich. Ich muß zum Haus der Deutung gelangen, bevor sie mich einholt.«

Benras Gesicht war unter der goldenen Tönung seiner Haut blaß geworden, und jetzt griff er unwillkürlich mit dreien seiner vier Hände nach dem alten Mann.

»Du bist ein Neutrum!« rief der alte Mann aus. Die Überraschung und der Abscheu in seiner Stimme trafen Benra wie ein Peitschenhieb.

»Ja.« Benra zog seine Hände zurück. »Ich dachte, das hättest du bemerkt.«

»Nein. Ich bin blind, weißt du.«

»Und das habe wiederum ich nicht bemerkt, ebensowenig wie ich dich als einen Sphrainer erkannt habe.« Eine lange unterdrückte Bitterkeit klang in Benras Stimme mit. »Ich muß mich entschuldigen.«

»Was bist du denn, ein Söldner?«

»Ja. Im Dienste Excariths, wie ich sagte. Im Exil, ebenso wie meine Geschwister.« Der alte Mann wich zurück, und der angewiderte Ausdruck seines Gesichts erboste Benra allmählich, wozu an sich kein vernünftiger Anlaß bestand. An der Farbe seiner Haut (obwohl sie vom Alter verblaßt war) und an dem bekannten Akzent hätte es erkennen müssen, daß der Mann ein Sphrainer war. Aber das Neutrum war zu verzweifelt gewesen, um davon Notiz zu nehmen.

In Sphrainer wurden dem dritten Geschlecht Haß und Argwohn entgegengebracht. Jede schwangere Frau fürchtete, ein Neutrum zu gebären, und wenn sie es tat, wurde es zum Sterben ausgesetzt. Tatsächlich starben jedoch nur wenige, denn sie hielten viel aus, und es gab Gruppen von Neutren, die die verlassenen Kinder aufnahmen und großzogen. Die meisten Neutren gingen lieber ins Exil, als daß sie in einer Gesellschaft blieben, die sie haßte, und da sie alle groß und stark und mit vier Armen ausgestattet waren, wurden sie häufig Söldner. Dann verachtete sie niemand mehr; sie wurden als erstklassige Kämpfer respektiert, und ihre Arbeitgeber hielten große Stücke auf sie.

Aber als Benra nun von diesem Sphrainer, so gebrechlich, wie er war, mit Verachtung behandelt wurde, erwachten die alten Demütigungen seiner Kindheit von neuem.

»Ich vermute, jetzt, wo du weißt, was ich bin, wirst du nicht mehr mit mir reisen wollen«, sagte er.

»Ich will zum Haus der Deutung. Leider müssen wir

zusammen reisen, auch wenn es für mich eine Zumutung ist«, erklärte der alte Mann mit dick aufgetragenem Abscheu.

»Also stehen wir hier, die wir doch eigentlich Landsleute sind, auf einer weißen Klippe beinahe am Ende der Welt; Dämonen und geifernde Ungeheuer, vor denen der Rest der Welt bereits geflohen ist, rücken heran, und ein Ozean ohne Schiffe hält uns gefangen. Und du«, rief Benra wütend, »du kannst noch immer an nichts anderes denken als an den Abscheu, den du vor Neutren empfindest?«

»Ich kann nicht anders. Ich bin alt, ich kann meine Ansichten nicht mehr ändern. Nein, fasse mich nicht an!« Der Mann wand sich, als Benra seine Schultern und Arme mit allen vier Händen packte.

»Die Welt zerfällt vor unseren Augen! Vielleicht sind wir die beiden letzten Menschen auf der Erde, die noch am Leben sind! Und trotzdem klammerst du dich an den alten irrationalen Haß!«

»Du hast den Verstand verloren! Tu mir nichts ...«

»Ja, ich habe den Verstand verloren. Ich möchte den Menschen sehen, der von Dämonen gejagt wird und den Verstand behält. Ich bin menschlich, verstehst du, genau wie du, Abkömmling eines Mannes und einer Frau wie du.«

Der alte Mann zitterte in Benras Griff, als schüttele ihn ein Krampf. Nein, er lachte. Verblüfft sah Benra in den grinsenden roten Mund und erkannte plötzlich — zu spät —, daß der alte Mann sich veränderte. Sein Gewand fiel von ihm ab wie nasses Papier, und die gelbe Haut riß und schälte sich wie Baumrinde von seinem Rumpf. Benra wich zurück. Ihm wurde übel. Feuchtes Silber schimmerte durch die Löcher wie die neue Haut einer Schlange, wenn sie die alte abwirft. Nach und nach schlängelte sich die feuchte Gestalt aus der Rinde, und da stand der Dämon — der, vor dem Benra geflohen war — und glitzerte silbern. Aus seinem blutroten

Mund kam ein zischendes Lachen. Die Haut des alten Mannes lag in einem Haufen lederigen Fleischs auf dem Boden. Gräßlicherweise war das Gesicht unversehrt.

»Ich bin Ahag-Ga«, sagte der Dämon.

»Warum verfolgst du mich?« stammelte Benra. Inmitten der Furcht, die ihn zu verschlingen drohte, blieb ihm eine Spur kalter Vernunft. »Warum?«

»Warum nicht?« höhnte der Shanin.

»Ich wünschte, du würdest mich schnell töten und nicht quälen«, sagte Benra. »Was willst du?«

»Ich habe, was ich will, mein liebes Neutrum«, erwiderte Ahag-Ga. »Jemand schickt mich zum Haus der Deutung. Aber ach, wegen eigentümlicher Gesetze, die meine Handlungen regieren, kann ich nicht dorthingehen, solange ich nicht von einem Menschen rechtsverbindlich eingeladen werde.«

»Und ich ...«

»Ja, während ich als alter Mann verkleidet war, sagtest du, daß du mich mitnehmen wollest! Übrigens, deine Beschreibung von mir war sehr hübsch. Ich fühle mich geschmeichelt. ›Die Furcht an sich!‹ Sehr blumig.«

»Oh, Setrel, verzeih mir«, stöhnte Benra und fiel auf die Knie. Er fühlte einen schrecklichen Druck wie von einer metallenen Klammer um seinen Kopf. »Dämon, sag mir, warum hast du vorgegeben, ein Sphrainer zu sein?«

»Oh, du warst so empfindlich, ich konnte einfach nicht widerstehen, dich aufzuziehen. Es war ein großer Spaß«, gestand Ahag-Ga. »Nun, es tut mir leid, daß der Auftrag, den Setrel dir gab, eine solche Zeitverschwendung war — für dich, meine ich, nicht für mich. Nebenbei bemerkt, Ashurek ist nicht vermißt. Ich wollte, er wäre es. Ich habe einen besonderen Grund, daß ich ihn nicht leiden kann. Doch das braucht dich nicht mehr zu kümmern. Steh auf, mein liebes Neutrum.«

Benra tat es. Seine Augen blickten glasig. Er war jetzt fast vollständig in der Gewalt des Shanin.

»Es ist Zeit, zum Haus der Deutung zu gehen. Danke, daß du mich eingeladen hast.«

»Wir haben immer noch kein Schiff«, stellte Benra hölzern fest.

»Das stimmt. Ich brauche keins. Alles, was ich brauche, bist du.«

»Ich will dir nicht dienen. Lieber möchte ich sterben«, flüsterte das Neutrum.

»Ach ja? Das geht in Ordnung.« Der Dämon zuckte die Achseln, dann faßte er in einer schnellen Bewegung Benras Schulter mit der einen Hand, und mit der andren riß er dem Neutrum den Bauch auf, so daß die Eingeweide in einer roten Sturzflut hervorquollen.

Ein paar Minuten später trabte der Dämon Ahag-Ga auf das Meer zu. Er sah jetzt aus wie Benra.

11
Der Mathematiker

D*as ist zu weit gegangen, meine Medrian,* sagte die Schlange.

»Laß mich in Ruhe. Sprich mich nicht an. Du wirst mich nie wieder so unterkriegen«, antwortete sie und schlang die Arme um sich, als könne das den maulwurfsschwarzen eisigen Schmerz in ihrem Kopf lindern.

Doch. Ebenso und schlimmer. Wieder und wieder, bis du dich ergibst. Wieder und wieder, bis die beiden Menschen von deiner Hand sterben. Und bis du mir von der Waffe erzählst und bis du diesen jämmerlichen Feldzug aufgibst. Wieder und wieder und wieder und ...

»Nein. Verdammt sollst du sein«, flüsterte Medrian.

Du wirst sehr schwach. Sogar für deine Hartnäckigkeit gibt es eine Grenze, meine Medrian, und du weißt, daß du in kurzer Zeit nicht mehr fähig sein wirst, diesen Schmerz zu ertragen. Finde dich damit ab.

»Nein«, ächzte sie. Aber sie wußte, daß M'gulfn recht hatte. Sie hatte seit der Nacht der Bären ohne Pause mit aller Kraft gegen den Wurm gekämpft, auf dem Weg über die Berge und durch die Wälder und über die Klippen und den Fluß ... und die ganze Zeit hatte sie sich der Selbsttäuschung hingegeben, sie habe ihn in der Gewalt.

Seit sie gelernt hatte, M'gulfn zu unterdrücken — und sie war damals noch sehr jung gewesen —, hatte sie sich auf dieses In-der-Gewalt-Haben verlassen. Sie war nie auf den Gedanken gekommen, der Wurm könne so entschlossen dagegen angehen, Tag für Tag Stücke aus ihrem Verteidigungswall lösen, bis er kaum noch stärker war als eine Eisdecke, die jederzeit brechen kann.

Vielleicht hatte M'gulfn zuvor noch nie solche Angst gehabt.

Medrian hatte fest an ihre Fähigkeit geglaubt, unabhängig von dem Wurm zu handeln. Nun war das Unausdenkliche in Sicht: ihre Kapitulation. Sie hatte das Selbstvertrauen verloren. Der Wurm hatte in ihrem Inneren getobt, und sie hatte sich umgedreht und versucht, Ashurek in den Tod zu stürzen. Er hatte das Leichenlicht auf ihrem Gesicht gesehen. Ihr war nichts übriggeblieben, womit sie kämpfen konnte.

Dieser Schmerz, diese Demütigung, sagte der Wurm, als lese er ihre Gedanken — hatte sie jetzt auch diese letzte Zuflucht verloren? —, *sind die unvermeidlichen Folgen deines Versuchs, dich gegen mich zu wehren. Du hast dir einen harten Weg ausgesucht das zu lernen. Laß mich einfach in dein Herz ein, und du wirst Erlösung finden.* Seine Gedanken waren ohne Schärfe, beinahe beruhigend.

»Erlösung! Die Erlösung, die alle deine früheren Wirte gefunden haben?« gab Medrian zurück. »Ihre Qualen waren schlimmer als meine, weil sie keine Möglichkeit zum Widerstand fanden! Meinst du, nachdem ich so weit gekommen bin, würde ich weitere Generationen dazu verurteilen, so schändlich mißbraucht zu werden?«

Du wirst immer meine liebste Wirtin bleiben, säuselte der Wurm wie ein wohlmeinender alter Mann, der falsch verstanden hat, was ihm gesagt wurde. Aber er verstand sehr gut. Er verhöhnte sie.

Medrian kam zu einem Entschluß, und es gelang ihr, stehenzubleiben. Ruhig, trotz ihres heftigen Zitterns, zog sie Stiefel und Mantel wieder an und fuhr sich glättend mit den Fingern durchs Haar. Und dann stand sie da und wartete, bis sie Ashurek und Estarinel zwischen den Bäumen auftauchen sah.

Sie würde ihnen alles sagen.

Ihre Absicht war es gewesen, bis ganz zum Ende des Feldzugs zu warten, aber das ließ sich nicht mehr durchführen. Wenigstens würden die Gefährten dann ihr seltsames Benehmen verstehen. Und falls der Wurm sie vollständig erobern sollte, würden sie verstehen, was da geschah, und sie konnten sie fesseln und als Gefangene mitnehmen und sich so gegen die Macht des Wurms in ihr schützen.

»Medrian!« rief Estarinel. »Bist du in Ordnung?«

»Ich bin überzeugt, sie ist mehr als nur in Ordnung«, bemerkte Ashurek brüsk und legte ihr die langfingrige dunkle Hand auf die Schulter. Sein Blick durchbohrte sie, aber sie sah nicht zu ihm auf. Estarinels Herz flog ihr entgegen; noch nie hatte sie so einsam gewirkt. »Medrian, leugnest du, daß du gerade einen entschlossenen Versuch gemacht hast, mich zu ermorden?«

»Nein«, murmelte sie.

»Wird es uns gestattet sein, so etwas wie eine Erklärung zu hören?«

Wie Ashurek erwartet hatte, blieb Medrian stumm. »Hör mir zu«, fuhr der Prinz mit leiser, drohender Stimme fort, »wir haben dein Schweigen ertragen, so wie du es verlangtest, als wir uns kennenlernten. Aber eine ganz andere Sache ist es, wenn du versuchst, den Feldzug zu vereiteln. Bilde dir nicht ein, daß wir das nicht merken. Tatsächlich hast du damit das Recht verwirkt, deine Beweggründe geheimzuhalten. Habe ich mich deutlich genug ausgedrückt?«

Medrian nickte. Ihre Lippen teilten sich, und sie holte bebend Atem.

»Nun?«

»Ashurek ...«, begann Estarinel. Er konnte nicht vergessen, wie Medrian ihn angefleht hatte, ihr keine Fragen zu stellen, als drängen ihr Fragen wie Pfeile ins Fleisch und Antworten ließen sie an diesen Wunden verbluten. Ashurek schwenkte jedoch nur Schweigen gebietend die Hand.

»Sag es endlich, wer du bist.«

Ihre Augen öffneten sich, achatgrau und schwarz, umrandet von Dunkelheit.

»Ja«, flüsterte sie und starrte ihn an. »Ich will es euch sagen. Es war nie meine Absicht ...«

Nein, kreischte der Wurm. *Du weißt, daß dir nicht erlaubt ist, davon zu sprechen.*

Medrian erstarrte mitten im Satz. Kein Atemhauch kam über ihre wächsernen Lippen. Ihre Augen wurden glasig.

»Weiter!« befahl Ashurek und packte sie an der Schulter. Ein dünner Klagelaut entrang sich ihrer Kehle. Sie glitt ihm aus den Händen und fiel wie ein Stein zu Boden. Sofort kniete Estarinel neben ihr und hob ihren Kopf an. Ihre Augen standen offen, aber sie war bewußtlos. Schnell nahm der Forluiner ihr den Rucksack ab und öffnete ihre Jacke.

»Genau wie Skord«, stellte Ashurek fest. »Sie versuchte zu sprechen, und etwas hinderte sie daran. Oder sie hat diese Trance absichtlich herbeigeführt, weil sie uns nicht erklären wollte ...« Estarinel nahm Medrian in die Arme und lehnte ihren Kopf an seine Schulter. Der Puls an ihrer Kehle klopfte schwach und schnell.

»Gibst du mir bitte Wasser?« bat Estarinel. Ashurek nahm eine Lederflasche aus Medrians Rucksack und reichte sie ihm. Estarinel wusch ihr das Gesicht.

»Bei Skord hast du es geschafft, die Trance zu durchbrechen«, sagte Ashurek.

Estarinel starrte ihn entgeistert an. »Daran darfst du nicht einmal denken!«

»Aber es ist wichtig, viel wichtiger als die Sache mit Skord. Estarinel, was auch immer Medrian verbirgt, wir müssen es wissen. Du hast eine ganz besondere Hypnosetechnik.«

»Diese Technik soll nur zum Zwecke des Heilens angewandt werden«, erklärte Estarinel grimmig. »Ich hätte Skord nicht hypnotisieren dürfen. Es war falsch. Nach dem, was mit ihm geschehen ist, schwor ich, die Kunst niemals mehr zu mißbrauchen. Besonders nicht bei Medrian.«

»Obwohl es gefährlicher sein könnte, es zu unterlassen?«

»Nein! Ashurek, ich werde es unter gar keinen Umständen tun. Bitte mich nicht noch einmal darum.«

»Nun gut. Was schlägst du statt dessen vor?«

»Ich schlage vor, daß du sie in Ruhe läßt!« brauste Estarinel auf. »Ich habe nie im Ernst geglaubt, du seist schlecht, Ashurek, aber langsam kommen mir Zweifel.«

Der Gorethrier seufzte und wandte sich so schwungvoll ab, daß sein Mantel flatterte. Er lehnte sich an den nächsten Baum, verschränkte die mageren Arme und blickte finster auf Medrian nieder.

Sie erholte sich langsam. Ihre Augen schlossen sich, und es stieg etwas Farbe in ihre Wangen. Estarinel gab ihr Wasser zu trinken. Ihr Atem ging jetzt gleichmäßig.

»Ja, er ist kalt, nicht wahr?« murmelte sie. Er neigte den Kopf, um sie zu verstehen, aber anscheinend sprach sie mit sich selbst. »Ich gehöre nicht dir, sondern ihr, und je mehr du sie haßt, desto mehr Heilung wird sie mir geben. Du hast den Wall noch nicht zerstört. Er ist kälter, als du weißt ...«

Sie erwachte mit einem Ruck und sah Estarinel verwirrt an. Mit einer einzigen geschmeidigen Bewegung löste sie sich aus seinen Armen und stand auf.

»Und nun?« fragte Ashurek und sah sie fest an.

»Was meinst du?« fragte sie.

»Ich hoffe, du wirst nicht bequemerweise alles vergessen, was vorhin geschehen ist. Ich verlange immer noch eine Antwort.«

»Dann muß ich dich enttäuschen«, gab Medrian kurz zurück und griff nach ihrem Rucksack. »Ich wollte etwas sagen, aber wie du bemerkt haben wirst, kann ich es nicht.«

»In dem Fall rechne nicht damit, daß wir das Risiko eingehen, dich weiter mitkommen zu lassen.«

»Und wie willst du es verhindern?«

»Ich weiß es nicht«, gestand Ashurek. »Da du das

beneidenswerte Talent hast, tödliche Wunden empfangen zu können, ohne zu sterben, werde ich mir etwas anderes einfallen lassen müssen.«

»Versteh doch«, sagte sie leise und senkte die Augen, »ich habe nie die Absicht gehabt, dir ein Leid zuzufügen. Ich bitte dich um Verzeihung für das, was ich getan habe. Aber mitkommen muß ich, Ashurek. Ich schwöre, daß ihr ohne mich keine Hoffnung habt, den Feldzug zu Ende zu führen.«

»Und offenbar haben wir noch weniger Hoffnung, ihn *mit* dir zu Ende zu führen.«

»Ashurek, laß sie in Frieden. Wir wollen machen, daß wir weiterkommen«, sagte Estarinel. »Wir alle brauchen Essen und Ruhe an einem guten Feuer. Laß uns dies alles vergessen und uns einen Lagerplatz suchen.«

»Nun gut, ich will jetzt nicht weiter darüber sprechen. Aber ich werde dich im Auge behalten, Medrian — und lasse dich warnen, ich werde dafür sorgen, daß das Problem gelöst wird, bevor wir einen Fuß in die Arktis setzen.«

Sie verbrachten eine Nacht in dem dunklen Wald. Das Rauschen des Flusses hallte wider, obwohl er weit entfernt war, als befänden sie sich in einer großen Höhle und als fließe er ganz in der Nähe. Am Morgen zogen sie weiter. Der Wald wich kahlem Fels, der sich unterwegs allmählich von Schwarz zu Dunkelbraun und weiter zu Rostrot wandelte. Der Boden flachte sich ab, die Bäume wurden spärlicher und kleiner. Sie mußten die Kälte, die sie bisher nur in beißenden Böen heimgesucht hatte, jetzt ständig ertragen. Die eigentliche Tundra konnte nicht mehr weit entfernt sein.

Sie marschierten mehrere Tage, und die Isolierung eines jeden von den anderen verstärkte sich. Es war, als sei die Luft zwischen ihnen mit schwarzen, straffgespannten Drähten durchzogen, die sie sowohl zusammenbanden als auch auseinanderhielten. Medrian zog sich völlig in sich selbst zurück und sprach zu beiden Männern kaum ein Wort. Seit der Rückkehr zur Erde war sie sehr dünn geworden. Man konnte es kaum für möglich halten, daß sie fähig war, Tag für Tag eine solche Strecke zurückzulegen. Irgend etwas mußte ihr die letzten Überreste der Heilkraft ausgesaugt haben, die auf der Blauen Ebene in sie eingeflossen war. Die Art, wie sie sich immer noch auf den Füßen hielt, war unnatürlich. Mit ihrem hageren weißen Gesicht und den dunklen Augen machte sie auf Estarinel, so oft er sie mit einem Seitenblick streifte, den grauenhaften Eindruck eines wandelnden Skeletts, das zu einem unbekannten, dämonischen Zweck zum Leben erweckt worden war.

Beinahe ebenso deprimierend war es, wie Ashurek sie unter Beobachtung hielt. Er glich einem stummen, allwissenden Schatten, der sich als Raubvogel maskiert hatte.

Estarinel glaubte nicht im Ernst, daß Ashurek vorhaben könnte, Medrian etwas anzutun. Aber manchmal fragte er sich, ob er sich nicht eigentlich mehr Sorgen machen müsse. Er hatte geglaubt, Ashurek recht gut zu kennen. Jetzt wurde ihm klar, daß er ihn überhaupt nicht kannte. Vielleicht sollte er sich nicht so sicher sein, er könne das Verhalten des Gorethriers vorhersehen, und vertrauen durfte er ihm schon gar nicht.

Auch wußte er nicht, ob Medrian nicht wieder von dem Wahnsinn befallen werden würde, der sie veranlaßt hatte, Ashurek anzugreifen. Also beobachtete er sie beide, nicht argwöhnisch wie Ashurek, sondern mit der Liebe, die er für beide empfand und die wie ein unaufhörlicher kalter Schmerz in seiner Brust ruhte. Und die unsichtbaren Drähte wurden um sie immer dicker und fester wie ein bizarrer Käfig aus Maschengeflecht, der in den Dunklen Regionen am richtigen Ort gewesen wäre.

Manchmal legte Estarinel in den finstersten Augenblicken der Nacht die Hand oben auf den Silberstab. Das brachte ihm eine Art von Frieden. Die dem Stab innewohnende Unschuld und Kraft strömte auf ihn über, so daß er sich ermutigt, entschlossen, frei von Zweifel und Schmerz fühlte. Aber die Stimmung ging vorüber. Sobald er den Stab losließ, wich das Gefühl ruhiger Kraft und ließ sich nicht wieder einfangen. Deshalb sah Estarinel darin ein falsches Gefühl. Er konnte sich nicht darauf verlassen, und bald berührte er den Stab nur noch so wenig wie möglich, denn er fürchtete, er könne sich als so heimtückisch und suchterregend erweisen wie eine euphorisch stimmende Droge.

An einem kalten blauen Morgen überquerten sie ein Stück kupferfarbenen Felsgesteins, gemustert mit konzentrischen indigoblauen Kreisen. Das Terrain sah rauh aus. Es war getupft mit windzerzausten Bäumen, und in jeder Spalte wuchsen Gras und widerstandsfähige Pflanzen. Allmählich ging die Farbe des Steins in ein helles Rot über, und schließlich wanderten sie durch eine geradezu unirdische Landschaft. Der Fels unter ihren Füßen nahm ein zartes, klares Rosa an und erhob sich rings um sie in seltsamen durchbrochenen Formationen wie Korallenriffe. Der Anblick war faszinierend, aber ihre Reise wurde dadurch erschwert, daß nichts da war, wovon sie ein Feuer hätten machen könnten.

Nach zwei Tagen erblickten sie ungewöhnliche Arten von Vegetation. Es waren krugförmige Pflanzen von Mannshöhe mit klaffenden grünen Mündern, die sich der Sonne zuwandten. Sie besaßen eine glatte, skulpturenhafte Schönheit. Andere glichen fleischigen Obelisken, von denen silberblaue Fransen wie Mädchenhaare flatterten, was ebenso unheimlich wie lieblich wirkte. Eine dritte Sorte lag am Boden wie ein Blumenkorb und sonderte eine klebrige Substanz wie Nektar ab. Das lockte Insekten und Nagetiere ins Innere der Pflanze, wo sie in der Falle saßen und verschlungen wurden. Auch die Krüge enthielten eine leuchtend gelbe Flüssigkeit, in der die halb verdauten Überreste von Vögeln und Fliegen lagen, und in den Fransen der Mädchenhaare hingen Spatzen, Fledermäuse und sogar Eulen. Am Fuß ihrer Stengel schnappten gepanzerte Insekten von Hummergröße sich die Fleischbröckchen, die die Pflanzen fallenließen.

Die drei Reisenden lernten bald, von der fleischfressenden Flora gebührend Abstand zu halten.

Früher hatten sie mit Bangen dem Zeitpunkt entgegengeblickt, zu dem sie die Tundra erreichen würden. Jetzt kam sie ihnen, verglichen mit dieser abartigen giftigen Landschaft, verlockend vor. Je weiter sie kamen, desto dichter wuchsen die Pflanzen ringsumher, und bald war der korallenfarbene Quarz mit den verrottenden Überresten toter Pflanzen bedeckt. Offenbar überlebten sie einzeln besser. Wo es zu viele von ihnen gab, wuchsen und vergingen sie anscheinend mit großer Geschwindigkeit.

Am vierten Abend bei Sonnenuntergang sahen die Reisenden, daß die giftige Vegetation ein Ende nahm. Erleichtert eilten sie an einer Gruppe von Mädchenhaaren vorbei — nur um sich an einem seltsamen See wiederzufinden. Bis zum anderen Ufer war es ungefähr eine Meile, aber zu beiden Seiten erstreckte er sich, so weit das Auge reichte. Es sah jedoch aus, als sei er nur wenige Zentimeter tief. Ein flacher, sandig-goldener Grund schimmerte gleich unter dem klaren Wasser, und überall lagen kissenförmige Steine. In der Ferne wallte Nebel von dem Wasser hoch.

»Das sieht seicht aus«, sagte Estarinel. »Können wir hindurchwaten?«

»Ich hoffe«, antwortete Ashurek. »Je eher wir von diesen Pflanzen wegkommen, desto glücklicher werde ich sein. Aber seien wir vorsichtig. Der Grund könnte aus Treibsand bestehen.« Er kniete sich hin und steckte eine Hand ins Wasser, doch sofort zog er sie fluchend wieder heraus. »Das ist heiß — kochend!«

Estarinel probierte es auch und stellte fest, daß Ashurek nicht übertrieben hatte. »Es muß eine vulkanische

Quelle sein«, meinte er. »Seht mal — an manchen Stellen brodelt das Wasser. Der Nebel ist Dampf.«

»Also, hindurchwaten können wir nicht, das steht fest. Wir müssen einen Weg ringsherum finden. Aber ich schlage vor, daß wir bis morgen früh warten — wenigstens ist dieser Teil des Ufers frei von faulender Vegetation.« So blieben sie an dem See, obwohl keiner von ihnen viel schlief. Die Steinkissen im Wasser phosphoreszierten gespenstisch, und die Nacht schien mit dem Seufzen und Stöhnen von Geistern gefüllt zu sein.

Ashurek erwachte ruckartig aus einem unruhigen Schlummer, setzte sich auf und wußte sofort, daß etwas nicht stimmte. Über Nacht waren weitere fleischfressende Pflanzen in einem Halbkreis um sie hochgeschossen und schlossen sie am Seeufer ein. Die Geräusche, die sie die ganze Nacht gehört hatten, waren von ihrem rapiden Wachstum erzeugt worden. Vor Ashureks Augen entrollten sich die silberblauen Fransen von den dikken Stengeln und flatterten im Nordwind, zart und feucht wie die Fühler frisch geschlüpfter Schmetterlinge.

Ashurek weckte Estarinel und Medrian, und sie betrachteten die dichtgedrängte Vegetation mit Schrecken. Sie saßen in der Falle, und der einzige Fluchtweg führte jetzt über den kochenden See.

»Es sei denn, wir können uns durchhauen«, sagte Ashurek. Alle standen auf und hängten sich ihre Rucksäcke um. Medrian band gerade ihren Mantel zu, als eine Franse zuschlug und sich an ihre Hand heftete. Medrian war nicht fähig, einen Laut von sich zu geben. Schlimmer noch, das Ding mußte sie für eine Sekunde gelähmt haben. Ashurek riß das Messer aus der Scheide und durchtrennte das silberblaue Band, dann riß er den verbleibenden Rest von Medrians Hand ab. Er löste sich widerstrebend und hinterließ eine Reihe von nadelähnlichen Stichen in dem geröteten Fleisch.

Estarinel untersuchte die Wunde und legte die Hand

auf Medrians Stirn, die mit eiskaltem Schweiß bedeckt war. Er spürte, daß sie zitterte.

»Paßt auf, daß euch diese Fransen nicht berühren«, brachte Medrian mit klappernden Zähnen hervor. »Mehr als eine wird euch umbringen.«

»Ich muß diese Stacheln aus deiner Hand ziehen«, sagte Estarinel.

»Nicht jetzt, dazu ist keine Zeit. Mir geht es gut. Es fehlt uns nur noch, daß der Wind sich dreht, dann werden sie alle in unsere Richtung geblasen — seht ihr?«

»Sie hat recht. Und der Wind wird sich drehen; er hat sich gelegt«, stellte Ashurek fest. Er hob das Messer, und sie sahen, daß die Schneide von der Säure in den Pflanzen angefressen worden war. »Wir werden ins Wasser getrieben«, setzte er grimmig hinzu.

Sie befanden sich bereits am äußersten Rand des Ufers, und es war nur ein einziger Windstoß aus Süden notwendig, um sie in die giftigen, stechenden Bänder einzuhüllen. Ashurek sagte schnell: »Unsere Stiefel müßten uns einigermaßen vor der Hitze schützen. Folgt mir.«

Ein einziger Schritt trug ihn in das siedende Wasser, der nächste zu der ersten Steinformation im See. Dort balancierte er einen gefährlichen Augenblick lang und machte dann zwei platschende Schritte zum nächsten Stein. Die Hitze durchdrang allmählich seine Stiefel, und er biß die Zähne zusammen. Medrian und Estarinel folgten ihm.

Im Tageslicht zeigten die Steine leuchtende Muster in Grün und Purpur, Magentarot und Blau. Sie erhoben sich als runde Klumpen aus dem Wasser, oben breiter als unten. Ashurek spürte, daß sie unter seinen Füßen elastisch federten, und das sagte ihm, daß sie keine Steine, sondern Pflanzen waren. Er hoffte nur, sie waren keine bösartigen Vettern derjenigen an Land.

In der Mitte des Sees war das Wasser nicht klar, sondern brodelte und blubberte wie ein Kessel, dick mit

Krusten von grellfarbenen Bakterien bedeckt. Schwefelgestank hing über der Oberfläche, und der Grund rutschte weg und sank ein, wenn sie darauftraten. Glücklicherweise wuchsen die Kissen hier dichter, so daß sie nicht so oft in das kochende Wasser zu treten brauchten. Ashurek glitt ein paarmal auf ihrer seidigen, marmorierten Haut aus, doch es gelang ihm, auf den Füßen zu bleiben. Er konnte es sich nicht leisten zu fallen. Sogar Medrian, die sich von dem Gift in ihrer Hand krank fühlte, brachte die Energie auf, über den Morast zu rennen und zu springen, ohne zu straucheln.

Die Gewächse lichteten sich, und endlich kam das andere Ufer in Reichweite. Die Überquerung des Sees war ihnen wie eine Ewigkeit vorgekommen, obwohl sie nur etwa zwanzig Minuten gedauert hatte. Zwischen dem letzten Kissen und dem Ufer war eine Lücke, und sie mußten sechs oder sieben Schritte im Wasser tun, bis sie wieder auf festem Boden waren. Kaum waren sie in Sicherheit, da stachen Schmerzen wie glühende Messer durch ihre Füße und Knöchel, und erst Minuten später ließen sie nach. Medrian brach sofort zusammen. Sie zitterte krampfhaft.

Vor ihnen lag eine weitere Strecke des korallenfarbenen Felsgesteins, aber offenbar gab es auf dieser Seite keine fleischfressenden Sukkulenten. Es sah so aus, als seien sie vorerst außer Gefahr. Ashurek hoffte nur, sie würden keine weiteren vulkanischen Quellen mehr zu überwinden haben. Vielleicht bildete er es sich nur ein, aber ihm war, als trieben die Kissengewächse über den See und gruppierten sich neu. Er sagte: »Wir sollten uns hier nicht länger aufhalten.«

Estarinel kümmerte sich um Medrians Hand. Mühsam zog er jeden einzelnen der winzigen Stacheln heraus. Er trug eine Kräutersalbe auf, die er von der Blauen Ebene mitgebracht hatte, und gab ihr von dem belebenden h'tebhmellischen Wein zu trinken.

»Ich fühle mich jetzt besser; können wir weitergehen?« fragte sie, obwohl sie noch zitterte und ihre Hände sich eisig anfühlten.

»Es wird eine Weile dauern, bis das Gift deinen Körper verlassen hat, und du wirst dich schlechter fühlen, wenn du dich bewegst«, warnte Estarinel. Medrian stellte sich trotzdem schwankend auf die Füße.

»Ashurek hat recht, wir sollten uns von diesem See entfernen«, erklärte sie. »Wahrscheinlich sehe ich schlimmer aus, als ich mich fühle.« Estarinel sagte sich, daß es keinen Sinn habe, mit einem von ihnen zu streiten, und es gut wäre, aus dem Schwefelgestank wegzukommen. Also packte er die Kräutersalbe wieder ein, und die drei setzten ihren Weg über das Felsgestein fort.

Auf dieser Seite war nichts zu sehen, was sie bedrohte, und nichts folgte ihnen vom See her. Bald begann die Tundra; Gras wuchs unter ihren Füßen, und der korallenfarbene Stein zeigte sich nur noch in riffähnlichen Formationen, die hier und da aus dem Boden stachen. Ringsumher war das Land flach und konturlos.

Medrian hatte den beiden Männern nicht gesagt, daß das Pflanzengift ausgereicht hätte, sie zu töten. Aber der Wurm wollte nicht, daß sie starb. Im Augenblick hielt allein sein Wille sie am Leben, wie es schon bei verschiedenen früheren Gelegenheiten gewesen war. Er schützte sie jedoch nicht vor der Qual, mit der sich das Gift langsam durch ihren Körper fraß. Das war eine weitere Waffe, mit der M'gulfn ihren Widerstand brechen wollte. Aber da war das Paradoxon, das körperlichen Schmerz zu einem zweischneidigen Schwert machte: Der Wurm liebte es, Medrian leiden zu lassen, aber wenn sie litt, entfernte er sich von ihr, so daß sie besser imstande war, ihm Widerstand zu leisten. Manchmal fragte sie sich, ob M'gulfn sich tatsächlich vor ihren Schmerzen fürchtete.

Aber während ihr der innere Kampf erleichtert wurde, schüttelte es ihren Körper. Das Brennen ihres Kopfes und die kalte Schwere in Rücken und Gliedern wurden durch Ausruhen nicht gelindert. Deshalb konnte sie ebensogut weitergehen und den anderen nach bestem Vermögen vormachen, es gehe ihr gut.

Nicht lange, und das Gift umnebelte ihr Gehirn. Sie vergaß, wie man mit dem Gehen aufhören kann.

Gelegentlich hörte sie Estarinel neben sich fragen, ob sie in Ordnung sei, oder vorschlagen, eine Pause einzulegen. Aber durch den dumpfen Schleier ihres Deliriums kam er ihr unwirklich vor wie ein weißer Schatten. Von Rechts wegen hätte sie tot sein müssen oder zumindest unfähig, sich zu bewegen, und doch lief sie weiter wie eine von Gastadas wiederbelebten Leichen. Ob sich das Sterben so anfühlte? Wie unheimlich, sich selbst sterben zu sehen und trotzdem am Ende noch zu leben, als sei gar nichts passiert. Der Wurm war in seinem Sadismus ungeheuer einfallsreich, aber Medrian fand nicht die Kraft, ihn zu hassen. Dann hatte sie seltsame Halluzinationen. Die Erinnerungen anderer Wirte drängten sich ihr auf, und sie war überzeugt, eine Morrin zu sein, die der Wurm gezwungen hatte, mit gebrochenen Gliedern und einer tödlichen Wunde im Unterleib die Tausende von Meilen von der Arktis bis nach Morrenland zu Fuß zu laufen. Die Qualen und die Demütigungen dieser Frau fügten sich ihren eigenen bei, und irgendwo hörte sie den Wurm über ihr Elend lachen. Die Tundra breitete sich um sie aus wie ein Bild ihrer Trostlosigkeit; die ganze schrecklich dunkle Zukunft unter der Herrschaft des Wurms war auf einen einzigen Knochensplitter reduziert, und sie war verurteilt, in alle Ewigkeit über ihn wegzukriechen.

Kommt doch zu mir, ihr alle. Ich fürchte euch nicht. Wenn ihr zu mir kommen wollt, tut es nur. Es wird mir Spaß machen zu sehen, wie ihr euch schämt, wenn ich euch eure Überheblichkeit genommen habe. Wißt ihr nicht, daß ich euch zermalmen kann, wenn mich die Laune anwandelt? Ah, euer Stolz amüsiert mich ...

»Um der Dame willen, Medrian, willst du wohl stehenbleiben?« Das war Ashureks Stimme. Er stand vor ihr und hinderte sie mit Gewalt daran weiterzugehen. »Es ist beinahe dunkel. Was ist los mit dir?«

Medrian wirkte benommen, als wisse sie nicht, wo sie sei. Sie ließ es zu, daß man sie an ein Feuer setzte, für das sie kümmerliche, ginsterähnliche Büsche verwendeten. Aber sie sprach kein Wort, und zu Estarinels wachsender Sorge weigerte sie sich, etwas zu essen.

»Das Gift tut ihr das an«, sagte Estarinel zu Ashurek. »Sie wird sich selbst ausbrennen. Wir müssen sie dazu bringen, daß sie schläft.«

»Ich glaube, es ist nicht nur das Gift«, meinte Ashurek.

In dieser Nacht schlief Estarinel schlecht, und er war überzeugt, daß Medrian überhaupt nicht schlief. Kurz vor dem Morgengrauen mußte er eingenickt sein, denn er erwachte mit einem Ruck und stellte fest, daß Medrian nirgendwo zu sehen war. Er weckte Ashurek.

»Ich hoffe nur, sie ist nach Norden gegangen«, bemerkte der Gorethrier trocken. »Wenn nicht, haben wir keine Chance, sie zu finden. Ich jedenfalls habe nicht die Absicht, in allen Himmelsrichtungen nach ihr zu suchen.«

Jetzt waren sie in der eigentlichen Tundra. Sie breitete sich ringsumher aus, ohne jede Abwechslung durch Hügel oder Bäume, aber mit einer besonderen schlichten Schönheit. Zähes, dunkles Gras und smaragdgrünes Moos und dazwischen weiße und gelbe Sternblümchen bildeten einen Teppich. Der milde Südwind drehte wieder nach Norden, und Estarinel und Ashurek rochen Schnee in der Luft. Sie wickelten die Mäntel fester um sich und zogen die dicken Handschuhe an, mit denen die H'tebhmellerinnen sie versorgt hatten.

Sie gingen den ganzen Tag. Erst die Dunkelheit zwang sie haltzumachen. Estarinel war verzweifelt, daß sie Medrian nicht gefunden hatten, und deshalb nahm er kaum Notiz von Ashureks finsterer Laune. Sie brieten einen Hasen über ihrem Ginsterfeuer und schliefen dann, so gut sie konnten. Lange vor dem Morgengrauen erwachten sie und gingen weiter.

»Vielleicht sind wir im Dunkeln an ihr vorbeigelaufen«, überlegte Estarinel.

Ashurek studierte den Kompaß, ein Stück in Gold gefaßten klaren Felskristalls, unter dem eine glänzende Nadel auf einer silbrigen Flüssigkeit schwamm. »Das ist möglich«, brummte er.

»Ist dir das gleichgültig?« rief Estarinel aus.

»Ob ich mich darüber aufrege oder nicht, hilft uns nicht, sie zu finden«, gab Ashurek zurück. »Wir können es nicht riskieren, zur Seite abzuweichen oder umzukehren. Es hätte auch keinen Sinn. Wichtig ist, daß wir den Silberstab haben. Wir müssen den Feldzug fortsetzen.«

Während sie weitergingen, bezog sich der Himmel mit dichten eisengrauen Wolken, und Schneeflocken umtanzten sie. Bei dem trüben Licht konnten sie kaum ein paar Meter weit sehen. Estarinel sagte sich, daß ihre Suche nach Medrian durchaus vergeblich sein könne. Vielleicht spielte die Verzweiflung seinen Augen einen Streich, daß sie sahen, was er zu sehen wünschte. Jedenfalls erschien ihm der Horizont von einem geisterhaften Licht erhellt, vor dem sich eine kleine, dahinstolpernde Gestalt abzeichnete.

Er fiel in Laufschritt, ließ Ashurek hinter sich, rief Medrians Namen. Es kam keine Antwort, kein Laut war zu hören außer dem traurigen Seufzen des Windes. Estarinel fühlte sich entsetzlich allein in dem schneegefüllten Zwielicht, gedrückt und klein vor den gefrorenen Weiten um ihn. Für einen schrecklichen Augenblick verlor er die Orientierung und wußte nicht mehr, wo er war und wer er war. Ein Vogel flatterte und fiel mit einem kalten Wind, der durch seine Seele zu blasen schien, und er fiel auch wie ein Ascheflöckchen. Eine Stimme, die ihm sehr nahe, aber sehr weit entfernt war, murmelte: »Du mußt mich finden. Ohne mich seid ihr unvollständig. Solange ich verloren bin, seid ihr verloren. Vergiß es nicht ...« Und ein so schreckliches Gefühl von Leere schnürte ihm die Kehle zu, daß er aufschrie und nach dem Ende des Silberstabes faßte.

Sofort stand er wieder auf festem Boden. Übernatürliche Ruhe erfüllte ihn wie ein silbernes Licht, das auch über die Tundra und die Wolken flackerte und spielte und ihn mit sanfter Sicherheit führte, als gehe die Dame von H'tebhmella persönlich neben ihm. Er trieb über das schneebedeckte Gras wie ein Lichtstäubchen, er brauchte nicht hinzusehen, er wußte genau, wo ...

Plötzlich kam er wieder zu sich und fiel beinahe über eine kleine, in einen Mantel gehüllte Gestalt, kalt und dunkel wie die Tundra selbst.

»Ashurek! Ashurek, ich habe sie gefunden!« brüllte Estarinel.

Medrian lag auf einem Bett aus Heidekraut. Offenbar war sie gelaufen und gelaufen, bis sie in völliger Erschöpfung zusammenbrach. Sie war bewußtlos, und Herzschlag und Atmung gingen unregelmäßig. Ihre weiße Haut hatte einen krankhaften blaugrauen Ton. Sie schien dem Tod nahe zu sein.

»Welch ein Glück«, bemerkte Ashurek ohne Betonung.

Estarinel machte es ihr so bequem wie möglich, während Ashurek Zweige für ein anständiges Feuer sammelte. Medrians Atmung wurde regelmäßiger, aber sie blieb bewußtlos. Der Forluiner zerdrückte bestimmte aromatische Kräuter unter ihrer Nase, aber auch das weckte sie nicht auf. Er zog seinen Mantel aus und wickelte ihn über den ihren, hielt sie fest an sich gedrückt, um sie mit seinem Körper zu erwärmen.

»Ich weiß nicht, was ich sonst noch für sie tun kann«, sagte er verzweifelt. »Wenn ich doch Lilitheas Kenntnisse hätte ... Ich fürchte, Ausruhen genügt nicht, um sie zu heilen.«

»Estarinel«, kam Ashureks Stimme dünn und fern von der anderen Seite des Feuers, »wir haben nicht die Zeit, sie ausruhen zu lassen.«

»Was meinst du damit?«

»Wir können es uns nicht leisten, darauf zu warten, daß sie sich erholt. Jeder Tag, den wir verlieren, bringt den Feldzug in größere Gefahr. Es gibt nichts, was wir für sie tun können; sie wird sich selbst helfen müssen.«

Estarinel empörte sich über diese Worte, über Ashureks kalten, sachlichen Ton. Er blickte auf und rief: »Wie kannst du so hartherzig sein! Nachdem wir diesen ganzen Weg zusammen gereist sind — uns mehr als Gefährten waren. Ich habe sogar geglaubt, du hättest in gewisser Weise größeres Verständnis für sie als ich. Und jetzt berührt es dich überhaupt nicht, daß sie leidet — du sitzt nur da und sagst: ›Sie wird sich selbst helfen müssen.‹«

»Ich bin nicht hartherzig«, erwiderte Ashurek mit einer Spur von Ärger. »Für mich ist es offensichtlich, daß nur sie allein sich helfen *kann*. Soviel ist mir inzwischen klar geworden.«

»Früher vielleicht — aber doch jetzt nicht, sie ist so krank! Ashurek, sie hat nicht die Kraft dazu. Es ist unsere Pflicht, ihr zu helfen.«

»Ich wiederhole, es gibt nichts, was wir tun könnten. Wenn sie sich nicht erholt, müssen wir sie zurücklassen.«

Ungläubiges Schweigen folgte diesen Worten. Schließlich sagte Estarinel sehr ruhig: »Du bist verrückt geworden. Wenn ich mir vorstelle, daß ich mich geweigert habe, irgend etwas Böses von dir zu glauben, daß ich mir eingebildet habe, mein eigenes Urteil habe mehr zu bedeuten als Hörensagen! Wie sehr habe ich mich geirrt! Niemand kann so sprechen wie du — niemand kann so völlig ohne Mitleid und nicht durch und durch schlecht sein.«

»Du hast ein Recht auf diese Meinung. Ich habe nie

versucht, in dir eine andere hervorzurufen. Aber Medrian ... laß es mich so ausdrücken: Was würden deine Landsleute sagen, wenn sie wüßten, daß du Forluin um einer Dienerin der Schlange willen verraten hast?«

»Es ist abscheulich, so etwas zu sagen«, flüsterte Estarinel.

»Ja. Ich habe nicht erwartet, daß du dich darüber freuen würdest. Aber denke darüber nach. Weißt du noch, wie sie an dem Fluß war? Erinnerst du dich an unser Gespräch?«

»Ich erinnere mich an eine Menge unbegründeter Spekulationen.«

»Wenn du sie für unbegründet hältst, machst du dir etwas vor. Was meinst du, woher die Schlange von jedem Schritt, den wir unternahmen, gewußt hat? Wie konnte sie uns auf unserem Weg so viele Fallen stellen? Wie wird sie die Sache mit dem Silberstab herausfinden, und wie wird sie uns letzten Endes einen Strich durch die Rechnung machen? Dadurch, daß sie ihre Dienerin auf diesen Feldzug geschickt hat. Vielleicht ist Medrian eine geschickte Betrügerin, vielleicht ist sie gegen ihren Willen mit der Schlange verbündet — was von beidem, ist ganz unwichtig. Sie ist zweifellos in M'gulfns Gewalt. Das mußt du einsehen. Wir können es uns nicht leisten, daß sie uns noch länger betrügt.«

»Uns betrügt!« rief Estarinel. »Wie soll sie uns betrügen, bewußtlos, wie sie ist? Um der Dame willen, Ashurek, sie stirbt!«

»Estarinel, hast du überhaupt gehört, was ich gesagt habe? Ob so oder so, der Feldzug wird scheitern, wenn wir sie nicht zurücklassen«, erwiderte Ashurek eigensinnig.

»Selbst wenn du recht haben solltest«, sagte der Forluiner leise, »selbst dann kann ich sie nicht verlassen. Bei den Göttern! Glaubst du, sie bedeute mir weniger, als Silvren dir bedeutet?«

Bei diesen Worten blickte Ashurek auf, und seine Augen flammten, als leuchte Feuer durch zwei grüne Edelsteine. Estarinel sah, daß er den richtigen Ton getroffen hatte. Plötzlich erfüllte Ashureks kalte Entschlossenheit ihn mit Furcht.

»Dann kann deine Liebe uns um alles bringen«, sagte Ashurek.

»Du täuschst dich. Du mußt ...«

»So seltsam es scheinen mag, man hat mich einmal beschuldigt, Mitleid zu haben. Man sagte mir, das sei eine Schwäche, eine tödliche Schwäche. Inzwischen bin ich zu der Einsicht gekommen, daß es stimmt. Ich habe die Schlange immer für ein Tier ohne Intelligenz gehalten, aber wenn sie durch dein Mitleid für Medrian den Feldzug zum Scheitern bringen kann, raubt mir ihre raffinierte Tücke den Atem.« Schwarzer Humor lag in Ashureks Stimme, der Estarinel erschauern ließ. Gleichzeitig sprach er erschreckend vernünftig. »Hör mir zu. Deine Liebe zu ihr ist so hoffnungslos wie meine zu Silvren. Das habe ich akzeptieren müssen. Jetzt mußt du es akzeptieren.«

Medrian trieb in den letzten Minuten langsam ins Bewußtsein zurück. Ihr fehlte die Kraft, zu sprechen oder sich zu bewegen, doch diese Worte durchdrangen den Nebel, der ihren Geist einhüllte.

»Warum hoffnungslos?« fragte Estarinel.

Ashurek schwieg eine Weile.

»Ich hatte mir vorgenommen, nicht davon zu sprechen, aber da dich sonst nichts überzeugen wird — keiner von uns hat noch lange zu leben, mein Freund. Glaubst du, zwei solche Mächte wie die Schlange und der Silberstab können zusammenstoßen, ohne daß es zu einer Katastrophe kommt? Sie stellen gewaltige, einander entgegengesetzte Energien dar. Wenn sie sich berühren, wird die Erde zusammen mit der Schlange vernichtet werden.«

»Wer hat dir das gesagt?«

»Niemand. Es ist das einzige logische Ende. Natürlich

haben die Wächter versäumt, es zu erwähnen. Es ist der Höhepunkt ihrer Täuschungen.«

Estarinel rief sich alles ins Gedächtnis zurück, was er mit den Grauen erlebt hatte, und fand, daß er das ohne Vorbehalt glauben konnte. »Und ich dachte, sie hätten ihre Grenzen bereits erreicht«, murmelte er. »Es muß eine andere Antwort geben.«

»Zum Beispiel? Die Schlange am Leben zu lassen? Dann gerät die Welt unter ihre Herrschaft. Vielleicht würden wir dann alle am Leben bleiben, das stimmt. Ewiges Leben auf einer Welt, die trostloser ist als die Hölle! Wie würde dir das für Forluin gefallen?«

Estarinel dachte an Silvrens Beschreibung einer Erde unter M'gulfns Herrschaft: »Ein aufgedunsener Sack, der sein Gift niemals von sich geben kann.« Und er dachte an die kurzen Blicke, die er auf Arlenmias schreckliche Vision hatte werfen können, Menschen in einer erstarrten Landschaft, sich in ewiger Anbetung des Wurms beugend ...

»Seit wann weißt du, daß der Feldzug dieses Ende nehmen wird?« fragte er mit trockenem Mund.

»Von dem Augenblick an, als ich den Silberstab sah.«

»Und du hast nichts gesagt — und weitergemacht —, obwohl du es wußtest?«

»Ja.«

»Und es ist das — das, was du wünschst, nicht wahr?« Ashurek antwortete nicht. Estarinel begriff mit einemmal. »Beim Wurm, ich glaube, du wünschst es! Du möchtest gern alles zerstören! Du willst nicht einmal nach einem anderen Weg suchen.«

»Es wäre ein guter und reinigender Akt.«

»Weißt du, daß du wie Arlenmia sprichst?« fragte Estarinel ungläubig. »Willst du dich damit von allen deinen Sünden reinigen? Oder dich an denen rächen, die dich veranlaßt haben, sie zu begehen?«

»Beides«, sagte Ashurek mit erschreckender Sachlichkeit. »Beides. Du hast mehr Durchblick, als ich dachte.«

»Das ist Wahnsinn! Warum soll die Welt für deine Schuld bezahlen? Was ist mit den Dingen, die es wert sind, gerettet zu werden?«

»Was ist es wert, gerettet zu werden? Forluin? Eine einzige kleine Insel. Ich dachte, der Angriff des Wurms habe die Illusion hinweggefegt, irgendein Volk habe ein Geburtsrecht auf eine idyllische Existenz.«

»Geburtsrecht? Du verstehst nicht!« erwiderte Estarinel wütend. »Wir haben für das, was wir besaßen, schwer gearbeitet. Wir haben unsere Liebe, wir haben alles gegeben ...«

»Trotzdem, ein Dieb denkt nicht darüber nach, ob sein Opfer für seinen Reichtum schwer gearbeitet oder ob es ihn etwa geerbt hat. Die Welt ist durch und durch ungerecht, das Schicksal durch und durch teilnahmslos.«

»Ja, soviel habe ich gelernt, aber das ist kein Grund für uns, diese Ungerechtigkeit zu tolerieren. Wenn eine Sache es wert ist, daß man für sie kämpft, wie kannst du dich dann einfach abwenden und sagen, der Kampf ist zu mühsam, also lassen wir statt dessen lieber alles zugrunde gehen?«

»Du mißverstehst mich«, sagte Ashurek in einer Mischung aus Ärger und Schmerz. »Alles andere als leicht war es, vielmehr ein harter und bitterer Kampf, zu akzeptieren, daß die einzige Antwort für die Erde ist, zusammen mit der Schlange zu sterben. Ich bitte dich nicht darum, das einzusehen. Ich sage dir, daß es unvermeidlich ist.«

»Es muß etwas geschehen sein, das dich zu diesem Glauben gebracht hat. Früher dachtest du anders.«

»Ich habe es dir doch gesagt: der Silberstab.«

»Nein. Da muß noch etwas anderes gewesen sein«, beharrte Estarinel auf seiner Meinung. Ashurek blieb stumm. »Du warst immer so entschlossen, Silvren zu retten. Calorn hat uns erzählt, was geschehen ist. Warum kannst du es nicht noch einmal versuchen?«

Er vermutete, Ashurek werde ihm nicht antworten. Schneeflocken tanzten um sie herum und spiegelten den Feuerschein wider. Jenseits des kleinen Kreises von Wärme war alles flach, dunkel und öde, als hätten sie das Ende der Welt bereits hinter sich. Schließlich sagte der Gorethrier: »Die Shana haben Silvren zugrunde gerichtet. Sie haben ihr eingeredet, sie sei böse. Dieser Glaube hat sie zerstört. Sie weigerte sich, die Dunklen Regionen zu verlassen, weil sie fürchtete, ihre Anwesenheit werde die Blaue Ebene und die Erde beflecken — ja, ich weiß, es ist grauenhaft, aber vielleicht wird es ihr nie gelingen, von diesem Glauben loszukommen. Es wird ihr Untergang sein — die Schlange braucht sie jetzt nicht einmal mehr zu berühren. Der Samen ist gelegt, und sie wird sich selbst vernichten. Dann ist da noch etwas, das ebenso schrecklich ist.

Ich habe dir erzählt, wie meine Schwester Orkesh und mein Bruder Meshurek von meiner Hand gestorben sind. Ich dachte, sie seien tot und hätten ihren Frieden gefunden. Aber in den Dunklen Regionen habe ich sie gesehen. Sie werden in scheußlichen Körpern gefangengehalten und sind dazu verurteilt, wie Vieh in widerwärtigen Sümpfen umherzuwandern. Die Shana besitzen ihre Seelen. Ihr Elend in dieser Hölle ist etwas, das kein Mensch begreifen kann ...« Seine Stimme war rauh vor Abscheu und Empörung, und es kostete ihn Mühe fortzufahren. »Sie werden niemals Erlösung finden, bis die Dunklen Regionen zerstört werden.«

»Das ist schrecklich — ich hatte keine Ahnung«, keuchte Estarinel.

»Natürlich nicht. Ich habe es nicht einmal Calorn gesagt. Und dann ... während du den Silberstab holtest, war ich in Pheigrad, und dort traf ich einen Mann namens Karadrek. Er war mein Stellvertreter, als ich Oberbefehlshaber war. Auch er wurde von den Shana korrumpiert, aber nur meinetwegen. Weil ich sowohl Gorethria als auch die ganze Welt verraten hatte und sich die Folgen meiner Tat ausbreiteten wie Wellen auf einem Teich.

Karadrek starb ebenfalls unter meinem Schwert. Zweifellos wird auch er jetzt in den Dunklen Regionen gequält. Aber es war wie Vorherbestimmung, daß ich ihm begegnete — wieder eine Manipulation, wenn du so willst —, und das brachte mich zu der Einsicht, daß ich dazu verdammt bin, ein Zerstörer zu sein, und daß ich diese Aufgabe erfüllen muß. Die endgültige Zerstörung der Erde ist der Höhepunkt. Erst dann werden die Schlange und die Grauen aufhören, ihr Spiel mit uns zu treiben.«

Estarinel wollte antworten, brachte aber kein Wort heraus.

»Ach, ich bin nicht wahnsinnig, Estarinel. Ich wollte, ich wäre es.«

»Die Ebenen ...«

»Die Ebenen, die Dunklen Regionen, alles wird aufhören zu existieren. Diese Welt ist zu tief im Bösen versunken, um gerettet zu werden.«

»Das ist nicht wahr! Ashurek, hör zu — wir müssen uns zumindest überlegen, was für andere Wege es geben könnte, bevor wir uns diesem Schicksal überlassen ...«

»Bitte, tu es nicht. Es ist sinnlos. Du versuchst nur, dich ans Leben zu klammern, was ja verständlich ist. Aber jetzt mußt du lernen, es loszulassen. Miril ist verloren, die Hoffnung hat sich als falsch erwiesen. Dies ist der dunkle Kern der Realität hinter Eldors freundlichen Worten und der Hilfsbereitschaft der Dame und Silvrens kläglichem Optimismus.«

»Ich glaube immer noch, daß du unrecht hast«, sagte Estarinel ruhig und fürchtete insgeheim, Ashurek könne nur zu recht haben.

»Da muß ich dich warnen: Wenn du mit einem einzigen Gedanken daran denkst, den Feldzug aufzugeben, werde ich einfach den Silberstab nehmen und allein gehen.«

»Zuerst müßtest du mich töten.«

»Ja«, sagte Ashurek knapp und sah ihn an. »Ja, ich weiß.«

»Ihr Götter! Du würdest ...«

»Estarinel, ich lasse mich nicht länger durch Liebe oder Mitlied von meinem Entschluß abbringen. Ich habe meinen Bruder und meine Schwester geliebt, und jetzt sieh, was aus ihnen geworden ist. Wenn ich grausam erscheine, dann deshalb, weil ich eingesehen habe, daß Mitleid nur eine weitere falsche Hoffnung ist — ein Werkzeug der Schlange.«

Hoch über ihnen trug der Wind schwache Geräusche heran, ein unheimliches Stöhnen mit einem herzzerreißenden fallenden Ton am Schluß. Gestalten tanzten in der Dunkelheit, das Auge täuschend. Manchmal schienen sie Vögel zu sein, dann wieder nichts anderes als wirbelnder Schnee.

»Nun, eins glaube ich jetzt bestimmt«, sagte Estarinel. »Du bist wirklich imstande, Medrian zurückzulassen.«

»Wir müssen sie zurücklassen. Eine andere Möglichkeit gibt es nicht.«

Medrian bemühte sich, die Augen zu öffnen oder sich zu bewegen, aber ihre Lider waren wie mit Blei beschwert, und ihre Hände fühlten sich an wie tot. Sie mußte mit Ashurek reden — sie mußte —, aber die Schlange hielt ihren Mund versiegelt, als sei sie ein ungezogenes Kind, das auf dem Dachboden eingesperrt wird. Sie kämpfte dagegen an, obwohl sie wußte, daß sie verlieren würde.

»Dann solltest du besser Medrian und mich ermorden, Ashurek«, erklärte Estarinel. »Und du kannst es ebensogut gleich tun und uns weiteres Leiden ersparen.«

Ashurek stand auf.

Noch immer gelang es Medrian nicht, die Augen zu öffnen, zu sprechen. Das Gift hatte ihren Körper so gut wie verlassen, aber sie war physisch erschöpft, eine leere Hülle, die M'gulfn mühelos zu zermalmen vermochte. Ja, sie hatte verloren; die Schlange konnte jetzt jederzeit die Macht über sie übernehmen und verschob das nur, um ihr vorzumachen, die Schlacht sei noch nicht ganz vorbei, und sie so noch gründlicher zu verspotten. Medrian fühlte Flügel in der Luft — Flügel wie Messer —; sie mochten sie selbst verschonen, aber bestimmt nicht Estarinel und Ashurek ...

Der Gorethrier hielt inne, blickte auf Medrian und Estarinel nieder. Seine Augen brannten wie grünes Feuer. Dann drehte er sich um und ging langsam davon.

Medrian öffnete den Mund und ächzte: »Wesen — kommen. Sie werden töten ...«

»Medrian?« Estarinel hatte sie nicht verstanden. »Bist du wach? Versuche nicht zu sprechen.«

Endlich spürte sie, wie das träge Blut wieder schneller durch ihre Adern kreiste, und fand die Kraft, sich zu bewegen und die Augen zu öffnen. Sie bog ihre steifen Glieder und sagte etwas klarer: »Mir geht es wieder gut. Wir dürfen hier nicht länger bleiben.«

»Du kannst nicht daran denken, schon weiterzuwandern«, antwortete Estarinel sanft. »Du weißt ja gar nicht, wie krank du gewesen bist.«

»Mir war nur kalt. Jetzt ist mir warm«, murmelte sie. »Wo ist Ashurek?«

»Ich weiß es nicht.« Estarinel seufzte. »Bist du schon lange bei Bewußtsein? Hast du gehört, was er gesagt hat?«

»Ja, ich habe es gehört«, bestätigte sie zaghaft.

»Ich wollte nur, ich könnte glauben, daß er verrückt geworden ist. Aber das ist er sicher nicht.«

»Wir müssen ihn suchen.« Medrian wollte aufstehen. Estarinel hielt sie zurück.

»Er wird bestimmt wiederkommen, Medrian. Du solltest etwas essen und dann versuchen zu schlafen. Ich werde noch Zweige ... aufs Feuer legen ...«

»Nein, wir sind hier nicht sicher«, drängte sie. »Ich phantasiere nicht; es fliegen Wesen hoch über den Wolken, und sie werden uns in Kürze angreifen. Hörst du sie nicht?«

Estarinel wurde sich der dünnen, stöhnenden Laute hoch über ihnen bewußt. Er blickte hinauf, konnte aber nichts als den fallenden Schnee sehen. »Es hört sich nach diesen schrecklichen Vögeln an, die uns damals aus dem Wald trieben.«

»Sie sind es. Sie sind uns von der Schlange nachgeschickt worden. Ich hätte das eher merken müssen.«

»Bist du sicher? Dann sollte ich Ashurek warnen, aber ich werde dich hier nicht allein lassen.«

»Das macht nichts. Hilf mir aufzustehen.«

»Hör mir zu: Wenn ich sage, du brauchst Ruhe, dann meine ich, daß du dein Leben in Gefahr bringst, wenn du so bald schon versuchst weiterzugehen«, stellte Estarinel streng fest. »Du hast dich nicht wohl gefühlt, seit wir von der Blauen Ebene kamen. Vielleicht erinnerst du dich nicht, was dir zugestoßen ist, aber nachdem diese Pflanze dich gestochen hatte, bist du zwei Tage lang beinahe ohne Pause marschiert, bis du zusammenbrachst. Es ist ein Wunder, daß wir dich gefunden haben und daß du noch lebst. Ich lasse nicht zu, daß du ...«

»Estarinel«, unterbrach sie ihn leise, und ihre Stimme klang so unirdisch wie das Jammern der Wesen da oben, »ich werde nicht vor Schwäche sterben. Bitte, glaube mir. Das Risiko ist für uns größer, wenn wir hierbleiben. Das Feuer wird sie anlocken. Wir müssen weiter.«

Es lag etwas Zwingendes in ihrer Stimme, so schwach sie war. Als sie von neuem versuchte aufzustehen, kam er ihr unwillkürlich zu Hilfe. Alles, was Ashurek über sie gesagt hatte, war wie eine frische Wunde in seiner Seele.

»Hier hast du deinen Mantel wieder. Gib mir meinen Rucksack — und die Armbrust«, bat sie. Dann begann sie, mit steifen, unsicheren Schritten über die dunkle

Ebene zu gehen. Estarinel bot ihr den Arm, und sie weigerte sich nicht, ihn als Stütze anzunehmen. Immer noch war ihr Gesicht totenbleich, waren ihre Glieder schwach wie Wachs. Estarinel konnte sich über ihre Widerstandsfähigkeit nur wundern. Es war, als habe die Verzweiflung das Blut in ihren Adern ersetzt.

Die Schreie über ihnen wurden lauter, sie stiegen und fielen mit dem Wind wie das Jammern schwachsinniger Kinder. Erschauernd zog Estarinel das Schwert, und Medrian spannte die Armbrust. Er richtete den Blick nach oben, sah aber nichts, spürte nur große kalte Schneeflocken auf sein Gesicht fallen und schmelzen. Zwei- oder dreimal rief er Ashureks Namen. Es kam keine Antwort. Sie gingen weiter.

»Da vorn ist irgendein Licht — kannst du es sehen?« fragte Medrian. Über dem Horizont zog sich ein schwaches, geisterhaftes Leuchten wie der Vorbote eines Sturms. Dann merkte Estarinel, daß der Wind warm wurde, und im gleichen Augenblick keuchte Medrian: »Paß auf — sie kommen!«

Ein widerliches, senffarbenes Glühen kroch über die Unterseite der Wolken auf sie zu. Es beleuchtete die dunkle Tundra und zeigte deutlich die Gestalt Ashureks, der in einer Entfernung von etwa einer halben Meile in einen heftigen Kampf mit einem flatternden Wesen verwickelt war. Hinter ihm glomm etwas in verschwommenen Umrissen, das einer amorphen Masse von Kristallen ähnelte. Estarinel und Medrian liefen in seine Richtung. Jetzt verfärbte sich der Schnee, als seien es Fleischbrocken, und verwandelte sich allmählich in öligen Regen. Ein blutroter Blitz fuhr in ihrer Nähe in den Boden, und der Gummigutt-Himmel brodelte tiefer und tiefer, bis es war, als werde er gleich ihre Hände berühren.

Aus dem Himmel stürzte sich ein fliegendes Wesen.

Es war ein riesiger Pterosaurier mit einer Flügelspannweite von mehr als zweieinhalb Metern. Seine langen Kiefer klafften und enthüllten Reihen nadelspitzer Zähne. Schreiend wie eine Seele in der Hölle stürzte er sich auf sie. Große Klauen schwangen unter seinem Bauch, und der Schwanz schlug die Luft wie eine Stachelpeitsche. Seine kräftigen Farben, schwarz und saphirblau und rot, wirkten albern. Auf dem Kopf hatte er einen Kamm, der einem zinnoberroten Knochenschaft glich.

Estarinel hob sein Schwert, aber der Pterosaurier schwang sich mit bemerkenswerter Behendigkeit für seine Größe um die Klinge und griff ihn mit schnappenden Kiefern an. Estarinel duckte sich und schlug von neuem zu. Es war, als kämpfe er gegen leere Luft. Die dunklen Flügel klatschten ihm um den Kopf und knirschten wie Leder. Ihre Schwungfedern trugen bösartige gekrümmte Klauen. Während Estarinel noch versuchte, seine Klinge hochzureißen, verhakte sich eine davon in seinem Mantel, und schon war der Pterosaurier über ihm, wickelte sich um ihn, biß ihm mit kalten scharfen Zähnen in die Kehle. Er roch nach dem Aas, von dem er sich ernährte.

Angewidert versuchte Estarinel, das Ding wegzureißen. Der einzige Erfolg war, daß ihm das Schwert aus der Hand glitt. Dann erinnerte er sich an das Messer in seinem Gürtel. Sich vor Ekel schüttelnd, tastete er nach dem Griff, fand ihn und stach wiederholt nach dem knorpeligen Bauch des Wesens.

Es ließ ihn nicht gleich los. Es schrie, und dieses schreckliche Geräusch so dicht an seinem Ohr vibrierte durch seinen Schädel wie das Kreischen von Metall auf Metall. Als der Ton am Ende abfiel, spürte Estarinel seinen Verstand mit ihm fallen, hinein in einen schwarzen Abgrund. Plötzlich lag er im Gras, und vom Schnee benetzte Blümchen drückten sich gegen seine Wange.

Der Pterosaurier war in der Luft und bereitete sich auf einen neuen Angriff vor. Wie er sich vor dem klebrigen Himmel abhob, umzuckt von blutfarbenen Blitzen, sah er urtümlich und dämonisch aus. Medrian, eine zarte und unbezähmbare Gestalt, zielte mit der Armbrust nach ihm. Estarinel taumelte auf die Füße, stand schwankend da und war kaum fähig, sein Schwert zu heben. Beim nächsten Schrei des Pterosauriers, dachte er, würde er sich umdrehen und wie ein Irrer davonlaufen. Das Wesen stürzte nieder, und er sah, daß es in seinem verkniffenen Schädel kornblumenblaue Augen hatte. Medrian ...

Etwas traf den Pterosaurier, und er drehte sich immer wieder und wieder, ein Bündel aus flatternden Schatten. Medrians Pfeil hatte das Ziel gefunden. Das Wesen fiel zu Boden und lag dort zappelnd wie eine riesige ekelhafte Fledermaus. Mehr empört als verletzt, begann es zu wimmern, und über den Wolken erhoben sich hundert weitere unheimliche Stimmen zur Antwort.

Estarinel keuchte: »Medrian — es kommen mehr ...«, aber sie rannte bereits, und er faßte ihre Hand und rannte mit ihr. Die Wolken blähten sich wie eine von Abszessen geschwollene Haut, und die Blitze jagten sie wie das Kichern von Dämonen. Der von dem Wurm geschickte Regen hatte den Schnee aufgelöst, und jetzt war die Tundra schwarz und schlüpfrig unter ihren Füßen.

Sie sahen das weiße Gebilde, das sie kurz vor dem Angriff entdeckt hatten. Damals war es ihnen klein vorgekommen, aber nur, weil es weit entfernt gewesen war. Jetzt kamen sie ihm näher und merkten, daß es riesig war wie eine Phantomstadt, eingewickelt in Schichten von kristalliner Gaze.

Die Pterosaurier bewegten sich innerhalb der mißfarbenen Wolken, so daß der Himmel aussah, als koche er. Manchmal brach eine klauenbewehrte Flügelspitze durch und schickte Ringe von bräunlichem Dampf in die Atmosphäre. Estarinel hatte den Eindruck, daß sie wieder einmal wie Vieh getrieben wurden. Plötzlich tauchte Ashurek aus dem Nichts auf und prallte mit ihnen zusammen. Blut lief ihm über das Gesicht, aber offensichtlich hatte er seinen Angreifer abgewehrt.

»Zurück!« rief er und zeigte auf die gespenstische Masse. »Was das auch sein mag, wir werden auf es zugetrieben. Wir dürfen um keinen Preis zulassen, daß das noch einmal geschieht!«

»Ich glaube nicht, daß wir eine andere Wahl haben«, bemerkte Medrian schwach, gerade als die Wolken explodierten. Dampf wirbelte auf, und plötzlich war die Luft voll von Klauen und Flügeln und Zähnen. Rings um sie waren Pterosaurier, blau und rot und schwarz glänzend — Wesen in den Farben von Edelsteinen mit Trauerschwingen, die nach Aas stanken.

Sie rannten. Anscheinend war es den Kreaturen ganz gleichgültig, welche Richtung ihre Beute einschlug. Ihr einziges Ziel war, sie zu töten. Das diamantenhelle Phantom hing vor den dreien, und jetzt erkannten sie, daß es auf sie zutrieb. Oder vielmehr, es schien festzustehen, während die Tundra langsam in seine Richtung rollte. Zickzackmuster aus flüchtigem Licht zuckten über seine glitzernde Oberfläche. Mit nichts hatte es größere Ähnlichkeit als mit einem vielschichtigen, sternenbesetzten Spinnennetz. Die drei rannten ihm entgegen, weil sie keine andere Hoffnung auf Rettung hatten.

Die Pterosaurier stürzten nieder und tanzten in der Luft und kreischten ihre teuflische Absicht hinaus. Medrian bemerkte, daß sie, wie sie vermutet hatte, an ihr nicht interessiert waren. Es gelang ihr, zwei oder drei mit gutgezielten Schüssen aufzuhalten, während Estarinel und Ashurek versuchten, sie mit den Schwertern abzuwehren. Ihre Bemühungen waren so heftig, so ermüdend und so wirkungslos die die eines Menschen, der nach einem großen Bienenschwarm schlägt. Die Wesen flitzten aus dem Weg und näherten sich von neuem.

Estarinel keuchte, sein Hals war rauh von der Anstrengung. Blut lief ihm aus den Wunden, die Klauen und Schwänze seinem Kopf zugefügt hatten, in die Augen. Die Atmosphäre raschelte vor Dunkelheit, hallte wider von metallischen, urtümlichen Schreien. Sie schienen aus einer anderen Dimension zu kommen, wo träge Flüsse zwischen kahlen grauen Hügeln dahinkrochen und fliegende Pterosaurier sich vor einem grünlich-schwarzen Himmel abzeichneten. Ein kaltes, zynisches, tödliches Böses hüllte sie ein und machte dem Feldzug mühelos ein Ende.

Aber jetzt legte sich ein weißer Nebel quer über ihr Gesichtsfeld. Die sich bewegende Erscheinung erreichte sie. Hals über Kopf stolperten sie hinein.

Nach Atem ringend fanden sie sich in etwas wieder, das wie ein heller Nebel war und von Lichtstäubchen und -fäden funkelte. Die Pterosaurier zögerten, ihnen zu folgen. Die meisten drehten vor der Nebelwand ab, wobei sie Schreie ausstießen, die durch Mark und Bein gingen. Einer jedoch hatte sich auf Ashurek festgesetzt, und seine Flügel hüllten ihn wie ein grausiger Mantel ein. Medrian und Estarinel eilten herbei, um ihn abzureißen, aber er hatte seine Klauen in Ashureks Umhang und die Zähne in seine Kehle geschlagen. Von seinen häutigen Flügeln abgesehen, war er überall so hart wie Knorpel, und es war beinahe unmöglich, ihn mehr als oberflächlich zu verwunden. Sie rangen mit ihm, während er kreischend mit den Klauenschwingen nach ihnen schlug. Estarinel faßte ihn bei dem langen blutroten Kamm auf dem Kopf und sägte verzweifelt an seiner Kehle. Es nützte nichts.

»Schneide den Kamm selbst ab«, würgte Ashurek hervor. Estarinel tat es. Zu seiner Überraschung glitt das Messer hindurch, als sei es Fleisch, und das Lebensblut des Pterosauriers strömte aus der Wunde, so bösartig rot von Farbe, das es keinem natürlichen Tier gehören konnte. Endlich erschlafften seine Kiefer, und Estarinel und Medrian konnten den Pterosaurier wegziehen und auf die Tundra hinauswerfen.

Ashurek hustete und keuchte und preßte die Hand

auf die Wunde an seinem Hals. Blut sickerte zwischen seinen Fingern hindurch. Estarinel äußerte seine Besorgnis, aber Ashurek schüttelte nur den Kopf. »Danke, er hat mich nur ins Fleisch gezwickt. Nun möchte ich doch wissen, wohin die Schlange uns diesmal befördert hat!«

Sie gingen durch den glänzenden Nebel, der sich um sie lichtete und verteilte wie die Fäden eines Spinnennetzes, das der Wind davonweht. Sie standen in einer fremdartigen Stadt. Ringsumher erhoben sich Glastürme in Rubin, Purpur, Bernstein, Grün und Azur und leuchteten in ihrem eigenen satten, transparenten Licht. Die Straße, auf der sie standen, war mit Platten aus klarem Beryll gepflastert. Der von der Schlange gesandte Sturm drang hier nicht ein: Das gazeartige Licht bildete eine schützende Kuppel. Die Gefährten blieben stehen und sahen sich um.

Die letzte Anstrengung hatte von Medrian ihren unvermeidlichen Tribut gefordert, und sie sank in sitzender Stellung am Fuß eines heliotropfarbenen Turms nieder, den Kopf in die Hände gestützt. Estarinel fragte sie, wie es ihr gehe, und bot ihr Wein an. Sie nahm einen Mundvoll und reichte die Lederflasche an Ashurek weiter, der sie mit ebensoviel Sympathie betrachtete wie ein Dämon.

»Ich bin nur schwach. Es ist nichts«, murmelte sie. Körperlich war sie wie betäubt, sie war sterbenskrank und erschöpft, aber da der Wille des Wurms sie aufrechthielt, hätte sie notfalls für immer weiterlaufen oder kämpfen können wie ein Automat. Sie wäre manchmal gefallen, aber stets wieder aufgestanden und hätte sich wie eins der scheußlichen Wesen M'gulfns geweigert zu sterben. Geistig hatte sie das Gefühl, daß nur noch ein Faden ihrer selbst übrig war, und auch der würde sehr bald reißen und in die Leere zurückschnellen.

Sie hatte nicht vergessen, wie furchtbar wichtig es war, daß sie mit Ashurek sprach. Das mußte sie tun, solange dieser letzte Faden noch hielt. Sie blickte zu ihm auf, aber als sie zu sprechen versuchte, erstarben die Worte. Die Schlange hatte sie augenblicklich und schmerzlos zum Schweigen gebracht wie jemand, der den Fuß auf den Schwanz einer Maus stellt, die krabbelt und krabbelt, weil sie nicht begreift, daß sie nicht weglaufen kann. *Still. Schweige, meine Medrian. Ruhe dich aus, denn es dauert nur noch ein Weilchen, und dann wirst du mir alles sagen.*

Der Ton war nicht einmal zornig oder gekränkt. Stöhnend ließ Medrian den Kopf auf die Knie sinken, und ihre Hände fielen kraftlos zu Boden.

Es ist beinahe vorbei.

»Kommt euch diese Stadt nicht bekannt vor?« fragte Ashurek. Estarinel sah ihn scharf an. Er hatte dasselbe gedacht.

»Sie sieht wie die Glasstadt aus«, stellte er fest.

»Du müßtest sie besser kennen als ich«, bemerkte der Gorethrier sarkastisch. »Wenn ich mich recht erinnere, sagtest du, du habest sie, als Arlenmia dir eine Droge eingegeben hatte, in dieser Form gesehen, ohne die Maskierung, die sie darübergelegt hatte.«

»Ja, das ist wahr. Ich möchte schwören, das ist die Stadt ... Doch das ist unmöglich. Wie soll Arlenmia es geschafft haben, sie von einem Ort zum anderen zu bewegen?«

»Es mag eine einfachere Erklärung geben«, erwiderte Ashurek sehr ernst. »Vielleicht sind wir nach Belhadra zurücktransportiert worden.«

»Oh, bei den Göttern, nein!« flüsterte Estarinel und schloß die Augen. Sollten sie wochenlang in Richtung Arktis gereist sein, nur um sich von neuem mitten in Tearn wiederzufinden? Es war so schrecklich, daß er gar nicht daran denken mochte.

»Geradenwegs zurück zu Arlenmia«, fuhr Ashurek fort, und sein Gesicht trug den Ausdruck mörderischer Ruhe, »die zweifellos heute viel klüger ist als bei unserem letzten Zusammensein. M'gulfn hat uns eine perfekte Falle gestellt. Was sagst du dazu, mein Freund?«

Estarinel schüttelte nur den Kopf. Er war zu entsetzt, um dazu irgendeine Bemerkung zu machen. Es war unvorstellbar...

»Seid gegrüßt!« erklang plötzlich eine Stimme aus wenigen Metern Entfernung. Erschrocken sahen sie sich alle um, sogar Medrian. »Ach du meine Güte — ich habe eure Namen vergessen.«

Vor ihnen stand ein dünner alter Mann, etwa einen Meter zwanzig groß und so weiß und zart wie Rauhreif. Er war mit einem Gewand bekleidet, das aus funkelndem weißem Licht gemacht zu sein schien, und in seinem milden Antlitz lag ein gewisser Humor. »Wenn ihr nur sehen könntet, wie überrascht ihr dreinblickt!« kicherte er. »Ihr erkennt mich doch, nicht wahr?«

Es war Hranna, der Mathematiker von der Weißen Ebene Hrannekh Ol.

12

Hrunnesh

»Was, im Namen der Schlange, geht hier vor?« verlangte Ashurek zu wissen. Es setzte Hranna in Verlegenheit; seine Hände flatterten wie Motten.

»Ich dachte, ihr würdet euch freuen, mich zu sehen«, sagte er geknickt. »Wieder mal rette ich euch!«

»Du tust was? Wo ist Arlenmia?«

»Wer ist Arlenmia?« fragte Hranna zurück, und dem folgten mehrere Sekunden verwirrten Schweigens. Der blasse alte Mann kratzte sich den knochigen Kopf, während Ashurek finster und Estarinel und Medrian erstaunt dreinblickten.

»Ist dieser Ort die Glasstadt?« fragte Ashurek.

»Ja, natürlich. Es gibt nur eine, wißt ihr«, antwortete Hranna.

»Wir waren vor einiger Zeit hier Gefangene einer mächtigen Zauberin namens Arlenmia. Sie arbeitet für die Schlange. Ich muß daher annehmen, daß du entweder im Bund mit ihr stehst oder eine Erscheinung bist, die sie uns gesandt hat, um uns hereinzulegen.«

»Verzeiht meine — meine Entrüstung«, rief der Mathematiker aus, »aber ich bin mit niemandem im Bund, und ganz bestimmt bin ich keine Erscheinung! Wenn es sein muß, werde ich die Gleichung aufschreiben, die es beweist. Anscheinend ist eine Erklärung notwendig.«

»So ist es. Wir würden sie jedoch in Worten statt in Zahlen vorziehen, falls dir das nicht zuviel Mühe macht.« Ashurek verschränkte die Arme vor der Brust.

»Nun ja.« Hranna winkte und führte sie langsam zwischen den vielfarbenen Glastürmen hindurch. »Ich weiß von der ›Zauberin‹, die du erwähntest — es ist nur so, daß ich mir Namen nicht gut merken kann. Geschehen ist folgendes. Die Glasstadt ist ein spezieller und empfindlicher Mechanismus, dessen Aufgabe es ist, die Eingangspunkte zu den Ebenen aufrechtzuerhalten. Nebenbei bemerkt: Sie ist eigentlich keine Stadt, auch besteht sie natürlich nicht wirklich aus Glas. Also, nachdem diese ›Zauberin‹ sich in ihr festgesetzt, sie mit Spiegeln maskiert und für ihre eigenen Zwecke und für wer weiß was sonst noch benutzt hatte, meinten die Grauen, sie könnten es nicht riskieren, daß die Stadt noch einmal auf so gefährliche Weise mißbraucht werde. Deshalb entschieden sie nach dem Auszug der Zauberin...«

»Sie ist nicht mehr hier?« unterbrach ihn Estarinel.

»Nein. Als ihr drei die Stadt verlassen hattet, ging sie auch. Ich weiß nicht warum — wir haben so viel zu tun, daß wir im Augenblick nicht einmal daran denken können, Theorien über weniger wichtige Fragen zu entwickeln —, und so möge es genügen, daß die Grauen sich entschieden, die Glasstadt gegen eine neue — äh — Besetzung? — zu schützen. Sie sollte nicht länger in...«

»Belhadra«, half ihm Ashurek weiter.

»Danke, in Belhadra liegen, sondern sich frei von Ort zu Ort bewegen können. Sie beauftragten uns, ich meine natürlich die Mathematiker von der Weißen Ebene, die notwendigen Berechnungen durchzuführen, die den Mechanismus von einem statischen zu einem einer Zufallsbahn folgenden Körper umwandeln würden. Das haben wir getan, wie ihr seht«, erklärte der kleine Mann mit einem Anflug von Stolz.

»Also sind wir nicht in Tearn?« fragte Estarinel.

»Ach du meine Güte, nein. Eher zwischen zwei Dimensionen. Oder waren es fünf? Ich bin mir nicht sicher. Lenarg hat einen Großteil der Arbeit getan...«

»Hranna, was hat das mit uns zu tun?« warf der Gorethrier ein.

»Oh — oh — verzeiht meine Zerstreutheit. Die Sache ist die: Ihr habt unsere Mathematik durcheinandergebracht.« Hranna wiegte den Kopf mit wohlwollender, aber ernster Mißbilligung.

»In diesem Fall müssen wir dich um Verzeihung bitten«, sagte Ashurek bissig. »Wovon, in aller Welt, redest du?«

»Nun, ich denke, als ihr auf Peradnia — ich meine Hrannekh Ol — gestrandet wart, habe ich euch erklärt, wie wir mit unseren Theoremen die Zukunft der Erde in algebraischen Begriffen ausdrücken und vorhersagen können.«

»Jawohl.«

»Nun, es kommt ständig zu neuen Entdeckungen. In jeder Berechnung gibt es Zufallsfaktoren, aber selbst wenn man Zugeständnisse für eine variable Anzahl von ihnen macht, sagt jede einzelne unserer Extrapolationen das gleiche voraus: Die Freisetzung einer ziemlich großen Energiemenge, die nicht nur die — die Schlange, wie ihr sie, glaube ich, nennt, vernichten wird, sondern auch die Erde und die Ebenen. Sicher, wir haben erst ein paar Milliarden Theoreme vollendet, aber trotzdem wirkt das alles ziemlich — äh — entmutigend ...«

Ashurek und Estarinel sahen sich an.

»Der einzige Weg, diese negative Vorhersage zu korrigieren, ist nun« — Hranna schwenkte begeistert die dünnen Hände — »ist die Zugrundelegung einer versuchsweisen Theorie — die Anregung stammt von mir —, daß ihr auf einer falschen Kurve reist.«

»Wie kann das sein?« fragte Ashurek. »Wir sind in Richtung Arktis unterwegs. Willst du sagen, wir sollten statt dessen anderswohin gehen?«

»Äh — ja, das ist meine Meinung«, erwiderte der alte Mann wenig mitteilsam. »Seht ihr, der ›Zufallsfaktor‹ mag in diesem Fall die Mathematik selbst sein. Übrigens: Wenn wir genau wüßten, was er ist, wäre es ja kein *Zufalls*faktor mehr! Leider tragen wir in gewisser Beziehung die Schuld an allem, was euch bisher zugestoßen ist.«

»Was?« rief Estarinel.

»Besteht eine gewisse Wahrscheinlichkeit, daß du in naher Zukunft zum Kern der Sache kommst?« erkundigte Ashurek sich liebenswürdig.

»Ich dachte, in Anbetracht der Tatsache, daß ich eurer Sprache kaum mächtig bin, hätte ich es recht gut gemacht. Wörter sind so ungenau, nicht wahr? Wie ich sagte, als ihr auf Hrannekh Ol gestrandet wart, hättet ihr auf dem h'tebhmellischen Schiff bleiben sollen. Es hätte euch geradenwegs zu der Blauen Ebene gebracht. Unglücklicherweise erkannten wir das erst, als es zu spät war. Unser Irrtum hatte die Folge, daß ihr kreuz und quer herumgereist seid. Andernfalls hättet ihr die Glasstadt nicht betreten, und die Zauberin hätte sie nicht verlassen, und die Grauen hätten nicht dafür gesorgt, daß sie freibeweglich gemacht wurde, und ich wäre jetzt nicht hier, um euch zu retten ... faszinierend, nicht wahr?« Hranna kicherte. »Das ist es, um was es in der Mathematik geht!«

»Ich wußte doch, daß es bei ihr um irgend etwas gehen muß«, brummte Ashurek.

»Nun, da sich die Beweise häuften, daß die Theorie bezüglich eurer verkehrten Kurve richtig war, sagten wir von Peradnia uns, es müsse etwas unternommen werden. Dank unserer Zusammenarbeit mit den Grauen haben wir Zugang zu der Glasstadt und die Möglichkeit, sie dahin zu lenken, wohin wir wollen, und auch eine begrenzte Kontrolle über die Eingangspunkte. Wir kamen zu dem Schluß, es sei unsere Pflicht, euch abzufangen und euch diese Information zu geben. Die Berechnung, wo genau ihr euch zu irgendeiner gegebenen Zeit aufhieltet, machte uns keine Schwierigkeiten. Unglücklicherweise ergaben sich die Werte über diese schrecklichen — fliegenden Dinger da draußen« — er machte eine vage Geste zu der gazeartigen Kuppel hin, die um die Stadt lag — »erst in der letzten Minute, sonst hätte ich dafür gesorgt, daß ihr früher abgefangen wurdet, bevor ihr in solche Gefahr gerietet. Entschuldigt bitte.«

»Du hast uns tatsächlich gerettet!« rief Estarinel. »Wir müssen uns bei dir bedanken. Diese Wesen hätten uns bestimmt getötet.«

»Wurdet ihr von den Wächtern aufgefordert, das zu tun?« fragte Ashurek.

»Ach du meine Güte, nein. Unsere Arbeit ist unabhängig, ist es immer gewesen. Es war unser eigener Entschluß. Die Grauen sind keine Mathematiker: Sie werfen unter recht beunruhigender Mißachtung der Folgen mit riesigen Mengen von Energie um sich. Sie sollten uns öfter hinzuziehen, aber ich bin froh, daß sie es nicht tun, weil wir dann keine Zeit mehr für andere Arbeiten hätten.«

»Und warum wollt ihr uns helfen?«

»Nun ja, wir von der Weißen Ebene haben ebenfalls den Wunsch, daß diese Energie, die ihr ›die Schlange‹ nennt, vernichtet wird — wenn möglich, ohne die vorhergesagte Vernichtung der Erde, denn der Verlust unserer Wissenschaft wäre eine ganz schreckliche Verschwendung. Oh, der Verlust der Erde natürlich auch.«

»Ihr macht euch also in erster Linie Sorgen um die Erhaltung eurer blöden Mathematik?«

»Ich muß es zugeben«, gestand Hranna mit verlegenem Lächeln. »Allerdings hätten wir ohne die Erde natürlich nichts, woran wir arbeiten könnten.«

»Das ist ein seltenes und erfrischendes Eingeständnis. Bei einem selbstsüchtigen Motiv kann man wenigstens davon ausgehen, daß es ein ehrliches Motiv ist«, bemerkte Ashurek.

»Ich wünschte nur, die Hilfe, die wir euch anbieten, hätte genauer berechnet werden können. Manchmal glaube ich, je mehr einer lernt, desto weniger weiß er, proportional gesprochen ...«

»Könnten wir beim Thema dieser verkehrten Kurve bleiben?«

»Oh — natürlich, tut mir leid. Ihr geht den falschen Weg, und ich bin hier, um euch zu helfen, euren Kurs zu korrigieren.« Er strahlte sie an.

»Und? Weiter. Wohin sollen wir gehen?« drängte Ashurek.

»Ah ... das weiß ich nicht.« Hrannas Lächeln verblaßte. »Wißt ihr, das ist ein weiterer Zufallsfaktor. Oder derselbe. Etwas fehlt oder ist vom Kurs abgewichen oder verlorengegangen oder in der Art — das sagen uns unsere Gleichungen. Oder vielmehr, sie sagen es uns nicht. Ich dachte, *ihr* würdet wissen, wo ihr statt dessen sein solltet, und ich könnte euch einfach hinbringen ...«

»Dann hast du dich verrechnet«, sagte Ashurek verdrossen. »Wir dachten, in die richtige Richtung zu gehen. Wohin *könntest* du uns denn bringen, wenn wir die Wahl hätten?«

»Oh, überallhin. Zu jedem Punkt auf der Erdoberfläche. Ich könnte euch auch zu der Weißen Ebene, der Schwarzen Ebene oder der Blauen Ebene durchschikken.«

»Das ist sehr eindrucksvoll. Aber wie sollen wir zu einer Entscheidung gelangen? Was meinst du, Estarinel?« wandte sich Ashurek an den Forluiner. Währenddessen hatte Hranna sie auf einen Platz geführt, der von einem viereckigen Gebäude, schimmernd wie ein Topaz, begrenzt wurde. Estarinel wurde es unheimlich zumute; er erkannte es als das Haus, das Arlenmia bewohnt hatte. Er sah nach unten auf die glasigen Platten des Bodens. Eine Menge seltsamer Meerestiere war darin eingeschlossen. Sie trugen Schuppen in zarten, silbrigen Farben, und ihre Mäuler klafften in ewigen stummen Schreien auf. Estarinel starrte sie an. Er hatte sie schon einmal gesehen und für eine Halluzination gehalten. Doch sie waren wirklich, und die schreckliche symbolische Bedeutung machte ihn schwindelig und atemlos vor Angst. Da stand auf der einen Seite Arlenmia und versprach ewiges Leben im Schatten der Schlange und auf der anderen Ashurek, der völlige Zerstörung verhieß. Und dazwischen befand sich all das traurige, süße, zerbrechliche Leben der Erde und stieß einen niemals endenden Hilferuf aus, den keiner hören konnte.

»Der Nordpol«, antwortete Estarinel mit leiser Stimme. »Ich sehe keinen Sinn darin, irgendwo anders hinzugehen. Es würde uns Wochen ersparen. Und die ganze Sache zu einem schnellen Ende bringen.«

»Das wäre dann immer noch dieselbe Kurve«, gab Ashurek zu bedenken. »Die, von der Hranna sagt, sie sei verkehrt.«

»Ich werde euch an jeden Ort bringen, den ihr wünscht«, fiel der alte Mann ein. »Natürlich könnt ihr gern darauf warten, bis wir ausgetüftelt haben, was ihr eigentlich tun solltet, aber das mag Monate dauern.«

»Wir haben nicht monatelang Zeit.«

»Dann kann ich nur sagen, daß es am besten ist, intelligent zu raten. Laßt euch von mir nicht hetzen: Eine vorschnelle Entscheidung könnte katastrophale Folgen haben.«

»Es sieht aus, als würden wir dieses eine Mal nicht manipuliert«, stellte Ashurek zögernd fest, »sondern bekämen echte Hilfe. Ich könnte mich natürlich irren. Medrian, du bist die ganze Zeit still gewesen. Hast du uns einen Rat zu geben?«

Sie sah ihn an, und ihre Augen waren wie schattige Höhlen in ihrem weißen, ausgemergelten Gesicht.

»Du weißt ebensogut wie ich, was fehlt, Ashurek«, murmelte sie tonlos. »Aber ich weiß auch nicht, wo ich suchen soll.«

Ashurek ertappte sich dabei, daß er sie anstarrte, fasziniert von der Leere in ihren Augen. Ja, sie war M'gulfns Kind, daran konnte es keinen Zweifel geben, doch gleichzeitig war sie von einem Rätsel umgeben, das manchmal — so wie jetzt — angsterregend war. Es war nicht so, daß er sie haßte. Er fürchtete sie nicht einmal, er fürchtete nur, daß sie den Feldzug zum Scheitern bringen könne, ob absichtlich oder nicht. Vielmehr empfand er Mitgefühl für sie, und dieses Mitgefühl stieg von einer dunklen und grimmigen Stelle auf, einer schrundigen Bergflanke gleich, wo der Wind unaufhörlich klagt. Es war das Bild seiner innersten Seele, das zu betrachten er in den Dunklen Regionen gezwungen worden war, der Teil von ihm, der Armeen ausgesandt hatte, andere Länder, darunter Alaak, zu verwüsten, und der ihn jetzt trieb, selbst das Werkzeug zum Untergang der Welt zu werden. Miril hatte ihn verstehen gelehrt, daß die Dunkelheit böse ist, das Gegenteil der Hoffnung, und immer, wenn er Medrian ansah, war es, als blicke er in diesen Abgrund von Hoffnungslosigkeit. Er wollte nicht hineinblicken. Vielleicht war sein Wunsch, Medrian zurückzulassen, nichts weiter als der Drang, der Dunkelheit in seinem Inneren zu entfliehen, und ebenso vergeblich. Er und Medrian waren beide bar jeder Hoffnung. Was sie brauchten, war Miril.

Ich werde verblassen und mich in der Dunkelheit verstecken, um zu trauern und zu warten ...

»Wir können also ebensogut geradenwegs in die Arktis gehen«, wiederholte Estarinel. »Anscheinend hat niemand einen besseren Vorschlag.«

Ashurek legte ihm die Hand auf die Schulter.

»Ich weiß, was Hranna meint. Ich weiß, wo wir falsch gegangen sind«, erklärte er. Estarinel sah ihn fragend an. »Wir müssen Miril finden. Sie sagte mir, falls ich sie nicht wiederfände, sei die Welt zum Untergang verurteilt ... Verstehst du, was ich meine?«

»Ja.« Für Estarinel kam die Offenbarung wie ein goldenes Licht. »Sie ist unsere einzige Hoffnung, daß die Welt gerettet und nicht vernichtet wird ...«

»So ist es. Deshalb wird sie ›die Hoffnung der Welt‹ genannt. Ohne sie haben wir keine. Hranna, ich bin dir dafür mehr als dankbar. Sag mir, weißt du etwas über Miril?«

»Sie mag Teil unserer Berechnungen sein«, antwortete Hranna unsicher, »aber ›Hoffnung‹ kann mathematisch nicht definiert werden. Deshalb fürchte ich ... nun ja, ich weiß eigentlich nicht, wovon ihr redet.«

»Wie fangen wir es an, nach ihr zu suchen?« fragte Estarinel. »Sie könnte überall sein.«

Ashurek versank für eine Weile in Nachdenken. Medrian stand ein Stückchen entfernt von den anderen, ließ den Kopf hängen und hatte die Arme um sich geschlungen. Estarinel sah zu ihr hinüber und wünschte sich mehr als alles andere, sie in die Arme zu schließen und diesen unergründlichen, ureigenen Schmerz zu lindern, den sie ständig ertragen mußte. Das Wissen, daß der Versuch ihre Qual nur verschlimmern würde, drehte sich in seinem Herzen wie ein Messer.

»Dunkelheit«, murmelte Ashurek. »Sie sagte, sie werde in der Dunkelheit warten. Aber damit meinte sie nicht die Dunklen Regionen. Und ich glaube, daß sie nirgendwo auf der Erde ist und auch nicht auf der Weißen oder der Blauen Ebene. Ich glaube, sie ist auf der Schwarzen Ebene.«

»Bist du sicher?« fragte Estarinel beunruhigt.

»Nein. Es ist nur eine Intuition, aber eine sehr starke.«

»Und wenn du dich irrst? Wir könnten dort stranden. Hranna, kannst du uns nichts Bestimmteres sagen?«

»Leider nein«, entschuldigte sich der Mathematiker. »Wenn ich überhaupt eine Meinung dazu hätte, wäre ich gegen Hrunnesh, weil ich nicht garantieren kann, daß ihr einen Ausgangspunkt finden werdet. Aber wenn ihr das Gefühl habt, ihr müßt dorthin ...« Besorgt schüttelte er den Kopf. »Dann möchte ich empfehlen, daß ihr euch sehr sicher sein müßt, bevor ihr etwas tut, das sich sehr nach einem übereilten Schritt anhört.«

»Ashurek, wir können es nicht riskieren ...«

»Ich bin so sicher, wie ich nur sein kann. Hranna, kannst du bitte für einen Eingangspunkt zu der Schwarzen Ebene sorgen?« Es lag etwas Befehlendes, beinahe

Drohendes in Ashureks ruhiger Stimme, und Estarinel konnte es Hranna nicht verübeln, daß er ohne jeden weiteren Einspruch gehorchte.

»Oh — nun, wenn du sicher bist — natürlich. Ich muß nach drinnen gehen« — er zeigte auf das Gebäude, das einmal Arlenmias Wohnsitz gewesen war — »um den Mechanismus aufzustellen, mit dem der Eingangspunkt geschaffen wird. Damit ihr ihn erkennen könnt, werde ich ihm eine sichtbare Substanz geben. Er wird in der Mitte dieses Platzes erscheinen. Wenn er fertig ist, komme ich heraus und gebe euch ein Zeichen. Nun muß ich mich von euch verabschieden. Ich hoffe, sollten wir uns wiederbegegnen, daß es in einer glücklicheren Zeit sein wird.« Dabei eilte Hranna schon davon, die weißen Hände ineinander verschlungen, und sein blendend grelles Gewand flatterte hinter ihm her. Er verschwand in dem Topas-Gebäude.

»Ashurek ...«, begann Estarinel.

»Wenn du mit mir streiten willst, gib mir den Silberstab und bleib hier.«

»Nein, ich komme mit«, seufzte der Forluiner. »Ich bin nämlich gar nicht davon überzeugt, daß du unrecht hast. Medrian, was meinst du?«

Sie drehte sich langsam um und sah ihn mit einem so leeren, steinernen Ausdruck an, daß es war, als sei die Seele hinter ihren Augen entflohen. Offenbar war sie unfähig zu sprechen. Kalte Schweißtropfen standen auf ihrer weißen Stirn, und sie schwankte leicht. Estarinel faßte ihren Arm, denn er dachte, sie werde das Bewußtsein verlieren.

Ein dumpf brummendes Geräusch entstand in der Mitte des Hofes. Es lag gerade eben oberhalb der Hörschwelle, war aber gleichzeitig unangenehm durchdringend. Dunkle Partikel erschienen und wirbelten durch die Luft wie ein Schwarm großer Insekten — kopflose, flügellose schwarze Bienen. Hranna tauchte aus dem Topas-Gebäude auf und winkte zum Zeichen, daß der

Eingangspunkt fertig sei und sie schnell hindurchgehen sollten.

Das Brummen wurde lauter, vibrierte schmerzhaft in ihren Schädeln. Furcht packte Estarinel, und er sah die gleiche unterdrückte Angst auf Ashureks Gesicht. Doch der Gorethrier bewegte sich zielbewußt auf den Eingangspunkt zu.

»Nein!« Medrian wollte sich plötzlich von Estarinel, der sie am Arm gefaßt hielt, nicht weiterziehen lassen. Ihr Gesicht glühte in einem geisterhaften bläulich-weißen Licht, und ihre Augen waren zyanblau geworden. »Nein — nicht dahin — nicht zu ihr...« und ihr Ausdruck sprach von so tiefem nacktem Entsetzen, daß Estarinel sie vor Schreck beinahe losgelassen hätte. Sie wehrte sich gegen ihn, bemühte sich heftig, von ihm freizukommen und davonzulaufen.

»Mach schon!« rief Ashurek. »Um der Dame willen, laß sie einfach stehen!«

Doch das brachte Estarinel nicht fertig. Er hielt sie entschlossen fest und schob sie hinter Ashurek in den Eingangspunkt. Die Partikel schlugen auf sie ein wie ein Schwarm kohlschwarzer Heuschrecken. Das Brummen wurde unerträglich. Und plötzlich waren die Glasstadt, das Geräusch und der Eingangspunkt verschwunden. Rabenschwarze Stille umfing sie weich wie ein Flügel.

Sie waren auf der Schwarzen Ebene Hrunnesh. Unter den Füßen hatten sie eine feste Oberfläche, die sich wie Felsgestein anfühlte. Aber sie konnten nichts sehen, nichts hören. Estarinel war sofort überzeugt, sie hätten einen schrecklichen, nicht wiedergutzumachenden Fehler begangen. Kindische Furcht von urwüchsiger Heftigkeit stieg ungebeten in ihm auf und durchrann ihn wie flüssiges Feuer. Er klammerte sich an Medrian wie ein Ertrinkender an einen Felsen.

Nur die Tatsache, daß sie sich immer noch gegen ihn wehrte, brachte ihn wieder zu sich. Seine Sorge um sie unterdrückte seine eigene Angst. Plötzlich hörte sie auf zu kämpfen, wurde aber in seinen Armen so steif, als spanne sie alle Muskeln in Erwartung eines schrecklichen Schlages. »Nein«, keuchte sie unter stoßweisem Atemholen, und ihre Stimme war nicht ihre eigene. »Nein. Ich hasse sie. Zwinge mich nicht ...« Ein tiefes, unmenschliches Stöhnen entrang sich ihr, und sie brach bewußtlos in Estarinels Armen zusammen.

»Jetzt hat sie anscheinend den Verstand ganz verloren«, kam Ashureks Stimme aus der Dunkelheit. »Du hättest sie zurücklassen sollen.«

»Sie ist ohnmächtig geworden«, erklärte Estarinel durch zusammengebissene Zähne. »Ich will sie nicht hinlegen, weil ich nicht sehen kann, auf was wir stehen. Das war die unglaublichste Torheit, die sich einer von uns nur einfallen lassen konnte! Wie sollen wir zur Erde zurückkommen?«

»Miril ist hier irgendwo. Ich weiß es«, behauptete Ashurek hartnäckig.

»Und falls du recht hast, wie sollen wir sie finden? Hör mal, wenn sie nun nicht gemeint hat, sie werde an einem bestimmten Ort sein, sondern wir sollten sie in Zeiten der Dunkelheit suchen?«

»Wie kommst du auf den Gedanken, ihre Worte könnten diese Bedeutung haben?«

»Ich glaube, ich habe sie in Gastadas Burg gesehen — nein, nicht gesehen, nur gehört. Sie gab mir die Kraft — nicht zu sterben, nehme ich an. Und als ich nach dem Silberstab suchte, hätte ich einmal beinahe aufgegeben, und sie kam zu mir und sagte, ich solle weitermachen. Ihre Anwesenheit war beinahe körperlich — ich meinte, ihre Klauen zu spüren, als sie sich auf meine Hand setzte. In beiden Fällen waren es Zeiten extremer Dunkelheit, in jedem Sinne. Wenn wir sie nun bereits gefunden und es nicht gemerkt haben, und wenn es jetzt zu spät ist?«

»Warum hast du mir das nicht früher gesagt?«

»Weil es« — Estarinel war kaum imstande, eine Antwort zu formulieren — »weil es irgendwie persönlich war.«

»Ja. Ich verstehe. Hast du sie bei noch anderen Gelegenheiten gesehen?« fragte Ashurek mit ruhiger Stimme.

»Ja. Ich kann es nur als Visionen beschreiben — als Wachträume. Viele Male. Aber immer als etwas Symbolisches, nicht als etwas Wirkliches.«

»Und von schwarzer Farbe? Wir alle haben Miril so gesehen. Uns führend, uns mahnend, wir sollten nach ihr suchen. Und immer habe ich mich abgewendet und sie aus meinen Gedanken verbannt, trotz allem, was sie zu mir sagte. Ich hoffe, es ist nicht zu spät, ihre Vergebung zu erlangen.«

»Glaubst du, daß sie wirklich da war, wenn sie zu mir kam?« Jetzt merkte Estarinel, daß er Ashurek sehen konnte. Es waren nur seine Umrisse, und es ließen sich wenige Einzelheiten unterscheiden, aber es bedeutete, daß es auf der Schwarzen Ebene doch nicht vollkommen finster war. »Oder habe ich es mir eingebildet?«

»Ich glaube, du findest auch noch in der verzweifeltsten Situation Hoffnung. Darum beneide ich dich«, erwiderte Ashurek freundlicher als gewöhnlich. »Ich verstehe dich, wenn ich auch immer noch glaube, daß sie sich an einem bestimmten Ort aufhält. Denn als ich mit ihr zusammentraf, war sie nicht ›symbolisch‹, sondern zweifellos real, aus verwundbarem Fleisch und Blut. Und sie ist eigentlich nicht schwarz, sondern von bräunlich-goldener Farbe.« Er hielt inne, dann fuhr er nachdenklich fort: »Ich glaube, Miril ist das, wovor Medrian sich so fürchtet. Miril ist die Antithese des Wurms, so daß alle seine Diener nicht anders können, als sie zu verabscheuen. Folglich beweist Medrians Panik, daß Miril auf Hrunnesh ist, und sie beweist, daß Medrian für den Wurm arbeitet.«

»Für mich reicht das nicht als Beweis, um sie im Stich zu lassen!« antwortete Estarinel aufgebracht.

»Nein. Nun, wir werden sehen«, sagte Ashurek ruhig. »Meine Augen haben sich inzwischen so weit an diese Dunkelheit gewöhnt, daß es reicht, einen Weg zu finden.«

Medrian zwischen sich stützend, wanderten sie langsam in die seltsame Landschaft hinein. Wenn es so etwas geben kann wie schwarzes Licht, leuchtete es auf Hrunnesh. Es hatte keine Ähnlichkeit mit der Nacht der Erde. Der Himmel war wie schwarzes Glas, durch das Licht scheint, matt und doch ganz klar.

Die Ebene war vollkommen flach, ihre Oberfläche so glatt und glänzend wie Jett. Aus ihr erhoben sich Formationen wie Nester ebenholzschwarzer Kristalle, die phantastische Formen bildeten. Da gab es Bogen und schlanke Türme und Minarette, pflanzenähnliche Strukturen und andere, die man für anmutige, unirdische Tiere hätte halten können, mitten in der Bewegung innerhalb einer fremdartigen Landschaft erstarrt. Da waren sogar solche, die menschlichen Gestalten ähnelten, eng miteinander verschlungen in der Liebe oder im Kampf. Aber alle diese Gebilde waren verschwommen. Betrachtete man sie zu lange, wurden sie zu facettierten Steinen, die nichts weiter zu bieten hatten als die ihnen innewohnende kristalline Harmonie.

Je besser ihre Augen sich anpaßten, desto deutlicher sahen sie, daß die Schwarze Ebene nicht ganz schwarz war. Überall schimmerte sie in den flüchtigen Tönen, die über eine Tintenblase gleiten, in Magentarot und Bronze und Indigo. Die Kristalle enthielten Einschlüsse in Silber, Rosa und Blaugrün wie die Farben, die in einem schwarzen Opal vergraben sind.

Hrunnesh, das sahen sie, besaß seine eigene außergewöhnliche Schönheit.

»Die Ebenen sollen angeblich unbegrenzt sein«, bemerkte Estarinel niedergeschlagen, nachdem sie eine Weile gegangen waren. Medrian hielt sich mit Hilfe der beiden Männer auf den Beinen, aber ihre ureigene

Angst verfärbte immer noch ihr Gesicht und löschte jeden Ausdruck von Verstand.

»Ich glaube, ihre Unbegrenztheit ist von paradoxer Art«, erwiderte Ashurek, »als ob sie sich irgendwie immerzu wiederholen. So wären wir Hranna und den anderen Peradniern auf jeden Fall begegnet, ganz gleich, wo wir Hrannek Ol betreten hätten, und das gleiche gilt für H'tebhmella.«

»Wenn wir also keine ewige Strecke zu laufen haben, könnten wir dann nicht eine Weile ausruhen?« schlug Estarinel vor. Ashurek ließ sich erweichen, und sie setzten sich unter einen riesigen dunklen Kristall. Aus bestimmten Winkeln ähnelte er einem bizarren langhalsigen Mammut, das den Fuß erhoben und den Kopf zurückgewendet hatte. Sie aßen etwas von den Lebensmitteln, die sie für die Arktis aufbewahrt hatten, und tranken ein bißchen von dem belebenden h'tebhmellischen Wein. Medrian wollte nicht essen, aber Estarinel brachte sie dazu, ein paar Schlucke zu trinken. Ihre Glieder hatten etwas von einer verformbaren Steifheit an sich, die ihn beunruhigte; noch nie war seine Sorge um sie so groß gewesen. Er wartete nur darauf, daß Ashurek von neuem anfing, sie sollten sie zurücklassen, aber der Gorethrier sagte nichts dergleichen. Vielleicht war er in diesem Fall zu dem Schluß gekommen, es sei sinnlos, mit Estarinel zu streiten.

Etwas bewegte sich über den glasartigen Himmel. Es war eine schwarze Kugel, auf deren Oberfläche die Regenbogenfarben von Öl leuchteten.

»Was ist denn das?« wunderte sich Estarinel.

»Ich weiß es nicht, aber ich nehme an, diese Ebene ist ebenso bewohnt wie die anderen«, antwortete Ashurek.

Die Sphäre senkte sich nieder und trieb auf sie zu, bis sie nur noch ein paar Meter von ihnen entfernt war. Dann schwebte sie lautlos zu Boden. Sie federte ein wenig bei der Landung, als sei sie beinahe gewichtslos.

Ashurek und Estarinel waren aufgesprungen und

hatten die Schwerter gezogen. Durch die Oberfläche der Kugel, die dabei heil blieb, streckte sich eine Hand. Drei weitere Hände erschienen, ein Kopf, ein Rumpf — und als die Gestalt heraustrat, schloß sich die Haut der Kugel elastisch hinter ihr wie eine tintige Blase.

Ein Neutrum stand vor den Gefährten. Wie die Neutren der Erde war es groß und schlank mit vier Armen und einem langen Gesicht von ernster Schönheit. Seine Haut hatte jedoch die Farbe von glänzendem Ebenholz, und auch das kurze Haar war tiefschwarz. Dagegen war seine Tunika so dunkel, daß sie überhaupt kein Licht reflektierte und ein Fenster in einen sternenlosen Raum hätte sein können. Es stand da und betrachtete sie, und seine Augen, denen das Weiße fehlte, glitzerten wie Kohlen.

»Menschen der Erde, warum seid ihr nach Hrunnesh gekommen?« fragte es. Seine Stimme klang hell, voll und gleichmütig.

Sie musterten es argwöhnisch und antworteten nicht.

Es sagte: »Steckt eure Schwerter ein. Ich habe keins, wie ihr seht. Es ist nicht unser Ziel, kriegerisch zu sein. Das heißt, es ist dafür noch kein Beweis erbracht worden.«

»Sie sind Philosophen«, erinnerte sich Ashurek plötzlich und senkte seine Klinge. »Ja, das stimmt, wir sind Philosophen«, bestätigte das Neutrum. »Mein Name ist Valcad. Wer seid ihr?«

»Ashurek, Medrian und Estarinel, drei Reisende von der Erde«, informierte der Gorethrier ihn.

»Und seid ihr durch Zufall oder mit Absicht nach Hrunnesh gekommen?«

»Mit Absicht«, sagte Ashurek, und das Neutrum blickte überrascht drein.

»Das ist wundervoll!« Es lächelte beinahe. »Laßt mich euch ohne weitere Verzögerung zu meinen Mit-Hrunneshern führen — sie werden von eurer Ankunft fasziniert sein.«

»Wie hast du erfahren, daß wir hier sind?« wollte Estarinel wissen.

»Ich flog in meiner Sphäre des einsamen Nachdenkens dahin und sah euch«, antwortete Valcad einfach. »Wir denken in der Einsamkeit nach, versteht ihr, und dann kommen wir zusammen, um unsere Überlegungen zu diskutieren.«

Ashurek wandte sich Estarinel zu. »Ich schlage vor, daß wir mit dem Neutrum gehen. Ich halte diese Leute für harmlos, und vielleicht können sie uns helfen.«

»Da stimme ich dir zu.« Estarinel half Medrian beim Aufstehen; ihre Augen waren offen, aber sie war in einem Zustand der Erstarrung und nahm nicht wahr, was vor sich ging. In einer Art Reflex setzte sie die Füße voreinander, als das Neutrum sie durch einen Wald aus mineralischen Gebilden führte.

»Die anderen sind nicht weit von hier, deshalb werden unsere Füße schneller als die Sphäre sein«, erklärte Valcad. Er bemerkte, daß die Reisenden beim Gehen von einer Seite zur anderen blickten. »Ihr bewundert die Schönheit unserer Ebene? Ich weiß nicht, warum man sie ›schwarz‹ nennt. Für mich ist sie voller Farben.«

»Diese Kristalle«, erkundigte sich Estarinel, »sie ähneln zum Teil Tieren und Pflanzen. Sind sie von den Hrunneshern so gestaltet worden?«

»Nein, ganz und gar nicht.« Das Neutrum wirkte überrascht. »Sie nehmen diese Formen aus eigenem Willen an. Vielleicht streben sie nach einer höheren Lebensform als der ihnen gegebenen. Nun, da wären wir.«

Vor ihnen erhob sich ein glänzender Block aus Jett, etwa zwölf Fuß hoch, der an einen Vogel mit ausgebreiteten Flügeln erinnerte. Sie hörten Stimmen, und als sie näher kamen, sahen sie, daß rund dreißig Neutren auf den vielen Simsen und Facetten des Blocks saßen. »Aber woher sollen wir wissen, was die Wahrheit ist?« fragte eines der Neutren. »Die Menschen haben einen Standpunkt, von dem aus sie sie definieren können, zum Beispiel: ›Wenn ich nicht esse, werde ich sterben.‹ Eine solche Basis fehlt uns. Solange wir keine finden, sind unsere Überlegungen im Grunde ungültig.«

»So ist das nicht«, widersprach ein anderes. »Wir haben entschieden einen Vorteil. Da wir außerhalb jedes willkürlichen irdischen Begriffs von Wahrheit stehen, gibt es für uns keine Grenzen. Ah, da kommt Valcad. Wer sind diese Wesen, die du mitbringst?«

»Sei gegrüßt, Pellar. Hier sind drei Menschen von der Erde, die gekommen sind, unsere Philosophie zu studieren. Ich glaube, daß wir von ihnen ebenso lernen können wie sie von uns. Ein glückliches Ereignis.«

Estarinel sah Ashurek mit einiger Beunruhigung über diesen voreiligen Schluß Valcads an. Ashureks Blick antwortete ihm jedoch: »Laß nur!«

Alle Neutren stiegen von dem Kristallblock herunter und scharten sich mit offensichtlichem Interesse um die drei. Wie Valcad waren sie sehr groß, und es lag etwas Einschüchterndes in ihrer dunklen Farbe und der geschmeidigen Koordinierung ihrer vier Hände. Kupferne und purpurne Lichter schimmerten auf ihrer seidigen Haut, und vielfarbene Pünktchen tanzten in ihren Augen, aber ihre Tuniken waren so schwarz wie das Nichts. Einige von ihnen berührten die drei leicht, als wollten sie ihre wahre Natur feststellen.

»Setzt euch zu uns! Wir heißen euch willkommen«, sagte das Neutrum mit Namen Pellar. Sie alle stiegen die schrägen ›Flügel‹ hinauf und nahmen auf den verschiedenen Simsen des kristallinen Gebildes Platz, wobei sie Ashurek, Estarinel und Medrian in die Mitte nahmen. »Unser Sein ist, wie ihr wißt, dem Philosophieren über die Existenz der Erde und die Natur des Menschen gewidmet. Aber es kommt selten vor, daß uns Menschen aufsuchen, wirklich sehr selten. Sagt uns, gibt es ein besonderes Thema, über das ihr zu diskutieren wünscht?«

»Ja«, antwortete Ashurek, »wir hoffen, ihr könnt uns

helfen, etwas zu finden, das verlorengegangen ist. Wißt ihr von der Schlange M'gulfn?« Alle Philosophen murmelten, sie wüßten von ihr. »Das von ihr ausgehende Böse erstickt allmählich die Welt. Wir drei beabsichtigen, sie zu erschlagen, aber ehe wir das tun können, müssen wir ein bestimmtes Wesen gefunden haben.«

»Zu erschlagen?« rief Pellar aus, und seine opalschwarzen Augen funkelten. »Das ist unmöglich! Die Schlange ist die Verkörperung des höchsten Wesens, ein ›Gott‹. Ihre Macht ist die Lebenskraft der Erde; nichts kann ohne sie leben. Wenn ihr sie vernichtet, vernichtet ihr das Leben.«

Das Neutrum sprach mit so viel Ernst, mit so viel Autorität, daß Estarinel den Mut verlor. Er hatte weder Ashurek noch Hranna ganz geglaubt, aber Pellar glaubte er. Jetzt hatte er dieses Argument aus drei verschiedenen Quellen gehört, und sein Gewicht ließ sich nicht mehr wegleugnen. Den Wächtern war es gleichgültig, ob es Hoffnung gab, und die H'tebhmellerinnen waren in diesem Punkt selbst schändlich getäuscht worden.

»Ah, aber verkörpert die Schlange tatsächlich ›Gott‹ oder nur eine Idee von ›Gott‹?« warf ein anderes Neutrum ein.

»Das ist das gleiche, Evor«, sagte Pellar. »Was ist ein Gott anderes als eine Idee? Es gibt nichts Höheres als Ideen. Die Schlange ist eine reine Idee; sie ist weder gut noch böse, aber es gibt nichts Mächtigeres.«

»Wollt ihr sagen, es sei falsch von uns, daß wir M'gulfn erschlagen wollen?« fragte Ashurek scharf.

»Da ihr damit etwas versucht, was sowieso völlig unmöglich ist, kommt es gar nicht darauf an. Doch wenn ihr — rein theoretisch gesprochen — Erfolg hättet, würde die Erde in demselben Augenblick aufhören zu bestehen. Verstehst du?« Pellar stützte das Kinn auf eine der dunklen Hände und sah Ashurek gleichmütig an.

Nun ergriff Valcad das Wort, und seine volle, nachdenkliche Stimme hatte eine ebensolche Autorität wie die Pellars. »Dem muß ich widersprechen. Ich glaube nicht, daß es einen ›Gott‹ in einem so wörtlichen Sinn gibt, Pellar. Die Schlange ist nichts als ein Tier. Oder vielleicht existiert sie nicht einmal. Sie ist nichts als der Sündenbock für alles Böse auf der Erde, damit die Menschen, was auch immer geschieht, sagen können: ›Das ist das Werk der Schlange.‹« Auch das klang für Ashurek unangenehm richtig.

»Diese drei Menschen *glauben* jedoch, daß sie existiert«, wandte Evor ein. »Darauf kommt es an. Die Frage ist, warum ziehen sie aus, ihren eigenen Glauben zu zerstören? Sie zerstören sich damit selbst.«

»Die Schlange ist das Symbol für alles, was sie in ihrem eigenen Inneren hassen«, sagte Valcad.

»Genau. Wir haben hier einen Beweis für den Abscheu vor sich selbst, der dem Menschen angeboren ist.«

»Nein, nein!« rief Pellar. »Es ist ein Zeichen der dem Menschen angeborenen Überheblichkeit. Er erträgt das Wissen nicht, es könne ein Wesen geben, das höher steht als er. So überheblich ist er, daß er auszieht, Gott zu erschlagen, obwohl das den Verlust seines eigenen und alles anderen Lebens bedeuten würde.«

Silvren hatte von Überheblichkeit gesprochen, ging es Ashurek durch den Sinn. Die Shana hatten sie gelehrt, vor dieser Eigenschaft in ihrer Seele einen besonderen Widerwillen zu empfinden. Und doch konnte es in Wirklichkeit niemanden geben, der liebevoller und weniger überheblich als Silvren war. Er sagte: »Pellar, die logische Schlußfolgerung deines Arguments wäre, daß wir überheblichen Menschen uns der Schlange ergeben und uns in den Staub werfen sollten, um sie auf ewig anzubeten. Wäre das der Zerstörung der Erde vorzuziehen?«

»Ich weiß es nicht. Vielleicht wäre es das einzige Heilmittel gegen den Schmerz, den die Existenz des Menschen darstellt«, gab Pellar zu bedenken. Einige der Philosophen nickten zustimmend und begannen untereinander zu diskutieren.

»Ich bin anderer Meinung«, meldete sich Valcad. »Sie würden sich nur dem ergeben, was sie in ihrer eigenen Seele verabscheuen. Die Zerstörung wäre besser als das. Doch da die Schlange nur ein Symbol ist, wird es ja gar keine Zerstörung geben. Nur eine sinnbildliche. Es ist durchaus möglich, daß sie es riskieren, sich selbst zu zerstören.«

»Darf ich auch einmal etwas sagen?« Estarinels Stimme klang gepreßt vor ungläubigem Zorn. »Ihr sprecht von der Schlange, als handle es sich um eine Hypothese, die mit Argumenten bewiesen oder widerlegt werden kann. Sie ist wirklich! Ich habe sie gesehen. Sie hat meine Freunde und meine Familie ermordet, und sie mordet in der ganzen Welt weiter, nicht, weil sie es nicht besser weiß, sondern weil sie das Leben haßt. Erzählt mir bloß nicht, sie sei nicht real und nicht böse!«

»Wir klammern diesen Gesichtspunkt nicht aus.« Pellar blieb ungerührt von Estarinels Ausbruch. »Aber alles, was zu sein scheint, muß immer noch durch vernünftige Argumentation bewiesen werden. Und die Vernunft zeigt uns, daß sehr wenig tatsächlich bewiesen werden kann.«

»Dann könnt ihr hier sitzen und in alle Ewigkeit diskutieren und werdet nie etwas erreichen!«

»Ja«, bestätigte Valcad ironisch, »genau das ist unser Ziel.«

»Ich möchte doch wissen, ob sie bewiesen haben, daß es ihr Ziel ist«, murmelte Ashurek vor sich hin, aber Valcad und Pellar hörten es doch.

»Das ist in sich selbst eine faszinierende Frage«, nickte Pellar. »Ich habe oft vorgeschlagen, wir sollten beim Philosophieren einige Zeit unserer eigenen Existenz anstelle der des Menschen widmen, einfach weil wir keine Menschen sind.«

»Und ich bin anderer Meinung, weil wir ohne den

Menschen nichts hätten, worüber wir philosophieren könnten, und gar nicht existieren würden«, behauptete Valcad. »Die Aufgabe der Ideen ist es, die Welt der Erfahrung zu erklären.«

»Auf einer gewissen Ebene. Doch nichts hat eine höhere Realität als Ideen«, gab Pellar zurück. »Vielleicht gibt es nichts Höheres als uns. Daher sollten wir nicht die Existenz der Menschen als ›Macher‹ betrachten — sondern unsere als die der Denker.«

»Andererseits sind die Menschen der Spiegel, in dem wir uns selbst sehen«, meinte Evor.

»Und was sind wir?« fragte Valcad. »Bei allen unseren Überlegungen haben wir die identifizierende Essenz des Universums nicht gefunden. Wir haben nichts erreicht. Vielleicht macht uns das zu nichts.«

»Unsere Bestimmung ist nicht, etwas zu erreichen, sondern zu denken«, stellte Pellar fest.

»Soviel haben wir erreicht: Das Wissen, daß es kein höchstes Wissen gibt!« rief Evor aus.

»Dafür haben wir keinen Beweis. Vielleicht sind alle unsere Überlegungen bisher nichts als ein Schleier, der die höchste Idee von allen verbirgt. Diese Menschen haben uns veranlaßt, über die Schlange M'gulfn zu diskutieren. Es mag ein Hinweis auf die Richtung sein, die unsere Gedanken zu diesem Ziel einschlagen sollten«, regte Pellar an.

Ashurek erkannte, daß die Diskussion dazu verurteilt war, sich in alle Ewigkeit fortzusetzen. Es lag auf der Hand, daß die Hrunnesher in ihnen nichts weiter sahen als ein philosophisches Problem. Ob sie überhaupt fähig waren, ihnen irgendwelche materielle Hilfe zu leisten? Wenn nicht, war es Zeit, daß sie sich wieder auf den Weg machten.

»Ich muß euch unterbrechen«, sagte er. »Wir sind wegen eines Problems hergekommen, und wir haben nicht unbegrenzt Zeit, darüber zu reden.«

»Oh, du mußt dieses Problem unbedingt formulieren!« Valcad hob alle vier Hände in einer anmutigen schwingenden Geste.

»Wir suchen ein Wesen — einen Vogel — namens Miril. Wir glauben, daß sie hier auf der Schwarzen Ebene ist. Wißt ihr von ihr?«

Die Philosophen sahen sich gegenseitig an und brachen in ein allgemeines Gemurmel aus, das Überraschung und Interesse verriet.

»Ja, wir wissen von ihr«, sagte Valcad. »Sie ist der Spiegel, der lügt.«

Ashureks Gesicht verfinsterte sich. Er fragte leise: »Was meinst du damit?«

»Wenn wir auf Miril blicken«, antwortete Valcad, ohne Ashureks Gesichtsausdruck zu bemerken, »zeiht das, was wir sehen, den philosophischen Grundsatz der Lüge, der da sagt, nichts sei wirklich, solange es nicht als solches bewiesen worden ist. Und natürlich kann so gut wie nichts bewiesen werden. Und doch scheint sie die Essenz des Beweises zu sein, daß das Abstrakte real ist.«

»Ich kann dir nicht folgen«, gestand Estarinel.

»Nun, es gibt gewisse abstrakte Begriffe, die wir zu Zwecken der Diskussion ›Hoffnung‹, ›Güte‹, ›Liebe‹ und so weiter nennen. Solche Begriffe mag es geben oder auch nicht. Falls es sie gibt, können sie nicht berührt werden.«

»Sie sind das Höchste, was es gibt: reine Ideen«, setzte Pellar hinzu.

»Aber diese Miril ist ein Paradoxon. Sie ist die Verkörperung aller dieser Begriffe. Wir sehen sie an, und was wir sehen, sagt: ›Ich bin real.‹ Das ist natürlich unmöglich. Deshalb betrachten wir sie als einen lügenden Spiegel, was ebenfalls unmöglich ist. Andererseits gibt es für uns keine größere Freude als ein Paradoxon. Ist deine Frage damit beantwortet?«

»Wo ist sie?« Ashurek brüllte beinahe. Seine Augen flammten.

»Sie ist auf der anderen Seite der Ebene«, gab ihm Pellar freundlich Auskunft. »Wir forderten sie auf, sich dahin zurückzuziehen, weil ihre Maske der Realität unsere Philosophie untergrub und wir uns bei ihrem Gesang nicht auf unsere Gedanken konzentrieren konnten.«

»Ist es möglich, daß wir auf die andere Seite durchgehen und sie finden?« drängte der Gorethrier, und sein Ton war so kontrolliert wie ein Messer.

»Was hat das mit deiner ursprünglichen Frage über die Schlange zu tun?« wollte Pellar wissen.

»Ich weiß es nicht. Doch, ich weiß es — sie ist die einzige Hoffnung der Welt, nicht mit der Schlange sterben zu müssen oder nur in ihrem Schatten am Leben zu bleiben.«

»Aber sie ist eine lügende Hoffnung, was überhaupt keine Hoffnung ist.« Pellar verlor sich in Gedanken. Ashurek wandte sich an Valcad.

»Wollt ihr uns helfen oder nicht?« fragte er verzweifelt.

»Ich finde, wir sollten ihnen helfen, Pellar«, sagte Valcad. »Schließlich ist es nicht unsere Aufgabe, die Handlungen der Menschen zu beeinflussen. Sie müssen nach ihrem eigenen Willen tun, und an uns ist es, zu beobachten und zu analysieren.«

Die anderen Philosophen erklärten sich begeistert damit einverstanden. Valcad erklärte: »Wir können euch ohne große Mühe auf die andere Seite bringen, nur müßt ihr, wenn ihr einmal dort seid, Miril allein suchen. Ein paar von uns werden mitgehen.«

»Endlich.« Ashurek seufzte schwer. »Danke.«

Eine Reihe von tintigen Sphären segelte über den klaren schwarzen Himmel von Hrunnesh. Unter ihnen zog die seltsame mineralische Landschaft vorbei. Sie glänzte in dunklen Schattierungen von Bronzerot und Violett. In der ersten Kugel saßen Valcad und Ashurek, in der nächsten Pellar, Medrian und Estarinel. Dann kamen Evor und noch fünf oder sechs der philosophischen Neutren. Von innen gesehen, schienen die Sphären nichts anderes als Blasen zu sein, rauchig, aber durchsichtig, und offenbar wurden sie allein von den Gedanken der Neutren gelenkt.

Sie sahen ein großes rundes Loch in der Ebene unter sich, so kompromißlos schwarz wie der Stoff, aus dem die Tuniken der Neutren gemacht waren. Die Sphären senkten sich auf das Loch nieder. Als sie unterhalb des Randes schwebten, gab es keine Verlagerung der Schwerkraft, wie die drei Gefährten es in den Schächten der Weißen Ebene erlebt hatten. Statt dessen war es, als seien sie in einen Strudel geraten. Die Sphären wurden mit schwindelerregender Schnelligkeit in den Schacht gesaugt. Absolute Dunkelheit umfing sie. Estarinel schloß die Augen, schluckte heftig und betete, es möge bald vorbei sein. Pellar sagte sachlich: »Keine Angst!«

Die Zeit, die sie fielen, kam ihnen wie ein Jahrhundert vor. Endlich verlangsamte sich ihr Fall, und von neuem schwebten die Kugeln träge wie Blasen dahin. Valcad tat Ashurek kund, sie seien jetzt auf der anderen Seite von Hrunnesh. Dort gab es keine Spur von Beleuchtung: Alles lag in völligem Mitternachtsschwarz.

Die Philosophen ließen die Kugeln auf einer unsichtbaren Oberfläche landen, und sie stiegen auf nassen Stein hinaus. Estarinel ortete Ashurek nach dem Klang seiner Stimme und führte Medrian — deren Zustand sich nicht gebessert hatte — zu ihm hinüber.

»Während ihr sucht, werden wir bei den Sphären bleiben«, sagte Valcad.

»Habt ihr kein Licht irgendeiner Art, mit dem wir uns leuchten könnten?« fragte Ashurek.

»Nein, tut mir leid. Selbst wir können auf dieser Seite Hrunneshs nichts sehen. Deshalb schlage ich vor, daß ihr nicht weit weggeht und euch auf eure Ohren verlaßt, um uns wiederzufinden.«

»In welcher Richtung sollen wir es versuchen?«

»Da die Möglichkeiten unendlich sind, zögere ich, eine vorzuschlagen. Vielleicht hört ihr sie singen.«

»Komm«, sagte Ashurek zu Estarinel, »nehmen wir Medrian zwischen uns, damit wir uns nicht verlieren ...«

Er hatte noch nicht ausgesprochen, als ein einsames kummervolles Zirpen die Dunkelheit durchdrang. Es schien gleichzeitig von überallher und von nirgendwoher zu kommen. Ashurek rief: »Miril!« und rannte blindlings los. Estarinel rief ihm nach, er solle stehenbleiben, sonst werde er verlorengehen, aber er hörte nicht.

Ashurek lief in der undurchdringlichen Nacht dahin und rief Mirils Namen. Der Stein unter seinen Füßen war ungleichmäßig und naß, so daß er alle paar Schritte stolperte. Doch er achtete nicht darauf, und er dachte nicht einmal an die Möglichkeit, daß heimtückischere Stufen kommen mochten. Die Dunkelheit, die Gefahr, seine Gefährten nicht wiederzufinden, bedeuteten ihm nichts. Sein einziger Gedanke war Miril.

Schließlich verlor er das Gleichgewicht und fiel. Halb betäubt lag er auf der feuchten unnachgiebigen Oberfläche, unfähig, zu rufen oder sich zu bewegen. Und irgendwo beugte sich in der Dunkelheit sein Vater, der Kaiser Ordek XIV., über ihn und sprach: »Geliebtester meiner Söhne, du hast mich enttäuscht. Du bist schuld, daß der Stolz und die Glorie Gorethrias in den Staub getreten worden sind. Du sollst in Schande einhergehen, gekleidet in das Aschgrau der Trauer, und die Tore deines Vaterlandes sollen für immer vor dir verschlossen bleiben.«

»Ja, Vater. Etwas anderes verdiene ich nicht«, antwortete Ashurek. Und er lag da, aller Motive und aller Erinnerung beraubt — seinen schrecklichen Verrat an Gorethria ausgenommen — und wartete, daß der Tod zu ihm käme.

Er hätte nie gedacht, daß der Tod singend käme, mit einem süßen traurigen Lied wie das eines verlorenen Vogels. Das Singen war rings um ihn, laut und schön und voller Tragik.

»Ashurek«, sang eine Stimme an seinem Ohr, »Ashurek, kennst du mich nicht? Ach, wirst du mich jemals kennen?«

»Miril«, keuchte er und setzte sich hoch. Er zitterte und war kaum imstande zu atmen.

»Ja, hier bin ich«, zirpte sie. »Ich bin wirklich, kannst du mich nicht sehen?« Und er konnte sie in der Dunkelheit sehen, ein Vögelchen, schwarz wie Hrunnesh, umrissen von einem schwachen silbrigen Licht. Sie saß auf seinem Knie und sah ihn an. Er erkannte ihre Augen, die Augen, die seine Unschuld zerschmettert und ihn zu der Erkenntnis gebracht hatten, welch ein Greuel die Tyrannei Gorethrias war. Er streckte die Hand aus, bis seine Fingerspitzen ihre gefiederte Brust streiften, und in dieser Berührung fühlte er das Leid und die Qual jedes Landes, das von Gorethria verwüstet worden war, jedes verbrannte Dorf, jeden in Shalekahhs Verliesen gefolterten Gefangenen, jedes Kind, das durch die Kriege zur Waise, jede Frau, die zur Witwe geworden war. Und hinter allem stand die gestaltlose Masse von Macht, die er in den Dunklen Regionen gesehen und begehrt hatte, die Seele des Steinernen Eis, die ihn jetzt trieb, die Erde zu vernichten.

»Miril, Miril«, flüsterte er, und seinen Augen entströmten die Tränen wie Blut, »was soll ich denn nur tun?«

»Schön war ich, als ich das Steinerne Ei bewachte, schön wie der Tag in der Freude, deine Welt vor ihm zu schützen«, sang ihre süße Stimme mit unendlicher Traurigkeit. »Oh, unglücklich war die Stunde, als du mir das Steinerne Ei nahmst, denn alles kam, wie ich vorhergewarnt worden war. Die Erde wurde in Blut und Schmerz gebadet, und das lieblichste aller Länder wurde vergiftet, und jetzt eilt die Welt ihrem schrecklichen Ende entgegen.

Und der Freude beraubt, sind meine goldenen Federn zu schwarzen verwelkt, und die Hoffnung ist verlorengegangen, und der Wurm verfolgt mich durch die Finsternis. Hier habe ich geklagt und von meinem Leid gesungen und gewartet. Ich habe auf dich gewartet, Ashurek, darauf gewartet, mit dem Steinernen Ei wiedervereinigt zu werden, damit mein Schmerz ein Ende nehme.«

»Miril — ich habe das Steinerne Ei nicht mehr«, stieß Ashurek hervor, von plötzlicher Angst ergriffen.

»Ah — ich weiß, ich weiß. Denn wenn du es noch hättest, wärest du nie auf die Suche nach mir gegangen. Trotzdem, es muß gefunden, und ich muß mit ihm wiedervereinigt werden, denn es ist ein Stückchen von dem Wurm, und solange es existiert, wird der Wurm nicht sterben.«

»Es kann nicht gefunden werden«, antwortete Ashurek schwach. »Es ist in einen Vulkan gefallen und für immer aus meinem Leben verschwunden.«

Miril breitete die Flügel aus und sang mit ihrer süßen traurigen Stimme: »Für immer aus deinem Leben verschwunden? Schon das Aussprechen seines Namens bringt die Erinnerung zurück, wie es aussieht, wie es sich anfühlt, welche Macht es hat und welche Pein es hervorruft. Verschwunden? Verschwunden?«

»Ja, du hast recht!« rief der Prinz voller Qual. »Aber es kann nicht geborgen werden. Du kannst mich nicht auffordern, nach ihm zu suchen ...«

»Still, still«, trillerte sie leise und legte ihm den Schnabel wie ein heilendes Juwel auf die Hand. »Das wird nicht sein. Es ist nicht alles verloren.«

»Nicht? Miril, wenn wir den Wurm erschlagen, wird es die Vernichtung der Erde nach sich ziehen. Dies ist der Höhepunkt des Bösen, das ich im Bund mit der Schlange bewirkt habe, um die Welt zu verderben. Vielleicht verläßt M'gulfn sich darauf, daß ich meine Absicht im letzten Augenblick aufgebe und die Erde ihrer Herrschaft überlasse. Oder vielleicht triumphiert sie in dem Wissen, daß bei ihrem Tod auch alles andere Leben sterben wird. Ich weiß es nicht. Wie kannst du sagen, es sei nicht alles verloren?«

»Ah, Ashurek«, sang Miril betrübt, »du hast mich gefunden — aber hast du mich gefunden?«

»Ich weiß nicht, wie ich dich finden soll«, gestand er niedergeschlagen ein und zwang sich, ihr in das schmelzende, ehrliche Auge zu sehen. »Sag es mir!«

»Ich will die Frage stellen, aber du mußt die Antwort finden«, gab sie zurück. »Mein Name ist mehr als Hoffnung. Mein wahrer Name ist etwas Tieferes und Stärkers als Hoffnung, und wenn du erkennst, wie er lautet, wirst du mich gefunden haben. Als du mich zum erstenmal erblicktest, was hast du gesehen?«

»Meine Schuld.«

»Ja, aber das war nur der erste Schritt. Jetzt mußt du aufhören, dich davon quälen zu lassen, denn wem hilfst du mit deinen Schuldgefühlen?«

»Sie sollen ja niemandem helfen«, antwortete er durch zusammengebissene Zähne.

»Drängen sie dich dann, wiedergutzumachen, was du gefehlt hast? O nein, sie drängen dich zu zerstören, denn du glaubst, daß nur ein alles verzehrendes Feuer deine Schuld ausbrennen, deine Qual enden kann.«

»Ja, das glaube ich«, bekannte er mühsam.

Miril rüttelte ihre Flügel, und ihre Stimme war von schneidender, durchdringender Schönheit. »Dann will ich dir sagen, so ist es nicht! Der letzte Schritt ist, Verantwortung zu übernehmen, und das ist etwas ganz anderes, als sich schuldig zu fühlen. Die Welt muß nicht sterben. Aber du mußt dich von deinen Schuldgefühlen lösen und lernen, Vertrauen in die zu setzen, die meinen wahren Namen kennen, und dich von ihnen bis zum Ende des Feldzugs führen lassen.«

»Du meinst Estarinel und Medrian.«

»Ja, der Feldzug hängt zu gleichen Teilen von euch dreien ab.«

»Ich habe kein Vertrauen in sie gesetzt, das ist wahr«, sagte Ashurek leise. »Ich meinte, mich auf niemand anders als mich selbst verlassen zu dürfen.«

»Und deswegen hast du jedes freundliche Gefühl aus deinem Herzen gerissen, weil es dich von deinem Weg in den Untergang hätte ablenken können?«

»Ja, woher weißt du das alles?«

»Ah, Ashurek, ich habe es dir damals gesagt. Ich kenne jeden, ich kann in deinen Augen und in deinem Herzen lesen«, sang Miril sanft. »Doch als dein Vertrauen in Estarinel und Medrian so gering geworden war, daß du sie am liebsten getötet hättest, tatest du es nicht. Was hielt deine Hand zurück?«

»Weil ich noch nicht durch und durch schlecht bin, nehme ich an«, sagte Ashurek sarkastisch. »Ich weiß es nicht. Ich brachte es nicht fertig. Es muß ein Überrest von Mitgefühl gewesen sein.«

Der süße dunkle Vogel wandte den Kopf und sah ihn fragend an. Und endlich verstand er.

»Ah, du hast mich gefunden, du hast meinen Namen ausgesprochen, und ich glaube, richtig verloren hattest du mich nie. Kannst du dir vorstellen, daß es einen weniger gewaltsamen Weg geben mag, um den Feldzug zu vollenden?«

Ashurek nickte. Die Kehle schmerzte ihn, als werde sie von Messern durchbohrt.

»Dann glaub mir, wenn ich dir sage: Nur Mitgefühl kann wahrhaft siegen. Weder Schuldbewußtsein noch herzlose, blinde Rücksichtslosigkeit. Und vor allem, Ashurek, vor dem Ende mußt du lernen, etwas Erbarmen mit dir selbst aufzubringen.«

»Ich kann nicht — solange Silvren in den Dunklen Regionen weilt«, knirschte er. »Miril, die Shana haben sie beinahe zerstört, sie haben sie zu der Überzeugung gebracht, sie sei böse. Ich habe den Glauben an meine Fähigkeit verloren, ihr zu helfen. Gibt es nichts, was du tun könntest?«

»Ach nein, ich kann nicht zu ihr gelangen. Nur wenn sie ein bißchen Hoffnung für sich selbst schöpfte, könnte mein Geist sogar in die Dunklen Regionen eindringen.«

»Niemand könnte dort Hoffnung schöpfen!« rief Ashurek biter aus.

»Trotzdem muß sie auf ihre eigene Weise Hoffnung finden, so wie jeder«, antwortete Miril kummervoll.

»Sie hat sogar den Glauben daran verloren, daß es richtig ist, den Wurm zu töten. Miril ...«

»Ah, jetzt keine weiteren Fragen mehr! Es ist genug«, sang sie, »genug, daß du mich wiedergefunden hast. Wir müssen zu deinen Gefährten zurückkehren, und dann werde ich deine Zweifel beseitigen. Komm, Ashurek, laß mich auf deiner Hand sitzen, ich werde dich führen.«

Nein. Nicht dahin — nicht zu ihr. Ich hasse sie — verabscheue sie — sie ist Gift für mich. Ich verbiete es — ich lasse nicht zu, daß du dorthin gehst! Der Wurm tobte vor Wut, immer weiter und weiter, wie ein wogendes graues Meer fortfährt, den Körper eines Ertrinkenden umherzuschleudern, obwohl er schon lange aufgehört hat, sich zu wehren. Seine Furcht war ihre Furcht, eine schreckliche Furcht wie das Entsetzen, das sie in seinen Alpträumen geteilt hatte, nur noch viel schlimmer, etwas, wogegen diese erinnerte Furcht nichts als ein blasser Schatten war.

M'gulfn verabscheute und fürchtete Miril.

Der Wurm hätte Medrian einmal beinahe übernommen, und seit diesem Ereignis an dem Wasserfall war ihr die Herrschaft Tag für Tag unaufhaltsam weiter entglitten. In Medrians Gedächtnis gab es leere Stellen. An zwei Tage des Marsches über die Tundra konnte sie sich nicht erinnern. Sie hatte nur noch eine vage Vorstellung davon, daß sie von dieser Pflanze gestochen worden war und den Schwefelsee überquert hatte. Irgendwie war sie in dieser Zeit jemand anders gewesen — immer noch die Wirtin der Schlange, aber jemand, der auf gebrochenen Beinen vorwärtstaumelte, während der Hohn der Schlange ihr Fleisch wie Feuer versengte. Geschlagen und vor Demütigung weinend... Es war jedoch nur ein Blick auf das Leben einer früheren Wirtin gewesen, herbeigerufen durch das Fieber — oder durch M'gulfns Willen, als Warnung. Dann war sie neben Estarinel erwacht und hatte sofort erkannt, daß ihr kostbarer Wall aus Eis und Stahl verschwunden war.

Aber... M'gulfn verhielt sich ruhig. Der Wurm machte keinen Versuch, sich in Medrians Gedanken einzudrängen, obwohl er darin nach Lust und Laune hätte heeren können. Er lachte über sie. *Siehst du wohl, meine Medrian, ich habe gesiegt. Ich brauche dich nicht einmal zu quälen. Deine letzte Verteidigung gegen mich ist verschwunden. Und bald, sehr bald wirst du mein sein. Es wird keine Warnung geben... Merk dir wohl, wenn du eine Handlung aus eigenem Willen vollziehst, gelingt es dir nur, weil ich so gnädig bin, es zuzulassen. Ist die Zeit reif, werde ich in deine Gedanken eindringen wie ein Flüstern. Ich werde du sein. Es ist beinahe soweit.* Und während diese Worte giftig in ihrem Kopf widerhallten, war Medrian aufgestanden wie ein Automat, hatte gegen die fliegenden Wesen gekämpft, war in die Glasstadt gerannt und hatte Hranna zugehört, und die ganze Zeit hatte sie gespürt, wie ihr inneres Kranksein und Geschlagensein durch ihren Körper nach außen drangen. Es war, als sei bei ihrer Geburt ein Ei in ihr Fleisch gelegt worden, und aus ihm war ein Wurm geschlüpft, und er war gewachsen und hatte sich von ihr ernährt, so daß jetzt nichts mehr von ihr übrig war als eine dünne äußere Haut, und mit einem Bissen würde der Wurm diese Haut verschlingen, und sie wäre nicht mehr, und an ihrer Stelle wäre ein groteskes aufgedunsenes Ungeheuer.

Und es gab nichts, nichts, was sie tun konnte, um gegen dieses Gefühl anzukämpfen. Am schlimmsten war für sie das Wissen, warum sie so schwach geworden war. Sie hätte damals in Forluin ihren Gefühlen für Estarinel nicht nachgeben dürfen. Ihre Liebe zueinander hatte sie beide ins Verderben geführt, und die Schlange lachte über sie. *Du bist also doch nichts weiteres als menschlich, meine Medrian. Es ist beinahe soweit ...*

Ashurek hatte recht. Die beiden Männer hätten sie zurücklassen sollen. Nein, es hätte ihnen im Grunde nicht geholfen; der Wurm konnte Medrian bewegen, genau das zu tun, was er wünschte. Entschloß er sich einmal zu seinem entscheidenden Schritt, wären Ashurek und Estarinel ebenso hilflos gegen ihn wie sie. Auch wenn sie sie hätte warnen können, es wäre vergeblich gewesen.

Beinahe ...

Plötzlich kam dem Wurm aus dem Nichts das Wissen, daß Miril sich auf der Schwarzen Ebene befand und der Eingangspunkt in der Luft vor ihnen hing. Sein Entsetzen packte Medrian wie ein Schwindel. Sie spürte, wie das Gefühl ihr Gesicht entfärbte und ihre Hände zu Klauen krümmte. Ihr Körper verlor jede Kraft, und so heftig sie wünschte, sich von Estarinel loszureißen, sie schaffte es nicht. Furcht erfüllte sie wie ein Strom klebriger Säure und riß ihren Verstand mit sich fort. Er überflutete ihre Lungen, floß über und umgab sie: Sie erstickte in einem dicken See, der sich in jede Richtung bis ans Ende des Universums ausbreitete. Sie hatte kein Ich mehr, ebensowenig wie M'gulfn. Sie waren zu einer einzigen gestaltlosen Masse aus Furcht zusammengewachsen.

Medrian sah nichts von der Schwarzen Ebene. Sie hörte kein Wort von dem, was die Neutren sagten. Sie wußte nicht, daß sie in einer Sphäre durch die Luft flog.

Sie nahm nichts wahr als ein schreckliches gemessenes Stampfen — wie die Schritte eines bösen, sich aus großer Entfernung nähernden Riesen, langsam, aber unaufhaltsam. Und jedes Dröhnen schickte Wellen durch den See der Furcht, graue Schockwellen. Sie erfüllten Medrian-M'gulfn mit einem Unbehagen, das schlimmer als körperlich war.

Jedes Dröhnen war lauter und schrecklicher als das vorherige. Miril kam näher und näher. *Ich hasse sie, zwinge mich nicht* ...

Und plötzlich war Miril da, ein silber-goldenes Feuer von unerträglicher Süßigkeit. Sie erfüllte die Schlange mit der gleichen Angst, mit dem gleichen Abscheu, wie die Schlange sie in den Menschen hervorrief. Sie stießen sich als Gegensätze ab, denn Miril zwang die Schlange, den Blick auf etwas zu richten, das sie nicht ertrug.

Jetzt drückte sich Mirils Brust an die von M'gulfn-Medrian, und bei der Berührung wich die Schlange zurück, kreischte ihren kosmischen Abscheu und ihr Elend hinaus. Sie zog sich wie eine Amöbe zusammen, und von einer Masse aus Furcht, die das Universum gefüllt hatte, schrumpfte sie in Medrians Innerm weiter. Sie fiel in einen Abgrund, sie wurde zu einem Punkt, einem vernunftlosen Stäubchen des Entsetzens. Und Medrian fiel mit ihr, hilflos, bis sie endlich im Mittelpunkt einer sanften, ruhigen Dunkelheit war. Hier fand sie Erlösung von der Qual und endlich traumlosen Schlaf.

Estarinel kam sich schrecklich allein auf der schwarzen Ebene vor, und Ashureks Verschwinden erfüllte ihn mit bösen Vorahnungen. Irgendwo hinter ihm waren die Neutren; er hörte sie sprechen, und ihre melodischen Stimmen klangen erschreckend ruhig, während sie über die Natur Mirils und andere abstrakte Themen diskutierten. Er traute ihnen zu, daß sie des Wartens müde wurden und ihn ohne ein Wort in der Dunkelheit sitzenließen.

Nach etwa einer Stunde, die Estarinel viermal so lang dünkte, sah er Ashurek kommen. Seine erste Reaktion bestand in überwältigender Erleichterung und einem nicht geringen Ärger, seine zweite in Staunen, daß er den Gorethrier sehen konnte. Ein schwaches silbernes Leuchten umgab ihn, und es ging von dem Vögelchen aus, das auf seiner rechten Hand saß.

»Miril!« keuchte Estarinel und empfand den Drang zu weinen. Irgendwie war es für ihn eine abstrakte Vorstellung gewesen, sie ›finden‹. Er hatte nicht erwartet, es könne so wörtlich, so herzzerreißend real geschehen.

Aber sie war schwarz — nicht bräunlich-golden.

Estarinel stand da und hielt Medrians Arm und sah Ashurek und Miril langsam auf sich zukommen. Und als sie ihn endlich erreichten, war keiner von ihnen fähig, ein Wort zu sprechen. Sogar die Neutren verstummten.

»Estarinel«, zirpte Miril und flog zu ihm, »du kennst mich, du kennst meinen Namen.«

»Ja«, flüsterte er, »du hast mir so viele Male geholfen.«

»Du weißt, daß ich nicht vernichtet wurde, daß ich nur verlorenging. Ich wurde mit jedem neuen Sonnenaufgang in den Herzen der Menschen wiedererschaffen, wenn sie die durchdringende Süßigkeit des Vogelliedes in der Morgendämmerung hörten und erkannten, daß die Dunkelheit der vergangenen Nacht nicht die ganze Wahrheit der Welt gewesen war. Und ich schenke mich immer wieder und wieder, solange es Leben gibt — aber nur, wo ich gewünscht werde.«

»Hier wirst du gewünscht und verzweifelt gebraucht, Miril.« Estarinel streichelte vorsichtig ihr seidiges Köpfchen. »Ashurek sagte, deine Federn seien golden. Warum sind sie so dunkel?«

»Der Kummer machte mich schwarz, und erst wenn die Welt den Sonnenaufgang jenseits dieser Nacht erreicht, werde ich meine wahre Farbe wiederfinden«, sang sie. »Estarinel, du kennst Liebe und Mitgefühl, aber weißt du, daß ein Unterschied zwischen ihnen besteht?«

»Was meinst du?« fragte er.

Sie antwortete: »Liebe kann selbstsüchtig sein, Mitgefühl ist es nicht. Denk daran.«

Miril berührte seine Hand mit ihrem Schnabel und flog zu Medrian. Sie setzte sich auf ihren Mantel, und Medrian stöhnte und fiel zu Boden. Lange Zeit blieb Miril über ihrem Herzen, stieß leise kummervolle Zirplaute aus. Dann sagte sie: »Wehe, Medrian kann mich nicht hören. Aber sie wird wieder zu sich kommen. Wenn sie erwacht, sagt ihr diese Worte. Sie hält ihre Gefühle für eine verächtliche Schwäche. Das ist nicht so. Sie werden ihre Stärke sein.«

Dann flog sie auf Ashureks Hand zurück und sagte: »Ashurek, du hast mir von Silvrens Zweifeln berichtet, ob es richtig sei, den Feldzug fortzusetzen. Teilst du diese Zweifel?«

»Natürlich«, antwortete er leise, »sie war doch der einzige Mensch, dem ich jemals mit Vertrauen begegnet bin statt mit Zynismus. Wenn sie zweifelt, tue ich es auch.«

»Die Hrunnesher haben uns vorhin ebenfalls erzählt, es sei falsch, die Schlange zu töten«, ergänzte Estarinel. »Damit vernichte man das Leben selbst. Hranna äußerte sich im gleichen Sinne. Miril, tun wir das Richtige, oder führen uns die Wächter ihrer eigenen Ziele wegen einen falschen Weg?«

»Sie verfolgen eigene Ziele, das ist wahr«, antwortete Miril. »Diese stehen letzten Endes jedoch nicht im Widerspruch zu den euren, es mag aussehen, wie es will. Ihr sprecht vom ›Töten‹ — nun, davon weiß ich nichts. Ich weiß nur, daß bestimmte Kräfte zusammengebracht werden müssen, ich selbst und das Steinerne Ei, die Schlange und der Silberstab. Dabei geht es nicht um Zerstören, sondern um Erschaffen. Und es muß mit Liebe und Behutsamkeit geschehen, wie ich dir sagte, Ashurek.

Wenn ihr euch gefragt habt, warum die Wächter diese Aufgabe nicht selbst ausführen, sondern drei Menschen schicken, wird euch der Grund inzwischen klargeworden sein. Sie sind nicht menschlich. Es ist wahr, daß sie die Schlange leicht hätten vernichten können und die Erde mit ihr. Doch nur durch die Menschheit kann die Erde gerettet werden. Sie haben euch geschickt, nicht weil sie herzlos sind, sondern weil sie der Welt eine Gelegenheit geben wollten.«

»Wenn das stimmt, ändert es alles«, erklärte Estarinel.

»Ah, aber die Gefahr ist immer noch groß, und ihr müßt die richtigen Entscheidungen treffen.«

»Miril, kannst du nicht für den Rest des Feldzugs mit uns kommen?« bat Ashurek.

Zu ihrer Erleichterung antwortete sie: »Oh, das kann ich! Wißt ihr nicht, daß ihr mich deswegen finden mußtet? Estarinel, nimm den Silberstab heraus!«

Überrascht gehorchte er. Als er den Stab aus der Scheide zog, überwältigten ihn sofort sein freudiges Singen und ein Gefühl ruhiger Kraft. Es erhellte die Finsternis, warf ein silbernes Licht auf den nassen Stein. Estarinel wünschte, er hätte eher daran gedacht, den Stab zu benutzen.

Miril zirpte, und ihre Töne standen in wunderbarer Harmonie mit dem Singen des Stabes. »Ihr wißt, daß die Energie innerhalb dieses Silberstabes das Gegenteil von der des Wurms ist. Wißt ihr aber auch, daß ich ein Teil dieser Energie bin?«

»Ich hatte es halb vergessen, doch ja, die Dame hat es uns erzählt«, erwiderte Ashurek.

»Um mit euch kommen zu können, muß ich in diese Energie aufgenommen werden. Darum braucht ihr mich. Ohne mich ist der Silberstab unvollständig. Genau wie die Schlange ohne das Steinerne Ei unvollständig ist. Estarinel, halt das stumpfe Ende des Silberstabes gegen meine Brust.«

Ashurek wollte protestieren, doch Miril brachte ihn freundlich zum Schweigen. Mit ihrer klaren, melodischen und sanften Stimme sagte sie: »Hab keine Angst! Auf diese Weise werde ich der Schwarzen Ebene entrinnen, euch einen Ausgangspunkt ins Land des Wurms zeigen und meine Aufgabe erfüllen. Ich werde bei euch sein, aber für euch unsichtbar, und ihr müßt eure Entscheidungen selbst treffen. Doch in Zeiten der größten Not dürft ihr mich zu Hilfe rufen. Ashurek, halt mich fest, während Estarinel mich mit dem Silberstab berührt.«

Estarinel hob den Stab und drückte das stumpfe Ende zögernd an Mirils Brust. Sie breitete die Flügel aus und legte den Kopf zurück. Nun begann sie von innen zu glühen, so daß sich ihre Federn wie schwarze Spitze gegen das Licht abhoben. Auch die Federn saugten das Licht in sich ein, bis es aussah, als stehe Miril in Flammen. Der Stab brannte ebenso in Estarinels Händen, während seine sorgenfreie unschuldige Energie wie ein Freudengesang in ihm widerhallte. Miril schrie auf, sprang in die Luft, schwebte auf bewegungslosen Schwingen und brannte heller und heller, bis sie silberweiß loderte und die beiden Männer es kaum noch ertrugen, sie anzusehen.

Sie verlor ihr dreidimensionales Aussehen und verwandelte sich vor ihren Augen in ein heraldisches Symbol. Als ihre Augen sich an die Helligkeit gewöhnt hatten, blickten sie durch ein vogelförmiges Loch im Stoff der Schwarzen Ebene auf den Himmel ihrer eigenen Welt. Die körperliche Miril war nicht mehr vorhanden.

»Sie sagte, sie werde uns den Ausgangspunkt zeigen!« rief Ashurek. »Kommt!«

Estarinel schob den Silberstab, der immer noch Glanz und Wärme und Kraft ausströmte, in die Scheide zurück. Er bückte sich, um Medrians bewußtlosen schlanken Körper aufzuheben. Da sagte eine Stimme neben ihm: »Warte!«

Es war Valcad, anscheinend der einzige Hrunnesher, der noch da war.

»Müßt ihr fort?« fragte das Neutrum traurig. »Wir hatten uns auf viele lange und bereichernde Gespräche mit euch gefreut.«

»Da müssen wir euch enttäuschen«, antwortete Ashurek. »Wir müssen zur Erde zurückkehren und unseren Feldzug fortsetzen. Wo sind deine Gefährten?«

»Sie sind wieder auf die andere Seite geflogen«, sagte Valcad, »weil wir die Reden Mirils nicht verstehen konnten und ihre Anwesenheit für unsere grundlegende Philosophie zu störend war. Ich habe für den Fall gewartet, daß ihr weitere Hilfe brauchtet.«

»Danke, aber wir haben gefunden, was wir suchten, und für eure Hilfe dabei sind wir euch zutiefst verbunden.«

»Ich muß euch ebenfalls danken«, gab Valcad zurück, »denn wir werden von Miril nicht länger beunruhigt werden, und ihr habt uns viel Stoff zum Nachdenken gegeben. Ich bitte euch nur, daß ihr bei eurem ›Feldzug‹ die philosophischen Paradoxa erwägt, auf die wir eure Aufmerksamkeit gelenkt haben.«

»Ja, das werden wir«, sagte Ashurek mit ironischem Grinsen. »Es liegt einige Wahrheit in ihnen. Leb wohl!«

Sie machten kehrt. »Was ist Wahrheit?« hörten sie Valcad hinter sich sinnieren, als sie auf das silberne Gebilde zugingen, das der Ausgangspunkt war.

Er war größer und weiter von ihnen entfernt, als sie gedacht hatten, und sie mußten mehrere Minuten lang über den trügerischen dunklen Stein gehen.

»Wenn ich noch länger in der Gesellschaft dieser Philosophen hätte bleiben müssen, wäre ich verrückt geworden«, sagte Estarinel unterwegs. »Sie bringen es fertig, Unsinn wie profunde Wahrheiten klingen zu lassen.«

»Der Meinung bin ich nicht«, widersprach Ashurek. »Ich finde, die Hrunnesher haben ganz recht: Auf nichts gibt es richtige Antworten. Und ich glaube, sollte es ihnen jemals gelingen, etwas zu beweisen, würden sie alle aufhören zu existieren.«

Der Boden unter ihren Füßen stieg an, und sie rutschten und stolperten über den Stein, bis sie endlich das vogelförmige Fenster in der Dunkelheit erreichten. Ashurek blickte hindurch, und Estarinel, der hinter ihm war, rief: »Was kannst du sehen?«

»Nichts. Es ist zu hell. Alles ist silbern und weiß, und es ist kalt — eiskalt. Komm, gehen wir hindurch.«

Seite an Seite traten sie durch den Ausgangspunkt. Die Schwarze Ebene verschwand, und ein kaltes weißes Leuchten umfing sie.

13

Die letzte Zeugin der Schlange

Als sie durch den Ausgangspunkt getreten waren, dauerte es mehrere Minuten, bis ihre Augen sich soweit angepaßt hatten, daß sie sahen, wo sie sich befanden. Die Luft war so kalt und so still, als seien sie nicht im Freien, sondern in einem geschlossenen Raum. Dann sahen sie, daß die Helligkeit nicht die des Himmels war, sondern die von weißem Eis. Sie waren in einer Höhle, entstanden aus einer Spalte, die oben zugewachsen war. Wände aus Eis erhoben sich um sie, glänzend wie gefrorenes Glas, mit einem leisen blaßblauen Schimmer in ihren Tiefen.

Estarinel entdeckte einen flachen Sims auf der anderen Seite der Höhle und ging hinüber, um Medrian dort hinzulegen. Seine Füße rutschten leicht auf dem Eisboden. Er machte es ihr so bequem wie möglich und stellte zu seiner Freude fest, daß ihre Augen geschlossen waren und ihr Atem regelmäßig ging. Sie hatte sogar etwas Farbe in die Wangen bekommen.

»Miril sagte, sie werde sich erholen«, stellte Estarinel mit Nachdruck fest und sah Ashurek dabei an.

»Ich kann nicht zurücknehmen, was ich über Medrian gesagt habe«, antwortete dieser leise. »Ich will jedoch zugeben, daß es verkehrt gewesen wäre, sie zurückzulassen. Sie ist Teil dieses Feldzugs bis zu seinem bitteren Ende. Ein Opfer der Schlange wie wir anderen alle.« Er umschritt langsam die Höhle, suchte nach einem Weg hinaus. Plötzlich fand er einen Riß, der hinter herabgefallenen Eisblöcken verborgen war.

»Ich glaube, Miril hat uns mit Absicht hier abgesetzt, damit wir einige Zeit sicher sind«, sagte Ashurek. Seine

Stimme hallte in der hohen Höhle wider. »Wir sollten schlafen und essen, bevor wir daran denken, weiterzuziehen. Hier können wir bleiben, bis Medrian sich erholt hat.« Estarinel nickte, dankbar dafür, daß Ashurek seine Meinung geändert hatte.

Nachdem Medrian versorgt war, zog Estarinel den Silberstab aus der roten Scheide und überprüfte ihn. Kaum daß er ihn berührte, erkannte er, daß er sich verändert hatte.

»Ashurek, sieh mal!« rief er. Oben auf dem Silberstab, wo vorher nichts gewesen war, erhob sich ein ovaler Knauf, ungefähr so groß wie Estarinels Hand. Er schien aus dem gleichen Metall wie der Stab selbst gemacht zu sein, war aber durchscheinend. In seinem Innern regte sich etwas mit kleinen, leisen, kaum zu erkennenden Bewegungen wie ein noch nicht ausgebrütetes Küken.

»Sie sagte, sie werde bei uns sein.« Ashurek berührte die silberne Verdickung mit einem langen dunklen Finger. »Ich weiß nicht recht, was das bedeutet. Nur, daß sie sich irgendwie innerhalb des Stabes befindet und zu unserer Hilfe herbeigerufen werden kann, wenn wir sie sehr nötig haben.«

Estarinel steckte den Silberstab sorgfältig in die Scheide zurück. »Du glaubst immer noch nicht, daß es keine andere Lösung gibt als die Zerstörung der Erde, nicht wahr?«

»Nein«, seufzte Ashurek. »Zwar habe ich mich auch darin geirrt, aber die Gefahr besteht immer noch, und uns — uns allen — ist die Aufgabe gestellt, den richtigen Weg zur Vollendung des Feldzugs zu finden. Ich fürchte ... Nun, ich fürchte, ich muß mich von neuem dem Steinernen Ei stellen, und ich weiß nicht, ob ich das überleben werde.«

»Du sagtest doch, es sei verlorengegangen — als Meshurek ...«

»Ja, so ist es. Ach, ich weiß nicht. Vielleicht haben mir

diese Philosophen das Gehirn umgedreht.« In muntererem Ton fügte er hinzu: »Hier drin ist es sehr hell — wir können nicht weit unter der Oberfläche sein. Als erstes habe ich vor, den Weg, der aus dieser Höhle führt, zu erkunden und nachzusehen, was draußen ist. Wenn er um Ecken geht, werde ich ihn markieren. Ich bin bald wieder da.« Er wandte sich zum Gehen, hielt jedoch noch einmal inne. »Ich habe auf der Tundra vieles gesagt, was ich jetzt bereue. Für Silvren und die anderen hat sich nichts geändert, aber Miril hat mich begreifen gelehrt, daß ... Nun, daß der Weg, den ich gewählt hatte, wahnsinnig war. Was du so richtig erkannt hattest. Es war falsch von mir, den Feldzug allein weiterführen zu wollen. Jetzt weiß ich, wir drei *sind* der Feldzug.«

»Es ist gut.« Estarinel sah ihn mit einem halben Lächeln an. Er hatte nicht vergessen, daß Ashurek sich in dem Augenblick, als er drauf und dran gewesen war, ihn und Medrian zu töten — und bestimmt hätte die Schlange dann triumphiert — abgewandt hatte. »Es ist vorbei und abgetan.«

Ashurek nickte und faßte kurz seine Schulter. Dann kletterte er über die Eisblöcke zu der schmalen Öffnung in der Höhlenwand, und seine hohe magere Gestalt verschwand außer Sicht.

Medrian fand sich auf einer festen Oberfläche liegend wieder, und etwas Weiches war ihr als Kissen unter den Kopf geschoben worden. Ihr war warm. Lange Zeit lag sie mit geschlossenen Augen, halb im Schlaf. Wenn doch nichts die friedliche, sanfte Dunkelheit, in der sie dahintrieb, stören würde!

Wo war M'gulfn? Ah, da war der Wurm, immer noch in ihr, aber sehr weit weg, wie ein Kind, das sich in der Nacht verlaufen hat. Er sollte nur wegbleiben! Zum erstenmal seit der Blauen Ebene war Medrian frei von seinen Qualen.

Wo mochte sie sein? Eigentlich kam es nicht darauf

an. Sie wußte, sie war in Sicherheit. Sie hatte eine Menge seltsamer Erinnerungen, alle durcheinander und sich überschneidend, doch nicht länger beunruhigend. Da war eine Ebene aus schwarzem Kristall gewesen, über die hochgewachsene vierarmige Philosophen wanderten, ein klebriger grauer See der Furcht und dann ein süßes silber-goldenes Licht. Es trieb den See zurück, so daß er schrumpfte und schrumpfte und nicht mehr war.

Miril hatte Medrian wieder zu sich selbst gebracht. Eine solche vollständige Herrschaft über den Wurm hätte sie niemals allein erringen können. Jetzt war kein großer Gletscher mehr notwendig, um sie vor ihm zu schützen. Sie brauchte ihre Gedanken nicht mehr in Eis zu verkapseln oder Gefühle zu zwingen, eingefroren im tiefsten Grund ihres Herzens zu liegen. Sie konnte sagen und denken und empfinden, was immer sie wollte, und M'gulfn mochte sich in ihrer Seele winden und stöhnen und wimmern, soviel er wollte, berühren konnte er sie nicht mehr. Niemals, niemals mehr.

Medrian streckte sich und öffnete die Augen. Das viele Weiß ringsumher machte sie blinzeln, bis sie merkte, daß es Eis war. Sie stützte sich auf die Ellbogen hoch und sah, daß sie auf einem flachen Sims lag, in ihren Mantel gewickelt und mit ihrem Rucksack unter dem Kopf.

In ihrer Nähe schwebte etwa drei Fuß über dem Boden eine weiche leuchtende Kugel aus blauen und silbernen Sternen. Medrian betrachtete sie überrascht. Sie konnte sich nicht vorstellen, was das war, doch es verströmte eine wundervolle, herzerfreuende Wärme. Estarinel kniete mit einem goldenen Gefäß in der Hand davor, offenbar damit beschäftigt, Wein zu erwärmen.

Medrian starrte ihn an, als habe sie ihn noch nie gesehen, sein langes dunkles Haar, das helle Gesicht und die sanften braunen Augen. Sie wünschte so verzweifelt, zu ihm zu sprechen, daß es wie schmerzender Hunger war. Da drehte er ihr das Gesicht zu und sah, daß sie wach war.

»Trink das!« Er reichte ihr das Gefäß. Sie schluckte dankbar den warmen h'tebhmellischen Wein. Angenehme Wärme und Lebenskraft breiteten sich in ihrem Körper aus. »Und wie geht es dir?«

»Besser, viel besser als seit langer Zeit.« Sie lächelte ihn an. »Was ist das?« Sie wies auf die glänzende schwebende Lampe.

»Oh, eine Erfindung, die die H'tebhmellerinnen uns mitgegeben haben. Sieh mal ...« Er faßte in die Sphäre, die sich trotz der Wärme, die sie ausstrahlte, kühl anfühlte. Sofort verschwand das Licht, und in Estarinels Handfläche lag eine kleine goldene Kugel. »Um sie anzuzünden, braucht man nur diese Einkerbung zu drücken«, und schon erschien wieder die Wolke aus blauen und goldenen Sternen. »Sie schwebt in der Luft, wo immer man sie plaziert. Jetzt, da es unmöglich ist, ein normales Feuer zu entfachen, wird sie uns Licht und Wärme spenden; sie leuchtet nur unter arktischen Bedingungen. Jedenfalls hat das Filitha gesagt.«

»Wo ist Ashurek?« Medrian schwang die Beine über den Rand des Simses und setzte sich auf.

»Er ist vor ein paar Minuten gegangen, um einen Weg aus dieser Höhle zu finden. Medrian, erinnerst du dich an irgend etwas von der Schwarzen Ebene?«

»An so gut wie nichts ... Da war etwas mit Neutren. Aber an Miril erinnere ich mich.«

»Wirklich? Hast du gehört, was sie zu dir sagte?«

»Nein, ich konnte nichts sehen oder hören, außer einem silbern und goldenen Licht. Estarinel, willst du dich zu mir setzen?«

Er setzte sich neben ihr auf den Sims. »Miril hat mir aufgetragen, daß ich dir folgendes sagen soll: Obwohl du deine Gefühle für eine Schwäche hältst, erweisen sie sich als deine Stärke.« Medrian senkte die Augen und antwortete nicht. Plötzlich sah er, daß ihre dunklen Wimpern, die sich vor ihren blassen Wangen bogen, vor Tränen glitzerten.

»Ich muß dir etwas erzählen«, flüsterte sie. Sie ließ die kalten Hände in seine gleiten und blickte zu ihm auf. Ihre verschatteten Augen leuchteten. Estarinel erkannte, daß sich in ihr etwas verändert hatte, wie in der Zeit auf H'tebhmella und in Forluin, aber auf andere Art. Sie war immer sehr verschlossen gewesen, nur strahlte sie dazu jetzt eine Ruhe aus, als sei sie mit einer lebenslangen Furcht fertiggeworden. »Ich hatte die Absicht, damit bis zum Ende des Feldzugs zu warten... Aber die Situation hat sich verändert. Nichts kann mich mehr daran hindern zu sprechen.«

Estarinel erinnerte sich an all die Gelegenheiten, wenn er sie hatte überreden wollen, mit ihm zu reden, und an seine Verzweiflung, wenn sie ihren Schmerz hartnäckig für sich behalten hatte. Und jetzt war sie bereit, ihm alles zu sagen, und er fürchtete sich vor dem, was er zu hören bekommen würde, und beinahe wollte er es gar nicht wissen. Er saß da und umfaßte ihre Hände und wartete schweigend darauf, daß sie begann.

Medrian zögerte. Sie dachte an Forluin, das sie notwendigerweise hatte aus ihrem Gedächtnis streichen müssen, damit M'gulfn ihre Erinnerungen nicht dazu benutzen konnte, sie zu quälen. Jetzt jedoch rief sie sehnsüchtig das Gefühl zurück, wie es gewesen war, frei von der Schlange zu sein, Liebe zu finden in dem Wissen, daß sie sie wieder verlieren würde. Und hier war Estarinel, sah sie mit der ganzen Liebe und Besorgnis an, die er ihr immer gezeigt hatte, unbeirrbar ganz gleich, wie seltsam sie sich benahm oder wie sehr sie sich bemüht hatte, ihn zurückzustoßen.

Würde er sie immer noch lieben, wenn sie es ihm gesagt hatte?

Vielleicht würde er sie bemitleiden, doch auch Abscheu vor ihr empfinden. Anders konnte sie es sich nicht vorstellen. Sicher brachte er es dann nicht einmal mehr fertig, sie zu berühren. Sie haßte sich dafür, daß sie ihn täuschte, aber sie sehnte sich so sehr nach ein paar Minuten mehr, in denen er die Wahrheit nicht kannte und sie noch liebte.

»Medrian? Was ist?« fragte er sanft.

»Ashurek muß es auch wissen. Ich kann es nicht zweimal sagen.«

»Dann ist es gut; wir werden auf ihn warten. Mach dir keine Sorgen.«

»Du bist sehr geduldig gewesen«, sagte sie schwach, legte den Kopf an seine Schulter und die Arme um seine Mitte. Seine Verwunderung dauerte nur eine Sekunde, dann verlor sie sich in der einfachen Freude, sie zu halten und zu küssen. Seltsam, wie mühelos Schmerz und Einsamkeit gelindert werden konnten. Es war nur traurig, daß Medrian so lange in bitterer Einsamkeit gefangen gewesen war.

Er hatte keine Ahnung, in welcher Verwirrung Medrian sich in diesem Augenblick befand. In gewisser Weise verachtete sie sich selbst, und gleichzeitig dachte sie, wie schön es sei, zu lieben und zu wissen, daß sie geliebt wurde, seine Arme um sich zu spüren, seine Hände in ihrem Haar. Und daß M'gulfn sie nicht quälte. Sie nahm aus der Ferne die Eifersucht des Wurms wahr, und es kümmerte sie nicht. Die Zurückhaltung, auf der sie ihr Leben gegründet hatte, war zerstoben.

Nur in ihrem tiefsten Innern warnte eine dünne Stimme sie: Auf diese Weise wird die Schlange siegen.

Ashurek kehrte zurück. Medrian löste sich von Estarinel, setzte sich steif aufrecht und versuchte, ihre grimmige Selbstbeherrschung zurückzugewinnen. Aber Estarinel behielt ihre linke Hand in seiner rechten, und Medrian machte keinen Versuch, sie ihm zu entziehen.

»Ich habe den Weg nach draußen gefunden. Er ist lang, aber nicht schwierig.« Ashurek hielt die Hände in die Wärme des h'tebhmellischen Feuers. »Ist noch etwas Wein übrig?«

»Wir haben noch drei Flaschen. Die sollten wir lieber aufheben«, antwortete Estarinel.

»Ich habe etwas zu sagen«, verkündete Medrian beinahe flüsternd.

Ashurek sah sie mit einiger Überraschung an. Er setzte sich auf einen Eisblock und forderte sie mit ungewöhnlicher Freundlichkeit auf: »Ja, sprich!«

Sie hielt den Kopf gesenkt, das dunkle Haar fiel ihr über das Gesicht, und ihre Augen waren auf ihre rechte Hand gerichtet, die locker auf ihrem Knie lag. So begann sie: »Der Feldzug ist beinahe vorbei. Ich wollte immer kurz vor dem Ende eine Erklärung abgeben... Nur nicht schon so früh. Es war mir unmöglich — unmöglich...« Ihre Stimme war so kalt und brüchig wie eine Eiskruste. Sie schluckte und zwang sich fortzufahren: »Es war mir unmöglich, euch dies zu Beginn des Feldzugs mitzuteilen, und zwar aus zwei Gründen. Mir war auf gar keinen Fall erlaubt, davon zu sprechen, doch selbst wenn ich gedurft hätte, ich hätte es nicht getan, weil ihr — weil ihr mich sonst niemals mitgenommen hättet.«

Dir ist nicht erlaubt, davon zu sprechen. Du wirst still sein, tobte M'gulfn, aber sie überhörte ihn.

Als werde ihr Mund mit Gift überflutet, sagte sie: »Ich bin die menschliche Wirtin der Schlange.«

Sie meinte, in der Stille, die jetzt folgte, das Seufzen des arktischen Windes und das ferne Knirschen von Eis zu hören. Estarinels Griff um ihre Hand verlor seine Kraft, wie sie es ja geahnt hatte. Sie ließ ihre Hand aus der seinen gleiten. Metallische Bitterkeit zog in ihre Seele und versteinerte sie.

»Ashurek, sag nicht, du hättest es nicht gewußt«, flüsterte sie.

»Ich wußte, daß du für die Schlange arbeitetest«, erwiderte er ruhig. »Ich hätte es mir denken können. Vielleicht war nicht einmal ich bereit, das Allerschlimmste von dir zu glauben. Und ich hatte Arlenmia so stark in Verdacht, daß es mein Urteilsvermögen trübte. Dies erklärt natürlich alles: Wieso die Schlange immer Bescheid wußte, wo wir steckten, wieso es ihr so oft möglich war, uns hereinzulegen ...«

»Estarinel?« fragte Medrian, und ihrer Stimme war anzuhören, wie sehr sie sich selbst haßte. »Verstehst du jetzt, warum ich dich so oft warnte, mir nicht zu vertrauen und mich nicht gern zu haben? Das Selbstsüchtigste, was ich je getan habe, war, daß ich deine Liebe in Forluin erwiderte. Meinst du nicht auch?« Er schwieg und sah sie nicht an.

»Wenn wir also etwas zu dir oder innerhalb deiner Hörweite gesagt haben, war es genauso, als hätten wir es der Schlange selbst gesagt? Und es ist auch jetzt so?« wollte Ashurek wissen.

Es gab noch so vieles, was sie zu sagen hatte, damit sie verstanden. Sie wehrte sich gegen die Bitterkeit und versuchte, Estarinels beinahe greifbaren Abscheu zu bemerken. »Nein, nein, ihr versteht nicht. Ich bin nicht die Schlange. Ich hasse die Schlange! Sie hat mich nicht auf den Feldzug geschickt, damit ich ihn zum Scheitern bringe. Ich bin gegen M'gulfns Willen mitgekommen, um den Wurm zu töten!«

»Ja, das kann ich auch glauben«, meinte Ashurek nachdenklich.

»Ich habe soviel zu erklären. Ich möchte mit dem Anfang beginnen«, sagte sie. Und die ganze Zeit, die sie ihre Geschichte erzählte, sah sie unverwandt auf ihre Hände, und ihre Stimme war so kalt und erschreckend wie ein bitterer Wind, der über eine trostlose Schneefläche seufzt. »Die Schlange war von meiner Geburt an in mir. Ich habe nie einen Augenblick gehabt, in dem sie nicht da war. Meine frühesten Erinnerungen an meine Kindheit in Alaak sind die an das Rattern von Webstühlen im Häuschen meiner Familie. Meine Mutter und mein Vater arbeiteten; manchmal lachten sie, manchmal sprachen sie mit leiser Stimme über Gorethria. Und da war ein Haufen ungesponnener Schurwolle — ich glaube, das ist meine erste Erinnerung, daß ich darauf saß, spürte, wie weich es war, Zweigstückchen hinauszupfte —, aber noch vorher war da die Schlange. Deshalb war es, noch bevor ich einen eigenen Gedanken hatte, als sei ich eine graue, alte, höhnische Intelligenz in der Verkleidung eines Säuglings.

Als ich größer wurde, merkte ich, daß dieser Verstand von meinem eigenen getrennt und völlig fremdartig war. Immer noch ahnte ich nicht, daß ich mich von allen anderen Menschen unterschied. Ich wunderte mich nur, wie es möglich war, daß andere Kinder lachten und spielten, meine Eltern lächelten und mich umarmten, mein Bruder ihre Zärtlichkeit erwiderte ... Ich weiß nicht, wie ich euch die Natur M'gulfns beschreiben soll. Die Schlange ist einfach — immer da. Und sie ist grau und reptilienhaft und groß — so, wie ein Alptraum greifbar und furchterregend zu sein scheint, obwohl er sich nur im Gehirn abspielt. Und sie ist voll von Haß — wie von einer Krankheit —, und weil sie durch frühere Wirte gelernt hat, die Menschen zu verstehen, kennt sie die raffiniertesten und heimtückischsten Methoden, sie zu quälen.

Sie ersparte mir keine Qual, als ich ein Kind war. Sie brachte mich dazu, vor Angst zu weinen und zu schreien, andere Kinder anzugreifen, Gegenstände zu zerschlagen, alles, was sie belustigte. Nichts davon brachte jemanden auf den Verdacht, ich sei die Wirtin. Allem Anschein nach war ich nur ein widerspenstiges, übellauniges Kind. Meine Mutter muß mich geliebt haben, um es zu ertragen.« Medrian verstummte für ein paar Sekunden, dann fuhr sie fort: »Ich weiß nicht, wie mir zu Bewußtsein kam, daß nicht jeder diese alptraumhafte Gegenwart in sich trug. Ich glaube, als ich älter wurde, merkte ich, daß mein eigentliches Ich von M'gulfn getrennt und ganz anders als sie war. Die Leute in unserem Dorf mochten mich gar nicht, sie fürchteten mich sogar. Und ich glaube, die Schlange selbst hat mir irgendwie erklärt, ich sei ›etwas Besonderes‹. ›Erwählt‹.

Ich war zwar eine Außenseiterin, aber mein wirkliches Ich wünschte sich wie jeder Mensch, geliebt zu werden.

In diesem Stadium müssen die meisten der früheren Wirte wahnsinnig geworden sein. Ich weiß nicht, warum ich es nicht wurde. Vielleicht lag es einfach an der Hartnäckigkeit des alaakischen Charakters, der auch schuld ist, daß es uns unmöglich war, die gorethrische Herrschaft hinzunehmen. Ich erinnere mich, daß ich zornig wurde und oft allein in die Berge ging, um gegen den Wurm zu kämpfen. Damals war ich wohl sieben oder acht. Und ich machte die Erfahrung, je zorniger ich wurde, desto mehr quälte er mich, und je heftiger ich kämpfte, desto leichter beherrschte er mich, und er lachte und tobte in meinem Innern. Wenn ich diese alaakische Sturheit nicht gehabt hätte, wäre ich bestimmt wahnsinnig geworden.

Aber ich wurde es nicht. Ich experimentierte. Ich stellte fest, je weniger Gefühle ich mir erlaubte, desto weniger konnte der Wurm mich verletzen. Zuerst unterdrückte ich den Zorn, dann langsam — oh, es dauerte Monate, Jahre — jedes andere Gefühl, Unglücklichsein, Liebe. Die Angst war das Schwerste, aber schließlich gelang mir auch das. Ich wurde durch und durch kalt. Das muß meine Eltern mehr verwirrt und entsetzt haben als mein früheres Benehmen. Bald hatten sie kein Lächeln, keine Umarmung mehr für mich. Ich glaube, meine Mutter lernte mich hassen. Ihr Götter! Wißt ihr, daß ich mich nicht einmal mehr erinnere, wie meine Elten aussahen?« Medrian hielt inne. Ihr Gesicht war ausdruckslos, dafür rang sie die Hände, daß die Knochen sich unter der Haut abzeichneten. »Aber ich hatte die Herrschaft. Der Wurm konnte keinen einzigen Gedanken von mir lesen, falls ich es ihm nicht erlaubte. Oh, wie ließ er mich dafür leiden! Er hörte nie auf, mich anzugreifen, warf sich gegen die eisige Barriere, die ich errichtet hatte. Manchmal war ich überzeugt, er werde durchbrechen und mich verschlingen, und manchmal gelang es ihm für kurze Zeit, die Herrschaft zurückzugewinnen. Und immerzu dachte ich: Wie soll ich dem ein Ende bereiten?

Sobald ich alt genug dazu war — vierzehn —, trat ich der Armee bei. Wie du, Ashurek, weißt, war es Alaak verboten, ein Heer zu haben, aber wir bildeten heimlich aus. Dann kamen der Aufstand und das Massaker... Und ich überlebte, und ich stand auf dem Feld und wußte, die Gorethrier waren weitergezogen in das Dorf, und ich würde meine Mutter, meinen Vater und meinen Bruder niemals wiedersehen. Ich glaube, da erkannte ich, daß die Gorethrier ebenfalls Kinder der Schlange waren und daß sie nicht mich allein quälte, sondern die ganze Welt. Deshalb verließ ich Alaak, ohne recht zu wissen, wohin ich gehen, was ich tun solle, außer daß ich einen Weg finden mußte, um diesem Leid ein Ende zu bereiten.

Glaubt nicht, ich hätte nicht an Selbstmord gedacht. Ich versuchte es, aber das kohlschwarze Pferd, das M'gulfn zu mir geschickt hatte, starb an meiner Stelle. Solche Pferde haben mich auch vor anderen tödlichen Streichen geschützt, wie ihr wißt, und wenn eines tot ist, kommt immer ein neues. Ich vermute, das Pferd, das durch den Wald kam, als ich mit Calorn zusammen war, ist jetzt tot, gestorben am Stich einer giftigen Pflanze. M'gulfn will nicht, daß ich sterbe. Der Wurm hat eine Art besitzergreifender Zuneigung zu seinen Wirten. Sollte es jemandem gelingen, mich zu töten, würde der Mörder auf der Stelle der neue Wirt werden. Aber ich glaube, für den Wurm ist es eine Qual, wenn er einen Wirt aufgeben muß, bevor dieser von Altersschwäche dahingerafft wird. Wie dem auch sei, er freut sich, wenn ich verwundet oder gefoltert werde. Das Seltsame ist, daß körperlicher Schmerz ihn zwingt, sich von mir zurückzuziehen, so daß ich zu diesen Zeiten größere Freiheit und eine bessere Kontrolle habe. Aus diesem

Grund kam ich beinahe so weit, daß ich Kampf und Gefahr genoß.« In ihrer Stimme klang Ekel mit.

»Ich reiste in das gorethrische Reich und hielt mich auf der Suche nach einer Antwort jahrelang dort auf. Ich ging in die Palast-Bibliothek in Shalekahh und fand dort Bücher über die Schlange. Die Bücher selbst nutzten mir nicht viel, aber sie brachten mich darauf, daß ich in meinem eigenen Gehirn Zugang zu dem Wissen hatte, das ich brauchte. M'gulfns Gedanken enthielten die Erinnerungen aller seiner früheren Wirte. Ich brauchte nur nachzusehen ... Und da waren Tausende, zurück bis zum Anfang der Menschheit, einer nach dem anderen. Alle hatten gelitten, die meisten waren wahnsinnig geworden, eine Frau hatte sogar versucht, die Schlange zu erschlagen, und war dafür grausam gefoltert und gedemütigt worden. Und ich erfuhr, daß die Schlange unsterblich und unangreifbar ist, sie ist voller Abscheu gegen die Menschheit, und der einzige Grund, daß sie uns alle nicht schon längst vernichtet hat, ist der, daß die Wächter ihr eines ihrer Augen, das Steinerne Ei, geraubt und so ihre Macht geschmälert haben.

Andererseits scheint der Diebstahl des Auges ihren Haß erst recht entzündet zu haben. Sie fürchtete, die Wächter würden wiederkommen und sie töten. Deshalb nahm sie sich einen menschlichen Wirt. Sollte es nun irgendwem gelingen, ihren Körper zu vernichten, könnte ihr Geist fliehen und sich in dem menschlichen Körper verstecken, bis sie sich regeneriert hatte. Das brauchte sie bisher erst einmal zu tun. Vor Hunderten von Jahren zog eine Gesellschaft vom Norden Vardravs aus und verwundete sie so schwer, daß die Menschen glaubten, sie sei tot. M'gulfn selbst hatte Angst und versteckte sich in ihrem Wirt, aber ihre gewaltige Energie heilte ihre Wunden. Bald kehrte sie ins Leben zurück und verwüstete zur Vergeltung den Norden Vardravs. Alle anderen, die ausgezogen sind, sie zu töten, sind gestorben, ohne sie auch nur zu berühren.

Und nachdem ich dies erfahren hatte, geschah der Angriff auf Forluin.« Wieder unterbrach Medrian sich, biß sich auf die Unterlippe. »Manchmal habe ich das Gefühl, ich sei zur Hälfte in ihrem Körper, und dann kann ich durch ihre Augen sehen und ...« Sie streckte die Finger steif aus und starrte sie an. »Ich konnte sie nicht aufhalten, ich habe es versucht, ich bot mich ihr an, alles ... Sie beachtete mich nicht. Und ich erkannte — doch ich glaube, ich habe es immer gewußt —, daß es keinen Sinn hat, nur ein Ende meines eigenen Leidens zu suchen. Die Schlange muß sterben. Es darf keine anderen Wirte mehr geben, keine weiteren Zeugen ihrer verworfenen Grausamkeit ... Ich werde die letzte Zeugin der Schlange sein.

Ich hatte keine Ahnung, wie ich das bewerkstelligen sollte. Ich wußte nur, die Schlange und die Wirtin mußten irgendwie zusammen sterben. Ich stellte ihre letzte Verteidigung dar. Deshalb hatte ein gegen sie gerichtetes Unternehmen nur dann eine Möglichkeit des Gelingens, wenn ich dabei war. Am Ende reiste ich zum Haus der Deutung, elend, denn M'gulfn griff mich auf jedem Zoll des Weges an. Ich hatte keine echte Hoffnung. Doch als ich Eldor gegenüberstand, wußte er, wer ich war, und er sagte mir, bald würden andere kommen, um auf einen Feldzug gegen die Schlange zu gehen, und wir müßten die Blaue Ebene aufsuchen. Die Dame von H'tebhmella erkannte mich ebenfalls. Sie und Eldor waren beide der Meinung, niemand außer mir selbst dürfe es euch mitteilen. Darum konnte sie eure Frage nicht beantworten.

Estarinel, du wirst jetzt verstehen, daß ich auch in der tiefsten Verzweiflung keinen Trost annehmen durfte. M'gulfn hätte in dem Fall meine Verteidigungen hinweggefegt und Besitz von mir ergriffen. Es quälte mich schon, wenn mir Hilfe angeboten wurde.

Natürlich war M'gulfn außer sich vor Wut, als ich mit auf den Feldzug ging. Sie tat alles Erdenkliche, um mich daran zu hindern. Manchmal geriet meine Herrschaft ins Wanken, und sie zwang mich, gegen euch zu handeln. Ich war mir dieser Gefahr stets bewußt, und ich tat mein Bestes, um euch zu warnen ... Bei einer Gelegenheit gelang es mir, den Willen des Wurms dem meinen zu unterwerfen. Als du, Ashurek, den Dämon Siregh-Ma heraufbeschworen hattest und er sich weigerte, dir zu gehorchen, brachte ich M'gulfn dazu, ihn in die Dunklen Regionen zurückzuschicken. Aber der Dämon erkannte mich als die Wirtin und sagte es Gastada, und Gastada wollte mir den Mund so schließen, daß ich niemals sagen könne, wer ich bin, und mich gefangenhalten, damit die Schlange nicht in Gefahr geriet.

Ah, ich habe euch noch gar nicht von Arlenmia erzählt, der ›Priesterin‹ des Wurms.« Bitterer Hohn schwang in Medrians Stimme mit. »Auch sie merkte, wer ich war. Sie wollte selbst die Wirtin des Wurms werden; ich bin überzeugt, sie verstand nicht, was das wirklich bedeutet, doch sie besaß in der Tat die Macht, ihn von mir auf sich zu übertragen. Auch wenn die Macht nichts anderes gewesen sein mag als fanatische Entschlossenheit, sie war wirklich. Ich hatte Angst vor ihr. Es war so verlockend ... Mein ganzes Leben lang habe ich nichts so ersehnt, als frei von dem Wurm zu sein. Ich brauchte bloß nachzugeben und zu erlauben, daß mir die Bürde abgenommen wurde. Trotzdem, am Ende konnte ich es nicht; ich hatte meine Entscheidung bereits getroffen. Ich durfte das Schicksal der Welt nicht in Arlenmias Hände legen, nur meines eigenen Vorteils willen. Natürlich machte meine Weigerung sie wütend. Sie beschloß, mich statt dessen zu ermorden, denn sie glaubte, dann würde sie auf der Stelle zur Wirtin werden. Es liegt Ironie darin, daß das Pferd mich schützte, denn mit Arlenmia als Wirtin wäre die Schlange unverwundbar geworden.

Auf H'tebhmella erfüllte sich mein Wunsch; ich war frei von M'gulfn. Der Wurm kann die Blaue Ebene in keiner Form berühren, und der Teil, der in mir wohnt, blieb in einer Art Vorhölle zurück, als wir den Eingangspunkt passierten. Oh, diese Süßigkeit war durchsetzt mit Schmerz! Sie war alles, was ich mir erträumt hatte, und doch wußte ich die ganze Zeit, es könnte nicht so bleiben, und ich mußte in die Hölle zurückkehren. Es wäre besser gewesen, wenn ich die Blaue Ebene niemals betreten hätte.

Und was Forluin angeht, so versicherte die Dame mir, auch dort könne der Wurm mir nichts anhaben. Und ich konnte der Versuchung nicht widerstehen, eine Zeitlang frei von ihm auf der Erde zu weilen.«

Ashurek sagte: »Das kann dir niemand zum Vorwurf machen.«

»Ich redete mir ein, ich wolle nur Sicherheit haben, daß Estarinel den Feldzug nicht aufgebe, und ich wolle die Folgen von M'gulfns Untaten mit eigenen Augen sehen, damit ich in meinem eigenen Entschluß nicht wankend würde... Diese Gründe hatte ich ja auch, aber der eigentliche Grund war mein selbstsüchtiger Wunsch nach einer Kostprobe der Freiheit, und er wurde zu einer Waffe, die der Wurm gegen mich richtete.

Vielleicht versteht ihr jetzt, warum ich so krank war, als wir zur Erde zurückkehrten. Die Schlange war sofort wieder in mir, und ihre Wut vernichtete mich beinahe. Der Schmerz brachte mich wieder zu mir selbst, aber meine Kontrolle war nicht mehr, was sie einmal gewesen war, weil mich das Erlebnis der Freiheit geschwächt hatte. Und als wir den Fluß erreichten, Ashurek, war M'gulfn dabei, die Schlacht zu gewinnen, und als wir die Glasstadt erreichten, hatte sie sie gewonnen.

Aber Miril retttete mich. Der Wurm hat gräßliche Angst vor ihr. Als sie mich berührte, wich er entsetzt zurück. Und seitdem habe ich ihn wieder unter meiner Herrschaft, besser als zuvor. Darum bin ich jetzt fähig, offen zu sprechen. Ich bin außerdem fähig, zu denken und zu handeln, wie ich will, ohne daß er eingreifen kann. Du hattest recht, mißtrauisch gegen mich zu sein, Ashurek, aber die Gefahr besteht nicht mehr, daß die Schlange den Feldzug durch mich scheitern läßt. Sie ist immer noch in mir, aber ich bin frei von ihr. Drücke ich mich verständlich aus?«

»Ja«, sagte Ashurek, »ja, das tust du.«

»Ich mußte natürlich wegen des Stabes vorsichtig sein. Ich habe mein Äußerstes getan, um das Wissen vor dem Wurm geheimzuhalten. Er weiß nur, daß wir irgendeine Waffe haben, und das beunruhigt ihn. Aber er kann meine Gedanken nicht mehr lesen und nicht einmal mehr durch meine Augen sehen. Miril hat ihn geblendet. Ich glaube, sie hat ihm ein Spiegelbild ihrer selbst gezeigt. Und jetzt bin ich zu Ende mit meiner Erklärung«, schloß sie matt, den Blick immer noch nach unten gerichtet. Estarinel saß wie erstarrt neben ihr, ausdruckslos und aschfahl.

»Ich bitte dich um Verzeihung, Medrian«, sagte Ashurek. Aus seiner Stimme sprachen Kummer und Verständnis und sogar ein Hauch von Scham. »Ich habe dich falsch beurteilt, und zwar auf eine Weise, die den Feldzug in eine Katastrophe hätte hineinführen können. Es tut mir leid.«

»Das braucht es nicht«, erwiderte sie mit der Andeutung eines Lächelns. »Keiner von uns kann dafür, daß er ist, was er ist.«

Estarinel saß stumm da, von dem Gehörten völlig überwältigt. Er hatte natürlich gewußt, daß sie irgendwie, gegen ihren Willen mit der Schlange verbunden war. Wenn er sich die Mühe gemacht hätte, alles, was sie getan und gesagt hatte, zu untersuchen, wäre er vielleicht schon lange auf die erschreckende Wahrheit gekommen. Aber er hatte noch mehr Grund als Ashurek, seinen Geist vor Zusammenhängen zu verschließen, die zu dieser unvorstellbaren Schlußfolgerung geführt hätten: daß Medrian, die er liebte, und der scheußliche Wurm in einer so intimen, obszönen Weise vereinigt waren, als seien sie ein einziges Wesen. Seine erste Reaktion war Abscheu gewesen, und Medrian wußte es, und er spürte, wie sehr es sie verletzt hatte. Aber sein Abscheu richtete sich im Grunde nicht gegen sie, und als sie ihre Geschichte weitererzählte — die so viel schrecklicher war, als er es sich hätte vorstellen können —, wurde seine Empörung über den Wurm, Medrian solchen Qualen unterworfen hatte, überwältigend. Er verstand ihren Schmerz, und er mußte sich sagen, daß er ihr zusätzliche Qualen bereitet hatte, und sein Herz blutete in unaussprechlichem Kummer um sie. Und die Bewunderung, die er für ihre Kraft und ihre stahlharte Entschlossenheit empfand, war so stark, daß es weh tat.

Doch eigentlich hatte er die Wahrheit die ganze Zeit gekannt. Medrian war M'gulfns Opfer, doch vor allem war sie sie selbst, und nichts, was sie sagte, konnte seine Liebe zu ihr schmälern. Es konnte sie nur noch steigern.

Estarinel merkte, daß Medrian nicht mehr neben ihm saß. Sie war in die Mitte der Höhle gewandert und stand dort mit dem Rücken zu ihm, klein vor den ringsumher aufsteigenden Eiswänden. Und zu der schrecklichen Bürde, die die Schlange darstellte, kam jetzt noch die Annahme, er habe sich von ihr abgewandt, und sie haßte sich selbst, weil sie glaubte, ihn betrogen zu haben.

In einer Sekunde war er an ihrer Seite, nahm sie in die Arme und zog sie fest an sich, bis sie sich schließlich entspannte und seine Umarmung erwiderte.

»Es tut mir leid«, flüsterte sie. »Ich hatte nie die Absicht, dich zu täuschen, aber ich konnte einfach nicht anders. Ich verachte mich dafür.«

»Medrian, nicht!« bat er. »Du darfst niemals etwas so Unrechtes von dir denken. Wenn du wüßtest, wie sehr ich dich liebe — ich bin es, der sagen sollte, daß es ihm leid tut.«

»Es muß einen Unterschied machen, jetzt, da du es weißt«, stieß sie gepreßt hervor und blickte zu ihm hoch.

»Ja, so ist es — mir war nie klargeworden, wieviel Mut du hast. Ich wußte, daß die Schlange dich auf irgendeine Weise quält, aber ich hätte mir nie vorgestellt, daß es so schlimm war. Was die Schlange dir angetan hat, ist mehr als abscheulich. Ich hätte nie gedacht, sie noch mehr hassen zu können, als ich es bereits tat, aber dies ...«

»Nein, sag das nicht!« murmelte sie. »Wer einmal so wie ich von dem Haß der Schlange besudelt worden ist, kann niemals mehr wirklich hassen.«

»Dann wollen wir sagen, meine Entschlossenheit, dir beizustehen, ist nur noch größer geworden.« Er drückte sie enger an sich. »Zweifle niemals wieder daran, daß du geliebt wirst.«

»Niemand hätte einen treueren Gefährten haben können als dich und ihn weniger verdient haben.« Sie senkte den Kopf auf seinen Arm.

»Warum bist du so wenig stolz auf dich selbst nach allem, was du erreicht hast, und das unter so ungeheuer schwierigen Umständen?«

»Weil Miril recht hat. Ich sehe meine Gefühle als Schwäche und denke, ich müsse mehr als menschlich sein.« Mit ihrem Lächeln verspottete sie sich selbst. »Aber das bin ich nicht.«

»Du bist auch mir eine treue Gefährtin gewesen und hast mir durch viele dunkle Stunden geholfen.«

»Es wird noch mehr Dunkelheit geben ...« Sie sah ihn an, und Dunkelheit lag in ihren großen beunruhigenden Augen. »Ich wünschte, ich könnte versprechen, daß du nicht von neuem verletzt wirst, aber das kann ich nicht. So sehr habe ich mich nicht verändert: Alles, was ich tue, muß dem Feldzug dienen, nicht dir. Ich kann nur sagen, ich hoffe, du wirst mir verzeihen — eines Tages.«

»Was auch immer geschieht, es wird nichts zu verzeihen geben«, antwortete Estarinel leise. »Ich wünschte, ich könnte dir helfen, Hoffnung zu finden, daß die Zukunft nicht so düster werden wird, wie du es erwartest. Ich werde das nicht zulassen.«

Darüber mußte Medrian weinen, innerlich und ohne Tränen. Sie war so dankbar für seine Liebe und seine sanfte Stärke, daß sie es nicht über sich brachte, ihm zu raten, keine Hoffnung für die Zukunft zu hegen. Es wäre eine vorzeitige, unnötige Grausamkeit gewesen. »Ich habe mich vor dem Zeitpunkt gefürchtet, an dem ich dir die Wahrheit würde sagen müssen«, gestand sie. »Aber jetzt, nachdem ich es getan habe, fühle ich mich erleichtert — beinahe glücklich. Einfach fähig zu sein, ungehindert zu reden, und zu wissen, daß du es verstehst, und dich nicht durch meine Kälte verletzen zu müssen.«

»Wie oft muß ich dir Qualen bereitet haben, wenn ich dich dazu bringen wollte, mit mir zu reden«, erinnerte er sich betrübt. »Es tut mir so leid. Ich dachte eben, Liebe sei die Antwort auf alles.«

»Das ist sie«, antwortete Medrian. »Letzten Endes ist sie es.«

Hand in Hand kehrten sie zu dem Sims zurück und setzten sich an das h'tebhmellische Feuer. Sein blaues und goldenes Glühen ließ Glühwürmchen-Lichter über das Eis und in die Falten ihrer Mäntel tanzen. Ashurek reichte ihnen von den h'tebhmellischen Lebensmitteln — dunkles Brot und einen süßen gepreßten Kuchen, der nach Früchten schmeckte. Sie aßen schweigend, und doch herrschte eine gesellige Stimmung. Zwischen ihnen gab es keine Spannung, kein Gefühl der Isolierung mehr, nichts trennte sie. Statt dessen waren sie durch eine erneuerte Kameradschaft verbunden, viel fester als je zuvor, und obwohl sie der Schlange jetzt viel näher waren, fühlten sie sich alle ruhig, weniger von bösen Ahnungen erfüllt und sogar ein bißchen fröhlich.

Ashurek sagte: »Wenigstens können wir jetzt offener

über den Feldzug diskutieren. Du hast recht, Medrian, wenn ich gleich zu Anfang gewußt hätte, daß du die Wirtin bist, wäre ich das Risiko nicht eingegangen, mit dir zu gehen — und auch die vollständige Geschichte hätte mich nicht dazu bewegen können. Sogar auf der Blauen Ebene hätte ich ernste Zweifel gehabt. Aber jetzt verstehe ich, wie wichtig deine Anwesenheit ist, und ich glaube, daß du M'gulfn genügend beherrscht, um uns nicht zu behindern. Ich möchte nur wissen, wie weit wir noch zu gehen haben.«

»Etwa hundert Meilen«, antwortete Medrian geradeheraus. Es lag etwas Schreckliches in dieser unerwarteten Genauigkeit; sie sahen sie überrascht an. »Ich weiß nicht, wie viele Tage uns das kosten wird. Offensichtlich werden wir über das Eis nur langsam vorankommen, und vom Wetter hängt es auch ab. Und natürlich von M'gulfn. Aber, Ashurek, du könntest deinen Kompaß getrost wegwerfen, und wir würden die Schlange trotzdem finden. Ich weiß genau, wo sie ist. Für gewöhnlich weiß ich auch, was sie tut. Ich werde wissen, wenn sie sich bewegt. Übrigens haßt sie es, sich zu bewegen. Nach einem Flug ist sie monatelang träge. Darum war ich so sicher, sie werde Forluin kein zweitesmal angreifen, ganz gleich, was Arlenmia sagte. Darum greift sie überhaupt so selten an.«

»Deine Kenntnisse über sie werden für uns von unschätzbarem Wert sein. Hast du irgendeine Idee, wie es technisch möglich ist, sie zu töten?« fragte Ashurek.

Medrian unterdrückte ein Schaudern. »Nein, leider nicht. Das müssen wir erst herausfinden, wie Miril sagte. Die Gefahr ist immer noch groß. Sollte M'gulfn uns angreifen, dürfen wir sie auf keinen Fall mit dem Silberstab berühren, denn das würde eine Katastrophe erzeugen, wie du sie vorhergesehen hast. Es darf höchstens als allerletztes Hilfsmittel geschehen.«

»Jetzt verstehe ich nur nicht, wie wir den Stab benutzen sollen, wenn wir M'gulfn nicht direkt mit ihm angreifen können.« Ashurek schüttelte nachdenklich den Kopf.

»Ich weiß es nicht«, sagte Medrian. »Irgendwie werden wir es herausfinden. Ich weiß nur, daß Schlange und Wirtin zusammen sterben müssen.«

Sie stellte das so sachlich fest, daß Estarinel sich beherrschen mußte, nicht protestierend aufzuschreien. Plötzlich erinnerte er sich an ein Gespräch, das ihm ein Jahr zurückzuliegen schien. Er hatte sie (wie grausam!) gefragt, ob sie kein Heim und keine Familie habe, zu der sie zurückkehren könne, wenn der Feldzug vorbei sei. Sie hatte geantwortet: »Das war einmal ... Es ist lange her ... Und es ist nichts mehr davon übrig. Sicher, wenn man keine Wahl mehr hat und die letzte Reise vor einem liegt, ist das so eine Art von Trost, nicht wahr?« Jetzt war ihm die Bedeutung dieser Worte schrecklich klar. Sie zerrissen ihm die Brust wie ein Widerhaken.

»Medrian, das kann nicht die einzige Lösung sein.« Er griff nach ihrer Hand. »Es muß einen Weg geben ...«

»Erhoff dir nicht zuviel«, antwortete sie so sanft wie möglich. »Ich habe immer gewußt, wie der Feldzug für mich enden wird. Es ist schon recht. Mehr will ich nicht. Ich bin vorbereitet.«

»Aber nach allem, was du durchgemacht hast, verdienst du etwas Besseres — zumindest eine Möglichkeit, glücklich zu werden«, beharrte Estarinel. »Hör zu, auf der Blauen Ebene warst du frei. Wenn es nun eine Möglichkeit gäbe, daß du dorthin zurückkehrst, während Ashurek und ich ...«

»Nein, das ist ausgeschlossen. Als ich auf H'tebhmella war, hatte sich die Schlange nicht völlig in den eigenen Körper zurückgezogen, sie wartete auf mich. Außerdem würde sie sich sowieso einen neuen Wirt suchen, sobald sie sich in Gefahr sähe. Sie könnte sogar Arlenmia wählen.«

»Bei den Göttern!« murmelte Ashurek.

»Und wenn ich euch nicht führen und euch vor ihren

Bewegungen warnen kann, habt ihr auf keinen Fall eine Möglichkeit«, setzte Medrian hinzu. »Steigere deine Hoffnungen nicht über diesen Punkt hinaus, Estarinel, ich bitte dich!«

Estarinel sagte nichts mehr, aber er war nach wie vor entschlossen, einen Weg zu finden, wie Medrian von M'gulfn befreit werden konnte, ohne dabei zu Schaden zu kommen. Die Schlange hat uns genug genommen, dachte er. Medrian, ich könnte es nicht ertragen, auch dich noch zu verlieren. Ich könnte es nicht ertragen.

»Glaubst du wirklich, wir haben eine Chance, den verdammten Wurm zu töten?« fragte Ashurek sie pessimistisch.

»Ja, eine Chance haben wir«, antwortete Medrian. Sie hatte das krankhafte aschfarbene Aussehen endlich verloren, und ihr Gesicht war zwar immer noch blaß, aber klar, beinahe strahlend. »Ich will euch sagen, warum ich so denke. Die Schlange hat Alpträume. Sie fürchtet sich vor etwas. Nur deswegen verließ ich Alaak, nur deswegen glaubte ich, daß wir überhaupt eine Chance hätten. Es sind schreckliche, trostlose Alpträume.«

Sie schliefen mehrere Stunden lang in der Eishöhle, vor der Kälte durch ihre Mäntel geschützt und von dem h'tebhmellischen Feuer gewärmt. Als sie erwachten, aßen sie noch einmal, und dann bereiteten sie sich auf den letzten Abschnitt der Reise vor.

Die H'tebhmellerinnen hatten ihnen zusätzliche Kleidung für die Arktis mitgegeben: Beinkleider, Jacken mit Gürteln, Handschuhe und dicke Stiefel, alles aus dem gleichen geschmeidigen perlgrauen Material hergestellt, das so dicht gewoben war, daß es Glacéleder ähnelte. Es war undurchdringlich für Schnee und Wind und mit abgesteppten Lagen von Schurwolle warm gefüttert. Darüber trugen sie ihre derben, wetterfesten Mäntel, an denen, wenn nötig, Kapuzen befestigt werden konnten, um die Gesichter vor Schneestürmen zu schützen. Jetzt hatten sie weiter nichts mehr in den Rucksäcken — abgesehen von einem Seil, das Medrian trug — als die Lebensmittel, die sie in den nächsten paar Wochen brauchen würden. Da ihr Weg über die Schwarze Ebene die Reise verkürzt hatte, besaßen sie noch reichliche Vorräte. Sie hatten auch Gefäße, in denen sie mit Hilfe des h'tebhmellischen Feuers Schnee schmelzen konnten, um Trinkwasser zu gewinnen.

Jeder war mit einem Schwert und einem Messer bewaffnet. Estarinel und Ashurek hatten dazu ihre Äxte behalten, aber Medrian hatte ihre Armbrust weggeworfen, da sie alle Pfeile im Kampf mit den Pterosauriern verschossen hatte. Und Estarinel trug neben seinem Schwert den Silberstab. Er hatte die rote Scheide mit Riemen von oben bis unten an die des Schwertes gebunden, so daß beide die freie Bewegung nicht beeinträchtigten. Der eiförmige Knauf des Stabes wurde durch ein lose darüber befestigtes Stück Leder geschützt.

Nun waren sie bereit, die Eishöhle zu verlassen, die eine so willkommene Zuflucht zwischen Hrunnesh und dem, was vor ihnen lag, gewesen war. Als letztes löschte Estarinel das h'tebhmellische Feuer, steckte die gewichtslose goldene Kugel in den Rucksack und schwang sich den Mantel um die Schultern.

»Mir ist beinahe zu warm in dieser Kleidung«, bemerkte er.

»Ja, aber wir werden draußen auf den Schneefeldern mehr als dankbar für sie sein«, grinste Ashurek. Er führte sie über die Eisblöcke und durch die Öffnung in einen engen Gang, der über ihren Köpfen spitz zulief. Sofort entdeckten sie den Wert ihrer neuen dicken Stiefel: Sie griffen gut auf der gefrorenen Oberfläche. Dieser Gang war offensichtlich nicht mehr als ein durch das Eis verlaufender Riß, der sich schließen mochte, wenn sich die massigen Schollen des arktischen Eises das nächstemal bewegten.

Der Riß erweiterte sich später, aber zu ihrer Sorge begann er, abwärts zu führen, so daß sie tiefer in die Eisschicht hineingerieten.

»Vor uns liegt eine Reihe von seltsamen Höhlen«, berichtete Ashurek. »Mir ist dort nichts passiert, und ich rechne nicht mit einer Gefahr.«

Sie stiegen in eine glatte milchig-blaue Höhle mit niedrigem Dach hinunter, die sie tief gebückt durchqueren mußten. Ein enger Gang führte sie bergab durch drei weitere, ähnliche Höhlen, jede kleiner und dunkler als die vorherige, aufgereiht wie Perlen einer seltsamen Halskette. Schließlich betraten sie einen so niedrigen und engen Tunnel, daß sie sich nur hindurchzwängen konnten, weil seine glasigen Wände glitschig waren.

»Bist du sicher, daß du das erstemal hier durchgekommen bist?« keuchte Estarinel, der beengte Räume nicht liebte.

»Ja, weiter vorn wird es breiter«, antwortete Ashurek, ohne zu erwähnen, daß der Gang sich zuerst zu einer bloßen Fistel verengte, durch die sie auf dem Bauch kriechen müßten. Das erwies sich jedoch nicht als schwierig, nur als unbequem, und bald gewannen sie das Ende der Einschnürung. Dahinter lag eine weite widerhallende Höhle, die mit ihren vielen diamantweißen Eissäulen und blauen Schatten einer unterirdischen Grotte ähnelte.

Einem inneren Zwang gehorchend, schritten sie langsam und in absolutem Schweigen hindurch, und dabei sahen sie voller Staunen um sich. Die Höhle schien von mehr als nur dem gebrochenen Tageslicht erhellt zu sein, und die Luft schwirrte von dem fernen Knistern des Eises. Estarinel erinnerte sich voller Unbehagen daran, daß es keinen Boden unter der Polkappe gab, nur einen schieferschwarzen kalten Ozean, und er malte sich aus, daß Tonnen von Eis über ihnen lagerten und sich nur eine dünne Kruste, einer Glasscheibe gleich, unter ihnen befand. Fast konnte er sehen, wie das Wasser unter dem durchsichtigen Boden zornig wallte und brodelte, und hören, wie das unter ihrem Gewicht nachgebende Eis ächzte ... Wenn das eine Illusion war, wußte er nicht, ob sie seiner eigenen Phantasie entsprungen war oder von einem unsichtbaren intelligenten Wesen kam, das in der kalten unbewegten Luft schwebte.

Aber diese düsteren Vorstellungen waren unbegründet. Sie erreichten ohne Mißgeschick das andere Ende der Höhle und betraten einen breiten glasweißen Gang, der von neuem nach oben führte. Je näher sie der Oberfläche kamen, desto heller wurde das Licht, während der Tunnel sich zu einer weiteren Eishöhle ausweitete. Sie konnten ihre Größe nicht abschätzen, weil sie überall von halbdurchsichtigen reinweißen Vorhängen aus Rauhreif umgeben waren, die in einem unmerklichen Luftzug leise klingelten. Das war ein verwunschenes Feenreich, in dem Menschen unwillkommene Eindringlinge waren.

Stumm gingen sie durch die Höhle und hatten das Gefühl, jeder Lichtpunkt, der auf den Rauhreif-Vorhängen glitzerte, sei ein winziges Auge und das Klingeln der Eiskristalle das Raunen unheimlicher Stimmen, die ihre Anwesenheit störte.

Aber richtig bedroht fühlten sie sich nicht, nur die unirdische Umgebung machte sie nervös. Die Höhle verengte sich und lief allmählich in eine rauhe Spalte aus. Anfangs schlossen große Eisschollen sie ab, die sich hierhin und dahin neigten, und dann war sie plötzlich dem Himmel offen. Augenblicklich wurde die zarte Geisterhaftigkeit von der nackten Wirklichkeit der Arktis zermalmt und weggeblasen wie Staub. Estarinel kam sofort zu dem Schluß, das Bewußtsein, das er in den Eishöhlen wahrzunehmen gemeint hatte, sei nur ein Produkt seiner überreizten Phantasie gewesen.

Doch indem er sich das sagte, bemerkte Ashurek: »Ich habe oft gedacht, es müsse Lebensformen geben, die sich von uns so unterscheiden, daß wir sie nicht einmal als solche erkennen. Sogar den Grauen sind wir bei weitem ähnlicher, als solche Wesen uns sind.«

»Wenn das so ist, sind sie immerhin Kinder der Erde und werden wie wir übrigen bedroht von ...« Medrian sprach den Namen der Schlange nicht aus. Vielleicht hatte sie das Gefühl, wenn sie es hier, in der Nähe der eigentlichen Arktis tue, käme das einer Beschwörung nahe.

Ein zackiger Streifen in hellem Blau lief über ihren Köpfen dahin und verbreiterte sich allmählich, als die Wände des Spalts niedriger wurden. Dann erreichten die Wände nicht einmal mehr Schulterhöhe. Bald danach schrumpften sie zu bloßen Eisblöcken und mischten sich mit dem Schnee, der in das Ende der Rinne hineingeblasen worden war. Die Gefährten wateten durch die kalten weichen Schneewehen und kamen endlich auf ein weites Feld aus spiegelglattem Schnee hinaus.

Der Spalt, aus dem sie aufgetaucht waren, lief in eine zerklüftete Masse aus Eisbergen zurück, die sich von Norden nach Süden am Horizont entlangzogen. Das Eis der Polkappe wurde seit zahllosen Jahren gespalten und zu gigantischen, senkrecht stehenden Schollen aufgeschichtet, die von neuem gefroren. Der Prozeß wiederholte sich immer wieder und wieder, bis gewaltige Zähne in der Landschaft zu stehen schienen.

Diese Bergkette lag östlich von ihnen. Nach Norden und Westen erstreckte sich eine Decke aus Schnee, glänzend wie ein Harlekin-Mantel aus Silber und Silberblau und Weiß. Darüber wölbte sich ein klarer scharfer Himmel von dem zarten Blau einer wilden Hyazinthe. Die Luft war immer noch so unbewegt wie in den Höhlen, aber schneidend scharf. Die Sonne sah klein und farblos aus, und ihre blendenden Strahlen versprachen keine Wärme.

Es war jetzt Anfang Herbst, aber (so hoffte Ashurek) noch hatten sie das Licht auf ihrer Seite. Wenn die Sonne überhaupt unterging, dann jeden Tag nur für ein paar Minuten. Natürlich würde es bitterkalt sein, doch auf keinen Fall so unerträglich wie mitten im Winter. Es hätte schlimmer sein können.

Sie betrachteten die Aussicht. »Wenigstens müssen wir diese Eisklippen nicht übersteigen«, sagte Estarinel.

»Da wäre ich mir nicht zu sicher«, erwiderte Medrian. »Sie könnten eine Biegung machen und letzten Endes doch über unserem Weg liegen. M'gulfn hat mir eine vage Vorstellung der polaren Geographie vermittelt ... Aber sie ist sehr verschwommen, und die Landschaft ändert sich sowieso dauernd. Ich wünschte, ich könnte genauere Auskunft geben.«

»Jede Auskunft ist besser als keine«, sagte Ashurek. »Vorerst ist es nützlich für uns, daß wir parallel zu diesen Klippen wandern können. Sie werden uns Schutz bieten, wenn ein Sturm aufkommt.«

Sie setzten sich nordwärts in Marsch. Ihre Mäntel hatten chamäleonartig eine schattig-weiße Farbe angenommen, so daß sie aus einiger Entfernung kaum zu sehen sein würden. Der Boden war fest, obwohl eine dünne Schicht Neuschnee unter ihren Stiefeln knirschte und glitzernd um ihre Knöchel sprühte. Bis jetzt merkte man noch nichts davon, daß dies das Reich der Schlange war; es wirkte wie ein neutrales, unberührtes Territorium.

Davon ermutigt, gut ausgeruht und munter von der Frische des Himmels, kamen sie am ersten Tag gut voran. Als das Bedürfnis nach Schlaf eintrat, kampierten sie in einer Nische zwischen den Eisklippen. Das schwebende h'tebhmellische Feuer sorgte für gute Stimmung. Inzwischen setzte die Sonne ihre langsame Umkreisung des Horizonts fort, ein schwebendes Feuer anderer Art. Die Monde erschienen an dem hellen Himmel wie zwei Stückchen abgenutzten Elfenbeins.

Als Estarinel versuchte einzuschlafen, überkam ihn die störende Empfindung, die Sonne stehe in Wirklichkeit still, während sich die Erde schwindelerregend unter ihnen drehe, und sie waren dem Mittelpunkt dieser

Drehbewegung sehr nahe. Er wollte es mit der Angst bekommen, ähnlich wie damals in der Höhle der Kommunikation, als er einen Blick auf die wahre Größe und Majestät des Universums erhascht und sich unendlich klein gefühlt hatte, weniger als nichts und doch Teil von allem. Dann schlief er ein, und seine Gedanken wurden zu Träumen.

Merkwürdig, während er früher von Trugbildern verfolgt worden war, in denen es um Schnee ging, jetzt, inmitten des Schnees träumte er von etwas ganz anderem. Es war dämmerig; etwas Graues, Großes, aber halb im Schatten Verborgenes stieß dumpfe Grunzlaute aus. Eine weitere Gestalt, dunkel vor Feuchtigkeit, kämpfte innerhalb einer glitzernden Membran. Und da war seine Mutter. Sie kniete im Stroh, hielt den Kopf gebeugt, und das helle Haar hatte sie sich aus dem Gesicht gebunden. Ihre bloßen Arme waren fast bis zu den Schultern voll Blut, und als sie das Gesicht hob, war auch das von Blut gestreift und von Tränen.

Aber als sie ihn ansah, erkannte er, daß sie vor Freude lachte.

»Wir sind Teil davon, und doch reduziert es uns auf nichts«, sagte sie. Und nun erkannte er, daß das graue Wesen eine Zuchtstute war, und das dunkle nasse Wesen, über das seine Mutter sich beugte, war ein neugeborenes Fohlen.

Er hatte seiner Mutter viele Male bei solchen Geburten geholfen. Wie alltäglich diese Szene war, und doch wie kostbar, wieviel wünschenswerter als selbst die durchsichtige kristalline Schönheit der Blauen Ebene! Aber ganz und gar unerreichbar. Fort. Zerstört von etwas, das nicht einmal verstand, was da verlorengegangen war, das es nur beneiden und hassen konnte.

»Mutter, der Wurm ist draußen«, sagte er in seinem Traum so ruhig, als spreche er davon, daß ein Freund gekommen sei. Gleichzeitig blieb er vor Angst wie angewurzelt stehen; er wußte, seine Mutter befand sich in

Lebensgefahr. Sie jedoch lächelte ihn weiter freundlich an und zeigte keine Spur von Beunruhigung.

»Schon?« sagte sie. Dann, unlogisch: »Sag ihm, ich komme zurück.«

»Ja, das will ich tun. Alles, was ich tue, geschieht dafür«, antwortete er.

Er mußte laut gesprochen haben, denn als er jetzt aufwachte, sah Medrian ihn verwundert an.

»Was hast du da gesagt?« rief sie aus.

»Ich weiß es nicht. Ich habe geträumt.« Er setzte sich auf und versuchte, den Kopf von dem dumpfen Schmerz zu befreien, den die Bilder erzeugt hatten.

»Hast du oft solche Träume?« wollte Medrian wissen. »Prophetische, meine ich.«

»Wenn das prophetisch war, verstehe ich es nicht. Es war nur ein Durcheinander von Erinnerungen. Ich habe manchmal ein bißchen Vorherwissen der Zukunft ... auch im Wachen. Woher wußtest du es?«

»Ich habe es in deinen Augen gesehen. Kein Blick ist diesem gleich.«

»So?« Der Gedanke beunruhigte ihn irgendwie. »Aber die Dinge, die ich zu sehen glaube, ergeben für mich überhaupt keinen Sinn. Erst wenn das Ereignis eingetreten ist, verstehe ich, was die Vision mir sagen wollte.«

»Stellt es sich dann heraus, daß sie eine Bedeutung hatte?«

»Ja, offenbar. Weißt du, Medrian, in der Nacht, bevor die Schlange uns angriff, träumte ich von einer Frau mit sehr weißer Haut und schwarzem Haar. Ich erinnere mich lebhaft daran. Du warst es ... Obwohl mir das erst klar wurde, als ich dich schon einige Zeit kannte.«

»Bist du sicher? Das Gedächtnis kann einem einen Streich spielen ...«

»Ja, ich bin sicher, weil ich in jener Nacht auch von Arlenmias Pferd träumte.«

»Von Taery?« rief Medrian.

»Ja, von einem blaugrünen Pferd mit goldener Mähne

und goldenem Schweif. Das ist etwas, bei dem mich die Erinnerung bestimmt nicht trügt!«

»Sonst war nichts, was mit Arlenmia zu tun hatte?«

»Nein, ich bekomme immer nur ganz zufällige kurze Blicke mit. Immer wieder ging es um Schnee, doch das braucht einen nicht zu wundern, da ich wußte, wir würden in die Arktis reisen müssen. Ich glaube, ich habe Silvren gesehen, bevor ich wußte, wie sie aussieht ... Und Calorn, bevor ich überhaupt wußte, daß es sie gibt. Und die Burg der Wächter: rotes Glas und graue Gestalten. Ja, und den Silberstab, noch bevor wir auf H'tebhmella waren. Und etwas, das mit dir und dem Stab zu tun hatte ...«

»Nicht!« Medrian faßte seinen Arm mit der behandschuhten Hand. »Sprich nicht weiter! Hör zu, du darfst dich von diesen Vorahnungen nicht beunruhigen lassen. Ich leide manchmal auch darunter, und ich versichere dir, es ist nur gut, wenn sie einem sinnlos vorkommen, bis man sie rückwirkend betrachten kann. Andernfalls würden sie nur Schmerzen bereiten, und man würde zu ändern versuchen, was nicht geändert werden kann.«

»Ja, du hast sicher recht«, sagte er und küßte sie.

»Wir glauben, etwas zu verstehen«, meinte Medrian, »aber das dient nur dazu, uns vor dem Verrücktwerden zu bewahren. In Wirklichkeit geht alles über unser Begriffsvermögen hinaus.«

Sie setzten ihren Marsch über die glitzernde Schneefläche fort. Die Luft war unbewegt und scharf wie zuvor, der Himmel immer noch ein dünnes Blau, im Osten von silbrigem Sonnenschein gebleicht. Man konnte sich kaum vorstellen, daß das Böse so nahebei war.

»Wir werden von Glück sagen können, wenn dieses Wetter hält«, sagte Ashurek. »Medrian, verzeih mir, wenn dies nach einer törichten Frage klingt, aber ist es nicht möglich, daß wir uns mit der Annahme, die Schlange bewohne den Nordpol, geirrt haben? Ich spüre überhaupt nichts von ihr ...«

»Sei dafür dankbar«, gab sie kurz zurück. »Es kann nicht andauern.«

Wie zur Antwort darauf erhob sich, noch bevor sie eine weitere Stunde gegangen waren, eine Verfärbung in den nördlichen Himmel wie Gift, das die Haut rings um einen Schlangenbiß schwärzt. Sie blieben stehen und starrten das Phänomen an. Estarinel wurde von einer solchen Niedergeschlagenheit und Verzweiflung ergriffen, daß er sich beinahe umgedreht hätte und davongelaufen wäre. Nur mit großer Willensanstrengung schaffte er es, stehenzubleiben und nicht vor Furcht aufzuschreien.

Es war wie eine grausige Parodie auf ein Nordlicht, ein Vorhang aus halb durchsichtiger Dunkelheit, der sich über dem Horizont kräuselte. In ihm war eine Art von Licht, ein schmutziges ockerfarbenes Phosphoreszieren, das den Himmel dahinter grün färbte. Die Sonne schien angesichts dieser Vergewaltigung der Atmosphäre zu flackern und zu zittern.

»Nein!« protestierte Estarinel schwach, schloß die Augen und griff unwillkürlich nach Medrians Schulter. Er wäre lieber gestorben, als noch einen einzigen Schritt auf die Scheußlichkeit zuzutun, die wie bräunlicher Rauch über den Himmel zog. Was für ein Narr war er gewesen, dachte er, sich einzubilden, er könne M'gulfn gegenüberzutreten oder sie gar angreifen!

»Jetzt glaube ich es«, sagte Ashurek. »Ist das eine Warnung oder ein Willkommensgruß?«

Braune Winde jammerten über die Erde, verkündeten den unausbleiblichen Triumph der Schlange. Überall verkrochen sich die Menschen erschauernd in ihren Behausungen, während graue Wesen draußen heulten und unnatürliche Vögel kreischend durch die Luft flatterten. Krankheit und Dunkelheit schlossen sich wie Kiefer um die Welt. Manche sagten, wenn wir nur an die Existenz der Schlange geglaubt und gegen sie gekämpft hätten!

Und manche sagten, wenn wir sie doch nur angebetet hätten. Jetzt ist es zu spät. Das ist ihre Rache.

In Excarith blickte Setrel verzweifelnd zu einem von Stürmen zerrissenen Himmel auf, der die Farbe von getrocknetem Blut hatte, und murmelte vor sich hin: »Sie haben versagt. Ich wollte, ich hätte meine Familie mit Benra ins Haus der Deutung geschickt.«

Das Haus der Deutung war auf der Erde die letzte Festung gegen M'gulfn, und von allen Erdteilen, die der Wurm plagte, strömten hier Flüchtlinge zusammen. Es hatte schon immer da gestanden, ein Haus der Vernunft, der Freundlichkeit und der Weisheit. Niemand wollte glauben, daß es nur noch eine trügerische Sicherheit zu bieten hatte. *Das Haus der Deutung wird als letztes fallen*, hatte Silvren gesagt, aber diese Worte drückten nicht aus, was für ein ganz besonderer schadenfroher Racheakt seine Zerstörung sein würde, ausgeführt von den Shana, um das Heraufdämmern von M'gulfns Zeitalter zu feiern.

Der Dämon Ahag-Ga kam ins Haus der Deutung, maskiert als das Neutrum Benra. Er konnte Dritha lange genug täuschen, daß sie ihn einlud, über ihre Schwelle zu treten. Aber sobald sie ihn als das erkannte, was er war, warf Ahag-Ga die Verkleidung ab und saugte sie mit Vergnügen aus.

Dritha war eine Wächterin und konnte deshalb nicht getötet werden. Aber ihre Seele wurde gezwungen, ihrem menschlichen Körper zu entfliehen und Zuflucht in einem fernen Land zu suchen. Ahag-Ga nahm ihr Äußeres an, ging lächelnd unter den Hunderten von Flüchtlingen in Eldors Haus und dessen Umgebung umher und quälte und erschlug sie. Und sie glaubten, es sei Dritha selbst, die sich plötzlich gegen sie kehrte und sie verriet, und da erkannten sie, daß die Schlange triumphiert hatte. Diejenigen, die dem Dämon entrannen, flohen und warfen sich in den eisigen Ozean.

So fiel das Haus der Deutung.

14

Die Arktis

Vielleicht eine halbe Stunde standen sie wie erstarrt, bis der brombraune Vorhang verschwand. Das geschah ganz plötzlich; er brach auf dem Horizont zusammen wie ein Stück schmutziger Gaze, und sofort erhielt der Himmel seine eisblaue Reinheit zurück, als sei er nie von der Macht der Schlange besudelt worden. Die Sonne gewann an Kraft, und der Schnee leuchtete wieder wie ein Laken aus weißem Gold, über das Händevoll Diamanten verstreut worden waren.

Eine absolute Stille trat ein. Sie war so überwältigend, daß die Gefährten es nicht fertigbrachten, sie zu stören, indem sie weitergingen. Bewegungslos blieben sie stehen, betäubt von bösen Ahnungen. Sie fühlten sich so winzig wie Insekten auf einer unendlichen milchweißen Scheibe, und die feste Kuppel aus blaßblauem Glas, die sich darüber wölbte, mußte zerspringen und das Universum von einem Ende zum anderen aufreißen, wenn sie auch nur Atem holten.

»Irgend etwas wird geschehen«, flüsterte Medrian. Ihre Stimme brach den Bann. Ashurek schüttelte grimmig den Kopf und setzte sich wieder in Marsch. Zögernd folgte ihm Estarinel mit Medrian an seiner Seite.

»Zum Beispiel?« fragte Ashurek. Seine Stimme klang seltsam, als habe er, obwohl die Arktis sich in ihrer ganzen unheimlichen Weite um sie ausdehnte, laut in einem winzigen Raum gesprochen.

»Ich weiß es nicht«, sagte sie.

»Weißt du, was die Schlange plant? Ich dachte, sie sei durch Miril etwas geschwächt worden.«

»Ich kann ihre Gedanken nicht lesen, wenn sie entschlossen ist, sie vor mir zu verbergen«, antwortete Medrian. »Ihre Angst vor Miril hat ihr nichts von ihrer Kraft genommen. Miril hat insofern eine Veränderung bewirkt, als die Schlange mich nicht länger beherrschen kann. Das bedeutet nicht, daß ich die Schlange beherrsche. Durch ihre Angst ist sie nur wütend geworden, und während die Furcht sich legt, wächst die Wut. Bildet euch nicht ein, sie sei wegen Miril weniger mächtig als früher. Weit davon entfernt.«

»Das ist ermutigend«, bemerkte Ashurek trocken. »Wollte sie mit diesem Dreck in der Atmosphäre ihre Macht zeigen, um uns einzuschüchtern?«

»Ich glaube, sie wollte damit nur sagen: ›Ich bin hier‹«, erwiderte Medrian.

»Nun, es hatte die gleiche Wirkung«, brachte Estarinel hervor, obwohl seine Kehle vor Angst immer noch ganz verkrampft war. »Sie muß den Wunsch haben, uns mit so viel Entsetzen zu erfüllen, daß wir uns nicht nahe genug für einen Angriff an sie heranwagen. Sie weiß, das kann sie. Was sind wir ...«

»Denk nicht daran, Estarinel!« riet Medrian. »Laß uns nur an die Reise denken, solange sie noch erlaubt, daß wir uns bewegen.«

»Ja, wir können es uns aufheben, uns Sorgen zu machen, bis M'gulfn ihre Macht von neuem zeigt«, stimmte Ashurek zu.

»Ja. Es tut mir leid. Es ist nur so, daß ...« Estarinel schüttelte den Kopf und verstummte. Er wußte, warum er diese Angst stärker empfand als die beiden anderen. Der Grund war, daß er die Schlange tatsächlich gesehen hatte. Sie hatte ihn mit ihren winzigen bösen Augen angestarrt, als sie auf den Trümmern von Falins Haus lag, und ihm war gewesen, als werde seine Seele mit diesem erbarmungslosen grauen Bösen gebrandmarkt. Lange Zeit war er nicht fähig gewesen, es aus seinen Gedanken zu verbannen. Jetzt brachte jedes Zeichen von der Gegenwart der Schlange dieses Entsetzen zehnfach zurück.

In vielen schrecklichen Situationen hatte er eine Haltung gezeigt, die andere als Tapferkeit sahen. Er selbst hielt sich nicht für mutig; er hatte nur getan, was die jeweilige Situation erforderte, und die Notwendigkeit war stärker gewesen als etwaige Skrupel, die er gehabt hatte. Aber dies hier war anders, es war mehr als Furcht. Langsam setzte sich in ihm die Überzeugung fest, er werde den Anblick M'gulfns kein zweitesmal ertragen. Leichter würde es sein, sich das Leben zu nehmen. Er konnte seine Augen ebensowenig von neuem auf den Wurm richten, wie er imstande war, kaltblütig einen Freund zu töten.

Estarinel wollte jedoch nicht glauben, daß er einen so weiten Weg zurückgelegt hatte, nur um ganz zum Schluß davonzulaufen und Forluin zu verraten. Er blieb hinter Ashurek zurück, heftete den Blick auf den entschlossenen Rücken des Gorethriers und zwang sich, ihm zu folgen, Schritt für Schritt, einem starräugigen Automaten gleich. Medrian sah, wie er kämpfte, sagte jedoch nichts.

Die Stille um sie verlor nichts von ihrer Unheimlichkeit. Im Gegensatz zu Medrians Vorhersage geschah nichts, aber das schreckliche Gefühl blieb, gleich werde etwas geschehen. Seltsame Farben schimmerten am Himmel, nicht nur im Norden, sondern in allen vier Richtungen. Im Westen war es ein Glühen in blassem Grün und Zitronengelb, durchschossen mit Punkten aus rosenfarbenem Licht. Ein weiß-lila Leuchten, das irgendwie Übelkeit erregte, breitete sich über den östlichen Horizont aus. Plötzlich war der ganze Himmel ein Wirbel von unnatürlichen Pastellfarben, wie sie bei einem normalen Sonnenuntergang noch nie gesehen worden waren. Der Schnee reflektierte sie wie ein Spiegel.

Dann drangen Geräusche in die Stille ein, wie Luft ein Vakuum füllt. Ein vielstimmiges disharmonisches Seufzen erhob sich wie das Jammern verzerrter Wesen, die um ihre verlorene Menschlichkeit trauern. Die drei Gefährten marschierten weiter und versuchten vergeblich, sich davon nicht stören zu lassen.

Erst als sie weiße Gipfel am nördlichen Horizont liegen sahen, die wie glitzernde Fangzähne an dem Himmel rissen, kam ihnen zu Bewußtsein, daß das Stöhnen von einem fernen Wind in diesen Klippen erzeugt wurde. Wie Medrian vorhergesagt hatte, schwenkte die zerklüftete Linie der Eisberge auf ihren Kurs ein. Sie wanderten stur weiter, und das mißtönende Seufzen wurde immer unheimlicher.

Bald gerieten sie in den Wind. Er hob die Oberfläche des Schnees zu Spiralen aus weißen Kristallen an und jagte sie ihnen wirbelnd über den Weg. Obwohl sie ihm nicht genau entgegengingen, betäubte er ihre Gesichter mit Massen von gefrorenen Nadeln. Schnell befestigten sie ihre Kapuzen und gingen mit gesenkten Köpfen, dankbar für die Wärme der h'tebhmellischen Kleidung. Sogar ihre Augen waren durch eine Scheibe aus einem durchsichtigen Material geschützt, das wie biegbarer Kristall war. In ihren Mänteln gut verpackt, bewegten sie sich wie blasse Schatten über den Schnee und sahen nicht weniger geisterhaft aus als die Landschaft.

»Ich schlage vor, wir gewinnen diese Höhen und suchen uns dort eine Zuflucht«, überschrie Ashurek den Wind und zeigte nach vorn.

Plötzlich flohen alle die seltsamen Tönungen den Himmel und ließen ihn farblos zurück. Wolken bildeten sich, bis weiße Dämmerung die Reisenden umfing und dichter Schnee die Luft erfüllte. Als sie den Fuß der Eisberge erreichten, war der Wind zum Blizzard geworden, der sie umtobte. Jetzt durchdrangen Spuren von schmerzender Kälte sogar ihre wetterfesten Hüllen.

Alle Wege, die in die Klippen führten, sahen steil und gefährlich aus. Ashurek wählte einen, der sich zwischen zwei Eisspornen hochwand. Sie stemmten sich gegen den Sturm und begannen den Aufstieg, einer hinter dem anderen gehend. Bald waren sie von ragenden Eiswänden umgeben, albuminweiß und härter als Glas. Hier fanden sie einen gewissen Schutz vor dem Wind, obwohl er sie immer noch in einzelnen Stößen traf, wenn der Pfad sich um Ecken wand oder durch Täler führte. Schneefahnen wurden von den Gipfeln über ihnen weggeblasen. Aber auf niedrigerem Boden sammelte sich der Schnee, und bald stapften sie durch kniehohe Verwehungen. Der Weg wurde steiler, führte über eine Reihe von tückischen Stufen und scharfen Graten. Nach Tritten und Handhaben suchend, kletterten sie langsam aufwärts, bis sie eine ebene Eisstrecke erreichten.

Sofort fiel der Blizzard mit voller Wucht über sie her, gab ihnen keine Chance, wieder zu Atem zu kommen oder die erstarrten Glieder auszuruhen. Der Wind heulte wild und schleuderte stahlharte Schneekristalle gegen sie, und sie pflügten auf der Suche nach einem Unterschlupf weiter. Schließlich fanden sie einen Spalt in einer Eiswand, die vor dem Blizzard gut geschützt war. Dankbar schoben sie sich hinein, entzündeten das h'tebhmellische Feuer, setzten sich und sahen den Schneeflocken zu, die vor ihrem Refugium durch die Dämmerung trieben. »Selbst dieses rauhe Wetter ist Erscheinungen, die die Schlange schickt, vorzuziehen.« Ashurek zog die Kapuze zurück und wischte sich den Reif aus den Falten des Mantels.

»Ist dieser Sturm nicht M'gulfns Werk?« Estarinel war zu müde, um selbst eine Meinung zu haben.

»Ich halte ihn für natürlich, aber M'gulfn könnte sich einfallen lassen, ihn unter Kontrolle zu nehmen«, antwortete Medrian. »Wenn sie das tut, wird er nach Süden drehen.«

»Nicht nach Norden?« fragte Ashurek.

»Nein. Wenn M'gulfn uns aufhalten wollte, würde sie drastischere Mittel einsetzen als einen Sturm. Aber wenn sie will, daß wir möglichst schnell zu ihr kommen, wird sie uns von dem Wind treiben lassen.«

»Was bedeutet, daß sie sich ebenso wie wir ein baldiges Ende des Feldzugs wünscht, aber viel zuversichtlicher ist, was das Resultat betrifft?« Darauf antwortete Medrian nicht.

Sie aßen in der Spalte. Der Schneesturm tobte mit unverminderter Kraft weiter, während sie, um die blaugoldene Sphäre gedrängt, zu schlafen versuchten. Ein paar Stunden später mußten sie sich entscheiden, ob sie sich wieder in den Blizzard hinauswagen oder auf unbestimmte Zeit in ihrem Schlupfwinkel bleiben sollten.

»Dieses Wetter macht unsere Reise nur unangenehm, nicht unmöglich«, stellte Medrian fest. »Ich möchte mich viel lieber hindurchkämpfen, als tagelang darauf warten, daß es besser wird.«

Da die anderen dem nicht widersprechen konnten, befestigten sie die Kapuzen. Erst folgten sie einem Tal mit schlüpfrigem Boden, dann einem Pfad, der sich zwischen Barrikaden aus Eis ungefähr in nördlicher Richtung schlängelte.

Medrian behielt recht. Der Schneesturm hatte, während sie schliefen, nach Süden gedreht. Sie traten in sein Toben hinaus und stellten fest, daß sie mit beträchtlicher Geschwindigkeit vorankamen. Der Wind schob sie im Rücken an wie eine riesige, geisterhafte Hand. Schneeschauer rasten an ihnen vorbei und verschwanden in der Ferne. Sie erzeugten die seltsame hypnotische Illusion, man drehe sich in einem Strudel. Offenbar zog die Schlange ihre Feinde auf sich zu, begierig, ihnen ein Ende zu bereiten. Estarinel gestattete sich nicht einmal, daran zu denken, daß sie M'gulfn erreichen würden. Er ließ sich vom Wind dahinschieben und konzentrierte sich darauf, auf den Füßen zu bleiben.

Bald war die Luft so voll von Schnee, daß sie kaum noch zwei Meter weit sehen konnten. Der einzige Wind war scharf wie ein Messer. Zwar schützten ihre Kleider sie vor dem Schlimmsten, aber die Mäntel wurden steif vom Eis. Eine polare Wildnis aus tanzenden grauen und weißen Kristallen umgab sie, und sie merkten nicht, wie gefährlich ihr Pfad wurde, bis es zu spät war.

Ashurek, immer noch an der Spitze, entdeckte plötzlich, daß die Wände zu beiden Seiten nicht mehr aus festem Eis bestanden, sondern aus einer immateriellen, wirbelnden Masse von Schneeflocken. Der Weg, der vor ihnen lag, führte über einen messerscharfen Grat, der links und rechts steil abfiel. Ein Umkehren war unmöglich, weil sie dann gegen den Sturm hätten gehen müssen. Ihnen blieb nichts übrig, als weiterzugehen, aber sie wurden zu einem riskanten Tempo gezwungen. Sobald der Grat etwas nach rechts abbog, fuhr der Wind auf sie los wie eine Ramme, und das Unvermeidliche geschah. Alle drei verloren gleichzeitig den Halt und stürzten ab.

Der Fall raubte ihnen den Atem, doch er war in einem Augenblick vorbei. Der Schnee rettete sie. Schlimm durchgeschüttelt, gruben sie sich aus der tiefen Schneewehe, in der sie gelandet waren, klopften sich Schnee und Eis aus den Mänteln und versuchten, wieder zu Atem zu kommen.

Der Wind hatte sich plötzlich gelegt. Ashurek sah Medrian fragend an. Sie schüttelte nur den Kopf, um anzudeuten, daß sie nicht klüger sei als er. Der Schnee fiel weiter dicht von dem verhangenen, stahlgrauen Himmel. Die Gefährten suchten einen neuen Weg nach Norden, während die weiße Decke um sie immer dicker wurde.

Durch ihren Sturz waren sie in einer gekrümmten Schlucht gelandet, und es sah so aus, daß sie würden hochklettern müssen, ganz gleich, welche Route sie wählten. Sie waren bereits erschöpft, deshalb entschieden sie sich, eine Zuflucht in der Schlucht zu suchen und weiterzuziehen, nachdem sie geschlafen hatten.

Am nächsten Tag — nicht etwa, daß es eine erkennbare Nacht gegeben hätte — tanzten Windböen die Schlucht entlang und wirbelten die Schneekristalle durch die Luft.

Die Sonne erschien kurz und verwandelte die grimmige unwirtliche Landschaft in ein Reich exquisiter Schönheit aus perlblauem Kristall und glitzerndem Weiß.

Ein paar Stunden später hatten sie die Schlucht überwunden und erreichten ein großes glattes Plateau. Sie machten halt, um wieder zu Atem zu kommen. Als sie zurückblickten, hörten sie ein leises grollendes Geräusch und sahen die gesamte Schneemasse, über die sie eben hinaufgestiegen waren, in einer Lawine ins Tal stürzen.

Nun wanderten sie über das Plateau. Jenseits davon lagen die blassen, gefrorenen Fänge der Eiskappe. Sie erstreckten sich in einer ungebrochenen Linie von Osten nach Westen, endeten aber anscheinend etwa zehn Meilen weiter nördlich. Die Gefährten hofften, nach einer weiteren Tagesreise würden sie die feindseligen Klippen hinter sich haben, wenn sie auch dem, was dann kam, nicht gerade mit Optimismus entgegenblickten. Inzwischen versuchten sie, die Pause zu nutzen, die der Blizzard machte. Nur wenige Schneeflocken fielen aus den Wolken nieder, doch der scharfe Wind stieß sie immer noch in den Rücken. Gelegentlich nagten von der Schlange gesandte Verfärbungen am Himmel — ein deprimierender Anblick.

Ashurek ging ein Stück vor Medrian und Estarinel, als er spürte, daß der Schnee unter seinen Füßen knirschte und sich verformte. Er rief eine Warnung und drehte sich, um umzukehren. Doch schon riß unter ihm ein Spalt auf, und er verschwand in einem Schauer aus weißen Kristallen.

Medrian und Estarinel eilten an den Rand, legten sich auf den Bauch und spähten angstvoll hinunter. Der Spalt war sehr tief, und seine Wände bestanden aus glattem diamantharten Eis. Ashurek lag ganz unten, etwa dreißig Fuß tief, halb vom Schnee bedeckt, der mit ihm gefallen war.

»Nimm das Seil aus dem Rucksack«, sagte Medrian

zu Estarinel und schob ihren Mantel zurück. »Ashurek! Wir werden dir das Seil zuwerfen!«

»Das nützt nichts«, kam die schwache Antwort. »Meine Arme sind eingeklemmt. Diese Spalte setzt sich unter mir fort. Ich spüre, wie ich weiter abrutsche.«

Sie warfen das Seil hinunter, aber bis zu ihm fehlten etwa vier Fuß. Ashurek war nicht imstande, sich zu bewegen, und konnte es nicht erreichen. Hilflos mußten Medrian und Estarinel zusehen, wie er allmählich immer tiefer in die Bläue der Schlucht glitt.

»Zieh das Seil hoch«, sagte Estarinel. »Wenn wir unsere beiden Mäntel daranbinden ...« Das Eis knirschte von neuem, und zu ihrem Entsetzen fiel Ashurek um weitere fünfzehn Fuß. Jetzt konnten sie ihn kaum noch sehen.

»Nein, es ist hoffnungslos«, murmelte Medrian.

Das Plateau begann, unter ihnen zu ächzen und zu beben. Der Spalt verengte sich, so daß Ashurek von dem Eis verschluckt wurde. Sie hörten seine Stimme schwach, aber ganz klar und ruhig rufen: »Laßt mich zurück. Ihr müßt den Feldzug fortsetzen. Geht schnell, bevor noch mehr einstürzt und ihr mein Schicksal teilt. Geht.«

»Er hat recht.« Medrians Gesicht zeigte harte Entschlossenheit. Sie faßte Estarinel beim Arm und zog ihn mit Gewalt vom Abgrund weg. »Denke nicht einmal daran zu widersprechen. Komm.« Dabei wickelte sie das Seil mit einer Hand auf und schob Estarinel mit der anderen über den Schnee.

Sie waren vielleicht fünfzig Schritte gegangen, als der Boden so heftig bebte, daß sie beide umgeworfen wurden. Vorsichtig richteten sie sich auf Hände und Knie auf, überzeugt, jetzt werde sich ein weiterer Abgrund öffnen. Weit unter ihnen erklang ein tiefes Grollen, unheilverkündender als das Verlagern der Eisschollen.

»Weißt du, was das für ein Geräusch ist?« keuchte Estarinel. Medrian schüttelte den Kopf. Sie blickten angstvoll ringumher, spähten zu der Stelle zurück, wo Ashurek abgestürzt war.

Da wurde ihnen ein bemerkenswerter Anblick zuteil. Ashureks Kopf erschien mit zurückgeworfener Kapuze über dem Rand des Spalts. Langsam und gleitend kam sein ganzer Körper in Sicht, gerade als ob etwas ihn hebe. Dann schwebte er oberhalb des Abgrunds, und sie sahen, daß er, des Gleichgewichts wegen mit gegrätschten Beinen, auf etwas stand, das wie der Rücken eines massigen Lebewesens wirkte. Als seine Füße auf der Höhe des Randes waren, sprang er auf den Schnee und rollte sich ab. Schnell stand er auf und rannte zu Estarinel und Medrian hin.

Das Grollen wurde lauter. Der Spalt stöhnte und erweiterte sich, und aus ihm wälzte sich ein gräßliches Wesen wie eine gigantische Schlange. Der Kopf kam zuerst, ein scheußliches Gesicht, das zu einem Meeresungeheuer gepaßt hätte, dann ein langer, sich wellender Körper, geschuppt und in widerlichem Purpur und Rotbraun. Am hinteren Ende befand sich kein Schwanz, sondern ein zweiter Kopf mit nach oben starrenden Augen und einem kreisförmigen Maul über vielen hakenförmigen Zähnen. Das Monstrum wogte vielleicht fünfzig Meter über den Schnee, dann stieß es den führenden Kopf in die Oberfläche und grub sich von neuem ein. Die Gefährten sahen es unter den Schnee gleiten, bis es verschwand. Das Plateau ächzte und knirschte weiter unter ihnen, während das Wesen seinen unterirdischen Weg in der Ferne fortsetzte.

»Ein Amphisbaena von einer anderen Sorte«, murmelte Ashurek.

»Was?« rief Estarinel. »Was war das?«

»Zweifellos ein Geschöpf M'gulfns. Ich hatte gehört, solche Tiere wanderten in der Arktis umher. Es muß die Ursache sein, daß der Spalt sich öffnete. Ein Witz ist es, daß es mich dann gerettet hat. Ich saß in der Falle, unfähig, mich zu bewegen, und ich spürte, wie das Eis unter mir aufriß. Aber gerade als ich erwartete, weiter zu fallen, hatte ich plötzlich eine feste, sich bewegende Oberfläche unter mir. Es gelang mir, mich rittlings daraufzusetzen und aufzustehen. Vielleicht irritierte es mein Gewicht auf seinem Rücken, und es wollte mich nur loswerden — wie dem auch sei, ich kann seine Entscheidung an die Oberfläche aufzusteigen, nur loben.«

Estarinel lachte vor Erleichterung. »Oh, bei der Dame, bin ich froh, daß du in Sicherheit bist! Geht es dir gut?«

»Ja, ich denke schon, ich habe nur einen ziemlichen Schrecken bekommen«, antwortete Ashurek. »Ich hätte nie gedacht, daß ich einmal M'gulfn für irgend etwas dankbar sein müßte.«

»Vielleicht hast du auch jetzt keinen Grund dazu«, meinte Medrian. »Die Schlange wollte sich wahrscheinlich das Vergnügen nicht nehmen lassen, dich persönlich kennenzulernen.« Aber trotz ihrer trübsinnigen Worte war sie über Ashureks Entrinnen ebenso froh wie Estarinel.

Sie überquerten das Plateau und stiegen über einen rutschigen Sporn am Nordrand ab, als der Blizzard von neuem begann. Eine Art Höhle, von Eisblöcken gebildet, bot ihnen ein Obdach. Durch Tauen und Wiedergefrieren hatten sich große Eiszapfen am Eingang gebildet. Die Gefährten aßen und versuchten zu schlafen. Außerhalb ihres kleinen Kreises aus blau-goldenem Licht trieben Schneeschauer vorbei, der Wind heulte vom Plateau herunter, und manchmal sahen sie bromorangefarbene Feuer zwischen den schweren Wolken tanzen.

Estarinel korrigierte im Geist ein paar schiefe Vorstellungen über die Arktis. Anfangs war sie ihm als ein rauhes wildes Land vorgekommen, in dem die Schlange nichts zu suchen hatte. Aber als er jetzt schlaflos durch den Vorhang von Eiszapfen blickte, änderte sich sein Gesichtspunkt: Die Arktis war ganz das Herrschaftsgebiet der Schlange, und sie stellten die unerwünschten Eindringlinge dar. Es war, als sei die Polkappe ein straffgespanntes Trommelfell, auf dem der Wurm lag, und er spürte und verstand die winzigen Vibrationen darin. Nichts entging seiner Aufmerksamkeit. Dies war sein Königreich, wo er allgegenwärtig war.

Damals, Auge in Auge mit der Schlange, hatte Estarinel nicht erkannt, wie fest verbunden M'gulfn mit der Welt war und wie groß und alles durchdringend ihre Herrschaft. Wie konnte die schlanke Silbernadel an seiner Seite ihr etwas anhaben? M'gulfn würde bestimmt nicht mehr spüren als einen Flohstich, wenn überhaupt etwas, und wie würde sie es dann genießen, sie zu verhöhnen, zu foltern — Estarinel versuchte, diese Gedanken zu unterdrücken, aber sie kehrten immerzu wieder. Irgendwie war die tödliche Kälte der Arktis ihm in die Knochen gedrungen, und er meinte, trotz des h'tebhmellischen Feuers, trotz der Schutzkleidung — und obwohl Medrian sich schläfrig an ihn schmiegte — werde er nie wieder warm werden. Nicht einmal Gedanken an seine Familie brachten seine Entschlossenheit zurück. Alles war so blaß, so weit weg. Wie klug war es von der Schlange, die Menschen durch ihre eigene Verzweiflung zu zerstören, ohne sie überhaupt zu berühren ... Er legte die Hand an den Silberstab, aber sein Singen war schrill geworden, nervenzerfetzend, und er riß die Hand wieder weg. Wie erschöpft er war, schwach vor Furcht, gelähmt von der grimmigen Kälte ... und überzeugt, daß er nicht weitermachen konnte.

Sie waren jetzt seit fünf Tagen in der Arktis, und Medrian hatte geschätzt, sie hätten etwa die Hälfte der Strecke zurückgelegt. Wie nah das schon war — wie endgültig —, Estarinel mußte seine Gefühle irgendwie verraten haben, denn Medrian hatte ihn besorgt angesehen und gefragt: »Bist du in Ordnung?«

»Ich bin verrückt vor Angst«, hatte er offen zugegeben. »Ich weiß nicht, ob ich weitermachen kann.«

»Wir haben alle Angst«, sagte sie. Aber das wußte er schon, und sie sah ein, daß es ihm keine Hilfe war. »Ihre Realität — die Tatsache, daß sie hier ist — ist schlimmer, als selbst ich es mir vorgestellt hatte. Aber uns bleibt nichts anderes mehr übrig, als den Feldzug zu Ende zu führen. Nichts. Und ich brauche dich.«

»Es liegt eine gewisse Befriedigung darin, das zu tun, von dem man weiß, daß man es tun muß, mag es noch so schwer sein«, setzte Ashurek hinzu. Und obwohl diese Worte Estarinel nicht abbrachten von seiner Überzeugung, er werde nicht fähig sein, weiterzumachen, wenn der Augenblick des Aufbruchs kam, stellte er sich dann doch steif auf die Füße und ging in den blendenden Schnee hinaus, ohne daß ihm Schwierigkeiten zu Bewußtsein kamen.

Der Himmel war eisengrau, die Luft voll von Schneeflocken. Der Wind heulte hinter ihnen her, trieb sie vorwärts, verkustete ihre Mäntel mit Eis. Den ganzen Tag kämpften sie sich durch die Eisklippen, klein und schwach wie Nachtfalter, die über eine feindselige Bergkette geblasen werden. Die weißen Tücher, die die Landschaft einwickelten, sahen täuschend weich und einladend aus, und dabei verbargen sie ein Herz, so grimmig und hart wie gefrorene Nägel.

Endlich gelangten sie ans Ende der Eisklippen und suchten sich einen Unterschlupf, um zu essen und zu schlafen. Als sie erwachten, fiel der Schnee sparsam, so daß sie sehen konnten, was vor ihnen lag. Es war kein ermutigender Anblick. Eine weite Schneefläche breitete sich aus, nirgendwo belebt von einer Landmarke. Die Klippen waren ihnen feindselig vorgekommen, aber wenigstens hatten sie ihnen ein Obdach geboten, wenn es benötigt wurde. Der kalte Wind blies erbarmungslos über den Schnee, packte ihn wie Eis. Der Himmel oben war marmorweiß und trübe, aber am nördlichen Horizont tanzten böse oliv- und ockerfarbene Lichter wie Dämonen.

Etwas bewegte sich über den Schnee, ein vielbeiniges Ding in der blauen Farbe von Blutergüssen, das aus den Dunklen Regionen hochgespült sein mochte. Es griff sie nicht an, es setzte sich einfach hin und betrachtete sie mehrere Minuten lang. Dann grub es sich in den Schnee und verschwand. Doch das hatte genügt, um sie alle mit einem Ekel zu erfüllen, der es ihnen noch schwerer machte, die Wanderung über die Ebene aufzunehmen.

Vermengt mit Medrians eigenen ersten Erfahrungen in der Arktis waren die Erinnerungen M'gulfns, so daß sie bei jedem neuen Ort, an den sie kamen, das Gefühl hatten, ihn bereits gesehen zu haben, aus allen möglichen Winkeln, im Hellen und im Dunkeln, bei gutem Wetter und bei Sturm. Und der Anblick der weißen Fläche, des Schlangenglühens am Horizont, des stillen spinnenartigen Beobachters erfüllte sie mit namenloser Verzweiflung. Was tue ich an diesem schrecklichen Ort? dachte sie. Der Schnee spiegelte ein übelkeiterregendes malvenfarbenes Gleißen wider, das ihre Niedergeschlagenheit verspottete. Medrian wußte, zwischen ihnen und M'gulfn lag jetzt nichts mehr als diese grausige Ebene. Warum muß das die letzte Landschaft sein, die ich jemals sehen werde? haderte sie.

Sie drehte sich zu Estarinel um und verbarg das Gesicht an seiner Schulter. Er drückte sie an sich, hielt die Augen geschlossen, versuchte zu vergessen, daß die Arktis da war. Aber nach einer Minute richtete Medrian sich auf und sagte: »Jetzt müssen wir weitergehen.«

Ashurek berührte Estarinels Arm und zeigte nach links. Ein paar Meter entfernt zeigte sich unter einem Überhang aus Eis ein weiteres unerfreuliches Wesen. Es war ungefähr vier Fuß hoch und grünlich-gelb gefärbt, hatte einen großen Kopf, dunkle, mit Haut bedeckte Schwellungen, wo die Augen hätten sein sollen, und Stummelarme. Obszönerweise ähnelte es einem Fötus, wie es da auf spindligen Beinen stand. Als Ashurek nach seinem Schwert griff, öffnete es sein formloses

Maul und stieß ein mitleiderregendes dünnes Miauen aus. Es erweckte in Ashurek eine so unbegreifliche Hoffnungslosigkeit, daß es seine Absicht wegfegte, das Tier zu töten. Das Wesen drehte sich um und grub sich wie ein Maulwurf in eine Schneewehe ein.

»Medrian, was sind denn das für Wesen?« fragte Ashurek.

»Nur die Experimente der Schlange im Parodieren des Lebens«, antwortete Medrian: Ihre Stimme klang gepreßt vor Abscheu. »Sie werden uns nicht angreifen. Jedenfalls nicht körperlich.«

Sie machten sich auf den Weg über die Ebene. Der Sturm schob sie unermüdlich von hinten an, und der Schnee raste in Eissplittern an ihnen vorbei. Die wenn auch wilde und rauhe Schönheit, die die Arktis besitzen mochte, war hier einfach nicht vorhanden. Aber das Gefühl von Bosheit und Trostlosigkeit, das in der Luft lag, war nicht auf die physischen Eigenschaften der Ebene, sondern auf die Aura zurückzuführen, die von dem Wurm ausging. Es verstärkte sich mit jedem Schritt, den sie taten.

In Gedanken machte Estarinel viele Male kehrt und rannte davon, doch in Wirklichkeit marschierte er, den Wind im Rücken und Medrians Hand auf seinem Arm, stetig der Schlange entgegen, wie betäubt von Angst.

Weitere Wesen tauchten aus dem Schnee auf, glotzten sie an und verschwanden wieder. Vielleicht waren einige von ihnen nicht einmal wirklich, sondern Illusionen, mit denen die Schlange sie verwirren wollte. Ob so oder so, es kam im Grunde nicht darauf an, weil sie ihren Zweck erfüllten. Die drei Gefährten versuchten, sie nicht zu beachten, aber der angsterfüllte Abscheu, den die Mißgeburten in ihnen erweckten, diente nicht gerade dazu, ihre Stimmung zu verbessern. Draußen auf der Ebene fühlten sie sich so ausgesetzt und verwundbar, als trieben sie auf einem sich auflösenden Floß inmitten eines gefrierenden Ozeans ...

»Füllt dieses Schneefeld den ganzen Weg zu M'gulfn aus?« erkundigte sich Ashurek.

»Ich glaube schon«, erwiderte Medrian mit dünner Stimme. Ashurek wollte schon fragen, wie hoch die Wahrscheinlichkeit sei, daß die Schlange ihnen entgegenkomme, als er Estarinels Gesichtsausdruck bemerkte und lieber schwieg.

»Wie weit noch?« Seine Stimme klang sachlich.

Medrian bekam keine Gelegenheit, ihm zu antworten. Plötzlich ertönte unter ihnen ein Knirschen und Stöhnen. Ihm folgten ohrenbetäubende Explosionen, mit denen die Eiskappe brach. Die Oberfläche hob sich. Sie blieben bestürzt stehen und klammerten sich aneinander, doch einen Augenblick später wurden sie mit Gewalt getrennt. Das Schneefeld bäumte sich unter ihnen mit dem Brüllen einer großen Lawine auf. Dann schien sich die ganze Erde auf den Kopf zu stellen, und sie fielen, fielen, begraben unter Tonnen von bröckelndem Eis und Schnee.

Estarinel trieb dahin. Er hätte es nie für möglich gehalten, daß er so furchtbar, so schmerzhaft frieren könne. Eisenbänder schnürten ihm die Brust ein, rote und schwarze Sterne explodierten in seinen Augenlidern, und gleichzeitig erkannte er, daß er bewußtlos und dem Tod nahe war. Doch es machte ihm nichts aus. Er war ganz ruhig ...

Irgendwo über sich hörte er die Stimme einer Frau, die ihm bekannt vorkam: »Ashurek, ich muß die Worte wissen. Erinnerst du dich an sie?« Dann meinte er, auf einer tödlich harten Oberfläche zu liegen, und es war kalt, so kalt. Er öffnete die Augen, und ringsumher war alles weiß. Es war, als sei er in einem winzigen Raum gefangen, ähnlich der Hütte im Reich des Silberstabes. Verwirrt fuhr er mit einem Ruck in die Höhe und hustete Wasser aus.

»Estarinel«, erklang eine Stimme neben ihm, nicht die

körperlose Stimme, die er gehört hatte, als er bewußtlos war, sondern die Medrians. Sie saß neben ihm, und Ashurek stand vor ihm, »es ist alles gut, du bist sicher. Zumindest verhältnismäßig sicher.«

»Oh, bin ich durchgefroren! Ich hatte das schreckliche Gefühl zu ertrinken.«

»Weil du beinahe ertrunken wärest«, sagte Medrian.

Estarinel sah sich um und stellte fest, daß sie auf einem Eisblock von ungefähr fünfzehn Fuß Kantenlänge saßen, der leicht unter ihnen schaukelte. Sie trieben auf einem scheinbar unendlichen schiefergrauen Ozean dahin, und ringsherum stieß sich eine große Masse von Eisschollen. Es hatte beinahe aufgehört zu schneien, und die Sonne glänzte durch die Wolken.

»Was ist geschehen?« Estarinel zitterte vor Kälte.

»Das Eisfeld ist unter uns gebrochen — ob es getaut ist oder ob etwas Unheimlicheres die Ursache war, weiß ich nicht«, antwortete Ashurek. Er zündete das h'tebhmellische Feuer an und ließ es vor Estarinel schweben. »Ein Teil der Ebene muß eine bloße Kruste gewesen sein, viele Fuß oberhalb des Ozeans. Es war reines Glück, daß Medrian und ich uns auf dieser Eisscholle wiederfanden. Du bist ins Wasser gefallen, doch es gelang uns, dich herauszuziehen. In deinem Mantel hatte sich Luft gefangen, so daß du nicht untergegangen bist.«

»Ein Glück, daß diese Kleider wasserfest sind«, setzte Medrian hinzu. »Sonst hätte die Kälte dich getötet.«

»Das glaube ich gern. Diese Reise wäre ohne die Hilfe der H'tebhmellerinnen unmöglich gewesen.« Estarinel erschauerte und versuchte, sich an dem Sternenfeuer zu wärmen. »Was tun wir jetzt?«

»Die Strömung trägt uns nach Norden.« Medrian schloß die Augen und versuchte, M'gulfns Gedanken zu lesen. »Die Schlange ist nicht gestört worden; weniger als vierzig Meilen von hier ist die Eiskappe unbeschädigt. Wir brauchen nichts weiter zu tun als zu warten.«

Das Schlangenfeuer am Horizont hatte ein lebhaftes Grün angenommen. Es tanzte und spie und schickte funkelnde Lagen ätzenden Lichts über die Wolken. Klumpen verfärbten Schnees fielen zischend in die Wellen. Nachdem sich die anfängliche Erleichterung, noch am Leben zu sein, gelegt hatte, war Estarinel von neuem angesichts der schrecklichen Macht des Wurms sehr kläglich zumute. Ein Rückzug war ganz unmöglich geworden. Es war, als seien sie in einem rituellen Tanz des Bösen gefangen und trieben mit einem übernatürlichen bleiernen Rhythmus auf den Kern eines Alptraums zu. Von neuem war er überzeugt, eine Begegnung mit der Schlange nicht auszuhalten. Jetzt wünschte er, doch ertrunken zu sein. Wohl wußte ein Teil von ihm, daß diese Gedanken selbstzerstörerisch waren und daß er dem Ende um der Sache Forluins willen mit kühnem und frohem Herzen entgegensehen sollte. Trotzdem lag es völlig außerhalb seiner Macht, etwas anderes als Verzweiflung zu empfinden. Nur die Widerwärtigkeit des Wurms war real; alles andere war traumartig, weit weg und ohne Wirkung. Im Augenblick handelte er nach außen hin noch, als sei alles in Ordnung. Aber es konnte nur eine Frage der Zeit sein, bevor ihn die Panik überwältigte.

Aus den Gesichtern Medrians und Ashureks ließ sich schließen, daß sie ähnlich empfanden, nur waren sie vielleicht besser imstande, damit fertigzuwerden. Wir waren verrückt, als wir uns einbildeten, die Schlange erschlagen zu können, dachte Estarinel. Der hypnotische Rhythmus der Eisscholle, die sie der Schlange entgegentrug, schien eine tiefere, grauenhafte, aber unverständliche Bedeutung zu haben, ein halb vergessenen Alptraum gleich. Estarinel fürchtete sich nicht vor dem Sterben, sondern davor, in der Gewalt der Schlange weiterleben zu müssen.

Medrian schob ihre behandschuhte Hand in seine und sagte: »Ich weiß, es ist schwer, aber wir müssen versuchen, nicht nach Norden zu sehen. M'gulfn würde unsere Entschlossenheit gar zu gern durch Verzweiflung ersetzen. Reden wir von etwas anderem.«

»Von der Blauen Ebene oder von Miril«, schlug Estarinel vor. Die Worte klangen ihm hohl in den Ohren, als hätte beides hier nicht mehr Kraft als Frost gegen Feuer.

»Da ist etwas, das ich euch gern sagen möchte«, begann Ashurek leise. »Ich meinte, ich hätte — nun, als wir an dieser Eisscholle hingen, bevor wir Estarinel gerettet hatten, meinte ich, Silvren zu sehen. Hast du sie auch gesehen, Medrian?«

»Nein, leider nicht.«

»Ich habe mir gleich gedacht, daß ich es mir nur eingebildet habe. Sie sagte, sie habe die Kraft nicht mehr, sich aus den Dunklen Regionen zu projizieren. Seltsam, es war sehr real, und ich hatte den Eindruck, sie versuche, mir etwas mitzuteilen.«

Diese Worte weckten in Estarinel eine Erinnerung, und erschreckte auf. »Ich glaube nicht, daß du es dir eingebildet hast«, versicherte er Ashurek.

»Was meinst du?« Der Gorethrier sah ihn scharf an.

»Nun, ich bin sicher, als ich mehr oder weniger bewußtlos war, habe ich eine Stimme gehört. Damals konnte ich sie nicht unterbringen, aber jetzt weiß ich, daß es die Stimme Silvrens war. Sie sagte: ›Ashurek, ich muß die Worte wissen. Erinnerst du dich an sie?‹«

»Das weißt du genau? Und sie sagte nichts anderes?«

»Das ist alles, was ich gehört habe. Weißt du, was es bedeutet?«

»Nein.« Ashurek seufzte. »Nur daß ... Wenn sie irgendwie die Kraft gefunden hat, den Kontakt zu mir herzustellen, bedeutet das, es hat sich irgend etwas für sie verändert. Welche Worte? Oh, beim Wurm ...« Grübelnd blickte er über das Eis hin, die eine langfingrige Hand in sein dunkles Haar vergraben. Estarinel brachte die Kraft einfach nicht auf, ein paar auch nur halbwegs ermutigende Worte zu sprechen.

Aber als sein Blick unwiderstehlich wieder nach Norden gezogen wurde, rief Medrian: »Seht mal, was ist denn das?« Und er zeigte über die düsteren Wellen.

Zu ihrer Rechten, vielleicht fünf Meilen von den sich schiebenden Eisschollen entfernt, trieb ein riesiger Eisberg. Er war nicht der einzige, den sie sehen konnten, doch er war bei weitem der größte. Und das Bemerkenswerteste an ihm war, daß er *gegen* die Strömung auf sie zu schwamm. Er bewegte sich mit der Majestät eines Schiffes, obwohl er der Form nach einer Burg ähnelte, grob ausgehauen, aber schön. Das Licht ließ die durchscheinende Materie in Beryllgrün, Blaßblau und Amethyst erglühen. Er kam näher, und jetzt sahen sie, daß er die Eisschollen links und rechts aus dem Weg schob.

»Wir sollten uns bereithalten, auf eine andere Scholle zu springen, falls das nötig wird«, sagte Estarinel, »oder wir werden alle im Wasser enden. Ich möchte das nicht noch einmal erleben.«

Der Eisberg schwamm kaum schneller, als ein Mensch gehen kann, und es dauerte über eine Stunde, bevor er nahe heran war. Seine Größe war überwältigend, und er hatte eine greifbare Aura aus Kälte. Seine glasweißen Flanken waren mit unheimlicher Symmetrie abgestuft und facettiert. Die drei Gefährten standen auf ihrem kleinen Eisfloß, betrachteten den Berg und versuchten abzuschätzen, wieviel freier Raum zwischen ihnen bleiben würde, wenn er vorbeisegelte.

Doch er segelte nicht vorbei. Als habe jemand einen unsichtbaren Anker geworfen, wurde er langsamer und hielt wenige hundert Meter vor ihnen an, wo er leicht in der Dünung schaukelte. Das Eisfloß setzte währenddessen seinen Weg nach Norden und genau in Richtung des Berges fort.

»Das sieht nach Absicht aus«, stellte Ashurek fest, die Hand auf dem Schwertgriff. Seltsamerweise waren auch die ihnen nächsten anderen Eisschollen so weit weggetrieben, daß sie nicht mehr zu erreichen waren. Sie waren gestrandet und konnten nur noch hilflos abwarten, und dabei wurden sie immer weiter auf die Eisburg zugetragen.

Jetzt sahen sie jemanden die Flanke heruntersteigen. Die Gestalt erreichte einen Absatz knapp über der Wasseroberfläche und erwartete sie dort, die Hände auf den Hüften.

Ashurek fluchte herzhaft auf gorethrisch. »Oh, ich hätte es mir denken sollen!« rief er und zog das Schwert. Medrian und Estarinel starrten die Gestalt nur entsetzt an.

Es war Arlenmia.

Ihr Floß stieß knirschend gegen den Eisberg und schaukelte wild. Sie blieben auf den Füßen, aber das Floß war in Gefahr, unter ihnen zu zerbrechen.

»Hier, ich helfe euch!« rief Arlenmia und warf ihnen ein Tau zu. Sie sahen es alle an, als sei es eine Schlange. »Nun nehmt es schon! Ashurek, bitte, stecke dein Schwert ein. Ich will euch nichts tun.«

»Ah, du hast die Kunst des Lügens schließlich zur Vollendung gebracht, was?« fragte der Gorethrier bissig.

Arlenmia lachte. »Hört mal, ihr könnt auf diesem Stück Eis bleiben, wenn ihr wollt, aber es wäre für uns alle leichter, wenn ihr jetzt gleich auf meinen Eisberg umsteigen wolltet, statt euch in wenigen Minuten aus dem Wasser fischen zu lassen. Das ist keine große Auswahl, tut mir leid, aber das beste, was ich anzubieten habe.«

»Sie hat recht, verdammt soll sie sein«, knurrte Ashurek, steckte das Schwert in die Scheide und ergriff das Ende des Taus. Er stemmte sich ein und zog das Floß dicht an den Eisberg heran, während Estarinel und Medrian — widerstrebend — Arlenmias freie Hand ergriffen und sich auf den Absatz helfen ließen. Dann folgte Ashurek ihnen. Ein paar Sekunden, nachdem sie die Eisscholle verlassen hatten, brach sie in mehrere

Stücke auseinander, die an dem großen Berg vorbeitanzten.

»Beim Wurm, was tust du hier?« fragte Ashurek. Arlenmia lächelte ihn süß an und winkte ihnen, vor ihr eine Reihe von Stufen hochzusteigen, die in das Eis gehauen waren. Sie war von Kopf bis Fuß in schimmernde Pelze gehüllt, die bizarre Streifen in Purpur, Schwarz und Grün zeigten. Die pelzgefütterte Kapuze hatte sie zurückgeworfen, und ihr Haar, von pfauenfarbener Seide umhüllt, fiel ihr über die Schultern.

»Dasselbe könnte ich euch fragen, nur daß ich es schon weiß«, erwiderte sie. »Alles wird euch zu gegebener Zeit erklärt werden. Nach links, Estarinel — da ist ein Tunnel. Ich weiß, ihr werdet es mir nicht glauben, aber ich bin sehr, sehr erfreut, euch zu sehen.«

»Du hast recht. Ich glaube es nicht«, knurrte Ashurek. »Gehe ich recht in der Annahme, daß du verantwortlich für das Aufbrechen des Eises bist?« Arlenmia lächelte, antwortete jedoch nicht.

Der Tunnel endete in einer großen Kammer innerhalb des Eisbergs. Sie war von einem blaugrünen Licht erhellt, das den unheimlichen Eindruck erweckte, man befinde sich unter Wasser. Auf einer Seite führte eine aus dem Eis gehauene stabile Wendeltreppe offenbar zu Kammern weiter oben und unten. In der Mitte standen Eisblöcke, mit Fellen bedeckt, die als Sitze dienten. Arlenmia deutete ihnen an, Platz zu nehmen.

»Dies ist sehr eindrucksvoll«, bemerkte Ashurek.

»Danke. Ich hatte natürlich Hilfe. Warum soll man sich auf Reisen nicht ein vernünftiges Maß an Komfort leisten! Darf ich euch jetzt eine Erfrischung anbieten?«

»Wir haben unsere eigenen Vorräte«, erklärte Medrian unverblümt.

»Oh, ich werde euch nicht vergiften!« rief Arlenmia.

»Uns auch keine Drogen eingeben?«

»Nein, ich habe Drogen nicht mehr nötig.« Ihre Stimme nahm einen unheilverkündenden Klang an. »Hört zu, wir werden uns nur noch für ein paar Stunden in diesem Eisberg aufhalten. Das letzte Stück müssen wir gehen. Versteht ihr mich? Deshalb solltet ihr essen und euch ausruhen, solange ihr es könnt.«

Während sie sprach, schritt sie langsam vor ihnen auf und ab. In dem Augenblick, als Ashurek aus ihrer Sichtlinie geriet, sah er zu Medrian und Estarinel hin und berührte den Griff seines Schwertes. Beinahe unmerklich nickten sie. Arlenmia drehte sich wieder um, sie sprangen alle gleichzeitig auf und umringten sie. Ashurek hielt ihr die Schwertspitze an die Kehle, die beiden anderen hatten ihre Messer gezogen.

Ein Ausdruck der Verärgerung huschte über Arlenmias schönes blasses Gesicht, aber sie blieb ruhig zwischen ihnen stehen, ohne eine Spur von ihrer statuenhaften Haltung zu verlieren.

»Ich weiß nicht, welche Hilfe du zur Hand hast«, sagte Ashurek, »aber laß dir nicht einfallen, danach zu rufen, denn dann wirst du niemals wieder sprechen.«

»Das ist sehr dumm und völlig sinnlos«, stellte Arlenmia ruhig fest.

»Wirklich? Wir haben deine Gastfreundschaft schon einmal zu kosten bekommen. Du hast uns in bewunderungswürdigem Stil eine Falle gestellt, aber wir haben nicht den Wunsch, ein zweitesmal deine Gefangenen zu sein. Wir werden dich gefangennehmen.«

»Das wäre hübsch«, sagte sie, und ihre Augen gaben zu verstehen, daß sie sich geschlagen fühlte. Ashurek durchschaute jedoch, daß sie es vortäuschte, und er machte sich auf Schlimmes gefaßt. Er drückte ihr das Schwert an die Kehle und erzeugte ein blaues Mal auf der seidigen Haut.

»Jetzt sag uns, was du hier tust! Ohne Ausflüchte.«

»Ich hätte es euch sowieso erzählt — das ist wirklich nicht notwendig. Ich bin natürlich hier, um euch daran zu hindern, daß ihr die Schlange M'gulfn ermordet. Aber ich hatte nicht die Absicht, Gewalt zu brauchen oder einen von euch zu verletzen. Seht es doch ein, ihr habt überhaupt keine Aussicht auf Erfolg, und ich hoffte so sehr, euch zu meinem Standpunkt bekehren zu können. Es würde euch soviel an unnötigen Gefahren und Strapazen ersparen.«

»Darüber haben wir schon einmal gesprochen«, sagte Estarinel. »Es hat damals zu nichts geführt, und es wird auch heute zu nichts führen.«

Arlenmia sah ihn von der Seite an. »Ich weiß, mein Lieber, aber ich habe die Hoffnung noch nicht aufgegeben. Ich würde jedoch gern meine Erklärung zu Ende bringen, und es ist mir sehr unbequem, daß diese Klingen mich drücken. Da ihr nun offenbar meint, daß die Anwendung von Gewalt in Ordnung geht ...«

Es gab einen Knall, der eher zu fühlen als zu hören war, als reiße die Atmosphäre lautlos auf, und für einen Augenblick war die Luft mit einem schrecklichen dunklen Licht gefüllt. Es verblaßte, und Arlenmia stand immer noch passiv im Mittelpunkt der Kammer, aber Medrian, Estarinel und Ashurek lagen außer Atem und halb betäubt in den entferntesten Winkeln. Die Luft schien mit einer bleiernen Energie zu pulsieren, die gleichzeitig widerlich und auf verführerische Weise begehrenswert war.

Estarinel kam als erster wieder auf die Füße. Er stolperte zu Medrian hinüber und half ihr hoch. Ashurek lag immer noch am Boden. Als sie zu ihm gingen, keuchte er: »Das Steinerne Ei. Sie hat das Steinerne Ei.«

»Ja, das ist richtig, Ashurek«, bestätigte Arlenmia. »Tut mir leid, daß das nötig war, aber anders konnte ich euch die Sinnlosigkeit eures Versuchs, mich gefangenzunehmen, zu bedrohen und so weiter nicht klarmachen. Bitte, kommt und setzt euch wieder. Wir werden ein Glas Wein zusammen trinken. Ich hoffe, ihr habt euch nicht zu sehr weh getan?«

Die drei taumelten wie Narren in die Mitte der Kammer zurück und setzten sich, schwach und benommen von der Energie des Steinernen Eis. Ashureks sämtliche Muskeln hatten sich verkrampft, geschmolzenes Feuer lief ihm durch die Adern, die schreckliche metallische Stimme flüsterte in seinem Schädel von den unvorstellbaren Qualen, die er leiden müsse, bis er das Steinerne Ei von neuem in der Hand halte und nach seinem Willen tue.

»Versuche nicht, es anzufassen!« bat Arlenmia, als lese sie seine Gedanken. Sie beugte sich über ihn, und er konnte es spüren. Es hing ihr in einem Beutelchen um den Hals, genau wie er selbst es getragen hatte. »Wenn du auch nur daran denkst, es mir wegzunehmen, werde ich dich vom Nordpol zum Südpol schleudern. Skord!«

»Ashurek? Bist du in Ordnung?« fragte Estarinel leise.

»Gleich. Verdammt soll sie sein«, keuchte der Gorethrier. »Da sie das Steinerne Ei in ihrem Besitz hat, kann keiner von uns sie berühren. Sie hat sich unverwundbar gemacht ... Und ich kann nicht aufhören, an das Ding zu denken. Schon seine Anwesenheit zehrt an meiner Kraft.«

»Was sollen wir tun?«

»Ihr könnt überhaupt nichts tun.« Arlenmia gab ihnen ihre Waffen zurück. »Aber vielleicht werdet ihr mir jetzt mit ein bißchen mehr Aufmerksamkeit und Respekt für das, was ich zu sagen habe, zuhören. Ah, Skord! Willst du uns Wein bringen und ein paar von diesen flachen Kuchen und den gesalzenen Fisch?«

Die drei Gefährten sahen erstaunt auf. Die Treppe herauf kam der junge Skord. Er war in ähnliche Pelze wie Arlenmia gekleidet. Sein braunes Haar war immer noch adrett geschnitten, und sein Gesicht wirkte sogar noch jünger als früher, ungeachtet seines trüben gezwungenen Ausdrucks. Nachdem er die drei mit einem gleichgültigen Blick gestreift hatte, richteten sich seine einst so frechen Fuchsaugen ins Leere. Er kniete vor Arlenmia nieder und küßte ihr die Hand, dann stieg er wieder die Treppe hinunter.

»Bei den Göttern, Arlenmia, kannst du niemanden in Frieden lassen?« rief Estarinel wütend. Sie hatten Skord vor ihr gerettet und ihn in der sicheren Obhut Setrels gelassen — so hatten sie jedenfalls geglaubt. »Was in aller Welt tut er bei dir?«

»Ach, reg dich nicht auf!« Sie setzte sich zwischen Estarinel und Ashurek. »Er wollte gern mitkommen. Ihm ist klar, wie begünstigt er ist, daß er mich auf dieser wundersamsten aller Reisen begleiten darf. Übrigens möchte ich diese Begünstigung euch allen zukommen lassen: Seht ihr, ich verdanke euch soviel. Alles, was ihr versucht habt, gegen mich ins Werk zu setzen, hat mir nur geholfen — diese Vorstellung, ihr arbeitet gegen die Schlange, ist nichts als eine Täuschung. Wir sind Kameraden, wir alle. Wir reisen auf verschiedenen Wegen zu demselben Ziel.« Ihre blaugrünen Augen leuchteten dabei. Estarinel spürte, daß ihn ihr träger Zauber von neuem umstrickte. Er hatte vergessen, wie stark die magnetische Aura ihrer Persönlichkeit war. Jetzt, da Arlenmia ihr die Energie des Steinernen Eis hinzugefügt hatte, schien sie allmächtig zu sein. Damals hatte sie den Bann selbst gebrochen, indem sie eine gedankenlose Bemerkung über Forluin machte. So einfach würde er jetzt nicht mehr frei von ihr werden. Ein plötzlicher Schmerz in seiner Hand ließ ihn zusammenzucken, und er sah, daß Medrian seine Finger wie in einem Schraubstock hielt.

»Ihr seht«, sagte Arlenmia, »ohne euer Erscheinen in der Glasstadt wäre ich vielleicht für immer dort geblieben und hätte darum gekämpft, mit Hilfe meiner Spiegel die engen Grenze zu erweitern, die ich mir selbst gesetzt hatte. Ich war wütend, als ihr gingt, das ist wahr. Eure Abreise entzog der Glasstadt die gesamte Energie. Eine jahrelange Arbeit war umsonst gewesen; ich stand vor der Aufgabe, wieder ganz von vorn zu beginnen.

Wie leicht hätte ich vor Verzweiflung aufgeben können! Aber das tat ich nicht. Ich benutzte diese Zeit der Dämmerung zum Nachdenken — zum Meditieren.« Ihre Lippen verzogen sich zum Lächeln. »Ihr alle — vor allem du, Ashurek — habt mir zu der Einsicht verholfen, daß ich nur an der Oberfläche dessen, was ich wollte, gekratzt hatte und daß ich, um es zu bekommen, geradenwegs zum Kern vordringen mußte. Und dafür bin ich euch dankbar. Plötzlich erkannte ich, daß ich dumm gewesen war. Die Antwort hatte die ganze Zeit vor mir gelegen. Ich brauchte keine Glasstadt, keine Boten und auch sonst nichts. Ich brauchte einzig und allein das Steinerne Ei.«

»Wie hast du es bekommen?« Ashureks Stimme klang heiser.

Arlenmia lächelte. »Ich hatte Hilfe. Doch als ich es einmal in meinem Besitz hatte ... Oh, welche Freiheit! Ich hatte weder Mircam noch Spiegel mehr nötig. Alle Macht, von der ich geträumt hatte, war mein, durchströmte mich wie ein lebenspendendes Feuer! Nur — was konnte ich damit anfangen? Die Erde erobern, wie du es getan hast, Prinz Ashurek?« fragte sie in spöttischem Ton. »O nein. Ich sprach zu der Schlange M'gulfn und fragte sie, was ich tun solle.«

»Du hast was getan?« entsetzte sich Medrian, beugte sich vor und starrte sie an. »Das ist unmöglich. Es war eine Täuschung — eine Halluzination!«

»Meinst du? Du irrst dich, Medrian. Ich habe zu M'gulfn gesprochen. Was sie mir sagte, war so einfach, etwas, das ich die ganze Zeit schon hätte wissen müssen. Das Steinerne Ei ist das Auge der Schlange, und wenn sie ihr Auge zurückbekommt, wird M'gulfns Macht vollständig sein.«

Ja, so einfach war das, dachte Ashurek und schloß die Augen. War die Schlange erst wieder im Besitz ihres fehlenden Auges, würde auch der Silberstab nichts mehr gegen sie ausrichten können. Er fragte sich nur, warum die Shana, nachdem sie ihn das Steinerne Ei hatten holen lassen, es der Schlange nicht selbst gebracht hatten.

»Hat keiner von euch etwas zu sagen?« fragte Arlenmia. »Wollt ihr mir nicht auseinandersetzen, wie mißleitet, wie böse ich bin? Keine überredenden Ansprachen, keine herzzerreißenden Bitten?«

Skord kam in die Kammer und stellte ein Kristalltablett mit Speisen vor sie hin. Wieder verbeugte er sich vor Arlenmia.

»Skord, bitte, gieße uns Wein ein. Und bleibe bei uns, nimm dir auch ein Glas. Skord teilt die Ehre dieser Reise übrigens mit mir, weil er es war, der euch zu mir brachte«, sagte Arlenmia. »Solltet ihr immer noch daran denken, mich aufzuhalten, kann ich euch nur bitten, eure Kraft nicht zu verschwenden. Seht doch ein, daß ich euch inzwischen mühelos hätte töten können. Aber warum sollte ich, da ihr doch keine Gefahr für mich bedeutet?« Sie reichte ihnen die Weinkelche. »Der Grund, warum ich euch abgefangen und gerettet habe, ist nicht, weil ich euch ein Leid tun will. Ihr sollt vielmehr begreifen, welcher Ruhm uns erwartet, und ihn mit mir teilen. Wollt ihr diese ausgezeichneten Kuchen nicht kosten?«

Medrian zwang sich zu essen, denn sie konnten es sich nicht leisten, durch Hunger noch weiter geschwächt zu werden. Ashurek und Estarinel folgten ihrem Beispiel.

»Ich hätte eine Menge zu sagen, Arlenmia«, ergriff Ashurek das Wort. »Nur bezweifele ich, daß ich dich überreden könnte, mir in irgendeinem Punkt zuzustimmen. Du wirst erst dann erkennen, wie sehr du dich getäuscht hast, wenn es zu spät ist.«

»Aber ich täusche mich nicht«, gab sie etwas giftig zurück. »Jetzt habe ich zu arbeiten. Ich schlage vor, daß ihr die Gelegenheit nutzt, euch auszuruhen und zu überlegen, ob ihr wirklich so unbedingt recht habt.« Sie näherte sich der Wendeltreppe aus Eis, stieg nach oben und ließ die drei Gefährten mit Skord allein.

Ashurek wandte sich ihm zu. »Was tust du bei Arlenmia? Warum bist du nicht zu Setrel zurückgekehrt?«

Skord sah zu dem Gorethrier hoch, und seine Augen glitzerten in einer Mischung von Gefühlen. Sie kannten ihn als hochmütig, mordlustig und halb verrückt von der Macht, die Arlenmia ihm verliehen hatte, und später, aus ihrem Dienst entlassen, hatten sie ihn in äußerster Verzweiflung und außer sich vor Angst gesehen. Jetzt schien er irgendwo zwischen diesen beiden Extremen zu stehen.

»Bin ich doch«, antwortete Skord. Er hatte sie gehaßt, besonders Ashurek, doch sie hatten ihn vor Arlenmia gerettet und ihm ein neues Heim gegeben. Andererseits hatte er vielleicht gar nicht gerettet werden wollen. Er liebte Arlenmia immer noch, und sie waren ihre Feinde, und trotzdem — er fürchtete Arlenmia auch, und sie sprach von den dreien jetzt, als sollten sie ihre Verbündeten werden.

»Also, was ist geschehen?« verlangte Estarinel zu wissen. Skord fürchtete Estarinel in einer persönlicheren Weise als Ashurek, weil der Forluiner es fertiggebracht hatte, ihm die Erinnerung an alle die schrecklichen Ereignisse wiederzugeben, die Arlenmia ihn hatte vergessen machen ... die Greueltaten der Gorethrier in Drish.

»Ich brauche euch überhaupt nichts zu sagen.« Unter einer dünnen Schicht von Hochmut zitterte Skords Stimme.

»Nein, das brauchst du nicht, aber es bekümmert uns, dich hier zu finden, während wir dich bei Setrel in Sicherheit glaubten«, sagte Estarinel freundlich. »Was ist geschehen, als du den Wald verließest?«

Skord runzelte die Stirn, als habe er Schwierigkeiten, sich zu erinnern. Ashurek hatte den starken Verdacht, der Junge habe den Verstand verloren — falls es ihm je gelungen war, ihn wiederzufinden. »Der Wald ... Ich ritt eine weite Strecke, verirrte mich. Leute riefen — Neutren-Soldaten —, und ich bekam Angst. Mein Pferd ging durch und trug mich vor Setrels Tür.«

»Ja — und dann? Hast du dich bei Setrel nicht glücklich gefühlt?«

»Doch ...« Er kniff die Augen zusammen und schüttelte den Kopf, als habe er Schmerzen. »Oh, verdammt sollt ihr sein! Ihr seid genauso dumm, wie meine Herrin gesagt hat! Ihr dachtet, ihr hättet mir geholfen?«

»Wir haben dich von dem Dämon Siregh-Ma befreit, der dich so sehr gequält hatte. Du sagtest, du würdest Arlenmia hassen«, hielt ihm Ashurek vor. Skord stand auf und versuchte sich an ihm vorbeizudrücken. Der Gorethrier faßte den Jungen beim Arm und hielt ihn fest.

»Ich war nicht bei mir«, stieß Skord durch zusammengebissene Zähne hervor. »Ich liebe sie. Ich hatte nie den Wunsch, sie zu verlassen. Warum habt ihr mich dazu gezwungen? Bildet ihr euch ein, ich hätte eure Hilfe jemals gebraucht? Ihr habt mich in Trance versetzt und mir alles ins Gedächtnis zurückgebracht, was ich vergessen hatte — ihr habt mich veranlaßt, meine Herrin zu betrügen — ihr habt mich entführt — und ihr habt gemeint, mir damit zu helfen? Der glücklichste Augenblick meines Lebens war, als Arlenmia kam, mich zu holen, und Setrel niederschlug, damit ich mit ihr gehen konnte.«

»Sie hat was getan?« unterbrach Estarinel. »Ist er verletzt worden?«

»Woher soll ich das wissen? Er versuchte, sie am Betreten seines Hauses zu hindern. Es war seine eigene Schuld.«

»Und du hast ihn einfach liegengelassen? Nach seiner ganzen Freundlichkeit gegen dich?«

Skords Gesicht zeigte Verwirrung. Ihm fiel ein, wie glücklich er in dieser kurzen Zeit bei Setrel gewesen war und welche Angst er gehabt hatte, als Arlenmia dort auftauchte. Aber er unterdrückte die schmerzliche Erinnerung. »Meine Herrin ist die einzige, die jemals wirklich freundlich zu mir gewesen ist.«

»Was ist geschehen, nachdem du mit ihr gegangen warst?« Ashurek sandte Estarinel einen warnenden Blick zu. Wenn Skord sich aufregte, würde er nur noch größeren Unsinn schwatzen.

»Ich war stolz, an ihrer Seite gehen zu dürfen. Stolz! Sie hat mir verziehen! Nach allem, was ich getan habe! Sie sagte, ich sei der beste und wertvollste ihrer Boten. Ich ging mit ihr ...«

»Wohin? Über das Meer?« drängte Ashurek.

»Ja. Da war ein Schiff ...« Wieder flackerte ihm der Ausdruck der Verwirrung übes Gesicht. »Wir fuhren zu einem Ort, der Terthria genannt wird. Es war dunkel und feurig und heiß. Dort gibt es einen Vulkan.«

»Was hat Arlenmia getan, als sie in den Krater stieg?«

»Sie — sie befahl den Dämonen, für sie in die Lava zu tauchen.« Skords Stimme wurde zu einem heiseren Flüstern. »Und sie kamen lachend wieder heraus, mit dem kleinen blauen Stein. Ich glaube, sie wollten ihn ihr nicht geben. Aber sie zwingt sie immer, ihr zu gehorchen.«

»Wie viele Dämonen waren es?«

»Drei. Einer war Siregh-Ma.« Skord wurde aschfahl bei der bloßen Erwähnung dieses Namens.

»Du bist also glücklich bei Arlenmia?« fragte Ashurek bitter. »Bei ihr, die so freundlich zu dir ist, daß sie dich der Gegenwart eines Dämons aussetzt — genau des Dämons, von dem ich dich unter so vieler Mühe befreit habe?«

Skord drückte die Hand aufs Gesicht, als versuche er, das Entsetzen darin auszulöschen. Er zitterte. »Sie tut, was sie tun muß. Ich diene ihr.«

»Und dann kamst du in die Arktis?« übernahm Estarinel.

Er nickte. »Ich bin ihr jetzt treu. Ihr bringt mich nicht dazu, sie noch einmal zu verraten!« erklärte er herausfordernd.

»Ach, Skord, ich mache dir keinen Vorwurf«, seufzte Ashurek. »Du hast ein elendes Leben gehabt. Sogar mir macht es Schwierigkeiten, mich ihrem Willen zu widersetzen. Wie kann man dann von dir erwarten, daß du dich ihr nicht unterwirfst?«

»Sei nicht so herablassend!« flammte Skord mit fiebrig glänzenden Augen auf. »Ich diene ihr aus eigener Wahl. Sie nennt mich ihren Kameraden! Wir werden euch schlagen. Ich will euer Mitleid nicht! Ich warne euch, ich bin euer Feind!«

»Wenn du so gefährlich bist, Skord«, sagte Ashurek leise, »wovor hast du dann solche Angst?«

»Vor nichts. Ich habe keine Angst.«

»Und du hältst es für richtig, daß Arlenmia versucht, M'gulfn allmächtig zu machen?«

»Natürlich. Das weiß ich. Ihr drei seid einfach dumm.«

»Wie wäre dir zumute«, sagte Ashurek, »wenn ich dir erzählte, das Juwel der Macht, das sie trägt, das Steinerne Ei, habe mir die Macht gegeben, Drish zu erobern?«

Skords blasse Wangen färbten sich vor Aufregung. »Ich würde sagen, du lügst!« stammelte er. »Laßt mich in Ruhe! Siregh-Ma hat mich nie so gequält wie ihr! Laßt mich bloß in Ruhe!« Er riß sich von Ashurek los und rannte zur Treppe. Dort zögerte er, als fürchte er sich hinaufzusteigen. Estarinel sah Ashurek an und schüttelte verzweifelt den Kopf. Skord war entschlossen, sich an seine eigene Schwäche zu klammern, und es ging offensichtlich über ihre Kraft, ihn vor sich selbst zu retten.

Arlenmia kam halb die Wendeltreppe herunter und beugte sich um die Krümmung. »Was stehst du da herunt, Skord?« fragte sie ungeduldig. Ohne auf eine Antwort zu warten, fuhr sie fort: »Hört zu! Ich möchte, daß ihr alle zu mir nach oben kommt. Die Aussicht ist atemberaubend. Ihr sollt sie nicht verpassen. Kommt!«

Keiner von ihnen hatte besondere Lust, aber dann verspürten sie einen Zwang, der sanfter und doch schrecklicher als die Gewalt des Steinernen Eis war. Sie waren nicht fähig, Arlenmia den Gehorsam zu verweigern. Ihr Wille war wahrnehmbar wie ein schweres Parfüm. Von ihm bezwungen, standen sie auf, gingen wie in einer Drogentrance zur Treppe und folgten Skord und Arlenmia die Eisstufen zu einer Beobachtungskammer weiter oben hinauf. Sie war kleiner als die unten, pyramidenförmig und viel heller, offensichtlich aus der Spitze des Eisbergs ausgehauen. Auf allen vier Seiten waren große Löcher in die Wände geschnitten, so daß sie meilenweit in jede Richtung sehen konnten. Aber nicht die Aussicht fesselte ihre Aufmerksamkeit: Der Grund für Skords Furcht war offensichtlich geworden.

Bei Arlenmia in der Kammer waren drei Dämonen: Meheg-Ba, Diheg-El und Siregh-Ma. Wimmernd vor Entsetzen drückte sich Skord in eine Ecke und preßte sich gegen das Eis, als hoffe er, es werde ihn verschlukken. Estarinel ertappte sich selbst dabei, daß er zurückwich. Verzweifelt rang er darum, nicht den Verstand zu verlieren. Ashurek stieß einen bitteren Fluch aus, und Medrian starrte die Shana mit ausdruckslosem Gesicht an.

Die Dämonen zischten und kicherten. Ihre blutroten Münder verzogen sich zu breitem Grinsen, Elektrizität summte an den vollkommenen menschlichen Körpern entlang.

»Nein, ihr sollt nicht Besitz von ihnen ergreifen«, befahl Arlenmia den Shana, als wären sie gierige Hunde, die nur ihr gehorchten. »Sie sind jetzt auf unserer Seite oder werden es doch sehr bald sein.«

Sengendes Silberlicht fuhr durch die Kammer und verschmolz widerwärtig mit dem grünen Feuer am nördlichen Himmel.

»Auf unserer Seite?« höhnte Meheg-Ba. »Die Wunder hören niemals auf, Prinz Ashurek.«

»Seid still und faßt sie nicht an!« befahl Arlenmia. Sie drehte den Kopf, so daß ihr Profil sich vor dem Schlangenfeuer abhob und ihr Haar zu einer züngelnden grünen Aureole wurde. Drei Dämonen und vier Menschen waren hilflos in den Bann ihrer schweren, süßen, charismatischen Macht geschlagen, während sie mit ausgebreiteten Armen wie ein Engel dastand, der das Gesicht seines Gottes sehen soll. »Jetzt wird es keine Uneinigkeit mehr geben. Wir alle gehen zusammen zu M'gulfn.«

15
»Sie müssen ihre Augen öffnen«

Die Dämonen hockten in einer Gruppe zusammen, wippten auf den Fußballen und tuschelten miteinander. Ihre knisternden Silbergestalten zeichneten sich vor dem grünen Feuer ab. Skord schluchzte immer noch in seiner Ecke, den Blick in lähmender Angst auf die Shana gerichtet. Ashurek stand starr aufgerichtet und hatte das grimmige Gesicht dem nördlichen Horizont zugewandt. Dort war eine dünne Linie aus festem Eis sichtbar geworden, die die flackernden Wurmlichter widerspiegelte. Estarinel und Medrian klammerten sich aneinander wie Kinder. Arlenmia beachtete sie alle nicht. Sie sah über das weißgetupfte graue Meer hinweg ekstatisch ihrem Ziel entgegen. Die eine Hand ruhte unter ihrer Kehle, wo das steinerne Ei hing. Ihre Lippen hatten sich geteilt, und ihre Augen waren groß und leuchtend wie Sonnenstrahlen, die einen blaugrünen Ozean durchdringen. Die gräßlichen Lichter schienen die Farbe ihres Haares widerzuspiegeln, als habe sie selbst sie heraufbeschworen. Die Luft vibrierte wie Glas. Ein dumpfes mißtönendes Summen hatte am Nordpol eingesetzt, voll von böser Macht.

»So werden wir alle in Glorie zu M'gulfn kommen«, murmelte Arlenmia. »So werden wir fortan reisen... Die Schlange wird ein Herz sein, aus dem Energie fließt wie flüssige Juwelen. Es wird kein menschliches Elend, keinen Tod mehr geben. Ich weiß nicht, welche Form das Leben eines jeden einzelnen von uns annehmen wird, aber ich weiß, daß wir ewig weiterleben werden, auf einer Existenzebene, die wir uns ebensowenig vorstellen können, wie ein Insekt begreift, was es bedeutet, menschlich zu sein. Versteht ihr jetzt? Seht ihr, daß ich es nicht meines eigenen Vorteils wegen tue oder weil ich wahnsinnig oder böse bin, sondern zum Besten der Welt?« So aufrichtig und ernst sprach sie, daß sie beinahe hätten glauben können, sie habe recht und die Wächter und alle anderen hätten unrecht.

Unter großer Mühe gelang es Medrian zu sprechen. »Arlenmia, ich sehe, daß du daran glaubst. Aber ich weiß nicht, woher du diese Vision hast. Wenn du die Natur der Schlange verständest, würdest du wissen, daß du die Welt zur Hölle verdammst.«

»Nein!« rief Arlenmia und umfaßte Medrians Schultern. »Du verstehst nicht. Es ist ganz verkehrt, M'gulfn eine ›Schlange‹ zu nennen. Greifbare Formen sind Illusion. M'gulfn ist Energie. Sie weiß nichts von unseren kleinlichen Begriffen wie Gut und Böse. Aus einfacher menschlicher Furcht hältst du diese Dinge für die ›Hölle‹ oder für ›böse‹. Das ist verständlich. Doch wenn du ein wenig Vertrauen zu mir hättest, würdest du die Wahrheit erkennen. Meine Vision. Mein zur Wirklichkeit gewordener Traum ...«

»*Dein* Traum. Niemandes anderer Traum«, wandte Medrian ein. »Und mehr als ein Traum ist es nicht. Glaubst du, ich habe all diese Jahre Seite an Seite mit dem Wurm gelebt, ohne ...« Sie verstummte, ob von Arlenmias Willen oder ihrer eigenen Verzweiflung zum Schweigen gebracht, ließ sich unmöglich sagen.

»Meine Herrin Arlenmia, ich habe dich vor ihr gewarnt!« Siregh-Ma zeigte auf Medrian. »Sie ist gefährlich. Sie ist Tod. Was wirst du mit ihr machen?«

»Siregh-Ma, du sprichst wie ein menschlicher Dummkopf. Sei ruhig und vertrau mir!« fuhr sie ihn an, und der Dämon gehorchte, fuhr jedoch fort, die Alaakin finster zu mustern.

»Furcht, Medrian. Schwäche«, sprach Arlenmia weiter. »Kein Wunder, daß du gelitten hast, wenn du in dieser ganzen Zeit bemüht warst, dich M'gulfn zu widersetzen. Und du, Estarinel, welchen Kummer hast du? Du glaubst jetzt, du könnest M'gulfn nicht gegenübertreten?« Sie zeigte ihm ein verächtliches Lächeln. »Wie kannst du hoffen, die Schlange zu erschlagen, wenn du es nicht einmal erträgst, dich ihr zu nähern? Ah, aber es wird dir verziehen werden. Du wirst der erste sein, der sich in Ehrfurcht verneigt, wenn wir sie endlich erreichen.«

»Und Ashurek wird sich vor mir verneigen, nicht wahr?« Der Dämon Meheg-Ba trat plötzlich vor. »Er ist mir sehr viel schuldig. Mehr als er sich leisten kann. Stimmt das etwa nicht, Prinz Ashurek?«

»Ich habe dir nichts zu sagen, Meheg-Ba«, antwortete Ashurek mit gepreßter Stimme, ohne den Shanin anzusehen.

»Ach, wirklich? Nichts über die Zauberin Silvren, die seit deinem lächerlichen Versuch, sie zu befreien, soviel weitere Unannehmlichkeiten zu ertragen hatte?«

»Was?« Ashurek drehte sich um und starrte dem Dämon in die Silberaugen.

»Oh, aber es war nicht unsere Schuld!« rief Meheg-Ba und spielte einen in Verlegenheit gesetzten Menschen. »Es war dieser Idiot Ahag-Ga — der, den du ganz aus der Fassung brachtest. Wir waren nicht da, und Ahag-Ga meinte, sie müsse bestraft werden. Aber Diheg-El und ich retteten sie; sie ist jetzt in Sicherheit. Sie arbeitet für uns.« Ashurek wandte den Blick ab. Er wußte, er riskierte es, in Besitz genommen zu werden, wenn er Zorn und Neugier zeigte. Mit aller Willenskraft unterdrückte er seine Gefühle; ein Streit mit Meheg-Ba würde zu gar nichts führen. »Willst du denn überhaupt nicht wissen, was sie tut? Wir haben ihr Exhals Amt übertragen.«

Da verlor Ashurek doch die Beherrschung und wollte auf den Dämon losgehen. Arlenmia trat zwischen sie und griff ein: »Meheg-Ba, sei still. Das war eben mein Ernst. Vergiß diese kleinlichen Rachegelüste. Ashurek wird sich nicht vor dir verneigen. Wir werden uns alle zusammen vor der Schlange verneigen.«

Der Shanin zog sich mürrisch zurück und wandte sich zischend und murmelnd an seine beiden Kameraden. Skord versuchte, sich aus seiner Ecke davonzuschleichen, aber Siregh-Ma schickte einen Blitz, der ihn wie angenagelt stehenbleiben ließ. Estarinel fühlte sich so krank, daß er glaubte, nicht einen Augenblick länger in der Gesellschaft der Dämonen bleiben zu können, während die Energie des Wurms die Atmosphäre wie eine Seuche durchdrang. Er wandte sich der Treppe zu, und Medrian und Ashurek folgten ihm.

»Ja, geht und ruht euch aus«, sagte Arlenmia ein bißchen spöttisch. »Ich bleibe hier, und ich werde euch rufen, wenn wir an Land kommen.«

Die drei saßen völlig verzweifelt auf den fellbedeckten Eisblöcken in der unteren Kammer. Sie fühlten sich geschlagen, aber vielleicht hatte gerade das einen Funken Widerstandswillen in ihnen entzündet.

»Ich war immer der Meinung, wir hätten sie nicht zum letztenmal gesehen«, sagte Ashurek. »Und das verdammte Steinerne Ei! Plötzlich besteht unsere Aufgabe nicht nur darin, M'gulfn zu töten, sondern zuerst müssen wir auch noch verhindern, daß Arlenmia die Schlange erreicht, und beides scheint unmöglich zu sein.«

»Meinst du, sie kann uns hören?« fragte Estarinel.

»Bestimmt, wenn sie es möchte. Nur ist sie sich ihrer Macht so sicher, daß es sie wahrscheinlich nicht interessiert, was wir untereinander reden.«

»Und weiß sie von ...« Er zeigte auf den Silberstab, der unter seinem Mantel verborgen war.

»Ich weiß es nicht«, seufzte Ashurek. »Aber wenn sie die Schlange als erste erreicht und ihr das Auge zurückgibt, wird nichts mehr gegen M'gulfn wirken. Nichts. Und da sie die Macht des Steinernen Eis und drei Dämonen auf ihrer Seite hat, sehe ich für uns keine Möglichkeit, sie aufzuhalten.«

»Was ist mit Miril?« überlegte Estarinel.

»Ich weiß es nicht ... Wenn wir sie riefen, könnten die Dämonen sie einfach umbringen ...« Ashurek durchforschte sein Gedächtnis nach allem, was die Shana und Miril jemals übereinander gesagt hatten.

»Ich kann nicht glauben, daß Arlenmia zu M'gulfn gesprochen hat«, erklärte Medrian. »Ich bin — ich bin die einzige, die zu dem Wurm sprechen kann. Sie mag, wenn sie entschlossen genug war, kurz mit ihm kommuniziert haben, gerade lange genug, daß er ihr sagen konnte, er wolle sein Auge wiederhaben. Aber ganz bestimmt hat sie nie seine Gedanken berührt, sonst hätte sie seine wahre Natur sofort begriffen.«

»Wenn wir es ihr erklären könnten ...«, begann Estarinel.

»Und selbst wenn sie es täte«, fuhr Medrian fort, »zöge der Wurm sie mit seinem Willen trotzdem zu sich heran, damit sie ihm das Steinerne Ei gibt. Wahrscheinlicher ist jedoch, daß sie, ganz gleich, wie viele Beweise sie bekommt, alle so verzerren würde, daß sie in ihre Vision passen. Ich glaube ... nun, ich glaube, sie ist auf ihre Weise wahnsinnig. Vielleicht hätte sie ohne diese alles verzehrende Besessenheit — diese Religion — was auch immer es ist — das Gefühl, nichts zu sein. Ihr seht, sie ist ebenso M'gulfns Opfer wie wir übrigen.«

»Mein Herz blutet für sie«, sagte Ashurek mit bitterem Sarkasmus. »Dessen ungeachtet müssen wir sie aufhalten. Miril muß mit dem Steinernen Ei wiedervereinigt werden. Aber ich selbst kann den Stein nicht berühren; er würde mich zerstören, mich sofort in M'gulfns Gewalt bringen. Tatsächlich ist es für keinen von uns ungefährlich, ihn anzufassen.«

»Das ist alles ...«, begann Estarinel. »Nun ja, was mich betrifft, hat sie recht. Lieber würde ich sterben, als der Schlange näher kommen. Ich möchte euch nicht im Stich lassen, aber ...«

»Du wirst uns nicht im Stich lassen. Ich weiß es.« Medrian legte die Arme um ihn und hielt ihn fest.

»Medrian, wenn wir die Eiskappe von neuem erreichen, wie weit werden wir dann noch von der Schlange entfernt sein?« erkundigte sich Ashurek.

»Etwa zwei Tagesmärsche«, antwortete sie. »Weniger, wenn der Schnee flach und fest ist.«

»Zwei Tage! Wir haben weniger als zwei Tage, um sie aufzuhalten.« Er stöhnte. »Hört zu. Als erstes müssen wir sie von den Dämonen trennen. Das allein könnte uns eine Chance geben.«

»Leichter gesagt als getan«, meinte Medrian. »Außerdem benutzt sie sie nur; sie ist ohne sie nicht weniger mächtig. Und wenn wir sie trennten könnten, wie würde es uns helfen?«

»Das weiß ich noch nicht ... Es ist nichts als eine Eingebung.« Ashurek stand auf und wanderte langsam in der Kammer umher. »Ich muß nachdenken.«

»Und ich muß zu M'gulfn sprechen.« Medrians Stimme war so schwach, daß selbst Estarinel sie kaum verstehen konnte. »Wenn er mir nur zuhört!«

Während der Eisberg seine langsame Fahrt nordwärts fortsetzte, kam es Estarinel allmählich zu Bewußtsein, was die rhythmische Bewegung ihres Eisfloßes symbolisiert hatte: Es war Arlenmias schreckliche Vision, in der das Leben nur existierte, um die Schlange in alle Ewigkeit anzubeten. Er dachte an die gräßlichen Bilder, die sie ihm in ihren Spiegeln gezeigt hatte, Forluin eine versteinerte Landschaft, in der elende Gestalten M'gulfn ihre Ehrerbietung erwiesen, gefangen wie innerhalb eines Juwels, das gleichzeitig schön und auch teuflisch war.

Nach etwa acht Stunden lief der Eisberg auf eine Klippe auf. Unter Arlenmias Anleitung hielten die Dämonen ihn im Gleichgewicht, während sie Skord, Medrian, Ashurek und Estarinel aussteigen ließ. Wieder war es unmöglich, sich zu weigern; sie waren sich völlig klar darüber, daß Arlenmia sie beeinflußte, und doch hatten sie keine Wahl, als ihr wie Untote zu gehorchen. Die Klippe war ziemlich leicht zu ersteigen, und bald waren sie oben angelangt. Sie fanden sich auf einem weiteren flachen Schneefeld wieder. Die drei Dämonen warteten bereits auf sie.

Die Sonne stand im Norden und sah wie ein krankes Auge durch den giftigen grünen Rauch. Die Atmosphäre vibrierte von einer dumpfen, massiven Energie, die sowohl Übelkeit als auch Angst hervorrief. Medrian fühlte, daß M'gulfn sich in ihr regte, triumphierend, flüsternd: *Medrian, komm zu mir, komm!* Sie fürchtete zu fallen und klammerte sich an Estarinels Arm. Nur das hielt ihn davon ab, kehrtzumachen und sich blindlings in das eiskalte Meer zu stürzen. Ashurek empfand nichts als Widerwillen, doch je mehr er die Schlange verabscheute, desto stärker fühlte er sich mit ihr verwandt, als ihr zugehörig. Der Ekel überwältigte ihn.

Arlenmia blickte dagegen ekstatisch nach Norden. Sie hatte sich die Pelze um das Kinn gezogen, die Lippen hatten sich geteilt, die Augen funkelten vor freudiger Erwartung.

»Wir sind beinahe da«, sagte sie, drehte sich um und faßte Skord bei der Schulter. Die Augen des elenden Jungen waren glasig vor Angst. »Fühlst du M'gulfns Macht, Skord? Siehst du sie? Bald werden wir ihr gehören — und sie uns.«

»Sie wird mich töten«, murmelte Skord kläglich.

»Sei nicht dumm! Seid ihr soweit?« fragte sie Ashurek und die anderen. Sie lachte leise, weil sie die Verzweiflung in ihren Gesichtern las und weil sie ihre Macht über sie spürte, als halte sie sie buchstäblich an Fäden, die ihre Glieder regierten.

Sie ging mit Skord über den Schnee voran. Ashurek,

Medrian und Estarinel folgten ihr hilflos. Die Dämonen liefen wie Hunde hinterher und schnatterten miteinander. Hier besaß der Wurm die völlige Herrschaft über das Wetter. Gespenstische Lichter hüllten den Himmel ein. Der Wind hatte sich gelegt, und es hing etwas in der Luft, das beinahe Gestank war. Anstelle von Wolken wallte öliger Rauch hin und her und spie spärliche bitterkalte Schneeflocken aus, die wie Kieselsteine niederfielen. Die Schneefläche erstreckte sich scheinbar endlos vor ihnen, grimmig und öde und erbarmungslos.

Der Marsch wurde schnell zu einem Alptraum. Der Schnee schien fleischfarben, durchsiebt von Madenlöchern, weich vor Verwesung. Hinter ihnen flackerte und zischte eine dämonische Illumination wie Säure, während vor ihnen ein kaltes, grausames, ungerührtes Böses wartete und über ihr Kommen grinste. Von ihm strahlten Krankheit, Wahnsinn, Haß, Blutdurst wie Fadenwürmer aus, die sich durch die Erde fraßen, so daß sie eiterte und faulte. Schließlich taumelten die Gefährten mehr als daß sie gingen, sie waren betrunken von Entsetzen und Erschöpfung, sie schluchzten vor Verzweiflung.

Arlenmia jedoch schritt dahin, unempfänglich für alle Schrecken, und im Gegensatz zu der scheußlichen zersetzenden Umgebung glühte sie vor Freude wie ein leuchtender Smaragd. Sie achtete nicht auf die anderen, als hätten sie keine Bedeutung, keine Wirklichkeit mehr für sie, und doch zog sie sie hinter sich her, als sei sie ein furchterregendes Leuchtfeuer.

Alle litten unter Halluzinationen. In Estarinel setzte sich die Überzeugung fest, er sei in Forluin, und das Vernichtungswerk der Schlange sei abgeschlossen. Alle Menschen, die er liebte, wanderten über eine aschgraue Ebene, seine Mutter und sein Vater, Lothwyn, Arlena, Falin und dessen Familie, Lilithea ... Alle schrien vor Verzweiflung, und er wußte, es war seine Schuld. Er hatte sie im Stich gelassen. Immer wieder und wieder sah er Lilithea vor sich. Die Tränen liefen ihr übers Gesicht, und sie sagte: »Es gibt Krankheiten, die ich nicht heilen kann, E'rinel.« Und am schlimmsten von allem war, daß er sich in seiner Halluzination nicht beherrschen konnte, über sie alle zu lachen, als sei er so verrückt geworden wie ein Dämon.

Ashurek meinte, über einen schwarzen Berghang zu wandern, und Tausende von Augenpaaren richteten sich anklagend aus der Dunkelheit auf ihn, darunter die Augen Silvrens, Orkeshs und Meshureks. Er jedoch empfand nichts anderes als den Wunsch, die schreckliche bleierne Macht des Steinernen Eis zu besitzen, um alle diese traurigen anklagenden Augen vernichten, sie bestrafen zu können, weil sie seine nichtwiedergutzumachende Schuld bloßgelegt hatten.

Medrian spürte keinen Boden mehr unter den Füßen und sah nichts mehr als eine graue Leere. Sie trieb mit dem Wurm dahin und gleichzeitig auf ihn zu. Seine Angst vor Miril war vergessen. Er schalt sanft mit ihr: *Komm meine Medrian! Jetzt wirst du dich mir nicht mehr entziehen. Geliebtestes Wesen von allen meinen Wirten ... Meine letzte Wirtin ... Bald werden wir für immer zusammen sein ...* Medrian glaubte, endgültig den Verstand verloren zu haben, und die Vorstellung, sie habe jemals unabhängig von dem Wurm existiert, kam ihr wie ein bizarrer ferner Traum vor.

Auch Skord war in seinem eigenen Alptraum an Erinnerungen gefangen: Gorethrier erhoben sich aus dem Meer wie dunkle Riesen, metzelten seine Landsleute nieder, beschworen eine Menge Dämonen herauf, die ihn umringten, die glatten Körper beschmiert mit dem Blut seiner Schwester und seiner Mutter ... Dämonen, überall Dämomen, lachend in bösem Triumph ... Und Arlenmia, deren Bild sich wie ein Diamantsplitter in sein Gehirn bohrte. Ihretwegen hatte er zwei Fremde, die als seine Eltern galten, mit der Seuche geschlagen ... Ihretwegen hatte er ein Mädchen ermordet, das er einmal zu lieben glaubte ... Ihretwegen hatte er den einzigen Frieden aufgegeben, den er jemals kennengelernt hatte — bei Setrel —, und ihretwegen stolperte er jetzt durch ein gräßliches Land einem grauenhaften Schicksal entgegen.

Arlenmia blieb stehen und drehte sich zu ihnen um. Der Klang ihrer Stimme brachte sie alle wieder zu sich, doch sie mußten erkennen, daß die Realität nicht besser war als die Schreckensvisionen. Der Schnee sah aus wie von Fliegen verseuchtes Fleisch, und der Himmel ähnelte einem schwarzen Inferno.

»Wir wollen eine Pause machen und uns ausruhen«, sagte Arlenmia. Ihr Gesicht und ihre Augen leuchteten; die strahlende Freude einer so schönen Frau über die abscheulichen Taten des Wurms machte die Herzen der Menschen krank. »Es gibt keinen Grund, so ängstlich auszusehen. M'gulfn wird euch sicher verzeihen, wenn ihr nur eingesteht, geschlagen zu sein.«

»Wie weit sind wir noch von ihr entfernt?« zwang Ashurek sich zu fragen.

»Nicht weit. Sie ist gleich hinter dem Horizont. Seht ihr es nicht?« Lächelnd wies sie mit dem Arm nordwärts. Aber was sie sahen, war irgendwie nicht das Erwartete. Wie eine unpassende Fata Morgana erhoben sich glitzernde Eisklippen, weiß und türkis, halb verschleiert von großen Nebelvorhängen, durch die ein topasgelbes Licht glühte. Das grüne Feuer am Himmel war beryllfarben, beinahe rein. Die Luft vibrierte von bedrückender Energie.

»Was ist das?« Ashurek fuhr sich mit dem Finger über die Stirn. Trotz der Kälte schwitzte er; er fühlte sich unrein, von M'gulfn verseucht. »Wo ist die Schlange?«

»Es ist, als ständen wir in einer höllischen Grube und blickten zum Himmel auf«, erwiderte Arlenmia. »Und damit, daß wir die Grube durchwandern müssen, wird nur unsere Treue geprüft. Wollt ihr mir jetzt glauben, daß M'gulfn nicht böse, sondern schön ist?«

»Wie hast du ...«, setzte Medrian an und verstummte kopfschüttelnd. Sie hatte die Augen weit aufgerissen und sah so verwirrt aus, dachte Estarinel, wie er sich fühlte.

»Setzt euch, ihr alle!« fuhr Arlenmia fort. »Wir müssen essen und uns ausruhen, bevor wir vor das Angesicht M'gulfns treten. Und ich habe eine letzte Vorbereitung zu treffen. Dann wird meine Arbeit vollendet sein!«

Sie taten, was ihnen geheißen worden war — nicht, daß sie die Wahl gehabt hätten —, und setzten sich auf den braungrauen Schnee. Schmutzige Wolken brodelten über ihnen, durchschossen von eiterfarbenen Blitzen. Die Andeutung einer verwunschenen kristallinen Schönheit am Nordpol stand in scharfem Gegensatz zu ihrer unmittelbaren Umgebung. Ashurek hatte das Gefühl, es verberge sich darin eine perverse Offenbarung, die den letzten Überresten seines Verstandes den Todesstreich versetzen werde. Er sah zu Medrian und Estarinel hin, die beide so blaß und elend aussahen wie Skord. Sie alle marschierten, allein von Arlenmias Willen belebt, dem Wurm entgegen. Vielleicht würden sie bald völlig in seiner Gewalt und nicht einmal mehr ihre Gedanken ihr Eigentum sein. Aber er wußte nicht, wie er es verhindern sollte.

Er sorgte dafür, daß Medrian und Estarinel mit dem Rücken nach Norden zu sitzen kamen, und zündete das h'tebhmellische Feuer an. Ein paar Augenblicke glomm es wie ein Stäubchen der Vernunft in der vom Wurm geschändeten Umgebung. Dann begannen die Shana, vor Widerwillen zu zischen, und sofort rief Arlenmia zornig: »Mach das aus! Es ist eine Beleidigung für die Schlange M'gulfn!« Ashurek mußte gehorchen. Wenigstens waren ihnen die h'tebhmellischen Vorräte an Essen und Wein vergönnt, die sie sehr stärkten, obwohl sie wenig Appetit hatten. Arlenmia schien ihre Kontrolle über sie ein bißchen gelockert zu haben.

»Ich habe unterwegs Schreckliches gesehen«, seufzte Estarinel. »Und alles war so wirklich.«

»Das haben wir, glaube ich, alle gesehen«, sagte Ashurek. Im stillen fluchte er darüber, daß es unmöglich war, miteinander zu sprechen, ohne daß die Dämonen und Arlenmia zuhörten. Vielleicht wäre es am besten, sich jetzt in einen Kampf zu stürzen und ein schnelles Ende herbeizuführen. Sie hatten keine Aussicht zu siegen, aber der Tod war einem Leben unter der Herrschaft der Schlange vorzuziehen. Beim Essen dachte er weiter darüber nach. Er zweifelte, ob es ihm gelingen werde, dem Willen Arlenmias auch nur so lange zu widerstehen, daß er den Kampf beginnen konnte. Und es stand zu erwarten, daß die Shana, wenn sie dabei fielen, ihre Seelen in die Dunklen Regionen entführen würden. Er befürchtete, wahnsinnig zu werden. Von allen Seiten drängte Schwärze auf ihn ein. Es gab kein Entrinnen, dieser Alptraum war Wirklichkeit.

»Medrian, ich habe etwas mit dir zu besprechen«, drang Arlenmias Stimme in seine finstern Gedanken ein. Er sah sich um. Arlenmia stand neben der Alaakin und berührte ihre Schulter.

Medrian sah mit weißem Gesicht zu Arlenmia auf. Estarinel legte schützend den Arm um sie und sagte: »Hab Erbarmen, Arlenmia, und laß sie in Ruhe! Keiner von uns hat dir irgend etwas zu sagen.«

»Nein.« Medrian brachte ihn mit einem bedeutungsvollen Blick zum Schweigen. »Es ist schon gut, Estarinel. Ich werde mit ihr reden. Aber wir müssen allein sein, Arlenmia. Ohne die anderen.« Mit erschreckender Ruhe stand sie auf.

»Einverstanden. Ich bin froh, daß du einsiehst, wie sinnlos ein Protest wäre. Außerdem möchte ich nur reden — du brauchst keine Angst zu haben.« Arlenmia hängte sich bei Medrian ein wie eine Schwester. »Wir wollen einen kleinen Spaziergang über den Schnee machen. Aber damit ihr euch nicht einsam fühlt, Ashurek und Estarinel, lasse ich natürlich die Shana da, die sich um euch kümmern werden.«

Sie und Medrian entfernten sich ostwärts über das Schneefeld. Sie gingen vielleicht eine halbe Meile, doch dann gerieten sie außer Sicht. Sie mußten in eine Senke hinuntergestiegen sein.

»Arlenmia will immer noch die Wirtin der Schlange werden«, stellte Estarinel erbittert fest. Skord saß ein paar Meter weiter weg, den Kopf auf die angezogenen Knie gelegt. Die Dämonen bewegten sich im Kreis um die drei Menschen.

»Es wäre der Höhepunkt ihres Traums«, sagte Ashurek.

»Jetzt müssen wir hilflos hier sitzen, während sie Medrian ein unaussprechliches Leid antut. Verdammt soll sie sein!«

»Aber Medrian hat die Gelegenheit ergriffen ...« Ashurek spähte zu den Shana hin. »Ich vermute, sie wird Arlenmia so lange wie möglich beschäftigen, um sie von uns fernzuhalten.«

»Und wie nützen wir diese Gelegenheit?« flüsterte Estarinel. Siregh-Ma beugte sich über Skord, stieß ihn mit langen Silberfingern und zischelte auf ihn ein. Der Junge wimmerte vor Angst. Estarinel wurde ganz übel, weil sie nichts tun konnten, um Siregh-Ma von ihm abzulenken, zumal Meheg-Ba und Diheg-El jetzt zu ihm und Ashurek kamen. Die Augen der Dämonen glänzten wie weiße Münzen, und sie stanken nach Metall und Blut. Vielleicht wäre es doch besser gewesen, wenn Medrian nicht gemeint hätte, Arlenmia wegführen zu sollen.

Ashurek sprang auf die Füße. »Halte Abstand, Meheg-Ba. Hast du die Befehle deiner Herrin vergessen?«

»Tja, sie ist im Augenblick nicht da, um Befehle zu geben«, antwortete Meheg-Ba mit kehliger Stimme. »Und sie ist nicht unsere Herrin. Wir tun nichts anderes als ...«

»... sie auszunützen«, beendete Diheg-El. Jetzt stand auch Estarinel auf und stellte sich neben Ashurek. Er kämpfte gegen den Ekel an, der ihn zu lähmen drohte.

»Wirklich?« fragte Ashurek. »Dann muß ich euch gratulieren. Eure Darstellung von drei unterwürfigen Kötern war fehlerlos.«

Meheg-Ba stieß ein verärgertes Zischen aus. »Mach mich nicht zornig, Prinz Ashurek. Sie begeht auch den Fehler, uns für dumm zu halten. Ich weiß jedoch mehr als sie. Ich habe ebenfalls etwas zu besprechen — mit dir und deinem forluinischen Freund.«

»Sieh sie nicht an, Estarinel, ganz gleich, was sie anstellen, um dich dazu zu bringen«, warnte Ashurek. »Meheg-Ba, ich weiß nicht, was du im Schilde führst, aber ich werde keinen Pakt mit dir schließen. Nicht einmal — nicht einmal um Silvrens Leben.«

»Pakt! Was für ein Dummkopf du bist!« rief Diheg-El aus. »Was wir wollen, können wir uns einfach nehmen, deshalb bist du kaum in der Lage, einen Pakt mit uns zu schließen. Wir diskutieren es nur mit dir, um dich zu verhöhnen.«

»Wenigstens bleibt ihr euch damit treu.«

»Wir beziehen uns natürlich auf die Waffe, die er trägt.« Meheg-Ba zeigte auf Estarinel. Siregh-Ma hatte aufgehört, Skord zu quälen, und stand grinsend hinter ihnen.

»Wir tragen beide Schwerter«, antwortete Ashurek gelassen.

»Oh, stelle dich nicht dümmer, als du bist. Meinst du, solche wie wir könnten einen langen dünnen Silberstab, der eine große Gefahr für die Schlange darstellt, nicht wahrnehmen? Nicht etwa, daß ihr jetzt noch irgendeine Gelegenheit hättet, ihn zu benutzen, aber darum geht es nicht. Er bleibt ein schlimmes Spielzeug, und er ist eine Beleidigung für uns.«

»Versucht nicht, ihn mir wegzunehmen!« rief Estarinel. Seine Hilflosigkeit entsetzte ihn.

»Estarinel, sprich nicht zu ihnen!« warnte Ashurek von neuem.

»Ihn dir wegzunehmen?« fragte Diheg-El. »Du wärest gut beraten, wenn du ihn uns einfach gäbest, sofern du Wert auf deine geistige Gesundheit legst. Was ist dir lieber: Willst du auf der Erde umherlaufen und tun, was wir wollen, oder in den Dunklen Regionen schmachten?«

»Andererseits, welch ausgezeichneter Witz wäre es, wenn er das Steinerne Ei für uns einsetzen würde«, sagte Meheg-Ba. »Wir sähen es lieber in Händen, die wir bewachen können ... Ich weiß, du hättest das Steinerne Ei gern zurück, Ashurek, aber dir können wir es nicht anvertrauen.« Der Shanin grinste und schickte einen silbernen Blitz aus, der Ashureks Schultern umknisterte, bis der Gorethrier vor Schmerz stöhnte. »Du hättest es gern, nicht wahr? Welch ein Jammer, daß du, wie du bewiesen hast, ein noch größerer Narr als dein Bruder bist. Trotzdem wirst du für uns arbeiten.«

»Und du auch.« Diheg-El streckte die Hand aus. Eine sengende Energie hüllte Estarinel ein und füllte ihm das Gehirn mit bösem Licht. Als es von ihm wich, zitterte er heftig und rang nach Atem. »Wirst du uns nun die Waffe geben?« Estarinel hätte das nicht ein zweitesmal ertragen. Mit bebenden Händen faßte er nach dem Silberstab. Er nahm die Lederhülle von dem Knauf und zog ihn langsam aus der roten Scheide. Aber als er ihn umfing, erfüllte ihn eine andere Art von silbernem Feuer, etwas Reines und Ruhiges. Er hielt Diheg-El den Stab mit dem eiförmigen Knauf nach vorn entgegen, bot ihn dem Dämon dar — und war gleichzeitig entschlossen, ihn nicht loszulassen.

Der Dämon verzog seinen blutroten Mund zum Grinsen und faßte danach. Im gleichen Augenblick entrang sich Ashureks Kehle ein einziges Wort, ein wilder, verzweifelter Ruf um Hilfe: »Miril!«

Und es geschah etwas. Die winzigen Bewegungen innerhalb des silbrigen Knaufs wurden heftig. Die durchscheinende Schale zerbrach. Und ein leuchtend weißer Vogel flatterte heraus, geradewegs in die Arme von Diheg-El.

Es war in Sekunden vorbei. Die Silberhaut des Dämons schälte sich ab, als werde sie von unsichtbarem Feuer verzehrt, sein Fleisch wurde schwarz, warf Blasen, aus denen sich eine gelbliche Flüssigkeit ergoß. Er stieß, als er brannte, einen entsetzlichen, unirdischen Schrei des Entsetzens und der Angst aus. Mit einemmal war er weg, zerkrümelt zu einem Häufchen schwarzer Asche, die über den Schnee zu Meheg-Bas Füßen gewirbelt wurde.

Miril setzte sich auf Ashureks Hand. Sie leuchtete wie ein Stern und sang laut. Die beiden übriggebliebenen Dämonen standen stockstill und starrten Estarinel und Ashurek an. Sie waren beinahe grau vor Wut und Angst.

Meheg-Ba hatte vor Jahren Ashurek schicken müssen, das Steinerne Ei zu holen, weil die Shana selbst dazu nicht fähig waren. »Der Stein wird von einem Wesen bewacht«, hatte Meheg-Ba gesagt, »das einen Shanin mit einer bloßen Berührung vernichten könnte.«

Ashurek lächelte bösartig. »Nun?« fragte er.

»Skord, hilf uns!« rief Siregh-Ma, aber der Junge stand nur da und glotzte mit roten Augen.

»Benimm dich nicht wie ein Idiot!« zischte Meheg-Ba seinem Gefährten zu. »Jetzt nur nicht den Kopf verlieren!« Er hob die Arme und begann häßliche Worte zu murmeln. Siregh-Ma folgte seinem Beispiel, und sofort erschien in der Atmosphäre zu ihrer Rechten ein dunkler Knoten. Ihm entstieg ein weiterer Dämon.

Ashurek schritt mit ausgebreiteten Armen vor, bis Miril den Shanin berührte. Er wurde auf der Stelle vernichtet. Meheg-Bas und Siregh-Mas Stimmen wurden lauter. Wieder kam ein Dämon durch und wieder einer, und sobald sie den Fuß auf die Erde setzten, wurden sie von Mirils Feuer verzehrt. Miril hätte fliegen können, aber sie blieb in Ashureks Händen, so daß kein Dämon ihn berühren konnte, ohne zuerst sie zu berühren.

Der schwarze Eingang zu den Dunklen Regionen blähte sich auf. Dämonen rückten zu zweit, zu dritt, zu viert an. Es waren mehr, als Ashurek auf der Stelle vernichten konnte. Meheg-Ba kreischte in einer zischenden Sprache, die für Menschen unverständlich war, seinen Gefährten aufgeregte Befehle zu. Siregh-Ma hatte sich Skords bemächtigt. Offenbar hoffte er, wenn er den Jungen bedrohte, werde Ashurek den Kampf einstellen. Von den Dämonen erzeugte Halluzinationen umtanzten Ashurek und Estarinel. Teufel, rot wie Feuer, hüpften um ihre Füße, violette Flammen schossen aus dem Schnee und nahmen in verwirrender Folge die Gestalten von Löwen, Menschen, Adlern, Schlangen an. Ihre Perspektive veränderte sich, so daß sie unmögliche Szenen erblickten: Senken im Schnee wurden zu reißenden Flüssen, die ihnen entgegendonnerten, Eisblöcke wurden zu Bergen, in deren Tälern Armeen aus bronzenen Wesen gegen sie aufmarschierten. Tausend Kopien Mirils drängten sich in der Luft, Waffen flogen nach ihren Köpfen — Äxte, Morgensterne, Stachelketten. Giftigrote Insekten umsummten sie.

»Das sind nur Halluzinationen!« rief Ashurek dem Freund zu. »Halt dich einfach hinter mir!« Estarinel hatte den Silberstab, der nur gegen die Schlange eingesetzt werden durfte, wieder in die Scheide gesteckt und statt dessen das Schwert gezogen. Aber es war nutzlos gegen die schrecklichen dämonischen Halluzinationen, von denen es ringsum wimmelte. Schließlich fand er heraus, daß es die beste Verteidigung war, wenn er die Augen schloß.

Dämonen strömten in einer höllischen Horde aus den Dunklen Regionen. Der Eingang wurde breiter und breiter, ein lichtloser Schlund klaffte in der Struktur der Atmosphäre. Aber Ashurek schritt sicher hindurch, in seinen Händen Miril haltend, die wie eine Sonne flammte, und zerstörte sie einen nach dem anderen. Ihre scheußlichen unmenschlichen Schreie füllten die Luft, während sie von Mirils Feuer verzehrt wurden, brannten und schrumpften und als schwarze Asche niederfielen.

Skord floh an Ashurek vorbei und rief heiser nach Arlenmia. Also mußte Miril den Dämon Siregh-Ma erledigt haben. Estarinel fing den Jungen ein, und er brach schluchzend auf dem Schnee zusammen.

Plötzlich verschwanden die Halluzinationen. Ashurek drehte sich im Kreis und stellte fest, daß er nicht länger von Shana umringt war. Er fühlte sich destorientiert. »Miril, haben wir sie alle getötet?« keuchte er.

»Sie haben sich zurückgezogen, sieh!« sang sie. Er wandte den Kopf. Das zackige Loch führte immer noch in die Dunklen Regionen hinunter. Und er sah es immer noch mit dieser verzerrten Perspektive oder vielleicht mit einer Art von Hexensicht. Meheg-Ba stand vorn darin, das Gesicht grauenhaft verzerrt vor Wut. Hinter ihm drängte sich eine richtige Masse von Dämonen, und Ashurek erkannte, daß es sämtliche Shana waren, von Meheg-Ba zur Hilfe gegen Miril herbeigerufen. Jetzt gierten sie wie blutdurstige Wölfe aus dem Loch nach Ashurek und wußten doch, sie würden sterben, wenn sie es wagten, herauszukommen. Aber über dieses Bild legte sich ein zweites, so klar und voller Einzelheiten und unzweifelhaft real wie die Shana selbst.

Ashurek sah auf den widerlichen Sumpf nieder, über den er einmal mit Calorn gegangen war. Eine nicht abzuschätzende Zahl der menschlichen Herdentiere irrte dort kläglich umher. Er erkannte sie so deutlich, daß er sogar die einzelnen Wimpern ihrer geschlossenen Augenlider unterscheiden konnte. In ihrer Mitte stand Silvren. Sie sah blaß und krank aus, ihr Haar war verfilzt, ihr weißes Gewand zerlumpt und verdreckt, und sie war so erbarmungswürdig mager, daß unter der dünnen Haut nur noch die Knochen zu liegen schienen. Aber sie lebte noch, und sie war ihm so nahe, daß er meinte, nur die Hand ausstrecken zu brauchen, um sie zu berühren.

»Silvren!« rief er, und Miril stimmte in den Ruf mit ein.

Und Silvren blickte hoch und sah ihn, und sofort war ihm klar, was sie ihn in dieser kurzen Vision auf der Eisscholle hatte fragen wollen. *»Ashurek, ich muß die Worte wissen. Erinnerst du dich an sie?«*

»Silvren!« rief er von neuem. »Du mußt sie veranlassen, daß sie die Augen öffnen...« Er brach ab, denn zu seinem Entsetzen merkte er, daß er nicht mehr die leiseste Erinnerung daran besaß, wie er es damals selbst gemacht hatte. »Miril«, fragte er mit gepreßter Stimme, »kannst du ihr nicht helfen?«

»Ach, ich kann nicht in die Dunklen Regionen gehen«, zwitscherte sie. »Du hast recht, die menschlichen Herdentiere müssen die Augen öffnen. Aber Silvren allein kann sie dazu bringen.«

»Prinz Ashurek«, schnarrte Meheg-Ba und seine Augen leuchteten in einem gräßlichen Rosa wie durch eine Blutschicht, »laß das sein! Wenn die Zauberin nur den Mund öffnet, wird sie sofort getötet werden. Von Limir. Du erinnerst dich doch an Limir? Gut. Wir sind an einem toten Punkt angelangt. Du bist sehr klug, aber letzten Endes wirst du damit nicht durchkommen. Ich werde den Eingang jetzt schließen. Du verdammter Narr! Weißt du nicht, daß wir auf der gleichen Seite standen? Ich will ebensowenig, daß Arlenmia ihr Ziel erreicht, wie du.«

»Was meinst du?« Ashurek war überzeugt, der Shanin wolle ihn bluffen, um damit eine neue Chance zu gewinnen.

»Ist das nicht offensichtlich? Wenn die Schlange ihr Auge zurückbekommt, wird sie allmächtig sein. Sie braucht dann keine Helfer wie die Shana mehr. Sie wird uns vernichten. Das wollen wir nicht! Wir wollen, daß die Welt bleibt, wie sie ist! Und die silberne Waffe verlangten wir nur, weil sie uns helfen sollte, diesem gemeinen Weib das Steinerne Ei abzunehmen. Allein wirst du es niemals schaffen, Prinz Ashurek.«

»Hör nicht zu!« sagte Estarinel über Ashureks Schulter. »Er lügt bestimmt.«

»Ich rate dir gut, dich nicht darauf zu verlassen!« kreischte Meheg-Ba metallisch.

»Ich glaube schon, daß du dieses eine Mal die Wahrheit sagst«, erklärte Ashurek.

»Dann erlaub mir, auf die Erde zurückzukehren, ohne daß du mich tötest!«

»Nur unter einer Bedingung«, antwortete Ashurek vorsichtig. »Du mußt Silvren freigeben. Laß sie vor dir herauskommen.«

»Ja, ja, nichts könnte einfacher sein. Es war sowieso allein Diheg-El, der sie haben wollte«, stimmte Meheg-Ba zu.

Estarinel sah Ashurek fragend an, aber er und Miril hielten den Blick unentwegt auf den Eingang zu den Dunklen Regionen gerichtet. Der Forluiner teilte Ashureks Hexensicht nicht, und alles, was er sehen konnte, war Meheg-Ba, der ganz vorn in einem lichtlosen Schlund stand.

Meheg-Ba drehte sich um, offenbar, um einem der anderen Dämonen Anweisung zu geben, er solle Silvren holen. Doch in diesen wenigen Sekunden erreichte die zarte, schwache Stimme Silvrens Ashureks Ohren. Sie sang. Ihre Augen waren geschlossen, ihre Hände bewegten sich langsam, als streichele sie die Köpfe der Herdentiere, ohne sie tatsächlich zu berühren.

Meheg-Ba stieß ein Wutgebrüll aus. Die anderen Dämonen murmelten ängstlich, und das Glühen ihrer Körper wurde matt. In der darüberliegenden Vision sah Ashurek deutlich, daß drei Herdentiere die Augen öffneten, blau wie H'tebhmella. Und er sah den scheußlichen Vogel Limir aus dem Nichts auftauchen und entschlossen auf Silvren zuflattern.

»Nein!« schrie Ashurek. Von Miril kam ein durchdringender Schrei. Aber sie konnten nichts tun. Limir stieß auf Silvren nieder wie ein Sack voller Messer, und sie fiel hin und geriet inmitten der menschlichen Herdentiere außer Sicht.

Silvren war zum Schweigen gebracht worden, und doch fuhren die Herdentiere fort, die Augen zu öffnen. Die Dämonen heulten vor Schrecken — Estarinel legte die Hände über die Ohren, um diese scheußliche Kakophonie auszuschließen —, und wurden aschgrau, machtlos. Aber die Herdentiere hatten das unruhige Umherlaufen eingestellt und standen ganz still. Alle blickten sie zu Ashurek auf, und die Augen, klar, ruhig und intelligent, strahlten saphirfarbenes Licht aus. Zwei dieser Augenpaare gehörten Meshurek und Orkesh...

Vor Angst zischend, stolperte Meheg-Ba aus dem klaffenden Loch in den Schnee. Die übrigen Dämonen folgten ihm. Sie fürchteten sich vor Miril, aber noch mehr fürchteten sie sich vor dem, was in ihrer eigenen Region geschah. Wie sie kamen, einer nach dem anderen, töteten Ashurek und Miril sie.

Estarinel sah ungläubig zu. Ashurek war zu einer überlebensgroßen übernatürlichen Gestalt geworden, in Schatten gehüllt, das dunkle Gesicht befremdend ruhig, während die grünen Augen vor Entschlossenheit brannten. Miril funkelte auf seiner Hand wie ein feuriger rächender Diamant. Unfähig, sich zurückzuhalten, fielen die Shana aus der Dunkelheit, die Haut so stumpf wie Quecksilber, und jeder einzelne fand ein schmerzhaftes Ende durch Mirils Berührung und löste sich zu Asche auf.

Mit unerwarteter gnädiger Schnelligkeit war es vorbei. Innerhalb von Minuten waren die Dämonen bis auf einen einzigen vernichtet. Jetzt war nur noch Meheg-Ba am Leben. Seine Haut sah aus wie rostiges Eisen, sein

Gesicht war vor Entsetzen und Angst beinahe menschlich. Und dicht hinter den Dämonen verließ die Herde gefangener Seelen die Dunkelheit

Ashurek ertrug es nicht, sie anzusehen. Er wollte nicht wissen, wer von ihnen sein Bruder, wer seine Schwester war, nach dem Tod in den Dunklen Regionen eingekerkert, weil sie sich im Leben mit Dämonen eingelassen hatten. Er schloß die Augen. Miril flog von seiner Hand hoch und machte sich daran, jedes der elenden Wesen mit den Flügeln zu berühren. Dann richteten sie sich auf, verloren ihre schreckliche Entstellung und nahmen eine farblose menschliche Gestalt an, um sich lautlos in Luft aufzulösen.

»Ashurek!« Estarinel faßte den Arm des Gorethriers und schüttelte ihn, weil der Freund es nicht sah. »Sieh doch!«

Auf dem Rücken des letzten Herdentieres lag Silvren. Limir hockte immer noch auf ihren Schultern, und sein formloser grauer Körper schlug in ohnnmächtiger Wut um sich. Aufkeuchend sprang Ashurek hin, aber Meheg-Ba war zuerst da.

»Du verdammter — unfähiger — nachlässiger Idiot!« zischte der Shanin. Er sprach zu Limir, nicht zu Silvren, und er streckte die metallische Hand aus und zog die höllische Kreatur von Silvren weg. Limir schrie nicht einmal auf, als der Dämon ihm das Rückgrat brach, ihn in Stücke riß und diese wie Stoffetzen in die Dunkelheit zurückschleuderte.

Sofort hob Ashurek den Körper Silvrens von dem Menschentier, und Miril berührte es und befreite seine Seele. Im gleichen Augenblick, als habe er nur darauf gewartet, Rache an Limir zu nehmen, drehte Meheg-Ba sich um, berührte Miril in voller Absicht mit der Hand und verging.

Estarinel hatte den Arm um Skord gelegt und versuchte den hysterisch schluchzenden Jungen zu beruhigen. Ashurek hielt Silvrens leblosen Körper in den Armen. Er hatte den Kopf über sie geneigt, und seine bitteren Tränen fielen ihr aufs Gesicht. Miril kreiste über ihnen, streifte erst Skord mit den Schwingen, dann Silvren, und schließlich setzte sie sich auf Ashureks Schulter. Das gähnende Loch zu den Dunklen Regionen blieb, aber darin war es dunkel und still.

Silvren öffnete die Augen und sagte: »Ich lebe.« So als sei sie über diese Entdeckung sowohl überrascht als auch erfreut.

»Ich glaube, du weißt schon, worüber ich mit dir reden möchte«, sagte Arlenmia.

»Ja«, antwortete Medrian tonlos.

»Hier ist eine Senke; ist das weit genug für dich? Sollen wir uns hinsetzen?« Medrian tat es und schob die Kapuze aus ihrem blassen, ausdruckslosen Gesicht. Arlenmia setzte sich neben sie und musterte scharf ihr Profil. »Ja, ich habe einmal versucht, dich zu töten... Das war sehr dumm von mir.«

»Entschuldige dich nicht! Ich wäre glücklicher gewesen, wenn du damit Erfolg gehabt hättest«, gab Medrian beißend zurück.

»Sei nicht so bitter. Ich meine es gut mit dir, ehrlich. Sieh mal, ich wende nicht einmal die Macht des Steinernen Eis gegen dich an. Du kannst ungehindert weggehen, wenn du es möchtest. Aber ich nehme an, du hoffst halb und halb, ich könne doch fähig sein, dir zu helfen.« Das quittierte Medrian mit einem dünnen Lächeln. »Du möchtest gern von der Schlange frei sein, nicht wahr?«

Medrian antwortete ruhig: »Ich bin frei von ihr gewesen. Ich habe ein paar Tage des Friedens und ein paar Stunden des Glücks kennengelernt, was mehr ist, als so mancher von sich behaupten kann. Ich habe mich entschlossen, die Bürde von neuem auf mich zu nehmen und bis zum Ende zu tragen. Was du mir anbietest, ist leer und falsch. Ich will nichts«

Arlenmia fuhr Medrian mit den Fingern ins Haar und zwang sie, den Kopf zu drehen, so daß sie ihren Blick festhalten konnte. Ihre blaugrünen Augen glitzerten vor Ärger, während Medrians so verschattet und unlesbar waren wie ihr Gesicht. »Das ist dir ernst, was? Du hast früher einmal geschwankt, doch jetzt tust du es nicht. Ich könnte meinen Atem ebensogut sparen.«

»Ja«, sagte Medrian.

»Dann will ich keine Zeit mehr auf sanfte Überredung verschwenden. Damals hatte ich nicht die Macht, dich zu zwingen, Medrian, aber ich habe sie jetzt. Außerdem, warum sollte die Schlange den Wunsch haben, bei einer zu bleiben, die sie töten will, wenn sie zu mir kommen könnte?«

»Wenn sie dich wollte, Arlenmia, wäre sie schon vor Jahren zu dir gekommen«, erklärte Medrian mit einer Spur von Bosheit. Die Finger griffen fester in ihr Haar, und sie spürte eine träge hypnotische Energie von Arlenmias Augen in die ihren fließen. Es war ihr unmöglich, sich dagegen zu wehren. Aus der physischen Welt wurde sie auf ein mentales Schlachtfeld gezogen, in eine indigoblaue Leere, wo Arlenmias seltsame Gedanken und Visionen Wirklichkeit wurden.

»Sieh dir meinen Traum an«, sprach Arlenmias Stimme in ihrem Kopf. Und Medrian sah eine Sphäre, die einem vollkommen glitzernden Topas mit einem pulsierenden Saphir-Herz glich. Sie war in ein Netz von glänzenden Kapillaren gehüllt, in denen Korpuskel wie Juwelen dem Herzen zuströmten und ihre Anbetung M'gulfns sangen, die nicht länger einer Schlange ähnelte ... Jedes der korpuskularen Juwelen war einst ein Mensch gewesen, jetzt jedoch auf eine höhere Existenzebene erhoben, wo es nichts als Freude gab ...

Medrian betrachtete die Vision stunden-, jahrelang. Sie war schön. Sie bedeutete Freiheit vom Schmerz des Lebens und die Abschaffung des Todes. Sie brachte eine Ekstase, die über die Träume von Sterblichen hinausging ... Medrian weinte, fiel mit ausgestreckten Armen dieser Vision entgegen. Das also war Arlenmias Absicht! Wenn sie es nur gewußt hätte ...

Medrian, sprach eine Stimme irgendwo in der Dunkelheit, *Ah, meine Medrian. Muß ich dir von dem unaussprechlichen Schmerz, von der Einsamkeit erzählen, die du über mich gebracht hast? Keiner meiner früheren Wirte hat mir so etwas angetan. Doch es hat mir auch noch keiner wirklich etwas bedeutet ... Nicht in der Weise, wie du mir kostbar geworden bist.* Medrian drehte sich immer rundherum in der Leere, und sie spürte die Gegenwart des Wurms überall. Und sie erkannte, daß der Wurm Arlenmias Vision nicht sehen konnte; er sah nur sie, seine Wirtin. *Ah, du bedeutest mir viel, meine Medrian. Was habe ich getan, um deinen Haß zu verdienen? Warum hast du dich von mir abgewandt, die ich dich von deiner Geburt an geliebt habe? Warum hast du meine Fürsorge mit Verachtung erwidert? Soviel Schmerz habe ich erduldet, weil ich dich nicht aufgeben wollte: Aber ich kann dir nicht erlauben, mich zu töten. Ihr sollt mich nicht erschlagen. Nicht einmal jetzt möchte ich dich verlassen ... Es wird mir unerträgliche Schmerzen bereiten ... Trotzdem muß ich zu jemandem überwechseln, der mich im Gegensatz zu dir liebt und verehrt.*

Medrian spürte ein schreckliches Ziehen und Reißen in Gliedern, Magen und Augen, am schlimmsten aber in ihrer Seele. Obwohl sie nichts sehen konnte, war sie sich bewußt, daß Arlenmias Gesicht dicht vor dem ihren war.

»M'gulfn, nein, verlaß mich nicht!« rief sie in Gedanken. Das Ziehen ließ nach.

Warum nicht? fragte die Schlange. *Jetzt bittest du mich zu bleiben? Jetzt, da es zu spät ist?*

»Bitte. Es ist noch nicht zu spät. Du willst Arlenmia doch gar nicht! Sicher, ich wollte früher von dir frei sein, aber das hat sich inzwischen geändert. Ich möchte — ich möchte, daß du bis ans Ende bei mir bleibst.«

Das Ziehen begann von neuem. Medrian wußte, es

war der Schmerz der Schlange, den sie mitempfand. *Nein, Medrian, es ist zu spät! Du hättest dich mir vor Jahren ergeben sollen. Dies ist deine Schuld. Du hast mich immer wieder und wieder verraten. Damit ist jetzt Schluß. Ich gehe zu ihr...*

»Nein. Du wirst sie nicht mögen, sie wird dich nicht mögen. Und du kannst diesen Schmerz nicht aushalten. Bleib bei mir.«

Sie betet mich an. Sie wird mich niemals verraten...

»O doch! Ich kann dir versprechen, daß sie dich verraten wird. Du wirst mich doch nicht verlassen, nicht wahr?« Die Schlange schrie und stöhnte in ihrer Verwirrung.

Irgendwo, sehr weit weg und gleichzeitig sehr nahe, rief Arlenmia: »Verlaß sie, M'gulfn! Komm zu mir!« Medrian hatte das Gefühl, daß sie und die Schlange gemeinsam fielen, sich immer von neuem überschlugen und auf die kristalline Sphäre von Arlenmias Vision zustürzten. Aber die Sphäre war trübe und kalt.

Versprich mir, daß du mich nie mehr verraten willst. Versprich mir, daß du mich nicht zurückstoßen, daß du dich niemals einem Menschen schenken wirst. Versprich mir...

»Still jetzt!« befahl Medrian. »Du wirst mich nicht verlassen. Ich erlaube es nicht. Wir werden bis zum bitteren Ende zusammenbleiben.«

Das Ziehen hörte auf.

Arlenmia mußte erleben, daß ihr die mächtige Vision entrissen und durch eine andere ersetzt wurde. Die Erde war grau... Als einzige Farbe haßte sie Grau. Und die Erde war nicht rund und kristallin, sondern formlos und aufgeschwollen, gefüllt mit einer klebrigen Substanz, die sie nicht ausstoßen konnte — tot und wurmzerfressen und verwesend. Über ihre trostlosen Landschaften wanderten gebeugte Gestalten knietief in Asche, weinten, suchten ohne Unterlaß eine Möglichkeit, ihr Elend zu beenden... Aber sie konnten sich nicht gegenseitig trösten, weil sie füreinander nichts anderes empfanden als Haß. Das Herz dieser Hölle, der Täter lag oben auf der Hülle in verzweifelnder Lethargie, allein und elend und jedes intelligenten Gedankens bar. Und die Erde war von einer bleiernen Membrane umschlossen, die von nichts zu durchdringen war. Deshalb wußten die Mächte draußen, die andernfalls vielleicht geholfen hätten, nicht einmal, daß sie existierte.

Mit einer Mischung aus Erleichterung und Ärger erkannte Arlenmia plötzlich, das diese alptraumhafte Vision von Medrian erzeugt worden war, um sie hereinzulegen. Sie sammelte die Energie des Steinernen Eis, schleuderte sie gegen das Bild und zerstörte es damit.

Auf der Stelle befanden sie und Medrian sich wieder in der physischen Welt. Sie saßen auf einem schneebedeckten Abhang in einer unwirtlichen Landschaft und sahen sich an. Mit einem erregten Fluch ließ Arlenmia das Haar Medrians los. »Verdammt sollst du sein«, sagte sie.

»Du siehst, es nützt nichts«, erwiderte Medrian. »M'gulfn kann mich nicht verlassen, selbst wenn er wollte. Du wirst niemals seine Wirtin sein.«

»Du hast M'gulfn daran gehindert, zu mir zu kommen!«

»Wie willst du das wissen? Hat M'gulfn tatsächlich mit dir gesprochen?«

»Nein ... Aber er wollte doch!«

»Du hast ihn niemals berührt. Wie kannst du dann sicher sein, daß du seine Natur verstehst? Hast du die wahre Vision nicht gesehen, wie die Erde sein wird, wenn der Wurm das Steinerne Ei zurückerhält?«

»Wahr? Wenn du meiner Vision nicht glaubst, wie kannst du von mir erwarten, daß ich deiner glaube?« gab Arlenmia eisig zurück. »Der Untergang der Welt ist viel wahrscheinlicher, wenn Idioten wie du darauf bestehen, die Schlange zu bekämpfen.«

»Arlenmia, bitte, hör mir zu. Haß ist das einzige, was den Wurm bewegt. Du interessierst ihn nicht. Er benutzt dich, um sein Auge zurückzubekommen, das ist alles. Du bedeutest ihm nicht mehr als — als irgendwer. Er weiß nichts von deiner Vision! Er kennt nichts als Haß, unbeirrt und zerstörerisch, und er betreibt nichts als seine Rache an dem Leben, das — wie er glaubt — ihm die Vorherrschaft über die Erde genommen hat. Warum sollte ich dich darin belügen wollen?«

»Ich weiß es wirklich nicht, Medrian.«

»Du kannst immer noch nicht glauben, daß du dich täuschst. Ich weiß keinen Weg, dich zu überzeugen.«

»Ich sollte dich töten!« rief Arlenmia, und Zorn leuchtete aus ihrem Gesicht. »Ich wollte, ich wüßte, wie! Ich habe dir die Zukunft gezeigt — und du leugnest sie immer noch! Du klammerst dich weiter an diesen Unsinn von Haß und Verfall. Ihr seid alle gleich. Die menschliche Rasse verdient es nicht, was ich für sie zu tun versuche.«

»Das ist wahr«, murmelte Medrian, und Arlenmia holte aus, als wolle sie sie schlagen. Doch in diesem Augenblick kam ihr der mißtönende Lärm aus der Richtung zu Bewußtsein, wo sie Ashurek und die anderen zurückgelassen hatte. Er war schon geraume Zeit zu hören, aber sie hatte sich in ihrer gemeinsamen Trance so auf Medrian konzentriert, daß er ihr entgangen war.

»Was tun die denn da, um alles in der Welt?« fragte sie.

»Es hat den Anschein, als seien die Shana dir ungehorsam.« Medrian stand auf.

»Deshalb also wolltest du mich von den anderen entfernen!« Jetzt schlug Arlenmia tatsächlich zu, und mit solcher Wucht, daß Medrian mehrere Schritte weit weg flog. Sie blieb für einen Augenblick betäubt liegen, doch dann zog sie sich schnell in die Höhe und folgte Arlenmia, die wütend über den Schnee lief.

Ashurek und Estarinel zogen beide die Mäntel aus, wickelten sie um Silvrens zarten Körper und trugen sie ein paar hundert Meter von dem grausigen Eingang zu den Dunklen Regionen weg. Sie ließen das h'tebhmellische Feuer neben ihr schweben und gaben ihr von dem belebenden Wein zu trinken. Silvren war sehr schwach, aber die Wärme der blaugoldenen Sphäre linderte den Schmerz der Wunden, die Limir ihr geschlagen hatte, während der Wein sie sichtlich wiederherstellte. »Jetzt muß ich zu dem Silberstab zurückkehren«, hatte Miril gesagt, als die Reinigung der Dunklen Regionen vorbei war. »Aber versteht, ihr alle, daß ich nur noch einmal zu eurer Hilfe herbeigerufen werden kann, bevor ihr den Wurm erreicht. Ihr müßt diesen Zeitpunkt sorgfältig wählen. Habt keine Angst«, setzte sie hinzu, »bisher habt ihr gut gewählt.« Dann setzte sie sich oben auf den Stab, und während sie die Form eines Vogels beibehielt, wurde sie so unbelebt wie eine geschnitzte Figur.

Ashurek hätte sie vieles fragen wollen, doch anscheinend war sie nicht bereit oder nicht fähig, Zeit auf ein Gespräch mit ihnen zu verwenden. Für Estarinel waren Mirils Erscheinen, ihre Umwandlung von einem lebenden Wesen zu einer Statuette und alles, was dazwischen geschehen war, solche Wunder, daß es ihm die Sprache verschlagen hatte. Selbst in dieser schrecklichen polaren Wüste, so nahe der Schlange hatte sie ihm eine kurze Atempause von der Furcht gegeben.

»Ashurek, warum vermittelt dieser Ort einen ebenso grausigen Eindruck wie die Dunklen Regionen?« fragte Silvren. Anscheinend war sie verwirrt und halb im Traum, nicht überraschend nach allem, was sie durchgemacht hatte. »Und es ist so kalt! Wir sind doch auf der Erde, oder?«

»Ja, aber der Schlange sehr nahe«, antwortete er sanft.

»Oh — oh, der Feldzug!« erinnerte sie sich. »Es tut mir leid — ich habe so vieles vergessen, und ich bin noch nicht wieder ich selbst. Ich dachte, vielleicht sei alles schon vorbei. Bin ich froh, daß ich das Ende jetzt doch noch miterleben werde!«

»Versuch nicht zu sprechen, Geliebte«, bat Ashurek. Er hielt sie in den Armen, über alle Maßen erleichtert, daß sie lebte, aber sich bewußt, daß sie sehr schwach war, während die größte Gefahr immer noch vor ihnen lag.

»Nein, ich möchte sprechen. Es geht mir gut, wirklich. Ist das Estarinel?« Sie blickte zur Seite. In ihre vorher so matten Augen kehrte das Licht zurück. »Ach ja, ich erinnere mich an dich. Die Glasstadt. Und wer ist der andere junge Mann?«

»Sein Name ist Skord«, informierte Estarinel sie. Der Junge saß mit gekreuzten Beinen im Schnee. Er hielt den Kopf gesenkt und hatte noch kein Wort gesprochen, aber offenbar war er ruhig und beherrscht, seit Miril ihn berührt hatte. Estarinel zögerte jedoch zu erklären, wer er war. Intuitiv erfaßte er, daß es Silvren aufregen würde, wenn sie erfuhr, daß Arlenmia bei ihnen war.

»Die Dämonen sind alle tot, nicht wahr?« fragte Skord plötzlich und blickte zu Silvren auf.

»Ja, alle«, erwiderte sie freundlich, voller Verständnis für seine Furcht. Ashurek hätte vor Freude weinen mögen, weil es den Shana also doch nicht gelungen war, sie zu verändern. Seine Gedanken erratend, fuhr sie fort: »Jetzt, da es keine Shana mehr gibt, blicke ich zurück und sehe deutlich, wie sie mich getäuscht haben, als sei das jemand anders widerfahren. Ich weiß, daß ich nicht böse bin. Nur menschlich. Und es tut mir so leid, so sehr leid, daß ich dir Schmerz bereitet habe, als ich dich damals zwang, mich zurückzulassen.«

»Silvren, ich bin nur froh, daß du die Lüge der Shana durchschaut hast. Ich wußte, Miril würde dir helfen.«

»Oh, es war nicht Miril allein, es waren auch diese armen gefangenen Seelen«, sagte sie. »Sie hielten mich nicht für böse, und sie brauchten mich, und ich hielt ihr Urteil für richtiger als mein eigenes. Das war es auch.«

»Nun sind sie frei.«

»Ja, die Worte, mit denen ihnen die Augen geöffnet werden konnten, waren in mir. Verstehst du, alles, was in ihren Seelen negativ gewesen war, hatten die Shana aufgesaugt, um ihre Macht zu stärken. Deshalb war in ihnen nur das Positive zurückgeblieben, das genaue Gegenteil von dem Bösen der Shana. Als sie die Augen öffneten, war es, als leuchteten Mirils Augen auf die Dunklen Regionen nieder, nähmen den Shana die Macht und ließen sie einsehen, wie abscheulich und sinnlos ihre eigene Existenz war. Davor hatten sie solche Angst. Das allein veranlaßte sie, zu Miril hinauszugehen und sich in ihrer Verzweiflung selbst zu vernichten.«

»Dieser weiße Vogel berührte mich«, berichtete Skord ein bißchen benommen, »und alles, was mich verwirrt hatte, rückte an die richtige Stelle. Als sei ich doch nicht zwei oder drei verschiedene Personen, sondern einfach ich selbst. Nichts davon tut jetzt mehr sehr weh. Ich glaube — ich glaube, ich sollte euch helfen.« Er sah zögernd zu Estarinel hin. »Und wenn wir heimkehren, werde ich wieder zu Setrel gehen. Ich meine, ihm lag etwas an mir.«

»Ja, bestimmt«, bestätigte Estarinel.

»Verdammt, sie ist auf dem Rückweg«, murmelte Ashurek, der über die Schneefläche sah. »Ich hätte sie beinahe vergessen.«

»Wen?« fragte Silvren.

Arlenmia, der Medrian dichtauf folgte, fuhr auf sie nieder wie eine grüne Flammenzunge, so tobte sie vor Wut. Sie faßte Skord bei den Schultern, zerrte ihn auf die Füße und schüttelte ihn heftig. »Warum hast du mich nicht gerufen? Wo sind meine Dämonen?« Anscheinend hatte sie noch nicht bemerkt, daß die in Mäntel gehüllte Gestalt in Ashureks Armen Silvren war. Sie schloß kurz die Augen und legte die Hand auf die Brust. Offenbar benutzte sie das Steinerne Ei, um sich über das Geschehene zu informieren. Dann riß sie die Augen wieder auf, und die böse Energie des Steinernen Eis konzentrierte sich in ihnen.

Skord krümmte sich zu ihren Füßen wie ein Hund. Er war in den Alptraum zurückgefallen, aus dem Miril ihn geweckt hatte. Estarinel war sofort zu Medrian gegangen und hatte sie umarmt. Mit Erleichterung stellte er fest, daß Arlenmia ihr nichts getan hatte. Ashurek blieb sitzen und sah Arlenmia gleichmütig an. Sie näherte sich ihm, schlug das h'tebhmellische Feuer zur Seite und und zog die Kapuze von dem Kopf der Frau in seinen Armen.

»Silvren«, stellte sie fest. All ihre Wut verschwand aus ihrem Gesicht, als sie die Frau vor sich sah, die einmal ihre liebste — ihre einzige — Freundin gewesen war. Silvren streckte den Arm aus dem Mantel und ergriff ihre Hand, bevor sie zurücktreten konnte.

»Ich sehe das Steinerne Ei an deinem Hals. Wie hast du es bekommen? Oh, Arlenmia, wenn du auf keinen anderen hören willst, bitte, hör auf mich ...«

»Nein.« Arlenmia riß die Hand aus der Silvrens. »Ich habe mir genug von diesem verderblichen Unsinn bieten lassen. Von dir lasse ich ihn mir am allerwenigsten bieten. Jetzt hört mich an, ihr alle.« Ihr Wille, verstärkt von der Macht des Steinernen Eis, schlug sie wieder in seinen Bann. »Ihr denkt wohl, mit diesem Streich hättet ihr etwas sehr Kluges geleistet. Vermutlich seid ihr jetzt voller Hoffnung, ihr könntet mich doch noch aufhalten. Da irrt ihr euch. Die Shana hatten sich, obwohl sie mir dienten, gegen mich verschworen. Ihr meint, das hätte ich nicht gewußt?« Sie lachte spöttisch. »Sie hielten sich ebenfalls für klug, aber für mich waren sie leicht zu durchschauen: Sie wollten nicht, daß M'gulfns Macht wieder ganz würde, weil sie sie dann nicht mehr gebraucht hätte. Sie erkannten, daß für sie in der Zukunft kein Platz war; ihr Beweggrund war ganz und gar selbstsüchtig. Ich wußte, vor dem Ende hätten sie sich erhoben und versucht, mich zu stürzen. Wer weiß, Ashurek, vielleicht hätten sie sogar Erfolg gehabt, wärst du nicht gewesen«, räumte sie sarkastisch ein. »Ihr habt also weiter nichts erreicht als die Vernichtung meiner Feinde. Ich danke euch aus ganzem Herzen, daß ihr mir die Mühe erspart habt. Wenn ihr an meinen Worten zweifelt, fragt euch selbst, warum M'gulfn nichts getan hat, um die Shana zu verteidigen. Der Grund ist einfach der, sie wollte, daß sie vernichtet würden.«

Ihre Macht umschloß sie so süß und träge wie der Schlaf und doch so erstickend und unausweichlich wie ein schweres grünes Meer. Zwar gehörten ihnen ihre Gedanken noch, aber es ging über ihre Kraft, ihr ungehorsam zu sein. »Ich brauche euch diese silberne Nadel nicht wegzunehmen, ich brauche auch den Vogel nicht zu töten, der nur die menschliche Angst vor der Veränderung verkörpert. Ich brauche nicht einmal die Wirtin zu werden. Das ist alles ohne Bedeutung. Nichts steht mir jetzt mehr im Weg. Und ihr bildet euch immer noch ein, nicht für die Schlange zu arbeiten? Los, steht auf! Wir gehen zu M'gulfn, und wir werden erst wieder haltmachen, wenn wir in ihrem glorreichen Schatten ausruhen können.«

16

Die Nacht bricht herein

So geschah es, daß das letzte Stück ihrer Reise zu der Schlange völlig anders verlief, als sie es sich vorgestellt hatten. Arlenmia ging voran, und die anderen stolperten hinter ihr her, frierend und hilflos vor Erschöpfung, in graue Verzweiflung versunken. Skord ging direkt hinter ihr, dann kam Ashurek, der Silvrens leichten Körper trug. Medrian und Estarinel halfen sich gegenseitig, so gut sie konnten. Realität und Illusion wurden unzertrennlich; sie schienen sich durch hüfttiefen, tückischen, schmutzigen Schnee zu quälen, während Arlenmia leichtfüßig auf der Oberfläche dahinschritt und eine Wolke aus Eiskristallen um ihre Füße glitzerte. Die Sonne schielte sie wie ein farbloser Augapfel an, von dem kein Licht ausging. Sie ertranken in einem grimmigen grünlichen Zwielicht, aber Arlenmia funkelte wie ein rarer Aquamarin und zog Licht aus dem Vorhang des kalten Schlangefeuers vor ihnen. Sie konnten M'gulfn nicht sehen, aber sie wußten, sie erwartete sie hinter diesem wogenden Schleier.

Es war wie eine bizarre Hetzjagd, bei der Arlenmia vorwärtseilte, um die Schlange zur Gottheit zu erheben, und die anderen ihr nachhasteten, um es zu verhindern. Und doch zog sie sie hinter sich her und trödelte beinahe, damit sie Schritt halten konnten.

Jetzt überquerten sie Schneehügel, die im Dunkeln wie zinndunkle Aschenhaufen waren. Scheußliche Wesen liefen mit ihnen. Es waren weiße Bären mit leuchtendblauen Augen, gestaltlose tentakelbewehrte Reptilien, nackte graue Kreaturen mit Fangzähnen, urtümliche Vögel, deren Gesichter hart wie Eisen waren. Diese

Ungeheuer blieben immer am Rand ihres Gesichtskreises und verschwanden, wenn man sie direkt ansah. Die Menschen wurden unaufhörlich von Panik gequält, so daß sie am liebsten kehrtgemacht hätten und davongelaufen wären, schreiend vor Wahnsinn und Entsetzen. Aber Arlenmia zog sie weiter wie ein Stern. Alles schien auf einen zentralen Punkt zuzulaufen, alles Leben sammelte sich und eilte der Schlange entgegen. Kränklich gelbe Lichter glühten hinter dunklen, nicht erkennbaren Massen und leiteten sie auf ihrem Weg.

Es schien ihnen, als gingen sie Stunden, Tage, für immer, und mit jedem Schritt wurden sie sich stärker bewußt, wie klein und hilflos sie waren, wie sinnlos ihre Existenz im Vergleich zu der M'gulfns war. Ein- oder zweimal meinte Ashurek, er habe Arlenmia zugerufen, sie gebeten anzuhalten, doch falls er das getan hatte, achtete sie nicht auf ihn und trieb wie Sommerfäden auf einer zielgerichteten Brise weiter. Sie waren ihre willenlosen Gefangenen, doch es bedeutete keine Erleichterung für sie, daß sie den Kampf gegen sie aufgegeben hatten, nur noch mehr Qual und Elend.

Der schneebedeckte Boden stieg an. Die Schlangenfeuer wurden heller, und ihr Schein durchdrang Arlenmia, so daß sie wie ein Diamant voller grüner Blitze war. Sie führte ihre Gefangenen einen Hang hinauf, der in einem Eisgrat endete. Dort breitete sie die Arme aus und ließ sie anhalten. Die Wurmfeuer loderten.

»Seht!« rief sie.

Die Reise war für sie endlos und schrecklich gewesen, aber wieviel schlimmer war es, anzukommen! Und ihnen war plötzlich, als seien sie unversehens eingeschlafen, um plötzlich aufzuwachen und festzustellen, daß es später war, als sie gedacht hatten.

Die Flammen wurden weiß, weiße Lichter, die auf Schnee brannten. Alle Zeichen von Verfärbungen und Krankheit wurden auf wundersame Weise weggebleicht. Vor ihnen erstreckte sich ein Tal aus reiner, glatter, unberührter, silberner Vollkommenheit, so weit, daß es ihnen den Atem raubte.

Arlenmia drehte sich zu ihnen um. Macht ging von ihr aus wie Schwingen aus saphirfarbenem Licht. »Wir brauchen jetzt nur noch diese Senke zu durchqueren«, sagte sie, »und dann werden wir in die Glorie M'gulfns eintreten.«

Die Lichter auf dem Schnee blendeten, und auf der anderen Seite des Tals stiegen sie durch Schichten von Eiskristallen in den Himmel. Die Schlange lag irgendwo innerhalb dieses Glanzes, verschleiert von magnesiumhellem Feuer.

Silvren weinte, den Kopf an Ashureks Schulter verborgen. Medrian und Estarinel klammerten sich aneinander, und in ihre schwarze Hoffnungslosigkeit mischte sich überwältigende Ehrfurcht. Und Ashurek dachte: Wie muß Meheg-Ba die ganze Zeit über mich gelacht haben, weil ich mir einbildete, eine Macht wie diese könne besiegt werden.

»Medrian«, flüsterte er mit verkrampfter Kehle, »hast du gewußt, daß es so sein würde?«

»Nein«, würgte sie hervor, »ich hatte keine Ahnung. Es hat nie eine Andeutung gegeben ...«

Arlenmia wandte sich ihnen mit triumphierendem Lächeln zu, in Hochstimmung versetzt durch ihre Macht. »Kommt, wir wollen nicht zögern«, mahnte sie.

Sie begannem mit dem Abstieg. Das Tal schien unendlich zu sein; je weiter sie kamen, desto höher ragten die milchweißen Feuer über ihnen auf, und desto hilfloser kamen sie sich vor. Sie stolperten mit gesenkten Köpfen dahin, geblendet und verwirrt. Arlenmia dagegen schritt mit ausgebreiteten Armen dem schmerzenden Licht entgegen.

Das weiße Gleißen wurde blasser und veränderte sich, bis Andeutungen von Blau und Grün hindurchschimmerten. Sobald sie fähig waren hinzusehen, gelang es ihnen nicht mehr, den Blick wieder abzuwenden.

Und dann, als sei ein Schleier weggezogen worden, war die Schlange selbst vor ihnen.

Sie hatte die äußere Erscheinung einer viele tausend Fuß hohen Statue, eines riesigen und schrecklichen Drachen, geformt aus blaugrünem Eis, der in den Himmel hinaufragte. Er war glasartig, durchscheinend. Ein ultramarinblauer Kern glühte durch die glänzenden Eisschichten seines Körpers, und seine Oberfläche war geschuppt und funkelte wie mit Millionen von Sternen bestreut. Abgründe aus saphir- und amethystfarbenem Eis öffneten sich rings um ihn.

Schrecklich und herrlich war er, und von seinem mächtigen Kopf tropfte weißes Feuer. Er hielt sich bewegungslos, doch er schien gleichmütig auf sie niederzublicken, und seine Augen waren wie indigoblaue Monde, allwissend und seelenlos. Alles Leben schien sich um ihn zu sammeln, wie Blutkörperchen auf ein alles beherrschendes Herz zuzuströmen und von ihm auszugehen. Die Korpuskel waren Diener und Boten, die seine Arbeit taten, und diese Arbeit überzog die ganze Welt, und jedes lebende Wesen darauf war sein Sklave. Die Welt lag dort vor ihnen, klein neben der riesigen Schlangengottheit, diesem Gott aus Azur und Smaragd, überflutet von diamantenem Licht.

Obwohl sie noch eine halbe Meile von ihm entfernt waren, überschattete sie seine gewaltige Glorie.

»Wer kann ihn sehen und ihn nicht anbeten?« rief Arlenmia und fiel auf die Knie. Sie weinte vor Freude.

Neben ihr warf sich Skord der Länge nach in den Schnee. Unfähig, sich zu wehren, ließ sich auch Ashurek auf die Knie sinken. Er wußte nicht, wie es geschehen war, aber er hielt Silvren nicht mehr in den Armen. Sie kniete an Arlenmias linker Seite, und Estarinel war auf der rechten. Arlenmia hatte die Arme um beide gelegt, damit sie sich ihr in der Anbetung M'gulfns beigesellten.

Medrian hatte sich in der Nähe Ashureks auf dem

Schnee zusammengerollt und warf den Kopf von einer Seite auf die andere wie ein geblendetes Tier. »Jetzt werden wir den Wurm nie mehr vernichten«, stöhnte sie wiederholt. »Nie mehr.«

Der Glanz der Schlange schlug mit grausamer Heftigkeit auf sie ein, und die Stärke ihrer Macht vibrierte nach außen in den Weltraum wie das Singen eines unendlichen Chors. Es war ein Lied ohne Worte, doch es sprach von der ewigen Glorie M'gulfns.

Und jetzt murmelte Medrian mit einer Stimme, die nicht ihre eigene war: »Kommt zu mir! Es ist vorbei.«

Estarinel war es, als habe er ein Lebensalter vor der Schlange gekniet, deren Strahlen auf seinen Kopf herabbrannten. Er hing auf dem Gipfel eines grausamen Schmerzes, der unerträglich war und dem er doch nicht entrinnen konnte, indem er das Bewußtsein verlor. Er glaubte, dazu verurteilt zu sein, immer hier zu bleiben. Das rief Verzweiflung und Auflehnung in ihm hervor, und das verstärkte nur seine Qual. Jeder Schmerz, den er jemals erlitten hatte, kehrte ihm ins Gedächtnis zurück. Immer wieder und wieder sah er den Angriff auf Forluin und das Sterben seiner Familie. Die Schlange verhöhnte ihn, sie flüsterte: *Sieh, wie sehr sie auf dich angewiesen waren, sieh, wie sehr du sie enttäuscht hast* ...

»Arlenmia«, brachte er mühsam heraus.

»Ja, Geliebter, was ist?« fragte sie mit melodischer sanfter Stimme.

»Das ist nicht die Schlange«, keuchte er. Sie zeigte keine Reaktion, auch wandte sie den anbetenden Blick nicht von M'gulfn ab. »Die Schlange liegt auf dem Bauch und stinkt — sie hat eine widerwärtige Farbe — und einen scheußlichen Kopf.« Arlenmia antwortete ihm nicht, und irgendwie mußte er sich ihrer Kontrolle entzogen haben, denn er fand sich plötzlich auf den Füßen wieder und rannte im Schnee hin und her wie ein Verrückter.

»Das ist nicht die Schlange!« schrie er. Keiner der anderen war imstande, ihn zu hören. »Ich habe sie gesehen. Ich allein von euch allen, ich habe sie gesehen. Dies ist eine Halluzination!« Bestürzt sah er die weit aufgerissenen Augen und die leeren Gesichter seiner Gefährten. »Was ist los mit euch? Sie ist nichts als ein Wurm!«

Aber sie standen alle unter einem Zauber, und Estarinel fiel wieder in den Schnee, niedergedrückt von M'gulfns Willen und seiner eigenen Verzweiflung. So blieb es vielleicht für Stunden, obwohl die Zeit in dem schrecklichen Herrschaftsbereich der Schlange so verzerrt war, daß sie keine Bedeutung mehr hatte.

»Estarinel, die Schlange, die du gesehen hast, war falsch. Dies ist die wahre Gestalt«, kam Arlenmias Stimme aus dem brennend-kalten Alptraum. Sie stand vor ihnen und blickte auf sie herab, mehr als menschlich, gekleidet in ein blendendes Licht. »Ihr alle, hört mir zu! Ihr habt die Erlaubnis, jetzt von M'gulfn wegzusehen. Ich möchte nicht, daß ihr in dieser Trance der Anbetung bleibt, weil ihr im vollen Besitz eurer Sinne sein sollt, wenn ihr Zeugen des letzten Aktes werdet.« Arlenmias Stimme brachte sie wieder zu sich. Silvren erhob sich unsicher und half Skord auf die Füße. Sie führte den Jungen zu den anderen und setzte sich neben Ashurek. Medrian richtete sich auf und strich sich das schwarze Haar aus dem aschfahlen Gesicht. Estarinel legte den Arm um sie, doch es war eine leere Geste. Sie konnten sich nicht gegenseitig trösten, und es gab nichts zu sagen.

»Ich gehe jetzt zu M'gulfn«, verkündete Arlenmia. Sie lockerte den Kragen ihres Pelzgewandes und zog die Kette heraus, an der der Beutel mit dem Steinernen Ei hing. Ashurek sog scharf die Luft ein. Die Schlange war in diesem Augenblick vergessen, und doch, es war alles Teil der gleichen Energie. Seine dunkle Hälfte hatte triumphiert; alles, was er je gewünscht, wonach er je gestrebt hatte, war, Bote der Schlange zu werden. Am liebsten hätte er gelacht, hätte sich an Arlenmias Seite gestellt, um den Sieg mit ihr zu teilen — oder ihn ihr wegzunehmen. Nur Silvrens Hand auf seinem Arm — er war sich ihrer nicht einmal bewußt — hielt ihn zurück. »Wißt, daß ihr ausersehen seid, dem glanzvollsten Ereignis — dem einzig wahren Ereignis — in der Geschichte dieser Erde und jeder anderen Welt beizuwohnen. Gebt gut acht und versteht und freut euch.« Sie trat vor, beugte sich nieder und küßte Silvren. »Verzeih mir den Schmerz, den ich dir bereitet habe, und ich will dir verzeihen, daß du in die Irre gegangen bist. Ich bin froh, daß du nun doch bei mir bist, um dies mitzuerleben.«

Silvren wollte sie bitten, nicht zu gehen, aber ihr Mund war zu trocken. Sie konnte nur wie ein verängstigtes Kind den Kopf schütteln.

»Was macht dich so sicher, daß du fähig sein wirst, das Steinerne Ei herzugeben?« Ashureks Bitterkeit stieg an die Oberfläche. »Du kannst nicht mehr darauf verzichten, und sobald die Schlange das merkt, wird sie dich töten.«

»Nein, da irrst du dich, Ashurek«, antwortete Arlenmia. »Der Stein hat mich nicht wie dich versklavt. Und M'gulfn wird keinem von uns ein Leid tun; wir alle haben ihr auf unsere Weise gedient. Ich weiß nicht, ob wir uns wiedersehen — ich meine, in unserer gegenwärtigen Gestalt. Wenn M'gulfns Macht ganz wird, mögen wir alle so verwandelt werden, daß es kein Wiedererkennen mehr gibt. Deshalb sage ich euch Lebewohl. Fürchtet euch nicht! M'gulfn wird euch eure Zweifel vergeben, sogar dir, Medrian. Bald werden wir alle unseren herrlichen Lohn empfangen, der in der Anbetung der Schlange besteht.« Sie wandte sich ab und schritt über das flammende Tal davon.

Sie konnten nichts anderes tun, als ihr hilflos nachzusehen. In die Stille hinein erklang Skords gebrochene Stimme: »Ich möchte zu Setrel zurück. Ich werde doch wieder zu Setrel kommen, nicht wahr?« Er zerrte an Silvrens Mantel, als sei sie der einzige Mensch, dem er vertraute und vor dem er keine Angst hatte.

»Natürlich, Skord«, sagte sie so ruhig wie möglich und wischte sich die Tränen aus den Augen. Aber Arlenmia mußte ihn gehört haben, denn sie drehte sich um und funkelte ihn an.

»Skord«, rief sie, »ich finde, du solltest mitkommen, Lieber!«

»Nein!« schrie er, das Gesicht verzerrt vor Entsetzen. Gleichzeitig bat Silvren: »O nein, Arlenmia, laß ihn hierbleiben! Als ob er nicht schon verängstigt genug wäre...«

»Skord, komm zu mir!« wiederholte Arlenmia streng. Und der Junge, unfähig, ihr den Gehorsam zu verweigern, torkelte auf sie zu, verkrampft vor Angst. »Du sollst diesen Glanz mit mir teilen. Wirklich, ich weiß nicht, was mit dir los ist, ist dir nicht klar, welche Ehre dir widerfährt?« Sie faßte ihn bei der Schulter und schob ihn auf dem Weg zur Schlange weiter.

Wie in einem Traum sahen die anderen sie kleiner werden wie zwei Fliegen, die unendlich langsam eine hohe weiße Mauer hinaufkriechen.

»Medrian, ist das die wahre Gestalt?« fragte Estarinel. So sehr hatte sich Arlenmia auf die Schlange konzentriert, daß ihr Wille sie nicht länger niederbeugte, aber ihr Entsetzen vor M'gulfn lähmte sie auf andere Weise.

»Ich — ich weiß es nicht«, sagte Medrian. »Ich kann die Gedanken des Wurms nicht lesen, er verbirgt sie vor mir. Ich sehe nur dieses grausame Licht und — und Verwirrung. Schreckliche Verwirrung.«

»Wir müssen Arlenmia aufhalten«, ächzte Estarinel, als werde es weniger unmöglich, wenn er es aussprach. Währenddessen stand Ashurek auf. Sein Gesicht war finster und verschlossen.

»Ashurek, was hast du vor?« fragte Silvren beunruhigt.

»Ich muß das Steinerne Ei haben«, erklärte er. Und mit einer Bewegung, die gleichzeitig so unerwartet und so geschickt war, daß Estarinel keine Chance hatte, sich zu verteidigen, nahm ihm Ashurek den Silberstab weg.

»Meheg-Ba deutete an, der Silberstab könne dazu benutzt werden, ihr das Steinerne Ei zu rauben.« Ashureks grüne Augen brannten in einem schrecklichen Licht.

»Tu es nicht — sie wird dich töten!« rief Silvren. Er beachtete sie nicht und folgte Arlenmia. Estarinel sprang auf die Füße. Seine Angst vor der Schlange war hinweggefegt von seiner Verzweiflung, daß man ihm den Silberstab genommen hatte. Er dachte an die Warnung der Dame von H'tebhmella, der Stab könne in Ashureks Händen zu einem zweiten Steinernen Ei werden, und er rannte hinter Ashurek her. »Miril!« schrie er. »Miril, hilf uns!«

Silvren wollte sich erheben und hätte beinahe das Bewußtsein verloren. Medrian hielt sie fest und sagte schwach: »Wir können nichts tun. Bitte, bleib bei mir. Wenn M'gulfn den Silberstab sieht ...« Sie verstummte. Ihr Gesicht war blaß wie Kreide. Ohne eine andere Wahl, als zu warten, saßen sie und Silvren aneinandergeschmiegt im Schnee und stützten sich gegenseitig, so gut sie konnten.

Ashurek holte Arlenmia ein. Sie drehte sich zu ihm um, Verachtung und Zorn im Gesicht, und bereitete sich darauf vor, die Energie des Steinernen Eis gegen ihn anzuwenden. Aber als sie den Silberstab in seinen Händen sah, zögerte sie.

»Was in aller Welt glaubst du, daß du tust?« fragte sie kalt. Sie gab Skord einen Stoß und sagte: »Geh weiter! Ich hole dich wieder ein.« Der elende Junge hatte keine Wahl, als allein auf die Schlange zuzutaumeln.

»Gib mir das Steinerne Ei!« verlangte Ashurek. »Diese Waffe ist mächtiger.«

»Du bist wahnsinnig geworden!« rief Arlenmia aus. »Ich rate dir dringend, mich nicht mit diesem silbernen Instrument zu berühren — es könnte katastrophale Folgen haben.«

»Miril!« schrie Estarinel von neuem und rannte weiter auf die beiden zu. »Ashurek, gib mir den Stab zurück — du wirst uns alle umbringen, er darf nicht auf diese Weise benutzt werden!« Ashurek überhörte ihn. Die silberne Figur Mirils begann sich oben auf dem Stab steif zu bewegen wie ein außerordentlich geschickt gefertigtes mechanisches Spielzeug. Sie drehte den Kopf von einer Seite zur anderen. Ihre Flügel quietschten, als sie sie ausstreckte. Nach und nach wurden die geschnitzten Federn weich und seidig, aber auch dunkler. Dann war sie nicht mehr silberweiß, sondern rußschwarz. Sie sprang von dem Stab und schwebte in der Luft zwischen Ashurek und Arlenmia, die einigermaßen erstaunt zurücktrat, aber eher verwirrt als ängstlich dreinblickte.

Beim Anblick Mirils wich das tödliche Licht aus Ashureks Augen, und er gab Estarinel den Stab wortlos zurück. Der Forluiner steckte ihn erleichtert wieder in die Scheide. Aber die Schlange hatte ihn bemerkt, und die Luft begann, mit ihrer Furcht zu pulsieren.

Medrian stieß einen schrecklichen tiefen Schrei aus. Er war das Echo von M'gulfns Entsetzen, als der Wurm erkannte, was der Stab war, und Miril sah. Medrian wand sich in Silvrens Armen, wehrte sich gegen die Angst und die Wut des Wurms, versuchte verzweifelt, mit ihm zu sprechen und ihn zu beschwichtigen. Aber sie konnte ihn nicht dazu bringen, daß er ihr zuhörte, sie konnte ihn nur mit wilder Entschlossenheit festhalten, genauso wie Silvren, die ihr helfen wollte, sie festhielt.

»Was hat dieser — dieser Sperling zu bedeuten?« fragte Arlenmia verächtlich. »Soll ich mich etwa vor ihm fürchten?«

»Ich bin Miril«, sang der Vogel. »Und du kennst mich nicht, Arlenmia, aber der Wurm kennt mich. Du mußt das Steinerne Ei mir geben, nicht dem Wurm.«

»Wer auch immer dem Piepmatz das Sprechen beigebracht hat, er hat seine Zeit verschwendet«, bemerkte Arlenmia und wandte sich ab, um ihre Wallfahrt fortzusetzen. Miril flog ihr nach und landete in ihrem Haar. Arlenmia schlug sie mit einem Wutschrei zur Seite.

»Ich muß mit dem Steinernen Ei wiedervereinigt werden«, zwitscherte Miril von neuem. Arlenmia drehte sich mit finsterem Blick zu Ashurek und Estarinel um. Eine Hand umfaßte den Beutel mit dem Stein.

»Wirst du diesen lächerlichen Vogel wohl zurückrufen!« verlangte sie. Sie wollte Miril mit der Macht des Steinernen Eis vertreiben, aber natürlich hatte die Energie des Steins keine Wirkung auf Miril, die seine Wächterin gewesen war. Vor Schreck und Enttäuschung erblaßte Arlenmia, und in diesem Augenblick, als ihre Aufmerksamkeit auf den Vogel gerichtet war, verlor sie die Kontrolle über Estarinel und Ashurek. Die beiden Männer fühlten sich mit einem Mal frei und griffen sie an. Wie leicht würden sie mit einem Energiestoß des Steins wegzufegen sein! Aber die bleierne Kraft schmolz und glitt ihr durch die Hände wie Eis ... Und nichts geschah.

Ashurek sah den Ausdruck der Beunruhigung auf ihrem Gesicht und wußte ihn zu deuten: Mirils Anwesenheit hatte das Steinerne Ei irgendwie neutralisiert. Er und Estarinel packten Arlenmia sofort und hielten ihre Arme fest, und so gelähmt war sie durch den Verlust ihrer Macht, daß sie keinen Versuch der Gegenwehr machte. Steif stand sie zwischen ihnen, und Miril flatterte und tanzte ihr verwirrend um den Kopf. Da wurde ihr Gesicht gelblich, und sie fand die Stimme wieder.

»M'gulfn, hilf deiner Dienerin!« kreischte sie. Doch die Schlange, die in ihren Hüllen aus weißem und saphirblauem und smaragdgrünem Licht aufragte, verriet durch nichts, ob sie sie gehört habe. Jetzt wehrte Arlenmia sich im Ernst, und die Männer entdeckten zu ihrem Schrecken, daß sie ihre körperliche Kraft nicht verloren hatte. Mit einer blitzschnellen Bewegung entzog sie sich ihren Händen, und in dem Sekundenbruchteil, bevor sie von neuem zupacken konnten, hatte sie das Steinerne Ei aus seinem Beutel geholt und warf es in weitem Bogen Skord zu.

»Skord!« rief sie mit gellender Stimme. »Nimm es und lauf! Schnell jetzt, geradewegs zu M'gulfn!«

Skord hätte sich nicht im Traum einfallen lassen, ihr ungehorsam zu sein. Er bückte sich, hob den Stein aus dem Schnee und eilte auf die Schlange zu. Sofort war Ashurek hinter ihm her. Estarinel schaffte es, Arlenmia für ein paar Sekunden zurückzuhalten, dann riß sie sich los und machte sich an die Verfolgung. Doch Ashurek hatte Skord bereits erreicht. Er faßte den Arm des Jungen und nahm ihm das Steinerne Ei ohne Mühe aus der Hand. Skord brach wimmernd im Schnee zusammen.

Das Steinerne Ei lag auf Ashureks Handfläche, ebenso wie damals, als er es Miril gestohlen hatte, ein kleines Ding wie ein Sperlingsei, blaßblau mit silbernen Flecken. Es war bleischwer und fühlte sich weich an. Es sprach zu ihm, erfüllte ihn mit einem schrecklichen dunklen Licht. Und das Licht vertrieb den Schmerz, den er seit dem Verlust des Steins gespürt hatte, stillte seine Schuldgefühle und seine Qual, tröstete ihn mit dem süßen Versprechen von Macht ... Macht, um Meshurek zu rächen, um die Hoffnungen ihres Vaters zu erfüllen ... Und doch, es war nur ein Stäubchen der weit größeren Macht, die über ihm aufragte, es war wie ein kleiner Bach, der zu einem Meer aus hellem Feuer führte.

Ashurek drehte sich um und ging auf die Schlange zu. Irgendwo hinter sich hörte er Arlenmia lachen.

Dann durchfuhr etwas Schwarzes sein Gesichtsfeld, und Miril saß auf dem Schnee vor ihm. Schwache silberne und goldene Lichter schimmerten auf ihren dunkel gewordenen Federn, und sie betrachtete ihn genauso wie damals, als er ihr das Steinerne Ei gestohlen und seine Schuld in ihren Augen erkannt hatte. Diese glänzenden schwarzen Steine nagelten ihn jetzt fest, verwirrten ihn in ihrer Einfachheit und Ehrlichkeit, sprachen die Verzeihung aus, die er nicht verdiente.

Erinnerungen durchdrangen ihn wie Pfeile. *Du hast mich gefunden — aber hast du mich gefunden?* Er wollte nicht, daß sie diese Worte noch einmal sprach.

Miril sagte jedoch nur: »Ich will dich nicht zurückhalten. Es ist deine Wahl.«

Bei den Göttern, nein! schrie es in seinem Innern. Das Steinerne Ei und die Schlange erlaubten nur eine Entscheidung. Ihr befehlender Wille zog seine Muskeln straff wie Drähte, zwang ihn, ihrem Drang zur Wiedervereinigung nachzugeben. Und Miril stellte ihn vor eine *Wahl?* Sie hätte ihm den Stein wegnehmen, ihn von dieser Verantwortung befreien sollen ...

Du mußt dich von diesen Schuldgefühlen lösen. Der letzte Schritt ist, Verantwortung zu übernehmen.

Ashurek machte zwei weitere zwanghafte Schritte auf M'gulfn zu. Er wollte die böse Energie des Steins auf Miril richten, um sie auszulöschen. Aber sie saß immer noch vor ihm, er konnte ihren Augen nicht entrinnen. Und er dachte: Sie sieht mich mitleidig an, als M'gulfns jämmerliche Marionette. Dabei sollte ich es sein, der Mitleid mit ihr hat.

Ich habe auf dich gewartet, Ashurek, darauf gewartet, mit dem Steinernen Ei wiedervereinigt zu werden, damit mein Schmerz ein Ende findet.

»Um deinetwillen, Miril«, flüsterte Ashurek heiser, »dies ist meine Entscheidung.« Er streckte die Hand aus. Das Steinerne Ei glitt durch seine kraftlosen Finger und fiel in den Schnee zu Mirils Füßen.

Sofort ergriff sie es und schwang sich in die Luft, flog weg von ihm mit dem Auge im Schnabel. Und wie Ashurek es vorhergewußt hatte, überflutete ihn die bekannte Qual. Er ertrug es nicht, das Auge ein zweites Mal zu verlieren. In feurigem Schmerz ertrinkend, stolperte er hinter Miril her. Arlenmia und Estarinel verfolgten sie ebenfalls, aber sie entfloh ihnen allen mühelos und landete im Schnee bei Silvren und Medrian. Als die anderen sie erreichten, legte sie den Kopf zurück und verschluckte das Steinerne Ei.

Arlenmia schrie auf. Ashurek hätte am liebsten ebenfalls geschrien, aber er beherrschte sich und unterdrückte entschlossen den Schmerz über den Verlust des Steins. Lange genug war er sein Sklave gewesen! Miril sprang in die Luft. Sie gab einen schneidenden Laut von sich, als leide sie Qualen. Sekundenlang flatterte sie dort. Dann blickte sie mit ihren traurigen schwarzen Augen auf die Menschen zurück. »Mein Kind ist wieder bei mir«, sang sie. »Ich habe meine Aufgabe als Beschützerin der Welt erfüllt. Erinnert euch meiner, und ihr braucht keine Angst zu haben.«

Sie legte die Flügel an und fiel wie ein Stein in den Schnee.

Ashurek kniete nieder und nahm ihren Körper in die Hände, aber er war schlaff und zerrissen und leblos. Miril war zweifellos tot. Sie und das Steinerne Ei hatten sich gegenseitig vernichtet. Weinend legte Ashurek sie an die Stelle zurück, wohin sie gefallen war.

Als Miril starb, fühlte Medrian, daß die Furcht M'gulfns sich jäh legte. Vor Erleichterung tief aufatmend, richtete Medrian sich auf, strich sich das Haar aus dem Gesicht und versuchte, sich zu orientieren. Vor ihren Augen erhob sich die riesige statuenhafte Gestalt des Wurms, aber jetzt, da seine Gedanken weniger wirr waren, erkannte Medrian plötzlich die Wahrheit. Und gleichzeitig sah sie, daß er sich veränderte. »Seht!« keuchte sie, und die anderen rissen ebenfalls verwundert die Augen auf, ausgenommen Arlenmia, der angesichts dieser Umwandlung die Tränen über das Gesicht strömten.

Die hellen Feuer, die rings um M'gulfn brannten, flakkerten und verblaßten. Trübe senffarbene Flammen sprangen in den eisigen Abgründen hoch, und ein tiefes Grollen erfüllte die Luft. Die hochragende Göttergestalt schwankte. Schimmernde Bäche aus geschmolzenem Saphir liefen an ihren schuppigen Flanken herunter. Risse verästelten sich in ihren ultramarinen Tiefen. Bald begann sie sich aufzulösen. Die glasige Oberfläche fiel zuerst in Stücken, dann in großen Brocken, bis das ganze Gebilde eine Masse von zerbröckelnden Eisschichten, geschmolzenem Glas und Schaum wurde. Langsam, mit dem Getöse eines Erdbebens brach es in sich zusammen, und der Vorgang schien ein Jahrhundert zu dauern.

Das weite Tal mit seinen hellen Lichtern, tiefen Abgründen und dem furchterregenden, glänzenden Abbild M'gulfns war verschwunden. Es war, als sei es Nacht geworden; das Licht der Sonne löschten dichte pechschwarze Wolken aus. Die Menschen standen vor einer flachen rauhen Schneelandschaft unter einem stockdunklen Himmel.

Und vor ihnen lag die Schlange in ihrer wahren Gestalt.

Sie war nicht Tausende von Fuß hoch, sondern etwa fünfzig Fuß lang. Sie sah aus wie ein spitz zulaufender, dicker Schlauch aus mißfarbenem Fleisch, eingehüllt in eine lose gräuliche Membran. Rudimentäre Klauen und kleine lederige Flügel ragten an den Seiten hervor. Der Kopf war riesig und unförmig mit zwei winzigen blaßblauen Augen und einem grinsenden Maul. Sie lag auf dem Bauch im Schnee und starrte sie an. Der Gestank war überwältigend; graugrüne Flammen züngelten um sie auf, und sie strahlte eine sinnbetäubende Aura des Bösen aus.

Und Skord war nur ein paar wenige Meter von ihrem Kopf entfernt. Keiner der anderen hatte mit einem Gedanken an ihn gedacht; erst jetzt kam ihnen zu Bewußtsein, daß er ihnen nicht gefolgt war, als sie hinter Miril herjagten. Die Furcht hatte ihn überwältigt, er lag zusammengekrümmt im Schnee, eine kleine klägliche Gestalt, der nicht mehr zu helfen war.

Arlenmia setzte sich in Bewegung und rief: »Skord! Komm her!« Sie sahen, daß er sich in dem instinktiven Versuch, ihr zu gehorchen, mit den Händen hochstemmte. Aber es war zu spät. Im gleichen Augenblick schwang die Schlange sich in die Luft.

Panik ergriff die Menschen, so daß keiner fähig war, sich zu bewegen oder einen Laut von sich zu geben. Es war genauso, wie sich Estarinel von dem Angriff auf Forluin her erinnerte, ihre schnellen unmöglichen Bewegungen, ihre widerwärtige Gestalt, ihre Aura teuflischer Bosheit. Sie hörten Skords Schluchzen, als die Schlange auf ihn niederfuhr. Gelähmt vor Entsetzen, sahen sie die Schlange den Kopf schwingen und den Jungen ins Maul nehmen wie eine Stoffpuppe. Die Kiefer bewegten sich, ein Schaum aus Blut und Geifer rann von den Lippen des Wurms, und Skord war verschwunden.

»Nein!« ächzte Arlenmia. Sie wandte sich den anderen zu, und ihr Gesicht zeigte Entsetzen und Ungläubigkeit. »Sie hat meinen Boten getötet. Das kann nicht sein ...« Sie schrie auf und fiel auf die Knie und fuhr sich mit den Händen ins Haar, den zerbrochenen Traum mit unendlicher Bitterkeit betrauernd.

Später gelangten sie zu einem besseren Verständnis dessen, was geschehen war. Arlenmias Hingabe an M'gulfn war so total, ihr Glaube, die Schlange sei eine Art Gott, so zwingend gewesen, daß die Kraft ihrer Überzeugung, verbunden mit der Energie des Steinernen Eis, die Halluzination geschaffen hatte, nach der M'gulfn groß, herrlich und schön war. Eine ähnliche Halluzination hatte Arlenmia damals rund um die Glasstadt geschaffen, doch nun geschah es in weit größerem

Maßstab. Die Schlange selbst war daran nicht beteiligt, sie ahnte nur, daß etwas Seltsames und Verwirrendes geschah. Die Vision war allein das Produkt von Arlenmias ehrgeiziger Phantasie gewesen.

Sie wußte, daß die Schlange Forluin angegriffen hatte, sie wußte, wie sie in Wirklichkeit aussah. Aber das waren für sie abstrakte Ideen, kurze Blicke in Spiegel, und da sie nicht mit ihrer Vision übereinstimmten, nahm sie sie nicht als Realität wahr. Für sie war das, was sie glaubte, real, und wenn es das nicht von Anfang an war, konnte sie es dazu machen.

Doch als sie das Steinerne Ei verloren hatte, war ihre künstliche Realität zusammengebrochen, sie stand endlich der Wahrheit gegenüber und erkannte das gräßliche Äußere und die böse Natur der Schlange. Sie hatte nicht gelogen, als sie behauptete, Gewalt zu verabscheuen, es war ihr nur immer gelungen, sie zu übersehen oder ihren eigenen Gebrauch von Gewalt als notwendiges Mittel zum Zweck zu entschuldigen. Dann mußte sie zusehen, wie Skord ermordet wurde. Sie konnte sich nicht abwenden, konnte die Tat nicht beschönigen und das Böse daran nicht entschuldigen. Abscheu erschütterte sie bis ins tiefste Herz, und ihr Traum war zerstört.

Vielleicht hatte wirklich nur die Schlange selbst sie überzeugen können, daß ihre Vision falsch war. Hier lag der unwiderlegliche Beweis von M'gulfns höllischer Natur vor ihr. Dem Wurm waren seine Diener gleichgültig; er hatte ihren Boten gefressen. Er war nicht schön; er war abscheulich und gemein und böse. Arlenmia war endlich gezwungen, dies als die Wahrheit anzuerkennen, und nun kam ihr auch zu Bewußtsein, wie ungeheuerlich M'gulfns Taten und ihre eigenen waren. Zermalmt vom Gewicht dieser Bürde, fiel sie in den Schnee, machtlos und vom Kummer überwältigt.

So vollständig ihre Hingabe gewesen war, so grenzenlos war ihre Enttäuschung.

Die anderen merkten, daß Arlenmia aufgegeben hatte und keine Gefahr mehr darstellte, aber sie konnten ihr keine Aufmerksamkeit widmen. Der Wurm beobachtete sie, sein Kopf schwankte hin und her, Blut zischte aus den grausamen Kiefern in den Schnee. Ashurek war über sein anfängliches Entsetzen so weit hinausgedrungen, daß er jetzt von einer eisigen Ruhe erfüllt war. Silvren zitterte, beherrschte sich jedoch entschlossen. Estarinel jedoch war weniger glücklich, und die Panik, die ihn belauerte, seit er den ersten Blick auf die Aura des Wurms geworfen hatte, überschwemmte ihn jetzt. Er wußte nicht, wo er war. Fast glaubte er, wieder in Forluin zu sein und durch einen grauen Nebel zu rennen und zu rennen, um M'gulfn vor sich zu finden. Die Schlange lag auf den Trümmern von Falins Haus und grinste wie ein Ghoul ... Und jetzt war sie wieder hier, und er wußte nichts weiter, als daß er um jeden Preis von ihr wegkommen mußte. Er machte kehrt und floh blindlings über den Schnee, nur von dem einen einzigen Gedanken an Flucht beseelt.

Medrian lief ihm sofort hinterher. Sie umklammerte seinen Arm — wie sie es auch damals in einem Tal Forluins getan hatte — und brachte ihn zum Stehen.

»Halt — Estarinel, es ist ja gut, hab keine Angst!« hörte sie sich lächerlicherweise selbst sagen. »Das Steinerne Ei ist vernichtet. M'gulfn wird uns nicht angreifen, weil sie weiß, wir haben den Silberstab. Sie hat auch vor uns Angst. Und du hattest recht: Das zuvor Gesehene war eine Halluzination, nichts weiter als Arlenmias verzerrte Vorstellung. Estarinel?«

Während sie ihm zuredete, verlangsamte sich seine Atmung, und sie sah die Panik in seinen Augen verblassen — nur um von Verzweiflung ersetzt zu werden. Er starrte sie eine Weile an und wandte sich dann halb ab, obwohl er nicht von neuem davonzulaufen versuchte. Den Rücken der Schlange zugekehrt, stand er still, und irgendwie war er sehr weit von Medrian entfernt.

»Komm mit mir zurück!« bat sie.

»Ich kann nicht«, antwortete er steif. »Medrian, es tut mir leid, ich kann nicht. Ich kann sie nicht ansehen.«

»Du mußt«, flüsterte Medrian. Er jedoch schüttelte nur den Kopf, und nun überkam auch Medrian eine Art von Panik, die kalte zähflüssige Erkenntnis, daß es nicht in ihrer Macht lag, Estarinel den Mut zurückzugeben. Sie streckte die Hand aus, um seinen Arm zu berühren, aber er schien ihr zu entschlüpfen.

»Estarinel, da ist etwas, das ich dir noch nicht erzählt habe ...« Es war wichtig, doch sobald sie es ausgesprochen hatte, ging es verloren wie ein Flüstern, das ein Sturmwind hinwegfegt. »Etwas noch mußt du wissen.« Sie hatte das Gefühl, ihre Hand sei ein vergängliches Machwerk aus Eis, das schmolz und von seinem Arm glitt, so daß sie ihn nicht halten konnte, und sie selbst sei nichts anderes als eine kleine Gestalt aus Rauhreif, ohne Gestalt und Bestand. Dies ist nichts als ein Augenblick meines Lebens, dachte sie, dann werde ich nicht mehr sein. Ich muß ihn dazu bringen, daß er es versteht, bevor es zu spät ist ... Aber er starrte durch sie hindurch, als bestehe sie aus Eisnebel.

»Es hat keinen Sinn«, sagte er.

»In Forluin«, beharrte sie verzweifelt auf ihrer Mitteilung, »du erinnerst dich doch, als wir in dem Schuppen des Stellmachers waren, wo man deine Familie aufgebahrt hatte?« Oh, ist das schwer, dachte sie. »Ich hatte mir vorgenommen, es dir nicht zu sagen, weil es dir nur Schmerz bereitet hätte. Aber jetzt weiß ich keinen anderen Weg, wie ich dich dazu bringen soll, den Feldzug durchzustehen.«

»Medrian, was sagst du da?« Er faßte ihre Schultern, ein wilder Blick trat ihm in die Augen. Wenigstens hörte er ihr jetzt zu.

»Ihre Körper waren unversehrt. Dafür gibt es einen Grund. Verstehst du, auch ohne das Steinerne Ei wird die Welt immer noch unter M'gulfns Herrschaft geraten.

Nicht sofort, aber innerhalb eines halben Jahres, wenn du dich an Setrels Prophezeihung erinnerst, und dann wird das Gift des Wurms den Rest Forluins zu Asche machen. Und er wird diejenigen wiederbeleben, die er getötet hat, um sie zu quälen und zu versklaven. Verstehst du mich? Deine Angehörigen sind nicht wirklich tot. M'gulfn hebt sie sich auf, bis seine Macht vollkommen ist. Du weißt doch noch, was Silvren darüber gesagt hat, daß die Erde ein vergifteter Sack werde — du weißt, daß die Herrschaft der Schlange für die Erde die Hölle bedeuten würde. Ohne das Steinerne Ei ist die Schlange verwundbar, und wir haben eine Chance, sie zu töten. Tun wir das nicht — läßt du uns im Stich —, dann verdammst du deine Familie und ganz Forluin zu etwas, das unendlich schlimmer ist als der Tod.«

»Das hast du gewußt und es mir nicht gesagt?« rief er.

»Es hätte dich nur geschmerzt.«

»Oder hast du es zurückgehalten, um es zu benutzen, wenn ich die Nerven verlieren sollte?«

Die Anschuldigung entsetzte sie, vor allem weil das zur Hälfte wahr war. »Ja, in gewisser Weise. Nicht vorsätzlich«, flüsterte sie. Und er starrte sie weiter an, so daß sie immer stärker das Gefühl hatte, ein Geist zu sein.

Dann war der Augenblick vorbei. Er umarmte sie, und sie war wieder wirklich, lebendiges Fleisch und Blut. »Oh, Medrian, was sage ich da zu dir?« rief er. »Verzeih mir! Du hättest es nicht nötig haben sollen, mich zu überreden; ich schäme mich. Ich habe dir mein Wort gegeben, dich nicht im Stich zu lassen, und das werde ich auch nicht tun. Ich bin wieder in Ordnung.«

»Bist du sicher?«

»Ja.« Er nahm ihre Hand und ging entschlossen mit ihr zu Ashurek und Silvren zurück. »Ich bin bereit. Beenden wir es.«

»Ich liebe dich«, sagte Medrian schwach.

Sie standen zusammen im Schnee, eine Gruppe von fünf Gestalten, eine davon abseits, niedergebeugt von ihrem persönlichen Jammer, die anderen vier blickten, dicht beieinander, mit entschlossenen Gesichtern zu der bösen Kreatur hinauf, die sie irgendwie vernichten mußten.

»Ich bin froh, daß ich am Ende nun doch bei dir sein kann«, murmelte Silvren Ashurek zu. »Ich wünschte nur, ich könnte meine Kräfte zu deiner Hilfe heraufbeschwören.«

Die Schlange schob sich langsam auf sie zu und verschmierte dabei den Schnee mit Blut und grauem Gift. Ihre unersättliche Bosheit vibrierte in der Luft und machte es den Menschen beinahe unmöglich, ihren Platz zu behaupten, von einem Angriff ganz zu schweigen. Silvren wollte es nicht aussprechen, aber Ashurek wußte, sie war ebenso wie er der Meinung, der Wurm habe sich nun doch als unbesiegbar erwiesen. Er lachte über sie, triumphierte.

»Warum greift er uns nicht an?« fragte Ashurek ganz erstaunt. Er hatte Estarinel ermutigend die Hand auf die Schulter gelegt. Weit davon entfernt, den Forluiner zu verachten, weil er der Furcht beinahe zum Opfer gefallen wäre, bewunderte er ihn dafür, daß er die Furcht überwunden hatte. »Liegt das an dem Silberstab?«

»Ja«, antwortete Medrian, »er weiß jetzt, was der Silberstab ist, und er ist nicht so dumm, daß er ihn nicht fürchtet.« Estarinel hatte das Ende des Silberstabes gegen Mirils Brust gehalten, wie er es auf Hrunnesh getan hatte, aber es war nichts geschehen, der Vogel war leblos geblieben.

»Wir scheinen an einer Art totem Punkt angelangt zu sein«, meinte Ashurek. »Ich habe immer darauf vertraut, wenn wir einmal so weit gekommen sein würden, wäre es offensichtlich, wie wir den Feldzug zu Ende führen müßten. Doch das ist es nicht. Wir haben irgendwo einen falschen Weg eingeschlagen, sonst wäre Miril nicht tot.«

»Ich habe nachgedacht und nachgedacht«, sagte Medrian, »und ich komme immer wieder zu der gleichen Antwort. Ich weiß nicht, ob sie richtig ist, aber sie ist alles, was mir einfällt.«

»Und was ist es?« fragte Ashurek. »Wir müssen etwas tun. Ich möchte lieber ein Risiko eingehen, als noch länger hier herumstehen und diskutieren.«

»Ich glaube, ich weiß, was getan werden sollte«, sagte Medrian, »aber ich bin mir nicht sicher, wie es bewerkstelligt werden kann. M'gulfns Körper muß mit normalen Waffen zerstört werden. Er ist dagegen nicht immun.«

Ashurek sah sie überrascht an. »Das mag sein. Aber trotzdem, wie kommen wir nahe genug heran, daß wir ihn auch nur berühren können? Er wird uns ebenso schnappen wie den armen Skord. Was ist mit dem Silberstab?«

»Du weißt, daß wir den Stab nicht dazu benutzen können, den Körper des Wurms zu vernichten, ohne eine Katastrophe hervorzurufen. Er darf erst hinterher eingesetzt werden. Außerdem, wenn wir uns der Schlange mit dem Stab nähern, wird sie fliehen.«

»Also werden wir sie entweder in alle Ewigkeit herumjagen, oder wir rücken ihr mit irdischen Waffen auf den Leib, nur um sofort getötet zu werden?« rief Ashurek aus. »Medrian, das ist doch Unsinn!«

»Nein, hör mich zu Ende an!« bat sie. »Ich sehe nur einen Weg, der uns zum Erfolg führt, und zwar: Ich gehe als erste zu der Schlange und rede mit ihr. Schon gut, Estarinel — sie kann mich nicht berühren, ebensowenig, wie ich ihr einen körperlichen Schaden zufügen kann. Ich veranlasse sie, sich nicht zu verteidigen. Dann kommt ihr beiden und erschlagt sie mit euren Äxten.«

»Wie willst du sie denn veranlassen?« fragte Ashurek ungläubig. »Sicher, du bist unabhängig von ihrem Willen geworden, aber eine ganz andere Sache ist es doch, sie davon zu überzeugen, daß sie stillhalten soll, während wir sie ermorden ...«

»Es ist unsere einzige Hoffnung!« erklärte Medrian unumwunden. »Fällt einem von euch etwas Besseres ein? Estarinel, nimm den Silberstab ab und laß ihn hier zurück.« Er löste die rote Scheide von seinem Gürtel, und Silvren nahm sie von ihm entgegen. »Jetzt gehe ich zu ihr«, fuhr Medrian fort. »Bleibt ungefähr zwanzig Meter hinter mir und kommt erst näher, wenn ich euch ein Zeichen gebe. Die h'tebhmellischen Kleider werden euch vor ihrem Gift schützen. Seid ihr soweit?«

»Ja«, antworteten beide und nahmen ihre Äxte in die Hand.

»Denkt daran, was Miril sagte! Es muß mit Mitgefühl geschehen. Versucht, sie schnell zu töten, als ob«, — sie schluckte —, »als ob ihr ein Tier aus seinem Elend erlöstet.« Sie machte einen eisig ruhigen und entschlossenen Eindruck, und tatsächlich empfand sie in diesem Augenblick keine Spur von Angst. Für sie war die körperliche Anwesenheit M'gulfns nicht schlimmer als die geistige, die sie ihr ganzes Leben lang erduldet hatte. Ashurek wurde von etwas wie Schlachtfieber gepackt, das die schlimmsten Zweifel und Ängste vertrieb. Und Estarinel fühlte sich so krank und schwach vor Angst, daß er überzeugt war, irgendeine äußere Kraft schiebe ihn auf M'gulfn zu. Oder vielleicht lag es einfach daran, daß kein Schicksal schlimmer sein konnte, als wenn er Medrians und Forluins Vertrauen in ihn enttäuschte.

»Wie töten wir sie am besten?« fragte Ashurek.

»Enthauptet sie«, riet Medrian sachlich, »und zerstückelt dann den Kopf!«

Und die drei, die von dem Haus der Deutung ausgezogen waren, gingen jetzt zusammen durch die Dunkelheit auf das Ende ihres Feldzugs zu.

Die Luft umwogte sie wie ein Meer aus brombraunem Gas. Sie bewegten sich qualvoll langsam hindurch, würgend von dem Gestank des Wurms, und der Schnee saugte an ihren Füßen wie klebriges Fleisch. Vor ihnen lag die Schlange M'gulfn, wartete und grinste wie ein ungerührter Basilisk.

Medrian winkte den beiden Männern stehenzubleiben, während sie selbst weiterging. Estarinel fand es schrecklich zuzusehen, wie sie sich diesem bösen Wesen allein näherte, eine kleine tapfere Gestalt, die sich vor dem grünbraunen Phosphoreszieren abzeichnete. Der Wurm war größer, als er ihn in Erinnerung hatte; Medrian sah neben seinem Kopf winzig aus. Wie schämte er sich angesichts ihres Mutes seiner eigenen Furcht! Er hielt den Atem an, dachte: Sie wird doch sicher nicht noch näher herangehen ...

Die ganze Zeit sprach Medrian zu M'gulfn, versuchte den Wurm aus den Tiefen ihres Geistes, wo er verdrossen lag, herauszuziehen und so weit zu bringen, daß er ihr zuhörte. Lange kam keine Antwort. Erst als sie ihm so nahe war, daß sie seinen großen runzligen Kopf hätte mit der Hand berühren können, sprach er. *Ah, meine Medrian. Endlich bist du zu mir gekommen.*

»Ja«, antwortete sie.

Der Verlust meines Auges war schmerzlich für mich, aber wenigstens wurde gleichzeitig der verhaßte Vogel vernichtet. Ich habe ihn verschlungen. Jetzt brauche ich nichts mehr zu fürchten. Sie wagen es nicht, die silberne Waffe in meine Nähe zu bringen. Ich bin sicher, und du wirst für immer bei mir bleiben.

»Ja, ich werde bei dir bleiben, M'gulfn«, antwortete Medrian leise. Der Wurm verhielt sich ruhig, war sich dessen, was geschah, nicht voll bewußt. Arlenmias Tricks hatten ihn erschüttert und verwirrt zurückgelassen. Vielleicht würde es doch nicht so schwer sein.

Du belügst mich nicht etwa, meine Medrian?

»Nein, ich bin jetzt bei dir. Sei still!« flüsterte sie. Sie fühlte den Geist des Wurms innerhalb ihres eigenen davongleiten, als versinke er in Trägheit oder Schlaf. Vorsichtig tastete sie nach ihm, aber er war vollkommen ruhig. Langsam, ohne den Blick von den winzigen blauen Augen abzuwenden, hob sie die Hand. Hinter sich hörte sie das Knirschen von Estarinels und Ashureks Stiefeln im Schnee. Die beiden Männer kamen näher. Diese paar Augenblicke zogen sich unerträglich in die Länge, als habe sich ein flüchtiger Alptraum in der Zeit kristallisiert ...

Plötzlich lag sie im Schnee auf dem Rücken, während sich die Schlange in die Luft schwang. Das Schwirren ihrer Flügel war ohrenbetäubend. Ein Schrei erstarb in Medrians Kehle. *Verräterin! Glaubst du, ich wisse nicht, was du vorhattest?* Die Gedanken des Wurms fuhren durch ihr Gehirn wie vergiftete Widerhaken. *Wie kannst du es wagen! Ich hatte dich gewarnt, es werde dir noch leid tun. Du wirst leiden, leiden, bis du um Gnade flehst!*

»Nein!« rief Medrian und versuchte verzweifelt, die Herrschaft zurückzugewinnen. Doch wie der Wurm einmal seine Macht über sie verloren hatte, hatte sie jetzt das bißchen an Macht verloren, das sie über ihn besaß. Er kreiste in der Luft, Fäden aus Blut und Säure fielen ihm aus dem Maul. Medrian kämpfte sich auf die Füße — rutschte in dem besudelten Schnee aus — und sah Estarinel und Ashurek mit leeren Gesichtern und starr wie Steinfiguren zu dem Wurm hinaufblicken.

Er flog über ihre Köpfe, drehte sich mit scheußlicher Anmut in der Luft immer wieder im Kreis wie ein Aal, der in trübem Wasser seinen eigenen Schwanz jagt. Und Medrian wußte, er würde sie nicht schnell töten, sondern ganz langsam und systematisch, wenn überhaupt. Mehr als alles andere wünschte er sich, sie zu demütigen.

»Hör auf!« keuchte sie. »Ich werde das nicht zulassen. M'gulfn, hör auf!«

Sie werden mich nicht erschlagen, nicht mich! schrie der Wurm immerzu, und seine Gefühle versengten ihre Lungen wie ein ätzendes Gas. *Ich werde ihnen Verwirrung und Schmerz und Tod geben, wie ich es ihnen versprach, als sie mein Auge stahlen!*

Estarinel hielt den Schaft seiner Axt umfaßt und war so betäubt vor Entsetzen, daß er die Schlange als winzig wahrnahm, in einem graubraunen Nebel meilenweit von ihm entfernt. Er konnte nichts tun, um sich zu verteidigen, sie würde ihr Gift auf ihn speien, wie sie es auf Forluin gespieen hatte. Er war in einem bleiernen Alptraum gefangen, aus dem es kein Entrinnen gab. Ashurek dagegen war entschlossen, der Schlange wenigstens einen Schlag zu versetzen, bevor sie ihn tötete, und er dachte die ganze Zeit an Silvren.

Die Schlange tauchte nieder. Aber sie berührte keinen von ihnen; sie klatschte schwer in den Schnee und schickte große rosa-graue Wolken in die Luft. Dann lag sie da und wand sich, und die Menschen warteten wie versteinert darauf, daß sie von neuem aufstieg.

Allein das tat sie nicht. Medrian stand hoch aufgerichtet vor ihr, die Arme an den Seiten und den Kopf zurückgelegt, und sang. Ihre Stimme war leise, und die Wörter des Liedes klangen seltsam, als wenn es gar keine Wörter wären, aber anscheinend hatten sie die Schlange paralysiert. Sie wand sich auf dem Schnee, sie konnte sich jedoch nicht in die Luft schwingen.

Medrian war das Lied des Wächters eingefallen. Es war ein unheimlicher Gesang, mit dem die Grauen M'gulfn vor all diesen Millionen von Jahren gefesselt hatten, damit sie ihr das Auge stehlen konnten. Vielleicht hatten sie das Lied vergessen, oder vielleicht hatten sie nicht daran gedacht, es vorzuschlagen. Der Wurm hatte es jedenfalls nicht vergessen. Er hatte immer noch Alpträume davon. Und jetzt kam das Lied direkt von seinem Gedächtnis in Medrians Gehirn, und sie sang ihm die langsame fremdartige Melodie zurück, so daß er hilflos zu Boden sank und die Furcht alle seine Muskeln lähmte.

Und sie hielt ihn am Boden fest. Das Lied schlang sich zwischen ihren Gehirnen hin und her, bis es innerhalb M'gulfns Schädel zu einer Kakophonie des Entsetzens wurde. Medrian dagegen blieb distanziert. Sie ließ sich nicht in den Strudel von M'gulfns Furcht hineinreißen. Sie fuhr fort zu singen, und dabei hob sie beide Hände und winkte Estarinel und Ashurek, von neuem näher zu kommen.

Die Männer sahen, daß Medrian den Wurm in Schach hielt, und machten ein paar vorsichtige Schritte. Da öffnete er das Maul, und es erklang kein Gebrüll, sondern ein schreckliches Stöhnen. Und das Stöhnen setzte sich weiter und weiter fort, und seine äußerste Trostlosigkeit füllte ihnen die Köpfe, so daß sie vor Entsetzen aufschrien und taumelten, wie von Sturmböen umhergeschleudert. Die Schlange war gefesselt, aber sie war immer noch angeschwollen von böser Macht.

Ihr Kopf lag flach auf dem Schnee, und ihre hellen Augen — Geschwister des Steinernen Eis — funkelten sie an, voll von erbarmungsloser Bosheit. Und sie schien auf sie herabzublicken, als rage sie über ihnen auf, zu einem Vielfachen ihrer tatsächlichen Größe aufgebläht wie eine groteske Parodie auf Arlenmias Vision, während die Männer von ihrer eigenen Überheblichkeit am Grund eines schleimigen grauen Schachtes gefangen waren, hilflos und gedemütigt.

Flammen schossen um den Wurm hoch, braun und ockergelb und olivgrün, und an ihnen wärmten sich obszöne Kreaturen, mißfarbene ungefüge Schöpfungen der Schlange. Einige lachten, und einige weinten, und einige waren ausdruckslos, aber alle waren so abstoßend, daß man den Verstand verlieren konnte, wenn man sie nur ansah. Estarinel und Ashurek schrien beide vor Entsetzen auf. Grausige Gedanken krochen ihnen durch die Gehirne. Sie waren in Gefahr zu vergessen, wer und wo sie waren, und wanderten vor der Schlange umher, als seien sie blind.

Medrian wußte, sie kämpften, aber sie konnte nichts tun, um ihnen zu helfen, außer daß sie gegen das Stöhnen der Schlange ansang und darum betete, daß die beiden Männer ihre Entschlossenheit nicht ganz verloren.

Silvren schritt im Schnee auf und ab. Mit der einen Hand zog sie den Mantel um sich, mit der anderen umfaßte sie den Silberstab. Sie erschauerte unwillkürlich, doch sie war sich nicht bewußt, wie sehr sie wirklich fror. Sie sah, wie die drei auf den Wurm zugingen und wie er in die Luft stieg. Zehn Sekunden lang hielt Silvren den Atem an, und dann fiel M'gulfn wieder in den Schnee. Jetzt versuchten sie, sich ihm zu nähern, drei Gestalten, umrahmt von seiner gehässigen kranken Aura. Silvren litt unter ihrer Hilflosigkeit ebenso wie unter ihrer Angst.

Nicht fähig, damit allein zu bleiben, setzte sie sich neben Arlenmia, die mit dem Rücken zu M'gulfn im Schnee kniete.

»Arlenmia«, sagte Silvren, »ich weiß, wie dir zumute ist.« Arlenmia blickte zu ihr auf. Ihr Gesicht war weiß wie Alabaster. »Wirklich?« fragte sie ausdruckslos.

»Nein, ich weiß es wohl nicht. Was kann ich sagen?«

»Es ist mir ein Rätsel, warum du überhaupt etwas sagen willst. Du hast es nicht mir zu verdanken, wenn du noch am Leben bist, nicht wahr? Du warntest mich, und ich wollte nicht zuhören, und jetzt ist erwiesen, daß du recht hattest.«

Silvren ergriff ihre Hand, und als Arlenmia sie ihr entziehen wollte, hielt sie sie fest. »Es war ein Traum, Arlenmia. Nur ein Traum. Das hier ist wirklich. Du und ich, die miteinander reden. Da ist nichts anderes, aber das ist alles. Um das zu retten, kämpfen wir.«

»Mußt du so verzeihend sein?« rief Arlenmia. »Du machst es mir sehr schwer.«

»Gut«, antwortete Silvren. »Hör zu, meine Kraft ist fast erloschen. Aber sie brauchen Hilfe. Ich muß etwas tun.«

»Zum Beispiel?«

»Ihre Waffen. Könnte ich ihren Äxten nur ein bißchen Zauberkraft mitteilen, hätten sie größere Aussicht, die Schlange zu töten. Ich schaffe das nicht allein, doch wenn du mir die Hand reichen und mir helfen würdest ...«

Sie erwartete eine glatte Weigerung, aber zu ihrer Überraschung wandte Arlenmia sich ihr zu und sagte: »Ja.« Ihr Gesicht hatte wieder Farbe bekommen, und ihre Augen brannten. »M'gulfn hat mich verraten. Ja, ich würde gern helfen, sie zu töten.«

Medrians Kehle war wund von dem beißenden Gestank des Wurms. Sein Stöhnen hallte in ihren Ohren und ihrem Kopf wider, und trotzdem hörte sie nicht auf zu singen. Estarinel und Ashurek stolperten an ihr vorbei zur rechten und zur linken Seite von M'gulfns Kopf. Die winzigen Augen des Wurms schwenkten hierhin und dahin, um ihnen zu folgen, und er wehrte sich heftig gegen die Fesseln, die Medrians Lied ihm anlegte.

Ashureks Axt hing in seinen Händen wie eine schwere Last. Mit Anstrengung hob er sie, brachte sie zum Zuschlagen in Stellung. Er versuchte grimmig, seinen Geist gegen die verwirrende Aura der Schlange abzuschließen und nur an sein Ziel zu denken. Kopf und Hals M'gulfns ragten vor ihm auf, dicke Muskelstränge lagen unter der schuppigen Membrane. Aus dieser Nähe war die Schlange riesig, und er konnte Estarinel auf der anderen Seite nicht sehen.

Er schwang die Axt im Bogen. Sie biß in M'gulfns Hals, und ein zitternder, schmerzhafter Schock fuhr Ashurek durch Arme und Schultern.

Die Membrane teilte sich wie Papier, und die Schneide sank in das Fleisch wie durch ein fauliges Gelee, doch dann wurde sie von einer eisenharten Sehne aufgehalten. Ashurek riß die Waffe heraus und taumelte keuchend zurück. Die Schlange warf den Kopf in die Luft und heulte vor Wut. Ihr Körper zog sich S-förmig zusammen, und trotz des bannenden Liedes versuchte sie anzugreifen.

Ihr grausiges Maul öffnete sich vor ihm, und Ashurek sah zwischen den Kiefern eine glitzernde scharlachrote Höhle mit Fangzähnen wie Stalaktiten aus Elfenbein, klebrig von blutigem Geifer, und der heiß-kalte stinkende Atem traf ihn voll ins Gesicht.

In einem Reflex hob er die Axt und schlug von neuem zu. Diesmal traf die Schneide Lippen und Zahnfleisch, und eine giftig-rote Flüssigkeit tropfte der Schlange aus dem Maul. Die Wucht des Schlags schleuderte Ashurek weit weg in den schmutzigen Schnee, während der Wurm sich gereizt zur Seite rollte.

Das kam für Estarinel überraschend. Er hatte einen Streich gegen die Schlange geführt, der kaum die Membran ritzte. Die Kreaturen der Schlange seufzten um ihn und verschlimmerten seine Verwirrung. Er hatte das Gefühl, langsam in einem braunen Meer zu versinken, und die Kadaver dieser traurigen Ungeheuer trieben mit ihm hinab ... Als er sich noch heftig bemühte, die Halluzination abzuschütteln, prallte der dicke Körper der Schlange gegen ihn, und seine Beine wurden darunter eingeklemmt. Der Schreck brachte ihn wieder zu sich, und er schrie entsetzt auf. Die Schlange wälzte sich wieder zurück und gab ihn frei, doch bevor er wieder auf die Füße kommen konnte, fuhr ihr Kopf herum, und sie packte ihn mit den Lippen.

Dicke schwere Falten weichen Fleischs hüllten ihn ein. Der Gestank war überwältigend. Estarinel konnte jede Einzelheit der Schlangenhaut erkennen, die Grate und Furchen, die mit getrocknetem Gift verkrustet waren, die mit dunklem Blut verstopften Poren, die Löchern glichen. Irgendwie gelang es ihm, seine Axt festzuhalten, oder richtiger, er war nicht fähig, sie loszulassen, weil seine Finger sich verkrampft hatten. Dabei zerrte sie schmerzhaft an seinem freien Arm. Er wartete darauf, daß die Kiefer des Wurms ihn zermalmten.

Statt dessen sprach die Schlange zu ihm. Jedes Wort kam ihm so greifbar vor wie ein Monolith aus Knochenfossilien, und jeder Buchstabe eines jeden Wortes war in sich selbst ein schreckliches Bild. Forluin, Medrian, Skord — alles war wirklich und doch verzerrt und mit einer alptraumhaften tiefen Bedeutung versehen, als nähme er sie mit unterbewußten, mehr als menschlichen Sinnen wahr. Er sah die Erde in alle Ewigkeit unter der Herrschaft des Wurms dahintreiben und vor Verzweiflung stöhnen, er sah Miril tot im Schnee liegen ... Immer weiter und weiter sprach die Schlange. Die Bilder waren wie Gewichte, die mit unerträglichem Druck auf ihm lasteten. Und gleichzeitig empfand er sich selbst als die Worte, die M'gulfn sprach.

Medrian sah Estarinel im Maul der Schlange hängen und Ashurek der Länge nach im Schnee liegen, und in diesem Augenblick meinte sie, alles falsch beurteilt zu haben. Es gab keinen leichten Weg, M'gulfn zu erschlagen. Medrian blieb nichts weiter übrig, als sich zu Silvren zurückzuziehen und sich den Silberstab zu holen, und dabei mußte sie die ganze Zeit singen, damit M'gulfn auf dem Boden blieb. Dann mußte sie sich der Schlange mit dem Stab nähern und ihr die Kehle durchbohren. Dabei würden sie alle das Leben verlieren, und die Erde würde in Stücke gerissen werden, aber wenigstens fand alles ein Ende ...

Nein, diese letzte drastische Lösung ging über ihre Kräfte. Sie war erschöpft, M'gulfn entglitt ihrer Herrschaft. Sie selbst konnte den Wurm nicht töten, und in diesem Augenblick glaubte sie nicht einmal, daß der Silberstab die notwendige Kraft besaß. Waren sie nicht alle Opfer eines grausamen Streichs, der ihnen von den Grauen gespielt wurde? Wenn die Wächter jetzt lächelnd auf sie niedersahen, war ihre herzlose Belustigung schlimmer als der Hohn der Schlange.

Ashurek kam wieder auf die Füße. Er sah Estarinel nicht, doch er wußte, ihm war etwas zugestoßen. Vielleicht hatte M'gulfn ihn getötet. Den Gorethrier packte die Wut. Er war entschlossen, der Schlange schweren Schaden zuzufügen, bevor sie sie alle umbrachte. Einmal, zweimal hieb er auf ihren Hals ein. Die Axt wurde von den drahtigen Muskeln aufgehalten. Ashurek rang nach Atem, erstickte fast an der dicken Luft. Die Axt ein drittes Mal niedersausen zu lassen, schien eine gewaltige, unmögliche Aufgabe zu sein. Die Waffe zerrte an seinen Armen wie ein Anker, sein Körper war ohne jede Kraft, wie geschwächt von einem lähmenden Fieber. Er schaffte es, die Axt halb zu heben. Doch dann schwankte er und wäre beinahe gefallen vor Verwunderung.

Goldene Flammen spielten über die ganze Länge der Axt hin, Sterne funkelten auf der Schneide. Ashurek erkannte Silvrens Zauberkunst, und um ihretwillen machte er eine neue Anstrengung. Die Beine grätschend, schwang er die Axt in die Luft und ließ sie mit dem ganzen Gewicht des Körpers dahinter auf den Hals der Schlange fallen.

Diesmal teilten sich die Sehnen wie eine Frucht, und Medrian und M'gulfn schrien gleichzeitig auf.

Estarinel klebte immer noch hilflos an der Lippe der Schlange, aber als sie vor Schmerz kreischte, wurde er sich seiner Situation in aller Schärfe bewußt und bemühte sich verzweifelt, ihr zu entrinnen. Beinahe unwillkürlich schwang er die freie Hand, die die Axt hielt, nach oben. Silbergoldene Funken versprühend, traf sie M'gulfn ins Auge. Der Wurm warf den Kopf vor Qual zurück, und Estarinel flog in den Schnee.

Er rollte sich weg und sprang auf die Füße. Ein wundervolles Gefühl breitete sich in ihm aus; er hatte nicht die geringste Angst mehr. Mit beiden Händen hob er die in Zauberlicht erstrahlende Axt über den Kopf. Was gibt diesem widerwärtigen Wurm das Recht, dachte er, Menschen zu töten, deren friedliches Leben über sein Verständnis hinausgeht, das Recht, eine Welt, deren Schönheit von seiner gemeinen Seele nicht zu erfassen ist, mit Krankheit zu schlagen? Er ist weit genug gegangen.

Gemeinsam hieben er und Ashurek auf den Hals der Schlange ein, und bei jedem Schlag spürten sie Blutgefäße und Sehnen reißen. Medrian war kaum zwei Fuß von dem höhlenartigen Maul zusammengebrochen. Sie sang nicht mehr, sie schrie in geteiltem Schmerz. Es war nur gut, daß Ashurek und Estarinel sich zu sehr auf ihre Arbeit konzentrierten, um sie zu sehen, und daß das schreckliche Stöhnen der Schlange ihre Schreie übertönte. Die gräßlichen Kreaturen ringsumher starben, lagen formlos auf dem Schnee, und die giftigen Wurmfeuer brannten so blaß wie tote Haut. Der Himmel pochte wie ein Bluterguß.

Jetzt strömte ein scheußliches grünlich-weißes Licht von M'gulfns Körper aus. Die runzelige Membran glitzerte vor einer dunklen Feuchtigkeit, als sei der Schlange der Angstschweiß ausgebrochen. Klebriges Blut strömte aus den Wunden und dampfte wie Säure, wenn es den Schnee traf. Ashurek und Estarinel schlugen wieder und wieder zu, und Silvrens Zauberkunst ließ ihre Äxte wie Sonnen strahlen.

Diese Waffen bissen als bitterkaltes Eisen in M'gulfns Seele, denn sie waren ein Vorgeschmack der Magie, die noch nicht hätte existieren dürfen, die erst existieren konnte, wenn sie tot war. Sie verlor sogar die Kraft zu schreien. Immer noch klammerte sie sich an ihren Wurmkörper, aber der Halt wurde schwach, und innerlich wimmerte sie, flehte sie Medrian an, ihr zu helfen.

»Verlaß deinen Körper!« sagte Medrian. »Komm zu mir! Schnell, damit dieser schreckliche Schmerz aufhört! Bitte, M'gulfn ...«

Jetzt klaffte ein großer Spalt im Hals des Wurms, und

sein Kopf war halb abgetrennt. Fleischstücke flogen bei jedem Hieb in die Luft, bespritzten den Schnee und die Kleider. Das kränkliche Glühen, das den Flanken des Wurms entströmt war, verblaßte, und die Männer erkannten, daß er starb. Bis ihre Äxte auf sein Rückgrat trafen, hatte er aufgehört, sich zu winden. Das Krachen und Splittern unnatürlicher Knochen war zu hören, dann teilte sich das restliche Fleisch des Halses wie Butter. Einen Augenblick später fiel der Kopf ab. Nun machten sich Ashurek und Estarinel daran, die Augen zu zerschmettern und den Schädel zu spalten. Sie arbeiteten wie die Wahnsinnigen, als könnten sie nicht glauben, daß M'gulfn wirklich tot war.

Tatsächlich klammerte sich M'gulfn so lange verzweifelt an seinen Körper, wie er es ertragen konnte. Aber als er diese verderbliche Zauberkunst in seinem Schädel spürte, war es vorbei. Er ließ die Hoffnung fahren, seine körperliche Gestalt regenerieren zu können, und floh jammernd zu Medrian.

Dann fuhren die Äxte der beiden Männer in das Gehirn, und ein Ausbruch bleierner Energie schleuderte sie zurück. Atemlos lagen sie im Schnee und machten sich auf einen weiteren Schrecken gefaßt. Aber anscheinend sollte nichts weiter geschehen. Die plötzliche völlige Stille war unheimlich. Sie zogen sich auf die Füße und betrachteten mit Widerwillen ihre Umgebung: die flache geschändete Schneelandschaft unter einem drückenden Himmel, die braun verschmutzte Atmosphäre, den gräßlichen Kadaver der Schlange mit dem abgetrennten und verstümmelten Kopf, Blut und klebriges Gift, die den Schnee in meterweitem Umkreis verschmierten.

Und Medrian, die unmittelbar vor dem Kopf bewußtlos im Schnee lag.

Estarinel eilte zu ihr und hob sie behutsam hoch. »Sie lebt noch. Ich glaube nicht, daß sie verletzt ist«, sagte er. Ashurek versuchte gerade, sich das Blut von den Händen zu wischen. Er sah zu Estarinel hin, der Medrian in den Armen hielt, und plötzlich verstand er, was es mit dem Silberstab auf sich hatte. Er fürchtete, er werde gleich anfangen zu weinen, und so wandte er sich ab, auch wenn er nun die gräßlichen Überreste des Wurms vor sich hatte.

»Ashurek, komm, gehen wir zu Silvren zurück!« bat Estarinel. »Der Wurm ist tot. Wie kannst du es ertragen, in seiner Nähe zu bleiben?«

»Hast du das h'tebhmellische Feuer noch?« fragte Ashurek unterwegs. Sie waren schmutzig und zu erschöpft, um irgend etwas über den Tod der Schlange zu empfinden — keine Hochstimmung, nicht einmal Erleichterung, nichts.

»Ja, ich habe es an mich genommen, nachdem Arlenmia es in den Schnee geschleudert hatte. Warum?«

»Weil ich finde, der Körper des Wurms sollte verbrannt werden, und das h'tebhmellische Feuer ist das einzige Mittel, mit dem wir ihn anzünden können«, antwortete Ashurek.

Silvren und Arlenmia wirkten beide benommen. Teils waren es die Nachwirkungen der Schrecken und teils das Gefühl, daß die Schrecken noch nicht vorüber seien. Es war nichts von einer Befreiung zu spüren. Die Welt schien immer noch in einen Sumpf aus braunem und grauem Schmutz zu versinken.

Silvren kam ihnen jedoch entgegen und umarmte Ashurek ohne Rücksicht auf das Blut, das seine Kleidung befleckte. »Oh, der Dame sei Dank!« rief sie. »Ich war überzeugt, ihr würdet getötet werden.«

»Du allein hast es uns möglich gemacht, den Körper des Wurms zu zerstören«, flüsterte Ashurek in ihr Haar. »Aber es ist noch nicht vorbei.«

Medrian! stöhnte der Wurm. *Wie konntest du das erlauben? Du hast mich verraten, du hättest mich zu einer anderen Wirtin gehen lassen sollen. Dieser Schmerz ist unerträglich.*

Ich werde dich noch dafür büßen lassen! So tobte er in ihrem Innern immer weiter, überschwemmte sie wie damals, als sie die Blaue Ebene verlassen hatten. Medrian wußte, sein Körper war tot, und seine Seele befand sich jetzt völlig in ihr. Der Schock der Übertragung hatte ihr das Bewußtsein geraubt, und jetzt hörte sie seinem Wüten in der grauen Leere der Bewußtlosigkeit zu. *Wie konntest du es wagen, dieses Lied des Todes zu singen? Ich könnte dich verabscheuen, wie ich die anderen immer verabscheut habe. Wie soll ich Rache nehmen ...*

»Aber ich habe dir das Leben gerettet«, unterbrach Medrian. Der Wurm hielt in seiner Flut entrüsteter Gedanken inne.

Ja, ja, das hast du getan. Wie dumm du warst, dir einzubilden, du könntest mich töten, wenn du die ganze Zeit mein Schutz warst. Du mußtest ja versagen. Und jetzt liegst du gedemütigt vor mir, wie ich es dir versprochen habe.

»Hast du dir wirklich gewünscht, daß ich versage?« fragte Medrian, doch der Wurm verstand ihre Frage nicht.

Du bist dumm. Ich werde in dir eine Weile ausruhen, so lange, wie es dauern wird, meinen Körper zu erneuern, und dann werde ich jene anderen bestrafen.

»Nein, du willst deinen Körper nicht wieder erneuern«, sagte Medrian leise.

Was? Was sagst du da, meine Medrian? Sie spürte, daß sich sein Geist innerhalb ihres Schädels wie eine schuppige graue Schlange wand.

»Denk doch nach! Wie mühselig es ist, ihn zu bewegen, wie müde und schwer du dich in ihm fühlst. An den Schnee, der deine Haut reibt. An deine Verwundbarkeit.«

Die Schlange stöhnte vor sich hin. *Nein. Nein. Ich muß ...*

»Überleg. Du hast die Kraft nicht. Ruh dich aus, bleib bei mir.«

Ah, du hast recht, du mir kostbarste Wirtin ... Ich sagte, du werdest meine letzte Wirtin sein. Was brauche ich überhaupt einen Wurmkörper? Von nun an sind wir eins. Meine Medrian, du wirst Unsterblichkeit und Macht mit mir teilen. Es ist nur richtig, daß ich jetzt menschliche Gestalt annehme. Ich brauche keine Helfer und Diener mehr. Nur dich. Auf ewig.

»Nicht auf ewig«, sagte sie. Ihre Gedanken waren beruhigend und zuredend und so stark wie die M'gulfns. »Ich sagte, wir würden bis zum Ende zusammen sein, doch das Ende wird sehr bald kommen. Wir werden zusammen sterben.«

Nein! Wie kannst du so etwas sagen? Der Wurm erregte sich von neuem, wies den Gedanken zornig von sich. *Du verrätst mich schon wieder ... Ah, die silberne Waffe. Ich hätte es mir denken können! Aber das würdest du nicht wagen. Du wagst es nicht, mich zu vernichten. Mir ist es bestimmt, ewig zu leben ...*

»Das willst du ja gar nicht«, antwortete Medrian ruhig. »Du bist so alt ... Und müde, so müde. Du hast nicht einmal mehr die Kraft für Zorn und Haß. Du möchtest schlafen. Sterben.«

Nein. Du wirst mich nicht erschlagen. Er wehrte sich gegen sie, allein seine Bemühungen waren halbherzig, verwirrten sich.

»Nicht erschlagen. Es wird schmerzlos geschehen, wie ein Einschlafen. Keine Alpträume mehr. Kein Schmerz mehr. Frieden. Du wünschst dir doch Frieden, nicht wahr?«

Ja. Nein. Ich kann nicht sterben ... Aber er widersetzte sich nicht, als Medrian ihm die gleiche Vision zeigte wie Arlenmia: Die Erde, die auf ewig durch äußerste Trostlosigkeit trieb, und den Wurm selbst, der allein und elend auf der toten Hülle lag. Zum ersten Mal zeigte sie ihm dieses kalte graue Bild. Wenn ein großer Stein hochgewuchtet wird, kommen die Wesen zum Vorschein, von denen es in dem dunklen Loch darunter wibbelt und kribbelt. Ebenso wurden die Zweifel des

Wurms bloßgelegt. Er war gezwungen, der Wahrheit ins Auge zu sehen, und die Wahrheit war unerträglich. Was er an Leid und Verzweiflung über die Menschen hatte bringen wollen, hatte er nur über sich selbst gebracht. *Nein,* jammerte er voller Qual. *Nein ...*

»So würde dein ewiges Leben aussehen«, sagte Medrian. »Das willst du doch nicht, oder? Du willst die Erstarrung und die Trostlosigkeit und die Einsamkeit nicht, die deine Zukunft sein würden. Du willst von ihnen erlöst werden. Von deinem Schmerz ausruhen. Nicht für immer auf dem Eis liegen und den kalten Winden lauschen ...«

Hilf mir! schrie der Wurm. *Bitte, hilf mir ...*

»Ja, ich werde dir helfen. Bleib nur ruhig in mir, und bald wird es vorbei sein.«

Keine Alpträume mehr. Frieden ...

»Still. Wir werden zusammen Frieden finden«, murmelte Medrian. Und der Wurm hörte auf, zu schreien und sich gegen sie zu wehren, rollte sich zusammen und wurde ganz ruhig.

Medrian öffnete die Augen. Estarinel beugte sich besorgt über sie. Er half ihr, sich aufzusetzen, und sie sah sich um und entdeckte Ashurek, der mit Silvren in den Armen im Schnee saß. Silvren hielt immer noch die rote Scheide mit dem Silberstab in der Hand. Arlenmia starrte ein Stückchen von ihnen entfernt wie gebannt auf die grausigen Überreste der Schlange. Ein reinigendes Feuer in Blau und Gold tanzte über den Kadaver, das einzige klare Licht in der finsteren Umgebung.

»Warum brennt der Wurm?« fragte Medrian.

»Wir haben ihn mit der h'tebhmellischen Lampe angezündet«, antwortete Ashurek. »Und wir haben die Leiche der armen Miril dorthingelegt, so daß es auch ein Scheiterhaufen für sie ist — und für Skord.«

Medrian nickte. »Ja, so ist es am besten«, meinte sie müde. Sie spürte, die anderen warteten darauf, daß sie ihnen sagte, was als nächstes geschehen solle. Vielleicht wußten sie es, aber sie mußte es aussprechen. Estarinels Gesicht war blaß und grimmig, und sie ertrug es kaum, ihn anzusehen. Sie holte tief Atem und versuchte, ihr Zittern zu bezwingen.

»Ihr habt M'gulfns Körper schnell und mutig vernichtet. Es war meine Schuld, daß der Wurm beinahe — nun, er hat es nicht getan.« Sie schüttelte den Kopf und fuhr fort: »Ich bin so erleichtert, daß keinem von euch etwas geschehen ist. Außer Skord natürlich. Es war ein Alptraum, aber er ist beinahe vorbei.«

»Wie ist es dir gelungen, den Wurm zu bändigen?« wollte Ashurek wissen.

»Mit einem Lied, das die Wächter ihm vorsangen, als sie ihm das Auge nahmen. Ich glaube, es hat etwas mit Miril zu tun. M'gulfn war buchstäblich von Furcht gelähmt. Und er fürchtete sich davor, was Miril ihn anzusehen zwang, und das war sein Spiegelbild.«

»Ohne die Hilfe von Silvrens Zauberkunst hätten wir ihn trotzdem nicht erschlagen können«, sagte Estarinel.

»Ich weiß.« Medrian gelang es, die blasse Zauberin anzulächeln.

»Arlenmia war auch dabei«, sagte Silvren. »Gemeinsam hatten wir gerade genug Kraft.«

Medrian sah Arlenmia an. »Der Grund, warum du versagt hast, ist, daß der Wurm gar nicht unverwundbar sein wollte. Er war verwirrt. An der Oberfläche war alles, was er sich wünschte, ewiges Leben und Macht über die Erde, darunter wurde er von Zweifeln geplagt, ganz gleich, wieviel Mühe er sich gab, das zu leugnen. Miril versuchte, ihm zu zeigen, daß der Wunsch falsch und der Zweifel wirklich war, aber M'gulfn entsetzte sich vor der Wahrheit. Deshalb haßte er sie, floh vor ihr und weigerte sich, hinzusehen. Ich zwang ihn, hinzusehen. Ich machte ihm die Erbärmlichkeit seiner Existenz klar und sagte ihm, wenn er siege, würden seine Verzweiflung und sein Elend nur schlimmer werden, nicht besser. Es hat ihn vernichtet, daß er gezwungen wurde, der Wahrheit ins Auge zu sehen. Jetzt wünscht er sich nichts anderes mehr als Tod und Frieden. Vielleicht kann selbst ein Wesen wie M'gulfn die Unsterblichkeit nicht ertragen. Ich habe noch etwas entdeckt: Die ganze Qual, die ich als seine Wirtin erleiden mußte, war seine eigene. Ich habe seinen Schmerz gefühlt.«

»Medrian, ist er jetzt tot oder nicht?« flüsterte Estarinel.

»Noch nicht. Er ist in mir.« In dem vergeblichen Versuch, Estarinel zu trösten, faßte sie seinen Arm. Sie wollte weitersprechen, doch die Stimme versagte ihr. Wie schrecklich ist es, zu wissen, dachte sie, daß ich, wenn die anderen nach Hause reisen, nicht bei ihnen sein werde, daß alles, was ich an diesem furchtbaren Ort tue und sage, zum letzten Mal geschieht. Ich kann nicht, dachte sie und schloß die Augen. Aber ich muß.

»Ich glaube, ihr alle habt inzwischen begriffen, welche Bewandtnis es mit dem Silberstab hat.« So sehr sie um Festigkeit rang, ihre Stimme klang in ihren eigenen Ohren heiser und schwach.

»Ja«, sagte Ashurek. Sein Gesicht war grimmig vor Kummer, und sie konnte ihn nicht ansehen, konnte keinen von ihnen ansehen. Sie zwang sich, aufzustehen, bevor ihr Entschluß ins Wanken geriet.

»Estarinel, so muß es gemacht werden«, sagte sie. »Laß dir von Silvren den Silberstab geben und — komm mit mir! Ich möchte allein mit dir reden.« Benommen tat er, wie sie gesagt hatte. Einer den Arm um die Mitte des anderen gelegt, gingen sie davon, dicht zusammen, ohne zu sprechen. Medrian führte ihn zu einer Bodensenke, wo sie außer Sicht- und Hörweite der Gefährten waren.

Sie setzten sich in den Schnee. Keiner von ihnen trug einen Mantel, doch sie merkten nichts von der Kälte. Medrian zog die Handschuhe aus und verflocht ihre Finger mit denen Estarinels, und obwohl er spürte, wie ihre Hände zitterten, war ihr Gesicht diamantenklar und ruhig.

»Weißt du noch«, begann sie, »wie ich in Forluin zu dir sagte, eines Tages würde ich dich um etwas Schreckliches bitten müssen? Der Augenblick ist jetzt gekommen.«

»Ja«, erwiderte er schwach, »und ich gab dir mein Wort, ich würde es ohne Widerspruch tun.«

Sie nickte und hoffte verzweifelt, sie werde den Tränen, die ihr in der Kehle saßen, nicht freien Lauf lassen. »Du verstehst, nicht wahr? Dies ist die einzige Möglichkeit. Die Schlange ist nun vollkommen in mir. Sie muß in den Silbernen Stab aufgenommen werden. Ich kann es nicht selbst tun ... Und du bist der Träger des Stabes. Es besteht keine Gefahr, daß die Schlange in dich übergeht. Sie wird in den Stab gehen, und dabei treffen zwei entgegengesetzte Kräfte aufeinander und vernichten sich gegenseitig.«

Innerlich schrie er in erbittertem Protest auf. Es mußte doch eine andere Lösung geben! Er hatte sich geschworen, Medrian vor diesem Schicksal zu retten, und er wollte einfach nicht glauben, daß ihm das unmöglich war. Aber da er wußte, seine Einwände würden sie nur quälen, schluckte er sie hinunter, zwang sie, ungesprochen zu bleiben wie eiserne Widerhaken in seiner Kehle. Er schämte sich, daß er Medrian beinahe schon wieder im Stich gelassen hätte; er durfte sein Wort nicht brechen und sie noch einmal enttäuschen. Wie gern hätte er sie umarmt, heftig abgestritten, daß sie zum Tod verurteilt sei, als könne das die Sache auf magische Weise ändern. Doch er beherrschte sich. Mehr als alles andere brauchte Medrian es, daß er stark blieb.

»Wenn ich fort bin, wird das Licht auf die Erde zurückkehren«, sagte sie. »Forluin wird gerettet sein. Vielleicht erwachen sogar diejenigen, die die Schlange nicht selbst getötet hat, wieder zum Leben. Deine Familie, Estarinel.«

Das war so weit weg. Hier und jetzt war er mit Medrian zusammen, und ihm war es, als habe die Schlange nun doch noch gesiegt. Sie nahm die schlimmste Rache gegen die Gefährten, die sie sich hätte ausdenken können. Plötzlich verstand er es: Das war es, was er von Anfang an vorausgesehen und gefürchtet hatte, die Tatsache, der er sich nicht hatte stellen können. Es war also doch unmöglich, die Schlange zu töten ... Alle grausigen Schrecken des Wurms verblaßten im Vergleich zu der einfachen stillen Verzweiflung dieses Augenblicks.

»Du hast von Anfang an gewußt, daß es unvermeidlich sein würde, nicht wahr?« fragte er so sanft wie möglich. »Und Eldor und die Wächter wußten es auch, und die H'tebhmellerinnen ebenfalls.«

»Ja«, antwortete Medrian, »nur konnte es dir niemand sagen, denn du hättest es nicht angenommen. Mir war immer klar, daß ich bis ganz zum Ende würde warten müssen. Estarinel, ich weiß, wie furchtbar schwer es für dich ist. Ich ertrage es nicht, dir diesen Schmerz zu bereiten. Aber bitte glaub, daß es unvermeidlich ist.«

Mit Mühe brachte er heraus: »Ja, ich glaube es.«

»Zögst du es vor, es nicht selbst zu tun?« fragte sie leise.

Er schüttelte den Kopf. Es gelang ihm nicht, seinen Kummer aus seiner Stimme herauszuhalten. »Nein, wenn es denn sein muß, ist es mir schon lieber, ich tue es mit eigener Hand. Ich sagte, ich würde dich nicht im Stich lassen, Medrian, und das werde ich auch nicht tun.«

»Oh, gesegnet sei deine Standhaftigkeit!« Sie konnte nicht anders, sie schlang die Arme um ihn, und er drückte sie an sich und dachte: Das ist unerträglich, ich würde mir lieber das eigene Leben nehmen. »Du verstehst jetzt, warum ich versucht habe, mich von dir fernzuhalten. Es lag nicht nur an der Anwesenheit der Schlange. Ich dachte, andernfalls würde das unmöglich gemacht werden. Ich habe mir soviel Mühe gegeben, kühl zu bleiben, ich habe sogar gehofft, du würdest beginnen, mich zu hassen. Wie dumm war ich, so etwas zu denken! In Forluin, als ich nicht länger tun konnte, als liebte ich dich nicht, war ich sicher, den Feldzug durch meine Schwäche zum Scheitern verurteilt zu haben. Ich hatte mich damit abgefunden, sterben zu müssen, und ich wünschte mir nichts anderes. Dann lehrtest du mich, daß das Leben schön sein kann, und das machte es soviel härter, den Feldzug durchzustehen.«

»Medrian, es tut mir so leid, ich habe doch nicht...«

»Still, laß mich zu Ende kommen! Oh, ich mache es schrecklich für dich, und ich hatte doch geschworen, das nicht zu tun. Was ich sagen wollte: Am Ende hat deine Liebe mich stärker, nicht schwächer gemacht. Nur mit Liebe kann die Schlange besiegt, kann dieser letzte Akt ausgeführt werden. Nicht mit Haß, nicht mit Gleichgültigkeit. Nur mit Liebe.« Sie küßte ihn und fuhr fort: »Obwohl ich mit ihr sterben muß, hat sie mich nicht besiegt. Früher haßte ich mich selbst, und vermutlich war es das, was M'gulfn wollte. Ich wußte kaum, daß ich am Leben war. Wäre das so weitergegangen, hätte die Kälte der Schlange mich am Ende verzehrt. Doch du durchschautest mich, du erkanntest mein eigentliches Ich, von dem ich nicht einmal wußte, daß es existiert. Deinetwegen kann ich sagen, daß mein Leben kein einziger Jammer gewesen ist, daß ich erfahren habe, was es heißt, lebendig und glücklich und geliebt zu sein. Dagegen konnte nicht einmal M'gulfns Haß Sieger bleiben.«

Unfähig zu sprechen, zog er sie fester an sich. Er kämpfte immer noch gegen sein inneres Widerstreben. Wie durfte ihr so etwas widerfahren, nach allem, was sie bereits erlitten hatte? Er wollte, daß sie mit ihm nach Forluin zurückkehrte. Sie sollte nicht hier sterben, wo es so trostlos, so kalt war.

Sie zog sich ein Stückchen von ihm zurück. »Es muß schnell geschehen, solange der Wurm sich ruhig verhält; er wird nicht für immer warten. Nimm den Silberstab heraus!« Estarinel zögerte, und sie sagte mit zitternder Stimme: »Bitte, Estarinel. Ich kann mit ihm in meinem Innern nicht weiterleben. Wir müssen gemeinsam Frieden finden. Der Friede ist so süß wie das Glück.«

Seine eigene Verzweiflung bezwingend, zog er den langen schlanken Stab aus der roten Scheide und legte ihn quer über seine Handflächen. Er wollte sie fragen, was er tun solle, doch ihm versagte die Stimme. Der Stab schimmerte wie matter Stahl, und es war kein Singen mehr in ihm, der seine Qual gelindert hätte.

»Führ — führ das scharfe Ende an meine Kehle«, sagte Medrian, »und stütz mich mit dem anderen Arm im Rücken. So schnell du kannst ...« Es lag etwas Rohes und Hartherziges in der Geste des Zustechens, die sie vollführte, und er sah, wie ihre Hand zitterte.

Estarinel fing damit an, was sie gesagt hatte, aber langsam. Das Gefühl, es müsse, müsse, *müsse* einen Weg geben, dies zu vermeiden, etwas, das er versäumt hatte zu tun oder zu sagen, ein Wunder, das sie retten würde, wenn sie nur noch ein paar Augenblicke warteten, raubte ihm fast die Besinnung. Der Silberstab lag mit dem nadelspitzen Ende an ihrer Kehle, und Estarinel stand dicht davor, seinem so ehrlich gemeinten Versprechen, sie nicht im Stich zu lassen, untreu zu werden.

Medrian sah ihn unverwandt an. Angst ebenso wie diamantharte Entschlossenheit machten ihr Gesicht bleich. Wie konnte er hoffen, ebensoviel Kraft aufzubringen? Schwach sagte sie — und es fuhr ihm ins Herz wie ein Schrei um Erbarmen: »Ich bin bereit, Estarinel. Laß es bald vorbei sein. Bitte, laß es vorbei sein!«

Jetzt verstand er, was Miril gemeint hatte, als sie sagte, Liebe sei selbstsüchtig, Mitgefühl selbstlos. In seiner Liebe zu Medrian suchte er hoffnungslos nach einem Weg, sie zu retten, wo doch jeder Augenblick, den er zögerte, nur bewirkte, daß ihr Elend verschlimmert wurde. Was sie von ihm brauchte, war Mitgefühl, war die Einsicht, daß es keine Wahl gab, und daß es der wahrste, verständnisvollste Beweis seiner Liebe war, wenn er ihr Leben schnell beendete. Er wußte nicht, woher er die Kraft zum Handeln nahm, außer daß das Mitgefühl siegte.

Sie senkte die Lider, als sie ihre Bitte ausgesprochen hatte, und er nutzte den Augenblick, als sei sein Wille vorübergehend aufgehoben worden. Die Spitze des Silberstabes glitt tief in ihre Kehle. Ihr Körper verkrampfte sich, aber es floß kein Blut, und sie gab keinen Laut von sich.

Der Silberstab begann zu glühen.

Silvren, Ashurek und Arlenmia blickten in angstvollem Schweigen zu der Senke hin, obwohl sie Medrian und Estarinel gar nicht sehen konnten. Es dauerte viele Minuten lang, bevor etwas geschah. Gerade als Ashurek zu der Überzeugung gelangte, der Feldzug habe mit einem Mißerfolg geendet, leuchtete dort ein ganz schwaches Licht auf. Es gewann an Helligkeit, bis ihnen das Vorrecht zuteil wurde, Zeugen eines außergewöhnlichen atemberaubenden Schauspiels zu werden. Aus der Senke sprang eine Säule aus silbernem Feuer hoch und stand lautlos zwischen dem Schnee und dem Himmel.

Eine silberweiße Flamme schoß nach oben. Die negative Kraft, die den Geist der Schlange bildete, vereinigte sich mit der positiven Kraft innerhalb des Silberstabes und schuf eine neue Energie, die neutral, aber aktiv und reinigend war. Der Stoff, aus dem der Silberstab bestand, faserte sich auf, um diese Säule freudigen Lichts zu bilden. Wo sie den Himmel berührte, breitete sie sich einer Fontäne gleich aus, und die ölige Wolkenschicht wurde von diamantenheller Reinheit verbrannt. Dann ergossen sich vom Fuß der Säule aus Silberflammen über den Schnee wie eine schnell anrückende schäumende Flutwelle.

Bevor Ashurek noch auf den Gedanken kam, sie könnten in Gefahr geraten, waren sie inmitten des Feuers, und es war hitzelos, so süß und beruhigend wie frische Luft. Es erreichte die Überreste der Schlange. Erst leckten die Flammen halbherzig daran, dann schlugen sie golden und saphirfarben hoch empor. Blasser und blasser brannte das h'tebhmellische Feuer, bis es eins wurde mit dem größeren Glanz des Silberstabes. Der scheußliche Kadaver der Schlange brannte wie Zunder, und innerhalb von Minuten hatte er sich in Dampf verwandelt. Und all das Blut und der Schmutz ringsherum brannten ebenfalls weg und ließen den Schnee makellos rein zurück.

Doch dann brach ein erderschütterndes Getöse los, ein tiefes, ziehendes Brüllen, das schmerzhaft durch die Schädel der Menschen vibrierte. Sie warfen sich flach in den Schnee. Ging die Welt jetzt doch noch unter? Über ihren Köpfen raste eine Flut aus Dunkelheit dahin, ein klebriger Fluß, in dem Grus und Schmutzklumpen wirbelten. Das silberne Feuer hatte sich über den ganzen Himmel ausgedehnt, und als die dunkle Flut es berührte, wurde auch sie verzehrt. Die Materie der Dunklen Regionen wurde durch das Tor ausgespieen, das Meheg-Ba geöffnet hatte. Die Kraft des Silberstabes zog alles, was von der Schlange stammte, ans Tageslicht und reinigte die Erde davon.

Endlich endete der faulige Strom. Die Welt war noch heil, die Luft war so rein wie Vogelgesang. Silvren, Arlenmia und Ashurek setzten sich langsam auf, schwindlig vor Erleichterung, daß es endlich vorbei war. Dann betrachteten sie erstaunt ihre Umgebung.

Alle Spuren der Besudelung durch M'gulfn waren ausgelöscht, und der Schnee war eine Decke aus reinem Weiß, beleuchtet von einem Licht, das hell und doch beruhigend war. Der ganze Himmel war ein weiter Ozean aus blaßsilbernem Feuer geworden. Darin schwamm die Sonne als aprikosengoldene Kugel, die Zwillingsmonde schillerten wie Opale. Um sie waren Sterne verstreut und funkelten, Diamanten gleich, von Weiß über Rot bis zu Blau, und um jeden Stern kreisten Planeten, die man mit der exquisiten Unlogik eines Traums in allen Einzelheiten erkennen konnte. Jeder war anders: eine Sphäre in weichem Purpurblau, eine in Rubin und Bernstein gestreifte Ellipse, ein Jade-Globus, umgeben von flachen, schimmernden Ringen ... Ihre Zahl war unendlich.

Und jetzt schien die silberne Säule selbst zu singen, gab der unschuldigen kosmischen Freude Ausdruck, die Estarinel im Reich des Silberstabes erlebt hatte. Es war, als sei jeder der Milliarden Tropfen weißen Feuers eine wortlose Stimme, die zu einem Lobgesang anschwoll, so wild und unauslotbar wie die Unendlichkeit, so groß und vital wie die Geburt eines Sterns, mächtig, ohne Sanftmut, doch auch ohne Schuld. Nicht einmal die Wächter verstanden, was der Silberstab war, denn er war größer als sie. Das Lied sagte: *Wir sind ein Gefäß. Wie das Land das Meer festhält und der Körper die Seele, so sind wir ein Gefäß für diese reine und vollkommene Energie ...* Vor ihren Augen nahm die Säule eine Gestalt an, die Miril hätte sein können, ein geflügeltes Kind, ein Hippogryph — alles zusammen oder keins davon. Es war ein mythisches Wesen, gebildet aus zahllosen glitzernden, schillernden Lichtpunkten. In dieser Form stieg es zum Himmel auf — denn seine Aufgabe auf der Erde war vollendet —, um dort seinen geheimnisvollen Tanz unter den Sternen fortzusetzen.

Da Estarinel sich inmitten der Feuersäule befand, konnte er sie nicht sehen und war sich ihrer hauptsächlich als eines kühlen Energiestroms bewußt, der von dem Silberstab ausging. Die Gestalt des Stabes selbst löste sich in seinen Händen auf und leitete ungeheuerliche Energien von der Erde zum Himmel. Dann verschwand der schlanke Metallstab ganz. Estarinel hielt nichts in den Händen, nichts durchbohrte Medrians Kehle.

Sie öffnete die Augen und murmelte: »Siehst du den Himmel?«

»Ja«, antwortete er und zog sie in seine Arme. Alles, was er wirklich sah, war das Blut, das aus der Wunde strömte, als der Stab nicht mehr da war. Er versuchte, es zu stillen. »Laß es fließen«, flüsterte sie. »Du kannst nichts dagegen tun.«

Er sah, daß sie recht hatte. Nicht die Wunde war schuld, daß ihr Leben verströmte. Er konnte sie nur in den Armen halten, ihr Haar küssen, während sich das Blut über seine Hände ergoß und sie der Auflösung entgegenglitt.

»Ich friere«, sagte sie plötzlich wie ein Kind. »Ich fürchte mich.«

Es zerriß ihm das Herz, aber er durfte nicht weinen, solange sie seinen Trost brauchte. »Hab keine Angst! Ich bin bei dir, Geliebte.« Er wollte etwas, irgend etwas sagen, damit sie sich weniger allein fühlte. »Sieh die Sonne, die Sterne an; sind sie nicht schön? Wir haben gesiegt, Medrian. Alles ist gut. Du wirst immer geliebt werden...« Er sprach weiter, als er schon sicher war, daß sie ihn nicht mehr hörte. Erst als ihre Augen sich schlossen und ihr Herz stillstand, begann er zu schluchzen. Seine Tränen fielen auf ihr dunkles Haar und ihr eisblasses Gesicht.

Irgendein hartnäckiger Teil von ihm konnte immer noch nicht fassen, daß sie tot war. Warum hatten diese herzlosen Kräfte sie nicht verschont? Sie mußte noch leben; halb verrückt vor Leid rieb er ihre kalten Hände, wiegte sie verzweifelt in seinen Armen, und dabei wußte er die ganze Zeit, daß er sich vergebens bemühte. Finsteres Leid überwältigte ihn, und schließlich gab er auf.

Eine Erschütterung ließ die Erde beben, eine Schockwelle von weit entfernten Gewalten. Das silberne Wesen war im Himmel verschwunden, und mit ihm verschwand die phantastische Vision von Monden, Sternen und Planeten. Die Umgebung kehrte zu irdischer Normalität zurück, aber das zarte Blau des Himmels und die Reinheit der Sonne waren erfrischend in ihrer Einfachheit. Alle Spuren des Wurms waren ausgelöscht, und die Erde hatte überlebt, um Zeugin einer neuen und süßen Morgendämmerung zu werden.

Doch Estarinel blickte nicht zum Himmel auf, und er merkte nichts davon. Ein Rad aus Eis drehte sich in seinem Herzen, Dunkelheit drückte ihm auf die Augen. Medrian war nicht mehr, kein Trost konnte sie erreichen. Trotzdem blieb er dort sitzen, drückte ihren Körper an sich und weinte lautlos. So saß er noch, als Ashurek ihn fand.

17
Die andere Seite der Blauen Ebene

»Estarinel«, sagte Ashurek, »komm! Hier kannst du nicht bleiben.«

Estarinel bestand darauf, Medrians Leiche zu tragen, aber Ashurek mußte ihn auf dem Rückweg zu Silvren und Arlenmia stützen. »Je eher wir diesen Ort verlassen, um so besser«, meinte der Gorethrier. »Ich weiß, es ist hart, doch wir müssen an die Rückreise denken. Es gibt eine Möglichkeit, daß sie nicht so mühsam wird, wie ich gefürchtet hatte.« Estarinel schwieg. Ashurek fuhr fort: »Die Reinigung der Dunklen Regionen hat einen Erfolg gehabt, den wir uns nicht hätten träumen lassen. Du weißt, daß sie auf der anderen Seite von H'tebhmella lagen. Wenn nun dieser Eingang noch da ist, könnten wir vielleicht direkt auf die Blaue Ebene gelangen.«

»Bist du heil?« rief Silvren Estarinel entgegen, und als sie Medrian sah, weinte auch sie. Ashurek nahm sie in den Arm. Nur Arlenmia zeigte keine Spur von Gefühl, was ihn unvernünftigerweise ärgerte.

»Laßt uns nachsehen, ob der Eingang noch da ist«, schlug er vor. »Wenn nicht, müssen wir uns etwas einfallen lassen.«

»Nun, ich kehre zu meinem Eisberg zurück«, erklärte Arlenmia. Ashurek sah sie scharf an.

»Du wirst was?«

»Ihr erwartet doch wohl nicht, daß ich mit euch nach H'tebhmella gehe, oder?«

»O doch«, erwiderte er ruhig. Seine Augen brannten. »Du mußt mitkommen. Die Dame von H'tebhmella wird entscheiden, was mit dir geschehen, welche Form deine Strafe annehmen soll.«

»Strafe?« wiederholte Arlenmia, und ein uncharakteristischer Ausdruck von Furcht zog über ihr Gesicht.

»Du hast angenommen, deine Taten würden unbemerkt bleiben? Ich glaube, unsere Welt ist nicht die einzige, die du an den Rand einer Katastrophe gebracht hast, doch wegen dieser Erde wirst du dich als erstes verantworten müssen. Arlenmia, du zeigst keine Reue, bestenfalls eine Spur von Zerknirschung. Von Rechts wegen hätten wir beide sterben sollen! Du und ich — nicht Skord, nicht die arme Miril. Und nicht Medrian.«

»Ashurek, nicht!« bat Silvren. »Sie empfindet Kummer, nur ist sie zu stolz, ihn zu zeigen. Sie hat uns gegen M'gulfn geholfen. Die Wahrheit über die Schlange hat sie beinahe umgebracht. Zeig ihr ein bißchen Mitleid.«

Er seufzte und wandte sich von Arlenmia ab. »Ah, Silvren, du denkst von den Leuten besser, als gut für dich ist. Wenn sie wahre Reue fühlt, soll sie es beweisen, indem sie mit uns kommt.«

Der Eingang war noch da. Jetzt verströmte er Licht, statt in Finsternis zu führen. Zu ihrem Erstaunen versammelten sich da, wo sich einmal eine Horde von Dämonen gedrängt hatte, viele H'tebhmellerinnen. Die Dame von H'tebhmella persönlich trat vor, um sie zu begrüßen. Ihr schönes Gesicht strahlte vor Freude und Erleichterung. Die dunkelhaarige Filitha und die blonde Neyrwin standen neben ihr.

»Oh, welch ein Wiedersehen!« sagte sie. »Worte können die Freude und das Leid dieses Augenblicks nicht ausdrücken. Kommt einfach mit zu uns und empfangt die Heilkräfte H'tebhmellas!«

»Wir sind Euch dankbar, meine Dame.« Ashurek nahm sein Schwert ab und warf es weit weg in den Schnee. Er half Silvren durch den Eingang und schob die widerstrebende Arlenmia hinterher. Estarinel ging als letzter, Medrians Leiche tragend.

Jetzt entdeckten sie, daß die H'tebhmellerinnen nicht auf festem Boden standen, sondern in einer Reihe von kristallenen Gondeln, die sanft in der Luft schaukelten. Sie hatten die Form von Booten, die man aus Weidengeflecht herstellt und mit Häuten überzieht, und sie waren kunstvoll mit einer perligen Substanz verziert, die je nach dem Lichteinfall in allen Schattierungen von Blau und Kupfer schimmerte. Die Dame winkte Arlenmia, in ein zweites Himmelsboot zu steigen, wo Filitha und Neyrwin sie unter ihre Obhut nahmen. Dann bat sie die anderen, in ihrem eigenen Fahrzeug Platz zu nehmen.

»Ach, Estarinel«, sagte sie sehr leise zu ihm, »obwohl die Blaue Ebene die Lebenden heilen kann, besitzt sie nicht die Macht, die Toten zu erwecken. Ich weiß, du liebtest Medrian, aber dies war das einzig mögliche Ende. Laß dich von dem Wissen trösten, daß du richtig gehandelt und Forluin dadurch gerettet hast.«

Estarinel schüttelte nur den Kopf. Er war zu versunken in sein Leid, um ihr zu antworten.

Die Boote trieben schnell durch einen unendlichen Himmel dahin, der von einem satten klaren Blau war, wie es die Erde nicht kennt. Oben und unten und auf allen Seiten schwammen Wolkenbänke von atemberaubender Seltsamkeit und Schönheit — falls es Wolken waren. Sie schienen auf andere wundervolle Welten hinzuweisen, als enthielten sie die Essenz jener fremden Planeten, die in der Vision nach dem Tod der Schlange sichtbar gewesen waren, nicht weniger fern und doch herzzerreißend wirklich. Das erzeugte ein Gefühl, als trete man aus einer fensterlosen Zelle in einen taufrischen Frühlingsmorgen, umfangen von einem Netz aus Licht, und der Gegensatz erfüllte sie mit ausgeprägten und gemischten Gefühlen. Bei Estarinel war es so, daß sein Verlust dadurch unerträglich wurde.

Um das Fahrzeug, das sie mit der Dame teilten,

schwebten mehrere andere, besetzt mit H'tebhmellerinnen. Doch dann bemerkte Silvren, daß eines, ein Stück unter ihnen, eine Reihe von verwirrt dreinblickenden Menschen enthielt, alle so dünn und blaß wie sie selbst.

»Sie waren in den Dunklen Regionen gefangen«, erklärte die Dame. »Der Tod der Schlange hat viel Gutes mit sich gebracht; dieser böse Klumpen aus Dunkelheit wurde weggerissen, und hier, auf der anderen Seite von H'tebhmella, wurde der unbefleckte Ruhm wiederhergestellt.«

Diese Enthüllung ließ in Silvren eine Menge Fragen aufsteigen, doch am Ende brachte sie nur hervor: »Bleiben wir auf dieser Seite?«

»Nein, wir kehren zu unserer Seite zurück.« Die Dame lächelte leicht über Silvrens offensichtliche Erleichterung. »Auf die ruhige Seite.«

»Verzeiht mir, nicht etwa, daß dieser Ort nicht schön wäre; aber ich glaube, das Herz wird mir stehenbleiben, wenn ich noch lange hier weile. Die Schönheit ist überwältigend.«

»Es war nie geplant, daß Menschen auf diese Seite kommen sollten«, antwortete die Dame und setzte geheimnisvoll hinzu: »Zumindest nicht, solange sie nicht bereit sind, hier zu bleiben. Ich weiß nicht, wie ich es erklären soll — ich kann nur sagen, daß diese Seite das Unterbewußtsein berührt, das viel einfacher und viel klüger ist als das Bewußtsein.«

Nach mehreren Stunden sahen sie Land unter sich. Es war dem H'tebhmella, das sie kannten, nicht ähnlich, vielmehr enthielt es alles, was an der Erde am vertrautesten, am süßesten und am schönsten war. Da gab es violett-blaue Berge, wilde Hügel, steile Fjorde, die sich in schimmernde Meere stürzten, sonnenbeschienene Wälder, Obstgärten und Wiesen voller Blumen. Jeder von ihnen erblickte etwas anderes in der Landschaft. Ashurek glaubte, auf die Berge von Gorethria niederzublicken, Silvren auf Athrainys Hügel, Estarinel auf einen Teil Forluins, den er bisher noch nie gesehen hatte.

Die anderen Himmelsboote flogen weiter. Die Dame ließ ihr Fahrzeug in einer grünsamtenen Lichtung, beschattet von majestätischen Kastanienbäumen, landen.

»E'rinel, es kann für Medrians letzte Ruhe keinen lieblicheren Ort geben als diesen«, sagte sie. »Leg sie in der Mitte der Lichtung nieder.« Estarinel tat es und deckte ihren schmächtigen Körper mit ihrem von der Reise abgenutzten h'tebhmellischen Mantel zu. Es war etwas Mitleiderregendes, Tragisches an seinen Schneeflecken und zerfetzten Säumen. Er kniete sich mit gesenktem Kopf neben Medrian auf das Gras. Die Dame warf eine Sphäre aus weißem und saphirblauem Licht auf sie, ähnlich der Lampe, die ihnen in der Arktis das Leben erhalten hatte. Flämmchen sprangen entlang Medrians Leiche hoch wie die Geister von Schneeglöckchen und blauen Glockenblumen. Sanft und allmählich wurde sie verbrannt, wie Rauhreif, der vom Atem aufgelöst wird. Bald verriet nichts mehr, daß es sie jemals gegeben hatte, abgesehen davon, daß das samtige Gras ein wenig niedergedrückt war.

Die Dame, Ashurek und Silvren zogen sich an den Rand der Lichtung zurück. Estarinel kniete noch lange, nachdem es vorbei war, auf dem Gras und weinte in verlorener, unerreichbarer Verzweiflung. Schließlich ließen sie ihn allein.

Er fühlte sich einsamer, als er es je für möglich gehalten hätte, hier an diesem Ort, der weich und schön und doch entlegener und trostloser als die Arktis war. Er starrte die leere Stelle an, wo sie gewesen war. Die Bedeutung der prophetischen Visionen, die er von ihr gehabt hatte, drehten sich wie eine kalte Messerklinge in seinem Herzen. Bilder fluteten zu ihm zurück, herzzerreißend wirklich und doch fern, für immer vergangen. Medrian, die mit weißem Gesicht und in grimmigem Schweigen an einem Tisch im Haus der Deutung saß, die mit ihm durch die weißen Tunnel von Hrannekh Ol ging und versuchte, ihm seine Skrupel zu nehmen, eine schattenhafte Gestalt auf einem staubigen Heuboden in Belhadra oder in dem Kreis, den der Schein eines Feuers warf, in Excarith, die Augen immer furchterregend und doch so unwiderstehlich ... und wieder und wieder Medrian in Forluin. Sie lag neben ihm, hatte die Arme um ihn geschlungen und flüsterte: »Ich wollte, ich könnte für immer hierbleiben.« Der Saum ihres blauen h'tebhmellischen Gewandes streifte den Boden, als sie sich umdrehte, ihn umarmte und sprach: »Hier bin ich lebendig gewesen.«

Nach etwa einer Stunde kehrte die Dame allein zurück. Sie nahm seinen Arm und brachte ihn zu ihrem Himmelsboot, und er ging ohne Widerspruch mit. Undeutlich sah er ein, daß es sinnlos war, weiter auf der Lichtung zu bleiben. Medrian war nicht dort. Stumm saß er in dem kleinen Fahrzeug. Es schwebte über die fremdartige Landschaft und schließlich in einen Kristalltunnel, der zu der anderen Seite der Blauen Ebene führte. Es war nicht der Tunnel, durch den sich Calorn und Ashurek einen Weg erzwungen hatten, sondern ein breiter, der geöffnet worden war, als die Dunklen Regionen aufgehört hatten zu existieren.

Auf der anderen Seite — der Ebene der ruhigen blauen Seen und der kunstvollen Felsgebilde, die er kannte — ließ die Dame das Himmelsboot an einem einsamen Strand landen. Sie führte ihn zu einem Bach mit moosigen Ufern, beschattet von Weiden, deren Blätter wie Juwelen waren. Von den anderen war keine Spur zu sehen.

»Sie ruhen sich aus, und das mußt du auch tun«, sagte die Dame freundlich. »Hier ist frische Kleidung für dich hingelegt, und du findest auch Speisen und Getränke. Du kannst schlafen, solange du möchtest. Ich weiß, dir fällt es schwer zu glauben, daß diese Traurigkeit dich jemals verlassen wird, aber laß dich wenigstens von H'tebhmella trösten.« Sie küßte ihn auf die Stirn und ging zwischen den Bäumen davon.

Estarinel war erschöpft, und es tat gut, die strapazierte arktische Kleidung abzulegen und in dem klaren belebenden Bach zu baden. Er war zu müde zum Essen, doch er trank den Wein mit Honig, den man ihm hingestellt hatte. Dann legte er sich auf das weiche Moos. Die beruhigende Kraft der Blauen Ebene drang ihm in Körper und Geist ein, und er fiel sofort in einen traumlosen, heilenden Schlaf.

»Skord machte den Eindruck, als sei ihm nicht mehr zu helfen, aber das glaube ich nicht einmal«, erzählte Ashurek. »Als Miril ihn berührt hatte, kam er richtig wieder zu Vernunft. Nur hatte Arlenmia ihn zu gut im Griff. Kaum hatte er Hoffnung geschöpft — zum ersten Mal in seinem Leben —, da fiel er der Schlange zur Beute.«

»Ach, das arme Kind«, meinte die Dame traurig. »Ich wollte, er hätte vor diesem Schicksal gerettet werden können.« Es war einen Tag später. Ashurek und Silvren saßen an einem saphirblauen Ufer in Gesellschaft der Dame und mehrerer anderer H'tebhmellerinnen.

»An seinem Tod sind wir ebenso schuld wie Arlenmia«, erklärte Ashurek mit harter Selbstkritik. »Sie nutzte ihn aus, und wir nutzten ihn auch aus. Von dem Augenblick an, als wir ihm begegneten.«

»Er war M'gulfns Opfer ...«, begann Silvren.

»So leicht können wir uns nicht reinwaschen. Tatsache ist, er war das unschuldige Opfer von uns allen — nicht nur der Schlange.«

»Das mag sein«, sagte die Dame, »aber, Ashurek, ich glaube, daß du alle deine eigenen Schuldgefühle auf diesen einen Jungen richtest. Sein Ende war tragisch, nur kann ihn Reue nicht zurückbringen.«

»Ihr habt recht.« Ashurek sah ihr gerade in die klaren grauen Augen. »Ich spreche jedoch nicht von Schuld,

Zwischendurch: ▇▇▇▇▇▇▇▇▇▇▇▇▇▇▇▇
▇▇▇▇▇▇▇▇▇▇▇▇▇▇▇▇▇▇▇▇▇▇▇▇
▇▇▇▇▇▇▇▇▇▇▇▇▇▇▇▇▇▇▇▇▇▇▇▇▇▇▇▇
▇▇▇▇▇▇▇▇▇▇▇▇▇▇▇▇▇▇▇▇▇▇▇▇▇▇▇▇
▇▇▇▇▇▇▇▇▇▇▇▇▇▇▇▇▇▇▇▇▇▇▇▇▇▇▇▇
▇▇▇▇▇▇▇▇▇▇▇▇▇▇▇▇▇▇▇▇▇▇▇▇▇▇▇▇
▇▇▇▇▇▇▇▇▇▇▇▇▇▇▇▇▇▇▇▇▇▇▇▇▇▇▇▇
▇▇▇▇▇▇▇▇▇▇▇▇▇▇▇▇▇▇▇▇

▇▇▇▇▇▇▇▇▇▇ Estarinel ist in freundlichen Gefilden gelandet. Doch die durchlebten Kämpfe haben ihn völlig erschöpft... So läßt er auch die angebotenen Speisen unberührt und fällt sofort in einen traumlosen, heilenden Schlaf. ▇▇▇▇▇▇
▇▇▇▇▇▇▇▇▇▇▇▇▇▇▇▇▇▇▇▇▇▇▇▇▇▇▇▇
▇▇▇▇▇▇▇▇▇▇▇▇▇▇▇▇▇▇▇▇▇▇▇▇▇▇▇▇
▇▇▇▇▇▇▇▇▇▇▇▇▇▇▇▇▇▇▇▇▇▇▇▇▇▇▇▇
▇▇▇▇▇▇▇▇▇▇▇▇▇▇▇▇▇▇▇▇▇▇▇▇▇▇▇▇
▇▇▇▇▇▇▇▇▇▇▇▇▇▇▇▇▇▇▇▇▇▇▇▇▇▇▇▇
▇▇▇▇▇▇▇▇▇▇▇▇▇▇▇▇▇▇▇▇▇▇▇▇▇▇▇▇
▇▇▇▇▇▇▇▇▇▇▇▇▇▇▇▇▇▇▇▇▇▇▇▇▇▇▇▇

▇▇▇▇▇▇▇▇▇▇▇▇▇▇ Wir Leser können mit unserer Energie besser haushalten, denn wir erleben die dramatischen Anstrengungen unserer Helden nur auf den Seiten dieses Romans. Für eine kleine Stärkung zwischendurch ist da immer Zeit – und wir brauchen die Lektüre ja nur für fünf Minuten zu unterbrechen: Schon ist sie fertig zubereitet, die... ▇▇▇▇
▇▇▇▇▇▇▇▇▇▇▇▇▇▇▇▇▇▇▇▇▇▇▇▇▇▇▇▇
▇▇▇▇▇▇▇▇▇▇▇▇▇▇▇▇▇▇▇▇▇▇▇▇▇▇▇▇
▇▇▇▇▇▇▇▇▇▇▇▇▇▇▇▇▇▇▇▇▇▇▇▇▇▇▇▇
▇▇▇▇▇▇▇▇▇▇▇▇▇▇▇▇▇
▇▇▇▇▇▇▇▇▇▇▇▇▇▇▇▇▇▇▇▇▇▇▇▇▇▇▇▇
▇▇▇▇▇▇▇▇▇▇▇▇▇▇▇▇▇▇▇▇▇▇▇▇▇▇▇▇
▇▇▇▇▇▇▇▇▇▇▇▇▇▇▇▇▇▇▇▇▇▇▇▇▇▇▇▇

Zwischendurch:

Die kleine, warme Mahlzeit in der Eßterrine. Nur Deckel auf, Heißwasser drauf, umrühren, kurz ziehen lassen und genießen.

Die 5 Minuten Terrine gibt's in vielen leckeren Sorten – guten Appetit!

sondern von Verantwortung. Es war leicht, alles Böse der Schlange anzulasten. Werden wir es jetzt, da sie nicht mehr da ist, besser machen? M'gulfn ist tot, aber Miril auch. Wie lange werden wir brauchen, um zu lernen, daß Gut und Böse in uns selbst liegen, nicht außerhalb von uns?«

Eine neue Stimme ließ sich hören: »Das ist eine kluge Frage, nur geht die Antwort über meine Möglichkeiten hinaus.« Sie blickten hoch und sahen Eldor am Rand der Gruppe stehen. Bei ihm waren Neyrwin und Calorn.

Die hochgewachsene Frau mit dem kastanienfarbenen Haar eilte lächelnd herbei und umarmte Ashurek und Silvren. »Wir hatten gehört, daß ihr gut angekommen seid«, berichtete sie, »aber die Dame wollte uns erst zu euch lassen, wenn ihr euch ausgeruht hättet. Oh, Silvren, ich bin so froh für euch beide! Neyrwin hat mir ein bißchen von dem erzählt, was geschehen ist. Wo ist Estarinel?«

»Da ist er«, sagte die Dame. Aus einer anderen Richtung näherten sich Estarinel und Filitha, die gegangen war, ihn zu holen. Bei der Gruppe angekommen, blieb er überrascht stehen, weil er Calorn und Eldor sah.

Sie begrüßten ihn mit grenzenloser Erleichterung und Freude, und während er auf einer Ebene ihre Herzlichkeit erwiderte und vor Glück, sie zu sehen, hätte weinen mögen, fühlte er sich auf einer tieferen Ebene von allem losgelöst, als habe sich der Kern seiner Seele in Eis verwandelt. Calorn, umarmte ihn, trat dann, die Hände auf seinen Schultern, zurück und musterte ihn. Ja, dachte sie, er ist zerstört worden, genau wie ich es befürchtet hatte.

»Ich bin froh, daß du gesund bist«, sagte sie. »Es tut mir so leid wegen Medrian.«

Er nickte, ohne ihr in die Augen zu blicken. »Schön, dich wiederzusehen«, erwiderte er ruhig.

Er trug jetzt ein loses weißes Hemd und eine blaue

Hose und ging barfuß. Ashurek hatte ein einfaches langes Gewand von ultramarinblauer Farbe an, Silvren ein silberblaues, das in der Taille mit einer Kordel zusammengebunden war. H'tebhmella hatte seine Heilkraft an ihr bereits bewiesen. Sie war krank und schwach von der schrecklichen Zeit in den Dunklen Regionen gewesen, und Ashurek hatte immerzu Angst gehabt, sie werde an der grimmigen Kälte der Arktis sterben. Doch jetzt sah sie wieder gesund aus; die aschfarbene Haut hatte ihre goldene Tönung zurückgewonnen, und ihr Haar glänzte. Ihnen allen fiel es schwer, nicht daran zu denken, wie kläräugig und seelenvergnügt Medrian und Skord jetzt aussehen würden, wäre das Schicksal weniger ungerecht gewesen.

Während Estarinel die anderen begrüßte, trat Neyrwin zu Ashurek. »Es handelt sich nur um eure Pferde«, sagte sie. »Filitha wird Shaell heute nach Forluin zurückbringen. Was sollen wir mit Vixata anfangen?«

»Sie ist das letzte, was ich von Gorethria habe«, antwortete Ashurek nachdenklich. »Sie ist nicht mehr jung; ich möchte ihr keine Strapazen mehr zumuten. Laß sie zusammen mit Shaell nach Forluin bringen. Sie verdient Frieden für den Rest ihrer Tage, und ich weiß, dort wird man gut für sie sorgen. Was ist mit Taery Jasmena?«

»Mit dem blauen Pferd? Mir wurde gesagt, es gehöre Arlenmia.«

Ashurek lachte. »Ja, so ist es. Gib es ihr zurück! Dann kann sie gegen keinen von uns eine schlimmere Anklage erheben, als daß wir es ›ausgeliehen‹ haben.«

Neyrwin setzte leise hinzu: »Sag Estarinel nichts davon, daß Filitha Forluin besucht hat. Die Dame hält es für das beste, daß er nichts erfährt — bis er bereit ist zu fragen.« Ashurek versprach es ihr ernst und ging wieder zu Silvren.

Silvren hatte Eldor seit Jahren nicht mehr gesehen und umarmte den Weisen fröhlich. Ashurek dachte an alles, was sich zwischen den Wächtern, den H'tebhmellerinnen und ihm sowie seinen Gefährten abgespielt hatte, und hielt nach Zeichen von Verlegenheit bei der Dame und Eldor Ausschau. Er nahm jedoch nur eine gewisse Kühle, jedoch keine ausgesprochene Feindseligkeit wahr.

»Meister Eldor und ich haben viele Stunden miteinander geredet«, sagte die Dame, die seine Gedanken erriet. »Er und ich sind durchaus einer Meinung darüber, was an den Taten der Wächter richtig und falsch ist. Ich weiß jedoch, daß zwischen ihm und den anderen Grauen eine völlige Übereinstimmung besteht. Da gibt es noch viele Probleme zu lösen. Vorerst genügt es uns zu wissen, daß unsere gemeinsamen Bemühungen zu der Vernichtung der Schlange geführt haben und daß die Erde und die Ebenen gerettet sind.«

Ashurek sagte: »Miril erzählte uns, die Wächter hätten Menschen auf diesen Feldzug geschickt, damit die Erde gerettet werde. Wäre ihnen die Erde gleichgültig gewesen, hätten sie die Schlange selbst vernichten können — und die Erde mit ihr.«

»So ist es«, nickte Eldor. »Keine Entschuldigung kann wiedergutmachen, was ihr erlitten habt. Man hat euch beeinflußt, damit ihr die richtigen Entscheidungen traft. Ah, aber die Grauen haben sich als seicht und kurzsichtig in ihrer Unmenschlichkeit erwiesen.« Er schüttelte den grauweißen Kopf. »Die klügsten Entscheidungen waren eure eigenen.«

»Vielleicht sollten die Wächter alle gezwungen werden, eine Weile auf der Erde zu leben, wie Ihr es getan habt, Meister Eldor«, meinte Silvren, aber der Weise lächelte nicht darüber. Statt dessen blickte er ernst und nachdenklich drein.

Nach einer Minute erklärte er: »Ich habe traurige Neuigkeiten für euch. Das Haus der Deutung ist nicht mehr. Ein Dämon suchte es auf und tötete Dritha und die meisten unserer armen Gäste, die als Flüchtlinge gekommen waren. Der Rest floh und ertrank im Meer.«

Bestürzte Ausrufe folgten dieser Nachricht. Eldor hob, um Ruhe bittend, die Hand und fuhr fort: »Nur Drithas irdischer Körper wurde erschlagen; sie ist in das Land der Wächter zurückgekehrt. Und der Dämon selbst starb in dem Augenblick, als die Schlange vernichtet wurde. Dritha und ich haben uns jedoch entschlossen, nicht auf die Erde zurückzukehren. Die Zeit des Hauses der Deutung war zusammen mit der Zeit M'gulfns vorbei. Ich bedauere nur, daß sie mit Gewalttat und bitterem Leid zu Ende gegangen ist.«

Ashurek, Silvren und Estarinel blieben viele Tage auf der Blauen Ebene und erholten sich in ihrer heilenden Ruhe. Sie verbrachten einen großen Teil ihrer Zeit mit Eldor, Calorn und den H'tebhmellerinnen und sprachen über den Feldzug, die Zukunft der Erde und eine Menge anderer Dinge. Nur Estarinel zog sich immer mehr in sich selbst zurück. Oft entfernte er sich, um mit seinen Gedanken allein zu sein. Nicht etwa, daß er die Einsamkeit geliebt hätte; nur ertappte er sich in Gesellschaft immer wieder dabei, daß er sich nach Medrian umsah, und der Kummer darüber, wenn er sich erinnerte, daß sie nicht da war, wurde mit jedem Mal stärker. »Endlich verstehe ich, warum die Wächter darauf bestanden, ich müsse meine ›reine Absicht‹ beweisen«, sagte er eines Tages zu Eldor, als der Weise gekommen war, nach ihm zu sehen. Sie standen zusammen auf dem flachen Hut einer großen pilzförmigen Formation. Um sie grasten zarte Gazellen auf dem mit Blumen besternten Moos; sie hatten Aussicht auf die lieblichen azurblauen Seen und Felsen H'tebhmellas. »Damit wollten sie feststellen, ob mein Entschluß, die Schlange zu erschlagen, so unerschütterlich war, daß ich zu diesem Zweck sogar jemanden töten würde, den ich liebte.«

»Quäl dich nicht selbst, Estarinel.« Eldor legte ihm die Hand auf die Schulter.

»Wie kann ich es denn vermeiden?« fragte der Forluiner bitter. »Und warum sollte ich nicht gequält werden?«

»Weil — weil es von Anfang an unvermeidlich war«, lautete die nichtssagende Antwort des Weisen. »Du hast richtig gehandelt.«

»Das macht es nur noch schlimmer«, erklärte Estarinel offen heraus. »Es war eins der vielen Dinge, die Ihr uns nicht sagen wolltet. Unvermeidlich! Wenn es ein Fehler gewesen wäre — ein Unfall — würde ich es leichter tragen; ich hätte mir ohne Gewissensbisse einfach das Leben genommen. Aber sich vorzustellen, es war *richtig*, daß sie sterben mußte ...« Er brach ab und schüttelte den Kopf.

»Ich weiß nichts, was ich sagen könnte, um deinen Schmerz zu verringern, außer daß du in die Zukunft blicken, an Forluin denken solltest ...«

»Es war so ungerecht — nach ihrem ganzen Elend, ihrem Mut hatte sie nichts Besseres, dem sie entgegenblicken konnte, als den Tod! Richtig?« Er wandte sich ab, fuhr sich mit den Fingern durch das lange schwarze Haar. »Eldor, verzeiht mir, ich weiß, Ihr versucht, mir zu helfen. Aber Ihr habt recht, es gibt nichts, was Ihr sagen könntet. Ich weiß, es war nicht die Schuld der Wächter. Es war die Schuld der Schlange, und die Schlange ist tot. Ich will keine Rache, ich wünschte nur, Medrian wäre noch am Leben. Wie gern würde ich sie nach Forluin mitnehmen und mit ihr glücklich sein. Sie fehlt mir.«

Arlenmia wurde in einer kleinen Kristallhöhle gefangengehalten und von H'tebhmellerinnen bewacht. Sie hatte jedoch nichts zu erdulden, abgesehen von den Qualen, die ihr ihre Enttäuschung verursachte. Reue hatte sie keine gezeigt, berichtete die Dame, doch ebensowenig die Neigung, der Gefangenschaft zu entfliehen. Weder Ashurek noch Estarinel wünschten, daß sie für ihre Missetaten drastisch bestraft werde. Tatsächlich hatten sie keine Lust, überhaupt an sie zu denken, und ließen ihr Schicksal nur zu gern in den schönen und gnädigen Händen der H'tebhmellerinnen.

Nur Silvren ging sie besuchen.

»Was willst du von mir?« begrüßte Arlenmia sie. Sie betrachtete die Blaue Ebene durch eine natürliche Schießscharte in der Höhlenwand.

»Mit dir reden«, antwortete Silvren.

»Warum? Ich wüßte nicht, was wir einander zu sagen hätten nach allem, was ich getan habe, und nachdem ich schuld bin, daß du an jenem schrecklichen Ort eingekerkert wurdest. Ich besitze nicht die Unverschämtheit, dich um Verzeihung zu bitten. Aber vielleicht bist du auch gar nicht scharf darauf, mir zu verzeihen. Vielleicht möchtest du nur darauf hinweisen, du habest es mir ja gleich gesagt.«

»Oh, nicht!« rief Silvren aus. »Aus irgendeinem Grund kann ich nicht vergessen, daß wir zehn Jahre lang Freundinnen waren; das ist alles. Ich habe immer noch das Gefühl, dich zu kennen, obwohl das offenbar eine Täuschung ist. Wenn du mich haßtest — wenn du gewünscht hättest, diese Welt zu zerstören —, könnte ich dich besser verstehen. Du warst jedoch überzeugt, recht zu tun! Und ich glaube nicht, daß du mich haßt — oh, ich habe dich nie gekannt!«

»Nein, Silvren, ich hasse dich nicht«, erklärte Arlenmia ruhig. »Und ja, ich war überzeugt, recht zu tun. Jetzt weiß ich, daß ich unrecht gehandelt habe. Und es tut mir leid, was du meinetwegen hast durchmachen müssen. Was könnte ich sonst noch sagen?«

»Ich mache mir Sorgen um dich! Ich möchte wissen — nun, was wirst du tun?«

»Das hängt von der Dame von H'tebhmella ab«, gab Arlenmia eisig zurück.

Silvren trat neben sie und schob die Hände durch Arlenmias Arm. »Ich meine, was würdest du gern tun?«

Arlenmia sah Silvren mit ihren blaugrünen Augen

überrascht an. »Wie kann ich das beantworten? Mein Traum hat sich als hohl erwiesen ... Nie werde ich mich mit geringeren Träumen, mit dem vergänglichen Ehrgeiz Sterblicher zufriedengeben, aber ich habe das Vertrauen in mein eigenes Urteil verloren. Und ohne das bin ich nichts. Was ist für mich übriggeblieben?« Sie sah aus der Schießscharte und sagte leise: »Man sagt, es sei unmöglich, auf H'tebhmella Selbstmord zu begehen. Die Wunde heilt, bevor ein Tropfen Blut fließen kann. Ashurek hatte recht, liebes Herz: Ich hätte mit M'gulfn sterben sollen.«

»Sprich doch nicht so! Könntest du nicht nach Hause zurückkehren — wo das auch sein mag? Es muß dort Menschen geben, die dich lieben — dich vermissen ...«

Arlenmia schwieg eine Weile. Dann fragte sie: »Wohin wirst du gehen? Du und Ashurek ...«

»Ich weiß es nicht. Ich habe noch nicht darüber nachgedacht.«

»Nun, sag es mir nicht. Und ich bitte dich, komm nicht, um dich zu verabschieden. Ich könnte es nicht ertragen.« Unerwarteterweise drehte sie sich um und küßte Silvren auf die Wange, und Silvren fühlte eine Träne aus Arlenmias Auge auf ihr Gesicht fallen. »Was du auch von mir denken magst, ich wünsche dir alles Gute. Nun geh!«

»Nein, ich habe nicht den Wunsch, jemals nach Gorethria zurückzukehren«, sagte Ashurek. Er und Silvren saßen allein an einem juwelenfunkelnden Wasserfall, die Arme umeinandergelegt.

»Bist du sicher? Das meinst du jetzt ... Aber eines Tages sagst du dir vielleicht, du hättest zurückkehren sollen ...«

»Nein, Geliebte, das werde ich nicht tun«, antwortete er. »Was mich mit Gorethria noch verbindet, ist meine eigene ferne Vergangenheit, die nicht zurückgerufen werden kann. Ich würde es auch gar nicht wollen. Und die Frage, ob ich mich für Gorethrias Zukunft verantwortlich fühle ... Nun, das tue ich, aber welches Unrecht ich dort auch getan haben mag, ich bin nicht so überheblich, daß ich mir einbilde, ich könne es wiedergutmachen. Das Schicksal Gorethrias muß in andere Hände gelegt werden.« Nach einer Pause meinte er: »Du würdest gern nach Athrainy zurückkehren, nicht wahr?«

Schnell schüttelte Silvren den Kopf. »Ich möchte — wenn meine Zauberkraft noch stark genug ist — nichts weiter tun, als mich vergewissern, daß es meiner Mutter gut geht. Und Setrel, wenn du es wünschst.«

»Ja, es würde mich beruhigen, das zu erfahren, und Estarinel auch. Setrel war ein guter Mann. Also, es gibt in Tearn keinen Ort, wo ich unangefochten leben könnte, keine Menschen, von denen zu erwarten wäre, daß sie meine Anwesenheit dulden. Im Grunde bin ich auf der ganzen Erde ein Ausgestoßener.«

»Du hast die Erde von der Schlange befreit!« rief Silvren.

»Ja, aber man wird sich meiner nicht deswegen erinnern, nur an den bösen gorethrischen Wolf, der in ganz Vardrav und dem östlichen Tearn Blut vergossen hat. Vielleicht habe ich nicht einmal das Recht, den Fuß wieder auf die Erde zu setzen. Doch wohin ich gehe, ist für mich nicht wichtig, solange ich nicht wieder von dir getrennt werde.«

Silvren küßte ihn in herzlicher Zustimmung. »Dann möchte ich dir einen Vorschlag machen. Da ist die Welt, auf der ich gelernt habe, meine Zauberkunst anzuwenden. Einige von uns nannten sie Ikonus. Ich würde gern dorthin gehen ... Die Leute wollten mich dabehalten — ich meine, die Leute an der Schule für Zauberei. Dort gibt es viel Arbeit zu tun, und es würde mich freuen, könnte ich mithelfen. Und ich sehe eher in Ikonus meine Heimat als in dieser Welt.«

»Dann gehen wir nach Ikonus«, sagte Ashurek,

»wenn Calorn oder die Dame von H'tebhmella uns helfen wollen, einen Weg zu finden. Ja, ein neuer Anfang in einer neuen Welt ... das wäre das beste.«

Es kam die Zeit, als alle abreisten, die an dem Feldzug gegen die Schlange teilgenommen hatten. Eldor war bereits zu den anderen Grauen in ihrem Herrschaftsbereich gegangen. Calorn würde Silvren und Ashurek nach Ikonus bringen; es war ihre eigene Heimatwelt, sie war sich bis jetzt jedoch noch nicht klar darüber, ob sie danach auf die Blaue Ebene zurückkehren sollte oder nicht. Arlenmia würde in der Obhut der Dame von H'tebhmella bleiben, bis sie als harmlos betrachtet werden konnte, obwohl Ashurek seine Bedenken hatte, wie sie das feststellen wollten.

»Willst du nicht wieder nach Forluin?« wollte Calorn von Estarinel wissen. Sie gingen an dem moosigen Ufer eines schimmernden aquamarinblauen Sees spazieren. »Ich hätte gedacht, du würdest nach Forluin weitereilen, kaum daß du den Fuß auf die Blaue Ebene gesetzt hattest.«

»Irgendwann werde ich wohl zurückkehren«, antwortete er.

»Das klingt, als wolltest du nicht!« rief Calorn erstaunt.

»Ich bin unschlüssig. Es ist so vieles geschehen. Ich bin nicht mehr der, der ich war, und Forluin ist nicht mehr das, was es war...«

»Aber es ist deine Heimat, und du hast einen schweren Kampf geführt, um sie zu retten...«

»Für andere, vielleicht nicht für mich selbst. Ich bin mir nicht sicher, ob ich es ertrage, an einem Ort zu weilen, wo ich einmal glücklich war, und dabei nicht länger glücklich zu sein. Ich weiß nicht, wie ich es erklären soll.«

»Ich glaube, ich verstehe dich«, sagte Calorn.

»Als Miril starb ... Es war, als sterbe sie für mich persönlich, als wolle sie sagen, es gibt keine Hoffnung für dich in Forluin. Keine Hoffnung für dich ohne Medrian.«

»Deine Trauer braucht Zeit. Du wirst nicht immer so empfinden«, redete sie ihm sanft zu.

»Es ist nicht wichtig«, wehrte er mit halbem Lächeln ab. »Ich glaube, am schlimmsten von allem ist das Gefühl, daß nichts wichtig ist. Medrian warnte mich, ich dürfe nicht zuviel Anteil nehmen. Das ist das Ergebnis: Man endet damit, daß man an gar nichts mehr Anteil nimmt.«

»Ich glaube nicht, daß das dein Ernst ist.«

»Du magst recht haben. Es ist merkwürdig. Als der Feldzug begann, war es schwer für mich, von Forluin und meinen Freunden getrennt und in der Gesellschaft Medrians und Ashureks, dieser beiden furchterregenden Fremden, zu sein. Aber ich lernte sie lieben, auch dich und Silvren. Jetzt kommt ihr mir, du und sie, real vor, und Forluin ist fern wie ein Traum. Vielleicht gehört das Herz eines Menschen immer dem, woran er sich gewöhnt hat.«

»Dann komm mit uns auf meine Welt!« schlug Calorn vor. »Das mag die Lösung sein ...«

»Nein — das ist Silvrens und Ashureks Zukunft. Nicht meine«, antwortete Estarinel. Er lächelte, um zu zeigen, daß er ihr für ihre Besorgtheit dankbar war. Doch als er von ihr wegging, sagte sie sich traurig, daß sie ihm nicht helfen konnte. Er hatte sich vor allem verschlossen, sogar vor der heilenden Schönheit H'tebhmellas.

Estarinel kehrte dann doch nach Forluin zurück, aber erst als Silvren und Ashurek nach Ikonus abgereist waren. Unter Calorns Anleitung schufen mehrere der H'tebhmellerinnen einen besonderen Ausgangspunkt, der sie zu dieser Welt bringen würde. Anders als die Ausgangspunkte zur Erde war er keine weiche blaue

Wolke, sondern eine Sphäre aus knisterndem grünen und silbernem Licht.

Die Dame von H'tebhmella küßte Ashurek und Silvren auf die Stirn. Tränen glänzten in ihren schönen achatgrauen Augen. »Ich hoffe, ihr werdet das Glück finden«, sagte sie zu ihnen. »Und, Calorn, ob du in meinen Dienst zurückkehrst oder ob du auf deiner Welt bleibst, ich wünsche auch dir Freude. Lebt wohl!«

Ashurek sagte: »Ich weiß, ich kann das Böse, das ich über die Erde gebracht habe, nie wiedergutmachen. Nicht einmal der Tod der Schlange — oder mein eigener — kann die Vergangenheit auslöschen. Ich will jedoch tun, was in meinen Kräften steht, so wenig es sein mag, um zu zeigen, daß ich mir gemerkt habe, was Miril mich lehrte. Von nun an werde ich das Gewand eines Gelehrten anstelle der Soldatentracht tragen, und niemals wieder werde ich eine Waffe in die Hand nehmen.«

Er und Silvren umarmten Estarinel, und alle drei weinten. Dieser Abschied fiel ihnen schwerer, als sie sich vorgestellt hatten. Dann wandten sich Ashurek, Silvren und Calorn ab und verschwanden in dem silbergrünen Licht.

Die Dame berührte Estarinels Arm mit ihrer weißen Hand. »Estarinel? Du bist immer noch traurig. Ich fürchte, nicht einmal H'tebhmella hat die Macht, bis zu deinem Schmerz vorzudringen. Du bist hier willkommen, aber ich glaube, daß nur menschliche Wärme dich heilen kann. Man muß dich in Forluin sehr vermissen. Möchtest du deine Heimat nicht wiedersehen?«

Damit sagte sie ihm, wenn auch sehr freundlich, daß es Zeit war zu gehen. Und warum auch nicht? Vielleicht würde er sich in Forluin noch wurzelloser vorkommen als hier, aber das war nicht wichtig, weil er außer einer ständigen kalten Traurigkeit sowieso nichts empfand. Resigniert erwiderte er: »Ja, meine Dame. Ich werde jetzt abreisen.«

Er trat aus dem Ausgangspunkt an beinahe genau der gleichen Stelle wie damals zusammen mit Medrian, im Trevilith-Wald, etwa fünf Meilen von seinem Elternhaus entfernt. Entsetzt sah er sich um. Dieser Wald war vor ein paar Monaten noch unbeschädigt gewesen. Jetzt waren die Bäume versengt und ohne Blätter, jeder Grashalm, jeder Zweig im Unterholz war von einer grauen Substanz umhüllt.

Also hatte sich das Gift der Schlange, das die Farm seiner Familie lange nach dem eigentlichen Angriff überflutet hatte, noch weiter ausgebreitet. Er hätte aufgeschrien, wenn ihm überhaupt noch Gefühle übriggeblieben wären. Wie es war, starrte er die graue Landschaft nur in nacktem Entsetzen an. Es dämmerte; nirgendwo war ein bißchen Farbe. Das bedeutete, dachte Estarinel, es war auch das Dorf zerstört worden. Ob Falin und die anderen davongekommen waren? Vielleicht bedeckte das Gift der Schlange nun doch ganz Forluin und hatte alle Menschen getötet. Vielleicht hatten sie M'gulfn zu spät erschlagen. Eine Reihe verwirrender Gedanken ging ihm durch den Sinn, aber er hielt sich damit nicht auf. Mit steifen Schritten ging er auf das Dorf zu, um zu sehen, ob noch etwas davon übrig war.

Plötzlich fiel ihm etwas auf. Die Substanz, die sein Elternhaus zerstört hatte, war klebrig und tödlich gewesen, doch das Zeug, das das Gras niederdrückte, war staubtrocken, und unter seinen in Sandalen steckenden Füßen knirschte es und zerbröckelte. Der schreckliche Schlangengestank hing nicht mehr in der Luft. Manchmal hatte er kaum glauben können, daß sie jemals frei von dem Fluch dieses Giftes sein würden, aber jetzt erkannte er, daß es endlich seine zerstörerische Macht verloren hatte. Auch wenn es zu spät war.

Es wurde dunkler. Es war wolkig und kalt. Herbst natürlich, dachte Estarinel. Er entschloß sich, den Weg an dem Schüsseltal, wo sein Elternhaus gestanden hatte, vorbeizunehmen, denn der Anblick konnte seinen Schmerz nicht noch vergrößern. Der letzte Sonnenschein warf ein gleichmäßiges topasgelbes Glühen über den Himmel. Estarinel kam an den Rand des Tals und blieb stehen, überzeugt, daß er irgendwo das Bewußtsein verlassen und in einen Alptraum geraten war.

Unter ihm waren Gestalten in einer grauen Landschaft unter einer Kuppel aus topasfarbenem Glas erstarrt — die höllische Vision, die ihn verfolgte, seit er sie in Arlenmias Spiegeln gesehen hatte. Ohne es zu begreifen, stand er schwankend am Rand des Tals und blickte auf diese unmögliche Szene nieder, die der Höhepunkt seiner schlimmsten Ängste war.

Ich muß träumen, dachte er. Die Gestalten bewegten sich in einer unregelmäßigen Linie sehr langsam auf ihn zu. Einige streuten irgendeine Substanz — Staub oder Wasser? — auf den Boden, während andere hinter ihnen ihrer gebeugten Haltung nach den Boden mit Besen abfegten. Er träumte ...

Eine der Gestalten blickte hoch und blieb stehen. Schwach, aber deutlich hörte Estarinel eine Stimme sagen: »Wer ist denn das?«

»Ich weiß es nicht«, antwortete eine andere. »Lauf hinauf und sieh nach, ja, Liebes?«

Estarinel stieg jetzt in das Tal hinab. Er sah die Gestalt auf sich zulaufen, hielt sie jedoch erst für real, als sie mit ihm zusammenstieß. Dann lagen Arme um seinen Hals, eine Stimme rief atemlos und ungläubig: »Es ist E'rinel! Mutter, es ist E'rinel!«

Vor ihm stand seine jüngere Schwester Lothwyn.

Dann waren rund um ihn Gesichter, Hände berührten ihn, Leute lachten und lächelten und umarmten ihn ... seine Mutter, seine Schwester Arlena, Falin, Lilithea und andere, Falins Tante Thalien, die Eltern seiner Mutter und seines Vaters, Taer'nel, andere Männer und Frauen aus dem Dorf und von den nahegelegenen Farmen ... Stimmen stellten Fragen, die er nicht verstand, es ging darum, wie lange er schon wieder da sei, woher er gekommen sei, wie es ihm gehe ...

»Ich glaube, er ist krank«, meinte jemand.

»Oh — kommt — dann bringen wir ihn ins Dorf. Falin, hilf ihm, schnell!«

Langsam kam Estarinel wieder zu sich. Er war in eine Flickendecke gewickelt, war von Kissen hochgestützt und lag in einem Bett in einem Zimmer, das ihm bekannt vorkam. Es hatte ungleichmäßige cremefarbene Wände, gewobene Teppiche auf dem Fußboden, ein Fenster mit einem Rahmen aus dunklem Holz ... Falin saß auf der Bettkante und hielt ihm einen Becher mit einem heißen, belebenden Getränk an die Lippen.

Estarinel nahm den Becher in die eigenen Hände. Falin grinste ihn an und erkundigte sich: »Bist du wieder wach?«

»Ich — ich glaube schon. Es war nur ... Es war ein solcher Schreck, als ich meine Mutter und meine Schwestern sah.« Er setzte sich auf, sah Falin ängstlich an. »Oder habe ich das geträumt?«

»Nein, es muß ein fürchterlicher Schreck gewesen sein.«

»Wo sind sie?«

»Leg dich wieder hin, es ist alles in Ordnung. Du wolltest niemanden als mich im Zimmer bei dir dulden. Du behauptetest, die anderen seien — Gespenster oder so etwas.«

»Wirklich? O ihr Götter!« rief Estarinel bestürzt aus. »Als ich in das Tal kam und euch alle sah, war es wie — wie ein schrecklicher ...«

»Willst du wohl ruhig sein? Trink das aus — Lili hat etwas hineingetan. Morgen ist noch viel Zeit, alles zu erklären.«

»Morgen? Ich werde einen Monat brauchen. Falin, ich kann dir gar nicht sagen, wie froh ich bin, dich zu sehen.«

»Und wir glaubten schon, du würdest niemals wiederkommen«, sagte sein Freund herzlich. »Kann ich jetzt deine Mutter hineinschicken? Sie läuft Löcher in Thaliens Teppiche.«

»Noch nicht; erst mußt du mir erzählen, was geschehen ist, seit ich abgereist bin. Ich verstehe überhaupt nichts mehr. Was habt ihr da im Schüsseltal gemacht?«

»Wir säubern es von dem Gift«, antwortete Falin. Er sah, daß Estarinel doch nicht schlafen würde, ehe er ihm alles erzählt hatte, und so fuhr er fort: »Also, nachdem du weg warst, kämpften wir weiter gegen das Gift der Schlange, aber vergeblich. Nichts wollte helfen. Weder Feuer noch Wasser vernichtete es, Barrieren hielten sein Vordringen nicht auf. Uns blieb nur noch die Flucht. Wir verließen das Dorf für mehrere Wochen. Ein paar Leute gerieten in Taschen des Giftes. Aber wir übrigen wurden langsam nach Süden getrieben. Von der Zeit gibt es nicht viel zu berichten, wirklich. Du kannst dir vorstellen, wie schrecklich es war. Fast die gesamte Bevölkerung von Forluin — die Überlebenden meine ich — drängte sich an der Südküste zusammen, und ein paar waren auch nach Maerna und nach Ohn gegangen. Wir mußten Fisch essen, etwas anderes gab es nicht. Ich hoffe, nie wieder einen Fisch zu sehen.« Falin verzog das Gesicht. »Fast das ganze Farmland war verwüstet. Das Gift war nur noch zwanzig Meilen hinter uns. Und in dieser Zeit zeigte sich die Sonne nie. Es war ein ständiger grünlichgrauer Dunst am Himmel, und dieser scheußliche Gestank nach Metall und Verwesung hing in der Luft ...«

»Ja, ich weiß«, sagte Estarinel.

»Es regnete so gut wie nie. Ich glaube nicht, daß man mit Worten wiedergeben kann, wie grauenhaft es tatsächlich war.« Er schüttelte sich unwillkürlich und fuhr fort: »Jedenfalls hatten wir ein paar Schiffe für den schlimmsten Fall bereit. Aber sie boten nur Platz für ein paar hundert von uns, und wie konnten wir entscheiden, wer gerettet werden sollte? Deshalb fuhr keiner weg. Und eines Morgens, als wir sicher waren, uns blieben nur noch wenige Tage, ging jemand zurück, um zu sehen, wie weit das Gift gekommen war, und er fand es trocken.

Im Laufe dieses Tages erhob sich ein reiner Wind und blies den Dunst weg. Die Sonne schien. Wir konnten über das getrocknete Gift gehen, ohne Schaden zu nehmen. Da wußten wir, die Schlange war tot, und wir weinten vor Freude. Mit den Tieren, die noch lebten, zogen wir wieder nach Norden. Wir fanden das Dorf unbeschädigt vor, obwohl ringsumher alles voll Gift war, doch auch hier war es jetzt trocken und harmlos.

Das Erstaunlichste sollte aber erst noch geschehen. Menschen, die wir für tot gehalten hatten, waren es nicht.« Die Tränen traten Falin in die Augen, und er schluckte. »Wir hatten sie alle auf Bahren in den Schuppen des Stellmachers gelegt — oh, natürlich, du hast sie ja gesehen. Einige erhoben sich und kamen in ihren blaßgrünen Gewändern und immer noch mit den Kränzen aus gelben Blumen heraus. Sie blinzelten im Sonnenschein wie Kinder, die gerade aus dem Schlaf erwacht sind. Oder wie von neuem geboren. An das, was ihnen widerfahren war, erinnerten sie sich nicht — jedenfalls nicht gleich. Wenn es ihnen erklärt wurde, fiel es ihnen wieder ein. Wir konnten es anfangs nicht glauben, aber sie lebten und waren zweifellos gesund.«

»Du sagtest ›einige‹«, sagte Estarinel mit Bangen.

»Anfangs fanden wir keine Logik darin, wer wieder aufwachte und wer nicht. Als wir dann darüber nachdachten, erkannten wir, daß diejenigen, die bei dem Angriff der Schlange oder nicht lange danach umgekommen waren, tot blieben, während solche, die vor noch nicht so langer Zeit ›gestorben‹ waren, ins Leben zurückkehrten. E'rinel, dein Vater war nicht unter ihnen. Auch meine Eltern und meine Schwester Sinmiel nicht.«

»Falin, das tut mir leid.«

»Wir sollten froh um jene sein, die uns wiedergegeben wurden. Deine Mutter und deine Schwestern. Aber ich kann nicht erklären, wie oder warum dieses Wunder geschah.«

»Ich glaube, ich kann es. Oh, das ist jetzt zu schwierig, ich werde es dir später einmal auseinandersetzen. Wer noch?«

Falin zählte alle ins Leben zurückgekehrten Leute auf, an die er sich erinnerte. »Und Edrien und Luatha geht es immer noch gut. Sie sind im Süden geblieben. Thalien und Lilithea sind dagegen mit mir zurückgekommen. Oh, wie freuten wir uns, als wir erfuhren, daß die Schlange tot war, und um wieviel mehr, als uns Filmorwen, Lothwyn und Arlena wiedergeschenkt wurden. Aber wir waren auch — benommen, könnte man vielleicht sagen. Es gab soviel Schäden zu beseitigen, und wir wußten kaum, wo wir anfangen sollten. Dann traf eine Botschaft von den Ältesten aus dem Tal von Motha ein. Eine H'tebhmellerin, Filitha geheißen, hatte sie besucht und zwei Pferde mitgebracht. Das eine war dein Shaell, das andere eine gorethrische Stute. Sie berichtete, du seist auf der Blauen Ebene in Sicherheit und die Schlange sei tot. Aber die Nachricht war nicht sehr klar, und wir hielten sie für falsch, weil die Tage vergingen und du nicht kamst. Wir haben wirklich geglaubt, wir würden dich nicht wiedersehen, E'rinel.

Ein weiterer Grund für Filithas Besuch war, daß sie uns mitteilen wollte, die H'tebhmellerinnen würden uns bei der Heilung Forluins helfen. Irgendwie schafften sie es, Wasser von H'tebhmella in einen See und Fluß in der Nähe von Motha zu leiten. Da, wo wir dieses Wasser aussprengten, sagte sie, würde es die Heilung Forluins beschleunigen.«

»Davon hat man mir überhaupt nichts gesagt!« rief Estarinel. Nun, er hatte sich ja nicht einmal nach Neuigkeiten aus seiner Heimat erkundigt. Er wäre eher zurückgekehrt, wenn er das alles gewußt hätte, und vielleicht hatte die Dame gewollt, daß er den Zeitpunkt unbeeinflußt selbst wählte. »Und funktioniert es?«

»Als du uns im Schüsseltal entdecktest, waren wir dabei, es zu säubern. Wir sprengen Wasser auf das Gift, dann fegen wir es von dem Gras ab, und es verschwindet im Boden. Wir müssen sehr sparsam mit dem h'tebhmellischen Wasser umgehen, so daß wir für den Anfang nur ausgewählte Gebiete reinigen. Im Laufe der Zeit werden Regen und Wind die Arbeit für uns tun, aber Filitha sagte, das mit h'tebhmellischem Wasser behandelte Land werde schon im nächsten Frühling Gras und Feldfrüchte hervorbringen. Inzwischen müssen wir leider von eingesalzenem Fisch leben.«

»Es gibt also eine Menge Arbeit zu tun.«

»Ja.« Falin schob Estarinel in die Kissen zurück. »Nur schlaf bitte erst einmal eine Nacht, bevor du dich hineinstürzt.«

»Du bist sehr dünn geworden, Falin.« Estarinel betrachtete den Arm des Freundes.

»Du auch. Kann jetzt Filmorwen hereinkommen und dich begrüßen?«

»Ich komme hinaus. Mir geht es schon wieder gut.« Estarinel wollte aufstehen, aber Falin öffnete gerade die Tür, da stürmten seine Schwestern schon ins Zimmer, und beide umarmten ihn gleichzeitig. Er zog sie an sich, die dunkle Lothwyn und die silberhaarige Arlena, und über ihre Schultern sah er seine Mutter auf der Schwelle stehen. Sie lächelte ihm zu. Ihr goldenes Haar war dem Band entwischt, mit dem sie es zurückgebunden hatte. Wie hatte er jemals daran denken können, nie mehr nach Hause zu gehen?

»Erstickt ihn nicht!« warnte Filmorwen ihre Töchter. Arlena drehte sich um und hielt sich dafür an Falin. Lothwyn klammerte sich immer noch an Estarinel, als seine Mutter kam, um ihn zu umarmen und zu küssen.

»Ich habe von dir geträumt, Mutter«, sagte er, sobald er wieder zu Atem gekommen war. »Du warst in einem der Ställe und halfst einer Stute beim Fohlen. Ich erzählte dir, die Schlange sei draußen, und du lächeltest mich nur an und antwortetest: ›Sag ihr, ich komme wieder.‹«

»Und da bin ich«, lachte Filmorwen, »und ich habe tausendmal von diesem Augenblick geträumt. Geht es dir auch bestimmt gut?«

»Ja, es ist jetzt alles vorbei. Der Alptraum ist zu Ende.« Er bemerkte Lilithea, die beinahe schüchtern in der Tür stand, und ihm fiel ein, daß er sie seit einem Jahr nicht mehr gesehen hatte. Sie zögerte, und dann kam sie gerannt und umarmte ihn. Auch sie war erbarmungswürdig mager wie alle anderen, doch sie hatte immer noch drahtige Kraft in den Armen, mit denen sie ihn länger festhielt, als es seine Mutter getan hatte.

»Wir wußten, sie war tot«, sagte Lothwyn mit heiliger Scheu, »hast du wirklich ...?«

»Ja, doch nicht ich allein«, antwortete er. »Keiner von uns hätte ohne die anderen irgend etwas zuwege gebracht.«

Dieser Winter wurde grimmig und hart, aber die Forluiner erlebten ihn mit Freude. Jetzt, da M'gulfn tot und ihr Gift entfernt war, konnte sie nichts mehr erschüttern. Schnee und Regen und Wind waren ein Segen, sie fegten die letzten Spuren der Pest weg. Lange bevor es Frühling wurde, wuchs das Gras wieder üppig, saßen die Bäume dick voll von Knospen, und die Felder, auf denen das h'tebhmellische Wasser ausgesprengt worden war, versprachen, fruchtbarer und schöner zu werden als je zuvor. Es lagen noch viele Jahre der Arbeit vor den Forluinern, bis das Leben wieder völlig normal sein würde. Wälder mußten aufgeforstet, Farmhäuser und Dörfer neu gebaut und Tiere — Haustiere ebenso wie wilde — aufgezogen werden, um ihre Zahl wieder aufzufüllen. Das Essen war knapp, und die Mühen hörten niemals auf, aber sie waren eifrig und in guter Laune dabei, weil alles, was sie taten, für Forluin und für einander geschah.

Nur Estarinel, so stellten seine Familie und seine Freunde bekümmert fest, blieb melancholisch. Er war Forluins Held, aber er weigerte sich entschieden, sich irgendwie herausstellen zu lassen. Zusammen mit den anderen arbeitete er unermüdlich, und nach außen hin war er so freundlich und lieb, wie er immer gewesen war. Aber er erwähnte den Feldzug kaum, und oft machte er einen in sich gekehrten Eindruck, als verberge er bittere Traurigkeit. Falin erzählte er einiges von dem, was geschehen war, doch einzig Lilithea vertraute er alles an, und auch bei ihr kam ihm die Geschichte nur im Verlauf von Monaten Stückchen für Stückchen über die Lippen. Immerhin sprach er mit ihr am meisten, und so entdeckte sie, daß seine Niedergeschlagenheit viel schlimmer war, als sonst jemand ahnte. Sie würde niemals vergessen, wie bleich, wie starr er ausgesehen hatte, als er ihr von Medrian berichtete. Er weinte nicht, aber sie hätte mehr Hoffnung für ihn gehabt, wenn er dazu fähig gewesen wäre.

»Ich machte mir solche Sorgen um ihn«, sagte sie eines Tages zu Falin. »Du wirst bemerkt haben, wie verschlossen er ist.«

»Ja, aber mit dir redet er doch, oder?« fragte Falin.

»O ja, er redet mit mir.« Lilitheas Stimme hatte einen beinahe bitteren Ton. »Ich glaube, ich weiß so gut wie alles, was geschehen ist. Es war eine furchtbare Zeit für ihn.«

»Er hat das Gefühl, seine Erfahrungen trennten ihn von uns«, meinte Falin.

»Ja. Aber soll das für immer so bleiben? Wenn ja, wird er nie wieder glücklich sein.«

»Und du auch nicht«, bemerkte Falin sanft und ergriff ihre Hand.

Sie schwieg für eine Weile. Dann gestand sie: »Ich weiß von Medrian. Es ist schon gut, ich verstehe, warum du mir nie erzählt hast, daß er damals hier war. Ich habe E'rinel gesagt — und es war mein Ernst —, ich hätte sie geliebt, wenn ich sie gekannt hätte. Und wenn sie mit ihm zurückgekehrt wäre und wenn sie glücklich miteinander gewesen wären, dann hätte ich es angenommen und wäre auch glücklich gewesen. Aber sie ist tot. Will er ewig um sie trauern?« Sie biß sich auf die Unterlippe. »Das hätte ich nicht sagen sollen. Weißt du, welches Elend es ist, wenn man jemanden liebt, der einen als — als Schwester betrachtet?«

Falin schüttelte den Kopf und bemühte sich, nicht zu lächeln. »Warum sagst du es ihm nicht?«

»Das kann ich nicht. Es sollte nicht nötig sein.«

»Das stimmt nicht immer ... Er gab mir mal den gleichen Rat wegen Arlena. ›Sag es nicht mir, sag es ihr.‹«

»Aber du hattest nur vorgefühlt. Das hier ist anders. Oh, ich kann es ihm nicht sagen. Es würde alles noch schlimmer machen. Er wäre gezwungen, mir zu antworten, daß er mich nicht liebt, und dann wäre ich weniger als eine Schwester für ihn. Ich müßte von hier wegziehen.« Sie blickte zu Falin auf, und ihre großen Augen waren gleichzeitig dunkel und hell. »Vielleicht wäre das am besten. So kann es nicht weitergehen.«

Der Frühling kam, und das Gras grünte, und die Bäume blühten. Ihre Zweige waren voll von Nestern, und über Nacht erschienen zirpende Vogeljunge. Fohlen wurden in diesem Jahr nicht geboren, dafür gab es viel mehr Lämmer und andere kleine Tiere, als die Forluiner hatten hoffen dürfen. Doch das Leben und die Schönheit ringsumher machten es für Estarinel nur noch unerträglicher, daß Medrian in dieser einsamen, gefrorenen Wüste hatte sterben müssen. Er sah das Glück der anderen und war froh für sie; er hätte sich die Dinge nicht anders gewünscht. Nur in seinem Innern war es kalt und dunkel, als könne nichts in Forluin ihn jemals berühren oder wärmen.

In diesem Frühling heirateten Falin und Arlena endlich. Es war die einfache forluinische Zeremonie der

Blumen, gefolgt von einem Tag lärmenden Feierns. Mitten unter den Fröhlichen dachte Estarinel: Dafür hätte ich den Feldzug hundertmal unternommen. Das ist alle Opfer wert. Aber bei jedem herzerfreuenden Anblick — Falin und Arlena tanzten an ihm vorbei, in Grün, Weiß und Gold gekleidet, seine Mutter und Lothwyn überschütteten das Paar lachend mit Blumen — konnte er den Wunsch nicht unterdrücken, Medrian sei bei ihm und könne daran teilnehmen. Jeder fröhliche Augenblick war für ihn von einem kalten stechenden Schmerz begleitet.

Die Hochzeit war vorbei, und er sagte sich, er müsse eine Weile allein sein, bevor der Gegensatz zwischen der Freude seiner Familie und seiner eigenen inneren Kälte ihn in den Wahnsinn trieb. So entschloß er sich, in das Tal von Motha zu wandern, was eine Reise von mehreren Tagen war, um Shaell und Vixata zu holen.

Zu seiner Überraschung fragte Lilithea, ob sie mitkommen dürfe.

»Ich wollte eigentlich allein gehen, aber...« Er hielt nachdenklich inne. Vielleicht war es nicht gut, allein zu sein, und die Gesellschaft der ruhigen Lilithea war für ihn immer noch die angenehmste. »Ja, es wäre mir lieber, wenn du auch mitgingest«, stimmte er zu.

Sie trugen die übliche Kleidung forluinischer Bauern, braune Hosen und weiche Stiefel, weiße Hemden mit weiten Ärmeln und darüber eine ärmellose Weste mit Gürtel. Mitzunehmen brauchten sie nichts, weil in Forluin jeder Reisende, wohin er auch kam, gastfreundlich aufgenommen wurde, und zu dieser Jahreszeit bedeutete es keine Strapaze, im Freien zu schlafen.

Lilithea sah nicht mehr so überanstrengt und krank aus wie damals, als er von H'tebhmella gekommen war. Ihr hübsches zartes Gesicht hatte seine gesunde Farbe zurückgewonnen, und sie war wieder schlank statt dünn. Der Frühlingssonnenschein verlieh ihrem dichten bronzebraunen Haar goldenen Glanz.

Der Weg führte sie durch herrliche Wälder und sanfte Täler. Das letzte Mal waren sie unmittelbar nach dem Angriff der Schlange gemeinsam hier gegangen, und der graue Nebel des Todes hatte die Luft verpestet. Jetzt war alles grün und golden und frisch, wie Forluin sein sollte. Zuerst glaubte Estarinel, Lilithea sei so still, weil dieser erfreuliche Gegensatz sie überwältigte. Doch dann merkte er, daß sie eigentlich nicht still, sondern in einer für sie uncharakteristischen Weise verdrießlich war. Er fragte sie, ob irgend etwas nicht stimme.

»Ich mache mir Sorgen um dich. Du bist nicht glücklich«, antwortete sie.

»Wie kommst du darauf? Bald ist Forluin wieder ganz. Wie sollte ich da nicht glücklich sein?«

»Du verrätst dich schon durch die Art, wie du mich das fragst!« rief Lilithea aus. »Wo bist du, E'rinel? Nicht bei uns. Du bist mit Fremden in fernen Ländern, an Orten, die ich nicht erreichen kann.«

Ihre Worte erschreckten ihn, und er schwieg für eine Weile. Dann antwortete er mit leiser Stimme: »Ich kann nichts dafür, Lili. Ich bin nicht mehr der Mensch, der ich einmal war. Ein Teil von mir ist mit Medrian gestorben.«

»Aber du lebst noch! Willst du für immer in der Kälte bleiben, nur halb lebendig? Wie kann das Medrian helfen?«

»So einfach ist es nicht. Ja, ich fühle mich von euch getrennt. Ich empfinde nicht mehr wie ein echter Forluiner. Die Leute möchten mich einen ›Helden‹ nennen, aber das ist falsch. Sie wissen nichts davon, wie oft ich beinahe davongelaufen wäre, sie wissen nichts von dem Blut an meinen Händen ...«

»Und mich nennen sie eine Heilerin«, unterbrach sie ihn herb, »und das ist ebenso falsch. Es gibt Krankheiten, die ich nicht heilen kann, E'rinel.« Sie ging einen Schritt schneller, damit er ihre Tränen nicht sah, aber er holte sie wieder ein.

»Lili, mach dir um mich keine Sorgen!« Er verfluchte

sich dafür, daß er sie aufgeregt hatte. »Mir geht es gut, wirklich. Mir ist es genug, andere glücklich zu sehen.«

»Wirke ich glücklich?« platzte sie heraus. Estarinel blieb stehen und starrte sie an. In der Stille begannen junge Drosseln in den Bäumen um sie zu singen.

»Lili, was ist los?« fragte er besorgt.

»Du brichst mir das Herz!« schrie sie. Sie war so fest entschlossen gewesen, ruhig zu bleiben, und jetzt war es ihr mißlungen. »Du sagst, du seist nicht mehr der gleiche Mensch. Das ist keiner von uns! Du bist weit weg an irgendeinem trostlosen, schrecklichen Ort, und du willst dortbleiben, weil du glaubst, allein Medrian und Ashurek könnten dich verstehen, und sie sind nicht mehr da. Aber du bist nicht einzigartig! Die Schlange ist uns allen widerfahren! Ich war bei dir, weißt du das nicht mehr? Als sie kam und wir durch das Tal rannten und sie auf Falins Haus liegen sahen, da war ich bei dir!«

»Ja — ja, ich weiß ...«, stotterte Estarinel.

»Und während du weg warst, habe ich hier versucht, Menschen von den Krankheiten zu heilen, die der Wurm mitgebracht hatte, und ich habe versagt und mußte sie sterben sehen. Wie soll ich wissen, ob ich mich genug bemüht habe? Vielleicht habe ich mehr Blut an den Händen als du. Du hast nicht als einziger gelitten. Wir müssen weiterleben! Es ist eine Sünde, das nicht zu tun! E'rinel, du gibst auf, du hast Angst, an irgend etwas Anteil zu nehmen. Hätte Medrian gewollt, daß du aufgibst? Ist sie gestorben, damit du aufhören kannst, Anteil zu nehmen? Oh«, — sie wandte sich von ihm ab —, »es tut mir leid. Ich hätte nie ... Bitte, vergiß, was ich gesagt habe.«

»Lili, noch nie, niemals habe ich es an dir erlebt, daß du so außer Fassung gerätst«, sagte er erschüttert. »Jetzt mache ich mir ebensolche Sorgen um dich wie du dir um mich. Ist mir etwas entgangen, oder bin ich sehr dumm ... Was ist wirklich los?«

»Ist das nicht offensichtlich? Wie lange kennst du mich schon?«

»Seit wir sechs oder sieben waren...«

»Und warum bin ich deiner Meinung nach in dem Häuschen geblieben, als meine Familie wegzog, statt mit ihr zu gehen? Ich habe mir nicht etwa eingebildet, für das Dorf unersetzlich zu sein...«

»Aber das bist du«, warf er ruhig ein. Sie hörte ihn kaum.

»Ich bin geblieben, weil ich dich liebte. Du warst der Bruder, den ich nie gehabt habe... Aber ich bin kein Kind mehr. Ich liebe dich immer noch. Der Grund, warum ich nicht geheiratet habe, ist nicht, daß es mir an Gelegenheiten gemangelt hätte. Ich hoffte — wenn du wüßtest, wie du mir gefehlt hast, wie ich um dich gezittert habe — E'rinel, ich ertrage es nicht mehr, für dich nichts als eine Schwester zu sein. Vielleicht ist es falsch von mir, daß ich mir mehr wünsche. Oh, ich hatte mir geschworen, dir das nie zu sagen.« Mit Mühe nahm sie sich zusammen und setzte ruhig hinzu: »Weil ich dich liebe und du mich nicht liebst, kann ich nicht bei dir bleiben. Soll sich das Dorf eine andere Heilerin suchen. Ich kann mich nicht einmal selbst heilen.«

Sie machte kehrt und ging langsam den Weg zurück, den sie gekommen waren. Estarinel war klar, daß sie ihn verließ, und doch war er ein paar Augenblicke lang nicht fähig, sich zu bewegen. Was sie gesagt hatte, war wahr. *Die Schlange ist uns allen widerfahren...* Und er hatte Lilithea als selbstverständlich hingenommen, weil sie immer dagewesen war wie Arlena und Lothwyn. Doch das bedeutete nicht, daß ihm nichts an ihr lag oder daß er sie gehen lassen wollte. Hatte er bei dem Feldzug nicht gelernt, nie wieder etwas oder jemanden als selbstverständlich anzusehen? Wie dumm war er gewesen, nicht zu merken...

Sie war schon beinahe nicht mehr zu sehen; ihre schlanke Gestalt und das taillenlange bronzene Haar verschwanden zwischen den Bäumen, als er sich daranmachte, ihr nachzulaufen. Er erreichte sie, faßte ihren Arm und zwang sie, ihn anzusehen. »Lili, ich liebe dich doch! Was meinst du wohl, warum du die einzige bist, der ich alles erzählt habe? Warum ich deine Gesellschaft suche, wenn ich mit niemandem sonst zusammen sein will?«

»Ich weiß es wirklich nicht!« gab sie heftig zurück. »Weil ich eine gute Zuhörerin bin? Einen anderen Grund kann es doch nicht geben.«

»Dann hör mir jetzt zu. Wir sind immer Freunde gewesen, und ich habe dich immer geliebt. Aber ich wußte nicht, daß du so empfindest. Nicht etwa, daß ich dich nicht — oh, lassen wir das!« Er gab den Versuch auf, es ihr zu erklären, und küßte sie statt dessen auf unbrüderliche Weise.

»Ich hätte nicht so schreckliche Sachen sagen sollen«, flüsterte sie schließlich.

»Sie sind aber wahr. Ich bin selbstsüchtig und blind gewesen. Alle waren zu freundlich zu mir. Ich brauchte es, daß du mich anschreist, um wieder zu Verstand zu kommen.« Er lächelte sie an, und ihr kam zu Bewußtsein, daß sie ihn seit dem Angriff des Wurms nicht mehr lächeln gesehen hatte, und das war vor achtzehn Monaten gewesen. »Allerdings bin ich nicht als einziger schuldig, mich abgesondert zu haben, Lili. Weißt du, daß du mir, solange ich dich kenne, eben das erste Mal verraten hast, was du wirklich empfindest?«

»Ja, ich weiß. Wir sind beide zu tadeln.« Sie sah ihn zärtlich an, und er fragte sich, wie er die Liebe in ihren Augen hatte übersehen können.

»Wenn du mich immer noch verlassen willst, habe ich nichts anderes verdient«, sagte er. »Aber bitte, bleib bei mir, Lili! Wenn — nun, ich habe manchmal Alpträume. Wenn du das ertragen kannst, dann bleib.«

»Ich kann es ertragen«, antwortete sie und küßte ihn wieder.

Sie hatten Shaell und Vixata geholt und waren mehrere Tage später auf dem Heimweg, als sie sie sahen. Die Nacht hatten sie in einem Wald, im freundlichen Schutz der Bäume verbracht. Estarinel und Lilithea lagen sich auf weichem Gras in den Armen, während die Pferde in der Nähe weideten. Eben graute der Morgen; weiches Licht drang durch die Masse der jungen Blätter, doch das Unterholz lag noch in tiefem Schatten. Lilithea schlief. Estarinel befand sich dagegen in jenem angenehmen Zustand des Halbwachseins, wenn die Gedanken mühelos fließen.

Lilitheas wegen hatte er jetzt wieder das Gefühl, zu Forluin zu gehören. Sie hatte ihn in die Wirklichkeit zurückgeholt, hatte ihm gezeigt, daß er die Zukunft nicht zu fürchten brauchte. Forluin war duch die Schlange für immer verändert worden; nichts würde wieder so sein wie früher, aber es konnte besser werden. Er hatte in dieser ersten Nacht in Lilitheas Armen geweint, wie er seit Medrians Tod nicht mehr geweint hatte. Und er wußte, daß er vielleicht nie aufhören würde, von Medrian zu träumen und schreiend aufzuwachen, wenn die Erinnerung sein Herz umkrampfte wie eine eiskalte Hand. Aber wenigstens würde dann Lili da sein, um ihn vergessen zu machen. Es war nicht so, daß er Medrian weniger liebte, vielmehr liebte er Lilithea ebenso. Daran war nichts Seltsames; kein Forluiner, ob Mann oder Frau, glaubte, die eine Liebe schlösse alle anderen aus.

Als er nun dort lag und verschlafen in den nebligen Wald blickte, sah er sie. Die Baumstämme zeigten in der Dämmerung eine Myriade Schattierungen von Grau. Aber deutlich, als strahle sie in einem eigenen Licht, sah er eine Frau zwischen den Bäumen gehen. Sie war klein und schlank und hatte langes schwarzes Haar, und sie war mit einem weißen Gewand bekleidet. Darüber trug sie einen schimmernden Mantel in blassem Gold, und blaue Blumen, deren Blätter wie Glas waren, glühten in ihrem Haar. Eine Korona aus dunstigem Licht hüllte sie ein, und Estarinel erkannte, daß sie nur ein Phantom war. Trotzdem wirkte sie ganz und gar real.

Sie schritt langsam zwischen den Bäumen dahin, bis sie mit ihm auf einer Höhe war, und dann drehte sie sich zu ihm um. Ihr Gesicht strahlte. Estarinel fürchtete aufzuwachen, wenn er sich bewegte, deshalb lag er völlig still, sah sie an und versuchte nicht einmal zu sprechen. Es war der seltsamste Traum von Medrian, den er je gehabt hatte, der erste, der nicht schmerzlich für ihn war.

»Ich hatte einen Alptraum«, sagte Medrian, »einen schrecklichen, unmöglichen Alptraum, daß ein uraltes Wesen sich um die Erde wand und sich gleichzeitig in mir krümmte. Und alles, was das Wesen berührte, wurde kalt und grau, bis die ganze Welt trostlos war. Und ich lag da, befleckt mit Blut und Tränen, allein in meinem Schmerz, denn ich *war* das Wesen, und obwohl mein Leben unerträglich war, war es auch ewig. Und in diesem Alptraum sah ich Greuel, zu schrecklich, als daß ein Mensch sie ertragen könnte ...

Doch es war nur ein Traum. Jemand, der mich mehr liebte, als ich es mir hätte vorstellen können, weckte mich sanft, und ich sah, daß ich doch nur einen Alptraum gehabt hatte von etwas, das nie hatte geschehen können, das vorbei und vergessen war. Da lächelte ich über meine dummen Träume und stand auf und ging hinaus ins Licht.«

Drei Herzschläge lang sah sie ihn gerade an. Ihre Augen waren nicht mehr voller Schatten, sondern klar wie Sternenlicht. Dann wandte sie sich ab und setzte den Weg zwischen den Bäumen fort. Estarinel wollte ihr nachrufen, aber die Worte verließen seine Kehle nicht. Lichtspuren blieben in den Bäumen hängen, nachdem sie außer Sicht geraten war ... Er merkte, daß es nur Nebelfetzen waren, die das erste schwache Sonnenlicht einfingen. Irgendwo begann ein Vogel zu singen, der erste Vogel der Morgendämmerung, eine wunderbare, fließende Melodie, die alle Traurigkeit von ihm nahm.

Er setzte sich auf, drehte den Kopf und sah, daß Lilithea wach war. Ihre dunklen Augen waren ganz groß. »Ich hatte eben einen so realistischen Traum«, sagte er und lächelte sie an.

»E'rinel ...«, Lilitheas Stimme lag irgendwo zwischen einem Keuchen und einem Flüstern, »E'rinel, ich habe sie auch gesehen.«

Die Pferde hatten, über den Vogel erschrocken, die Köpfe gehoben und die Ohren gespitzt. Das Singen wurde lauter, und Estarinel und Lilithea sahen ein großes Amselweibchen in den Zweigen eines nur wenige Meter von ihnen entfernten Baumes. Ihr Schnabel war wie polierte Bronze, und ihre Federn hatten den Glanz von kostbarer bräunlich-goldener Seide. Und während sie sang, sah sie sie mit einem dunklen feuchten Auge an, in dem sich Blätter und Bäume und Tiere des Waldes spiegelten. Der Blick schien zu sagen: ›Wie bist du auf den Gedanken gekommen, jemand wie ich könnte sterben? Werde ich nicht mit jedem Sonnenaufgang wiedergeboren?‹

Die Tränen liefen Lilithea über das Gesicht, denn sie hatte noch nie ein schöneres Geschöpf gesehen als diese einfache Amsel, die die Verkörperung von Liebe und Hoffnung war. »Ihr Name ist Miril«, flüsterte Estarinel, und Lilithea antwortete leise: »Ja ... Ich weiß.«

Sie betrachteten sie, ohne sich zu bewegen, und hofften, sie werde zu ihnen kommen oder wenigstens in dem Baum bleiben und weitersingen. Aber Miril hatte es eilig, die Richtung einzuschlagen, die Medrian genommen hatte. Mit einem letzten süßen Ton breitete sie die von der Sonne beschienenen Flügel aus und erhob sich in die neblige Waldluft. Dann war auch sie verschwunden.

HEYNE FANTASY

Romane und Erzählungen internationaler Fantasy-Autoren im Heyne-Taschenbuch.

06/4706   06/4715

06/4478

06/4591

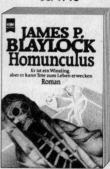

06/4699

06/4451

06/4671

06/4647